LES MOUTONS ELECTRIQUES

« LA BIBLIOTHEQUE VOLTAIQUE »



Ouvrage accompagné par André-François Ruaud, sous une couverture de Melchior Ascaride, mis en page par Méredith Debaque

*Nos parutions sont soutenues par la région Nouvelle-Aquitaine*

www.moutons-electriques.fr
Diffusion-distribution : La Diff / Hachette
ISBN 978-2-36183-832-4

RECITS
DU VIEUX ROYAUME

JEAN-PHILIPPE
JAWORSKI

# LE CHEVALIER AUX ÉPINES

I

LE TOURNOI DES PREUX

Du même auteur, chez le même éditeur :

*Janua Vera (Récits du Vieux Royaume)*
*Gagner la guerre (Récits du Vieux Royaume)*
*Le Sentiment du fer (Récits du Vieux Royaume)*
*Le Chevalier aux épines I. Le Tournoi des preux (Récits du Vieux Royaume)*
*Le Chevalier aux épines II. Le Conte de l'assassin (Récits du Vieux Royaume)*
*Le Chevalier aux épines III. Le Débat des dames (Récits du Vieux Royaume)*
*Désolation (ill. Melchior Ascaride)*
*Le Service des dames (ill. Sébastien Hayez)*
*Mauvaise donne (ill. Laureline Mattiussi)*
*Matière de Leomance - Récits du Vieux Royaume*
*Rois du monde branches 1 & 2*
*Rois du monde, première branche : Même pas mort*
*Rois du monde, deuxième branche : De meute à mort (Chasse royale I)*
*Rois du monde, deuxième branche : Les grands arrières (Chasse royale II)*
*Rois du monde, deuxième branche : Percer au fort (Chasse royale III)*
*Rois du monde, deuxième branche : Curée chaude (Chasse royale IV)*
*Les Miscellanées de Jean-Philippe Jaworski*

*Le beau valet de cœur et la dame de pique*
*Causent sinistrement de leurs amours défunts.*

Charles Baudelaire

# I

## Le pré du Bestorné

*Lors veïssiez vilains angrés,*
*Qui prenent haiches et jusarmes !*
Chrétien de Troyes

Il est des créatures dont l'existence croît en fructueuses violences. En sévices soufferts autant qu'infligés, car il faut avoir reçu pour savoir donner. À la différence des braves gens que le sort brise lorsqu'il s'acharne, ces âmes-là s'épanouissent dans l'exérèse et dans l'épreuve. Ce qu'on leur retranche les augmente, la perte les nourrit et l'absence les enracine. En elles la persévérance de la vigne : elles puisent leur force dans l'émondage ; le fer qui les discipline alimente leur sève. Meurtries sans cesse, obstinément bourgeonnantes, elles durent davantage que les essences communes qui s'élancent et s'essoufflent en quelques saisons. Concentrés par la coupe, leurs fruits mûrissent des sucs plus riches de terre, de lune et de soleil. Une fois vendangé et foulé, ce cépage saigne des nectars aux robes nobles, qui réchauffent le cœur et font dangereusement tourner la tête. Ainsi en est-il de ces créatures que l'adversité renforce, qui prospèrent dans la rigueur et les privations. Aux jours difficiles, dureté, ténacité et aplomb leur prêtent un charme que l'on prendrait à tort pour une grâce célestielle. En fait, rien de plus périlleux que ces engeances – nombre d'entre elles ont le mauvais œil.

Penchés sur leurs ceps, les vilains de Chanevier ne se doutaient guère qu'ils venaient de croiser l'un de ces êtres redoutables. Dans l'air cru du matin, ils taillaient l'étroit vignoble sur le coteau. Les hommes coupaient chicots et rameaux de l'an passé, les femmes et les enfants se chargeaient du pliage, quelques anciens entretenaient les feux de sarments. Absorbés par leur tâche, ils n'accordaient guère d'attention au paysage. En contrebas, les toits de chaume se serraient autour du moutier de Douce Dame ; dans les fonds, un long serpent de brume sinuait sur le cours de l'Andounne, la rivière qui baignait la vallée. Tout juste devinait-on la faîtière du moulin, feutrée de brouillard ; en cette période de soudure on n'avait plus guère de grain à moudre, aussi la grande roue à aubes était-elle assoupie.

Courbés au milieu du vignoble, coiffés de sacs ou de bonnets, les manants portaient toujours de gros sayons d'hiver ; ils interrompaient de temps en temps leur besogne pour soulager leurs reins, taper du pied et souffler dans leurs doigts. Sur les collines qui bornaient le val, les lisières embroussaillaient encore leur nudité de noirceur. Pourtant, une lumière blonde jetait des reflets de ciel dans les ornières et poudroyait vapeurs et fumerolles ; une respiration puissante remontait de la terre dégelée et des arbres prostrés. Il suffisait de toucher le pied contourné de la vigne pour la sentir gonflée de reverdie ; la sève poussait d'ailleurs ses perles d'ambre sur les rameaux fraîchement taillés. La Déesse Douce s'éveillait dans les radicelles, dans les fûts et les bourgeons ; l'esprit du printemps soulevait déjà tout le duché de Bromael. Aussi était-il plus que temps de réduire les cépées pour préparer l'aoûtage des beaux jours.

Quoique la plupart des vignerons fussent durs à la tâche, il en était quelques-uns qui mettaient moins de cœur à l'ouvrage. La vieille Emnechilde, avec ses mains usées de travaux et de peines, se montrait plus lente que naguère. Le grand Winnoc suspendait parfois sa serpe, l'œil vague et la narine pincée, comme s'il luttait contre une grosse émotion. Autour de lui, on faisait mine de ne rien voir. On s'était déjà trop mêlé de son malheur ; on commençait à s'en fatiguer, mais on essayait de ne pas le montrer. Il y en avait un, en revanche, dont ni l'âge ni les chagrins n'excusaient la paresse. C'était ce blanc-bec de Marlot, toujours distrait et ahuri. Depuis un moment, il s'était redressé au milieu de ses voisins laborieux, et il bayait aux corneilles. Mesmin, son père, qui s'irritait de le distancer dans leur allée, finit par le rappeler à l'ordre :

« Eh ! Vaurien ! Qu'est-ce que tu traînasses ? Me voilà tout seul au déracage ! »

Bien que son géniteur fût éloigné de quelques pas, Marlot rentra la tête dans les épaules, de crainte de la taloche.

« Je traînasse pas, protesta-t-il. Je regardais le chevalier.

– Qu'est-ce que tu me chantes ? Il est parti, le chevalier.

– Je sais bien. Il est sur l'autre rive. Il cause avec des étrangers.

– Grand bien lui fasse, mais c'est pas lui qui taillera mes coursons. Alors remue-toi, fainéant ! Ou je vais t'en faire tâter, de la chevalerie ! »

Cet échange piqua toutefois les curiosités parmi les vignerons. Plus d'un releva le nez. Le grand Winnoc, au premier chef, balayait les champs du regard.

« Où est-il donc, le chevalier ? demanda-t-il.

– Sur le Bestorné, répondit Marlot en coulant un œil méfiant vers son père. On ne peut pas le louper. »

Il fallait quand même une bonne vue pour l'apercevoir car le pré du Bestorné était situé à l'autre bout du village. Par-delà la brume que fumait la rivière, sur le versant opposé de la vallée, cette terre occupait les hauteurs du coteau, juste sous les lisières de la forêt de Guenche. Depuis deux ans, les manants laissaient l'endroit en jachère ; à la belle saison et à l'automne, on y envoyait vaguer les porcs et quelques vaches, mais en cette fin d'hiver les bêtes se reposaient encore au bercail. Aussi, ce qu'on aurait pu prendre pour un troupeau formait en fait une petite écurie : au milieu de l'herbage paissaient au moins huit chevaux, dont certains massifs comme des bœufs. Ce n'était qu'après coup qu'on découvrait quelques silhouettes humaines qui avaient mis pied à terre parmi les coursiers.

La vieille Emnechilde, que ses reins roidis empêchaient de se redresser tout à fait, avait placé sa main en visière pour distinguer la bande lointaine. Mais ses prunelles voilées ne lui révélaient que des mouvements nébuleux sous le buissonnement noirâtre des bois.

« Sont-ils nombreux, ces pèlerins ? s'enquit-elle.

– Pas trop, répondit Marlot. J'en vois deux nouveaux, en plus du chevalier et de ses gens.

– Ça en fait quand même de la visite, depuis le jour d'hier », commenta l'aïeule.

Le grand Winnoc opina du chef, avec une conviction pleine d'un espoir fébrile. Sa lippe tremblante et les oscillations de sa glotte trahissaient les sentiments violents qui le charruaient comme il scrutait le pré du Bestorné. Plus placides, les autres manants ne donnaient pas tort à l'ancienne. Elle n'avait pas besoin de ses yeux pour comprendre que s'ils étaient arrivés avec des chevaux, les nouveaux venus étaient également des hauts hommes. Plusieurs cavaliers qui échouaient au village, ce n'était pas banal. Puisque Marlot ne les reconnaissait pas, ils n'étaient point du pays ; ces voyageurs n'avaient donc rien à voir avec le château du Treff, dont Chanevier n'était qu'un finage.

Même le chevalier qui occupait tant les vignerons leur était encore inconnu la veille. Flanqué de son page et de son écuyer, il était apparu sur le vieux chemin de Ruzelay, où l'on ne se risquait guère à la mauvaise saison. À la surprise des vilains, il avait demandé le gîte pour la nuit. Et comme, malgré ses airs un peu gourmés, il s'était montré assez aimable à sa manière, les petites gens l'avaient pris en sympathie. Ce n'était pas tous les jours qu'un seigneur les honorait de sa compagnie. Mieux encore : il leur avait offert un concours aussi flatteur qu'imprévu. Cela avait touché ces âmes simples, tout spécialement le cœur meurtri du grand Winnoc.

« Qu'est-ce qu'il font donc ? s'impatientait Emnechilde, bien fâchée d'avoir la vue si basse.

– Ça palabre, commenta l'un des voisins avec un rien de déception.

– Pas seulement, intervint Marlot. Il y en a deux qui s'habillent. »

Le mot lui valut quelques railleries.

« S'habiller en plein vent par cette froidure, grommela Mesmin. Fariboles ! Je t'apprendrai à faire l'intéressant.

– Mais je vous jure ! regimba le béjaune. Vous ne les voyez pas, les deux qui se font face à quelques pas ? Tenez ! Ils écartent les bras pendant que leurs gens les vêtent ! »

L'idée des nobles seigneurs en train de changer de chemise en plein champ, le derrière chatouillé par les herbes folles, alimenta rires et boutades, du moins jusqu'à ce que le grand Winnoc prît la parole.

« Le gamin n'a pas la berlue, lâcha-t-il d'une voix sourde. Sauf qu'on ne les habille pas. On les arme. »

Dans un premier temps, on ne voulut pas trop croire le vigneron. Ses yeux lui jouaient des tours, objectèrent des sceptiques. La plupart des villageois pensaient qu'il n'avait plus toute sa jugeote depuis le gros malheur qui l'avait frappé. Cependant, même ceux qui avaient la vue un peu courte finirent par admettre qu'il avait peut-être raison. Là-bas, sur le pré du Bestorné, n'était-ce point de grands écus que les servants déhoussaient ? Et pourquoi donc aurait-on ôté deux lances du paquetage des chevaux de bât ?

Cette découverte refroidit un peu la gaieté des vignerons. Ces harnois qu'on sanglait là-bas, à quelques jets de pierre des manses, n'étaient pas sans les inquiéter. La défiance pour les fer-vêtus se saisit des âmes paysannes. Certes, grâce à la sagesse un peu matoise du seigneur du Treff, la paix régnait dans ce coin de campagne depuis deux bons lustres. Mais les gens de Chanevier n'étaient pas coupés du monde : ils n'ignoraient pas que la guerre couvait entre le duc de Bromael et le comte de Kimmarc. Pour un mot de travers ou un mauvais procès, les puissants seigneurs lâchaient leur arrière-ban sur la vallée de l'Andounne. Dix ans plus tôt, quand le duc Ganelon avait forcé le comte Angusel au fond de sa tanière, les bandes ducales avaient ravagé le voisinage. Le hameau de Ruzelay, brûlé jusqu'au sol, peinait encore à renaître de ses cendres. Aussi, quoiqu'ils ne fussent qu'une poignée, ces prud'hommes qui se cuirassaient éveillaient la crainte des vilains.

La crainte, du moins, de la plupart d'entre eux, non celle du grand Winnoc. Le cou tendu et la tempe battante, le gaillard paraissait pris d'exaltation.

« On ne peut pas rester les bras croisés, finit-il par lâcher. Il faut aller voir.

– Il vaudrait mieux se bâcler chez soi, tempéra Mesmin. Si ces nobles seigneurs ont envie de se mêler de nos affaires, on le saura bien assez tôt.

– Il faudrait surtout prévenir la prieure, observa la vieille Emnechilde. Elle a plus de sens que vous tous réunis.

– Mais cessez donc de trembler, n'êtes-vous point des hommes ? s'emporta Winnoc – ce qui fit glousser l'aïeule. Si le chevalier avait voulu nous piller, il l'aurait fait hier. C'est pour une autre raison qu'il est en train de s'armer avec son compère. Ma main à couper qu'ils savent où se cachent les brigands ! Moi, je vais les aider ! Je ne peux pas rester planté là à me tourner les pouces pendant qu'ils vont délivrer mon petiot ! »

La mâchoire dure et le poing serré sur la serpe, il commença à descendre les vignes vers le village.

« Si c'est vraiment de tes brigands qu'ils se mettent en quête, ils ont une drôle de façon de le faire », s'étonna Marlot.

Armés de pied en cap, les deux seigneurs venaient d'enfourcher leurs destriers. Leurs suivants prenaient du champ pendant que les chevaliers s'écartaient l'un de l'autre. Une fois distants de cinquante pas, ils tournèrent bride pour se faire face. Le soleil allumait des éclats dorés sur les heaumes et les bardes des chevaux. Les cavaliers se saluèrent de la lance, puis poussèrent leurs montures en avant.

« Ah çà ! C'est pas commun ! s'ébaubit Marlot.

– Ils sont en train de jouter, tes justiciers », ricana Mesmin.

Malgré l'éloignement, les manants entendirent distinctement le choc de la première passe d'armes. Toujours en selle, les deux chevaliers se séparaient déjà. Ils rugirent quelques cris peu intelligibles en faisant volter leurs destriers afin de revenir à la charge.

Ce spectacle avait coupé Winnoc dans son élan. Un instant, il contempla d'un air perplexe les deux champions qui éperonnaient de plus belle. Mais chez le grand vigneron, l'idée fixe était profondément enracinée. Comme les combattants vacillaient au second assaut sans toutefois vider les étriers, il secoua sa stupeur. Dans sa lourde cervelle, tout devint clair : la joute n'en était pas une mais une ordalie. Le chevalier était de leur côté ; ne leur avait-il pas promis son secours la veille au soir ? Et voici qu'il livrait bataille ! Son adversaire ne pouvait être que l'ennemi !

« Réveillez-vous ! s'exaspéra le rustique. Vous n'y comprenez donc goutte ? C'est notre voleur d'enfants que le seigneur a défié ! Faites comme vous voulez, mais moi je vais lui prêter main-forte ! »

Et il repartit bille en tête, presque au pas de course malgré ses socques lestées de crotte.

« Qu'est-ce que tu fiches ? lui cria Mesmin. Garde-toi de te jeter dans cette noise ! »

Mais Winnoc n'écoutait plus. Il était déjà sorti des vignes, il dévalait le chemin à l'entrée du village, éparpillant devant lui quelques poules sous l'aboiement des roquets. Devant le tour pris par la situation, la vieille Emnechilde branlait du chef d'un air désapprobateur.

« Eh bien ! Il n'y en a pas un pour le retenir ? houspilla-t-elle à la ronde. La Closinde est encore plus folle que son homme. S'il va lui raconter ses histoires, la Déesse sait dans quelle sottise ils vont se fourrer ! Et toi, Marlot, cours au moutier et préviens la prieure. On va avoir besoin de quelqu'un qui a la tête sur les épaules. »

Le béjaune ne se le fit pas dire deux fois. Sautant sur l'occasion de resquiller, il détala vers la clôture du petit sanctuaire. Mesmin vitupéra contre son nigaud de fils et contre l'ancienne, mais il devait se rendre à l'évidence : plus personne parmi les voisins n'avait le cœur à l'ouvrage. Le bonhomme lui-même était plus inquiet qu'il n'osait se l'avouer ; aussi, tout en grognant, ne fut-il pas le dernier à quitter le vignoble. Mais si brève qu'avait été leur hésitation, le mal était fait. Les cris de Winnoc ameutaient déjà tout Chanevier.

À ce stade du conte, sans doute convient-il de remonter en arrière afin de mieux éclairer le drame en train de se nouer sur le pré du Bestorné. Le malheur est une épreuve assez commune dans la vie des manants. Toutefois, celui qui avait frappé la famille de Winnoc avait pris la forme d'une perte aussi cruelle que mystérieuse ; elle avait étonné tous les gens du village et soulevé bien des inquiétudes. Un mois plus tôt, le fils aîné de Winnoc avait disparu en plein jour, sans laisser la moindre trace.

Closinde avait donné cinq enfants à Winnoc ; hélas, trois petits étaient morts en bas âge. Tel était le triste cours de l'existence dans la plupart des familles, roturières ou nobles ; les parents avaient pleuré chacun des nourrissons, emmaillotés dans leur linceul comme dans des langes. Mais Winnoc et Closinde formaient un couple solide qui avait reporté son affection sur les deux survivants. La cadette, Basine, était une mignonnette dont les joues rouges et le bon fond présageaient une robuste paysanne. Mais le préféré restait l'aîné, un marmot prénommé Agnel parce qu'il était né en pleine période d'agnelage.

Le petit garçon promenait sur le monde des yeux clairs, dont la transparence faisait fondre les cœurs. À peine sut-il marcher, il montra la délicatesse poignante du faon. Ses sourires éblouissaient comme l'éclaircie après la pluie ; ses jeux déridaient l'âme la plus sombre ; son rire cascadait de gaieté. Lys poussé au milieu de la mâche des champs, il était sans conteste le plus bel enfant du pays. Certes, on s'étonnait fort qu'un lourdaud comme Winnoc eût pu engendrer pareille merveille.

Quelques mauvaises langues auraient bien voulu découvrir le nom du dameret qui avait chanté à Closinde une pastourelle à sa façon. Mais ces cancans n'atteignaient pas Winnoc ; il n'était jamais plus fier qu'au terme d'une journée de labeur, quand il rentrait au village ses outils sur une épaule et son fils sur l'autre bras. On l'enviait un peu, il faut en convenir, mais le moyen de résister aux grâces du petit ? La beauté du chérubin charmait jusqu'aux jaloux, et Winnoc jouissait presque autant de l'engouement des voisins que des tendresses du bambin.

Un mois avant le combat du Bestorné, Chanevier faisait encore le gros dos sous les frimas. Le village fumait de tous ses âtres ; un pâle azur d'hiver dégelait les lopins dans l'après-midi, mais la nuit refermait bien vite ses étreintes de brouillard et de givre. Les vignes et les champs restaient festonnés de neige à l'ombre des sillons. Plus haut, les coteaux patientaient sous leur blanc mantel ; l'aube transformait parfois les lisières en frontons de cristal. Closinde, qui était plus sensible au froid qu'à ses splendeurs, ne goûtait guère cette saison. Elle se méfiait des bêtes sauvages que la faim poussait parfois vers les guérets, aussi montait-elle seule vers l'orée pour y faire son fagot. Comme elle ne pouvait se trouver au four et au moulin, elle chargeait les enfants de la corvée d'eau. La rivière coulant juste au bas du village, il y avait toujours des voisins pour garder les petits à l'œil. Une fois rempli, le seau était fort lourd pour des bambins d'âge tendre ; ils n'étaient pas trop de deux à le remonter sur la côte.

Lorsque survint le jour funeste, le malheur s'invita de façon si clandestine que, dans un premier temps, personne ne s'en rendit compte. Certes, Closinde s'étonna de ne pas voir les enfants à la maison quand elle rentra du bois ; d'ordinaire, ils la précédaient toujours. Mais Basine apparut peu après, la robe toute aspergée, en titubant sous le poids du seau. On n'eut pas à lui demander ce qu'elle avait fait de son frère car elle était fort en colère contre lui. Elle se hâta de le dénoncer : sitôt tourné le coin de la chaumière, il avait abandonné sa petite sœur pour partir se promener. La gamine geignait d'avoir dû faire la besogne toute seule. Sa mère se contenta de lui remontrer que de toute façon, tel serait bientôt son lot ; après tout, elle était née cadette tandis qu'Agnel avait rang d'aînesse. Cela lui accordait certains droits. Cet enfant si beau appelait trop d'indulgence dans le cœur de Closinde – la paysanne lui tolérait quantité de caprices…

Pendant que Winnoc s'occupait des bêtes, redressait des échalas et aiguisait ses outils, Closinde peigna sa filasse avant d'entreprendre son filage. De temps en temps, un voisin passait la tête par la porte pour échanger des potins. La journée suivait un cours si paisible qu'il fallut la montée du brouillard pour que ses parents commençassent à s'interroger : où diable Agnel musardait-il ? Même à ce moment, l'inquiétude ne les effleura pas. Le petit avait ses entrées dans tous les foyers du village : sans doute était-il fourré au moulin, dans la ferme du laboureur ou dans la loge de la prieure. Winnoc se contenta de jeter sa saie sur les épaules et sortit d'un pas tranquille pour ramener le galopin. Le soir tombait, il était temps de rentrer.

Le gaillard eut beau faire le tour du pays, il ne dénicha point son fils. De la journée, personne ne se souvenait avoir croisé Agnel. Cela tournait à la plaisanterie, comme si tout le monde s'était donné le mot pour faire tourner Winnoc en bourrique. À la brune, le pauvre bougre reprit le chemin de la maison. Il se sentait plutôt vexé : le polisson l'attendait sans doute au coin du feu, et il faudrait un peu lui frotter les oreilles pour la malice. Cependant, à peine était-il sur le seuil, Closinde s'écriait : « Et Agnel ? Où est Agnel ? » Ce fut le ton, plus encore que la question, qui pétrifia le bonhomme. Par la porte ouverte, le froid de cette nuit d'hiver coulait dans la chaumine. Winnoc y flaira, bien trop tard, une haleine de désastre.

La femme et le mari se prirent le bec, se rejetant la faute de la négligence. Très vite, ils se rabattirent sur Basine et la secouèrent pour lui tirer les vers du nez. La petite, en larmes, ne put leur en apprendre plus que ce qu'elle avait rapporté le matin : son fripon de frère avait filé au coin de la maison, en se moquant d'elle par-dessus le marché. Mais les gifles qu'elle recevait la persuadèrent qu'elle était coupable ; ses gros sanglots nourrirent la panique de ses parents. Bientôt, ils couraient parmi les venelles enténébrées, frappant à toutes les portes, clamant qu'Agnel avait disparu.

Le tapage fit d'abord grogner, mais bien vite les voisins abandonnèrent leur soupe pour chercher le gamin. Les commères s'efforçaient de calmer Closinde qui était dans tous ses états. Le petit avait dû s'endormir au chaud dans un fenil, invoquait-on, ou bien un garnement l'avait enfermé dans un appentis pour lui jouer un tour ; on n'allait pas tarder à le retrouver. Mais on eut beau passer les masures, les greniers, les bergeries et les celliers au peigne fin, rien n'y fit : point d'Agnel. Des gars se vêtirent plus chaudement et, éclairés au flambeau, partirent battre les champs. Les appels sur tous les tons résonnaient lugubres d'un bout à l'autre du val ; le balancement des lumignons éparpillait un ballet de feux follets dans la brume. Plus le temps passait, plus Closinde s'affolait. Elle galopait en tous sens, glapissant le nom de son fils. On la rattrapa juste à temps comme elle allait se jeter dans la rivière. « Il est dans l'Andounne ! s'égosillait-elle. Mon petit garçon ! Il est au fond ! » Heureusement, la prieure vint prêter assistance. Ayant confié Basine à la gentillesse d'Emnechilde, elle usa de son ascendant pour ramener la mère bouleversée dans le modeste logis curial où elle calma ses nerfs avec une décoction de pavot.

Quand l'aube vint transir la vallée, elle trouva un village peuplé d'ombres abattues. Agnel demeurait introuvable. L'élan de solidarité des manants tournait à l'accablement. Il avait gelé à pierre fendre ; les gars qui revenaient de la battue grelottaient. S'il était resté dehors, un bout de chou aurait-il pu tenir par ce froid ? Le grand Winnoc ne sentait plus ses membres perclus d'épuisement et de frissons : il brûlait toutes ses forces pour repousser le désespoir. Malgré tout, le cri de sa bonne femme lui restait dans l'oreille. Après tout, on avait cherché partout sauf dans l'Andounne. Alors, luttant contre ses propres alarmes, il entraîna ses voisins à la rivière.

La nuit avait abandonné une fine pellicule de glace le long des berges. On la cassa à coups de gaffe pour inspecter les profondeurs ; Mesmin et le père Goery montèrent même dans les deux barques de Chanevier pour sonder les bras morts et les trous d'eau. Ces longs tâtonnements dans une humidité glaciale ne donnèrent rien. Winnoc entreprit alors de barboter dans le bief et le fuyant qui actionnaient la roue du moulin ; mais nul corps ne venait obstruer la conduite. « Tu ferais bien de te sécher et de te réchauffer, lui disaient les voisins qui tombaient de sommeil. Au moins, le petit n'est pas au fond. » Winnoc aurait bien aimé les croire. Mais si le marmot n'était pas dans la rivière, où avait-il disparu ?

Personne ne put apporter la réponse, ni ce jour-là ni les suivants. Quand la brume fut levée, on retourna battre les champs et les lisières. Toutefois, les aires dégelées et les bancs de neige avaient été si piétinés qu'il fut impossible d'y distinguer les empreintes d'un enfant. Pas plus que d'y relever les voies d'une bête sauvage ; du moins personne ne tomba sur des traces de sang. Agnel paraissait s'être volatilisé. Le grand Winnoc ne renonçait pas. Hagard, il s'entêtait à ratisser le pays ; il patrouillait sans relâche les rives, les fossés et les taillis, tout en s'épouvantant de pouvoir y trouver celui qu'il y cherchait. Quant à Closinde, elle demeurait prostrée devant son feu, qu'elle n'avait même plus la force d'entretenir. Lorsqu'une voisine lui apportait une bûche ou une écuelle de brouet, elle se contentait de répéter, les yeux dans le vague : « Elle me l'a pris. C'est la Lissandière qui me l'a pris. Elle m'a volé mon petit. » Bien sûr, cela n'avait pas le sens commun. On lui remontrait que ce n'était pas la saison : en hiver, la mauvaise fée se calfeutrait en ses castels de soie ; c'était aux beaux jours, et surtout aux belles nuits d'été, que l'enchanteresse rôdait sous les futaies et au bord des étangs. Mais Closinde n'en démordait pas. « Elle me l'a pris, se lamentait-elle. Elle me l'a volé. » Ce rabâchage finit par inquiéter. Après tout, n'était-il pas vrai que la Lissandière ravissait les enfants ? Et les contes à son sujet déroulaient force fourberies. Pour escamoter une aussi jolie prise qu'Agnel, la perfide n'aurait-elle pu faire une entorse à sa coutume ? La peur gagna toutes les familles. Marlot, qui braconnait à l'occasion, parvint à tuer une pie ; il pendit l'oiseau au bout d'une perche, les yeux percés par un clou, afin de conjurer le péril.

Au bout d'une semaine, les recherches n'avaient rien donné. La résignation supplantait peu à peu l'émoi au village. Dans les chaumières, la plupart des manants s'étaient fait une raison : quelle qu'en fût la cause, le gamin était perdu. On n'en pouvait mais. Closinde, ravagée par le chagrin, se laissait dépérir ; Winnoc, qui fuyait son épouse et ses remords, passait ses journées à courir les quatre chemins. Ce fut alors que la révérende Eusébie, la prieure, reprit les choses en main. Elle convainquit le père de revenir à la maison ; là, devant le couple éploré, elle parla à son idée. Comme à l'accoutumé, la desservante du moutier s'exprima avec tact : elle entoura les pauvres gens de toute sa compassion, elle les assura qu'elle invoquait chaque jour la clémence de la Déesse, mais elle entreprit aussi de les raisonner. Ils devaient se reprendre, le chagrin leur faisait perdre l'esprit. Où qu'il fût, Agnel eût été triste de voir ses parents succomber à la mélancolie. Mais la religieuse ne se contenta pas de leur faire la morale : à sa façon, elle leur proposa son aide. Elle aborda l'énigme sous un nouvel angle.

« N'attendez pas de miracle de mes faibles moyens, les mit-elle en garde. Quand la Dame me fait la grâce de Sa Présence, c'est seulement pour m'encourager à soigner et consoler. Elle ne m'accorde pas les lumières dont vous auriez besoin pour retrouver votre fils. Mais je suis peinée de vous voir dans une si grande détresse et je mesure combien l'incertitude ajoute au mal. Or il existe une possibilité d'apprendre, sinon où se trouve Agnel, du moins s'il est encore de ce monde. Il suffirait de consulter les embaumeurs de Deusme. Ils connaissent des rituels auguraux pour cette sorte de mystère. »

La suggestion épouvanta les manants, presque autant que si la prieure leur avait soudain ramené la dépouille de leur garçon. Situé à quelques lieues de Chanevier, le Bosquet de Deusme somnolait au plus profond d'une combe : il abritait la nécropole de la seigneurie du Treff. Le sanctuaire, servi par une petite communauté du Desséché, avait une réputation sinistre.

« Je sais que les frères sont craints, convint la prieure, mais ce ne sont point des gens malveillants. Ils ont voué leur existence au repos des défunts. À la Dame ne plaise, si Agnel avait rendu l'âme, ils vous seraient d'une aide précieuse pour retrouver ses restes et lui donner une sépulture. »

Mais Closinde et Winnoc ne l'entendirent pas de cette oreille. Envers et contre tout, c'était leur fils vivant qu'ils voulaient retrouver et non un petit corps mangé par les loups et les corbeaux. La mention des embaumeurs n'aggrava pas seulement leurs affres, elle attisa leur colère. En formulant des choses pareilles, la prieure voulait-elle donc redoubler leur malheur ? Winnoc refusa tout net de se rendre à la nécropole, même quand la révérende eut proposé de l'y accompagner.

Pour autant, la prieure ne désarma point. Le lendemain, drapée dans sa houppelande et munie d'un bourdon, elle prit seule le chemin du Bosquet de Deusme. Elle ne revint qu'au bout de deux jours, la démarche bien lasse, le nez et les joues rougis par la bise, mais la sérénité de son sourire rassura les villageois. Sa première démarche fut de rendre visite à Closinde – le mari était on ne sait où, toujours à battre la campagne. Dès qu'elle fut en présence de la paysanne, la religieuse lui posa une main consolatrice sur l'épaule.

« J'ai une bonne nouvelle, annonça-t-elle sans ambages. Les embaumeurs de Deusme ont consulté leur confident, qui a fait vœu d'obscurité au fond des hypogées. Agnel n'est pas passé de l'autre côté. »

De soulagement, Closinde resta coite. Les voisines qui, poussées par la curiosité, se pressaient dans la chaumine, se réjouirent pour elle et l'embrassèrent comme du bon pain. La laissant à leurs transports, la prieure regagna le moutier pour rendre grâce à la Dame et prendre un peu de repos. Ce ne fut qu'à la nuit close qu'elle fut tirée du sommeil par des coups frappés à la porte de son logis : sur le seuil, un Winnoc emprunté triturait son bonnet. Il se confondit en excuses et en remerciements éperdus, que la révérende Eusébie abrégea avec simplicité.

Le grand rustre, toutefois, paraissait plus tourmenté que jamais. Si vraiment le petit était toujours en vie, où diable avait-il pu se fourrer ? Winnoc jurait avoir retourné en vain chaque pierre du pays. C'était à devenir fou, à croire que l'enfant avait été emporté dans les airs. Non sans prudentes circonlocutions, la prieure avança que le garçon restait introuvable parce qu'il n'était peut-être plus dans la vallée. Elle recommanda de présenter la doléance au seigneur du Treff, qui aurait la ressource d'élargir les recherches.

La suggestion ne plut guère au paysan. Certes, le sire Rainfroi ne se comportait point en mauvais maître, mais enfin un seigneur restait un seigneur. Winnoc ne l'avait jamais entrevu que de loin, ayant plutôt affaire à ses sergents quand il fallait remplir la corvée ou payer le champart. Les brutaux ne manquaient pas parmi les ministériaux du châtelain, et il en savait un ou deux qui arrondissaient l'impôt à leur compte. Malgré tout, ils demeuraient des gens de connaissance, même si on ne les goûtait pas ; on en avait assez d'usage pour les manœuvrer afin d'éviter les ennuis. Porter plainte devant le seigneur en personne était autrement hasardé. Winnoc craignait d'indisposer le haut homme, une gaucherie qui lui semblait grosse de périls. Ses préventions, cependant, n'étaient pas aussi vives que la peur inspirée par les prêtres du Desséché. Sans voiler son trouble, il se rendit aux raisons de la prieure. Par esprit de charité, la révérende Eusébie se proposa de l'appuyer dans sa démarche. Elle fit mieux encore : elle s'entremit pour qu'ils fussent accompagnés par le père Goery, le laboureur. C'était le plus gros fermier de Chanevier : secondé par les deux notables du village, Winnoc aurait un peu plus d'assurance pour s'adresser au seigneur.

Quand il fallut partir pour le château, le grand gaillard n'en menait pas large. Il s'en voulait d'avoir mis le pied dans cette affaire ; seule la fibre paternelle soutenait son courage. Bien qu'il fît encore froid, le chemin pour le Treff n'était pas sans agrément ; il remontait la vallée de l'Andounne au milieu de douces collines et traversait les prairies du pays de Piviers. Mais ni Winnoc ni le vieux Goery ne goûtaient la promenade : d'ordinaire, on y était moins riche au retour qu'à l'aller.

Les manants avaient un peu la pratique de la basse cour du Treff puisque, chaque année, ils s'y rendaient pour payer le cens. En revanche, de l'hôtel seigneurial, ils ne connaissaient que la façade en bel appareil. Grâce à l'intercession de la révérende Eusébie, on les admit à l'intérieur pour l'audience que leur accorda le sire Rainfroi. Le grand Winnoc et le père Goery, qui avait pourtant une jolie aisance au pays, furent abasourdis par l'étage noble. La nef du moutier de Chanevier ressemblait à une cave comparée aux proportions majestueuses de la salle : sur les murs blanchis à la chaux se déployaient des fresques peuplées de fleurs et d'oiseaux ; d'opulentes tentures habillaient en partie la muraille et gardaient la chaleur soufflée par le grand âtre armorié. Le sol de carreaux vernissés disparaissait sous une jonchée odoriférante ; assise sur des coffres ouvragés ou sur des coussièges à l'embrasure des fenêtres, toute une cour de belles personnes entourait le seigneur. Au milieu de cette compagnie où chatoyaient les écuyers en pourpoint cintré, les hommes d'armes aux tabards chamarrés ainsi que les dames aux manches en barbe d'écrevisse, les visiteurs se sentirent tout penauds. Winnoc ne savait que faire de ses grands membres et tripotait le bonnet qu'il avait retiré avec une craintive déférence. Dans cette élégante société, la prieure elle-même paraissait devenue terne et menue.

Du haut de son estrade, le châtelain accueillit les rustiques d'un mot aimable. Le page qui venait de les introduire leur avait toutefois intimé d'être brefs : on n'allait pas y passer la journée. Winnoc, tout ahuri, fut incapable d'émettre le moindre son, aussi la religieuse se chargea-t-elle de le représenter. Elle rapporta le drame du pauvre homme avec une sobriété qui n'excluait pas l'émotion et sollicita humblement l'assistance du seigneur. Celui-ci, qui semblait avoir apprécié la concision de la révérende, se montra cependant un peu incommodé par la requête.

« Vous arrivez bien tard pour organiser une battue », invoqua-t-il.

Par scrupule, il posa néanmoins quelques questions. Le châtelain jugea inutile de s'intéresser aux recherches menées par les vilains : il devinait que ces trois-là ne s'étaient résolus à appeler son aide qu'en dernière extrémité, après avoir ratissé tout leur terroir. En revanche, il interrogea sur les querelles de voisinage et insista pour savoir si des étrangers avaient passé par Chanevier. Les dénégations du trio le déçurent ; le vieux Goery, qui craignait de déplaire, crut bon de préciser qu'on avait flairé une méchanceté de la Lissandière au village. Cette niaiserie suscita des commentaires plaisants dans l'assistance ; le sire Rainfroi fit comme s'il ne l'avait pas entendue.

« Je ne saurais rendre des arrêts puisque vous ne me soumettez nul litige, conclut-il d'un air ennuyé. Mais j'entends bien que vous réclamez mon secours et je ne me déroberai pas à mes devoirs. J'ordonne que le sergent Edobec et deux de mes piqueux vous escortent jusqu'à Chanevier avec mes meilleurs limiers : la piste est refroidie, hélas, mais vous ne trouverez pas meilleurs chiens pour la relever. Mes gens vous aideront jusqu'à ce qu'ils aient retrouvé l'enfant ou acquis la certitude qu'il est perdu. De mon côté, je ferai crier la nouvelle de la disparition dans les autres finages. Peut-être en reviendra-t-il du neuf. »

Il accepta avec une politesse distraite les remerciements de ses visiteurs, qu'un page remit dehors avec une exquise célérité.

Un peu étourdis de se retrouver si vite dans la basse cour, Winnoc et Goery ne savaient trop que penser de l'entrevue. Soulagés d'en avoir fini, ils avaient trouvé le seigneur somme toute affable ; le laboureur, moins obnubilé par la disparition du petit garçon, calculait déjà le prestige qu'il allait gagner au village pour avoir été reçu au tinel du Treff. En revanche, les deux manants n'étaient pas ravis de se retrouver flanqués par le sergent Edobec. Ils ne connaissaient que trop le soudard, chargé de prélever le cens et de surveiller les corvées : le sergent était de ces gredins qui tarifaient le paiement des banalités à leur façon. Ce butor savait certes cogner comme un chevalier mais n'en avait ni la naissance ni les manières. Déprisé par le peuple dont il était issu, dédaigné par les maîtres qu'il servait, il se consolait en opprimant les premiers et en filoutant les seconds.

De son côté, Edobec fut tout sauf ravi d'escorter le trio. La mission qui lui était dévolue n'était point de celles où l'on fait son beurre ; et quelle pénitence de quitter une salle des gardes bien chauffée pour courir la campagne à la mauvaise saison ! Si, par sa simple présence, la prieure protégea les vilains de sa brusquerie, les deux piqueux firent les frais de sa mauvaise humeur. D'autant que le sergent venait à peine de rentrer au château : la semaine précédente, il avait perdu de longues journées à l'autre bout de la seigneurie, du côté de Goborchain, à la recherche d'un autre gamin disparu. Il en tint grief à Winnoc : vraiment, les gueux ne savaient pas tenir leur marmaille ! Prudemment, le grand paysan s'abstint de répondre. Mais il avait dressé l'oreille : ainsi, Agnel n'était point le seul enfant égaré.

À Chanevier, l'arrivée du sergent, des veneurs et de la meute souleva plus d'inquiétude que de curiosité. « Un malheur ne vient jamais seul », philosopha la vieille Emnechilde. Fort heureusement, Edobec ne comptait pas s'éterniser dans ce trou. Il lança aussitôt les piqueux et les chiens à la billebaude, sans grand espoir de retrouver l'enfant, mais dans le dessein de déclarer forfait au plus vite. Le grand Winnoc et quelques gars les secondaient par leur connaissance du pays. Peu de monde misait sur leur succès au village. À tout le moins, on se faisait une raison : les chiens de chasse pourraient faire un sort à quelques bêtes puantes qui croquaient trop de poules.

Au début, les choses tournèrent un peu ainsi. Mais les grands limiers du Treff étaient des bêtes entreprenantes et bien créancées. Après avoir effrayé un ou deux goupils imprudents, elles se souvinrent du fumet que Winnoc leur avait fait flairer en les menant jusqu'à la paillasse que partageaient Agnel et Basine. C'était au deuxième jour de maraude ; après avoir longtemps balancé, la plus vieille lice halena une piste. De plus en plus assurée, elle dressa sa voie, entraînant la meute et les chasseurs droit vers les lisières de la forêt de Guenche.

Dans le sous-bois encore dépouillé, les chiens découvrirent une coulée qui ressemblait au passage d'un animal. Mais à mesure que la bande s'enfonçait dans les futaies, la sente se précisait, devenait layon et presque chemin. Winnoc n'en croyait pas ses yeux : il avait pourtant battu et rebattu les bois, mais ce faux-fuyant ne lui rappelait rien. Au fond de bosquets inconnus, la piste mena les traqueurs dans une étroite clairière. Entre les branches à peine gemmées de bourgeons, le soleil éclaboussait d'une gloire oblique un extraordinaire parterre. Le printemps venait de germer en avant-garde dans cette percée : çà et là jaillissaient les bouquets de patte d'ours ; en d'autres endroits, l'ancolie étirait ses délicats ostensoirs ; au milieu des ces plantes élancées, un arpent entier rutilait de primevères, de myosotis et de pâquerettes.

Cette floraison secrète ne fut pas le seul motif d'étonnement. Des cendres signalaient un foyer, déjà vieux de nombreux jours car l'herbe pointait à ses abords. Au fond d'une mare épargnée par le gel, la boue gardait l'empreinte de chevaux ferrés. Les chiens dénichèrent toutefois l'indice le plus décisif : jetés sur le tapis de feuilles mortes, à quelques toises de la clairière en fleurs, gisaient des haillons gorgés d'humidité. C'étaient des nippes d'enfant : la gorge serrée, Winnoc les recueillit une à une. Ils les reconnut au premier coup d'œil, car c'étaient bien les habits d'Agnel. On les avait éparpillés à tort et à travers, mais rien ne manquait : les chausses, le sayon, la saie et son petit capuchon, jusqu'aux galoches jetées à la diable. Paysans et valets du seigneur contemplaient avec gravité le malheureux père épousseter et replier une à une ces pauvres frusques. Mais l'on eut beau chercher, nulle autre trace de l'enfant. C'était comme si le galopin, pris de folie, s'était dévêtu pour plonger tout nu dans cet îlot de printemps.

La meute elle-même, du reste, se faisait indécise. Sortis de la clairière, les chiens rejoignaient : ils revenaient sur leurs pas, cherchant des effluves. On retrouva quand même une piste tracée par des chevaux et on les mit sur la voie ; mais au bout de deux cents pas, elle s'égarait dans une fondrière qui laissa les limiers dépités. Ils se mirent à bricoler de droite et de gauche ; on contourna assez largement le bourbier, mais rien n'y fit. La nuit rattrapa la bande comme on cherchait toujours l'empreinte des coursiers.

La trouvaille des chasseurs émerveilla fort au village. Pendant que Basine pleurait toutes les larmes de son corps sur les hardes qu'elle avait cousues de ses mains, on s'échauffait avec Winnoc. Quelle était donc cette cavalerie qui rôdait derrière leurs lisières ? Le déshabillage du petit excitait bien des craintes, qu'on n'osait formuler devant le père, mais piquait aussi les curiosités. Une fois qu'ils avaient commis leur forfait, qu'avaient donc fait les ravisseurs ? Il gelait encore joliment quand Agnel s'était évaporé. Sans l'oracle des frères de Deusme, tout le monde eût juré que le bambin était mort. Et puis quelle étrangeté, ce val fleuri dans la forêt d'hiver ! L'endroit ne disait rien à personne, et pourtant tout le village montait au bois pour son chauffage. Seule la vieille Emnechilde eut une réminiscence. Elle se souvint qu'en sa jeunesse, les anciens de Chanevier se fendaient parfois d'un dicton : « Perce-neige à Bosflorel, dans un mois le dégel. » À l'époque, Bosflorel passait pour un vallon mystérieux de la forêt de Guenche, où l'on n'allait plus trop parce que des gens s'y étaient perdus. L'aïeule n'y avait d'ailleurs jamais mis les pieds et avait fini par croire que ce n'était qu'un conte.

Le lendemain, on reprit les recherches du côté de l'étrange clairière, mais la journée se perdit en errances. Les chiens, en bout de voie, tombaient en défaut. Plus d'une fois, ils égarèrent la compagnie en tournant au change et perdirent un temps précieux à courir un lièvre ou un chevreuil. Au soir, on n'avait pas avancé. Le sergent Edobec estima que c'était assez de ces vaines requêtes, surtout si longtemps après la disparition du morveux. Le lendemain, il reprit le chemin du Treff avec ses valets et sa meute. Pour lui, il allait de soi que l'enfant, s'il était toujours en vie, avait été enlevé par des gens de passage ; mieux valait avertir le seigneur, qui agirait alors à son idée, plutôt que de s'entêter dans une forêt où il n'y avait plus âme qui vive. Cette défection fit enrager le grand Winnoc mais soulagea le reste du village. Edobec, ses piqueux et ses chiens représentaient une charge en cette période de soudure.

Pendant quelques jours encore, Winnoc s'obstina à chercher seul. Dès l'aube, il filait vers la lisière, nourrissant l'espoir de retrouver la piste perdue envers et contre tout. Mais la clairière de Bosflorel se montrait fuyante : il suffisait que le brouillard se levât et le manant tournait entre les arbres sans retrouver le val. Voilà des semaines qu'il se démenait ; ses forces et ses illusions, à la longue, déclinaient, sans toutefois s'épuiser tout à fait. Du reste, les jours se faisaient moins courts, l'hiver tirait à sa fin. Il allait falloir reprendre les travaux, la terre n'attendait point et les villageois comptaient sur Winnoc pour la pré-taille de la vigne. Après tout, ce ne serait pas la première fois que le paysan se remettrait à la tâche avec sur le cœur un deuil d'enfant. Ses vagabondages s'espacèrent, il reprit ses outils et son labeur sur les communaux. Les voisins, qui l'estimaient brave, abattaient plus que leur part quand il manquait de nerf. On se faisait à l'idée qu'Agnel était perdu ; c'était un grand malheur, mais on avait fait ce qu'on avait pu. Ce pauvre Winnoc commençait à remonter la pente. Il n'avait plus qu'à faire un autre enfant à Closinde, elle se consolerait avec le nourrisson. Les choses allaient reprendre leur cours.

Et puis survint le chevalier.

Il apparut vers le milieu de l'après-midi. On le vit arriver de loin car il ne voyageait pas seul. Ce qu'on aperçut d'abord, remontant la vallée de l'Andounne sur le vieux chemin de Ruzelay, ce fut une petite bande de cinq chevaux et de trois cavaliers. À découvrir tant de coursiers, dont deux avaient vraiment fière allure, on fut de suite fixé : cela sentait son seigneur. Un peu partout, dans les lopins et sur les pas de porte, on suspendit les besognes pour scruter ces pèlerins. Le singulier, c'était qu'ils débouchaient du fond de la vallée et non du chemin du Treff. Les hauts hommes avaient accoutumé de faire étape au château de sire Rainfroi ; il y en avait fort peu pour faire le détour par Chanevier. Pour autant, le trio n'inquiéta pas les manants. Il cheminait au pas de promenade, et l'un d'entre eux n'était qu'un enfant. Quoique des armes fussent accrochées aux arçons, les deux adultes étaient vêtus chaudement pour affronter la bise mais ne portaient point le harnois.

Le voyageur de tête accrocha de suite les regards ; ou plus exactement, ce fut son coursier qui capta toutes les admirations. Élancé, l'encolure élégamment déliée, il avançait quasiment au piaffer afin de régler son allure sur le pas plus lent du reste de la bande. Cette fantaisie leur conférait, à lui et à son maître, une prestance de danseurs, comme s'ils eussent été à la parade. Ils étaient suivis par un cavalier monté sur une jument pie, bien modeste en regard du palefroi splendide qui la précédait. Quoique chenu, le deuxième homme avait belle carrure ; une arbalète décordée et une hache de cavalerie étaient suspendues de part et d'autre de son arçon. De la main droite, il guidait un cheval énorme : une monture de guerre, à la robe d'orage et au poitrail massif, dont le pas éparpillait des mottes de boue. Un freluquet fermait la marche ; coquettement habillé, le damoiseau se haussait sur ses étriers et dressait le nez pour paraître plus que son âge, mais il n'avait point encore de poil au menton. Il corrigeait les écarts de son petit roncin, un sauteur qui rongeait son mors d'un air indocile ; de la main droite, il guidait également une bête de somme, chargée de sacoches, de housses et de quatre lances d'arçon qui l'encadraient comme les brancards d'une charrette.

Quand ils arrivèrent à portée de voix des premiers vignerons, les cavaliers s'arrêtèrent. Ce fut le page qui les interpella, d'une voix haut perchée et pleine d'insolence.

« Holà, vilenaille ! Sommes-nous bien à Chanevier ? »

Et comme on lui répondait par l'affirmative, il ordonna :

« Qu'on nous mène à votre meilleur gîte. Mon seigneur de Vaumacel logera chez vous ce soir. »

Cette demande d'hospitalité surprit fort. La journée n'était pas si avancée ; pourquoi diable ces gens de condition cherchaient-ils hébergement chez de pauvres paysans ? D'autant qu'on ne connaissait ni ce sire de Vaumacel ni ses acolytes ; et le ton du petit valet ne plaisait guère… Il eût été toutefois contre la coutume de mégoter sur l'hospitalité. En fait, les villageois éprouvèrent surtout de l'embarras : où allait-on loger ces trois hauts hommes, et tout particulièrement leur écurie ? La petite cure de la prieure formait de loin le havre le plus digne, mais les trois gaillards y auraient tenu à grand peine ; et puis il n'aurait pas été décent que la révérende Eusébie la partageât avec eux. Après quelques palabres, on se rabattit sur la maison du père Goery. Après tout, le laboureur possédait la plus belle chaumière du pays et se vantait assez d'avoir été *invité* au château du Treff : à lui de rendre la politesse. Avec sa femme et ses filles, il n'aurait qu'à coucher dans sa bergerie.

L'entrée des visiteurs fit sensation au hameau. On jouait des coudes pour escorter les voyageurs et approcher les chevaux. Le palefroi et le destrier, à eux seuls, valaient autant que le finage tout entier. À serrer ces bêtes superbes pour leur effleurer l'épaule ou la croupe, on en perdait toute prudence ; s'il n'avait été leste, Marlot aurait eu une jambe cassée par la ruade que lança le roncin du page… Quand ils furent arrivés devant la masure du père Goery, le varlet fit la moue mais ses deux aînés s'en accommodèrent de bonne grâce. Le plus vieux, avant d'entrer, se tourna vers les manants et les invita tous à la veillée : le sire de Vaumacel souhaitait les consulter. L'annonce redoubla l'étonnement des vilains. Passer la veillée avec un seigneur chez le père Goery, c'était du jamais vu ! Les plus circonspects, tels Mesmin ou la vieille Emnechilde, craignirent qu'il n'y eût anguille sous roche ; la curiosité l'emporta néanmoins sur tout autre sentiment, y compris chez les méfiants.

Le soir venu, tout le village se pressa à la veillée. Les manants s'entassèrent dans la chaumière tels des connils dans un clapier. Cerné par cette cour rustique, le chevalier siégeait sur le coffre à sel du père Goery comme sur un trône. Vu de près, il s'en fallait de peu que le seigneur eût autant de prestance que son palefroi ! Il avait certes le visage émacié et rude, presque aussi buriné que les trognes des vilains ; mais ses cheveux bruns, quoique taillés assez court, s'agrémentaient de jolies boucles. Des tempes grisonnantes ajoutaient un soupçon de sagesse à son expression mâle. Du reste, c'était surtout son costume qui excitait toutes les admirations. Il était vêtu d'une cotte-hardie à collet fourré de vair ; son buste et ses poignets s'ornaient d'élégantes rangées de boutons. La tenue était ajustée bas sur les hanches par une ceinture de beau cuir à fermail d'argent, à laquelle était suspendue une dague travaillée comme un bijou. Des chausses de cainsil fuselaient ses jambes, que prolongeaient des heuses aussi délicates que les souliers d'une dame. Le coloris éclatant des étoffes, en particulier du velours de la cotte, chatoyait à la lueur du feu. On eût dit un prince de sang égaré dans une étable. Le mirage avait d'autant plus de force que le chevalier était servi par son page, coquettement accoutré d'un pourpoint de cendal et d'un hoqueton qui remontait haut sur les fesses. Les paysans contemplaient bouche-bée toute cette afféterie. C'était misère de voir comment les trois filles du père Goery, qui n'étaient guère jolies, s'étaient aussitôt enamourées de leur hôte. Le feu aux joues, elles essuyaient les railleries du petit page en s'improvisant chambrières et échansonnes, juste pour pouvoir approcher le haut homme. Elles n'attendirent pas la fin de la veillée pour faire savoir que non seulement le chevalier était d'une parfaite courtoisie, mais qu'il sentait la rose. Cela fit ricaner les délurés. Plus d'un plaisantin suggéra au vieux Goery de surveiller sa closerie.

Ce fut toutefois pour un autre motif que la soirée intéressa les villageois. Le troisième voyageur en donna rapidement la raison. À la différence de ses compagnons, il avait conservé son costume de route en grosse futaine et, quoiqu'il parlât avec assurance, il le faisait sans affectation. Dans l'assemblée, sa simplicité plut aussitôt aux gens de sens rassis.

« Je m'appelle Naimes, se présenta-t-il. Je suis l'écuyer de sire Ædan de Vaumacel. »

Le gaillard avait la face ridée et des cheveux blancs. On trouva singulier qu'un chevalier prît à son service un écuyer si âgé, mais on se garda bien d'en faire la remarque.

« Mon seigneur Ædan vous a conviés car il souhaite vous entendre, poursuivait le vieux varlet. Il a entendu parler de la disparition d'un garçon de Chanevier. Or il poursuit une affaire personnelle avec certaines gens qui ravissent des enfants. Il souhaiterait apprendre tout ce que vous pourrez dire sur le sujet. »

L'assemblée fut fort saisie. Un chevalier de Vaumacel, c'était quand même autre chose que cette fripouille d'Edobec ! Et voici qu'il venait en personne proposer son concours ! Tout le monde fut flatté, y compris ceux qui juraient qu'Agnel était perdu. Les regards se tournèrent bien sûr vers le grand Winnoc – Closinde, toujours éplorée, n'avait pas quitté leur chaumine. Le pauvre homme, frappé par l'étonnement et par un regain d'espoir, ne pipa mot. On se mit à le houspiller de toutes parts, en l'encourageant à s'exprimer, pendant qu'un chœur d'âmes bien intentionnées le présentaient aux visiteurs. Comme le vigneron demeurait interloqué, Goery sauta sur l'occasion pour évoquer leur audience au château du Treff et les marques de considération que lui avait adressées le seigneur Rainfroi.

On trouva que le laboureur tirait un peu trop la couverture à lui ; tout le monde se mit à parler en même temps. On raconta dans la plus grande confusion comment on avait appris la disparition d'Agnel et chacun y alla de son avis, avec force commentaires sur les frères du Bosquet de Deusme, les chiens du Treff et les mauvais tours de la Lissandière. Winnoc, qui avait tardivement repris ses esprits, ne trouva pas grand-chose à ajouter. Le petit page finit par bâiller pendant ces jacasseries, mais le chevalier les suivit avec patience ; son vieil écuyer intervenait de temps en temps pour demander telle ou telle précision. Deux points retinrent particulièrement son attention : la beauté d'Agnel et les traces de chevaux à Bosflorel. Le sire de Vaumacel et son varlet avaient de toute évidence une idée derrière la tête, mais ils ne s'en ouvrirent pas aux paysans. Quand ceux-ci quittèrent la veillée, la nuit était déjà bien avancée. On se séparait à regret de si aimables seigneurs. La prieure remercia chaudement le chevalier pour son aide et le recommanda à la Dame ; le sire de Vaumacel lui répondit avec une galanterie qui fit un peu rougir la révérende. Parmi les derniers à quitter la chaumière, Winnoc se confondit en bredouillis reconnaissants. Le chevalier les accepta comme un dû ; le vieux Naimes tapota l'échine du paysan. Le geste était réconfortant, mais la compassion de l'écuyer respirait également une certaine tristesse.

Le grand Winnoc ne ressortit pas moins revigoré de cette rencontre. Il se hâta de rentrer chez lui, réveilla sa femme et sa fille et leur raconta la veillée avec toute l'éloquence qui venait pourtant de lui faire défaut. Les pauvres gens en perdirent le sommeil ; mais pour la première fois depuis bien des jours, ce n'était pas d'inquiétude ou de chagrin.

Dès lors il était fatal que, le lendemain matin, en voyant le sire de Vaumacel livrer combat sur le pré du Bestorné, l'humeur du grand Winnoc s'enflammât. Dès qu'il fut entré au village, il clama que le chevalier croisait le fer contre le voleur d'enfants, courut tout droit à sa chaumine pour avertir Closinde et Basine. Bouleversées par l'émoi du bonhomme, la femme et la petite reprirent ses cris. Parmi les vignerons, le second à revenir à Chanevier était Marlot, qui galopa au moutier ; mais le blanc-bec, exalté par la nouvelle qu'il portait, dramatisa les choses en exagérant la férocité du duel. Il était trop tard lorsque des vignerons plus sagaces, comme Mesmin ou Emnechilde, en appelèrent à la prudence ; la prieure elle-même, qui peinait à comprendre ce qui se passait, leur fut d'un piètre secours ; le peuple de Chanevier, tout émotionné, se précipitait déjà vers le théâtre de l'affrontement.

Quelques-uns s'étaient armés, qui d'une gaule, qui d'une cognée, qui d'une faux. La plupart couraient les mains vides, emportés par le mouvement, sans bien savoir ce qu'ils comptaient faire. L'important était d'en être, et puis pour pareille affaire, ce chevalier si aimable pouvait compter sur eux !

Dans cette presse paysanne, on perdit assez vite de vue le pré du Bestorné, où les deux cavaliers continuaient de caracoler les lances couchées. Pour gagner l'autre rive, il fallait passer l'Andounne : le brouillard s'interposa entre les manants et les combattants. Malgré le froid, on traversa à gué, à grosses éclaboussures. La petite foule était si bruyante qu'on ne pouvait ouïr les échos de la joute.

Quand les vilains émergèrent de la brume, le duel continuait plus âpre que jamais ; mais la situation avait évolué car l'engagement se poursuivait à pied. Sur le pré en pente douce gisaient des tronçons de lance ; les écuyers avaient saisi les destriers par la bride pour les éloigner de la lutte ; quant aux chevaliers, ils s'affrontaient en piétons, couverts du bouclier, les épées brandies en garde haute. Détrempés, essoufflés par la côte qu'ils venaient de gravir en courant, les manants ralentirent et s'agrégèrent sur les pourtours du champ. Casqués et cuirassés, splendidement drapés dans leurs cottes de soie, les chevaliers paraissaient avoir une taille plus qu'humaine, quand bien même leurs solerets patinaient dans la glèbe. Ils ne lésinaient ni sur les heurts ni sur les horions : les coups qu'ils se distribuaient arrachaient la peinture des écus, faussaient les plates d'acier et jetaient des étincelles blanches quand les lames s'entrébréchaient. La rudesse de cette noise avait de quoi refroidir les ardeurs : bien fou qui se serait mêlé de l'explication. Les écuyers et le petit page restaient d'ailleurs au large.

Toutefois, ce fut l'incertitude plus que la poltronnerie qui brisa l'élan des vilains. Fussent-ils survenus plus tôt, ils auraient reconnu le sire de Vaumacel à son cheval, qu'ils avaient eu tout loisir d'admirer la veille. Mais c'était à présent le vieux Naimes qui tenait le destrier par la bride... Or les gens de Chanevier n'avaient vu leur champion qu'en habit de voyage et en costume de cour ; ils ignoraient tout de ses armes. De ces preux si acharnés à en découdre, lequel était le bon ? Était-ce le forcené à la robe d'azur, dont le bouclier était orné d'un cor virolé ? Ou était-ce le farouche à l'écu d'argent semé de quelques épines, et dont le heaume se couronnait d'un cimier en forme de ronces ?

Winnoc interpella Naimes pour lui demander qui était son seigneur. Le vieil écuyer se contenta de l'inviter du geste à garder ses distances tandis que le petit page, qui était resté en selle, jetait à la cantonade :

« Mêlez-vous de vos affaires ! Ce combat ne vous regarde pas ! »

Les retardataires continuaient toutefois d'affluer en ordre dispersé, et la même question revenait sans cesse chez les derniers arrivés : quel était donc le bon seigneur ? Certains croyaient reconnaître l'allure du sire de Vaumacel chez le chevalier d'azur, d'autres chez le chevalier à la ronce. On ne frémissait pas aux mêmes coups ; on se querellait avec les voisins qui prenaient fait et cause pour l'adversaire ; la paysannerie se mit à bruire de disputes, qu'interrompait de temps en temps un choc plus sonore sur un orle ou un heaume.

Cependant, il devenait clair que l'un des combattants perdait la mesure. Le chevalier à la robe d'azur s'essoufflait ; ses estocades se faisaient plus lentes et moins assurées. Son rival les bloquait fermement et continuait à frapper avec une inaltérable vigueur. Conscient qu'il avait le dessous, le preux à la cotte d'azur joua son va-tout : il jeta ses forces dans un dernier assaut, lançant tout son poids dans une ruée bouclier contre bouclier. Le chevalier à la ronce fut à peine ébranlé ; il lui rendit sèchement sa poussée et, l'ayant déséquilibré, lui cogna le ventail. Étourdi, le chevalier d'azur flageola ; un dernier coup le jeta à terre. Aussitôt, son adversaire lui posa le pied sur le poignet et l'épée sous la mentonnière.

« Eh bien, haleta-t-il sous son timbre d'acier, je crois que le débat est clos. »

Tous les manants retinrent leur souffle. Que faire, tant qu'on ignorait qui l'avait emporté ?

« Ah ! La peste vous emporte ! s'écria l'homme à terre. Quel tour m'avez-vous joué ?

– Le bon droit était de mon côté, voilà tout mon secret.

– Le bon droit ? Pour un félon ! Un meurtrier ! Comment osez-vous mentir de la sorte ?

– Je l'ose du droit du plus fort, et vous voici en mauvaise posture pour le dédire. Me demandez-vous merci ? Ou préférez-vous que je donne raison à vos calomnies ? »

De rage, le chevalier à la cotte d'azur voulut frapper le sol du poing gauche, mais les énarmes de l'écu, embarrassant son bras, entravèrent jusqu'à ce geste de colère.

« Eh bien soit ! vitupéra-t-il. Je vous rends mon épée.

– Vous tenez-vous pour prisonnier ?

– Je n'ai qu'une parole.

– J'en suis fort aise, pour vous comme pour moi. »

Le chevalier aux épines retira son pied et sa lame. Il négligea même la précaution d'écarter l'arme du vaincu mais, laissant le bouclier pendre à son cou, ôta son heaume des deux mains. Sous la coiffe de cuir, congestionné par l'effort et le camail, apparut le visage du sire de Vaumacel. Les gens de Chanevier laissèrent éclater leur joie. Les enthousiastes et les étourdis se précipitèrent et bientôt les deux seigneurs se trouvaient entourés par une paysannerie transportée. Le chevalier d'azur, redressé sur un coude, peinait à se relever tandis que le sire de Vaumacel, d'une main gantelée, invitait les rustres à garder leurs distances.

Au premier rang des manants s'avançaient le grand Winnoc et Closinde, bouleversés de reconnaissance et de colère.

« Est-ce lui ? Est-ce lui ? » s'égosillait la pauvre femme en désignant effrontément le preux à terre.

Le sire de Vaumacel, faute de l'avoir rencontrée la veille, ne saisissait ni le sens de ses paroles ni ce que les gueux lui voulaient. Il s'interposa entre les villageois et son captif. Les choses devinrent plus claires quand Winnoc le conjura sur un ton furieux :

« Donnez-le nous, seigneur ! Donnez-le nous, qu'il nous dise ce qu'il a fait du petit ! »

Le chevalier parut alors comprendre la situation.

« Il y a méprise, s'exclama-t-il. Le sire de Quéant n'est pas le ravisseur que vous cherchez. Du reste, l'honneur m'interdit de livrer un prud'homme à des vilains. »

Mais Closinde, éperdue, ne put ou ne voulut l'entendre. Trop de chagrin assaisonné d'un espoir déraisonnable obnubilait sa faible cervelle. Le chevalier ne s'était-il pas enquis du sort d'Agnel ? Ne cherchait-il pas le voleur d'enfants ? Ne venait-il pas de le vaincre, juste sous les lisières de la forêt de Guenche ? Sottement, malgré la vieille Emnechilde qui lui accrochait le coude, elle fit un pas de plus vers les chevaliers. Elle fut fauchée avant de les toucher.

Outré par tant de familiarité, le joli page avait interposé son roncin en criant : « Du vent, tas de gueux ! Du vent ! » Heurtées par le poitrail du cheval, Closinde et Emnechilde tourbillonnèrent dans une envolée de jupes avant de s'étaler dans les jambes des paysans. Le sang de Winnoc, fouetté par le souffle de la cavalcade, ne fit qu'un tour. D'instinct, il brandit la serpe qu'il n'avait pas lâchée depuis son départ des vignes. Était-ce juste une menace ? S'apprêtait-il à frapper ? Sans doute l'ignorait-il lui-même, et personne n'en sut jamais rien. Quand il vit le fer recourbé s'élever contre son page, le sire de Vaumacel réagit en un éclair. En deux pas, il avait contourné le roncin et son épée fendait l'air, séparant le poing de l'avant-bras du paysan.

« Arrière ! s'écria-t-il sur un ton de commandement. J'en ai autant pour quiconque s'en prendra à mes gens ! »

La soudaineté du drame frappa d'abord les paysans de stupeur ; le hurlement de Winnoc et les gémissements de la vieille Emnechilde eurent cependant tôt fait de dissiper l'effarement. Une flambée de colère souleva alors les villageois, qui levèrent poings et outils dans une cacophonie de cris vengeurs.

« Sire Yvorin, êtes-vous en état de combattre ? demanda le chevalier aux épines. Votre soutien serait appréciable.

– Je ne comprends goutte à cette émotion, grogna le chevalier d'azur en se remettant sur pied. Mais je ne me laisserai pas outrager par des gens de peu. »

Bientôt, les deux hommes d'armes faisaient front à la paysannerie. Le petit page continuait à caracoler d'imprudente manière, tandis que le vieux Naimes, ayant jeté les rênes de son destrier à son seigneur, menaçait la populace de la hache.

« Arrière ! clamait derechef le sire de Vaumacel. J'en suis fâché, mais je fendrai le crâne au premier qui m'incommodera de trop près ! »

Avisant la prieure, interdite au milieu de la foule haineuse, le chevalier lui désigna Winnoc, qui étreignait inutilement le moignon d'où jaillissait une fontaine de sang.

« Garrottez-moi ce bras, intima le haut homme, sans quoi cet imbécile y perdra plus que la main ! »

Pas à pas, les deux chevaliers et leurs gens battirent en retraite, tandis que la religieuse et quelques bonne âmes venaient en aide à Winnoc. Dès qu'ils le purent, les seigneurs remirent le pied à l'étrier et abandonnèrent le pré. Une bande de gars, plus audacieux ou plus inconscients que les autres, fit mine de leur donner la chasse, mais le vieux Naimes fermait la marche des chevaliers, son arbalète cordée et chargée en travers de l'arçon. Il n'avait plus du tout l'air avenant de la veille, et, somme toute, c'était déjà assez d'un manchot pour la journée… À contrecœur, les vilains abandonnèrent la poursuite, en accablant le Vaumacel de malédictions.

## II

## Sur parole

*Mout ai d'amis, mais povre sont li don.*
*Honte en avront, se por ma rëançon*
*Sui ces deux yvers pris.*
Richard Cœur de Lion

Une fois qu'elle fut entrée dans le bois, la troupe de cavaliers ne s'enfonça pas très avant sous le couvert mais longea la lisière au petit trot. Il eût été facile de suivre la compagnie, si les vilains de Chanevier avaient eu la témérité de le faire. Ayant enfourché à la hâte leurs destriers, les chevaliers ouvraient la voie dans un grand fracas de branches brisées. Le page suivait, pestant contre son roncin qui ne demandait qu'à prendre le mors aux dents et contre le cheval de somme dont les paquetages s'empêtraient dans la ramée. Les deux écuyers fermaient la marche. Contrairement à l'usage, le vieux Naimes guidait le palefroi de son seigneur ; il rassurait de la voix le splendide animal, qui renâclait sur cette voie mal frayée. Le second écuyer était un damoiseau assez vigoureux. Ayant fort à faire pour mener des deux mains une bête de bât et le cheval de monte de son seigneur, il se laissait un peu distancer.

« Quelle infamie ! s'emporta le chevalier à la cotte d'azur. Tourner casaque devant un ramassis de gueux !

– Quel honneur aurions-nous gagné à les occire ? objecta le sire de Vaumacel.

– Eh bien ! Celui de ne point se comporter en couards !

– Nous avons fait preuve de clémence, sire Yvorin. C'est aussi une noble vertu. »

Le chevalier à la cotte d'azur remâcha un moment ce jugement, probablement à l'aune de sa propre situation.

« Que me voulaient donc ces rustauds ? s'indigna-t-il. Ils ne me connaissent point et je ne leur ai fait nul outrage !

– Je crains qu'il n'y ait eu malentendu, regretta le sire de Vaumacel, et je vous dois quelque explication à ce propos. Un des enfants de ce finage a disparu ; ce n'est qu'un petit gueux, mais il se trouve que je recherche celui ou ceux qui l'ont enlevé. À cette fin, j'ai devisé hier avec ces vilains. Leur bêtise aura fait le reste : en nous voyant livrer combat, ils vous auront confondu avec le ravisseur. Quoiqu'elle ne soit pas de mon fait, croyez bien que je suis navré de la méprise.

– Et moi donc ! grommela Yvorin. Me prendre pour un forban ! Moi qui vous demandais justice… »

La petite bande poursuivit son chemin un moment sans mot dire, dans un pétillement de branches brisées. Las de fendre la ramée, le sire de Vaumacel finit par se tourner sur sa selle pour interpeller son écuyer.

« Sommes-nous suivis ?

– Je ne crois pas, répondit le vieux Naimes.

– Alors sortons du bois. »

La compagnie se rassembla sitôt l'orée franchie. Le coteau s'était incurvé derrière eux et masquait le pré du Bestorné, même si l'on apercevait encore, au loin, la nef trapue du moutier. Sur les jachères qui descendaient mollement vers la rivière, nulle animation. Un chemin creux se perdait dans la brume remontée de l'Andounne.

« Ôtons nos armes, décida le sire de Vaumacel. Nous serons plus à l'aise et cela nous épargnera d'autres équivoques. »

La compagnie mit pied à terre et les chevaliers s'offrirent aux soins de leurs gens pour être délivrés de l'armure. Comme son écuyer et son page étaient occupés à le délacer, le sire de Vaumacel s'adressa au petit varlet :

« Cœl, nous aurons à parler de ce qui s'est passé sur le pré.

– Pourquoi donc ? protesta le jouvenceau. Je n'ai rien fait de mal ! »

Tout en ôtant une spallière, le vieux Naimes lui jeta un regard lourd de reproches.

« Te voici bien pressé de t'absoudre, observa le chevalier.

– Mais ces pouilleux ! Ils vous manquaient de respect !

– C'est un fait. Or ce qui s'est passé ne me restaurera point dans leur estime.

– Que nous en chaut ? Ce sont gens de rien.

– Certes, Cœl, mais ce sont aussi les gens du seigneur du Treff. »

Alors qu'il s'apprêtait à répondre, le page poussa un cri de surprise. Il venait de se piquer à l'ardillon d'une sangle.

« Aie donc la tête à ce que tu fais, gronda Naimes, ou c'est moi qui vais sévir. »

Bien qu'il n'eût qu'un écuyer à son service, le chevalier d'azur était désarmé presque aussi diligemment que son vainqueur. Il grimaça cependant quand on lui ôta la cubitière et le garde-bras du côté droit. Ce rictus n'échappa point au chevalier de Vaumacel.

« Comment va votre bras ? s'enquit-il.

– Oh ! Rien de bien grave, répondit Yvorin. J'en ai connu d'autres.

– Si vous avez besoin de soins, je vous confierai à Naimes. Il m'a remis sur pied plus souvent qu'à mon tour.

– Ne vous en déplaise, vous n'avez pas frappé assez fort pour percer l'armure. Et Briebras sait recoudre les plaies.

– Je ne doute pas des dispositions de votre écuyer, et j'ai pu mesurer la solidité de vos armes. J'ai plutôt l'impression que vous avez le membre froissé. Naimes connaît des cataplasmes pour soulager les foulures.

– Vous êtes trop aimable, sire Ædan, mais il m'en coûterait autant d'être soigné par vous que d'en être frappé.

– Je crains qu'il ne vous en coûte davantage pour être libéré de mes soins. »

Débarrassés du heaume, de la coiffe et du camail, les deux chevaliers retrouvaient figure humaine. Malgré ses larges épaules, Yvorin paraissait fort jeune. Ses cheveux blond cendré, coupés mi-longs, avaient tout le dru et le soyeux de ses vingt ans ; quoique sans régularité, ses traits respiraient le charme que confère une belle fermeté de caractère acquise à la fleur de l'âge. Le ressentiment et le dépit se peignaient sans dissimuler sur ce visage juvénile ; pour autant, le preux n'en oubliait pas les usages.

« Puisque vous abordez la question, quel sera le prix de ma liberté ?

– Nous en discuterons en reprenant la route, répondit le sire de Vaumacel. Ne nous attardons pas sur cette lisière : nous sommes encore proches de Chanevier et il me déplairait d'avoir à molester d'autres vilains. Une fois en selle, nous aurons tout loisir de fixer votre rançon.

– Comme il vous plaira. Mais où irons-nous ?

– Une visite au château du Treff s'impose. Il me faut présenter des excuses au seigneur du pays. »

Comme les écuyers remettaient les boucliers sous housse, Ædan de Vaumacel désigna celui de son prisonnier.

« Depuis que nous avons croisé le fer, je suis intrigué par vos armoiries, dit-il. J'espère que vous n'en prendrez pas ombrage, sire Yvorin, mais ce cor riveté sur champ d'azur ne m'évoque rien. D'où tenez-vous ces armes ?

– Ce sont celles de ma famille, du pays de Quéant.

– Pardonnez mon ignorance, mais je ne connais pas votre lignage.

– Cela ne m'étonne guère, repartit le jeune chevalier avec humeur. C'est un petit lignage du comté de Belestance. Mon père est un vavasseur du comte ; en fait il a rendu hommage au sire de Prangeray, qui tient lui-même son fief de mon seigneur Dodinel.

– Ah ! Je comprends mieux vos bonnes manières. Belestance est une terre bénie des dieux. Quand j'ai eu le plaisir d'y voyager, j'ai trouvé que l'agrément de la contrée n'y avait d'égal que la courtoisie de la noblesse.

– Puisque nous parlons de nos couleurs, à moi de vous retourner la question, répliqua Yvorin. La dame qui m'a envoyé vers vous m'a dit que je vous reconnaîtrais à vos cinq épines sur champ d'argent. Or sur votre écu, je n'en ai compté que quatre. J'ai même douté d'avoir trouvé le bon chevalier, du moins jusqu'à ce que vous me décliniez vos nom et qualités. Comment expliquez-vous cet écart ?

– Cinq épines, dites-vous ? C'est singulier. Je ne m'en souvenais pas. Mais il est vrai que selon l'opinion qu'on se fait de ma personne, on m'attribue plus ou moins de piquants. Or la dame qui vous a dépêché ne me tient pas en très haute estime…

– Sur ce point au moins, nous tomberons d'accord. »

Une fois les harnois remballés sur les chevaux de somme, les chevaliers enfourchèrent leurs palefrois, laissant les destriers aux mains des écuyers. La petite bande traversa un pré pour rejoindre le chemin, qu'elle emprunta vers l'amont de l'Andounne. La matinée était avancée et le brouillard s'effilochait sur les berges du cours d'eau ; quoique de plus en plus diaphane, la brume demeurait néanmoins suffisante pour masquer les cavaliers depuis le village de Chanevier. Aux yeux d'un passant, rien n'aurait trahi l'escarmouche que ce groupe venait de traverser.

« Eh bien, puisque nous voici en route, reprit le jeune chevalier, je vous le demande à nouveau. À quel prix me rendrez-vous ma liberté ?

– Oh, vous êtes libre, répondit nonchalamment le sire de Vaumacel, pour peu que vous me laissiez vos armes et votre destrier.

– Oui, je m'attendais à quelque chose de cet ordre, convint tristement Yvorin.

– Eh ! C'est la rançon d'usage. »

Ils cheminèrent quelque temps de concert, dans le claquement paisible des sabots. Grossie par la fonte des neiges, la rivière grondait un joyeux ramage. Le soleil poudrait de lumière les derniers bancs de brume et faisait miroiter la rosée sur les prairies. Au milieu de toute cette joliesse, le jeune chevalier restait sombre.

« Cette liberté va me coûter bien cher, déplora-t-il.

– Que voulez-vous ? Telle est la rançon d'un homme de valeur.

– Je me flatte en effet d'être un homme de valeur, et ma défaite m'en navre d'autant plus. Mais cela ne m'empêche pas de n'être qu'un pauvre bachelier. Mon harnois et mon destrier forment toute ma fortune. Mon père s'est saigné aux quatre veines pour me fournir mes armes ; quant à mon bon cheval, mon Contençon, c'est une largesse faite par le comte Dodinel à l'occasion de l'adoubement de son fils, mon seigneur Guinguamor. Je n'oserai plus reparaître à la cour si je suis dépouillé de ces biens.

– Voilà qui est fâcheux, mais il aurait fallu y songer avant de me jeter le gant.

– J'étais persuadé que j'aurais le dessus, grommela Yvorin.

– Eh bien, quoique chèrement payée, vous aurez acquis une leçon de prudence. En d'autres circonstances, je vous aurais sans doute fait grâce de la rançon. Mais vous m'avez orné d'assez méchants noms et vous avez refusé d'entendre mes raisons. Ce serait faiblesse de ma part que de ne point vous demander réparation. Soit vous me cédez vos armes et votre destrier, soit vous restez mon prisonnier. »

Sur leurs arrières, le petit Cœl toisait l'écuyer du chevalier d'azur d'arrogante manière. Briebras lui jetait un regard noir, maîtrisant à grand peine son aigreur, ce qui amusait fort le page.

« Dire que j'avais gagné trois chevaux à Belcastel, maugréa Yvorin.

– Donnez m'en deux et je vous tiens quitte avec votre armure et votre Contençon.

– Je vous les aurais proposés si je l'avais pu. Hélas, ils ne sont plus en ma possession. Je les avais remportés de haute lutte au tournoi donné par le comte Dodinel pour l'adoubement de son fils. J'y ai d'ailleurs reçu le prix de vaillance. Mais comme je n'aurais pu m'illustrer de la sorte sans le destrier offert par mon seigneur le comte, j'ai voulu l'honorer en lui montrant que j'étais digne de cette largesse : j'ai donné ou rendu mes prises.

– Un geste fort courtois. On a dû vous louer à la cour.

– Cette courtoisie me vaut maintenant d'avoir à choisir entre ma dignité et ma liberté… »

Tout en flattant de la main l'encolure de sa monture, le sire de Vaumacel prit un instant de réflexion.

« Quoique je ne sois en rien responsable de votre embarras, finit-il par dire, il me déplaît d'en être l'instrument. Non que je revienne sur mes conditions : vous m'avez insulté, il faut réparer l'offense. Mais je n'aurais aucune satisfaction à vous rabaisser au rang de varlet. Sans doute pouvons-nous trouver quelque accommodement…

– Pourvu que cela n'attente point à mon honneur, je vous en serais obligé.

– Bien qu'ils m'appartiennent désormais, imaginons que je vous laisse la jouissance de vos armes et de votre destrier. Vous avez déjà remporté des combats, vous en gagnerez d'autres. Cédez-moi vos futures prises et vous pourrez garder Contençon avec votre harnois. Je vous accorde un an pour m'apporter votre rançon. Naturellement, si vous n'avez rien pris d'ici là, il faudra me céder tout de bon votre équipage. Enfin, il va de soi que tant que vos armes m'appartiennent, vous ne les lèverez plus contre ma personne. »

Le sire de Quéant ne parvint pas à dissimuler son soulagement.

« Ah ! Sire Ædan, vous m'ôtez le couteau de la gorge. Je vous donne ma parole qu'avant un an, vous aurez votre dû.

– Assurez-vous quand même de ne pas reperdre votre cheval, badina le chevalier de Vaumacel.

– Plutôt périr que revivre pareille honte !

– Oh, je ne vous en demande pas tant. Montrez juste de la mesure. Tenez, puisque nos intérêts sont désormais liés, permettez-moi de vous donner un conseil. Je ne doute point qu'on vous ait accordé un prix de vaillance, sire Yvorin. Vous en avez la vertu : quand nous nous sommes affrontés, j'ai éprouvé la force de vos armes et elle vaut largement la mienne. Mieux encore : vous êtes jeune, vous auriez dû soutenir l'effort plus longtemps que moi. Pourtant, c'est moi qui vous ai mis à terre. Je vais vous en donner la raison. Ainsi, vous ne répéterez pas votre erreur et vous aurez de meilleures chances de me payer rançon.

– Vous êtes le vainqueur… Je dois vous concéder le droit de me faire la leçon.

– Je vous crois quand vous me dites avoir remporté un prix sur la lice. Vous avez le défaut des champions de tournoi : vous chargez avec une trop grosse lance. Certes, rien de mieux pour épater la galerie ! Cela montre votre force et vous donne un avantage sur les adversaires dont la monture est moins puissante que la vôtre. Malheureusement pour vous, mon Loriagort vaut largement votre Contençon. Si l'adversaire soutient l'assaut, le bois de votre lance ne plie ni ne rompt : toute la violence du choc vous revient dans le poignet et l'épaule. Moi, j'ai cassé ma lance mais j'ai ménagé mon bras droit. Quand nous avons tiré l'épée, la victoire était déjà mienne. Votre poigne ne valait plus la mienne ; je n'avais plus qu'à vous forcer dans vos retranchements. Vous devinez déjà mon conseil : oubliez vos fanfaronnades de tournoyeur et usez de lances ordinaires. »

Quoique plus rien ne retînt Yvorin de Quéant dans la compagnie du sire de Vaumacel, les deux hommes poursuivirent leur route ensemble. Le jeune preux comptait lui aussi faire étape au château du Treff. Quittant le finage de Chanevier, ils s'engagèrent dans les prairies et les vergers de Piviers, sans toutefois traverser le hameau. Quelques manants croisés sur les chemins leurs cédèrent le passage en se découvrant ; la rumeur du drame survenu sur le pré du Bestorné ne courait pas encore le pays. Le soleil se faisait presque doux sur les campagnes ; quelques averses un peu froides étaient suivies par de brillantes éclaircies ; bien que les arbres fruitiers fussent encore dépouillés, le rossignol, la grive et le pinson chantaient déjà leur ode au printemps.

Dans cette atmosphère clémente, le commerce des deux prud'hommes finit par se teinter de cordialité. Au bout d'un moment, le chevalier d'azur s'en étonna à haute voix.

« J'espère que vous ne me tiendrez pas rigueur de ma franchise, sire Ædan, mais vous ne ressemblez guère au félon que je voulais défier.

– J'en suis fort aise. Que ne m'avez-vous écouté avant que nous en venions aux mains !

– Je vous accorde que j'étais trop sûr de ma force… Mais j'aurais juré malgré tout la mettre au service du bon droit. On rapporte que vous tuez vos ennemis sans la moindre pitié, aussi me voici surpris d'avoir été épargné et de me retrouver libre de mes mouvements.

– Il m'est arrivé d'occire des adversaires lorsque la nécessité ou l'honneur m'y contraignait. Mais je n'en tire nulle gloire.

– Pardonnez mon audace, mais il se raconte aussi que vous êtes déloyal. Lorsque la duchesse Audéarde fut accusée d'adultère, vous n'avez point répondu à la convocation de la cour ducale ; vous n'avez pas défendu la dame dont vous aviez entaché la réputation.

– Est-ce la baronne de Bregor qui a ainsi flatté mon portrait ?

– Naturellement, et c'est pourquoi j'ai souhaité devenir son champion. Cependant, n'allez pas croire que cette dame est la seule personne à médire de vous. Avant même d'épouser sa querelle, j'avais entendu raconter pis que pendre à votre sujet. Dans le comté de Belestance, la maison de Maginois vous tient pour lâche et perfide. Il paraît également que la maison de Combe-Noire vous poursuit pour un crime de sang. Avant-hier, j'ai croisé un fort parti de chevaliers qui vous recherchait ; il était commandé par l'un des fils de mon seigneur le duc, le jeune Blancandin sans Escreigne. J'étais même bien content de vous avoir trouvé le premier, car je craignais qu'un autre me ravît l'honneur de vous jeter le gant. Vous ne manquez point d'ennemis, sire Ædan. Toutes ces accusations et toutes ces haines m'avaient persuadé que vous étiez odieux et que votre capture m'apporterait une grande renommée. Or je me suis trompé sur toute la ligne. Vous avez eu le dessus et vous m'avez traité avec courtoisie. »

Pour la première fois, quelque chose dans le propos du jeune chevalier parut déconcerter le sire de Vaumacel.

« Le seigneur Blancandin, dites-vous ? releva-t-il.

– En personne. J'ai eu l'honneur de le saluer il y a deux jours à peine, sur le chemin de Vayre.

– Comment est-ce possible ? Il se trouve loin du duché, dans la principauté du Sacre. Il sert l'archichapelain de l'Ordre radieux.

– Eh bien s'il l'a servi, il ne le sert plus. Il ne portait pas le manteau de gueules de l'Ordre, et les chevaliers qu'il menait n'étaient point paladins.

– Voilà qui est singulier », dit le chevalier de Vaumacel sur un ton rêveur.

Son compagnon le dévisageait d'un air perplexe.

« Je vous entretiens des périls que courent votre réputation et votre personne, observa-t-il, et tout ce qui vous intéresse, c'est le retour de mon seigneur Blancandin ?

– Il s'agit là de la seule nouvelle que vous m'apprenez, sire Yvorin.

– Pourquoi vous trouble-t-elle à ce point ?

– Parce que j'ai pratiqué le grand conseil de l'Ordre. Jamais le grand-maître et l'archichapelain n'auraient accordé un sauf-conduit à Blancandin avant la fin de son service. Le jeune insolent aura brisé ses vœux et probablement outrepassé la volonté de son père.

– Alors, c'est qu'il est gouverné par un puissant ressentiment…

– Hélas, je crains que vous n'ayez raison. »

Le sire de Vaumacel médita un moment en se laissant porter par le pas du cheval. Il paraissait plus pensif qu'inquiet, son rude visage redevenu impavide.

« Mes armes ont soutenu mon droit, finit-il par dire, aussi n'ai-je pas à me justifier à vos yeux. Cependant, je comprends que les rumeurs qui courent à mon sujet vous aient mal disposé à mon égard. Tout n'est pas faux dans ce que l'on vous a dit ; mais je crains que l'on ait tordu les faits. Oui, j'ai tué des chevaliers ; bonnes ou mauvaises, j'avais mes raisons. Non, je n'ai pas répondu à la convocation de son altesse ducale au cours du procès de ma dame Audéarde ; hélas, j'avais les mains liées dans cette affaire, car s'il n'avait tenu qu'à moi, j'aurais défié le duc et ses vassaux.

– Confessez-vous le meurtre du cousin de la baronne de Bregor ?

– Sire Lorcann est bien mort de ma main, mais je m'inscris en faux contre l'accusation de meurtre. Ce fou m'a attaqué sans défi en bonne et due forme – et contre l'avis de la baronne. Il s'est jeté sur moi alors qu'il ne portait point l'armure ; sans cette imprudence, il serait toujours en vie.

– N'aviez-vous point insulté la dame de Bregor ? N'est-ce point la raison pour laquelle sire Lorcann vous a attaqué ?

– J'entends qu'on vous a bien dressé, sire Yvorin. Je ne vous le reproche en rien ; plus d'un chevalier a été dupé par dame Érembourg. À commencer par moi-même, car j'ai été son champion avant que vous ne preniez la place. Vous y trouverez même l'explication de cette autre tache sur ma réputation : la mort d'Hywel de Combe-Noire. C'est pour servir la baronne que je l'ai défié dans un combat à outrance. Hélas, sire Hywel avait cessé de respirer quand j'ai découvert que la dame ne m'avait livré que des demi-vérités…

– J'ai quand même peine à croire qu'une dame si courtoise puisse dissimuler tant de perfidie.

– Ah, je vous accorde qu'il est difficile de résister à ses charmes. Quoiqu'elle ne soit plus de première jeunesse, elle demeure une vraie beauté et possède une conversation pleine d'agrément.

– C'est pourtant moi qui ai insisté pour embrasser sa cause ! Elle me l'a déconseillé en me disant, fort justement, que vous étiez un adversaire redoutable.

– Ainsi qu'impitoyable, si je vous ai bien entendu.

– Ainsi qu'impitoyable…

– Je reconnais bien là son habileté. »

Le chevalier d'azur secoua le chef avec incrédulité.

« Vous me brouillez l'esprit, sire Ædan, protesta-t-il. Qui croire, à présent ? Je constate trop tard combien j'ai été mal avisé de me mettre entre vous… Une chose est sûre : je m'effraie de ma prochaine rencontre avec la dame davantage que je ne craignais de vous défier. J'aurai grande honte à lui avouer ma défaite.

– Vos desseins risquent en effet de se trouver gravement compromis.

– Mes desseins ? Qu'entendez-vous par là ?

– Eh bien la dame est veuve et le moindre de ses appas n'est pas sa baronnie… »

Yvorin s'empourpra.

« Sire Ædan, si je n'étais point votre prisonnier, je vous demanderais raison de ces paroles. Je n'appartiens pas à cette clique de gentillâtres qui courent la prétentaine.

– Oh, n'y voyez rien de désobligeant. C'est un fort beau parti.

– Sans doute, mais je me bats en gentilhomme et non en soudoyer. Du reste, j'ai donné ma foi à une autre belle personne.

– Dans ce cas, je vous prie d'accepter mes excuses. J'admire même votre désintéressement. Il confirme que vous avez l'âme bien née. »

Le chevalier d'azur accepta le compliment d'un salut un peu raide.

« Le service des dames nous jette dans d'étranges traverses, poursuivit le sire de Vaumacel. Vous voici mon prisonnier pour avoir soutenu la baronne ; me voici calomnié pour avoir porté les couleurs de la duchesse. Je soutiens cependant que nous ne sommes pas à plaindre. Si nous ne combattions que pour un suzerain ou des terres, que serions-nous ? De simples vassaux. En prêtant notre bras à ces dames, si artificieuses soient-elles, nos épreuves nous élèvent. On trouve parfois plus de grandeur dans l'abaissement que dans la gloire. »

Les chevaliers arrivèrent en vue du Treff au milieu de l'après-midi. Comme ils chevauchaient dans les collines basses surplombant le cours de l'Andounne, ils découvrirent le fief à un détour du chemin, alors qu'ils en étaient déjà fort proches. Les tours, le manoir, les pignons et les hautes cheminées leur apparurent derrière un rideau d'arbres, légèrement en contrebas. La place-forte du Treff avait la singularité d'être un château de plaine, ou, pour mieux dire, un château de vallon, car elle occupait une jolie combe dans un repli de la vallée. La résidence était ancienne ; le premier logis seigneurial avait été édifié jadis, sous le royaume de Leomance. À cette époque lointaine, la paix régnait dans la province de Bromacl ; la couronne montrait suffisamment de fermeté pour brider les guerres privées et avait repoussé les clans d'Ouromagne bien au-delà de la Kley. Aussi les premiers seigneurs du pays avaient-ils fixé leur demeure sur une terre agréable plutôt que sur un site défensif. Dans les siècles qui suivirent, les troubles devaient rendre ce choix fort hasardeux. La guerre des Grands Vassaux, l'effondrement de la Leomance, la difficile affirmation ducale sans cesse fragilisée par les querelles féodales et par les raids ouromands rendirent la région peu sûre. Aussi, pour compenser la fragilité de sa position, le château du Treff se renforça-t-il. Au fil des générations s'y ajoutèrent quatre tours de tailles et de formes différentes, un mélange pittoresque de hourds et de mâchicoulis, des raffinements d'échauguettes et de bretèches tandis que, pour compenser la faiblesse de ses défenses naturelles, de larges douves creusées autour de l'enceinte la transformaient en île. Toute cette puissance castrale faisait la surprise d'apparaître presque au dernier moment, nichée dans son berceau de verdure, comme si un castel fée se fût dressé au milieu de son étang.

Yvorin de Quéant, qui s'y rendait pour la première fois, fut émerveillé par la découverte. Ædan de Vaumacel ne manifesta pas le même étonnement. En fait, ses yeux se perdaient au loin, par-delà la vallée de l'Andounne, jusqu'à un relief bleuâtre barrant les horizons. Il s'agissait des hautes terres d'Agurande, sur les marches du comté de Kimmarc.

Tout en cheminant vers l'entrée, le chevalier d'azur se récriait un peu naïvement à propos du château. Aussi ne fut-ce qu'au dernier moment qu'il prêta attention aux prairies entourant les fossés. Plusieurs varlets y laissaient pâturer une riche écurie. En y promenant un regard connaisseur, le jeune sire de Quéant parut saisi. Il posa la main sur l'avant-bras du chevalier de Vaumacel, qui chevauchait à son côté.

« Sire Ædan, lança-t-il d'une voix pressante, arrêtons-nous un instant.

– Et pourquoi donc ? Nous sommes presque arrivés.

– Je reconnais ces chevaux, et j'ai quelque chose à vous dire. »

Les deux hauts hommes tirèrent sur les rênes, et leur petite bande s'embouteilla derrière eux.

« Comme vous m'avez épargné, à moi de vous rendre la pareille, expliqua Yvorin. J'ai vu plusieurs de ces animaux avant-hier : ces destriers et ces palefrois appartiennent à la suite de mon seigneur Blancandin. Il aura eu la même idée que nous et fait étape en ce château. Si vous franchissez ces portes, vous allez vous jeter dans la gueule du loup.

– Ah ! Eh bien je vous sais gré de m'en instruire.

– Tournons bride tant que nous sommes hors de la place.

– Voilà qui ne passera pas inaperçu du haut des murs.

– Il n'y a nulle offense à passer son chemin.

– Il y en aurait à ne pas présenter mes excuses au seigneur du Treff. Quant à Blancandin, ce n'est qu'un jouvenceau ; il serait ridicule de le craindre.

– Une compagnie de plusieurs chevaliers, leurs écuyers et leurs gens lui fait escorte. J'en ai reconnu un qui vient de mon comté :

le sire Cowyr de Thèves. Naguère, n'appartenait-il point à l'hôtel de la duchesse ?

– Si fait. C'est d'ailleurs un homme valeureux.

– On dit qu'il a tout perdu quand dame Audéarde a été répudiée… Cela lui donne de sérieuses raisons de vous haïr. Et je gage que ses compagnons en auront autant à votre service.

– Vous m'obligez en me prévenant de la sorte », salua le sire de Vaumacel.

Il eut un geste négligent de la main.

« Toutefois, il n'est pas dans mes habitudes de me dérober. Entrons. Nous jugerons sur place.

– N'est-ce pas vous qui m'avez professé une leçon de prudence ?

– Rassurez-vous, je ne vous associe en rien à ma querelle. Après tout, vous êtes du parti d'en face.

– Mais vous m'avez laissé mes armes et donné obligation de les regagner. En cas d'assaut déloyal, je vous seconderai.

– À la bonne heure ! Si Blancandin est aussi mal disposé que vous le dites, vous ne resterez pas longtemps mon prisonnier ! »

# III

## Un affût

*Serai-je un Chat, ou le lambeau flottant d'une fumée ébouriffée ? En haut d'un arbre ! En bas ! Puis sept tours après ma queue ! Puis saut périlleux d'avant en arrière ! Saut vertical avec tortillement aérien du ventre ! Giration, éternuements, course à travers le réel et le rêve, jusqu'à l'épouvante de moi-même !… Arrêt brusque : et tout tourne à mes yeux, ronde d'un monde nouveau dont je suis le centre immobile…*

Colette

Accroupi dans l'angle d'un créneau, Mirabilis fut le premier à les voir depuis l'enceinte du Treff. Le premier, ou l'un des premiers ; les corneilles qui voltigeaient au-dessus des tours et nichaient dans les plus hautes archères durent les apercevoir à peu près en même temps. Mais le groupe de voyageurs ne présentait aucun intérêt pour les grands volatiles. En revanche, il capta aussitôt l'attention de Mirabilis. Cinq cavaliers et neuf chevaux venaient de déboucher au coin d'un bosquet, sur le chemin de Piviers. Ils avaient un comportement singulier : presque arrivés sous les murs, ils s'étaient arrêtés. Les deux adultes de tête, visiblement les dominants, bavardaient en montrant le château. Mirabilis tendit l'oreille ; en des circonstances normales, il aurait eu l'ouïe assez fine pour entendre ce qui se disait là-bas, sur la prairie dessous la muraille. Malheureusement, les corneilles criaillaient à qui mieux mieux et il ne put saisir que quelques paroles. Rien de passionnant d'ailleurs : des atermoiements devant un territoire contrôlé par une bande rivale. Les croassements importuns fendaient le délicat tympan de Mirabilis ; il fit fi des jaseuses – qui le gardaient à l'œil du reste – mais se promit d'en étrangler une ou deux si l'occasion se présentait.

Faute de pouvoir suivre la conversation des nouveaux venus, Mirabilis les scruta. Deux personnages arrêtèrent son étroite pupille.

Tout d'abord, il admira la monture de l'un des dominants. Ce coursier-là possédait une élégance folle ; même si la noblesse du pays raffolait des chevaux de prix, n'hésitant pas à se ruiner pour des étalons des îles ou des cavales du fond des steppes, ce palefroi surclassait les animaux des plus illustres haras. Fermant à demi les yeux, Mirabilis tendit le nez et huma la bise. Une arborescence de senteurs s'épanouit sous son front arrondi : esprit froid de la pierre et des lauzes, tanins éteints des bois de charpente, remugles des fientes d'oiseaux, froidure croupissante des douves et, plus loin, chaude odeur d'écurie sur le pré. Au milieu de ce bouquet versicolore, il saisit des fragrances plus subtiles. Un effluve délicatement musqué, mêlé à des floralies presque éventées, lui rappela de somptueux carrousels sous un firmament rempli d'astres.

Après le splendide palefroi, la deuxième créature qui arrêta l'attention de Mirabilis fut le plus petit des humains. Il en apprécia aussitôt l'allure, mignonnement impudente. Ces yeux en amande, ce minois de rosière, ce nonchaloir affecté n'échappèrent point à l'épieur. Quoiqu'il occupât l'arrière de la bande, monté sur un méchant bidet et tenant la longe d'une bête de somme, le freluquet se haussait du col et jetait alentour des regards dédaigneux, comme s'il eût été le véritable seigneur de la compagnie. Comment aurait-on pu balancer sur sa nature ? Mirabilis en ronronna de satisfaction. Il avait monté le bon affût.

Finalement, les voyageurs mirent un terme à leurs hésitations et se présentèrent à la porte. Mirabilis tendit le cou au-dessus du créneau pour ne pas les perdre de vue. Il ne prêta qu'une attention distraite aux échanges avec le guetteur ; les noms des arrivants lui importaient peu, il savait désormais à qui il avait affaire. Hommes et chevaux furent progressivement avalés sous le portail, tels des campagnols dans un terrier. L'indiscret se détourna, sauta gracieusement sur le chemin de ronde, le traversa d'une foulée fluide et vint jeter un coup d'œil par l'assommoir surplombant la basse cour. Loin en dessous, les cavaliers et leurs chevaux émergeaient de la porterie. Cédant les rênes de leurs montures à des varlets, ils mettaient pied à terre. L'espace plutôt exigu entre les tours, la courtine et l'hôtel seigneurial résonnait d'aboiements, de heurts de sabots et de voix fortes. Pour ces hôtes de qualité, la maisnie du Treff allait mettre les formes : courbettes, présentation du pain et du sel, pansage des chevaux, invitation des voyageurs aux étuves… Tout ce cérémonial promettait de durer un petit moment : en honorant ainsi les nouveaux venus, le seigneur du Treff se ménageait un délai pour délibérer sur la conduite à tenir. Mirabilis en conçut un frémissement d'impatience. Que de temps perdu avant d'entrer dans le vif du sujet ! À la belle saison, il aurait sans doute élu un coin de mur pour lézarder au soleil ; mais par ce jour encore frais où le rempart exhalait des réminiscences d'hiver, la sieste ne le séduisait guère. Tenté d'accélérer le mouvement, il craignit de s'exposer. Faute de mieux, il décida de flâner en attendant la suite des événements.

En se faufilant derrière les jambes du guetteur – qui observait ce qui se passait dans la basse cour au lieu de remplir sérieusement son office – Mirabilis remonta le hourd en direction de la tour Carrelle. Quoique doté d'une toiture et de créneaux à volets, le passage se présentait comme un long couloir rempli de courants d'air, car la bise soufflait par les trappes ouvertes sur les mâchicoulis. Le promeneur s'amusa à trotter au bord du vide avant de s'enfiler dans la tour. Sa robe noire comme la nuit s'y fondit dans l'obscurité et s'enroula autour de l'axe de l'escalier à vis ; en un instant, il était à l'étage supérieur. Il lui fut facile d'esquiver deux intrus. L'écuyer du seigneur de Thèves avait attiré une chambrière de dame Emmelot dans ce perchoir ; le duo ramageait une bergerette si fervente qu'il fut loin de soupçonner l'ombre qui les frôla en silence.

Ayant sauté sur le rebord d'une archère, Mirabilis glissa la tête par l'étroite ouverture. Il se trouvait à présent à une hauteur vertigineuse, dans le domaine du vent et des oiseaux. Une bonne toise sous la meurtrière, le toit de l'hôtel seigneurial dégringolait en pente raide vers la cour du château, au fond de laquelle hommes et chevaux s'agitaient tels des jouets. Au vrai, ce fut l'air cru plus que le vertige qui fit hésiter Mirabilis. Ayant estimé les distances, il se contorsionna pour franchir l'étroite embrasure ; la tête la première, il dévala le parement de la tour sur quelques foulées avant de se laisser tomber souplement sur la toiture. Il n'en dérapa pas moins vers le vide de façon inconfortable, toutes ses griffes crissant sur l'ardoise ; mais un coup de rein judicieux et quelques corrections de sa queue empanachée suffirent à le stabiliser. Il ignora avec superbe les corneilles ricassant de ses acrobaties.

D'un pas majestueux, il remonta les lauzes jusqu'à une lucarne où il risqua la tête. Une atmosphère sèche, chargée des arômes du grain et du bois de charpente, lui chatouilla le museau ; il y huma aussi un fumet prometteur de crottes de souris. Dans le vaste grenier, il serait à l'abri, pourrait se musser entre de douillets sacs de jute, et la gent menue promettait des distractions faciles… Tout cela était fort tentant, mais peut-être un peu commun. À la réflexion, il avait sans doute mieux à faire. Abandonnant la faîtière, il se laissa glisser jusqu'au bord du toit pour inspecter comment allait le train des choses dans la cour. On en était encore à déharnacher les chevaux, les hôtes entraient à peine aux étuves. En deux mots comme en cent, on n'était pas sorti de l'auberge ! Au fond du larmier de pierre qui alimentait les gargouilles, Mirabilis avisa un peu d'eau de pluie et la lapa en passant.

S'il existait une activité où le vagabond excellait, c'était bien dans l'art de tuer le temps. Accroupi au bord du vide, il inspecta méthodiquement encorbellements, échauguettes, pignons et poivrières des altitudes où il s'était hissé. À l'autre bout de la cour, la petite tour du colombier l'affriandait : que de mets délicats devaient y roucouler, qu'on aurait pu déguster sur un lit de plumes ! Mais la corniche carrelée, bâtie en saillie sous les lucarnes d'envol, rendait l'escalade particulièrement périlleuse, et puis le seigneur du Treff tenait à sa volière comme à la prunelle de ses yeux. Braconner ce paradis aurait manqué de discrétion… Faute de colombes, on mange des hirondelles. Mirabilis remonta en diagonale le toit du logis seigneurial, dans la direction opposée à celle par laquelle il était arrivé. À l'autre extrémité du faîtage, l'hôtel noble était dominé par un édifice encore plus imposant que la tour Carrelle : l'énorme volume cylindrique du donjon. Une fois tapi dans l'ombre d'une cheminée, le monte-en-l'air dressa le nez. Sous le hourd de la tour maîtresse, il eut tôt fait de repérer ce qu'il cherchait : plusieurs nids étaient accrochés sous les poutres supportant l'encorbellement. Malheureusement, ils paraissaient déserts. Les jours étaient encore un peu courts pour que les arondes eussent terminé leur long voyage de retour, depuis l'archipel de Ressine où elles passaient l'hiver.

Mirabilis lâcha un soupir. Le printemps était presque arrivé, il s'en était sans doute fallu de peu pour que toute une volée d'hirondelles s'amusât à faire du rase-mottes sur son belvédère… L'affaire de quatre ou cinq jours, tout au plus. Mais inutile de s'illusionner : les nids étaient aussi renfrognés que la muraille. S'être donné tant de mal juste pour le divertissement de gros corvidés ? C'était vraiment trop bête.

Dans la cervelle du maraudeur germa un projet des plus discutables. Il hésita un peu ; c'était une imprudence, qui pouvait ne pas passer inaperçue. Il risquait aussi de s'égarer et de ne pas revenir à temps pour surveiller qui de droit. D'un autre côté, il estimait sa cachette assez sûre. Et puis il savait parcourir le chemin dans les deux sens. Le dilemme l'incita à une toilette machinale. Ce fut presque inconsciemment qu'il prit sa décision : après quelques coups de langue sur la patte droite, il se la passa sur l'oreille.

L'odeur de la pierre mouillée lui sauta au museau. Autour de lui, tout le toit miroitait après la pluie, dans une brillante lumière d'éclaircie. Les nuages avaient changé de forme dans l'azur et couraient dans une autre direction. Il leva les yeux vers les nids d'hirondelle, qui lui parurent toujours aussi mornes. Bien sûr, il était encore trop tôt. D'un geste décidé, il repassa la patte sur l'oreille.

D'un seul coup, dans le jour assombri, le ciel fut envahi de grosses nuées grisâtres. Mais ce qui fit sursauter Mirabilis, ce fut le vacarme. Des appels de cor répandaient l'alarme aux étages inférieurs ; un branle-bas de combat retentissait dans la cour et sur les remparts, dans une cacophonie de cris, de portes claquées et de cavalcades. En se redressant et en étirant le cou, le vagabond jeta un coup d'œil dans la vallée. Une troupe noirâtre descendait le chemin de Goborchain en direction du château : une piétaille nombreuse, tout hérissée de lances, de haches et d'épées bâtardes. Mirabilis n'avait guère de dispositions pour le calcul, mais il lui parut évident que cette inquiétante canaille excédait de beaucoup la garnison du Treff. C'était une mésaventure pour le moins imprévue. Quelle conduite adopter ? En cas d'assaut et d'incendie, rester perché sur le toit de l'hôtel noble n'était peut-être pas très indiqué… D'un autre côté, les douves étaient larges, les murs solides et l'effet de surprise éventé. Un siège durerait au moins quelques jours. Rassuré par cette hypothèse, Mirabilis se nettoya l'oreille.

Il fut saisi par un froid vif. Une gelée blanche avait festonné les toits ; le givre commençait tout juste à fondre sur les versants exposés au soleil. Un brouhaha sonore remontait aussi bien de la cour que du voisinage des murailles, mais il n'avait plus l'accent affolé d'une alarme. Un campement aussi vaste que désordonné s'étendait sur les prairies autour des douves. La situation ne ressemblait qu'imparfaitement à un siège ; la soldatesque avait l'air de plier bagage. Cela rasséréna Mirabilis. Cette compagnie paraissait formée de brutes sinistres, dont les armes, les tartans et les fourrures venaient d'Ouromagne ; puisque ces rustres n'avaient pas essayé de prendre le château, sans doute s'agissait-il de mercenaires stipendiés par un grand seigneur de Bromael. Le danger écarté, ces considérations n'intéressaient que fort peu notre fureteur. L'ardoise glacée qui lui gelait le séant et les coussinets était autrement incommode. Il eu tôt fait de se lisser l'oreille.

Un brusque redoux le soulagea. La journée était grise et triste. La panse chagrine des nuages s'accrochait presque aux girouettes des tours ; du moins ne gelait-il plus. Autour des fossés, les prairies étalaient un immense terre-plein de boue piétinée. Il en remontait des exhalaisons qui fleuraient plus le fumier que l'herbe fraîche… Mirabilis remarqua toutefois avec intérêt que les lisières commençaient à verdir ; certains arbres se paraient même de fleurs. D'enthousiasme, il se frotta l'oreille.

*Oh là ! Mirabilis ! Maître chat !*

L'intéressé fit celui qui n'avait rien entendu. Après tout, cette voix était si désincarnée et si lointaine… – quoiqu'elle lui tombât, comme de juste, dans l'oreille droite. De surcroît, un brouillard à couper au couteau empêchait de considérer le paysage. Pour dissiper cette brume malvenue, la solution de facilité restait de se passer la patte sur l'oreille.

*Mirabilis, petit impertinent, que fais-tu ?*

Une sottise, quelle question ! Brutalement, l'écervelé se trouva cinglé par une giboulée. Le grésil ricochait sur les lauzes au milieu de trombes glacées, qui étincelaient dans les rais d'un soleil espiègle. Mirabilis eut l'impression qu'on lui jetait des seaux d'eau du haut du donjon et se retrouva trempé jusqu'aux os. Quelle fâcheuse traverse ! Il fallait se soustraire au plus vite à l'horrible déluge ! D'instinct, il se frotta frénétiquement l'oreille, avec des gestes rapides et répétés.

*Tu vas te perdre ! Cesse cela !*

Il y eut de la bruine.

Du vent.
Une queue d'averse.
Un arc-en-ciel.
Des nuages menaçants.
Un azur divinement bleu.
Une brise assez chaude.
Un petit coup de froid.
Une atmosphère plus clémente.
Une brume de beau temps.

Une dernière friction amena Mirabilis au cours d'un magnifique après-midi, voluptueusement ensoleillé, au ciel moucheté de jolis moutons blancs. Tout le pays était transfiguré : les prés autour du château se paraient à nouveau d'une herbe jeunette tandis que les frondaisons des forêts s'épanouissaient en verdures tendres ou acides. Mieux encore ! Les derniers étages retentissaient de longs sifflets, et de graciles oiseaux traçaient des embardées au-dessus des poivrières. Avec un soupir d'aise, Mirabilis aperçut de mignons passereaux qui se précipitaient au nid ou s'en élançaient. Les hirondelles étaient de retour. On allait pouvoir s'amuser.

Le plus pressant, toutefois, était de rajuster sa mise. Mirabilis se trouvait encore dégouttant de la giboulée de la semaine passée. Sa belle robe jutait en épis gorgés, son allure avait les disgrâces d'un rat musqué et, comble de l'avilissement, il sentait presque une odeur de chien mouillé. Heureusement, les lauzes réverbéraient délicieusement la chaleur du soleil, mais il n'en restait pas moins nécessaire de restaurer rapidement sa distinction naturelle. Mirabilis entreprit donc une toilette énergique – arrêtant parfois in extremis une patte devant l'oreille – en se contorsionnant en tous sens, au risque de culbuter le long du toit un peu trop pentu. L'affaire étant de la plus haute importance, il ne lésina ni sur la salive ni sur les efforts.

Alors qu'il se livrait à ce vigoureux toilettage, il avisa du coin de l'œil la visite subreptice d'un nouveau pèlerin. Réprimant le frémissement de ses moustaches, il fit celui qui n'avait rien vu, mais ne perdit pas une miette de ce rebondissement. L'arrivant était un oiseau élégamment louche. D'un coup d'aile furtif, il avait passé sous la veille des corneilles, ce qui n'était pas un mince exploit, d'autant qu'en vol, il ressemblait fort à un épervier que les gros corvidés se seraient fait un devoir de chasser. Planant au ras des hourds, il s'était posé sur une gargouille de l'hôtel seigneurial, presque à portée de bond de Mirabilis. En repliant ses ailes, le roué s'était composé une tout autre allure. Aidé par sa livrée grise et blanche, il avait adopté l'innocente contenance d'une des nombreuses colombes qui prenaient le soleil sur le pigeonnier. Admirant l'habileté de l'intrus, Mirabilis le reconnut précisément à sa duplicité. Ce larron-là était un coucou gris, et comme lui, il guignait les nids d'hirondelle.

*Assez de ces enfantillages, patte-pelu ! Tu t'amuseras une autre fois ! Revenons à notre ouvrage sans aucun délai !*

Tout en se gardant d'y toucher, Mirabilis rabattit cette oreille droite, décidément trop sensible. Il faillit prendre la mouche. La réprimande était injuste : il ne faisait pas que s'amuser, après tout ! Il alliait l'utile à l'agréable. Grâce à ce judicieux affût, en choisissant de guetter la cible de sa cible, ne venait-il pas de débusquer ce que l'on chassait ?

*Réfléchis un peu, petit matois ! Nous cherchons des mâles ! S'il trouve quelque intérêt à des nids, ce coucou est femelle.*

Mâle, femelle… Quelle importance ? La nuit, tous les coucous n'étaient-ils point gris ? Du reste, cette oiselle offrait d'intéressantes opportunités. Une fois qu'elle aurait pondu son changelin dans l'un des nids d'hirondelle, l'oisillon se débarrasserait du reste de la nichée. Il suffirait de se poster dessous en se synchronisant avec le jeune parasite : œufs et tendres hirondeaux vous tomberaient tout droit dans le bec…

*Il suffit, Miserabilis ! Je ne veux rien voir de cette gloutonnerie cruelle ! Cesse de gaspiller tes talents ! Fais ton devoir et rejoins la piste originale !*

L'affaire tournait court. Difficile de se concentrer sur une manne tombée des célestes séjours avec ce pavillon vibrant de réprobation… D'un autre côté, l'analepse ne chantait guère au vagabond. Revenir en arrière, c'était effacer le printemps et essuyer à nouveau les neiges d'antan. Quel désagrément ! En plus, il n'avait pas prêté attention au quartier de lune et il vouait le plus complet mépris aux finesses du comput : il risquait donc de confondre l'avant-veille avec le lendemain. Une fois dévidée et emmêlée, quelle corvée de rembobiner la pelote ! Ce serait se donner bien du mal pour un résultat conjectural…

*Rappelle-toi que ma patience a des limites ! Au présent de vérité générale !*

Mirabilis poussa un soupir. Inutile d'en venir aux insinuations comminatoires… S'il ne savait plus très bien quand il fallait rétrograder, il avait toute confiance dans l'excellence de ses sens pour flairer le moment précis à réintégrer. Il condescendit donc à replier le cours de sa flânerie, non qu'il fût impressionné par ce ton acerbe, mais juste pour faire étalage de sa virtuosité. D'un air compassé, il se lécha la patte puis, dans un geste répété, il la passa sur son oreille gauche.

Il regagna une brume de beau temps.

Une atmosphère moins clémente.

Un petit coup de froid.

Une brise assez chaude.

Un azur divinement bleu.

Des nuages menaçants.

Un arc-en-ciel.

Une queue d'averse.

Du vent.

De la bruine.

Une horrible giboulée qui le transperça jusqu'aux os !

Un brouillard à couper au couteau.

Un redoux pas si agréable que cela.

Un lever de bivouac sous le givre.

Un branle-bas de combat.

Une éclaircie brillante sur les lauzes.

Une timide embellie sur des forêts encore rechignées par l'hiver, dans la banalité de laquelle Mirabilis crut reconnaître son point de départ.

Il suspendit l'astiquage de son oreille gauche et s'ébroua avec humeur. Pour la deuxième fois de la quinzaine, la même bourrasque le laissait trempé comme une soupe ! Toute sa toilette était à refaire, et par une température plutôt aigre ! Il s'y consacra donc toutes affaires cessantes : il eût été inconcevable qu'il poursuivît ses maraudes en si piteux arroi. Quand enfin il eut retrouvé sa prestance, il estima que les visiteurs du seigneur avaient également eu le loisir de sortir du bain. Il était donc temps de reprendre les furetages.

Pour quitter son perchoir, Mirabilis fut derechef tenté par les lucarnes du grenier. Toutefois, il craignait de ne pas résister à l'appel des souris et aux doléances que ce divertissement ne manquerait pas de lui valoir… Plus fâcheux encore, il était probable que ces combles étaient fermés par une trappe qu'il eût été bien incapable de soulever. Mieux valait emprunter un circuit détourné.

Le rôdeur revint donc sur ses pas ; une détente de ses puissants postérieurs le souleva presque jusqu'au niveau de l'archère par où il était descendu : il en accrocha le rebord d'une grosse patte griffue et, en un tournemain, se faufilait dans la meurtrière. Ni l'écuyer du seigneur de Thèves, qui poussait fort avant l'offensive, ni la chambrière de dame Emmelot, qui rendait complaisamment les armes, ne s'aperçurent que l'indiscret rebroussait chemin aux lisières de la joute.

Mirabilis dévala l'escalier à pas pelus mais, au lieu de regagner le chemin de ronde, il se faufila par une porte entrouverte dans le corps de logis seigneurial. Cet étage situé sous le grenier était occupé par les appartements privés du seigneur du Treff. L'intrus eut tôt fait de s'enfiler sous un gros coffre à pentures ; tapi derrière l'un des pieds massifs du meuble, il pourrait prendre la température des lieux en toute discrétion. Grâce à l'âtre où une bûche se consumait à feu doux, il y régnait une chaleur agréable ; la jonchée fraîche, les faudesteuils garnis de coussins et les lits fermés de riches courtines composaient le tableau d'un domestique somptueux. Ou du moins l'eussent-ils fait si les parfums de bois chaud, de cire d'abeille et de poudre de senteur n'y avaient été gâchés par de lourdes émanations canines. L'échine à demi hérissée, Mirabilis scruta chaque recoin de la pièce, craignant d'y découvrir la carrure trapue d'un mâtin ou la redoutable sveltesse d'un lévrier. Point d'ennemi en vue. La menace n'en planait pas moins ; il faudrait garder ses arrières.

Devant la cheminée ne se trouvait qu'une dame en beaux atours, occupée à coiffer deux petites filles.

« Où est donc passée cette bécasse d'Ameline ? maugréait la dame.

– Maman, puis-je garder ma poupée ? demandait la plus menue des enfants.

– Non, Mantie. Cela ne se fait pas en société. Les pages de nos hôtes se moqueraient de vous.

– Y aura-t-il de la musique ? s'enquit l'aînée. Racontera-t-on une aventure du Bel Églantier ?

– Peut-être, répondit la dame, mais plus tard dans la soirée. Mon seigneur votre père doit d'abord traiter une affaire délicate.

– Oh non ! Encore ! gémit l'aînée. Cela va être à périr d'ennui !

– Dans ce cas, je pourrais quand même prendre ma poupée ? » risqua la cadette.

Mirabilis comprit aussitôt de quoi il était question. Il pesa rapidement les options qui s'offraient à lui et pencha comme de juste pour la plus insolente. Non seulement il s'inviterait au banquet, mais il se paierait également le luxe de morguer le chenil.

Profitant d'un instant d'inattention des causeuses, il surgit de sous le meuble et, en un bond absolument silencieux, gagna le centre des appartements. Il s'assit bien en évidence au milieu du rectangle de clarté dessiné par une fenêtre à meneaux, la queue coquettement enroulée autour des pattes, son meilleur profil offert à la lumière.

« Oh ! Le beau chat ! s'écria la petite.

– Oh ! Comme il est grand ! s'exclama l'aînée.

– Les belles moustaches !

– La belle fourrure !

– Mais qu'est-ce que c'est que ce grippeminaud ? se récria la dame. Il sera monté des cuisines ? Ne le touchez pas ! Il doit être plein de puces ! Et il est tout noir : il porte malheur ! »

Mirabilis accepta avec grâce tous ces hommages, y compris ceux de la dame du Treff. Le cœur féminin n'avait aucun secret pour lui. Les paupières mi-closes, il décocha un regard envoûtant, tout de mystère et de promesses imprécises.

« Oh ! Comme il a l'air gentil !

– Minou, minou, minou !

– Maman, est-ce qu'on peut le garder ?

– Quelle idée ! Il en est hors de question.

– Mais il est si beau !

– Il a l'air tout doux !

– Est-ce qu'on peut au moins l'emmener avec nous dans la grand salle ?

– Hors de question, jeunes filles.

– S'il vous plaît, maman !

– S'il vous plaît ! »

# IV

## L'appel au pardon

*Lors en ce cas doit être si bien battu le medisant que ses espaules s'en sentent bien, et si longuement qu'il crie mercy aux dames à haute voix, tellement que chacun l'oye, en promettant que jamais ne lui advindra d'en medire ou villainement parler.*

René d'Anjou

Penché sur l'échiquier rouge et ivoire, Rainfroi du Treff pesait son prochain mouvement. Blancandin avait étourdiment exposé son dernier roc ; il n'en coûterait qu'un alfin de le prendre, après quoi le seigneur du Treff le mettrait mat en trois coups. Le châtelain estimait toutefois qu'il n'était pas très sage d'infliger pareille correction à un prince ducal, publiquement de surcroît. Rainfroi était tenté de déplacer une autre pièce, une vraie bêtise de débutant, mais son adversaire avait un si piètre niveau qu'il ne s'apercevrait sans doute de rien. Au pis, il se réjouirait de son avantage. Non, ce qui tracassait le seigneur du Treff, c'était que la partie se trouvait suivie par plusieurs chevaliers et écuyers de la suite du prince. Il en connaissait certains ; parmi eux, le sire de Froëch était un joueur confirmé, que Rainfroi du Treff avait eu plaisir à affronter jadis, pendant les pourparlers de paix entre le duc Ganelon et le comte Angusel. Si le châtelain épargnait ce roc, le sire de Froëch comprendrait aussitôt que l'erreur était due à la complaisance et non à l'étourderie. Or le jeune Blancandin avait bien l'orgueil de sa race : lui révélerait-on qu'on l'avait laissé gagner, il se montrerait aussi offensé que s'il avait perdu.

Cette faiblesse du prince au jeu d'échecs était d'autant plus singulière que le jouvenceau était intelligent et paraissait mûr pour son âge. Sans doute avait-il de qui tenir : le duc était renommé pour son flair et la vivacité de son jugement ; la ci-devant duchesse Audéarde possédait un esprit brillant qui avait conféré un grand lustre à la cour. De son père, Blancandin avait également eu en partage la mâchoire un peu lourde et les cheveux roux, un trait de la lignée dû aux mariages de ses aïeux avec des princesses ouromandes. De sa mère, il avait reçu de belles mains fuselées et une distinction naturelle. Ces ressemblances avaient sauté aux yeux du seigneur du Treff quand il avait accueilli cet hôte encombrant. C'était la première fois qu'il le revoyait depuis cinq bonnes années ; de l'enfant, il n'avait conservé que le vague souvenir d'un petit rousseau turbulent. Sans son évidente parenté avec le couple ducal, Rainfroi ne l'aurait pas reconnu quand le prince, surgi de nulle part à la tête d'une poignée de chevaliers, lui avait demandé l'hospitalité. C'était d'ailleurs pour l'honorer que le châtelain l'avait défié aux échecs. Quelle inconséquence ! Car, Rainfroi devait bien l'admettre, il était entièrement responsable de ce faux pas. Pendant plusieurs années, Blancandin avait suivi un noviciat au sein de l'Ordre radieux. Or la règle des prêtres-soldats proscrivait tous les jeux. S'il n'avait pas été si surpris de retrouver le jeune fils du duc à sa porte, le seigneur du Treff aurait sagement évité de proposer cette partie. Mais les dés étaient jetés. Il s'agissait à présent de se sortir de cette gaucherie avec doigté.

Pour gagner du temps en se donnant une contenance, le châtelain fit mine de bouger sa vierge. Son jeune adversaire suivit l'initiative d'un air maussade, et Rainfroi vit du coin de l'œil que le sire de Froëch levait un sourcil perplexe. L'erreur était par trop grossière ; le seigneur du Treff suspendit son geste.

« Vous hésitez, observa Blancandin.

– C'est que vous me posez un sérieux problème.

– Je ne me croyais pas si doué. »

Les pièges de cette partie trop bien engagée en reflétaient d'autres, qui se jouaient quant à eux sur le vaste échiquier du duché. Le retour impromptu de Blancandin formait en soi un coup d'audace. Troisième fils légitime du duc Ganelon, le jouvenceau n'était pas destiné à hériter. En fait, il ne disposait pas du moindre apanage en Bromael ; son père l'avait placé dans l'Ordre radieux pour l'écarter de la succession tout en lui offrant une carrière au sein d'une prestigieuse confrérie militaire. La réapparition du jeune prince dans la province le posait en rival implicite de ses frères et frisait la rébellion contre l'autorité paternelle. Les hauts hommes qui formaient son escorte confortaient d'ailleurs les inquiétudes du seigneur du Treff. Certes, plusieurs suivants de Blancandin étaient issus de la maison ducale ; mais des chevaliers comme Dam de Maubrenas ou Cowyr de Thèves, qui avaient appartenu à l'hôtel de la ci-devant duchesse, étaient tombés en disgrâce quand la dame avait été privée de ses titres et de sa liberté. Plus troublant encore, d'autres compagnons de Blancandin étaient, à l'instar de Geriant de Froëch, des bannerets du comte de Kimmarc. Bien qu'une paix fragile régnât depuis quelques années entre le duc Ganelon et le comte Angusel, la présence de chevaliers de Kimmarc dans l'entourage de Blancandin était d'une troublante équivoque.

Rainfroi du Treff effleura son alfin. Fallait-il jouer franc-jeu ? En tant que vassal du duc, il eût été de son devoir de mettre respectueusement en garde Blancandin contre ses erreurs. Mais, à l'image de son château de plaine, le seigneur occupait une position délicate. S'il tenait son fief de son altesse ducale, il l'administrait aux portes du comté de Kimmarc. Depuis plus de dix ans, il menait une prudente politique de balance entre son ombrageux suzerain et son remuant voisin. Telle était même la raison pour laquelle il faisait omission de la couronne baroniale sur ses armoiries : il préférait ne pas afficher de façon ostensible qu'il prêtait directement hommage au duc. Cela ne trompait pas le comte Angusel mais laissait planer la possibilité d'une défection qui, en cas de nouveau conflit, épargnerait peut-être au Treff une offensive venue du comté. S'il remplissait ses devoirs de vassal et rappelait Blancandin à l'obéissance, nul doute que la loyauté du Treff au duché serait rapportée à la cour comtale.

« Eh bien ! Prenez-vous votre parti ? s'impatienta le jeune homme.

– Votre roc me tend si hardiment le flanc que je flaire une embûche. Mais laquelle ? Je reste dans l'expectative. »

Découvrant enfin sa sottise, le prince affecta l'indifférence.

« Prenez donc cette pièce et vous le découvrirez. »

Au même moment, Rainfroi du Treff perçut de l'animation à l'entrée de la salle. Les voyageurs récemment arrivés allaient se présenter, dont un cas des plus épineux.

« Pour vous parler franchement, dit le châtelain, je ne vois pas d'issue favorable à cette partie. La situation paraît bloquée et je vais devoir me consacrer à mes devoirs d'hôte. Me concéderez-vous le pat ?
– C'est la moindre des choses, répondit Blancandin avec une politesse oblique. Je ne saurais vous détourner de vos obligations. »

Dans le dos du prince, le sire de Froëch adressa un sourire entendu au seigneur du Treff.

Entraient non les derniers venus, mais la dame du Treff et ses deux cadettes. Rainfroi les bénit intérieurement pour cette diversion. Il eut l'attention attirée par l'énorme chat noir qui se laissait docilement porter par la petite Mantie, sa queue touffue et ses pattes arrière traînant presque jusqu'au sol. Il ne fut pas le seul à repérer l'imposant matou : dans un claquement de babines, les chiens qui paressaient devant l'âtre venaient de redresser la tête et les oreilles. Le châtelain n'eut cependant pas le loisir de demander d'où sortait ce gros mistigri car derrière son épouse et ses filles se profilaient bel et bien de nouvelles têtes.

« Le chevalier Ædan de Vaumacel et le chevalier Yvorin de Quéant ! » annonça un page.

Autour de lui, Rainfroi sentit le jeune Blancandin et ses gens se crisper comme l'avaient fait les mâtins à l'apparition du chat. En temps ordinaires, le seigneur du Treff se serait bien passé de la visite du sire de Vaumacel ; mais en arrivant le même jour que le prince ducal, l'importun avait choisi le pire moment pour se présenter. Voici un autre roc qui prêtait sottement le flanc ! En tant que maître de maison, il était du devoir du châtelain d'empêcher une dangereuse combinaison de mouvements.

Les deux nouveaux venus s'inclinèrent courtoisement devant la dame du Treff. Rainfroi rejoignit son épouse et ses filles d'un air prévenant, surtout dans l'intention de s'interposer entre la suite de Blancandin et le sire de Vaumacel. Quoique cela fît des années qu'il ne l'avait plus croisé, il le reconnut au premier coup d'œil. Le chevalier n'avait pas changé : large d'épaules, la taille bien prise dans sa cotte hardie, il restait en tout point semblable au champion qui avait jadis brillé au tournoi de Gaudemas – du moins jusqu'à sa défaite inattendue devant le baron de Traval.

Le sire de Vaumacel reconnut également son hôte, bien que celui-ci eût été moins ménagé par le cours des ans.

« Sire Rainfroi, que je suis aise de vous revoir, salua-t-il. Je ne sais ce dont je dois le plus me réjouir, de l'honneur ou du plaisir d'être reçu par vous.

– Croyez bien que je me pose la question en des termes presque semblables au sujet de votre visite, répondit le châtelain.

– Permettez que je vous présente mon compagnon, repartit Ædan. Sire Yvorin, du comté de Belestance. Une mésaventure nous a récemment réunis. Quoique je ne l'aie rencontré que depuis peu, je vous réponds de sa courtoisie.

– Seigneur et dame, dit Yvorin, je suis charmé d'être accueilli par de si hauts personnages. »

Le jeune chevalier avait l'air franc et de belles manières mais son nom ne disait rien au seigneur du Treff. Quoique sa cotte fût de belle coupe, elle n'avait point d'orfrois aux manches et son col n'était doublé que de genette. Petite noblesse, déduisit le châtelain.

« Eh bien, Quéant, lança Blancandin de l'autre bout de la salle, vous nous avez précédés, ce me semble. Vous voilà très ami avec celui que vous juriez si fort de déconfire. »

Le feu monta aux joues d'Yvorin, mais le seigneur du Treff ne lui laissa pas le loisir de répondre à la provocation. Se retournant vers le prince, il s'enquit d'un ton badin :

« Vous vous connaissez donc ? Quel plaisir d'être témoin de ces retrouvailles ! »

Puis, pour couper court à des tensions qui se manifestaient trop vite à son gré, il frappa dans ses mains :

« Qu'on dresse les tables ! ordonna-t-il. Il est temps d'offrir bonne chère à une si noble compagnie ! »

Bien que surpris de mettre si tôt le couvert, pages et varlets commencèrent à préparer la salle en apportant tréteaux, plateaux et nappes. Leur activité s'interposait entre les deux chevaliers nouvellement arrivés et la suite de Blancandin. Le seigneur et la dame du Treff n'eurent pas à se concerter ; dame Emmelot partit présenter ses filles au prince et à ses hommes pendant que Rainfroi s'attardait avec les sires de Vaumacel et de Quéant.

« Ainsi donc, vous voici de retour, glissa le châtelain à Ædan. Votre absence n'est pas passée inaperçue…

– Oui, et je gage qu'elle m'a valu de méchants ragots. Votre hospitalité ne m'en oblige que davantage. Je n'ignore point qu'on me tient pour infréquentable…

– Je ne vous cacherai pas que ma loyauté au duc pourrait peser dans notre commerce.

– C'est tout à votre honneur, sire Rainfroi. Je venais d'ailleurs me soumettre à votre jugement, dans une affaire de moindre importance.

– Ah, vraiment ?

– Oui, j'ai eu maille à partir avec quelques-uns de vos vilains, à Chanevier. Je tenais à m'en expliquer.

– Oh, j'espère qu'ils ne vous ont en rien offensé.

– J'estime avoir déjà obtenu réparation, mais ces gens vous appartenant, mon devoir m'imposait de vous soumettre l'affaire.

– Eh bien, nous en parlerons à tête reposée. Pour l'heure, veuillez me pardonner : je vais assister mon épouse dans le placement de nos hôtes. »

Du coin de l'œil, il n'avait rien perdu de la façon dont celle-ci avait occupé l'autre parti. La dame du Treff jouait à merveille son rôle de mère aimante, si fière de ses enfants qu'elle n'hésitait point à en importuner ses hôtes. Blancandin se montrait un peu emprunté devant les deux fillettes et leur énorme matou ; soumis à la stricte discipline de l'Ordre radieux pendant des années, trop jeune encore pour avoir la fibre paternelle, il ne savait comment se comporter avec les mignardes. Certains de ses suivants, en revanche, prenaient plaisir à taquiner les petites. Ainsi des sires de Froëch et de Maubrenas, qui avaient des enfants de cet âge ; les damoiselles du Treff les leur rappelaient sans doute. C'était un délice de voir ces rudes combattants mignonner les souris.

Tant qu'ils étaient d'âge tendre, quelle bénédiction que les enfants ! se félicitait Rainfroi en rejoignant sa femme. Leur présence dans une assemblée modérait les violents et les impudents, du moins aussi longtemps que le vin n'avait pas coulé. Mieux encore : ils formaient des atouts majeurs dans la diplomatie des gens bien nés. Point n'était besoin de les engager trop avant : il suffisait de faire miroiter des perspectives d'échanges, d'alliances, de dots et d'influence pour ouvrir des négociations, tempérer l'hostilité d'un adversaire, ébaucher un compromis dans un procès, transformer un ultimatum en pourparlers de paix… En produisant ses filles devant le prince et ses chevaliers, dame Emmelot avançait de précieux pions sur l'échiquier ducal. Mais une fois le mouvement accompli, il fallait avoir le tact de ne point trop indisposer Blancandin. Le seigneur du Treff s'y employa.

Il fut assez délicat de placer les hôtes. Trop d'hommes appartenaient à la suite du prince ; même en les intercalant avec les familiers du château, leur nombre dominait toujours l'assemblée. Les rituels de table permirent néanmoins au châtelain d'ouvrir le repas dans une relative quiétude. Des pages munis d'une aiguière, d'un bassin et d'une serviette passèrent de convive en convive pour leur permettre de se laver les mains. Puis le seigneur du Treff fit une brève oraison ; comme on était encore en hiver, il s'agissait d'une prière obituaire. Le maître de maison invoqua le souvenir des disparus qui avaient naguère appartenu à la maisnie et recommanda leur âme à la clémence du Desséché. Il fit verser une coupe de vin aux épices qu'un page déposa sur le bord d'une fenêtre, une attention destinée aux fantômes qui auraient voulu se joindre à la compagnie. Après quoi, tout le monde s'assit et des plats d'anguilles et de gibier furent servis.

Préséance oblige, le seigneur et la dame avaient naturellement installé Blancandin entre eux, le châtelain partageant sa coupe et son tranchoir avec le prince. Une place d'honneur bien commode, qui permettait de circonvenir le jouvenceau en l'accablant de propos aimables. Celui-ci supportait ce verbiage avec une politesse distraite. Rainfroi voyait bien qu'il considérait le sire de Vaumacel avec attention, mais son expression paraissait plus pensive qu'hostile. Comme c'était à craindre, l'esclandre finit par éclater, mais il vint d'un des chevaliers du prince.

« En vérité, s'écria Dam de Maubrenas, je suis émerveillé par l'effronterie de certains !

– Si quelqu'un vous désoblige, se hâta d'intervenir le seigneur du Treff, remettez-vous-en à moi. Je ferai tout ce qui est en mon pouvoir pour réparer le tort.

– Je me désoblige moi-même en m'asseyant à votre table. J'ai grande honte à compagnonner avec ce traître ! » gronda le sire de Maubrenas en désignant Ædan de Vaumacel.

Le châtelain leva une main apaisante.

« Sire Dam, je comprends votre colère et je ne prendrai pas vos paroles en mauvaise part. Mais le devoir d'hospitalité est sacré. Il me faut accueillir et protéger quiconque se présente en paix à ma porte, qu'il s'agisse de vous ou du sire de Vaumacel.

– N'êtes-vous point avant tout le vassal de mon seigneur Ganelon ? Votre premier devoir n'est-il point de jeter dans les chaînes un félon qui s'est soustrait à la justice ducale ?

– Maubrenas, Maubrenas ! intervint Blancandin. Tu vas un peu vite en besogne. »

Saluant du chef la réprimande du prince, le chevalier de Vaumacel prit la parole.

« J'entends votre courroux, sire Dam, et il m'attriste car je crois pouvoir me flatter d'avoir été de vos amis. Au nom de notre fraternité passée, permettez-moi de plaider ma cause.

– Plaider votre cause ! pesta Cowyr de Thèves. Voilà plus d'un an que vous auriez dû le faire, devant la cour ducale ! Aujourd'hui, cela n'a plus de sens !

– Il n'est jamais trop tard pour répondre de son honneur et de celui d'une dame.

– Bavardage ! s'emporta le chevalier de Thèves. Où étiez-vous quand il fallait blanchir ma dame Audéarde de cette infamie ? Comment la croire innocente quand le chevalier qui avait flétri sa réputation se dérobait au procès ? Il a fallu que ce soit moi qui descende sur le pré pour défendre l'honneur de la duchesse… »

Le preux tremblait d'indignation ; ses mots s'étranglèrent dans sa gorge. Il s'empara de sa coupe et la but à grands traits. Dans le tinel, tous les regards glissèrent loin de sa personne, afin de lui épargner un surcroît d'humiliation. L'issue du combat judiciaire n'était que trop connue : le champion de la duchesse Audéarde avait été vaincu par le connétable de Traval.

« Sire Cowyr, dit le chevalier de Vaumacel, je vous sais gré d'avoir défendu ma dame Audéarde. Le Resplendissant m'est témoin, j'aurais voulu de toute mon âme répondre aux calomnies devant la cour du duc. Hélas, je n'en avais point la liberté.

– Épargnez-nous vos faux-fuyants ! pesta Dam de Maubrenas. Eussiez-vous été à l'article de la mort, votre devoir était de comparaître ! Fût-ce sur une litière !

– Il est des raisons plus impérieuses que la maladie ou les blessures.

– Quoi donc ? ricana le chevalier de Maubrenas. La perfidie ? La couardise ?

– Sire Dam, rétorqua le sire de Vaumacel, si je ne craignais d'indisposer nos hôtes, je vous demanderais sur le champ réparation par les armes !

– Seigneurs, j'en appelle à votre tempérance, intervint Rainfroi du Treff. Il me déplairait en effet de juger une querelle qui ne dépend point de ma justice, mais de celle de son altesse ducale. »

Une assistance inattendue lui fut apportée par Geriant de Froëch.

« Sire Rainfroi a raison, nous devrions lui faire grâce de nos discordes. Du reste, j'ai chevauché plus d'une fois avec le sire de Vaumacel lorsqu'il venait combattre pour le plaisir sous la bannière du comte Angusel. S'il est un vice qu'on peut difficilement lui reprocher, c'est la couardise. Mes amis, vous lui tenez rigueur de n'avoir pas répondu aux accusations portées contre lui. Eh bien ! Profitons de l'occasion. Laissons-lui la possibilité de s'expliquer.

– Tu parles d'or, Froëch, ironisa le prince. La plaidoirie doit être léchée : voilà plus d'un an que Vaumacel la prépare… »

Ædan remercia le sire de Froëch d'une inclination de tête, puis planta son regard dans celui de Blancandin.

« Je m'exprimerai sans détour, mon seigneur, et s'il est une personne dans cette assemblée qui pourra attester de ma sincérité, ce sera bien vous. Après tout, nous servions vous et moi dans le même ban. »

Puis, s'adressant à tous les convives, il poursuivit d'une voix ferme.

« Il y a trois ans, alors que je combattais dans le ban du comte de Brochmail, j'ai frôlé la mort. En poursuivant des pillards ouromands, j'ai commis l'imprudence de m'écarter de mes compagnons. Or l'ennemi s'est retourné contre moi. De façon inexplicable, le guerrier qui m'a abattu ne m'a pas achevé. Cela m'a donné à réfléchir, d'autant que ce n'était pas la première fois que je devais la vie à un heureux coup du sort. Pour témoigner ma gratitude au Resplendissant, j'ai fait le vœu de servir quelque temps dans l'Ordre du Sacre. Je ne comptais pas y consacrer le reste de mon existence, mais j'ai prêté serment comme chevalier à terme pour un service de deux ans. C'est la raison pour laquelle j'ai quitté le duché, gagné Sacralia et prêté hommage au conseil de l'Ordre. »

Agitant la main vers le prince, le chevalier de Vaumacel crut bon de préciser :

« Je ne vous apprends rien, mon seigneur. Vous vous trouviez également dans la maison-mère, poursuivant votre noviciat auprès de l'archichapelain de l'Ordre radieux. Malheureusement pour nous, les fausses accusations qui ont flétri la réputation de ma dame votre mère ont couru comme nous étions outre-monts. Le voyage n'était rien ; se libérer de nos vœux s'est révélé autrement difficile. Quand j'ai appris que j'étais convoqué à la cour ducale, j'ai demandé au conseil de l'Ordre d'être temporairement relevé de mon service. Cela m'a été refusé. Le grand-maître Venance en personne m'a fait connaître le rejet de ma requête. J'ai insisté, ce que les dignitaires de l'Ordre ont peu apprécié, me rappelant à la vertu d'obéissance. Dès lors, quoiqu'il m'en coûtât, que pouvais-je faire ? La courtoisie m'imposait de prendre la défense de ma dame Audéarde, mais l'honneur me contraignait de respecter les termes de mon hommage. Je ne vous cacherai pas combien cruel fut le dilemme. Finalement, j'ai tranché pour une décision qui, bien qu'elle portât atteinte à ma réputation, me permettait de concilier l'honneur avec la courtoisie. J'ai d'abord terminé mon service dans la principauté du Sacre, puis je suis rentré au duché pour rétablir l'honneur de la duchesse.

– Balivernes ! aboya Dam de Maubrenas. Nous qui avons défendu ma dame Audéarde, nous peinons déjà à vous croire ! Qu'en sera-t-il quand vous vous présenterez devant le duc ou son chancelier ? Vous aurez bien de la chance si l'on ne vous jette céans dans un cul-de-basse-fosse !

– Vous dites vrai quand vous affirmez que vous serviez dans la principauté du Sacre et que le conseil de l'Ordre a refusé de vous libérer, dit Blancandin sur un ton plus froid. Mais que n'avez-vous pris une initiative semblable à la mienne ? Je suis parti de mon propre chef ; si j'arrive trop tard, c'est parce que j'ai été rattrapé et capturé par les chevaliers du Sacre, puis gardé prisonnier de longs mois dans les cellules de l'Ordre radieux. Il m'a fallu m'évader pour revenir enfin au duché. Vous qui avez plus d'expérience que moi, Vaumacel, vous auriez pu plus facilement vous affranchir du despotisme de l'Ordre et passer entre les mailles du filet.

– Mon seigneur, répondit Ædan, j'avais donné ma parole à l'Ordre et non à ma dame votre mère. Si j'avais rompu mon serment, j'aurais donné raison aux médisants qui m'ont accusé d'un commerce coupable avec la duchesse.

– Finasseries de clerc ! s'irrita le prince. Vos discours sont indignes d'un chevalier.

– Un preux qui retire sa parole se met au ban de la chevalerie.

– Eh quoi ! Auriez-vous le front de m'accuser d'avoir manqué à la mienne ?

– Mon seigneur, j'admire votre courage et la piété que vous portez à ma dame votre mère. Toutefois, en rompant vos vœux, vous n'avez pas servi sa cause.

– Et quelle cause aurais-je donc servi ? Vous êtes peut-être mon aîné, Vaumacel, mais j'ai plus de sagesse que vous. Apprenez ceci : il faut savoir reprendre sa parole quand la personne auprès de qui vous l'avez engagée n'en est plus digne. Avais-je la vocation pour entrer dans l'Ordre radieux ? Aucunement. Je respectais juste la volonté de mon père. Du reste, je n'ai jamais porté que le manteau de novice et je n'ai prononcé aucun vœu solennel. Aussi, quand mon père a souillé la réputation de la duchesse, n'étais-je plus tenu par nulle loyauté sinon par celle due à ma dame ma mère. Voilà pourquoi je me suis affranchi de l'autorité de l'Ordre. Et j'ajouterai ceci : le principe qui a gouverné ma conduite aurait également dû régir la vôtre. Le refus de vous laisser comparaître devant la cour ducale était illégitime : vous auriez dû passer outre. »

L'expression d'Ædan se fit rétive.

« Selon vous, il était sage de violer la décision prise par un conseil intègre pour se soumettre à une cour douteuse ?

– Ne vous laissez pas éblouir par le soleil royal qu'affichent les armes de l'Ordre. Sous leur manteau de paladin, les chevaliers du Sacre cachent leur part d'ombre.

– Peut-être le conseil avait-il des raisons secrètes. J'incline même à croire que le grand-maître Venance m'a retenu par amitié, craignant pour ma vie si je me présentais au procès. Quels que fussent ses motifs, il ne m'appartenait pas de les juger.

– La vraie raison des obstacles que l'Ordre nous a opposés était bassement politique, s'anima Blancandin. En guerre contre les peuples barbares d'Ouromagne et de Féménie, la principauté du Sacre dépend des renforts de Bromael et de l'or de Ciudalia. Nous libérer de nos obligations pour défendre ma dame ma mère, c'était courir le risque de déplaire au duc et au podestat de la République ciudalienne. Les chevaliers du Sacre nous ont retenus au mépris de leurs propres valeurs d'honneur et de justice, uniquement par intérêt diplomatique. Voilà pourquoi leur décision était nulle et non avenue. Mais que nous importe ! Le mal est fait, et je ne suis pas rentré pour faire procès à l'Ordre. Vous prétendez être revenu pour rétablir l'honneur de la duchesse, Vaumacel ? Vous piquez ma curiosité. Comptez-vous prendre d'assaut sa prison de Mondoire ? Cachez-vous dans votre manche un synode prêt à annuler le mariage de mon père avec la putain ciudalienne ? Disposez-vous d'un trésor qui rivalise avec les largesses que vient de prodiguer le duc pour célébrer la naissance de son petit bâtard ? »

Le seigneur du Treff, qui souffrait ce débat avec embarras, crut bon de modérer le prince.

« Mon seigneur, lui dit-il en lui posant doucement la main sur l'avant-bras, je comprends votre contrariété et je compatis aux épreuves que vous avez traversées. Cela étant, je ne puis tolérer des propos si outrés sous mon toit. Que vous n'éprouviez nulle sympathie pour la jeune duchesse, je vous le passe volontiers. Mais enfin, ma dame Clarissima est de vieille et puissante noblesse ; son père a vaincu le royaume de Ressine et chassé ses ennemis hors de la république de Ciudalia ; par-dessus tout, vous ne pouvez parler ainsi de l'épouse de mon seigneur votre père.

– Vous avez raison, rétorqua Blancandin. On ne peut parler ainsi de l'épouse de mon père ; la seule que je connaisse est ma dame ma mère. Or mon père, quant à lui, ne s'est pas gêné pour la traiter en putain !

– Son altesse ducale a respecté la coutume de Bromael et le droit cyclothéiste.

– Au cours d'un procès où le principal témoin s'est dérobé ? Au lendemain duquel le duc divorcé a épousé une fille qui a mon âge ? Qui est plus jeune que mes frères aînés ? Tout cela est une farce, sire Rainfroi. Une farce infamante ! Et quand bien même ma mère aurait eu une inclination pour ce petit chevalier ? Mon père ne se gêne pas pour entretenir ses bâtards dans son hôtel, et je ne sache pas que quiconque lui en ait jamais fait procès ! »

Cette tirade du prince provoqua la bruyante approbation des chevaliers de sa suite.

« Vous même, poursuivit perfidement Blancandin à l'adresse du châtelain, n'êtes-vous point révolté par le sort réservé à ma dame ma mère ? »

Le seigneur du Treff masqua sa gêne derrière une expression chagrine.

« La Déesse m'en soit témoin, j'ai toujours eu beaucoup de respect et, j'ose le dire, une grande admiration pour cette haute dame. Pour vous parler à cœur ouvert, j'ai d'abord eu la certitude que ces accusations n'étaient que calomnies, et je peine toujours à croire ce qui lui est imputé. Toutefois, alors que vous étiez si malencontreusement empêché, j'ai assisté au procès. Les témoignages de la dame de l'Aulnay et de la baronne de Bregor étaient accablants, et le chevalier de Vaumacel ne s'est pas présenté pour les réfuter… »

Un rire mordant accueillit ces derniers mots. Rejeté contre le dossier de son siège, Cowyr de Thèves coulait un regard narquois au châtelain.

« Le témoignage de la de l'Aulnay ! ricana-t-il. Sire Rainfroi, vous êtes trop fin renard pour vous faire duper par cette chattemite.

– Je vous accorde que la dame a la langue bien pendue… Mais c'est une chose de commérer au cours d'un bal ou d'un banquet ; c'en est une autre de mentir devant une cour de justice.

– Pour mon infortune, je ne connais que trop cette mégère, rétorqua le chevalier de Thèves. Elle est l'épouse de mon cousin Olier. Nous nous partagions la seigneurie du château de Vernejoul ; mais depuis que ma dame Audéarde m'a entraîné dans sa chute, mon bon cousin a fait main basse sur l'ensemble du fief. Quant à la vertueuse Parvule de l'Aulnay, n'est-elle point entrée dans l'hôtel de la fausse duchesse ?

– Que vos cousins aient eu l'inélégance de profiter de votre disgrâce ne prouve nullement qu'ils ont menti, argua le seigneur du Treff. Et encore moins la baronne de Bregor, qui ne nourrit point de grief contre vous.

– Contre sire Cowyr, non, observa le chevalier de Vaumacel. Contre moi, en revanche, oui. La vindicte dont je suis l'objet de la part de dame Érembourg n'est pas un secret… »

Il coula un demi-sourire à Yvorin de Quéant, qui se rembrunit quelque peu.

« En outre, poursuivit Ædan, j'ai déjà fait l'expérience de sa rouerie. Je ne serais pas étonné d'apprendre que la baronne a accusé dame Audéarde uniquement dans le dessein de me nuire. »

Venant au secours de son mari, Emmelot du Treff s'invita dans le débat.

« Seigneurs, je suis émerveillée qu'au nom de la défense d'une dame, vous en vilipendiez trois autres. Je rougis d'entendre des paroles si discourtoises à ma propre table. Vos persiflages me placent dans une situation fâcheuse : quand je me trouverai en présence de ces dames, je me verrai contrainte de dissimuler. Vous conviendrez que ce n'est guère prévenant à mon égard.

– Vous avez mille fois raison, dame ! approuva Yvorin. Quoique je n'aie en rien contribué à ces vilenies, je m'en veux de leur avoir seulement prêté l'oreille. Je vous prie de m'excuser de n'y avoir point coupé court avant vous.

– Seriez-vous partisan de la Ciudalienne ? lui lança le prince.

– Je suis trop pauvre chevalier pour avoir eu le privilège d'être présenté à cette dame. En revanche, j'ai juré de défendre l'honneur de la baronne de Bregor, et je suis bien fâché que la convention qui me lie à sire Ædan m'empêche de lui demander raison. Quoi qu'il en soit, à part vous, mon seigneur, il me semble que nul parmi nous n'est assez bien né pour critiquer ces hautes dames.

– Voici un mot aussi preux qu'il est courtois », sourit la dame du Treff.

Le mot était suffisamment preux pour avoir indisposé plus d'un convive mais, par respect pour leur hôtesse, les sires de Thèves et de Vaumacel ravalèrent leur riposte. Le prince en personne prit sur lui pour faire amende honorable.

« Je ne peux que saluer votre tact, dit-il à sa voisine, et je vous remercie de nous avoir rappelés à la bienséance. Après tout, je suis revenu dans le duché pour défendre l'honneur d'une dame, non pour faire outrage à d'autres. »

Se tournant ensuite vers Ædan, il poursuivit sur un ton teinté d'ironie :

« Je suis fort aise de constater que vous êtes revenu dans le même dessein. Mais vous n'avez pas répondu à la question que je vous ai posée. Comment comptez-vous procéder pour restaurer ma dame ma mère dans toutes ses dignités ?

– J'entends me faire seconder par quelques personnes de haut parage. En leur compagnie, je me présenterai devant la cour ducale, j'expliquerai le motif de mon absence et je rétablirai la vérité.

– En toute simplicité ! s'esclaffa le prince. Et croyez-vous vraiment qu'on vous y entendra ?

– Je ferai tout ce qui est en mon pouvoir pour y parvenir.

– Vous moquez-vous ? rétorqua Blancandin. Vous n'êtes pas naïf au point de vous comporter si sottement !

– Peut-être serai-je appuyé par un parti plus fort que vous ne le soupçonnez. Voire plus fort que je ne le soupçonnais moi-même, si vous joignez votre parole à la mienne. »

Le prince partit d'un franc éclat de rire, qui fut repris par les ricanements des chevaliers de sa suite.

« Eh non, Vaumacel, vous ne vous moquez point… Vous êtes encore plus fou que je le croyais ! »

Retrouvant son sérieux, il continua avec colère :

« N'avez-vous trouvé rien de mieux que de vous jeter dans la gueule du loup ? Ne savez-vous pas que le duc est en train de lever le ban ? Qu'il a rallié mon demi-frère Lanval, sorti de sa disgrâce par la répudiation de ma dame ma mère ? Que mon autre demi-frère, le Grand Bâtard, racole force compagnies de soudoyers avec l'or de Ciudalia ? Nous ne serions pas même capables d'approcher à dix lieues du séjour de mon père ! Au terme d'un beau combat livré à un contre cent, nous aurions l'honneur d'aller croupir au fond d'un cachot de Mordunes ou de Traval.

– Vous noircissez peut-être le tableau, tempéra le seigneur du Treff. Envoyez un émissaire à son altesse ducale pour l'éclairer sur le caractère honorable de vos intentions. Présentez-vous ensuite humblement devant lui : je ne doute pas qu'il vous fera bon accueil.

– Oh, certainement, railla Blancandin. Et une fois qu'il aura mis mes compagnons en cage, il se fera un plaisir de garder le fils prodigue à sa cour, estimant plus facile de l'y surveiller qu'à Sacralia. Non, sire Rainfroi, je ne me livrerai pas à mon père pieds et poings liés.

– Dans ce cas, mon seigneur, permettez-moi de vous retourner la question, repartit Ædan. Comment comptez-vous restaurer l'honneur de ma dame la duchesse ? »

Blancandin coula un coup d'œil aigu au sire de Vaumacel. Au lieu de lui répondre, il préleva une cuisse de faisan sur son tranchoir et en attaqua la chair ferme à belles dents. Puis, il leva sa coupe jusqu'à ses lèvres, but quelques gorgées, et interpella ses gens.

« Chevaliers, poursuivons-nous comme convenu ?

– Nous sommes là pour cela, dit sans balancer le sire de Froëch.

– J'ai perdu toute confiance dans ce couard, gronda le sire de Maubrenas. Qui nous dit qu'il ne nous abandonnera pas ?

– Moi non plus, je ne me fie plus à ce traître, maugréa le sire de Thèves. Mais le service de ma dame la duchesse passe avant mon sentiment.

– Eh bien, persifla le prince, il semble que vous obteniez tous les suffrages, Vaumacel ! »

Il appuya la pointe de son couteau sur la table, et le fit tourner un instant dans sa main.

« S'il est sincère, votre projet d'aller trouver mon père est tellement stupide que je ne puis vous laisser commettre pareille ineptie. Alors jouons franc jeu. Je vais vous dire ce que je compte entreprendre, et je vais même vous proposer de vous associer à moi parce que, comme l'a si bien dit Thèves, le service de ma dame ma mère passe avant mon sentiment. »

Se tournant d'un air plus aimable vers le seigneur du Treff, le jouvenceau jugea bon de préciser :

« À l'origine, sire Rainfroi, l'objet de ma visite était de vous transmettre une invitation. Je vais me faire un plaisir de vous la communiquer, et je ne doute pas que vous en instruirez la cour ducale. Mais je vais profiter de la présence du chevalier de Vaumacel pour faire d'une pierre deux coups. Cela m'épargnera d'ailleurs la peine de le faire rechercher. »

Affichant un sourire insolent, le jeune prince poursuivit d'une voix forte :

« Apprenez, mes seigneurs, que d'ici un mois, à l'occasion des fêtes de Premevaire, le comte de Kimmarc me chaussera les éperons. Pour célébrer mon entrée dans l'ordre de chevalerie, le comte Angusel organise un grand pas d'armes à Lyndinas. L'enjeu des combats sera la bannière de ma dame ma mère, au sommet de la tour de Lyndinas. Avec mon frère Méléagant, nous défendrons le seuil de la tour ; parmi les gardiens du pas, chacun accrochera trois brins d'immortelles sur sa cotte d'armes, pour honorer les trois angemmes d'or des armoiries de ma dame ma mère. Avec tous les chevaliers qui épouseront notre cause, nous entendons bien défaire les preux qui se rangeront chez l'assaillant. Nous serions fort aise de vous y affronter, sire Rainfroi. Dans la journée, vous pourrez ainsi montrer votre loyauté à mon père, ce qui ne nous empêchera point de festoyer ensemble dans la soirée. »

Si courtoise fût-elle, l'invitation n'eut pas l'air de ravir le seigneur du Treff.

« Entrer en chevalerie vous fermera pour longtemps les portes de l'Ordre radieux, observa-t-il d'un air soucieux.

– Je m'en réjouis d'avance, se félicita Blancandin.

– Quant à recevoir votre épée du comte Angusel… La colée sera pour vous, mais le coup pour son altesse ducale. Vous lui ferez doublement injure.

– À la bonne heure ! Existe-t-il meilleur appel aux armes ? »

S'adressant à nouveau à Ædan, le jeune homme poursuivit avec feu :

« Qu'en dites-vous, Vaumacel ? N'est-ce pas une prouesse plus digne de votre bras ? Vous vouliez témoigner en faveur de ma dame ma mère ? Quel témoignage sera plus éclatant que celui que nous livrerons sur la lice ? Vous souhaitiez l'appui de grands seigneurs ? À Lyndinas, vous aurez le mien et celui du comte Angusel. Vous aurez également celui de tous les chevaliers qui arboreront des brins d'immortelle. Cela vaudra toutes les chicanes devant une cour scélérate. Quelle que soit la fortune de nos armes – et j'entends bien interdire l'entrée du pas – la gloire de ces combats redorera le blason de ma dame ma mère. Et pour vous comme pour moi, qui lui avons si cruellement manqué, ce sera plus qu'un pas d'armes ; ce sera notre pardon d'armes. Il ne tiendra qu'à notre vaillance d'effacer nos défaillances. Qui sait ? Peut-être y regagnerez-vous jusqu'à l'estime de ces chevaliers qui vous honnissent. »

Ædan accueillit ces paroles d'un air pensif. Il jaugea le prince du regard ; sans doute l'enthousiasme du jouvenceau lui parut-il sincère.

« Vous me surprenez, mon seigneur, lui dit-il. Je ne m'attendais pas à ce que vous dépassiez si aisément les préventions que vous avez à mon égard. Cet appel à combattre dans votre conroi m'honore, et je crois que vous avez raison : en m'exposant moins à une perfidie, ce pardon d'armes me donnerait plus de chances de me faire entendre.

– En vous liguant de la sorte, vous feriez grand bruit, c'est certain, admit le seigneur du Treff sur un ton de regret. Si grand bruit, à la vérité, que son altesse ducale risque d'en être assourdie. Un juge se doit d'écouter ; un capitaine se doit de vaincre. Le défi que vous envisagez de jeter à la face de mon seigneur Ganelon risque de nuire plus que de profiter à dame Audéarde… N'oubliez pas que son altesse a appelé le ban, que la noblesse de Bromael sera renforcée par de nombreux routiers. Que ferez-vous si, pour relever votre gant, toute l'armée ducale se présente à Lyndinas ?

– Nous serons sur les terres de Kimmarc, répliqua Blancandin. Le comte Angusel nous appuiera avec son ban.

– Le comte Angusel s'est incliné au cours de la dernière guerre ; il tient désormais son comté des mains de mon seigneur votre père, à qui il a dû céder la seigneurie d'Ouchain.

– Eh bien, ce sera peut-être l'occasion d'une revanche pour Kimmarc, lança le prince.

– D'autant que le duc n'aura pas forcément le renfort de tous ses vassaux, intervint Cowyr de Thèves. Par sa lignée, ma dame la duchesse possède des partisans ardents dans la noblesse de Belestance. Ils pourraient bien quitter la bannière de Bromael pour embrasser notre cause.

– Du reste, ce sera une grande fête, non une guerre, nuança Blancandin. Se rallier aux défenseurs du pas n'aura rien d'une félonie. »

La finesse de l'argument fit fleurir les sourires matois parmi les chevaliers de sa suite, sans dissiper les réticences de leur hôte.

« Alors, Vaumacel, apostropha le prince, êtes-vous décidé ? Laverez-vous votre nom sur le pas de Lyndinas ?

– Mon seigneur, l'occasion est trop belle, répondit le chevalier. J'aurai grande fierté à fleurir mon harnois de quelques brins d'immortelle. Je ne mettrai qu'une condition à cet engagement : je ne me joindrai à vous que si le seigneur Rainfroi m'y autorise, car je dois au préalable me soumettre à son jugement.

– Quel est donc ce faux-fuyant ? se récria Dam de Maubrenas.

– Vous vous dérobez à la justice du duc mais vous vous placez entre les mains d'un de ses vassaux ? s'offusqua Cowyr de Thèves. Quelle fourberie méditez-vous ?

– Seigneurs chevaliers, j'aurai bien du mal à combattre à vos côtés si vous persistez à m'insulter de la sorte, répliqua Ædan avec raideur. Je me suis déjà expliqué : il y a un an, je n'étais pas libre de mes initiatives. Je le suis aujourd'hui ; c'est la raison pour laquelle je vais me soumettre au jugement du seigneur Rainfroi. Non au sujet de la duchesse, mais à propos d'une affaire concernant ses gens.

– L'expédient est trop facile ! pesta le sire de Maubrenas.

– De quelle affaire parlez-vous donc ? s'impatienta Blancandin.

– D'un incident assez malheureux avec les manants de Chanevier, dit Ædan. J'en ai touché deux mots à sire Rainfroi tout à l'heure, mais nous avions convenu de remettre le jugement à un moment plus propice.

– Un incident avec des manants ? s'offusqua le prince. En quoi pareille vétille pourrait-elle peser sur votre ralliement ?

– Pour être gens de peu, ces vilains n'en dépendent pas moins de la seigneurie du Treff, objecta Ædan. Je manquerais à l'honneur, à la courtoisie et à la coutume si je n'en répondais pas devant notre hôte.

– Eh bien, réglez cela sans tarder ! Je veux que vous me donniez une réponse franche, et non une astuce à la sauce de celle que vous nous avez déjà servie ! »

La dame du Treff éleva les mains.

« Allons bon ! protesta-t-elle. Nous n'allons point tenir jugement au milieu du repas !

– Pourtant, vous m'obligeriez fort en le faisant, rétorqua Blancandin. Malgré tout l'agrément de votre accueil, je ne compte pas vous importuner très longtemps... Après tout, sire Rainfroi, vous restez l'homme de mon père... En repartant demain, je souhaiterais être fixé sur le soutien de Vaumacel au pas de Lyndinas. Puisque sa décision est soumise à la vôtre, pourriez-vous nous faire la grâce de trancher rapidement ?

– Pour ma part, dit Ædan, je ne vois pas d'objection à plaider dès ce soir. Comme mon seigneur Blancandin, je comptais vous quitter au matin. La piste que je suis risque de refroidir ; plus tôt je serai jugé, plus tôt je serai libre de mes mouvements, si toutefois sire Rainfroi m'accorde l'élargissement.

– Un différend avec des rustres ! se rit le prince. La question est toute réglée !

– À moins, bien sûr, que cette extravagance n'indispose trop nos hôtes, objecta poliment Ædan.

– Je m'en remets à mon époux, énonça la dame du Treff d'un air pincé. À tout prendre, je préférais vos querelles sur le procès ducal. Deviser de vilains au souper ! On aura tout entendu ! »

Le châtelain ne balança qu'un instant sur la conduite à tenir. Quelle que fût la faute commise par le sire de Vaumacel, il était évident qu'elle ne pèserait guère dans son jugement. Tout le problème consistait à ne point trop désobliger l'un des partis en présence. En acceptant de précipiter sa sentence, Rainfroi semblait pencher pour la ci-devant duchesse ; mais s'il emprisonnait le chevalier, il rendait un service éclatant au duc, service que le comte Angusel lui ferait payer d'une façon ou d'une autre. Le plus prudent aurait été d'ajourner, en renchérissant sur les réticences de sa dame et en arguant des usages. L'échappatoire, toutefois, était trop voyante ; en définitive, le caractère pusillanime de cet atermoiement risquait de mécontenter tout le monde.

« Quoique je déroge à ma coutume, dit lentement le seigneur du Treff, je consens à traiter cette affaire sans plus tarder, par égard pour mes nobles invités.

– Sire Rainfroi, vous êtes la sollicitude incarnée, loua le prince avec quelque légèreté.

– Votre bienveillance me donne raison dans la démarche que j'ai entreprise auprès de vous, salua le chevalier de Vaumacel.

– Ne passez pas trop vite aux remerciements, tempéra le châtelain. Eh bien, sire Ædan, puisque vous êtes venu plaider votre cause et que tout le monde est si pressé, au fait ! Exposez-moi votre affaire. »

Les hauts hommes de la suite du prince se rencoignèrent dans leurs sièges en toisant le chevalier, curieux de cette nouvelle indignité et tout prêts à jouer les assesseurs de l'audience. Quant à Blancandin, il fit mine de se désintéresser de l'échange en allant piocher dans les plats. Seul l'arrêt que prendrait son hôte retiendrait son attention ; il le lui fit bien sentir.

« Sire Rainfroi, dit Ædan, j'ai souhaité faire amende honorable pour une regrettable échauffourée. Je crains d'avoir rudoyé quelques-uns de vos manants. Voici les circonstances. Hier, j'ai fait étape à Chanevier ; j'avais entendu dire qu'un enfant du finage avait disparu depuis peu et je souhaitais m'enquérir sur les circonstances de cette disparition…

– À quelle fin ? l'interrompit le seigneur du Treff d'un air surpris. Chanevier dépend de ma justice, non de votre protection.

– J'en ai bien conscience et je n'entendais nullement empiéter sur vos prérogatives. Il se trouve simplement que des enfants ont disparu dans d'autres seigneuries et que j'ai une affaire personnelle avec celui ou ceux qui pourraient être les ravisseurs. C'est pour cette raison que j'ai pris la liberté d'interroger vos gens, nullement pour me substituer à votre justice.

– Je croyais votre retour motivé par le service de ma dame la duchesse, intervint assez vivement le sire de Thèves.

– C'est la vérité, confirma Ædan.

– Dans ce cas, qu'avez-vous à vous embarrasser de gueux disparus ?

– Si je les retrouve, peut-être restaurerai-je mon crédit pour la défense de dame Audéarde.

– En délivrant des vilains? ricana Dam de Maubrenas.

– Qui sait ? dit le chevalier de Vaumacel. Le malheur des humbles est souvent le fait des grands. J'incline à croire qu'il y aura force prestige à gagner en remontant jusqu'à l'origine de ces rapts.

– Connaissez-vous l'identité des personnes que vous poursuivez ? demanda le seigneur du Treff.

– Pas encore, sire Rainfroi, mais je fais quelques conjectures. Ce sont des voyageurs, et même probablement des étrangers au duché. Ce sont des cavaliers, car des traces de chevaux ont été relevées sur plusieurs sites d'enlèvement. De surcroît, ils sont d'une merveilleuse discrétion ; je ne serais pas étonné qu'ils utilisent quelque charme pour traverser la province en restant inaperçus.

– Voici des perspectives bien mystérieuses. Toutefois elles ne m'éclairent en rien sur la faute que vous vous reprochez.

– J'y arrive, sire Rainfroi. Hier soir, j'avais établi les meilleurs rapports avec vos gens. Hélas, ce matin, leur sottise nous a précipités dans un fâcheux malentendu. Je venais de quitter Chanevier lorsque j'ai eu l'honneur de rencontrer sire Yvorin. Nous avons échangé des mots un peu vifs sur l'opinion que la baronne de Bregor se fait de ma personne ; dans le respect des usages, nous avons réglé cela sur le pré. Hélas ! Les vilains de Chanevier ont cru que j'affrontais le chevalier de Quéant parce que j'avais démasqué leur ravisseur. J'ai voulu rétablir la vérité, mais autant prêcher un troupeau d'ânes ! Il y a eu bousculade. Deux femmes ont été renversées par un de mes chevaux, et j'ai dû sévir lorsqu'un manant a voulu frapper mon page. Il y a perdu la main, mais non la vie, du moins je l'espère, car j'ai veillé à ce qu'on lui posât un garrot. Si je ne m'abuse, il s'agit du père de l'enfant disparu, et, quoiqu'il fût responsable de ma riposte, je dois vous avouer que cette circonstance me navre particulièrement. Voilà, sans déguiser, la faute que je souhaite soumettre à votre jugement. »

Geriant de Froëch et Dam de Maubrenas haussèrent les épaules : pour eux, l'affaire était entendue. Même aux yeux de ses détracteurs, le sire de Vaumacel était dans son droit.

« Permettez-moi d'ajouter quelque chose, intercéda Yvorin. Par modestie ou par tact, sire Ædan ne dit pas tout. C'est afin de me défendre qu'il s'est mis dans cette situation. Pour ma part, j'étais si furieux de me trouver pris à parti par des gens de rien que j'étais tout prêt à les occire ; or sire Ædan m'a retenu. Grâce à sa mesure, je n'ai pas de tache sur la conscience ; seul le Resplendissant sait combien de manants ont été épargnés. »

Le seigneur du Treff accueillit ces mots d'un léger hochement de tête. Prenant un air grave, il s'octroya le temps de la réflexion. Il ne délibérait pas sur le verdict à prononcer mais sur le moyen de ne point se compromettre. Évidemment, il aurait pu gagner du temps en ajournant sa décision : il suffisait de prétexter qu'il avait scrupule à rendre un jugement tant qu'il n'avait pas entendu les manants de Chanevier. Il écarta aussitôt cette idée ; même si, en fin de compte, il blanchissait le sire de Vaumacel, l'argument aurait laissé entendre qu'il accordait autant de considération à la parole des vilains qu'à celle des hauts hommes… Cela aurait insulté l'ensemble de ses invités tout en dévoilant son propre jeu. Il ne pouvait différer l'élargissement ; il le pouvait d'autant moins que le chevalier de Vaumacel s'était spontanément livré. Mais s'il agissait dans le respect du code courtois, alors il donnerait le sentiment d'épouser la cause de Blancandin sans Escreigne et d'Angusel de Kimmarc. Il ne se représentait que trop la colère du duc quand celui-ci apprendrait que son vassal avait laissé filer l'amant de la ci-devant duchesse en compagnie de son fils rebelle. Il s'agissait donc de ménager la chèvre et le chou, ce qui ne tromperait personne mais permettrait peut-être de laisser passer l'orage. Faute de mieux, il opta pour une disposition oblique.

« Je vous sais gré pour l'honnêteté de votre démarche, dit-il au seigneur de Vaumacel. Dans pareilles circonstances, quantité de chevaliers se seraient estimés dans leur bon droit et auraient négligé d'en référer à mon autorité. Votre droiture, la déclaration du chevalier de Quéant et jusqu'à l'opinion de ces seigneurs qui ne vous portent pourtant pas dans leur cœur témoignent en votre faveur. Je suis quand même fâché que le père de l'enfant disparu ait été mutilé dans la bousculade. Il était ici-même il y a quelques jours ; je vous accorde que ce grand rustre n'avait rien d'une lumière, je n'ai même pas entendu le son de sa voix… Mais enfin il était appuyé par un laboureur et par la prieure de son finage. Il est des solidarités villageoises qu'il vaut mieux éviter de froisser, surtout s'il s'y mêle un sentiment d'injustice, fondé ou non.

– Je ne l'ignore point, dit Ædan, et c'est pourquoi je suis venu vous rendre des comptes.

– Je vous en remercie, chevalier. Il va sans dire que je ne vous tiens point pour fautif en cette affaire et que je m'avilirais en vous condamnant. Mais convenez avec moi que, fût-ce à votre corps défendant, vous avez jeté de l'huile sur le feu à Chanevier. Si ces vilains apprennent votre relaxe, ils vont me ranger dans le sac d'infamie où ils vous ont jeté. Dès lors, j'aurai plus de mal à les soumettre aux corvées et au cens. Je risque surtout d'avoir à châtier des insolences, or il me déplairait de faire usage de la force contre ces gens que le sort vient de frapper. C'est pourquoi, sire Ædan, en contrepartie de ma clémence, je vais vous demander un service.

– Je suis tout prêt à faire pénitence devant vous et cette noble assemblée, rétorqua le chevalier. Mais n'attendez pas de moi que je m'abaisse à présenter des excuses à des gens de peu.

– Rassurez-vous, je n'aurai pas de telles exigences. En revanche, j'ai entendu que vous étiez sur la piste des ravisseurs d'enfants. À défaut de lui rendre sa main, peut-être pourrions-nous donner au père du jeune Agnel plus amples nouvelles de son fils. Si j'étais en mesure de présenter à Chanevier la clef de cette affaire, à tout le moins les restes de l'enfant ou le nom de son ravisseur, j'aurais les moyens de calmer les rancunes. Pour m'aider dans cette tâche, seriez-vous disposé à poursuivre votre quête incontinent et à m'en tenir informé ? »

Le chevalier de Vaumacel ébaucha un sourire.

« Sire Rainfroi, dit-il, en me présentant cette requête, vous m'accordez une faveur plus que vous ne me la demandez. Je serai fort aise de répondre à vos attentes.

– Dans ce cas, répondit le seigneur du Treff, je prononce votre élargissement de bonne grâce. »

Ædan s'apprêtait à remercier quand il fut coupé par le prince.

« Un instant ! s'écria Blancandin. Nous convenons bien que Vaumacel est libre et qu'il pourra combattre à Lyndinas.

– Le chevalier est libre d'aller où bon lui semble, finassa Rainfroi, pourvu qu'il respecte les termes de notre accord.

– Je serais fort désappointé si cette quête lui faisait rater le pardon d'armes, avertit le prince sur un ton contrarié.

– Mon seigneur, ai-je mis quelque obstacle à vos entreprises ? se défaussa le châtelain. Je suis certain que sire Ædan a suffisamment de ressource pour mener deux affaires de front. »

L'intéressé salua le compliment, sans se départir de son demi-sourire.

« Et je m'y emploierai, affirma-t-il. Je ne saurais déplaire à deux seigneurs qui me traitent avec tant de libéralité.

– Joliment dit, grommela Dam de Maubrenas, mais quelle assurance avons-nous que vous viendrez à Lyndinas ?

– Ma parole ne vous suffit-elle point ?

– Nous avons vu ce qu'il en était quand vous êtes soumis à des devoirs contradictoires.

– Je ne m'étais point engagé à paraître au procès de ma dame la duchesse. Je le suis à vous rejoindre à Lyndinas. Vous m'offenserez si vous ne faites point la distinction. D'autant que nous sommes aux portes du comté de Kimmarc : notre rendez-vous n'est qu'à deux ou trois étapes du Treff. J'ai largement le temps de poursuivre mes recherches avant d'arborer les brins d'immortelle. »

Non sans impulsivité, Yvorin de Quéant s'invita dans la controverse :

« Ces chicanes sont indignes de gens bien nés ! lança-t-il. Moi, je veux croire en la bonne foi de sire Ædan. Alors voici ce que je propose : laissons-le accéder à la requête du seigneur Rainfroi. Pour ma part, je m'engage dans votre conroi, mon seigneur Blancandin, où je représenterai sire Ædan. J'entends bien remporter armes et chevaux au pas de Lyndinas, mais je viendrai également en tant qu'otage. Si le chevalier de Vaumacel ne se présente pas au tournoi, je me tiendrai pour votre prisonnier ; en sorte que le chevalier, à qui je dois déjà mon harnois et mon destrier, n'en verra pas la couleur puisqu'ils seront vôtres. Voilà pour votre assurance, sire Dam ! S'il n'arrive point à temps, sire Ædan y perdra à la fois ma rançon et mon estime.

– Voici une initiative aussi courtoise qu'imprudente, observa Cowyr de Thèves.

– C'est le cœur léger que je la prends, rétorqua Yvorin. J'ai pu juger de l'honneur du chevalier de Vaumacel : je suis persuadé qu'il tiendra parole.

– Je ne vous en demandais pas tant, glissa Ædan au bachelier.

– Soyez à temps à Lyndinas, répliqua celui-ci, et de mon côté, je me fais fort de gagner sur la lice ce que je vous dois.

– La Déesse soit louée ! se réjouit le seigneur du Treff. Puisque le chevalier de Quéant se porte garant de sire Ædan, voici un accommodement qui satisfera chacun d'entre nous. »

Sentant bien que le prince restait soupçonneux, il se hâta d'ajouter :

« Comme vous l'aviez prévu, mon seigneur, je me comporterai en loyal baron de son altesse ducale. J'enverrai dès demain un émissaire à mon seigneur Ganelon pour l'informer de votre visite et de votre appel au pardon de Lyndinas. Je lui ferai également savoir que le chevalier de Vaumacel s'est engagé à combattre dans votre conroi. »

À demi tournés l'un vers l'autre, le jouvenceau et le châtelain échangèrent un regard où perçait un mélange de défiance et de connivence. Rainfroi du Treff pensait avoir cerné la motivation de Blancandin : compte tenu de la piètre estime du prince pour Ædan, la nouvelle du ralliement du chevalier importait davantage à ses yeux que sa réalité effective. Il s'agissait surtout de provoquer l'autorité paternelle.

Le jeune homme finit par condescendre une brève inclination de tête.

« Adressez également à mon père le défi de mon frère Méléagant, qui portera avec moi l'immortelle, précisa-t-il. Et n'omettez point de lui transmettre l'assurance de notre respect filial. »

Le seigneur du Treff accepta avec une serviabilité d'autant plus empressée qu'il était ravi d'avoir ainsi négocié cette passe délicate.

« Je ferai tout pour me rendre à Lyndinas avant un mois et honorer la confiance de sire Yvorin, s'engagea le chevalier de Vaumacel. À cette fin, je me mettrai en quête dès demain. À Chanevier, j'ai appris qu'un deuxième enfant avait disparu dans un de vos finages, sire Rainfroi.

– En effet, confirma le seigneur du Treff. On est sans nouvelle d'un autre petit gueux à Goborchain, au pied des hautes terres d'Agurande. J'y avais envoyé quelques sergents et des chiens, mais ils sont revenus bredouilles.

– Avec votre permission, je m'y rendrai au plus tôt.

– C'est tout ce que je vous demande. Restez toutefois sur vos gardes. Les vilains se montent la tête avec des contes à dormir debout à propos d'une mauvaise fée, mais le péril est réel. Il rôde derrière les lisières des forêts d'Agurande, où il prend l'allure du Molosse d'Ouchain et de sa bande. Méfiez-vous de ces brigands. Peut-être devrez-vous en découdre avec eux : je ne serais pas surpris d'apprendre que ce sont nos voleurs d'enfants.

– Quoiqu'il ne recule devant aucune cruauté, le Molosse d'Ouchain cherche surtout les bonnes prises, observa Geriant de Froëch. Je ne vois pas pourquoi il enlèverait des paysans qui ne lui rapporteront rien. Je soupçonnerais plutôt une maraude de pillards ouromands en quête d'esclaves.

– Si tel est le cas, ils sont déjà très loin, conjectura Cowyr de Thèves. Ne vous laissez pas entraîner trop avant, Vaumacel. »

Il désigna Yvorin de la coupe qu'il avait en main.

« Sans quoi ce jeune preux changera encore d'opinion et vous couvrira à nouveau d'opprobre. »

Les discussions s'étaient poursuivies fort avant dans la soirée ; les pages avaient dû éclairer la salle en allumant des flambeaux et les convives avaient même eu le loisir de terminer leur dessert. Les deux petites filles du Treff bâillaient sur leur haut siège, les joues sucrées de darioles et de pommes ammolées. Le gros matou s'était assoupi en boule sur les genoux de l'aînée ; seule une oreille, ornée d'un toupet de poils noirs, émergeait au-dessus de la table.

Fatigués par le voyage et désireux de reprendre la route au matin, les invités du seigneur ne prolongèrent guère la veillée. Malgré la belle surface de l'hôtel noble, cela faisait bien des chevaliers, des écuyers et des pages à loger. Selon l'usage, on dormirait à plusieurs par lit. Hôte de marque, Blancandin fut convié à partager la couche du seigneur et de la dame. La suite du prince se répartit les autres lits des appartements privés, du tinel et de la salle des gardes. La compagnie d'Ædan restant peu prisée, il se retrouva à occuper une banquette plutôt étroite avec Yvorin, dans une salle assez froide de la tour Carrelle.

« Vous n'auriez pas dû vous porter garant de mon retour, gronda gentiment le sire de Vaumacel en se dévêtant. Imaginez qu'au cours de mon voyage je tombe dans un coupe-gorge.

– Vous redoublerez donc de prudence pour ne pas manquer à votre parole, rétorqua Yvorin.

– Qu'en pensera la baronne de Bregor ?

– Pis que pendre, je gage.

– Et cela ne vous embarrasse point ?

– Ce qui m'embarrasse, c'est de ne savoir à qui donner raison. En vérité, je vous mets à l'épreuve, sire Ædan. Si vous revenez à temps à Lyndinas, vous me convaincrez que la baronne mentait en vous accusant de déloyauté.

– Je ne vous décevrai pas. C'est une leçon que, malgré votre jeune âge, vous venez de me donner, sire Yvorin. Jamais je ne m'étais retrouvé l'obligé de mon prisonnier. »

Les compagnons se glissèrent sous leurs couvertures. L'éclairage chiche d'une chandelle accentua brièvement les nombreuses cicatrices qui bourgeonnaient sur le torse et les bras d'Ædan. Par politesse, Yvorin fit mine de n'avoir rien vu, mais il fut impressionné par cette résille de marques et de balafres. Une longue carrière de joutes et de combats avait marqué la chair du chevalier de Vaumacel : c'était presque miracle qu'aucune de ces blessures ne l'eût laissé diminué ou impotent.

Les deux hommes qui, le matin même, s'affrontaient en duel ne tardèrent pas à s'endormir côte à côte. L'un comme l'autre avait la tête un peu grise du vin du Treff, et tous deux avaient besoin de réparer leurs forces. Toutefois, Yvorin ne dormit pas d'une traite jusqu'au matin. Au beau milieu de la nuit, un accès d'inquiétude le réveilla en sursaut. Pendant un instant, il eut la certitude d'avoir croisé un regard d'émeraude, penché sur lui avec une curiosité indiscrète. Cette impression se dissipa très vite, et il pensa avoir rêvé. Tout près de lui, Ædan reposait silencieux, les paupières closes, d'une immobilité de pierre. Dans la lueur vague de la brasière, Yvorin trouva que le sommeil vieillissait son compagnon.

Le jeune chevalier se retourna en fermant les yeux. Entre deux eaux, son esprit dériva en rêveries agréables. Il revit, au tournoi de Belcastel, l'exquise damoiselle Heluise qui lui offrait sa manche et qui battait des mains, les yeux brillants de plaisir, chaque fois qu'il renversait un adversaire. Il revécut le bal donné au soir, et le baiser donné en public par Heluise, délicieusement charmeuse, si fière d'avoir prêté ses couleurs au champion du jour. Il pouvait presque sentir à nouveau la douceur satinée de ses lèvres. Il s'émerveilla de ce souvenir ensorcelant, se demanda par quelle grâce il lui revenait aussi sensible. Juste avant de sombrer dans le sommeil, il en trouva l'origine. Dans cette tour mal chauffée du château du Treff, dans ce lit partagé avec le chevalier de Vaumacel, il respirait un parfum d'eau de rose qui lui ramenait sa gracieuse dame de Belestance.

# V

## Oiseaux de passage

*Dans mon chemin j'ai rencontré*
*Une pie-grièche*
*Tout au bout d'un bâton plantés*
*Des clous dedans la tête*
*Avecque par-devant*
*Des petits enfants*
Malicorne

Le lendemain avant midi, le chevalier de Vaumacel, son vieil écuyer et son petit page étaient déjà loin du château du Treff. Enveloppés dans leurs houppelandes, ils avaient essuyé une averse assez froide ; mais le soleil perçait à travers les nuées poussées par un bon vent de mer et les trois voyageurs venaient d'ôter le capuchon de leurs aumusses. Chaque virage du chemin révélait les prés, les labours et les vignes d'une campagne bien ordonnée, toute brillante de flaques et de rigoles. Droit devant eux, vers le sud-ouest, les hautes terres d'Agurande barraient l'horizon. Encore brouillées de pluie, elles dressaient des croupes couleur d'ardoise que mouchetait çà et là une écharpe de nuages.

La route que suivaient le chevalier et ses gens était la plus directe pour gagner le comté de Kimmarc. Ils chevauchaient pourtant seuls, sans Blancandin ni ses compagnons. Pour se rendre à Lyndinas, le prince avait préféré faire un long détour en remontant la vallée de l'Andounne jusqu'à la seigneurie de Vayre. Les discordes au sein de la famille ducale l'avaient incité à opérer ce crochet vers l'est. Vayre et sa puissante place forte étaient tenues par son frère aîné Méléagant qui, comme lui, avait épousé le parti de leur mère ; en revanche, les hautes terres d'Agurande étaient contrôlées par la seigneurie d'Ouchain. Celle-ci, conquise de vive force par le duc au cours de la dernière guerre contre le comte Angusel, était à présent le fief de leur demi-frère Domnal, le Grand Bâtard. Fils naturel, Domnal n'avait aucun lien avec la duchesse Audéarde ; il restait donc loyal au sang paternel. Blancandin préférait éviter de courir le risque de tomber en sa puissance ; Domnal ne lui aurait pas témoigné la tolérance courtoise dont l'avait gratifié le seigneur du Treff.

On s'était donc séparé au matin dans la grand salle du château du Treff. Le châtelain avait formé le vœu que le chevalier de Vaumacel pût rapidement remonter la piste des ravisseurs d'enfants, tout en espérant que les recherches l'y retinssent trop longtemps. Le prince ducal avait rappelé à Ædan qu'il s'était engagé sur l'honneur à combattre à Lyndinas. Faisant mine d'ignorer le caractère contradictoire de ces injonctions, le chevalier s'était engagé à satisfaire tout le monde. Ses adieux avec Yvorin de Quéant avaient été plus cordiaux. « Je n'oublie pas que vous me devez des armes et un cheval », l'avait-il taquiné pour le rassurer à demi-mot.

Au milieu des grands espaces balayés de vent et d'ondées, la pesanteur des conventions et des pressions contraires paraissait envolée. Pourtant, les trois cavaliers voyagèrent encore un moment sur la réserve seigneuriale du Treff, les terres exploitées directement par le seigneur Rainfroi. L'étendue des prairies et des guérets, la propreté du chemin et de ses fossés attestaient qu'une main d'œuvre abondante participait à l'entretien du domaine, chaque finage de la seigneurie y envoyant tour à tour ses vilains pour s'acquitter de la corvée. Ce ne fut qu'au début de l'après-midi que le chevalier et ses gens gagnèrent une campagne plus variée, aux jachères plus broussailleuses, aux vergers plus modestes et aux lopins en lanière. Ils quittaient le domaine noble pour entrer dans des manses dont la paysannerie était peu ou prou propriétaire. À mesure que la journée avançait, le front des hautes collines envahissait le ciel ; il dévoilait son attroupement de monts et d'épaulements plissés d'étroits vallons. La forêt y opposait aux cultures du Treff les bastions d'une frontière sauvage.

Minuscule au pied de ces massifs, Goborchain se dessina au bout du chemin vers le milieu de l'après-midi. Le village occupait le centre d'une cuvette de champs et de prés ; un ru vigoureux et plusieurs sources descendus des coteaux arrosaient ces terres vertes et brunes. Du hameau, on distinguait d'abord le regroupement courtaud des toits ramassés autour d'un gros édifice cubique. Au feu modeste qui fumait sur la plate-forme, on y reconnaissait une chapelle forte du Resplendissant. L'année était encore trop jeune pour que cette tour reale fût ornée des attributs du Roi-Dieu ; il faudrait attendre les beaux jours pour qu'y soient déployées les bannières solaires de Leomance. Au pied du sanctuaire, les maisons paysannes étaient bâties en pierre, dans un appareillage grossier. Elles s'épaulaient les unes aux autres, tournant vers les champs une muraille un peu biscornue de façades aveugles et de toitures raboutées. Grossi par les pluies, le ru charriait une écume boueuse un peu plus bas ; un petit pont en dos d'âne le franchissait en direction d'une venelle aussi étranglée qu'une poterne. Ces modestes défenses étaient éloquentes : tenure de marche frontière, Goborchain s'était recroquevillé sur lui-même. Cette chapelle-forte et ce semblant de courtines pouvaient contenir les bandes qui maraudaient dans le sillage des armées, mais un ban seigneurial en serait rapidement venu à bout.

Des manants travaillaient aux champs. Beaucoup étaient occupés à la taille et au pincement de la vigne ; quelques-uns puisaient du fumier dans des charrettes pour procéder à l'épandage. Comme les voyageurs approchaient, les vilains abandonnèrent progressivement leurs tâches pour les scruter. Le chevalier et ses compagnons arrivant par la route du Treff, ils auraient pu être gens de connaissance ; mais dès que l'incertitude fut levée, les paysans abandonnèrent leur labeur pour se hâter vers les murs.

« S'ils ont eu vent de l'incident à Chanevier, ils ne seront guère causants », observa le vieux Naimes.

Bien que l'échauffourée fût encore récente et les deux finages éloignés, l'éventualité restait à craindre. Le bouche-à-oreille se répandait parfois dans les campagnes avec la rapidité d'un vol d'étourneaux.

« Nous aviserons sur place, dit Ædan. Cœl, tiens bien ta langue et tes chevaux. »

Comme ils approchaient du village, les voyageurs virent un cavalier en sortir et marcher à leur rencontre. En selle sur un roncin robuste mais dépourvu de grâce, il n'avait pas l'allure d'un paysan. Casqué d'une cervelière d'acier, il était également sanglé dans un haubergeon. À l'arçon de sa selle étaient suspendues deux longues armes : une masse de cavalerie d'un côté, une épée à une main et demie de l'autre. Son ample manteau couvrait en partie la croupe du cheval ; quoique défraîchi, on y distinguait encore le soleil qui lui frappait l'épaule sur un azur délavé. L'homme de guerre arrêta sa monture quand il eut atteint le milieu du pont.

Le sire de Vaumacel prit les devants pour l'aborder.

« Le Resplendissant vous bénisse, frère sergent, lui dit-il.

– Qu'Il vous ait en sa sainte garde, répondit le gardien du pont.

– Je suis fort aise de rencontrer un sergent de l'Ordre. Au château du Treff, on ne m'a pas dit qu'il y avait une commanderie à Goborchain.

– On ne vous l'a pas dit car il n'y en a point. Je suis juste le tourier du sanctuaire. »

Quoique robuste, le frère sergent paraissait d'âge rassis ; sa barbe était couleur paille de fer et les rides ravinaient sa figure. Il s'agissait probablement d'un vétéran qu'on avait attaché à une paroisse du Dieu pour ses vieux jours.

« J'ai nom frère Winemer, poursuivit le sergent. Ma tâche est de défendre le doyenné, non le village de Goborchain, qui appartient à la seigneurie du Treff. Mais les bons pères et moi, nous avons quand même charge d'âmes. Nous vivons près de la frontière ; les villageois ont beau être de braves gens, les étrangers les inquiètent toujours un peu. C'est pourquoi, sans vouloir vous faire offense, je vous prie de me donner vos noms et de m'apprendre ce qui vous amène.

– Je suis Ædan, chevalier de Vaumacel. Voici mon écuyer Naimes et mon page Cœl. Comme vous le voyez, nous arrivons du château du Treff. Mais voilà peu de temps que nous sommes de retour dans le duché ; auparavant, nous avons servi deux ans à Sacralia, en tant que frères à terme.

– Je me réjouis donc de rencontrer des compagnons d'armes, salua le sergent. À n'en point douter, le doyen Magnovald et le frère Frontin vous feront bon accueil. Mais vous ne m'avez pas donné le motif de votre visite…

– C'est le seigneur Rainfroi qui nous envoie ; je lui ai offert mes services pour rechercher l'enfant qui a disparu. »

Le soldat consacré ne dissimula pas sa surprise.

« Le seigneur du Treff nous a déjà dépêché ses gens et ses chiens pour tâcher de retrouver le petit, observa-t-il. Cela n'a rien donné. Ici, personne ne s'attend à ce qu'il reprenne les battues.

– Je ne vous promets pas de miracle, répondit Ædan. Sachez simplement que je suis la piste des ravisseurs d'enfants. Il était donc utile que je me rende là où ils ont sévi.

– À mon sens, vous arrivez fort tard pour retrouver le garçon, regretta le frère sergent. Mais votre aide est généreuse, surtout pour assister de pauvres paysans. J'y reconnais sans conteste les valeurs de l'Ordre. Soyez le bienvenu à Goborchain, sire chevalier. »

Le sergent Winemer tourna bride tranquillement et précéda les voyageurs vers le village. La petite troupe s'engagea dans une ruelle tortueuse, flanquée de masures étroites. La chaussée s'affaissait en bourbier où croupissait un ruisseau de purin ; devant les façades noirâtres macéraient des tas de fumier ; une puanteur épaisse fertilisait les airs. Dans l'enceinte du hameau, seuls les rez-de-chaussée étaient bâtis en pierre ; les greniers, dont la porte béait sur le vide, avaient généralement été construits en colombages. L'escorte du frère sergent avait visiblement rassuré les manants : les rustiques se pressaient sur les seuils ou dans l'embrasure des fenils comme s'ils étaient au spectacle. Une fois de plus, l'équipage des voyageurs piqua les curiosités. Ce furent toutefois les chevaux qui firent la plus forte impression. La puissance tumultueuse du destrier paraissait obstruer la venelle et faisait vibrer le sol, mais c'était surtout le palefroi du chevalier qui séduisait les regards. Au milieu des taudis, sa robe de neige brillait telle une apparition ; l'élégante monture arrondissait le col en adoptant une allure de passage, imprimant dans la fange un rythme de pavane.

Les cavaliers débouchèrent rapidement sur une placette que la chapelle forte dominait de toute sa masse. En guise de parvis, un perron de quelques marches donnait accès à l'entrée ; le sol étant en pente douce, il y avait plus de degrés d'un côté que de l'autre. La tour cubique, presque aussi large que haute, s'épaulait sur de courts contreforts entre lesquels s'étaient nichées des bicoques. Dans cette architecture castrale, les ornements religieux se limitaient à l'essentiel : un soleil sculpté au-dessus du portail et, à hauteur du premier étage, un simple oculus faisant office de rosace.

Reconnaissables à leur robe mordorée et à leur scapulaire cramoisi, deux prêtres du Resplendissant se tenaient sur le seuil du sanctuaire. Comme souvent dans ce culte, ils affichaient une certaine prestance, malgré leur origine probablement paysanne. Le plus jeune portait la dalmatique safranée d'un acolyte : sa fonction principale était certainement l'entretien du sanctuaire. C'était un gaillard au menton carré, à la taille bien prise et aux épaules solides, ce qui prêtait un charme assez viril à ses parures cléricales ; il devait compter plus d'un béguin parmi les paroissiennes. Plus âgé et plus lourd, le second prêtre n'en avait pas moins de présence. Un casque de cheveux blancs auréolait sa tête large et halée ; la bonne chère n'avait pas complètement amolli la carrure vigoureuse qui bombait ses robes ; les soleils brodés sur son scapulaire confirmaient qu'il s'agissait du doyen. À l'approche des voyageurs, il éleva vers eux une paume charnue, doigts ouverts, pour appeler la lumière du Roi-Dieu.

Les deux desservants s'épanouirent lorsque le frère sergent, après avoir introduit les visiteurs, précisa qu'ils avaient servi à terme dans la principauté du Sacre. Le plus vieux des prêtres confirma qu'il était le doyen Magnovald et présenta son acolyte comme le custode Frontin. Le chevalier et ses gens n'avaient pas démonté que le doyen houspillait les vilains pour qu'ils aidassent à tenir et déharnacher les chevaux. Dès qu'Ædan eut mis pied à terre, le corpulent ministre lui accorda le baiser de paix. Puis, ayant posé sans façon les mains sur l'épaule du preux et de son écuyer, il les entraîna dans sa cure pour les régaler. Il déployait un mélange de spontanéité fruste et de courtoisie joviale ; sa cordialité débordante autorisait une familiarité un peu trop marquée avec un seigneur qui, pour n'être point consacré, n'en demeurait pas moins de plus haute naissance.

La loge du doyen se réduisait à une maisonnette bâtie dans l'ombre de la chapelle forte. La salle n'était garnie que de quelques meubles rustiques, à peine plus cossus que ceux d'un laboureur, mais propres comme un sou neuf et fleurant bon la cire d'abeille. Plusieurs pièces de gibier, suspendues aux solives, trahissaient le goût des bons pères pour la chasse. À l'entrée des visiteurs, une paysanne, dont la guimpe ne parvenait pas à déguiser le minois avenant, risqua gauchement une révérence. Assis sur une huche à pain, deux enfantelets ouvraient des yeux ronds sur le chevalier.

« Ce sont les petits garçons de ma servante, confia le doyen. Par les temps qui courent, il est plus sage de les garder à l'intérieur… Mais s'ils vous indisposent, Lantilde les enverra jouer dehors. »

D'un geste indulgent, Ædan manifesta son indifférence.

Le doyen Magnovald offrit du vin chaud à ses hôtes, accompagné d'une portion généreuse de fromage de brebis et de pain d'abbaye. Il mit autant d'emphase à vanter l'origine locale de ces mets que s'il avait prodigué un festin. Le grand air ayant ouvert l'appétit des voyageurs, ils mangèrent de bon cœur. Naimes céda toutefois la moitié de sa part aux deux marmots, ce qui lui valut un regard amène de la jolie croquante. Le doyen exhorta celle-ci à distribuer un second service lorsque Cœl et le frère sergent se présentèrent sur le seuil, une fois les chevaux à l'écurie. Ædan jugea alors opportun d'aborder ce qui l'avait amené à Goborchain.

Le prêtre perdit un peu de sa faconde et lissa la surface de la table d'un air préoccupé.

« Ah, c'est donc cette triste histoire qui nous vaut l'honneur de votre visite », regretta-t-il.

Son acolyte dévisagea le chevalier avec intérêt. De son côté, après avoir heurté ses talons, le vieux frère Winemer déposait ses armes sur le pas de la porte et confiait son manteau à Lantilde, aussi paisible que le manant de retour des champs ; mais il ne perdait pas une miette de la discussion qui s'ouvrait.

« Nous ne nous attendions guère à ce qu'un haut homme se préoccupe d'un si petit drôle, s'étonna Magnovald.

– Parmi d'autres choses, il s'agit d'une faveur que m'a réclamée le seigneur du Treff.

– Ah ! Bien sûr, convint Magnovald. Le sire Rainfroi sait se montrer bon maître.

– Un bon maître parfois mal servi, insinua le jeune acolyte. Il aura éprouvé quelques remords de la négligence de ses gens…

– Frère Frontin, ne soyez pas si prompt à blâmer ! gourmanda le doyen. En se gardant d'empiéter trop loin sur les hautes terres, le sergent Edobec nous a tous protégés.

– Pourriez-vous m'en dire plus sur l'enfant perdu ? demanda le sire de Vaumacel. Hormis la nouvelle de sa disparition, j'ignore tout de lui.

– C'est un petit pâtre, un enfant de Goborchain, répondit Magnovald. Il s'appelle Milouin, il a autour de dix ans. Un gentil petit gars. Tout le monde l'aime bien dans le pays. »

L'acolyte et le frère sergent confirmèrent du chef.

« A-t-il disparu alors qu'il gardait son troupeau ? s'enquit le chevalier.

– Non, dit le doyen. Il s'est évanoui en plein hiver, pendant les calendes du mois cave. À cette période de l'année, les bêtes sont au bercail ; il fait trop froid, et puis les loups descendent d'Agurande.

– Cela dit, il s'est quand même éloigné du village, précisa le frère Winemer.

– C'est ce que tout le monde pense, confirma le jeune Frontin. Il avait perdu sa pie, un oiseau apprivoisé qui amusait la galerie. Il l'a cherchée partout ; et puis on ne l'a plus vu. Il a dû sortir hors les murs dans l'espoir de la retrouver.

– Aurait-il pu être victime des loups ? demanda doucement Naimes.

– C'est possible, admit le frère sergent. Mais il y avait encore de la neige quand on a battu la campagne : or nul n'a relevé la moindre trace de sang, pas même les chiens du Treff.

– Je souhaiterais m'entretenir avec ses parents et ses proches, énonça le sire de Vaumacel.

– Avec ses parents, vous n'en pourrez rien, déplora le doyen. Voici plusieurs années qu'ils reposent à Deusme ; Milouin est orphelin. Il vit avec sa grand-mère Peiroline. Nous vous la présenterons. N'en attendez pas trop : je crains qu'hormis des jérémiades, vous n'obtiendrez pas grand-chose de la pauvre vieille.

– Dans ce cas, je voudrais également rencontrer le voisinage, repartit le chevalier.

– Nous allons arranger cela, s'entremit Magnovald. À l'occasion d'une veillée de prière, nous rassemblerons la communauté ; vous pourrez alors entendre qui il vous plaira. Que le Resplendissant vous prête la lucidité de démêler le vrai du faux ! Les gens d'ici sont braves, mais ce sont des âmes simples : ils peinent à distinguer la lumière divine des chimères de la superstition… Puissiez-vous y voir clair au milieu des contes qu'on ne manquera pas de vous servir ! »

La rencontre fut bientôt organisée. Le frère Frontin n'eut qu'à mettre le nez dehors pour avertir les curieux qui s'étaient attroupés devant la cure ; en un moment, la nouvelle avait fait le tour du bourg et les manants se rassemblaient à la chapelle forte. Le frère sergent et l'acolyte se hâtèrent de gagner le sanctuaire, l'un pour veiller à ce qu'il n'y eût pas de bousculade, l'autre pour allumer les cierges et alimenter le feu de la tour reale. Sous prétexte de continuer à les régaler, le doyen retint un moment ses hôtes à sa table . Il valait mieux attendre les retardataires, alléguait-il, mais il préparait sans doute l'effet qu'une arrivée différée produirait sur ses ouailles.

De fait, quand le prêtre et le chevalier franchirent enfin le portail de l'enceinte consacrée, la petite nef était comble. Comme dans la plupart des sanctuaires ruraux du Resplendissant, elle n'était guère spacieuse : enclavée dans des murs massifs, elle occupait le cœur de la tour reale. De section carrée, le saint lieu paraissait plus élevé que large ; l'oculus délivrait un rayon de jour qui s'attardait sur les fresques ocre, un peu au-dessus de l'absidiole. Les murs latéraux étaient couverts par les bannières solaires qui seraient déployées au sommet de l'édifice en été. Tout en haut, un astre écaillé souriait sur la clef de voûte.

Dans l'absidiole du mur zénithal, le Roi-Dieu méditait en majesté. De petites dimensions, la statue siégeait sur un trône assez raide ; de facture naïve et probablement ancienne, elle n'en éveillait pas moins la piété car, entourée par une girandole de cierges, elle se trouvait nimbée de lumière. Patronnant ce sanctuaire champêtre, la divinité était figurée avec des attributs plus agraires que guerriers. La flamme des bougies faisait certes miroiter l'armure de bois doré ; mais en lieu et place du glaive et de la main de justice, c'étaient une coupe et une gerbe de blé que tenait le Resplendissant.

Le petit peuple de Goborchain se serrait au pied du dieu. On joua des coudes pour céder le passage au doyen, au chevalier ainsi qu'à son page et son écuyer. Tels des héliotropes, toutes les trognes paysannes suivaient le sire de Vaumacel. La curiosité, l'étonnement ou la servilité se peignaient sur ces figures frustes, mais nulle trace de défiance ; la rumeur du drame de Chanevier n'avait pas encore touché le finage. Au sein de cette petite foule, on apercevait ici ou là la face creusée de quelques anciens, surtout des vieilles ; brunis d'intempéries et de soleil, les museaux des adultes respiraient la badauderie lourde des ruminants ; dans les robes des femmes, toute une garenne de marmousets clignait des quinquets ébaubis. Tandis qu'Ædan balayait du regard cette tourbe, Naimes ébouriffait la tignasse d'un marmot et le petit Cœl pinçait le nez.

Le doyen Magnovald prit les choses en main. Il loua la bienveillance du Resplendissant qui avait envoyé le sire de Vaumacel au secours de la communauté et ouvrit la rencontre par une brève oraison. Après quoi, il ordonna à ses ouailles de répondre à toutes les questions que leur poserait le chevalier. Dans les faits, ce fut essentiellement Naimes qui prit la parole, Ædan se contentant d'écouter. Comme à Chanevier, une fois que la glace fut brisée, les voyageurs eurent droit à un beau tohu-bohu. Tout le monde avait son mot à dire, d'aucuns se querellaient, certains s'accusaient de mentir et d'autres de s'attribuer le témoignage des voisins. La séance fut longue, colorée, très brouillonne et vivante. Le doyen donnait parfois de la voix, qu'il avait tonitruante, pour réclamer un peu de calme dans ce hourvari, ce qui ne faisait qu'ajouter ses clameurs au vacarme. Ædan souffrit ce désordre avec une patience impavide ; derrière lui, son page pouffait dans sa main et singeait les mimiques des vilains. Naimes affichait un grand intérêt, hochait la tête, ne lésinait ni sur les dictons ni sur les lieux communs. Petit à petit, il obtint son lot de renseignements et de cancans.

Dès le début, on avait poussé la grand-mère du petit disparu devant les seigneurs. C'était une vieille toute sèche, mais droite comme un i, qui portait des hardes de veuve aussi vétustes que sa personne. Elle avait d'abord eu l'air effaré de se retrouver devant cet écuyer et ce chevalier inconnus, mais s'était vite reprise et avait larmoyé une litanie de plaintes. Dans ce flot gémissant, il était surtout question d'elle-même : qu'allait-elle devenir, à son âge, privée de son dernier soutien ? L'amour pour son petit-fils ne transpirait guère dans ces pleurnicheries : quand elle parlait du gamin, c'était surtout pour pester contre son étourderie. Qu'avait-il donc eu à se toquer de cette pie ?

La moitié du village renchérissait sur l'oiseau. La Margot au Milouin, c'était quelque chose ! Il l'avait trouvée dans une haie au milieu des frimas, l'air souffrant, tout engourdie de froid. Si pauvret fût-il, le garçon avait le cœur sur la main ; ce n'était pas la seule bestiole éclopée qu'il avait recueillie. Faisant la sourde oreille aux criailleries de sa grand-mère, qui ne voulait pas de cet oiseau de mauvais augure sous son toit, le petit gars avait réchauffé la pie au coin du feu et lui avait donné la becquée. En trois jours, dame agace s'était remplumée : elle avait retrouvé l'œil vif, la livrée lustrée et le cri railleur. On lui avait alors découvert d'extraordinaires malices ! Une des matrones de Goborchain, Sauvade la miresse, jurait même que la roublarde n'avait jamais été malade : elle avait fait la dolente pour passer l'hiver au chaud.

En tout cas, elle avait plus d'un tour dans son sac, la Margot ! Elle avait adopté Milouin : ils étaient à croquer, le galopin avec sa grosse pie perchée sur l'épaule ou sur la tête. Mais l'oiseau ne se contentait pas d'escorter le garçon ; il se montrait familier avec tout le voisinage. L'effrontée aimait narguer les coqs et voler la laine sur le dos des brebis ; elle raffolait des aiguilles et des épingles, qu'elle chapardait à l'arraché ; elle s'amusait à entortiller la filasse des quenouilles ; elle avait même le toupet de faire des niches, en vous rabattant le bonnet sur le nez d'un coup d'aile. Et tout cela la faisait rire à grandes jacasseries ! Plus fort encore, il lui prenait parfois de causer. Le bec ouvert et la queue dressée, elle rendait à merveille les invectives que lui adressait la vieille Peiroline, et les attrapades des deux mégères, c'était vraiment à se tordre !

« C'est ça ! Gaussez-vous ! Gaussez-vous ! rabâchait la grand-mère. Personne ne m'a écoutée ! Moi, je l'avais bien dit que c'était un oiseau de malheur ! »

Malgré ses mauvais tours, on s'y était attaché, à cette jacasse. Il faut dire qu'elle rendait aussi des services. Elle repérait de loin les étrangers qui apparaissaient sur le chemin du Treff ou sur celui d'Ouchain, et elle prévenait avant les chiens ; elle débusquait même les bêtes nuisibles qui sortaient du bois et venaient rôder dans les cultures. En poussant des appels rauques, elle tourbillonnait au-dessus du goupil en maraude ou des sangliers occupés à retourner les guérets. En une occasion, elle avait même harcelé deux loups efflanqués qui, assourdis par son caquet, avaient regagné la lisière. Elle valait largement un bon chien de garde, alors on lui passait ses espiègleries. En fait, elle était presque devenue la mascotte de Goborchain.

De façon singulière, tout le monde se souvenait très bien du jour de la disparition, alors que personne n'avait rien soupçonné sur le moment. Ah ! Ce matin-là, c'est qu'on l'avait entendu, le petit Milouin ! Le gamin galopait partout en quête de sa Margot. On l'avait vu à la halle, au four, au moulin, à la chapelle, à la cure, à la forge, au pressoir ! Il avait l'air dans tous ses états, le bout de chou, mais qui s'en souciait ? On les connaissait, les facéties de la pie ; la rouée lui jouait un tour de plus, voilà tout. Milouin s'était tellement démené dans le bourg, à se jeter dans les jambes des gens à l'ouvrage, à quémander des nouvelles de l'oiseau plutôt trois fois qu'une, à fatiguer les oreilles de tout le pays avec ses appels et ses sifflets, qu'on avait respiré quand le calme était revenu. Il l'avait donc retrouvée, son agace ! C'était du moins ce qu'on avait cru, et chacun avait vaqué à ses affaires sans plus s'émouvoir. Il avait fallu attendre la nuit close pour que la vieille Peiroline commençât à s'inquiéter de se retrouver toute seule.

« Eh oui ! Eh oui ! triomphait l'ancienne devant Naimes et Ædan. Moi je l'avais bien dit que c'était un oiseau de malheur ! »

De ce jour, on n'avait plus revu ni la pie ni Milouin. Et pourtant, ce n'était pas faute de les avoir cherchés.

Au lendemain de la disparition, le doyen Magnovald et le sergent Winemer avaient organisé une battue. Malheureusement, une chute de neige tombée au petit matin avait effacé les empreintes. On eut beau arpenter les champs, les haies, les vignes, les vergers et ratisser les prés jusqu'aux lisières, pas la moindre trace du sautereau ni de son oiseau. On sonda aussi l'Oubierre, le gros ru qui arrosait le bas du village ; tout au plus y repêcha-t-on des nasses percées et la charogne d'une loutre. Le frère sergent remonta la route d'Ouchain sur deux ou trois lieues vers l'intérieur des hautes terres, mais ne poussa pas au-delà de l'ermitage de Senantes. Aucun signe de vie du marmot. Poursuivre plus avant devenait dangereux, car on abordait un fief dévasté, hanté par les bêtes sauvages et des bandes plus cruelles encore. Milouin avait-il eu la témérité de se risquer dans cette funeste contrée ? Avait-il été assez sot pour se jeter dans la gueule du Molosse d'Ouchain ?

Pris de remords, le doyen Magnovald avait fait appel au seigneur du Treff. Celui-ci avait dépêché le sergent Edobec, quelques piqueux et une meute de limiers ; hélas, les hommes du châtelain firent buisson creux. Ils battirent un peu les coteaux des hautes terres d'Agurande, mais n'allèrent pas au-delà des premiers versants ; ils ne se donnèrent même pas la peine de gagner les futaies de Senantes. Edobec ne voulait pas se mêler de la guerre larvée entre les brigands du Molosse et les cottereaux du Grand Bâtard. Milouin s'était-il fourré dans ce pétrin ? Tant pis pour lui ! On n'allait pas risquer d'autres vies, et encore moins la prudente politique du seigneur, pour un vulgaire gueux !

Si les vilains de Goborchain s'accordaient sur la dernière journée de Milouin, il en allait autrement dès qu'il s'agissait d'expliquer sa disparition. D'aucuns rejoignaient le sentiment du frère sergent Winemer et du sergent Edobec : le petit garçon avait eu l'infortune de tomber dans les griffes des coupe-jarrets du Molosse, à moins que ce fût dans celles des routiers du Grand Bâtard. Le moineau n'avait pas dû faire long feu : on ne devinait que trop à quelle sauce on l'avait croqué… Le maréchal-ferrant, un gaillard du nom de Vafrès, soupçonnait même la pie d'avoir été une bête dressée pour rabattre des âmes innocentes vers les coupeurs de gorge. Cependant, nombre de manants penchaient pour une histoire plus extraordinaire : d'après eux, Milouin avait été ensorcelé par la Lissandière. Parmi les tenants du mauvais sort, Sauvade la miresse défendait ce conte bec et ongles. Que n'avait-on compris plus tôt que cette pie était trop maligne pour être honnête ! Cela crevait pourtant les yeux ! C'était la mauvaise fée en personne qui s'était emmitouflée dans une mante de plumes afin de duper le plus doux des enfançons ! Il eût mieux valu que le marmot fût tombé entre les mains des brigands ! Une fois qu'elle l'avait attiré hors du village, la magicienne lui avait jeté un charme. Elle avait enfermé son cœur à double tour dans un coffre de bois de rose ; puis, elle avait enlevé sa proie dans l'un de ses castels de soie ! Là-bas, dans ce palais de prodiges, elle jouissait du travail et de la peine des enfants. Les petits garçons y collectaient les soies de ses aragnes tandis que les petites filles cousaient les robes fatales de l'enchanteresse. Charmé par sa fée voleuse, Milouin y dépérirait dans un éternel servage, car la Lissandière, qui ne goûtait que les nuits étoilées, se prélassait sans fin au fond du pays d'été.

« Et voilà ! Personne ne m'a écoutée ! radotait la vieille Peiroline. Moi, je l'avais bien dit que c'était un oiseau de malheur ! »

La discussion se fit vive entre les manants. Le maréchal-ferrant, qui était un esprit fort, traitait par la dérision les imaginations de la miresse. Toutefois, hormis les prêtres du Resplendissant, peu partageaient son incrédulité. Ce qui n'empêchait nullement des vétilleux de trouver à redire aux affirmations de Sauvade ; certes, la Lissandière était connue pour voler les enfants, mais comment croire qu'elle se fût risquée dans les campagnes en plein hiver ? Elle aimait trop la belle saison pour affronter la bise et le givre. « Vous n'avez donc pas les yeux en face des trous ! s'exaspérait Sauvade. Quand Milouin a trouvé sa pie, elle était à moitié gelée ! Que vous faut-il de plus ? C'était la fée, moi je vous dis ! » Le doyen Magnovald grondait contre ces contes de bonne femme ; on faisait mine d'acquiescer par égard pour son ministère, mais il ne convainquait pas grand monde et les chicanes repartaient de plus belle sitôt qu'il détournait l'attention. Ayant surpris une lueur d'intérêt dans l'expression de Cœl, Sauvade eut même l'impertinence d'interpeler le sire de Vaumacel.

« À votre place, sire chevalier, je garderais ce joli page à l'œil. Il est assez coquet pour allécher la fée ! »

Il faisait nuit noire quand le doyen mit un terme à la veillée et renvoya les paysans dans leurs pénates. Tandis que le tourier refermait la chapelle forte, le père Magnovald ramena les voyageurs chez lui.

« J'ai grande honte des sottises dont vos oreilles ont été rebattues, s'excusa-t-il. Il est ardu d'extirper ces erreurs païennes ! Et pourtant, ce sont aussi des âmes dévotes. Ces pauvres gens pèchent plus par ignorance que par malice.

– Existe-t-il un village dans le duché où l'on ne se garde de la Lissandière ? observa Naimes avec quelque indulgence.

– Hélas ! se désola le prêtre. L'ivraie peut germer dans toutes les consciences. »

Le chevalier attendit que le doyen les eut fait entrer dans sa cure pour lui demander son sentiment.

« Puisque vous jugez que cette histoire de fée n'est qu'une fable, dit-il, croyez-vous que l'enfant a été victime de brigands ou d'une bête sauvage ?

– Ou encore d'un accident. Je crains que ces trois hypothèses ne soient les plus vraisemblables.

– Vous nous avez appris que le garçon était pâtre. N'avait-il pas connaissance des dangers du pays ?

– Milouin ne s'écartait guère du village, intervint le frère Frontin. Il gardait les moutons sur les prés communaux, il accompagnait les porcs à la glandée en automne. Il ne participait pas encore aux corvées sur la réserve du Treff, et il n'a jamais été bien loin dans les bois d'Agurande.

– La bande du Molosse d'Ouchain a-t-elle déjà menacé le finage ?

– Pas jusqu'à présent, dit le doyen, mais le bruit court qu'elle étend ses maraudes de plus en plus bas en direction de la seigneurie.

– Qui sait ? spécula sourdement l'acolyte. Milouin s'y est peut-être retrouvé non de force, mais de son plein gré…

– Ah ! Frère Frontin ! se récria son supérieur. Comment pouvez-vous soupçonner pareils desseins chez une âme si tendre ? »

L'allusion du custode avait toutefois piqué la curiosité de Naimes, qui invita le jeune religieux à exprimer le fond de sa pensée.

« Ce n'est qu'une supposition de ma part, dit Frontin, mais je la trouve aussi plausible que celles du révérend père. Vous avez vu Peiroline, ce soir. Elle veut passer pour plus gâteuse qu'elle ne l'est ; en fait, c'est une rosse au cœur sec. L'avez-vous entendue se lamenter sur son petit-fils ? Elle ne se soucie que de sa propre misère. Or la veuve ne pouvait souffrir la pie, elle enrageait que l'oiseau osât l'imiter et lui répondre. Et si elle avait tout bonnement attrapé Margot et lui avait tordu le cou ? Imaginez que Milouin l'ait découvert ! Il aura fui la maison et se sera réfugié dans le premier havre venu, au milieu des hors-la-loi. »

Mais le doyen ne pouvait admettre pareille idée. Il niait de la tête avec force.

« Que Peiroline ait tué la pie, pourquoi pas ? Cela reste dans l'ordre du possible… Mais que Milouin ait rejoint le Molosse de son propre chef ? Non, non, cela ne tient pas debout. Un si gentil petit ! Sa grand-mère lui aurait-elle joué ce vilain tour, il serait venu m'en parler. Il avait la foi du charbonnier. Il aurait cherché sa consolation dans le Resplendissant. »

Le frère custode en convint sans y mettre beaucoup de conviction. Dans le dos des prêtres, Cœl leva les yeux au ciel, ce qui n'échappa ni au chevalier, ni à son écuyer. Tous deux approuvèrent poliment du chef ; cela conforta Magnovald dans son opinion, mais rien n'assurait que ce signe d'assentiment lui fût adressé.

Le lendemain matin, le chevalier de Vaumacel et ses gens s'apprêtèrent au départ. Leur intention était de gagner les hautes terres d'Agurande pour se faire une idée du pays par eux-mêmes. Le doyen Magnovald ne chercha pas à les en dissuader mais les recommanda à la bienveillance du Resplendissant ; quant au frère sergent Winemer, il les pressa de s'équiper en guerre. Les voyageurs possédaient des chevaux de prix qui, à n'en pas douter, aiguiseraient la convoitise des malandrins ; peut-être la vue des armes et des harnois pourrait-elle refroidir les mauvais desseins. Le tourier se proposa également d'escorter le chevalier et sa petite suite jusqu'aux premiers coteaux, afin de les aider à s'orienter. Bien qu'il eût déjà voyagé dans la région, Ædan accepta cette offre avec des démonstrations de reconnaissance.

Pourvus d'une ample provende et de la bénédiction du doyen, le sire de Vaumacel et ses compagnons quittèrent Goborchain sans se presser. À l'intérieur des murs et aux abords du village, la voie était encombrée de curieux. Impressionnés par l'équipage du chevalier, les vilains béaient sur le harnois blanc, la cotte d'armes et le grand écu d'argent orné d'une poignée d'épines. On suivit les voyageurs sur quelques arpents, deux ou trois dégourdis profitant de l'occasion pour ramasser le crottin derrière les cavaliers. Quand la paysannerie finit par s'arrêter, quelques bonnets furent agités ; on ne lésina pas sur les vœux de chance ni sur les recommandations au Resplendissant et aux deux Dames.

« Voilà un air qui change de l'autre fois ! » persifla Cœl.

Naimes lui jeta un regard courroucé mais se garda de formuler ses reproches en présence du frère sergent. Celui-ci, qui allait botte à botte avec le chevalier, ne prêtait guère attention au page. Il était occupé à montrer une ravine assez sombre, tout ébouriffée de vieux arbres, au fond de laquelle se précipitait une eau vive.

« Voici le val de l'Oubierre, expliquait-il. La route d'Ouchain longe la rivière sur une demi-lieue puis monte dans les collines. Malheureusement, elle n'est plus vraiment entretenue. Avant la mi-journée, vous devriez quand même avoir grimpé les premiers monts, du côté de Verchère. De là-haut, si le temps le permet, vous verrez le château d'Ouchain, perché au-dessus des bois. Si vous voulez y faire étape, ne traînez pas en chemin : il se trouve plus loin qu'il y paraît. »

Le sire de Vaumacel hocha la tête.

« J'ai jadis traversé les hautes terres, dit-il. Je me souviens des vallées étroites et des distances trompeuses. »

Le tourier lui adressa un coup d'œil aigu.

« Oui, vous avez deviné juste, confirma le chevalier. J'ai combattu au cours de la guerre entre le duc Ganelon et le comte Angusel. Bien que j'aie rencontré Morial d'Ouchain à cette occasion, j'ai quitté son fief avant le début du siège. J'ai servi plus loin dans le comté, au cours de la défense de Maurmarc.

– Vous marchiez donc sous la bannière de Kimmarc, s'étonna le frère sergent.

– En effet. Mon honneur me le commandait. »

Winemer haussa les épaules.

« Je ne vous juge pas, dit-il. L'Ordre ne prend pas parti entre les anciennes maisons de Leomance. »

Il se laissa porter pensivement par le pas de son cheval avant d'ajouter :

« Vous avez eu de la chance de ne pas vous laisser enfermer au château d'Ouchain.

– S'il l'avait fallu, j'aurais donné ma vie.

– C'est une belle mort de tomber les armes à la main… Mais sire Morial n'a pas eu cette faveur. Ce qui s'est passé à la fin du siège fut une fort vilaine affaire. On parle de trahison et de parjure dans les deux camps. On dit que le massacre n'a pas eu lieu pendant la chute du château. Le Grand Bâtard avait capturé la famille du seigneur et a quand même pendu tout le monde.

– Tôt ou tard, mon seigneur Domnal paiera pour ses crimes.

– Pour tout châtiment, il a reçu la seigneurie d'Ouchain des mains de son altesse ducale. En vérité, ce sont les pauvres gens des hautes terres qui paient pour ses crimes… »

Le frère sergent secoua la tête avec tristesse.

« Je croyais que l'Ordre ne prenait pas parti, glissa le chevalier en esquissant un sourire.

– Vous avez porté le manteau, sire Ædan. Vous le savez aussi bien que moi : l'Ordre se bat pour la justice. Or dans cette guerre-là, la justice n'était ni d'un côté ni de l'autre. »

Tout en devisant, les cavaliers venaient de franchir les lisières. Malgré l'épaulement des collines adossé à un ciel grisâtre, l'atmosphère restait assez claire. Le jour traversait la ramée nue, toute chardonnée de bourgeons. De part et d'autre du chemin, la futaie était presque aussi dégagée qu'une halle ; le bétail de Goborchain et les villageois en quête de fagots avaient nettoyé le sous-bois. Distante d'un jet de pierre, l'Oubierre roulait son flot limpide au milieu de bouquets de laîches et de racines.

« J'imagine que cette partie du bois a été fouillée, dit le sire de Vaumacel.

– Bien sûr, plutôt trois fois qu'une. »

Au bout de deux cents pas, les coteaux s'élevèrent de part et d'autre du ru. La voie se rapprocha des biefs et des degrés dévalés par l'onde. L'air se chargeait d'une humidité pleine de senteurs de mousses et de tanins. Insensiblement, comme la chanson de l'eau se faisait plus sonore, le val se mit à grimper. Le chemin demeurait bien visible, mais s'ensevelissait sous un épais tapis de feuilles mortes.

« Hier soir, reprit le chevalier, le frère Frontin a laissé entendre que Milouin aurait pu fuguer. Rejoignez-vous son sentiment ? »

Winemer éleva une main circonspecte.

« Le frère Frontin n'a pas tort sur un point, concéda-t-il, Peiroline se montrait dure avec le petit. Mais les voisins aimaient bien ce bout de chou, il aurait trouvé à se consoler au village. Il est possible qu'il se soit enfui, mais il serait rentré de lui-même au bout d'un jour ou deux. En tout cas, je ne crois pas qu'il aurait délibérément rejoint la bande du Molosse : elle lui faisait peur, comme à tout le monde dans le pays. Or voilà un mois qu'il a disparu… Il lui est forcément arrivé quelque chose.

– Vous avez également parlé d'un ermitage. Êtes-vous certain qu'il n'y a pas trouvé refuge ? »

Le frère sergent hocha la tête sans hésiter.

« Je m'y suis rendu en personne. Milouin ne s'y est jamais montré.

– Au nom du droit d'asile, l'ermite n'aurait-il pu vous cacher la présence de l'enfant ? »

Cette suggestion inspira un sourire sarcastique au tourier.

« Le frère Umel est un homme pieux, dit-il, mais la patience et l'hospitalité ne sont point ses plus grandes vertus. Si le petit avait échoué chez lui, il aurait été trop content de me le confier.

– Sans vouloir vous offenser, je souhaiterais en juger par moi-même. Pourriez-vous m'indiquer le chemin de cet ermitage ?

– Ce n'est pas très loin d'ici, mais l'endroit n'est pas évident à trouver. Quand vous aurez atteint les hauts de Verchère, vous découvrirez une patte d'oie deux cents pas après la clairière. Elle est marquée par une borne qui signalait l'entrée du domaine de Senantes. Il faut prendre le chemin à gauche, qui descend dans les fonds. Il n'est plus entretenu : prenez garde à ne pas vous égarer, car la végétation l'a envahi. Avant la guerre, il menait à un petit prieuré de la Vieille Déesse ; les augures ont fui en emportant leurs livres peu avant les combats. La Dame les a bien inspirés : une bande armée a mis le prieuré à sac et l'a livré aux flammes. Il ne reste que des ruines, dans lesquelles se niche la hutte de l'ermite. »

Winemer secoua sa tête grise avec scepticisme.

« Faites comme bon vous semble, poursuivit-il, mais si vous voulez mon avis, ce détour est une perte de temps. L'ermite est un très vieil homme qui se consacre entièrement à la contemplation de la Déesse. Quand il est arrivé, il y a trois ans, nous avons tenté de le dissuader de s'installer à Senantes : il n'était déjà plus en état de vivre seul dans les bois. Mais il s'est entêté, et nous n'avions pas autorité pour lui faire rompre son vœu. Je lui apporte un peu de ravitaillement de temps à autre ; chaque fois, je redoute de le retrouver mort et je suis soulagé de le découvrir en méditation ou en prière. Il ne se préoccupe pas de ce qui l'entoure ; c'est à peine s'il me remercie pour les provisions. Il n'a que le plus complet mépris pour la bande du Molosse ; jusqu'à présent, les brigands le lui ont bien rendu, sans doute parce qu'il est trop misérable pour les intéresser. Je crains bien davantage le sort que pourraient lui réserver des bêtes sauvages. Depuis la guerre, les loups se sont multipliés dans les hautes terres… »

S'écartant de l'Oubierre, le chemin se mit à sinuer à flanc de colline. Le coteau se faisait fort raide ; les voyageurs s'élevèrent en peu de temps au-dessus des couronnes des arbres qui occupaient le bas du val. Autour d'eux, les troncs accrochaient leurs colonnades ligneuses à la pente. Des branches mortes encombraient de loin en loin le passage ; quelques fûts penchaient dangereusement sur la voie ; les nuages déroulaient leurs panses duveteuses au-dessus des plus hauts bosquets. Quand les cavaliers aperçurent un jour morne au sommet de la côte, Winemer tira la bride de son cheval.

« Là-haut, vous arriverez à Verchère. C'était un hameau avant la guerre ; depuis lors, ses habitants ont fui. Soyez quand même sur vos gardes. L'endroit est abandonné, mais pas forcément désert... Pour ma part, je ne vous accompagnerai pas jusqu'à la lisière. Puisque je dois rentrer seul, je préfère rester à couvert. »

Le sire de Vaumacel et son écuyer remercièrent chaleureusement le frère sergent.

« C'était un plaisir de chevaucher en noble compagnie », sourit le tourier.

Avant de se détourner, il parut peser ses paroles.

« Permettez-moi un dernier conseil, se décida-t-il. À votre place, j'éviterais le château d'Ouchain. Mon seigneur Domnal y séjourne peu ; il se rend à la cour ducale ou bien il combat à Vekkinsberg et dans le comté de Brochmail. Mais il confie la garde du fief à son sénéchal, Brasc Rovel. C'est une brute sans foi ni loi. Si jamais il soupçonne que vous avez servi le comte de Kimmarc, il s'assiéra sur tous les serments de paix et il vous rançonnera sans vergogne. Passez au large, si vous voulez mon avis. »

Le chevalier exprima de plus belle sa gratitude.

« Ce n'est pas tous les jours qu'il est donné de rencontrer un haut homme qui se soucie des humbles, salua le frère sergent. Le Resplendissant vous garde dans la lumière ! »

Il tourna bride et redescendit tranquillement le chemin vers la plaine. De leur côté, le sire de Vaumacel et ses gens éperonnèrent vers la clarté descendue de la lisière. Le vent sifflait dans la ramée ; lorsque les cavaliers sortirent du bois, une bise aigre vint gonfler leurs houppelandes. Des taillis et des prés en friche montaient encore sur une portée d'arc, puis la côte s'arrondissait et laissait place à un ciel bas. Quand les voyageurs atteignirent le sommet, une rafale ébouriffa les mèches des hommes et le crin des chevaux. Un plateau aux faibles reliefs s'étendait devant eux ; réduite à un simple sentier , la voie serpentait dans une lande broussailleuse. Des haies devenues breuils anarchiques bordaient les brandes ; çà et là, un muret de pierres sèches disparaissait sous l'entortillement des mûriers. Dans cette triste varenne affleurait un fantôme de cadastre, des champs et des prés retournés au chiendent et à l'ortie. Un peu plus loin, sous des massifs de lierre et de sureau, on devinait la prostration de fermettes désaffectées. Les toits de chaume s'affaissaient et révélaient par endroits une charpente croulante ; des murs s'effritaient jusqu'à un clayonnage miteux ; des portes dégondées béaient sur une noirceur de caveau.

Les cavaliers suspendirent leur marche à quelque distance des taudis abandonnés. Ils considérèrent un moment les masures creuses, entre lesquelles le vent sifflait ses couplets funèbres.

« Il faudrait aller voir, suggéra Naimes.

– À moins que nous ne suivions une fausse piste, l'enfant et les ravisseurs ne s'y trouvent point, répondit Ædan.

– Mais le gamin a pu se réfugier dans ces bicoques avant d'être enlevé », objecta Naimes.

Le chevalier en convint d'un signe de tête.

« Je peux les explorer en vitesse ! » s'enflamma Cœl.

Dans le même mouvement, les deux adultes lui opposèrent un refus. Ils approchèrent ensemble du hameau, et, s'étant arrêtés aux abords des ruines, lancèrent en vain quelques appels. Ayant confié la garde des chevaux au page, le chevalier et l'écuyer mirent pied à terre. Par précaution, Naimes laissa sa hache pendre au bout de son bras droit et Ædan posa la main sur la garde de l'épée. Il avancèrent à pas mesurés entre les murs lépreux et les appentis branlants. Les hautes tiges des chardons et des cardères, noircies par l'hiver qui s'achevait, avaient poussé en touffes au milieu de l'unique ruelle. Une humidité malsaine suait par les fenestrons et les portes débâclées. Du talon de la hache, Naimes repoussait parfois un battant et jetait un coup d'œil à l'intérieur. Dans la pénombre, les chaumes crevés laissaient pendre leurs tiges de sagne ou de bruyère ; çà et là, les colombages se gondolaient de moisissures et de mérules ; des feuilles mortes, entrées par les portes ou les toitures percées, parsemaient les sols de terre battue. Au milieu de poteries et d'outils oubliés, les crottes de petits animaux étaient répandues en chapelets. Dans une seule chaumine, l'écuyer découvrit les traces d'un campement. On avait fait du feu dans un âtre où avaient été jetés des os de petit gibier, mais la cendre était froide.

Ayant attiré l'attention du chevalier sur ces restes, Naimes remarqua :

« Le garçon est peut-être passé ici.

– Lui ou n'importe quel vagabond », allégua Ædan.

Le chevalier haussa les épaules.

« De toute façon, même si ce sont les traces du jeune gueux, cela ne nous apprend pas grand-chose. Jamais ses ravisseurs ne se seraient abaissés à faire étape dans cette soue. Sortons. Nous perdons notre temps. »

Les deux hommes rejoignirent Cœl et les chevaux.

« Ce coin empeste le malheur », grommela Naimes en se remettant en selle.

Dressé sur ses étriers, le sire de Vaumacel essayait de se repérer. À l'est, en contrebas du plateau, les campagnes de la seigneurie du Treff s'évasaient jusqu'aux lointains pluvieux de la vallée du Vernobre. Par beau temps, on aurait pu apercevoir les tours et le temple de Carroel ; mais ce jour-là le ciel était sombre et les panoramas brouillés. Du reste, le chevalier ne s'intéressait guère aux terres ducales. Du haut de sa monture, c'était l'occident qu'il balayait du regard. Par-delà quelques arpents de lande, le terrain se dérobait et découvrait un paysage montueux de combes, de ravines et de collines toutes chevelues de forêts. Embués par la distance, les volumes cubiques d'une fortification couronnaient l'échine d'un promontoire. Au fond des horizons fuyaient d'infinis rouleaux de nuages, poussés par un vent de mer vers l'intérieur du comté de Kimmarc.

Sans mot dire, le chevalier poussa son palefroi en direction du château, suivi par ses deux compagnons et leurs chevaux. Derrière le hameau abandonné, ils retrouvèrent le chemin qui se coulait dans les ronces et les herbes folles. Il les mena jusqu'à un dévers assez abrupt dévalant dans une ravine boisée. Sous les jambes des chevaux, la bise agitait les cimes des arbres en une houle solennelle. La piste d'Ouchain se délitait en raidillon qui courait en travers du versant, avant de s'enfiler sous l'orée. Les cavaliers s'y engagèrent en colonne, négociant la descente à une allure prudente. Les rafales se calmèrent lorsqu'ils se retrouvèrent à mi-pente, mais le vent bruissait toujours son chant grinçant dans les plus hautes branches. Autour d'eux, le sous-bois paraissait plus enchevêtré et plus sombre que sur le coteau de Goborchain.

Sans le coup d'œil de Cœl, Ædan et Naimes auraient dépassé la patte d'oie ; arrêtant sa petite monture et le cheval de somme, le page les interpela à grands cris. Il montrait la vieille borne, presque ensevelie sous les feuilles mortes et les mousses. Revenus sur leurs pas, les deux hommes restaient hésitants. L'embranchement était à peine visible ; la ramée avait partiellement dissimulé le chemin de traverse, un faux-fuyant qui dégringolait de façon encore plus brusque que la piste qu'ils suivaient. Sautant à terre, Naimes gratta la pierre ; il dégagea un motif érodé représentant une chouette au centre d'une roue à rayons.

« Pas de doute, dit-il en rangeant son couteau. Ce doit être l'ancien chemin du prieuré. »

Ædan poussa sa monture sur quelques pas et écarta du bras les branches qui masquaient le sentier. Il le repéra au ressaut vague, en partie couvert de feuilles pourries, qui se dérobait entre arbres et broussailles.

« La voie est vraiment mal frayée, rechigna l'écuyer.

– Justement, dit le sire de Vaumacel. Les gens que nous cherchons empruntent des chemins détournés. »

Sans plus balancer, il s'aventura dans ce layon. Remonté en selle, Naimes reprit la longe du destrier et suivit, Cœl fermant la marche. Ils avançaient avec précaution mais, bien qu'elle courût en travers du coteau, leur allée était si raide qu'ils ne tardèrent pas à plonger dans la pénombre d'une combe profonde. La rumeur du vent faiblit, murmure relégué dans les hauteurs de la forêt. Par endroits, le passage réapparaissait nettement ; on discernait encore la saignée pratiquée dans la pente pour ouvrir une voie charretière, dont la chaussée affleurait sous l'humus. Mais la plupart du temps, ce n'était qu'une trace à peine visible, parfois coupée par un arbre mort ou par un éboulis. Des pistes animales la croisaient, et il s'avérait difficile de distinguer l'ancien chemin des coulées percées par les hardes.

Les cavaliers finirent par arriver en fond de val, mais n'y trouvèrent nulle trace d'occupation. Le palefroi d'Ædan se faufilait avec distinction à travers la ramée, mais le chevalier devait souvent repousser les branches qui lui barraient la route ; derrière Naimes, le destrier ouvrait une trouée à grand fracas de bois brisé, tandis que le roncin de Cœl renâclait sous la pluie de brindilles éparpillée dans le sillage du cheval de bataille. Le sol se faisait spongieux sous le pied des montures ; par endroits, des mares boueuses stagnaient au fond de larges bauges. Décontenancés, les voyageurs finirent par marquer le pas.

« Pas l'ombre d'un prieuré, constata l'écuyer. Pas même une clairière. Nous aurons pris un change ; nous voici en bout de voie.

– Les ruines doivent être visibles, malgré tout, réfléchit Ædan à haute voix. Nous sommes descendus trop bas : il faudrait regagner un surplomb.

– Si vous voulez, je peux grimper en vitesse à flanc de colline ! » s'écria Cœl.

Les deux hommes y opposèrent un refus. Ces futaies excitaient leur méfiance ; par-dessus tout, ils craignaient que l'écervelé ne se perdît.

« Nous allons remonter ensemble, décida le sire de Vaumacel. Mais d'abord, accordons une pause aux chevaux. »

Au fond de cette ravine ébouriffée de sylve et de mort-bois, il était difficile d'estimer l'heure. Les compagnons avaient toutefois le sentiment d'avoir erré longtemps : ils avaient faim. Laissant les bêtes vaguer aux alentours, ils s'assirent sur un tronc couché pour boire et se restaurer. Ils mangèrent de bon appétit, mais ne firent pas un sort aux victuailles offertes par le doyen Magnovald. S'ils ne trouvaient pas de gîte pour la nuit, il était préférable de garder quelques réserves.

« Dire qu'on a déjà traversé le pays ! maugréait Naimes.

– Dix ans se sont écoulés depuis lors, le raisonnait Ædan. Les choses ont changé. De plus, à l'époque, nous étions guidés par le seigneur d'Ouchain. Nous ne risquions guère de nous perdre… »

Les voyageurs ne s'attardèrent pas outre-mesure. Pour éviter de s'égarer, ils revinrent sur leurs pas ; la voie qu'ils avaient tracée était claire. Cependant, quand ils commencèrent à remonter le coteau, la marche se fit plus difficile. Certains des animaux, comme la jument pie ou le cheval de bât, renâclaient devant les portions éboulées du sentier. Les compagnons redoutaient une chute : il eût été catastrophique qu'un des coursiers s'y cassât une jambe. Après une brève discussion, Ædan et Naimes prirent le parti de s'écarter du sentier pour couper dans des sous-bois dont la pente paraissait plus douce. La décision porta ses fruits pendant quelque temps : l'allure en fut plus aisée et le petit groupe remonta un peu à flanc de colline. Toutefois, alors que le vent regagnait en force dans la ramée, signalant qu'ils approchaient du sommet, la futaie redevint bouleversée et touffue. Un grand degré de calcaire ébréché émergeait au-dessus d'eux entre racines et feuilles mortes ; il eut été facile pour des piétons de le gravir, mais il demeurait infranchissable pour des chevaux. Les compagnons le longèrent, espérant trouver un dénivelé moins accidenté qui permît de le contourner. Cette recherche les promena à travers des épaulements et des creux ; ils y perdirent progressivement le nord.

Ils avaient pourtant le sentiment de dominer d'assez haut le val où ils avaient rebroussé chemin. Entre les branches nues des arbres, ils apercevaient, à une demi-lieue peut-être, le sommet plat de la colline voisine. Ils étaient remontés à peu près à la même altitude. Un détail, toutefois, les désorientait : cette éminence n'était couverte que de lande et de taillis, alors que depuis le finage de Verchère, il leur avait semblé que tous les monts du voisinage étaient boisés. Il leur fallut un moment pour élucider ce mystère : en fait, ce sommet buissonneux n'était autre que Verchère. Ils avaient si bien tourné dans le val et sur les coteaux que, croyant revenir sur leurs pas, ils avaient en fait gravi une éminence voisine.

Cette prise de conscience leur inspira une certaine confusion. Ils s'arrêtèrent, craignant de se fourvoyer complètement. Le ciel couvert ne leur permettait pas de se repérer d'après la position du soleil ; plissant les yeux, ils essayaient de reconnaître le versant de Verchère, pour estimer s'ils avaient continué à marcher vers l'ouest ou s'ils avaient dévié dans une autre direction. Ce fut ainsi, un peu par hasard, qu'ils débusquèrent la menace.

« Il y a du monde, là-haut ! » s'écria Cœl.

À cette distance, on aurait presque pu confondre ce mouvement avec l'agitation des breuils bousculés par le vent. Cependant, au milieu des taillis et des friches, serpentait lentement une longue colonne de piétons. Quand Ædan et Naimes l'eurent aperçue, il tâchèrent de repérer qui ouvrait la marche et qui la fermait, mais la troupe était si étalée qu'on n'en discernait ni l'avant-garde, ni le serre-file. Quelques cavaliers suivis par une petite remonte accompagnaient ce déploiement.

« Ils sont nombreux, marmonna l'écuyer.

– Trop nombreux pour la bande du Molosse », estima le sire de Vaumacel.

Il essayaient de mieux distinguer l'équipement des routiers ; cependant l'éloignement, la grisaille et l'écran des branches secouées par la brise ne leur facilitait pas la tâche. Les marcheurs paraissaient engoncés dans des livrées disparates mais sombres ; l'ombon d'un bouclier renvoyait parfois un éclat terne.

« Ils ont peu de lances, s'étonna Naimes.

– Je vois de longues haches et des épées à une main et demi ! s'exalta le page.

– Ce sont des Ouromands, conclut l'écuyer.

– Les cavaliers portent une bannière, constata le chevalier. Cœl, en discernes-tu les couleurs ? »

Le freluquet étrécit les yeux en prenant une pose avantageuse. Il scruta un moment le fanion minuscule qui dansait au loin sur la colline. Pour finir, il se mit à rire.

« Vous n'allez pas me croire ! C'est le cerf de Bromael !

– Qu'est-ce que tu nous chantes ? grogna Naimes.

– Je vous jure ! De sable au rencontre de cerf héliophore ! Ce sont les armes du duché ! Ah ! Mais... Il y a une brisure... Une traverse de gueules...

– Il s'agit donc de mon seigneur Domnal, déduisit Ædan. Cela nous éclaire sur les Ouromands. Voici le Grand Bâtard et ses mercenaires.

– Eh bien ! Quelle chance d'avoir perdu notre chemin ! » souffla le vieil écuyer.

Il était inutile d'en dire plus : s'ils étaient restés sur la route d'Ouchain, ils eussent déjà été au pouvoir de ces hommes. Qu'aurait décidé le Grand Bâtard ? Sa réputation de bravoure n'était plus à faire, mais elle était entachée de brutalité et de discourtoisie. Si le hasard lui avait livré le chevalier de Vaumacel, les scrupules ne l'auraient probablement pas étouffé. Il se serait saisi de sa personne sans lui offrir un combat loyal, à seule fin de le vendre à la justice du duc.

Les trois compagnons contemplèrent de loin le passage de la soldatesque. Quand les derniers traînards eurent disparu en direction de Goborchain, ils se remirent également en marche. Ayant retrouvé leurs repères, ils partirent vers l'ouest, tournant le dos à la troupe de soudoyers. Bien qu'elle les éloignât du péril, cette décision ne leur simplifiait pas la tâche. La corniche calcaire qui les avait empêchés de gagner le sommet du coteau se transformait en escarpement haut comme deux hommes, les forçant à longer une pente de plus en plus raide. Dissimulés sous les feuilles mortes, les décombres chus de la paroi glissaient parfois sous le pied des chevaux. Les cavaliers mirent pied à terre ; ils se mirent à guider les bêtes par la bride en écartant les pierres dangereuses. Tout occupés à cette tâche, sans doute passèrent-ils les premiers avertissements sans les voir. Ce ne fut qu'au bout d'un moment que le chevalier, qui ouvrait la marche, eut l'œil attiré par un objet sinistre.

Une excroissance claire attira son attention sur un tronc ; sa teinte ivoire tirant sur le jaunâtre ressemblait à celle d'un polypore, mais sa forme n'avait rien d'un champignon. Il s'agissait du crâne d'un gros canidé, lié au fût avec une cordelette grossière. Les voyageurs s'arrêtèrent un instant et inspectèrent les arbres alentour. Ce trophée était le seul signe néfaste à la ronde, mais la futaie et la courte falaise qui la dominait se firent plus oppressantes. Les lieux ne se prêtaient que trop à une embuscade. Pourtant, le chevalier et ses gens reprirent la marche sans hésiter. Ils se montraient un peu plus vigilants, mais ne manifestaient guère d'inquiétude. Ils savaient que le chien qui montre les dents n'est pas forcément le plus à craindre.

De fait, la traverse qui les surprit peu après n'avait rien d'un guet-apens. Une branche basse s'accrocha dans le bagage du cheval de bât ; se sentant tiré en arrière, le roussin prit peur, renâcla, et ses écarts le firent dangereusement patiner sur le sol instable. Cœl saisit sa bride à deux mains pour le retenir tout en l'accablant d'injures ; cette agitation et ces cris affolèrent son petit coursier, dont il venait de lâcher les rênes. L'animal bondit en lâchant une ruade, retomba sur une coulée de gravats tapissée de feuilles mortes, et se mit à déraper vers le bas de la pente en hennissant de frayeur. Ædan et Naimes l'appelèrent d'une voix ferme, mais emportée par sa glissade, la sotte cavale se débattit à grands bonds qui ne firent que décrocher plus d'humus et de cailloux. Elle disparut au fond du val, entraînant avec elle un petit éboulement dans un fracas de branches cassées et de cris stridents.

Sitôt qu'il eut un peu calmé le cheval de bât, le page se précipita sur les traces de sa monture. Ædan et Naimes le virent disparaître en contrebas avec inquiétude. Le chevalier fit signe à son écuyer de lui confier les rênes de ses deux chevaux pour qu'il pût seconder le garçon. Mais le vieux lige commençait à peine à descendre la pente quand un rire remonta de la ravine.

« Je l'ai trouvé ! » s'écria joyeusement le freluquet.

Naimes freina des deux talons, en se retenant d'une main au dévers.

« Calme-le d'abord, lança-t-il. Ensuite, ramène-le en douceur.

– Je ne vous parle pas du cheval ! piailla Cœl. C'est le prieuré que j'ai trouvé ! »

Les deux hommes échangèrent un regard surpris, puis fouillèrent des yeux le bas de la pente. Ils ne distinguèrent rien sinon l'entrelacement broussailleux du sous-bois. Bien que le page et la bête de bât ne fussent plus visibles, il paraissait improbable qu'il y eût des bâtiments au fond de cette futaie.

« Alors, vous venez ? » s'impatientait le petit drôle.

Ædan décida d'inspecter les lieux en personne. Comme il était dangereux d'engager les autres chevaux sur un versant si raide, il les confia à Naimes, puis il descendit la pente de biais, plantant les solerets dans le sol meuble tout en veillant à ne pas emmêler ses éperons dans des racines. Malgré l'annonce de son page, il s'étonna de découvrir des ruines derrière le treillage des taillis.

Naguère, le fond de la combe avait bien abrité une petite communauté religieuse. L'endroit était à présent envahi par une végétation exubérante, mais les murs de plusieurs bâtiments se dressaient encore au milieu de la ramée. De prime abord, il paraissait difficile d'identifier la fonction qu'avaient remplie ces bâtisses éventrées ; elles sombraient dans les ronciers et un gaulis anarchique de jeunes arbres. Par chance, le page et son petit roncin avaient échoué sans mal au milieu de ces vestiges. Quand il fut rassuré sur leur sort, le chevalier entreprit d'explorer les vestiges, le godelureau sur les talons.

Dans l'enceinte des murs noircis, planchers et charpentes s'étaient effondrés ; l'enchevêtrement carbonisé des solives disparaissait sous l'embroussaillement du lierre et des mûriers. Arbustes et baliveaux avaient poussé au dedans comme au dehors ; leurs branches jaillissaient des portes et des fenêtres, se balançaient au vent à l'emplacement des combles disparus. Au milieu des décombres et des fourrés courait toutefois un étroit sentier, pas plus large qu'une piste animale. Le chevalier et l'enfant le suivirent ; son tracé capricieux les entraîna sous la colonnade, partiellement épargnée, d'un cloître de dimensions modestes. Les chouettes stylisées sur quelques chapiteaux leur confirmèrent que le sanctuaire avait été consacré à la Vieille Déesse. Les deux intrus longèrent une mare envahie de plantes d'eau. Sa margelle de pierre et sa forme circulaire avaient appartenu au bassin lustral du sanctuaire ; sous la surface stagnante, on distinguait les premières marches d'un escalier s'abîmant dans l'onde obscure. Plus loin, au milieu d'un bouquet dense d'arbrisseaux s'élevaient encore, mélancoliques, quelques travées et contreforts du temple. L'écroulement de la toiture en avait crevé le dallage, qui béait sur un abîme ténébreux. Ædan et Cœl savaient que les cryptes des sanctuaires de la Vieille Déesse n'étaient pas des catacombes ; mais ils n'ignoraient pas que ces hypogées abritaient les chambres onirocritales. Malgré son effronterie, même le page resta à prudente distance de l'affaissement. C'était au fond de ces caveaux que la Déesse prodiguait ses oracles aux fidèles. Certes, on ne craignait pas d'y trébucher sur des morts ; on risquait toutefois d'y entrevoir les fantômes d'une cruelle vérité.

Cependant, la piste se détournait du narthex disjoint et de la nef écroulée. Elle aboutissait au pied de ruines plus modestes. Quoique noircis par un ancien incendie, deux arcs de la voûte en berceau d'une ancienne cuisine tenaient toujours debout. Une hutte grossière se nichait dans leur ombre. Il s'agissait à peine d'une cabane, tout au plus d'un abri en branchages. Les gravats avaient été déplacés sur une petite aire autour de la cahute ; les traces d'un piétinement boueux, les cendres d'un foyer et un vieux pot à cuire révélaient que l'endroit était occupé. Ædan appela à plusieurs reprises sans obtenir de réponse.

Il finit par envoyer Cœl inspecter la loge. Celle-ci n'était fermée que par un hayon d'osier que ne fixait nulle charnière ; le page eut tôt fait de le jeter au sol. L'intérieur du gourbi était noir comme un four ; il y macérait un curieux fumet où se mêlaient un relent fétide et une fragrance balsamique. Quand il eut passé sa tête à l'intérieur, le garçon n'y distingua que des bouquets de plantes séchées, suspendues au clayonnage la tête en bas, et une guenille froissée sur une paillasse.

« C'est vide », dit-il en se hâtant de sortir.

Le chevalier accueillit la nouvelle avec flegme.

« D'après le frère Winemer, l'ermite est un vieillard, dit-il. Il ne doit pas être loin. Continuons à l'appeler. »

L'homme et l'enfant donnèrent de la voix, sans obtenir davantage de réponse. Plus haut sur le coteau, Naimes les entendit. Ces cris adressés au frère Umel le rassurèrent ; puisque ses compagnons se préoccupaient de l'ermite, la chute du roncin était sans gravité. Naimes caressa le chanfrein des chevaux qu'il gardait pour les tranquilliser. Ce ne fut qu'au bout de quelques instants qu'il fut secoué par un haut-le-corps : il venait de réaliser qu'il n'était pas seul.

À moins de vingt pas, à même hauteur que lui sur le versant, une grande silhouette se dressait dans le sous-bois, aussi immobile que les troncs. Une robe terreuse flottait sur ses membres grêles, ridiculement troussée au-dessus de mollets blanchâtres. Le capuce enfilé de biais dissimulait le visage de cette silhouette ; d'une main noueuse, l'inconnu s'appuyait sur un bâton poli par l'usage. L'écuyer, qui avait pourtant le cœur solidement accroché, se sentit gagné par un accès d'angoisse, tant cette ombre dérivée en silence jusque dans son voisinage possédait une allure spectrale. L'attention du rôdeur restait pourtant concentrée sur le bas du val, d'où remontaient les appels. Bizarrement, alors qu'il était difficile de passer à côté de l'énorme destrier et du splendide palefroi, l'étranger les ignorait parfaitement. Reprenant ses esprits, le vieil écuyer l'interpella.

« Holà, l'ami ! Êtes-vous l'ermite de Senantes ? »

L'épouvantail eut un sursaut, ce qui suffit à dissiper les alarmes de Naimes. Sous la capuche coiffée de guingois, une figure émaciée venait de se tourner vers lui.

« Que voulez-vous ? s'écria-t-elle. Quel est ce tapage ?

– Êtes-vous bien le frère Umel ?

– D'où tenez-vous ce nom ?

– C'est le frère sergent Winemer qui nous l'a appris. Nous venons de Goborchain.

– Ah, bien sûr, le tourier du doyenné ! maugréa l'ascète. Cet indiscret ne sait pas tenir sa langue ! »

En échangeant ces quelques mots, Naimes s'était approché du solitaire. Il découvrit le faciès décharné d'un grand vieillard aux yeux chassieux. Il portait en bandoulière une petite musette d'où dépassaient des bouquets de violettes, de plantain et de lamier blanc, mais le parfum de ces fleurs précoces ne suffisait pas à couvrir l'odeur aigre de sa robe. Malgré son aspect misérable, l'ancien parlait avec un air d'autorité.

« J'ignore ce que vous a conté Winemer, poursuivit-il, mais vous serez déçu dans vos attentes. Le prieuré n'existe plus et je ne suis plus augure. Je vis seul dans ces bois ; je n'ai même pas de quoi offrir le gîte à des voyageurs. Ne perdez pas davantage de temps : passez votre chemin. »

Ce propos, délivré d'un ton sec, ne plut guère à Naimes, mais l'écuyer garda ses commentaires pour lui. Il jugea préférable de héler ses compagnons pour les avertir qu'il avait trouvé l'ermite.

« Êtes-vous contraint de me casser les oreilles ? grommela le vieillard.

– Vous pourrez bientôt vous en plaindre auprès de mon seigneur, lui répondit Naimes sur le même ton.

– Voilà longtemps que je ne me fie plus à la justice des hommes. Je vous absous. Allez donc dire à votre maître que l'herbe est plus verte ailleurs.

– Le chevalier ne sera peut-être pas de cet avis.

– C'est donc qu'il a la vue plus courte que la mienne.

– Ne voulez-vous pas descendre ? Le sire de Vaumacel se trouve déjà dans votre ermitage. »

À ces mots, le frère eut une réaction singulière. Une expression effarée décomposa sa figure ravinée.

« N'ayez crainte, déclara Naimes de mauvaise grâce, nous ne sommes point des pillards. »

Cette précision n'eut pas l'air de rassurer l'ermite. Ayant dégluti avec difficulté, il s'enquit avec un léger chevrotement :

« Quel nom avez-vous donné à votre seigneur ?

– Le sire de Vaumacel.

– Le sire de Vaumacel ? Est-il de la maison du chevalier Ædan de Vaumacel ?

– Sans conteste. C'est lui-même. »

Le frère Umel resta un instant bouche bée, plein d'un ébahissement qui n'était pas sans déconcerter Naimes. Très vite, l'expression du vieillard se modifia à nouveau, et son museau parcheminé se plissa de dérision. Il partit d'un rire rentré, d'une gaieté un peu forcée. La mine partagée, l'écuyer se demandait si cet anachorète avait encore toute sa tête.

« Le sire de Vaumacel, reprit l'ermite sur un ton acide, voyez-vous cela !

– Le connaissez-vous ? demanda l'écuyer avec quelque circonspection.

– De réputation, seulement. Mais j'en ai beaucoup entendu parler. Eh bien… Puisque la Dame l'a amené jusqu'au fond de ce val, j'imagine qu'il va m'être donné de le rencontrer en chair et en os.

– C'est tout ce qu'il demande.

– Croyez-vous ? Pour ma part, je crains que ce ne soit bien plus…

– Vraiment ? Que voulez-vous dire ?

– Oh, rien de sensé. À force de pérorer tout seul, je parle souvent pour ne rien dire. Allons ! Puisque telle est la volonté de la Déesse, descendons dans le val et présentez-moi à votre maître. »

Compte tenu de son grand âge, le frère Umel n'emprunta pas la voie fort raide par laquelle avaient dégringolé le roncin et Cœl. À petits pas, il suivit une sente à peine frayée qui louvoyait en pente douce par quelques détours. Quoique le passage ne fût guère large, il permit à Naimes d'emmener les chevaux sur les traces du vieillard. De l'ermite, l'écuyer ne voyait plus que le dos et le capuce de travers. Il entendait son souffle court comme si cette petite marche l'éreintait, et il lui sembla que la main se crispait sur le bâton, peut-être parce que l'ancien craignait une chute. L'arrivée dans les ruines du prieuré ne fit qu'accentuer le pressentiment déplaisant que cette étrange rencontre avait inspiré au valet d'armes.

Le chevalier et le page, qui avaient entendu le pas des chevaux, s'étaient portés au-devant d'eux. Ils les retrouvèrent près des vestiges du cloître.

« Ah ! Frère Umel, que je suis aise de vous voir, lança Ædan. Je craignais de ne pas avoir l'agrément de vous saluer.

– C'était un tort de le craindre, rétorqua le vieillard en s'arrêtant tout net.

– Sans doute mon écuyer Naimes vous a-t-il déjà annoncé mon nom et ma qualité…

– Il l'a fait, convint l'ermite, mais je ne suis pas sûr de les avoir bien entendus. Pourriez-vous me les donner à nouveau ?

– C'est la moindre des courtoisies. Je suis le chevalier Ædan de Vaumacel. Je voyage dans ces contrées sur la requête du seigneur du Treff. »

Le frère Umel opina du chef. Il affichait à nouveau une expression médusée, comme si la confirmation que venait de lui apporter son visiteur lui paraissait hautement improbable. Derrière lui, Naimes se tapota le front pour signifier à son seigneur ce qu'il pensait de leur hôte. Un court moment, celui-ci parut effectivement désorienté.

« Je n'ai plus l'habitude du monde, finit-il par bredouiller.

– Je vous prie d'accepter nos excuses, répondit obligeamment le chevalier. Après tout, nous venons troubler votre retraite. Mais je tenais à vous entretenir de l'affaire qui m'amène dans les parages.

– Cela va sans dire… Au préalable, me laisserez-vous le loisir de mettre mes simples à sécher ?

– Faites donc. Voulez-vous l'aide de mon page ?

– Non ! Non ! Surtout pas ! » se récria l'ermite en jetant à Cœl un coup d'œil plein de défiance.

Malgré ses jambes mal assurées, il se hâta de regagner les ruines de la cuisine et de s'engouffrer dans sa hutte.

« Ce fratricelle est un peu piqué, marmonna Naimes.

– Il n'est pas très propre, ajouta Cœl assez haut.

– Ayez de l'indulgence pour le grand âge et la solitude, tempéra Ædan.

– Le frère sergent avait quand même raison, conclut l'écuyer. Nous perdons notre temps. »

En attendant que l'ermite eut suspendu ses plantes, les deux servants d'armes entreprirent de déharnacher et de brosser les chevaux. Ils eurent tout loisir de passer l'étrille aux cinq bêtes ; le vieillard n'avait point reparu et son réduit restait silencieux. À bout de patience, Naimes finit par se pencher devant la porte.

« Holà ! Frère Umel ! Nous avez-vous oubliés ? »

Il y eut enfin du mouvement à l'intérieur.

« Nullement, nullement », bredouilla l'ancien en ressortant de sa tanière.

Il considéra la pièce à moitié écroulée d'un air hagard.

« Je ne suis guère en mesure de recevoir, déplora-t-il. Mon hôtellerie ne fournit ni le gîte ni le couvert.

– Nous n'en demandions pas tant, répliqua Ædan avec magnanimité. Il nous reste quelque provende que nous nous ferons un plaisir de partager avec vous. Quant aux sièges… »

D'un geste, il ordonna à Cœl d'y pourvoir. Le page partit fureter dans les éboulis et fit rouler jusqu'à eux de gros moellons. Naimes entreprit de rallumer le petit foyer de l'ermite. Bientôt, les trois voyageurs étaient assis en vis-à-vis de l'ancien, accroupi à l'entrée de sa hutte.

« Nous ne comptions pas vous importuner très longtemps, reprit le chevalier. Nous voulions juste réclamer vos lumières sur une énigme qui nous occupe.

– Comme je l'ai dit à votre suivant, je ne suis plus augure.

– Aussi n'est-ce pas au ministre de la Vieille Déesse que nous nous adressons, mais au forestier. Avez-vous entendu parler de la disparition du petit Milouin à Goborchain ?

– Vous le savez aussi bien que moi puisque c'est ce bavard de Winemer qui vous envoie. Il m'a déjà interrogé à ce sujet.

– Et nous confirmez-vous ce que vous lui avez répondu ? »

Le vieillard leva les yeux aux ciel.

« Coupons court à ces circonlocutions, protesta-t-il, et venons-en plutôt au motif réel de votre visite. »

Le sire de Vaumacel haussa un sourcil déconcerté.

« Mais je viens de vous donner ce motif à l'instant. »

L'ermite fit mine de balayer la réponse d'un geste, puis parut gagné par le doute.

« Vraiment ? demanda-t-il sur un ton incrédule. N'êtes-vous venu ici qu'à la recherche d'un enfant ?

– Que ferions-nous d'autre dans cette désolation ? » répliqua le chevalier avec humeur.

Une expression étrange éclaira la face du vieillard, partagée entre le soulagement et le sarcasme. Il étouffa un gloussement.

« Vous n'êtes là que pour un petit gueux ! s'émerveilla-t-il comme s'il savourait une secrète plaisanterie.

– Je ne vois pas ce que cela a de si drôle, gronda le chevalier. Je vous saurai gré de m'en expliquer le sel, sans quoi je pourrais le prendre en mauvaise part.

– Oh, pardonnez mon incivilité, rétorqua le vieillard en adoptant un air doucereux. Voilà longtemps que je me suis retiré loin du monde, et j'en ai perdu les usages. »

Il luttait manifestement pour contenir un rire nerveux.

« Or donc, vous êtes sur la piste du jeune Milouin, poursuivit-il avec quelque précipitation. Comme je vous l'ai dit, je crains de ne pas vous être d'un grand secours. »

Le sire de Vaumacel lui jeta une œillade ombrageuse, trouvant la dérobade aussi cavalière que le ricanement. Mais il n'y avait nul honneur à demander raison à un pauvre hère. Prenant sur lui, il en revint donc à son propos.

« Vous avez reçu la visite du sergent Winemer qui s'inquiétait de la disparition du petit Milouin, récapitula-t-il. D'après ses dires, l'enfant ne s'était pas montré dans votre ermitage. Est-ce bien ce que vous lui avez soutenu ?

– Oh, le barbon est franc comme l'or, vous pouvez le croire. J'ai dû lui tenir un discours à peu près de cet ordre.

– Un discours à peu près de cet ordre ?

– Eh bien j'ai répondu à ses questions comme je réponds aux vôtres.

– Il se trouve justement que j'ai du mal à démêler vos réponses.

– Je l'entends fort bien, et cela ne m'étonne guère. C'est que vos questions sont mal posées.

– Mal posées ? Il me semble au contraire que mes demandes sont clairement formulées », rétorqua le chevalier sur un ton un peu raide.

Naimes ne disait mot mais avait planté les pouces dans son ceinturon pour garder son calme. Cœl avait l'air de trouver la discussion fort divertissante. L'ermite leva un index noueux dans un geste très doctoral.

« Vous vous exprimez très bien, comme le prud'homme que vous êtes, convint-il, mais vous n'êtes pas au clair avec votre conversation. Et ne parlons pas de votre situation ! Voyez-vous, je ne suis plus augure – par le passé, je ne l'ai jamais été que fort médiocrement – mais je n'en ai pas moins exercé ce sacerdoce. Dans sa sagesse, la Déesse nous enseigne un paradoxe : ses ministres doivent répondre aux questions qui leur sont posées, et ces questions sont rarement ce qui préoccupe vraiment les suppliants. J'ai donc répondu aux questions du frère Winemer comme je réponds aux vôtres, tout en sachant que cela ne vous ne mènerait pas où vous voulez aller.

– Allons bon ! s'offusqua le sire de Vaumacel. Ainsi donc, vous savez où je veux aller ?

– N'est-ce pas la raison pour laquelle vous êtes venu m'interroger ? »

La réplique prit de court le chevalier, ce dont le vieillard parut tirer satisfaction.

« Parlons sans ambages, poursuivit-il, cela éclairera un peu votre lanterne. Quand ce bon Winemer m'a rendu visite la dernière fois, il m'a demandé si j'avais donné refuge au jeune Milouin. Je lui ai répondu que non, ce qui était la stricte vérité. Le tourier en aura déduit que le petit gueux n'est jamais venu à Senantes : c'est fort mal raisonner. Que je n'aie pas hébergé l'enfant ne signifie pas qu'il n'est point passé.

– Vous voulez dire qu'il a fait étape dans votre ermitage ? intervint Naimes avec vivacité.

– C'est très probable, quoique je ne puisse en jurer.

– Vous vous jouez de nous ! s'irrita l'écuyer.

– Pas plus que vous de moi, repartit l'ancien, car dans le fond, vous n'avez que faire de ce jeune vilain. Il n'est qu'un maillon de la chaîne que vous remontez vers ses nouveaux seigneurs. Comme je ne parle plus au nom de la Déesse, je suis libre de répondre aux questions que vous avez omis de me soumettre. Ce n'est pas un seul enfant qui est passé par ce val, mais une petite dizaine ; comme ils ne m'ont pas été présentés, j'ignore si Milouin faisait partie du lot, mais je conjecture que c'est plus que probable. Ce n'est pas à eux que j'ai eu affaire, mais à ceux qu'ils suivaient. À ceux que vous suivez également, si je ne me trompe du tout au tout. »

Cette tirade fit son effet. Un long instant, les trois visiteurs en restèrent sans voix. Ce fut le page qui s'ébroua le premier.

« Vous avez menti à un sergent de l'Ordre ! s'écria-t-il sur un ton plus admiratif qu'indigné.

– Ce petit effronté n'a pas retenu un traître mot de ce que j'ai expliqué, se renfrogna l'ermite.

– Il n'en demeure pas moins que vous avez dissimulé la vérité au sergent Winemer, releva le chevalier.

– Je ne lui ai pas dit ce qu'il ne m'avait pas demandé, corrigea le vieillard. Aurais-je eu la légèreté de lui apprendre ce que je viens de vous confier, que serait-il advenu ? Au mieux, ce brave Winemer se serait lancé à la poursuite de l'enfant et de ses suborneurs ; il aurait fait buisson creux avant de tomber sous le couteau d'une des méchantes bandes qui écument ces bois. Au pis, il en aurait averti les vilains de Goborchain et le château du Treff ; le nouveau seigneur d'Ouchain et son sénéchal auraient vu les battues opérées sur leurs terres comme autant d'empiètements, or vous savez aussi bien que moi comment se terminent ces chicanes-là. Dès lors, mieux valait se conformer aux préceptes de la Déesse.

– En ce qui nous concerne, vous ne vous y conformez guère, observa le sire de Vaumacel.

– Je vous le concède. Toutefois, pour parler en casuiste, votre démarche diffère de celle de Winemer ; quant à moi, n'étant plus augure, je ne suis plus tenu à une stricte discipline. Le fait est que vous savez ce que vous cherchez. Vous êtes plus averti que notre ami commun sur ce que vous risquez de trouver… »

Le chevalier jaugea l'ermite avec une expression nouvelle. Il paraissait reconsidérer l'opinion qu'il s'était faite du vieillard.

« Peut-être vous êtes-vous retiré mais vous voici plus clairvoyant que jamais, salua-t-il. Eh bien soit ! Parlons net. Avez-vous vu les ravisseurs en personne ?

– Fort mal, car j'ai jadis trop usé mes yeux sur les codex et les écritoires. Je dirais plutôt que ce sont les ravisseurs qui sont venus me voir.

– Combien étaient-ils ?

– Ils étaient trois.

– Étaient-ils armés ?

– Magnifiquement. Ce malheureux Winemer les aurait-il rattrapés, il n'aurait pas fait de vieux os.

– Ont-ils décliné leurs noms ?

– Ils s'en sont bien gardés.

– Étaient-ils étrangers ?

– Tout dépend de ce que vous entendez par là. Ce ne sont point des sujets du duc, voilà qui est certain. Mais d'une certaine façon, ils sont ici chez eux autant que vous et moi.

– Comment les enfants se portaient-ils ?

– Un sot vous répondrait qu'ils se portaient à merveille, éveillés, parés de nobles atours, enchantés par l'aventure. Mais je ne vous apprendrai pas qu'ils souffraient de subtils sévices : chimères, oubli, emprise, dressage, jeux absurdes. Et encore… Sans parler de ce qui les guette si l'on tarde à les libérer de ce joug. »

L'ermite glissa une œillade soupçonneuse à Cœl.

« Les ravisseurs sont-ils venus vous consulter ? poursuivit le sire de Vaumacel.

– Oh non ! Ils m'ont juste rendu une visite… Ils avaient de charmantes manières, mais j'hésite à parler de visite de courtoisie. Je dirais plutôt qu'ils étaient curieux. Ils savaient… Peu importe ce qu'ils savaient. C'est assez irritant de constater que vous avez beau fuir le siècle, le siècle trouve toujours le moyen de vous débusquer !

– Vous ont-ils délivré quelque message ?

– Rien, sinon des inconséquences. Leur seule présence suffisait à faire sens.

– À combien de temps cela remonte-t-il ?

– Il y a un moment. Quelques semaines peut-être… Je ne tiens plus le compte des jours. Il y avait encore de la neige.

– Ont-ils mentionné des projets ? La destination de leur voyage ?

– Des projets ? En avaient-ils seulement? Je crois qu'ils vagabondaient à l'aventure.

– Avez-vous quelque idée du chemin qu'ils ont suivi en quittant votre ermitage ?

– Suivaient-ils seulement des chemins ? Non, il n'ont fait aucune allusion à leur prochaine étape. »

Le vieillard fronça les sourcils et parut réfléchir.

« Peut-être n'y ont-ils pas fait allusion parce qu'ils empruntent des routes disparues. Je n'ai nulle assurance de ce que je vous avance, seigneur chevalier, mais à votre place, je ferais un détour par le Drucervin avant de quitter ces collines.

– Quel est cet endroit ?

– Il s'agit d'un mont inculte des hautes terres. Mais jadis, à une époque reculée, bien plus ancienne que la fondation du royaume de Leomance, le Drucervin fut couronné par un palais. Voyez-vous, longtemps avant de devenir une marche frontière entre le duché de Bromael et le comté de Kimmarc, Agurande a été le cœur d'une province qui couvrait les vallées du Vernobre et de la Kley. Le château du Drucervin en fut le joyau, du moins jusqu'aux calamités de la Prédication d'Ocann. Bien sûr, de nos jours, il n'en reste rien, sinon peut-être quelques pierres enfouies sous les racines. Mais l'endroit est suffisamment désert pour attirer nos pérégrins ; s'ils ont poussé leur vagabondage jusqu'à Senantes, j'incline à croire qu'ils se rendront sur le mont en quête d'antiques souvenirs. »

Le chevalier hocha la tête d'un air pensif tandis que Naimes, qui semblait avoir perdu son animosité, considérait l'ermite avec un regain d'intérêt.

« Comment gagne-t-on le Drucervin ? demanda le sire de Vaumacel.

– Difficilement, répondit le vieillard. Il vous faudra remonter à Verchère ; de là-haut, quand vous verrez le château d'Ouchain, prenez à main gauche vers les collines les plus sauvages. Peut-être trouverez-vous encore le chemin de Brecoat, mais le finage a été déserté à cause des crimes du sénéchal Rovel. Le Drucervin est le mont le plus imposant au sud du village abandonné. Pour y accéder, je crains que vous ne deviez frayer votre propre voie à travers bois.

– Est-ce loin ?

– Si la route avait été bonne, j'aurais dit une demi-étape. Mais les chemins ne sont plus très praticables, et vous n'en trouverez pas au-delà de Brecoat. Comptez plutôt une bonne journée de marche, et encore, si vous ne vous perdez pas dans les collines. »

Le chevalier échangea un regard avec son écuyer. Sans un mot, ils parvinrent à la même conclusion : ils ne pourraient gagner ce mont avant la nuit.

« Connaissez-vous un endroit où nous pourrons faire étape entre ici et le Drucervin ? s'enquit le sire de Vaumacel.

– Hormis des repaires de malandrins ? Je n'en vois guère, répondit l'ermite. Les manants que Brasc Rovel n'a pas accrochés à une potence ont fui la seigneurie. Beaucoup sont partis louer leurs bras sur le chantier de Neuvyddin, où l'on dit que le comte de Kimmarc édifie un nouveau château pour faire pièce à celui d'Ouchain. Sur les hautes terres, vous ne trouverez même plus un village de charbonniers.

– Dans ce cas, nous dormirons à la belle étoile », dit légèrement le chevalier.

Il se releva pour prendre congé. Sans attendre son ordre, Naimes et Cœl entreprirent d'enharnacher les chevaux. Pendant qu'ils œuvraient, le sire de Vaumacel adressa quelques formules de remerciements à l'ermite. Celui-ci les accueillit d'un air chagrin.

« Je ne mérite pas votre gratitude, finit-il par grommeler. Si vous voulez exprimer de la reconnaissance, rendez grâce à la Déesse. Nous nous sommes rencontrés par sa volonté.

– Alors louée soit sa bienveillance.

– Louez plutôt sa sagesse ; je ne suis pas sûr que ses desseins nous soient propices.

– Voilà d'étranges propos dans la bouche d'un de ses ministres.

– Oh, je n'ai jamais été un bon prêtre. Mais sur le tard, j'ai fini par cerner un peu mieux les voies de la Déesse. Elle nous instruit de l'inévitable non pour nous épargner, juste pour nous préparer.

– Entendez-vous par là un présage funeste ?

– J'entends par là que la Déesse ne m'a pas seulement mis sur votre chemin pour vous parler de trois mauvais plaisants et d'une vieille colline. Notre face-à-face est un signe en soi – un signe, je l'espère, et non un intersigne. Cela m'a un peu troublé au premier abord. Mais maintenant que vous vous apprêtez à partir, je me sens gagné par une autre inquiétude.

– J'espère que ni moi ni mes gens n'avons rien fait qui ait pu nourrir vos alarmes.

– Ce ne sont pas vos agissements qui importent… Du reste, vous n'êtes pas en faute. En fait, c'est plutôt moi qui le serai si je vous laisse repartir à cette heure pour le Drucervin. »

Il désigna d'un geste embarrassé les ruines du prieuré.

« Cette retraite n'est pas digne de recevoir des visiteurs, dit-il, mais vous ne trouverez rien de mieux dans les hautes terres à moins de demander l'hospitalité au château d'Ouchain. Jusqu'à présent, ce val n'intéressait personne à part le doyen de Goborchain et son tourier. Si vous campez dans ces murs, quelles vigies se soucieront de vous ? On croira que je suis seul ; or je ne retiens ni l'attention du nouveau seigneur de ce fief, ni celle de la créature déchue qui se fait appeler le Molosse d'Ouchain. En revanche, bivouaquez dans d'autres futaies et votre feu attirera de dangereux rôdeurs. Quoique cela ne soit pas dans ma coutume et que je n'aie qu'un semblant de sûreté à vous prodiguer, vous feriez mieux de passer la nuit à Senantes. Si vous partez demain à l'aube, vous n'aurez perdu que peu de temps et vous profiterez de tout le jour pour gagner le Drucervin ou quitter ces collines. »

Le conseil parut bon au sire de Vaumacel, qui commanda à ses gens d'ôter brides et selles aux chevaux. La hutte de l'ermite était trop petite et trop malpropre pour accueillir les voyageurs, mais ceux-ci improvisèrent un camp sous les quelques arches qui restaient de l'ancienne cuisine monastique. Le frère Umel n'avait qu'une poignée de racines à mâcher ; les voyageurs partagèrent avec lui leurs provisions, qu'il ne mangea du reste qu'avec parcimonie. Il leur demanda des nouvelles du vaste monde. S'il ignorait à peu près tout du remariage du duc, de la naissance de son dernier-né et de la discorde que la répudiation de la duchesse Audéarde avait suscitée dans la maison ducale, en revanche, ses visiteurs furent frappés par son excellente connaissance des lignages de Bromael.

La nuit finit par tomber sur les ruines du prieuré. Comme les ombres s'épaississaient autour de leur petit feu, le chevalier prit la liberté de poser une question qui lui trottait dans la tête depuis un moment.

« Frère Umel, nous sommes-nous déjà rencontrés par le passé ? »

Le vieillard se raidit, comme si quelque chose l'indisposait dans la curiosité de son hôte.

« D'où tenez-vous pareille idée ? rétorqua-t-il un peu trop vivement.

– Vous étiez mal à l'aise quand je vous ai salué. Sur le moment, j'ai mis cela sur le compte d'une défiance légitime car la région est mal famée.

Mais plus je vous entends et plus j'ai le sentiment d'être en terrain familier. Vous avez l'éducation et même parfois l'insolence d'un haut homme. Ce n'est pas mon rang qui vous impressionne, mais je ne sais quoi d'autre. En fait, bien que ni votre voix ni votre visage ne me rappellent rien, j'ai l'inexplicable impression que vous ne m'êtes pas inconnu. »

L'ermite branla du chef, l'expression incertaine.

« Ce que vous dites m'attriste, sire Ædan. Cela signifie que malgré toutes mes mortifications et mes pénitences, je n'ai toujours pas dépouillé la défroque du vieil homme. Ce sont ses manières que vous reconnaissez, non ma personne. Certes, nous avons failli nous croiser, il y a dix ans de cela. Je vous ai vu une fois de loin, mais je doute fort que ce fût réciproque. Vous étiez alors en grand harnois, tout occupé à vous couvrir de gloire au tournoi de Gaudemas. Quant à moi, je passais dans la tribune. Je crois que la duchesse Audéarde avait prévu de nous présenter, vous et moi, mais je ne suis pas assez resté pour lui accorder ce plaisir.

– Vous connaissez la duchesse !

– Je dirais plutôt que c'était elle qui me connaissait. Vous êtes bien placé pour savoir que cette dame avait commerce avec toute la bonne société. Pour autant, ne vous leurrez pas sur mon cas. Je ne suis pas de ces seigneurs qui prennent l'habit au soir d'une existence dissolue à seule fin de marchander la paix avec leur conscience. Dès le plus jeune âge, je suis entré dans le sacerdoce – ce qui ne m'a nullement empêché de mener une vie déréglée…

– J'imagine qu'Umel est un nom de religion que vous avez pris en vous retirant du monde. Serait-il indiscret de vous demander sous quelle identité vous étiez connu à la cour ?

– Ce serait non seulement indiscret, mais trompeur. Le nom que je portais alors respirait l'imposture. Oh ! C'était bien mon nom de naissance, et j'en étais fier. Mais ce qu'il recouvrait n'était qu'illusion.

– Vous êtes bien sévère avec vous-même.

– C'est dans le renoncement que l'on retrouve l'essentiel.

– Ne s'y perd-on pas un peu ? En abandonnant mon nom, j'aurais le sentiment de renier mon sang et mon honneur.

– Voilà longtemps que vous vous consacrez à la chevalerie, sire Ædan. Et même plus longtemps qu'on pourrait le croire. N'êtes-vous point las de toutes ces vanités ? À force de vivre pour soutenir l'honneur de votre nom, n'avez-vous point le sentiment d'être devenu une coquille vide ?

– L'honneur me grandit comme la foi vous élève.

– Et pourtant, vous le voyez bien, je me rabougris dans une hutte au milieu des ruines… Dites-moi, si ma mémoire ne me trahit pas, vos armoiries sont semées d'épines sur champ d'argent. Mais je ne me souviens plus de leur nombre…

– Mon écu porte quatre épines.

– Seulement quatre ? Jadis, n'en aviez-vous pas davantage ?

– Ces quatre-là me suffisent. Si vous me permettez de parler sans ambages, voilà une curieuse façon de détourner la conversation.

– C'est bien un détour, non une dérobade. Je crois que vous disposez de vos épines comme je l'ai fait de mon nom. Je vais vous éclairer un peu sur ce sentiment. Vous êtes-vous déjà rendu au château de Vayre ?

– Cela m'est arrivé une ou deux fois, en me rendant dans le comté de Brochmail.

– Vous avez donc traversé le Bosquet du Desséché.

– On peut difficilement le contourner si l'on gagne la forteresse.

– Avez-vous visité ce sanctuaire ?

– Non, cet endroit est sinistre et on le dit encore chargé de maléfices. Je me suis hâté de traverser ses allées et de passer les deux ponts.

– Eh bien pour ma part, j'ai flâné dans ce bois. Vous n'ignorez point que le clergé de la Vieille Déesse et celui du Desséché ont partie liée, en particulier pour les travaux d'archives. Dans le Bosquet de Vayre, j'ai découvert un curieux monument. Un tombeau, situé non dans les hypogées, mais presque en bord de chemin. C'est là-bas, pour la première fois, que j'ai vu les armoiries de Vaumacel ; les vôtres, ou presque, car le nombre d'épines n'était pas tout à fait le même. Si d'aventure vous repassez par Vayre, cherchez donc cette stèle. Vous la trouverez facilement : elle est environnée de vieux rosiers. Je vous conseille vivement d'en déchiffrer l'inscription. Sans doute, alors, comprendrez-vous davantage certaines choses qui se sont dites aujourd'hui. »

La nuit dans les ruines du prieuré de Senantes fut très inconfortable. Le chevalier de Vaumacel et ses suivants avaient beau être gens de guerre, ils avaient coutume de demander l'hospitalité dans des gîtes plus commodes qu'une bâtisse à demi effondrée. Naimes entretint un moment le petit feu, mais cela n'empêchait pas la pierre de suinter ni les vents coulis de s'inviter sous la voûte décrépite. L'ermite, au moins, avait son refuge de branchages. Au petit matin, les trois voyageurs se réveillèrent transis, bien qu'ils eussent dormi emmitouflés et serrés les uns contre les autres.

Cœl fut le premier sur pied. Son service lui imposait de menues corvées dont il se serait bien dispensé mais qu'il était imprudent de négliger – Naimes ne laissait rien passer, et mieux valait ne pas indisposer le chevalier. Le page prit son courage à deux mains avant de quitter ses couvertures. Malgré sa houppelande, il se mit à grelotter dans l'atmosphère coupante. Il avait givré dans la nuit, la brume pétrifiait tout le val et les naseaux des bêtes soufflaient de longs jets de vapeur.

Il fallait des fagots pour alimenter le feu. Le freluquet ramassa rapidement son cotret, sans trop regarder sur le bois vert. Il partit ensuite chercher de l'eau ; il lui fallut pour cela remonter les vestiges du cloître, dont la colonnade noyée de brouillard paraissait transformée en boqueteau fantomal. Une buée pénétrante stagnait au-dessus du vieux bassin lustral ; sans égard pour son caractère sacré, Cœl s'accroupit sur la margelle de pierre et entreprit de remplir ses gourdes. Mais le blanc-bec, qui n'avait pourtant pas froid aux yeux, ne se sentait pas à son aise. Il jeta un coup d'œil derrière son épaule ; il n'aperçut que les ombres des taillis et des ruines, absorbées dans une blancheur laiteuse. Pressé de revenir au bivouac, il plongea un deuxième récipient dans la vasque. Le miroir troublé de l'onde lui renvoya un reflet fluctuant ; par jeu, le polisson se fit d'horribles grimaces. Mais il interrompit bientôt ces facéties : à moitié couvert par le glouglou de la gourde, il venait d'entendre une rumeur qui ressemblait à un fugace battement de mains.

Plus vexé qu'effrayé, le page se dressa sur ses ergots. Ses pitreries n'étant adressées à nul autre public que lui-même, il s'offusqua de cet applaudissement. Autour de Cœl, la vue ne portait pas à dix pas, et il n'aperçut pas le moindre intrus à la ronde. Au bout de quelques instants, il voulut se persuader qu'il avait rêvé, mais n'en éprouvait pas moins une impression désagréable. Une fois ses gourdes pleines, il regagna le bivouac. Alors qu'il quittait les ruines du cloître, il entendit un curieux courant d'air, qui lui fit penser au froissement soyeux d'une bannière en plein vent. Mais tout demeurait d'une glaciale quiétude alentour, et quand il rejoignit les chevaux, il les trouva paisiblement assoupis. Il haussa les épaules et poursuivit son service.

Naimes se réservait les soins à sa vieille jument pie ainsi qu'aux deux montures du chevalier ; mais Cœl devait s'occuper de son roncin irascible et de la bête de bât. Réveillant les deux animaux, il commença par leur graisser les pieds en prévision des chemins boueux qu'ils allaient prendre. Il s'apprêtait à leur retirer leur plaid quand il entendit derechef du mouvement derrière lui. Mais cette fois, le bruit était moins furtif et le page le reconnut : ce qu'il avait pris pour un applaudissement étouffé n'était qu'un battement d'ailes. Riant de sa propre sottise, il se retourna et découvrit sans peine son épieur. Un gros geai venait de se percher sur un jeune arbre poussé dans les décombres ; la branche assez mince sur laquelle il s'était posé ployait sous son poids et l'oiseau jouait les équilibristes. Cela ne l'empêchait pas de rendre hardiment son regard à Cœl. Malgré l'atmosphère brumeuse, le garçon admira son plumage bigarré. Sa robe beige était moirée de mystérieux reflets d'aurore, d'un rose tendrement pastel, et les grandes rémiges de ses ailes miroitaient du bleu le plus pur. Le page trouva étonnant que le gros passereau ne s'enfuît pas : malgré leur belle taille, les geais des chênes se montraient d'ordinaire farouches.

« Qu'est-ce que tu as à m'espionner ? » apostropha l'enfant sur le ton de la plaisanterie.

Le geai redressa sa huppe avec un intérêt comique.

« Qu'est-ce que… ! » garrula-t-il en inclinant la tête à droite.

De surprise, Cœl lâcha le couvre-reins qu'il venait de saisir.

« Quoi ! s'écria-t-il. Qu'est-ce que tu as dit ?

– Qu'est-ce que quoi ? » caqueta l'oiseau en penchant la tête à gauche.

Le page resta bouche bée un instant. Puis, reprenant ses esprits :

« Répète-moi ça ! intima-t-il avec une fougue vindicative.

– Pète-moi ça ! » ricassa le geai en prenant son vol.

Le sang de Cœl ne fit qu'un tour : le coquin de volatile ! Il osait le moquer ! Oubliant son service, le freluquet se précipita à la poursuite de l'oiseau. En quelques coups d'ailes, celui-ci se fondit dans la brume, tout en lançant de loin en loin un long cri rauque qui permettait de le situer. Chacun de ces sarcasmes piquait un peu plus le page. Ah ! La méchante volaille ! Elle ne s'en tirerait pas à si bon compte ! Et le garçon de galoper à l'étourdie dans les futaies embrumées, patinant dans la boue et les feuilles mortes, sans même savoir dans quelle direction il se précipitait.

« Reviens ici ! s'égosillait-il. Redis-moi ça pour voir ! »

Le geai lui répondait par des jacasseries railleuses, qui creusaient insensiblement la distance. Ces cris, toutefois, portaient loin dans le brouillard et alertèrent les adultes. Quelque part en arrière retentirent des appels. Cœl n'en tint aucun compte ; tout échauffé qu'il était, il donna un coup de jarret en invectivant son geai de plus belle. Alors qu'il perdait son souffle en grimpant une pente glissante, il perçut les percussions d'un trot ; monté à cru sur sa jument, Naimes surgit du brouillard. Le vieil écuyer avait beau interpeller le petit valet d'armes, celui-ci ne voulait rien entendre ; il fallut que le cavalier lui coupât la route pour que le garçon s'arrêtât.

« L'oiseau ! trépigna l'écervelé. On va le perdre !

– Quel oiseau ? demanda Naimes.

– L'oiseau enchanté ! Il m'a parlé ! »

L'écuyer ne manifesta nulle surprise ; il avait plutôt l'air courroucé.

« Espèce de petit imbécile ! Tu allais te jeter dans la gueule du loup !

– J'étais sur le point de les trouver ! Vous n'aviez qu'à me suivre !

– Tu te serais envolé comme les autres enfants, en nous abandonnant ta besogne qui pis est ! Cet oiseau, était-ce la pie ?

– Non, c'était un gros geai.

– Et que t'a-t-il dit ?

– N'importe quoi !

– Je m'en vais te frotter les oreilles, petit drôle !

– Mais c'est la vérité ! Il parlait pour ne rien dire ! C'est bien dans leurs manières d'apprendre des sottises aux bêtes qu'ils charment ! Ah ! C'est malin ! On l'a perdu, maintenant ! »

Naimes tendit l'oreille, mais le garçon avait raison. Un calme pesant s'était refermé sur le val.

« C'est mieux ainsi, grommela le vieux lige. Ton geai était un appeau qui nous aurait menés tout droit dans une nasse. »

Cependant, ce brouillard rendu au silence ne lui inspirait pas confiance. Il tendit la main au page pour le faire grimper en croupe et battit en retraite vers les vestiges du prieuré. Dans les ruines, ils retrouvèrent le chevalier qui, ayant enfilé seul son gambison, achevait de seller son palefroi.

« J'ai poursuivi un geai causeur, s'écria Cœl, mais Naimes m'a empêché de le rattraper ! »

L'écuyer lui décocha une tape sur la nuque comme l'impertinent sautait à terre.

« Est-ce la vérité ? demanda le sire de Vaumacel, le regard levé vers son vieux servant d'armes.

– Allez savoir ! grommela Naimes. Le seul étourneau que j'aie vu et entendu dans le bois, c'est ce petit effronté.

– Bien sûr que c'est la vérité ! se scandalisa le garçon. L'oiseau, il m'a suivi et puis il m'a parlé ! Il était impoli ! Il s'est moqué de nous !

– Je croyais qu'il racontait n'importe quoi, releva Naimes avec ironie.

– Mais bien sûr qu'il disait n'importe quoi ! s'emporta le freluquet. Se moquer de nous ! C'est n'importe quoi ! »

Le chevalier leva une main menaçante vers son page : « Un ton plus bas ! » intima-t-il. Puis, adoptant une expression plus amène, il ajouta :

« Je te crois, Cœl. Je sais le don que tu as pour dénicher ce genre de choses. J'espérais même qu'il se passe quelque incident de cet ordre. Grâce à toi, nous savons que nous sommes sur la bonne piste. »

Le jeune varlet accueillit ces paroles comme un dû. S'il se calma un peu, il n'en afficha pas moins une mine boudeuse.

« Dépêchons-nous de nous équiper, reprit Ædan. Il faut être parés à tout.

– Nous n'allons quand même pas courir après cet oiseau ? regimba Naimes.

– Bien sûr que non. Nous ne serions en mesure de le retrouver que s'il voulait nous appâter, et seul le Resplendissant sait où il nous entraînerait. Nous n'avons même pas l'assurance que ses maîtres sont dans les environs. Mais qu'importe. Au moins nous pouvons tenir pour acquis qu'ils n'ignorent pas que nous les cherchons.

– Qu'allons-nous faire, alors ?

– Je crois qu'il y a du bon dans le conseil que nous a donné l'ermite. Gagnons le Drucervin. Nos insaisissables nous surveillent : ils comprendront où nous allons. Même s'ils ne s'y trouvent pas, ce mont doit être chargé de signes pour eux ; cela devrait éveiller leur intérêt. À notre tour de les amorcer. »

Les trois compagnons achevèrent de sangler les chevaux et de fixer leur bagage. Comme la veille, les deux adultes s'armèrent ; équiper le chevalier de son harnois prit du temps. Émergeant tardivement de sa hutte, le frère Umel parut un instant effaré, comme s'il avait oublié leur présence.

« Ah ! C'était donc vous, toute cette agitation ! maugréa-t-il quand il eut recouvré ses esprits.

– Quand ils vous ont rendu visite, les pèlerins que nous cherchons avaient-ils des oiseaux ? demanda le sire de Vaumacel.

– Chevaux, chiens, oiseaux, sans parler des enfants. Toute une ménagerie !

– Y avait-il des geais ?

– Je ne m'en souviens pas. J'ai la vue basse et j'étais surtout préoccupé par les enjôleurs.

– Nous croyons que l'un de ces oiseaux vient de repasser par le val.

– Comment ? Mais voilà qui est fâcheux ! Très fâcheux ! Abrégeons donc cette conversation et hâtez-vous de décamper. Vous allez me les ramener !

– N'ayez crainte, frère Umel. Je ne pense pas qu'ils vous soient hostiles.

– Qu'en savez-vous ? Il n'y a pas plus lunatique que ces créatures ! Et maintenant, les voici au courant de notre rencontre ! Quelle infortune ! Ce qu'ils vont rire !

– En quoi y aurait-il matière à rire ?

– Je suis bien d'accord avec vous, sire Ædan. Il y aurait plutôt matière à frémir. Mais vous connaissez ces têtes de linotte…

– Je ne vous suis plus, frère Umel. Qu'entendez-vous par là ?

– Que je suis bien aise de vous perdre. Allez, ouste ! Allez où bon vous semble, mais attirez-les loin d'ici ! »

Craignant de s'égarer dans la brume, puisque les voyageurs étaient arrivés par accident à Senantes, le sire de Vaumacel pria néanmoins l'ermite de les remettre dans la direction de Verchère. Le vieillard se hâta de les ramener au chemin qu'ils avaient perdu la veille et leur souhaita bon vent. Par courtoisie, le chevalier lui adressa quelques formules aimables. L'ancien y coupa court :

« Filez, vous dis-je ! C'est la plus belle des politesses que vous pourrez me faire. Vous vous passerez de ma bénédiction : de toute façon, la Déesse vous a à l'œil, et moi avec. En toute franchise, je ne sais pas s'il faut s'en réjouir ! »

Sur ces mots, il tourna les talons et se fondit dans le brouillard de sa démarche cagneuse.

« Quel drôle de frocard ! marmonna Naimes.

– Son hospitalité laissait à désirer mais il ne nous aura pas été inutile », dit Ædan.

Les trois voyageurs s'engagèrent sur la voie que leur avait indiquée l'anachorète. Ils auraient été bien en peine d'affirmer qu'ils étaient sur le bon chemin. La brume et le givre nimbaient le sous-bois d'une pâleur opaque, dans laquelle les arbres dérivaient au rythme de la marche telles de rêveuses dames blanches. Cœl gardait le nez en l'air, espérant retrouver son oiseau, et ne faisait guère attention à l'endroit où ses chevaux mettaient le pied. Les deux hommes essayaient en vain de trouver des points de repère ; certes, le chemin remontait à flanc de colline, il était parfois coupé par un glissement de terrain ou des branches mortes, mais tout prenait un air nouveau et mystérieux dans cette nébulosité ; rien n'assurait qu'ils revenaient sur leurs pas.

La matinée avançait. Le chevalier et son écuyer se sentaient gagnés par le doute, de plus en plus pénétrés de l'impression d'être derechef égarés. Ils étaient tentés de tourner bride quand la situation prit un tour nouveau. Au terme d'une côte fort raide, ils venaient de déboucher sur une patte d'oie, marquée par une borne qu'ils reconnurent. Le chemin qu'ils rejoignaient était un vrai bourbier, récemment foulé par le piétinement d'une troupe.

« Voici les traces laissées par les soudoyers du Grand Bâtard, se réjouit le sire de Vaumacel. Nous avons retrouvé la route de Verchère ! »

Comme ils remontaient vers le plateau, l'atmosphère se fit plus diaphane. Le soleil épandait un poudroiement doré sur les derniers voiles de brume. Quand ils émergèrent sur les hauteurs, la nuée se déchira et ils purent respirer au grand air.

Un ciel presque printanier donnait un fantôme de gaieté au finage abandonné. Le brouillard stagnait dans les vallons et les combes ; le sommet boisé des collines flottait sur cette mer de nuages avec des allures d'archipel. Dans l'air limpide, les trois cavaliers n'eurent aucun mal à distinguer les tours et les courtines du château d'Ouchain, qui se dessinaient avec tant de netteté qu'elles donnaient l'illusion d'être à portée de main. Se tournant vers la gauche, les compagnons scrutèrent le paysage. Le front hirsute des reliefs occupait l'horizon comme un troupeau baigné de buées. Pourtant, sans aucune hésitation, les voyageurs identifièrent le Drucervin. Dans les lointains, le mont barrait majestueusement les perspectives de ses épaulements brunâtres.

Abandonnant la direction qui les aurait ramenés vers Goborchain et la seigneurie du Treff, les voyageurs obliquèrent vers le sud. Quoique le plateau de Verchère ne fût point boisé, la marche n'y était pas facile. Les haies qui avaient autrefois bordé les chemins vicinaux avaient poussé au point de croiser leurs ramilles ; la traversée des friches qui avaient envahi les prés et les lopins imposait des bifurcations imprévues quand il fallait contourner des murets envahis de ronces. Guider les chevaux dans cette brande ne pouvait se faire qu'au pas, et le soleil était haut quand les cavaliers atteignirent l'extrémité méridionale du plateau. Une mer d'arbres et de brume les séparait toujours du Drucervin, qui semblait avoir reculé vers l'horizon.

Après avoir examiné le versant et les lisières qui s'étendaient en contrebas, les voyageurs s'engagèrent dans ce qu'ils crurent être un chemin creux dégringolant à flanc de coteau. Cette cavée s'évanouit dans les futaies avant même qu'ils eussent touché au bas de la combe, et ils furent réduits à percer les sous-bois en menant prudemment les bêtes par la bride. Des nappes de brouillard s'attardaient au plus profond des vallons ; comme il était difficile de marcher en droite ligne au milieu des souches et du mort-bois, les compagnons eurent plus d'une fois l'impression de perdre le cap. Ils cherchaient alors une côte pour remonter au-dessus de la brume, et dès qu'ils retrouvaient le soleil, corrigeaient leur trajectoire vers le sud. Eussent-ils voulu revenir sur leurs pas, ils auraient été bien en peine de retrouver les ruines de Senantes ou le plateau de Verchère. Chaque foulée les entraînait dans un pays plus incertain ; mais le Drucervin leur était apparu si large qu'ils avaient bon espoir de tomber malgré tout sur son piémont.

Dans l'après-midi, les brumes s'effilochèrent ; cela leur permit de se repérer au soleil même au fond des combes. La sylve reprenait haleine dans une douceur de dégel ; les fleurs de givre qu'une aube glaciale avait abandonnées sur les branches se résorbaient en gouttes brillantes. Ce redoux ressuscitait le ramage des passereaux ; au loin, on entendait même le couplet d'un coucou.

« Bizarre, finit par observer Naimes. Il est tôt dans la saison pour le chant du coucou.

– C'est peut-être un de nos oiseaux ! » se réjouit Cœl.

Les voyageurs n'épiloguèrent pas sur la question car une autre rumeur leur fit dresser l'oreille. Dans les collines qu'ils avaient laissées derrière eux s'éleva un aboiement. Porté par l'atmosphère froide, le cri paraissait provenir d'un lieu reculé. Il cascadait en une série de jappements dont le final sonnait un peu éraillé, puis, après une brève interruption, il reprenait. Rien de plus banal que cette clabauderie : dans une campagne, on l'eut prise pour l'appel d'un chien de ferme ou l'écho d'un chenil. Mais sur les hautes terres d'Agurande, cette clameur vibrait lugubre.

Spontanément, les cavaliers tirèrent les rênes et, tournés vers l'arrière, firent silence. Les aboiements se prolongèrent quelques instants, puis se turent. Malgré le chant des oiseaux, une étrange pesanteur retomba sur la forêt.

« C'est un braillard mal créancé qu'on vient de faire taire, s'inquiéta Naimes. Quelqu'un suit notre piste. »

Ni le chevalier ni ses gens ne se leurraient sur l'impression de sûreté donnée par la distance. De bons limiers pouvaient remonter une voie sur des lieues et des lieues, en gagnant sur leur gibier à l'usure. Et il était peu probable de les mettre en défaut : au flair, des chiens entreprenants empaumeraient la piste de cinq chevaux les yeux fermés.

« Poursuivons notre route, dit tranquillement le sire de Vaumacel, et tâchons de trouver un terrain découvert. »

Ses servants acquiescèrent sans mot dire. Tant qu'ils restaient sous la ramée, leurs montures représentaient un embarras plutôt qu'un atout. Mais en plein champ, le chevalier et son écuyer seraient en mesure de tenir tête à toute une bande de piétons, voire à plusieurs cavaliers s'ils étaient moins lourdement armés. Cependant, afin de parer aux imprévus, Ædan prit la précaution d'échanger son palefroi contre son destrier. Naimes corda son arbalète de cavalerie tandis que le page, après avoir déhoussé le grand écu, aidait son seigneur à le suspendre à son cou. Lorsqu'ils reprirent la route, Ædan garda la tête mais fit marcher Cœl et la remonte derrière lui tandis que Naimes se plaçait en serre-file, l'arbalète en travers de l'arçon.

Pendant un moment, ils cheminèrent aussi paisiblement que dans la matinée. La forêt était si somnolente qu'ils auraient pu croire avoir pris de vaines précautions. Toutefois, dès que leurs alarmes étaient sur le point de fondre, un aboiement retentissait à nouveau sous les futaies. Il leur parvenait toujours aussi distant – toutefois, quand bien même ils allaient de l'avant, le cri ne s'affaiblissait point. On ne les traquait pas encore ; on les suivait bel et bien.

La journée était avancée lorsqu'une lumière plus claire ourla les troncs devant les cavaliers. Heureux de trouver une lisière, ils accélérèrent le pas. En sortant du sous-bois, ils n'eurent pas l'impression de quitter la forêt, mais ils furent soulagés de retrouver un peu d'espace. Une clairière étroite épousait un fond de vallée, dans lequel courait un gros ru. Le fantôme d'un chemin longeait le cours d'eau, à un jet de pierre de la rive. La voie disparaissait en partie sous les ronces et les mauvaises herbes, mais l'une des ornières restait encore bien visible, foulée comme un sentier. À une portée d'arc se dressait une bâtisse délabrée ; sa roue à aube, qui avait perdu plusieurs pales, permettait de reconnaître un moulin. La toiture affaissée et le portail envahi de lierre respiraient l'abandon, mais les voyageurs n'étaient pas mécontents de retrouver trace d'un finage. Plus loin, au sud, le Drucervin barrait le vallon avec un vaste versant tout chevelu de hêtraies.

Le chevalier et ses gens ne savourèrent guère le soulagement de marcher à découvert. Devant les ruines du moulin, ils découvrirent un piquet orné d'un crâne canin ; un coup d'œil par l'embrasure révéla les cendres d'un foyer à l'intérieur. Ces traces d'un bivouac n'inspirèrent rien qui vaille aux trois compagnons ; ils pressèrent les flancs des chevaux pour repartir au plus vite et s'engagèrent sur la sente qui avait été naguère une voie charretière. Au bout de quelques centaines de pas, la piste s'écarta du ru ; celui-ci, égaré dans une grande jonchère aux lancéoles desséchées par l'hiver, alimentait sans doute un étang ou des marais. Courant sur un terrain plus ferme, le chemin remontait en direction du coteau du Drucervin ; mais la clairière qu'il avait traversée s'étranglait, les lisières se refermaient peu à peu, jetant bientôt leurs ombres en travers du passage.

Les voyageurs avaient presque regagné le sous-bois quand Cœl, tirant sur les rênes, s'écria : « Gare ! Embuscade ! » Mais l'avertissement vint trop tard : les cavaliers s'étaient déjà engagés trop avant. Au cri du page répondit un hourvari sinistre.

Le tumulte éclata sur les deux flancs des compagnons, juste derrière les halliers. L'air fut déchiré par un hurlement de meute, le charivari d'une chasse qui célèbre l'hallali sur pied. Le glapissement des limiers, la grosse voix des goussauts et l'aboi grave des mâtins formaient un chœur féroce qui effaroucha une volée d'oiseaux et fit broncher les chevaux. Le temps de maîtriser les bêtes et il était trop tard : la meute débuchait, prenait les voyageurs en tenaille.

Mais nul chien n'apparut. L'orée dégorgea une piétaille maigre et crottée : ces gaillards étaient attifés de douteuses livrées où le sayon paysan épousait la cotte d'armes rapiécée et le pourpoint déchiré. Ces hardes de chiffonniers leur prêtaient méchante allure, d'autant plus méchante du reste qu'ils dardaient contre les cavaliers les fers de fauchards et de vouges, emmanchés sur de solides hampes. Le plus saisissant, toutefois, provenait des hurlements. Car la clameur de la meute se refermait sur le chevalier et ses gens : et c'était des gueules édentées, écumantes ou rieuses de la truanderie que jaillissait l'aboiement.

D'instinct, le sire de Vaumacel et son écuyer serrèrent le rang autour du page et de la remonte. Calant l'arbrier dans l'épaule, le vieux Naimes pointait l'arbalète vers les brigands qui se faisaient trop hardis à son goût. Ædan avait tiré l'épée mais la gardait encore en position basse, le long de la jambe. Couvert du bouclier, il essayait de peser au mieux la situation avant de croiser le fer. Douze à quinze gens de pied venaient de les encercler, fort mal équipés hors leurs coutelas et leurs lances. Cuirassé dans son harnois, porté par la fougue de son puissant Loriagort, le chevalier était assuré de percer cette canaille à volonté, mais l'espace était exigu pour manœuvrer avant les lisières et revenir à la charge ; Ædan craignit qu'au milieu de la confusion le couperet de ces vouges ne tranchât le jarret des chevaux de sa suite. Il lui répugnait de risquer ses bêtes, son équipement ou ses compagnons tant que l'escarmouche n'était pas franche.

« Arrière, pouilleux ! clama-t-il. Je vais vous apprendre le respect ! »

Pour seul effet, la semonce souleva une cacophonie railleuse d'aboiements. Si la vieille jument pie de Naimes et le grand destrier conservaient leur calme, les autres chevaux devenaient nerveux. Cœl se mit également à japper en toisant avec effronterie les aboyeurs les plus bruyants. L'impasse devenait dangereuse. Ædan leva l'épée pour faire quelques exemples.

Il ne l'abattit point. Au moment où le chevalier allait lancer son destrier intervint un nouveau drôle. Il sortait tranquillement des taillis. Aussi crotté que les autres, un vieux gilet de buffle et le cor de chasse suspendu à sa ceinture lui donnaient vaguement l'allure d'un veneur ; mais c'était bien une hache d'armes qu'il avait posée sur l'épaule.

« Eh ! Tout coi, mes beaux ! beugla-t-il avec un timbre un peu cassé. Tout cois ! On n'entend point les politesses du prud'homme ! »

Les vociférations décrurent tandis que le gaillard, tout en restant derrière ses forbans, tournait un museau narquois vers le sire de Vaumacel.

« Et toi, chevalier, ne va pas trop vite en besogne ! N'as-tu point de manières ? On parlemente avant d'en découdre !

– Je ne vois personne digne de traiter avec moi, rétorqua Ædan. Écartez-vous, toi et tes gueux, ou tu seras le premier à périr ! »

La réplique provoqua des grognements hargneux chez les vougiers. Ædan fit piaffer son destrier ; la force du choc imprimé dans le sol provoqua malgré tout un léger flottement dans la ligne des lances.

« Qu'en sais-tu donc, que nul n'est digne de toi ? protesta le chef de bande en affectant d'être froissé. Nous n'avons même pas pris le temps des présentations ! »

De la pointe de l'épée, Ædan désigna le pendentif de crocs que l'impudent portait en sautoir.

« C'est inutile. Je t'ai reconnu à ton collier, valet ! Tu es l'engeance qu'on appelle le Molosse d'Ouchain. »

Le mauvais plaisant se fendit d'un rictus et d'une révérence appuyée.

« Eh bien tu vois, chevalier, ricana-t-il, puisque ma réputation est parvenue à tes nobles oreilles, c'est que tu as trouvé à qui parler ! »

Du menton, il désigna l'écu du sire de Vaumacel.

« J'ai déjà vu ces couleurs quelque part et tes grands airs ne me sont pas inconnus, chevalier. Rappelle-moi donc ton nom. S'il vaut son pesant d'or, je retiendrai mes mâtins afin qu'ils ne mordent pas trop.

– Que t'importe mon nom ? Ce n'est pas ce qui t'intéresse. Apprends juste ceci : la seule rançon que je verserai te sera décomptée en bon acier.

– Allons bon ! Tu brûles les étapes, l'Épineux ! À moins bien sûr que ces mots un peu vifs ne soient ta manière de te rendre…

– Saisis donc la bride de ce cheval et tu auras ton captif. Qu'attends-tu ? Tu n'as que trois pas à faire.

– Et que ferais-je d'un otage si désagréable ? J'ai déjà peine à nourrir ma meute ; lui faudrait-il partager sa mouée avec toi ? Je crains de n'être pas assez bien disposé pour me montrer aussi large. »

Le maître truand leva une main aux ongles crasseux, en feignant l'air d'un homme raisonnable.

« Reprenons depuis le début, chevalier, car je crois qu'il y a méprise. À l'évidence, tu me prends pour un malotru, et j'en suis bien marri. Crois-moi : je ne suis point venu à toi animé de mauvaises intentions. Bien au contraire ! Avec mes dogues, je me suis dépêché afin de veiller sur ta sécurité et celle de tes gens ! Il ne t'en coûtera que ce qu'exige la coutume : un modique droit de passage…

– Quel droit t'arroges-tu ? Celui de gueux sans feu ni lieu ? Cesse donc de fatiguer ma patience ou c'est un péage selon ma coutume que tu vas récolter.

– Que voilà une discussion mal engagée ! s'irrita le chef de bande. Paladin, ton orgueil va te coûter beaucoup plus cher qu'une bourse ou un cheval.

– L'honneur est à ce prix.

– L'honneur, l'honneur… » grommela le gredin.

Et soudain, il partit d'un éclat de rire. Sa tête louche s'en trouva tout illuminée de rides.

« Ah ! Ça y est ! Je te remets, chevalier ! s'écria-t-il joyeusement. Ces épines, cette morgue, ce ton collet monté… Corbleu ! Depuis toutes ces années, tu n'as pas changé ! Je n'en dirais pas autant de ton écuyer, qui a bien blanchi… Comment t'appelais-tu, déjà ? Vaumacel, non ? Oui ! C'est cela ! Ædan de Vaumacel ! »

Le chevalier ne parvint pas à dissimuler une expression de surprise, où le déplaisir d'être reconnu par un être si vil le disputait à l'étonnement. Cette réaction amusa le malandrin.

« Ah ! Ça y est ! J'ai piqué ta curiosité ! se rengorgea-t-il. Tu te demandes où diable tu as pu t'acoquiner avec ma noble personne !

– J'arrête rarement les yeux sur les valets…

– Je vois cela, ricassa le maître truand sans pour autant prendre la mouche. Et pourtant, tu n'es pas si loin du compte… Oh ! Bien sûr, c'était dans une autre vie, l'eau a coulé sous les ponts depuis lors… Rappelle-toi ! Remonte à l'époque de la guerre du duc contre le comte Angusel. Ça ne date pas d'hier, d'accord, mais cela devrait te mettre sur la voie. »

Ædan ne put s'empêcher de scruter le mauvais drôle. Le Molosse lui affrontait le faciès raviné, prématurément vieilli, des coureurs de route. Contre toute attente, il n'était pas très grand, mais sa forte charpente et surtout son insolence lui prêtaient une présence qui compensait cette taille médiocre. À la réflexion, il n'était pas exclu que le sire de Vaumacel eût déjà croisé cette méchante figure par le passé. Impossible, cependant, de lui donner un nom. Le Molosse avait-il été de ces capitaines de fortune stipendiés pour seconder les bannerets du comte dans la défense de ses terres ? Quoique son langage fût moins grossier que celui de force mercenaires, il en avait bien le culot. Le chevalier n'avait que trop souffert la compagnie des rustres de son acabit sur les marches de Brochmail, dans la vallée de la Kley, jusque sur les confins de la principauté du Sacre. Difficile de distinguer ce maroufle des soudards de la même espèce.

Finalement, ce fut Naimes qui tira son seigneur d'embarras. Le visage du vieux lige s'éclaira.

« Mais oui ! s'écria-t-il. Je le reconnais ! C'est Cassian !

– Qui donc ? demanda le chevalier, à qui ce nom ne parlait guère.

– Cassian de Connomail ! L'écuyer de sire Morial ! »

Le Molosse se fendit d'une nouvelle courbette, dont l'irréprochable ironie jurait plus que jamais avec sa mine.

« Serviteur, mes seigneurs », railla-t-il.

Ædan le toisa avec un regain de sévérité.

« Ça ? L'écuyer de sire Morial ? Billevesée !

– Moi même, j'ai parfois peine à le croire, reconnut le forban avec une feinte modestie.

– Ce ne peut être lui, poursuivait le chevalier à l'adresse de son propre écuyer. Quand Ouchain est tombé, nul n'en a réchappé.

– Hélas, tu dis vrai, Vaumacel », se rembrunit le chef de bande.

De la main gauche, il tira sur son colletin ; sous le poil d'une barbe mal taillée, il découvrit son cou marbré d'une vilaine cicatrice.

« Le Bâtard et Brasc Rovel m'ont fait pendre en compagnie des derniers défenseurs : ils voulaient que nous jouissions plus longtemps du spectacle. Cela les faisait rire, les fils à putain ! Mais la branche où l'on m'avait accroché a fini par casser sous le poids des corps. L'écuyer du seigneur d'Ouchain est mort au bout d'une corde… Le Molosse d'Ouchain s'en est libéré.

– C'est bien lui, confirma Naimes. Les ans ne l'ont pas épargné, mais Cassian avait cette allure : pas bien grand et assez cavalier. »

Le doute, puis la consternation se substituèrent au scepticisme sur le visage d'Ædan.

« Ainsi donc, voici la raison de ce brigandage, saisit-il.

– Brigandage, quel vilain mot ! grogna le Molosse. J'exerce mon droit sur les étrangers qui traversent cette terre et je finirai par faire justice de ceux qui l'ont usurpée. »

Mais le chevalier de Vaumacel secouait la tête d'un air réprobateur.

« Je comprends votre querelle, sire Cassian, et je me surprends même à admirer la loyauté conservée à l'endroit de votre défunt seigneur. Cependant, sire Morial avait reçu Ouchain en fief et non vous. Le péage que vous réclamez n'est que rapine. Quant à votre combat, il n'a d'autre motif que la quête de vengeance. Si fragile soit-elle, voilà longtemps que la paix a été scellée entre Kimmarc et Bromael : c'est pour la conclure que le comte Angusel a cédé Ouchain au duc. En contrevenant à la volonté des deux suzerains, vous agissez en rebelle.

– Peste ! s'exclama le chef de bande. Tu m'en apprends de belles ! »

Pour la première fois, il se montra ouvertement agressif. Agitant sa hache en direction du sire de Vaumacel, il l'apostropha :

« Ravale tes sermons, prud'homme ! Qui es-tu pour me faire la leçon ? Où étais-tu pendant qu'on s'entre-tuait dans ces collines ?

– Vous le savez fort bien, Cassian. J'avais prêté mon épée au comte, qui m'avait requis à la défense du château de Maurmarc. Là-bas, c'est au ban du duc en personne que nous avons dû résister.

– Résister ? Vous avez rendu les armes !

– Cette décision était celle du comte, non la mienne. Elle était certes douloureuse, mais sage. Pendant que les nobles maisons du duché se faisaient la guerre, plusieurs clans d'Ouromagne nous avaient tourné et ravageaient la Landeviesse. Il était temps de faire une trêve pour retourner nos forces contre l'ennemi commun. »

Le Molosse expectora un rire chargé de fiel.

« L'ennemi commun ! gloussa-t-il. Tu veux parler de ces mercenaires ouromands dont le Bâtard a fait sa garde ?

– Croyez-vous être meilleur qu'eux en détroussant le voyageur ?

– Que veux-tu, chevalier ? C'est un impôt de guerre.

– Je manquerais à mon rang si je m'y soumettais. Hélas, sire Cassian, vous me contraignez au combat. Voici folie d'autant plus grande qu'ainsi vont s'affronter deux ennemis du duc !

– L'un d'eux est assez pleutre pour avoir fait la paix avec Ganelon ! gronda le Molosse.

– J'ai respecté la parole donnée au comte Angusel. Et c'est au nom d'un autre engagement que je ne saurai céder à vos menaces. J'ai besoin de tout mon équipage pour me joindre à un nouveau défi lancé au duc Ganelon. Même si j'éprouvais la moindre sympathie pour votre cause, je ne saurais lui distraire un cheval ou de l'or. Pillez-moi si vous l'osez. Mais sachez que vous y perdrez plus que vous n'y gagnerez ! »

Une lueur hostile couvait dans la prunelle du Molosse. Les pourparlers avaient été trop longs à son gré et risquaient de saper l'autorité qu'il exerçait sur sa bande. Il avait toutefois assez de jugement pour savoir que le sire de Vaumacel ne se vantait pas : si l'on croisait le fer, la meute l'emporterait sans doute, mais après avoir versé un lourd tribut de sang. Le jeu n'en valait pas forcément la chandelle. Alors le maraudeur saisit la perche qui lui était tendue.

« Un défi à Ganelon ? Qu'est-ce que c'est que ce conte ?

– L'ignominieuse répudiation de la duchesse est source de discorde dans la maison ducale, répondit Ædan. Blancandin sans Escreigne et, paraît-il, son frère Méléagant de Vayre ont pris le parti de leur mère. Ils ont le soutien du comte Angusel. Mon seigneur Blancandin m'a requis de me joindre à leur ligue, ce à quoi j'ai consenti. »

Le maître brigand ne dissimula pas un mouvement d'intérêt.

« Va-t-on entrer en guerre ? s'enquit-il avec convoitise.

– Pour l'heure, il n'est question que d'un tournoi qui sera disputé le mois prochain à Lyndinas. L'enjeu en sera l'honneur de ma dame Audéarde. Le gant vient d'être jeté au duc.

– Un tournoi ! » s'indigna le Molosse.

Il cracha avec mépris.

« Tu te moques de moi, Vaumacel ! Un tournoi ! Et pourquoi pas un bal ?

– Il y aura autant de coups à prendre sur le pré que dans vos petits coupe-gorge. Et il y aura sans doute beaucoup plus de gloire, et même d'or, à y glaner ! Le comte Angusel y adoubera mon seigneur Blancandin : le camouflet sera peut-être assez cuisant pour que le duc sorte du champ clos et attaque à nouveau Kimmarc. En tant qu'écuyer, sire Cassian, vous seriez en droit d'entrer sur la lice. En tant que chef de bande, vous pourriez même décrocher une solde de capitaine, pour peu que la guerre éclate. »

Le maraudeur prit le temps de peser ces perspectives, mais il gardait un air réticent.

« Même pour faire enrager Ganelon, je n'aime pas l'idée d'embrasser la cause de ses fils, grommela-t-il. Dans quel camp se trouve le Bâtard ?

– Je n'ai pas de certitude sur son allégeance. Mon seigneur Blancandin se méfie de lui au point de l'éviter : il semble que Domnal FitzGanelon restera loyal à son père.

– Sans oublier que le comte risque de partager tes préventions, grimaça le gredin, et de me faire tâter du cul de basse-fosse.

– Lyndinas sera un pardon d'armes. Y faire montre de vaillance pourra laver bien des taches. »

Au rictus qui lui tordit la face, il était clair que le Molosse n'y croyait guère.

« Supposons que je te fasse une faveur, reprit-il néanmoins, et que je t'accorde gracieusement le passage, me rendrais-tu la pareille ? M'introduirais-tu dans les nobles compagnies de la fête ?

– Au vrai, ma réputation est flétrie et je compte moi-même la restaurer en champ clos. Pour le moment, ma recommandation vous desservirait plus qu'autre chose. Il m'en coûte de le dire, mais ce serait mon infamie plus que mon crédit qui nous vaudrait de combattre dans le même conroi.

– Eh bien, voilà qui est convaincant, ricana le maître brigand. Qu'as-tu donc fait pour être aussi méprisé qu'un pauvre Molosse ?

– Il faut que vous soyez terré au fond de vos forêts pour l'ignorer, rétorqua Ædan avec humeur.

– Vivre retiré du monde élève l'âme, bouffonna le maraudeur. Allons ! Soulage ta conscience, chevalier, et j'allégerai peut-être ta pénitence… Quelle vilenie te vaut l'infamie ?

– En deux mots comme en cent, je ne me suis pas présenté devant la justice du duc et cela a porté préjudice à une dame. »

Les yeux chassieux du Molosse pétillèrent.

« Comment ? Tu as échappé à la justice du duc ? Mais que ne l'as-tu dit plus tôt !

– Je ne me suis pas dérobé, précisa Ædan d'un air pincé, j'étais retenu par d'autres devoirs. »

Le maître brigand approuva vigoureusement du chef.

« Eh oui, l'existence est mal faite, il en va souvent ainsi, abondait-il, et c'est ce que les juges ne veulent pas entendre. Ah ! Chevalier, je ne suis pas l'homme qui te lancera la pierre. Tiens, cela me fait plaisir de tomber sur un frère d'infortune ! Je serais vraiment mesquin de te faire payer. Allez ! Je t'offre le passage ! D'ailleurs, où diable allez-vous loger cette nuit, toi et tes gens ? Il n'y a plus un honnête gîte à dix lieues à la ronde. Faites donc étape dans ma tanière. Nous souperons ensemble : la chère paraîtra un peu maigre mais le cœur y sera !

Nous nous raconterons nos misères ! Nous trinquerons à la mort de Ganelon et de sa race ! »

Le chevalier de Vaumacel avait suivi cette tirade en conservant un certain quant-à-soi.

« Sire Cassian, s'offusqua-t-il, me prenez-vous vraiment pour une dupe ?

– Eh quoi, plaida l'autre avec un sourire en coin, il fallait bien que j'essaye.

– J'ai néanmoins entendu que vous nous offrez le passage. Je vous prends au mot.

– Et je ne suis pas du genre à me dédire. Mais je t'ai aussi offert l'hospitalité, Vaumacel. Tu vas m'insulter si tu la refuses.

– En déclinant l'invitation, je vous épargne la tentation de violer vos devoirs. Tout bien pesé, c'est un service qui compense l'offense.

– Décidément, tu te fais une triste idée de ce pauvre Molosse… »

Une note de colère tremblait dans le timbre du chef de bande, mais il finit par hausser les épaules.

« Quoi que tu aies fait, je ne suis pas pire que toi, chevalier, gronda-t-il. Dépêche-toi de filer avant que je ne me ravise. En tout cas, tu as eu raison de fuir la justice ducale. Ganelon aurait fait arracher ta maudite langue ! »

D'un geste, il ordonna à ses hommes de relever leurs lances et d'ouvrir un passage. Plus méfiant que jamais, le sire de Vaumacel fit sortir ses servants et les chevaux devant lui, se réservant l'arrière-garde. Quelques rustres moquèrent leur retraite de glapissements accouardis, mais la canaille ne bougea pas. Quand les trois cavaliers se furent éloignés d'une bonne portée d'arc, le chevalier fit volter son cheval.

« Au fait, sire Cassian, cria-t-il, avez-vous des nouvelles de Milouin ?

– Qui ça ? répondit le maître brigand.

– Un enfant de Goborchain qui a disparu depuis un mois.

– Un gamin ? Qu'est-ce que je ferais d'une bouche inutile ? »

Ædan acquiesça brièvement.

« C'est bien ce que je pensais, convint-il.

– Ah tiens, chevalier, puisqu'on échange des confidences, héla le Molosse en retour, as-tu idée de la route que prendront les champions pour se rendre au tournoi ?

– Le saurais-je que je me garderais bien de vous l'apprendre. Je ne consentirai à vous dire que ceci : il y en a peu qui suivront le même chemin que moi. »

Sur ces mots, le sire de Vaumacel tourna bride et mit ses pas dans ceux de ses compagnons. Dans leur dos s'éleva une cacophonie railleuse d'aboiements.

Une fois sortis de cette embûche, les trois voyageurs s'employèrent à prendre leurs distances avec la bande de gredins. En gens de guerre, ils mettaient un point d'honneur à garder une mine impavide – et le page n'était pas le dernier à afficher un air crâne. Cependant, ils restaient sur leurs gardes. Quelle foi accorder à la clémence d'un détrousseur ? Le Molosse ne les avait peut-être laissés partir que pour endormir leur méfiance et guetter une occasion plus favorable. Après tout, le chevalier et sa petite suite s'étaient fourvoyés au cœur du territoire contrôlé par la bande ; dans ces collines retournées à l'état sauvage, leurs chevaux n'étaient quasiment d'aucun avantage ; le Molosse et ses gueux devaient connaître mille sentiers qui leur permettraient de rattraper des cavaliers…

Peu après avoir regagné la ramée, le chevalier et ses gens abandonnèrent le fantôme de chemin qu'ils avaient suivi dans la clairière. Tapissé de feuilles mortes, il égarait sa course de plus en plus indécise au fond de combes embroussaillées. Or les voyageurs étaient à peu près certains d'avoir atteint le pied du Drucervin. Abandonnant ce sentier traître, ils attaquèrent le grand versant septentrional.

Si pentu fût-il, le terrain se révéla moins bouleversé que le vallon de Senantes. Une hêtraie majestueuse couvrait les épaulements du mont. Des arbres démesurés y avaient élancé leurs couronnes vers le ciel ; les arches des branches maîtresses s'entrecroisaient à cinquante coudées au-dessus des cavaliers. La pénombre qui régnait sous cette nef en avait banni ronces et arbustes ; de loin en loin gisaient les troncs de géants abattus, mais l'espace était suffisamment dégagé pour les contourner. Les chevaux bronchaient un peu devant l'interminable côte à remonter, et leurs pieds soulevaient des paquets de feuilles pourries ; la marche était toutefois presque aussi régulière que sur un chemin.

Cœl gigotait sur sa selle et se retournait de temps en temps pour surveiller leurs arrières. Plus bas, les tréfonds des futaies s'abîmaient en de pensives torpeurs. Dans la vaste sérénité, il devenait ardu de rester aux aguets : ces portiques sylvestres auraient rendu insignifiante la petitesse de brigands. Une paix intimidante purifiait l'âme des cavaliers à mesure qu'ils montaient. Très haut, à travers les arcs et les ogives des branches encore nues, ils apercevaient le ciel si bleu de la fin d'après-midi. Le soleil zébrait le terrain de l'ombre des hêtres, en diagonales qui inspiraient d'harmonieux vertiges.

« On dirait l'autre forêt, celle de jadis », finit par marmonner Naimes.

Le sire de Vaumacel balaya du regard cette monumentalité sauvage.

« Peut-être, répondit-il sans avoir l'air convaincu. Le charme en est moins violent. »

Se tournant vers son page, il lui demanda :

« Qu'en penses-tu, Cœl ? Vois-tu quelque chose ?

– Je vois des bois ! rétorqua le godelureau qui se débattait avec un roncin rendu rétif par la fatigue. Pour le reste… Qu'est-ce que j'en sais ? Ce matin, on aurait dû suivre l'oiseau ! »

La journée tirait à sa fin lorsqu'ils accédèrent au sommet du mont. Nul panorama ne se déploya sous leurs yeux : ils restaient sous le couvert d'anciennes futaies. Divers signes leur révélèrent cependant qu'ils venaient d'achever l'ascension. Le terrain s'aplanissait devant la foulée des chevaux ; n'ayant pas à chercher l'ensoleillement comme à flanc de coteau, les arbres y étaient de taille moins imposante. L'air s'y faisait également plus vif ; quelques plaques de neige fondante s'attardaient à l'abri de troncs ou de souches.

Les voyageurs s'arrêtèrent brièvement pour laisser aux montures le loisir de reprendre leur souffle. Avoir gagné ces hauteurs donnait aux trois compagnons un sentiment de sécurité, dont ils mesuraient du reste le caractère trompeur. Le crépuscule les baignait dans un poudroiement doré ; une gloire rasante réchauffait les écorces et faisait scintiller les armes. Pourtant, le chevalier et ses gens ne s'attardèrent pas plus que ne l'exigeait la lassitude des coursiers. Il se faisait tard ; ils avaient conscience d'être à la fois loin de tout et trop proches de la meute du Molosse. Du reste, il était imprudent de laisser les chevaux se refroidir. Au bout de quelques instants, ils se remirent en marche.

Le sommet du Drucervin occupait une vaste superficie qu'ils mirent un moment à parcourir. Le vent balançait la ramée en bruissant de solennels murmures, et l'on y respirait un air vif qui promettait de s'aiguiser après le coucher du soleil. Ce coin de forêt inspirait la révérence contemplative qui émane de certains hauts lieux, mais la source de cette grâce demeurait impalpable. Seuls les arbres et quelques passereaux occupaient ce relief. La lumière oblique révélait parfois un talus ou un creux entre les racines, mais rien qui ne parût d'origine naturelle. Les cavaliers eurent beau chercher, ils ne découvrirent nulle ruine, pas même quelques décombres ou l'arête d'une vieille pierre de taille. Les rares bancs de neige n'étaient marqués que par des empreintes d'oiseaux et de petit gibier. Seule une solitude séculaire avait attendu les voyageurs sur cette cime.

« Il n'y a pas âme qui vive, grommela l'écuyer. Nous n'aurions pas dû nous fier à cet ermite. »

Le chevalier ne partageait pas sa mauvaise humeur. Il continuait de promener son regard à travers les sous-bois, l'expression presque rêveuse.

« J'ai parlé trop vite tout à l'heure, finit-il par concéder. Tu n'avais pas tort, Naimes. L'envoûtement est subtil, mais il y a quelque chose sur ce mont qui me rappelle les Futaies bleues. Le frère Umel ne nous a pas leurrés sur ce point.

– N'empêche, soupira le vieux lige, nous voici comme devant et la nuit ne tardera plus. »

Il était clair qu'ils devraient loger à la belle étoile. Sans prendre la peine d'en dire plus, ils se remirent en marche. Malgré le couvert des arbres, allumer un feu sur le Drucervin aurait signalé leur campement à toutes les hautes terres d'Agurande et peut-être au-delà, depuis la seigneurie du Treff jusqu'à celle de Neuvyddin. Les voyageurs préférèrent profiter des dernières lueurs du jour pour bivouaquer en contrebas. Au lieu de revenir sur leurs pas, ils partirent en direction du couchant ; à l'ouest des hautes terres commençait le comté de Kimmarc, où ils n'oubliaient pas qu'ils étaient requis.

Ils abordaient la descente quand Cœl se redressa sur ses étriers.

« Vous entendez ? s'écria-t-il.

– Quoi donc ? demanda Naimes.

– Le chant du coucou. C'est le même qu'au début de l'après-midi. »

Après avoir tendu l'oreille, l'écuyer opina vaguement.

« Tu as raison, on entend un coucou. Qui te dit qu'il s'agit de celui de tantôt ?

– Je reconnais sa voix !

– Tu es doué si tu parviens à démêler un coucou d'un autre coucou.

– Crois-tu qu'il s'agit d'un signal ? s'enquit le sire de Vaumacel.

– Non, le cri est poussé par un gosier d'oiseau, assura le page.

– De l'ouïe ou de la présomption, railla le vieux lige, je ne sais ce qui m'étonne le plus chez toi. »

D'un geste de la main, le chevalier abrégea le débat.

« Ne nous égaillons point, déclara-t-il. Nous serions bien fous de courir après la gent ailée. »

À une allure prudente, ils s'engagèrent sur la pente, chevauchant un peu de biais pour éviter que les coursiers ne glissassent dans les feuilles mortes. La mine boudeuse, Cœl suivit le mouvement. Il ne pouvait s'empêcher de jeter de brefs coups d'œil par dessus l'épaule, en faisant de visibles efforts pour tenir sa langue. Au bout de cinquante pas, il n'y tint plus.

« Êtes-vous donc sourds ? regimba-t-il. N'entendez-vous pas l'autre oiseau ? »

Au loin, du côté méridional du mont, retentissaient de fait des criailleries turbulentes.

« Ce sont des cris de geai ! s'exalta le freluquet.

– La belle affaire ! persifla Naimes. Tiens, écoute-le donc, il te cause. Il te traite de sot. »

Indifférent au sarcasme, le page ne se tenait plus de curiosité.

« Le geai, il se prend le bec avec un autre bavard ! piaillait-il. Une pie ! Ce sont des jacassements de pie !

– Ce sont surtout tes jacasseries qui nous cassent la tête », gronda l'écuyer.

Il n'avait pas prononcé ces paroles que le vent leur apportait la plus étrange des rumeurs. L'écho ténu d'un chant, modulé par quelques voix flûtées, tremblait au fin fond des futaies. Il s'élevait empli de la ferveur des chœurs de la Dame Douce, mais cette polyphonie n'avait rien de liturgique ; pas plus qu'elle ne sonnait comme les villanelles des petites gens ou les motets et rondeaux des fêtes nobles. Cet air vibrait fragile, subtil, empli d'une harmonie un peu déroutante. Il s'évanouit au milieu d'une phrase musicale. La chaude lumière du soir parut s'étioler en même temps que l'hymne expirait.

« Corps de roi ! s'étrangla Naimes. Ça, ce n'était pas un oiseau ! »

D'un seul mouvement, les cavaliers avaient tiré les rênes ; même les chevaux avaient tourné l'oreille en direction de la mystérieuse euphonie. Mais sous l'arc des branches ne fusait plus que le criaillement de deux passereaux atrabilaires.

« D'où cela venait-il ? demanda Ædan.

– De la même direction que le ramage des oiseaux, répondit Cœl, mais plus bas. Cela montait du versant sud.

– Cet enchantement-là m'avait tout l'air de nous être adressé, jugea le chevalier.

– C'est peut-être trop beau pour être vrai, se défia Naimes.

– On se joue sans doute de nous, concéda Ædan, aussi restons sur nos gardes. Mais cela ressemble tant à leurs manières… S'ils se sont lassés de courir et ont décidé de nous attendre, il serait grossier de nous dérober. »

Tournant la bride, les voyageurs remontèrent la courte distance qu'ils venaient de descendre. Sur le sommet du Drucervin, les dernières lueurs du jour baignaient encore les arbres d'un cuivre languissant. La musique s'était évanouie, mais le caquet de deux oiseaux énervés irritait toujours l'oreille. Les adultes durent admettre que Cœl ne s'était pas trompé : le tapage des volatiles venait des coteaux méridionaux. Bientôt, ils s'aventurèrent sur ce dévers.

La déclivité y était moins forte qu'ailleurs, ce qui permettait de chevaucher à une allure plus franche. En revanche, cette pente douce paraissait infinie, engloutie au fond d'inépuisables rangées de troncs et de fûts. Peut-être n'était-ce qu'une illusion produite par le crépuscule, mais les hêtres de ce versant paraissaient d'une taille encore plus impressionnante que ceux du flanc nord. Très haut, griffés de ramées enchevêtrées, s'affadissaient les carmins du soir. Au sol, l'atmosphère devenue grise se faisait plus sonore. Elle donnait le sentiment que le duo vindicatif se trouvait à deux pas, alors que les oiseaux demeuraient invisibles. Une première étoile se mit à scintiller dans le ciel mauve lorsqu'enfin les cavaliers distinguèrent du mouvement. Assez loin, juste sous les branches maîtresses, deux ombres ailées se querellaient en plein vol, traçant de brusques embardées qui s'éloignaient et se rapprochaient des voyageurs. Ce fut à son jabot blanc que les cavaliers reconnurent une pie ; le plumage du second bavard se détachait moins dans la pénombre, mais son cri plus désagréable que celui de l'agace était sans conteste poussé par un geai. Les deux animaux se livraient à un ballet hargneux, fondant tour à tour l'un sur l'autre et s'évitant d'un coup d'aile. Cette chamaillerie, virevoltante de détours, de piqués et de boucles, les entraînait toujours plus bas vers le pied du mont. Distraits par ce manège, les cavaliers ne s'aperçurent pas que, de-ci de là, au milieu du réseau de racines, ils commençaient à dépasser quelques touffes de pattes d'ours et de primevères. Ils ne prêtèrent pas plus attention au friselis discret de sources surgies entre les pierres.

« Il y en a un troisième ! Voyez ! Voyez ! » s'écria Cœl, et son timbre perçant emplit de sombres futaies.

Suivant la direction montrée par le page, Ædan et Naimes entrevirent en effet une esquive grise, à peine distincte, qui planait à une portée de pierre des deux babillards. On aurait pu la confondre avec un faucon, mais ses battements d'aile n'avaient pas l'indolence d'un rapace.

« Coucou ! Coucou ! » appela Cœl dans un rire, ce qui lui valut une réprimande de Naimes.

Au même moment, le chevalier, qui marchait en tête, tira sur les rênes et plaça son destrier en travers de ses suivants. Les autres chevaux le bousculèrent sans que frémît l'énorme monture de bataille.

« Taisez-vous donc, nigauds ! » pressa Ædan dans un murmure.

Tout en bas du coteau ourlé de nuit, une lueur chaude scintillait entre les arbres. Par infortune, la mise en garde du chevalier était arrivée trop tard : du côté de la lumière s'éleva la grande menée d'une meute. Interrompant leur chicane, la pie, le geai et leur discret compagnon s'enfuirent à tire-d'aile.

« Ah ! Maudits valets ! » s'emporta Ædan contre ses gens.

L'aboi qui résonnait dans la futaie n'avait rien de commun avec les hurlements braillés plus tôt par les forbans du Molosse. Poussé par plusieurs bêtes, cet aboiement d'avertissement répercutait dans le crépuscule un écho presque spectral. Les trois compagnons en eurent le frisson, et pourtant, quoique porteuse de menace, la clameur possédait un rythme chantant. Un puissant hennissement se mêla au chœur des chiens de garde ; il fit sursauter les chevaux des trois voyageurs, y compris le grand destrier ; quant au beau palefroi du chevalier, il encensa de façon allègre.

Bientôt, des appels et des ordres se mêlèrent au vacarme pour rétablir le silence : ils étaient criés par plusieurs voix d'enfant.

« Douce Dame ! Nous les avons trouvés ! » souffla Naimes d'un air plus inquiet que réjoui.

D'un coup d'œil, Ædan vérifia que ce vaste sous-bois se prêtait aux manœuvres montées.

« Cœl, archegaye », ordonna-t-il.

Dans le bagage de la bête de charge, le page s'empara de la plus courte des lances et la tendit à son seigneur. Une fois qu'il eut empoigné l'arme, le sire de Vaumacel ajouta :

« Vous deux, restez avec moi. Je ne crois pas qu'ils te feraient du mal, Cœl, mais ils pourraient t'entraîner avec eux. Quant à nous… »

Il échangea un regard avec son vieil écuyer.

« Soyons parés à toute éventualité », conclut-il.

Pressant les flancs de leurs montures, ils se remirent en marche en direction de la lumière et du bruit. Un ou deux chiens lançaient encore des mises en garde, de façon un peu erratique. Des timbres enfantins babillaient parfois ; la chanson des sources gazouillait de plus en plus sonore dans la tombée de la nuit. À mesure qu'ils s'approchaient, les trois compagnons se rendirent compte que ce coin de forêt était éclairé par plus d'une flamme. Les chevaux baissaient parfois la tête avec gourmandise ; ils traversaient à présent un sous-bois parsemé de primevères et de pâquerettes. Lorsqu'ils franchirent les derniers rideaux d'arbres, les cavaliers découvrirent un campement fastueux.

La lumière provenait d'une double rangée de grands flambeaux plantés dans le sol, qui transfiguraient la futaie en un palais sylvestre. Cette illumination traçait une allée menant à quatre tentes : trois petits pavillons coniques qui encadraient un élégant chapiteau à trois faîtières. Les portières de brocard de cette grande tente étaient rabattues et laissaient deviner, dans un intérieur tapissé d'étoffes précieuses, un trône vide d'un goût exquis.

Non loin des tentes, une cordelette blanche délimitait un parc où se reposait une écurie magnifique, formée de chevaux aussi racés que le palefroi d'Ædan. Une dizaine d'enfants coquettement parés jouaient ou se livraient à de menus travaux au milieu de cette aire. Quelques-uns s'occupaient à calmer les chiens, de grands lévriers à la robe neigeuse ou argentée, aussi gracieux que redoutables. Nulle attache ne les retenait, mais ils obéissaient aux petits pages, tout en tenant à l'œil les intrus. Les jolis garçonnets, quant à eux, ne prêtèrent qu'une attention distraite aux arrivants, comme si ce chevalier et ses suivants n'étaient que de peu d'intérêt.

Le sire de Vaumacel et ses compagnons s'arrêtèrent devant les flambeaux.

« Il n'y a que les animaux et les petits, marmonna Naimes. Où sont-ils ? »

Tombée du ciel, une ricanerie lui répondit. En levant la tête, les trois compagnons ne virent d'abord que l'obscurité qui engloutissait la ramée. Au bout d'un instant, ils devinèrent cependant les silhouettes de trois oiseaux, posés sur les branches maîtresses, qui les scrutaient d'un œil narquois.

« Coucou ! moqua le coucou.

– Qu'est-ce que quoi ? crailla le geai.

– Patatrac ! » jacassa la pie.

Alors, comme si ce charabia eût évoqué le péril, surgit soudain la menace. Sur la gauche, un galop résonna brutalement sous la hêtraie. Un grand chevalier jaillit de la nuit et ne s'arrêta qu'à quelques empans, la lance au poing et le flanc couvert d'un écu blasonné de trois geais en bande. Sous le heaume à bec, il éclata d'un rire juvénile et dur. Au même moment, une charge retentissait à droite : un second preux en armes accourait dans la lumière, dont le destrier était houssé d'une robe si splendide qu'elle chatoyait dans l'éclat des torches. Ce chevalier portait sur ses armes un oiseau qui ressemblait à un épervier, à moins que ce ne fût un coucou. Un nouveau fracas vint sur l'arrière : émergea de la nuit un troisième cavalier, magnifiquement équipé, dont l'écu était armorié de deux pies tête-bêche aux ailes coudées.

Les trois arrivants interrompirent leur assaut à portée de lance, sous les vivats des enfants. Ils maintinrent leurs coursiers dans un piaffer orgueilleux, qui faisait vibrer le sol autour du sire de Vaumacel et de ses gens. Les destriers des oiseleurs ronflaient et encensaient d'ombrageuse manière, tandis que leurs maîtres conservaient un silence plus menaçant encore. Les housses des chevaux, les cottes d'armes des preux avaient été taillées dans un cendal de grand prix, et brodés de motifs inspirés de plumages. Ce luxe dissimulait presque complètement les armures ; sous les lambrequins et les manches à barbe d'écrevisse, on ne discernait guère que le ventail des heaumes et le gantelet droit. Les flambeaux allumaient sur ce métal lisse des reflets encore plus bleus que ceux du meilleur acier : les oiseleurs étaient cuirassés dans des harnois de cyane.

Quand il fut remis de sa surprise, Ædan ouvrit la bouche pour saluer. Le chevalier aux pies lui coupa la parole :

« Eh quoi, champion ! Quelle audace ! »

Bien que voilées par le ventail du heaume, ces paroles parurent scandées. Et cette voix ! Cette voix…

Il me faudrait décrire cette voix, mais voici que ma page se brouille. La fatigue me rattrape-t-elle ? Ou ces yeux trop secs sont-ils encore capables de verser quelques larmes ? Cette voix, cette voix ancienne, cette voix amie et pourtant si changée… De la main, je cherche dans mes cheveux un colifichet qui, bien sûr, ne peut plus s'y trouver… Si je ne l'avais perdu, le souvenir serait-il plus fidèle ?

Ma plume tremble… Je vais tacher mon vélin.

Dangereuse faiblesse. Je reprendrai ce récit sitôt mon cœur raffermi.

# VI

## Le Grand Bâtard

*Et par le milieu du royaume et des païs voisins, s'assemblèrent toutes manières de gens de compagnies (que l'on nommoit escorcheurs), et chevauchoyent et aloyent de païs en païs, et de marche en marche, quérans victuailles et aventures pour vivre et pour gaigner.*
Olivier de La Marche

Autour du campement des oiseleurs couraient plusieurs sources. La première, au bord de laquelle était installé le parc à chevaux, miroitait dans son lit de galets et de pierres moussues ; un peu plus loin, la seconde gazouillait entre les racines de grands hêtres, creusant une rigole discrète qui contournait largement les pavillons somptueux. Dans la nuit tombante, l'éclat des flambeaux allumait çà et là un reflet doré sur leur robe de couleuvre. Un peu effarouchée par la lumière et par les cris, l'eau vive fuyait vers la pénombre et les promesses des basses terres.

En vidant le pays, les troubles en avaient aussi effacé la mémoire. Qui se souvenait encore du nom de ces ruisseaux ? Quelques maraudeurs de la bande du Molosse, peut-être, qui avaient travaillé la terre du côté de Brecoat en une autre vie. À l'époque où des porchers menaient encore leurs bêtes à la faînée, où des charbonniers brûlaient encore leurs meules, les manants fréquentaient ces rus comme de vieux voisins. Mais depuis que la guerre, l'oppression et les brigandages avaient chassé l'habitant, les sources versaient dans un oubli déliquescent.

Naguère, les manants de Brecoat appelaient le ruisseau du parc à chevaux le Soumel ; l'autre, plus loin, dans son lit encaissé, était nommé le Lodon. C'était peu ou prou leurs appellations depuis des générations, dans le dialecte bromallois d'Agurande. Polis par le temps comme la pierre l'est par l'eau, ces noms s'étaient usés au fil des siècles. Même lorsqu'ils appartenaient encore au comté de Kimmarc, les gens du cru en avaient oublié les formes anciennes. Parmi les trois oiseleurs qui venaient de prendre le chevalier de Vaumacel en tenaille, seul le plus vieux se souvenait peut-être que, jadis, on appelait ces sources le Sumelys et le Lothlounion.

L'onde, bien sûr, n'avait que faire de ce savoir enfui. Encore frémissante de ciel et de pluie, rieuse d'échapper à l'étreinte des roches, elle sautelait pleine de fraîcheur guillerette. L'affaire qui s'engageait entre Ædan et les ravisseurs d'enfants ne la retenait point. Défis, pennons, caracoles ombrageuses… Agitation insipide en regard de l'attraction infinie des avals. Le flot filait vers d'autres aventures.

Alors qu'ils se rejoignaient presque dans la grande hêtraie, les deux ruisseaux reprenaient leur indépendance un peu plus bas. Avec un enthousiasme juvénile, le Lodon se précipitait dans un vallon un peu étranglé qui dévalait vers l'est, où quelques troncs couchés lui dressaient des portiques sauvages. D'humeur plus primesautière, le Soumel baguenaudait dans des futaies au sud, puis flânait dans des taillis vers l'est ; il contournait une butte où un marcheur attentif aurait peut-être deviné, s'il n'avait fait nuit, un grand cercle de pierres à demi noyé sous les racines et l'humus. Enfin, presque à regret, le Soumel se laissait entraîner par la douceur des pentes et repartait vers le nord ; à l'étourdie, il rejoignait le Lodon, dans le lit duquel il s'enroulait à petits clapotis.

Ainsi enhardi, le Lodon cherchait sa voie au pied du Drucervin dont il aiguayait le flanc oriental en courant vers le nord. Il creusait de jolies gorges, puis baignait des vaux secrets, gardés par des halles de saules et de frênes. Des animaux noctambules lui rendaient visite, blaireaux et renards penchés sur l'onde pour étancher leur soif – ainsi qu'un gros chat noir, qui n'avait que faire dans ce bois. Talonné par une alarme mystérieuse, un cerf ténébreux franchit le flot d'un bond et engloutit sa livrée nuiteuse au fond des halliers.

Insensiblement, descendant les dernières pentes du Drucervin, le Lodon repartait vers l'ouest. Avec l'aube, il franchissait les premières percées ; les arbres se dérobaient comme le ru abordait les friches qui, naguère, avaient formé le communal de Brecoat. Intimidé de se retrouver à découvert, il soufflait une épaisse buée dans le petit matin, et s'enfilait au bas du finage déserté sous un capiton de brume.

En fond de vallée, il s'étalait dans quelques étangs tout chevelus de joncs et de roseaux, avant de retrouver élan dans le fuyant au pied du moulin abandonné. Il reprenait un allant fluide, tout ridé d'allégresse, en longeant la clairière qu'avaient traversée la veille le sire de Vaumacel et ses servants.

Retourné sous la ramée, le Lodon descendait par degrés vers le nord, en une course indolente qui paressait dans les biefs et sautait en cascade quelques dévers empierrés. Au pied des collines de Margorce, un autre flot lui donnait la réplique. Attiré par cette chanson fraternelle, le Lodon gargouillait des friselis empressés. Après avoir contourné un talus qu'il avait patiemment creusé, il mêlait soudain sa course à un gros ru dont les eaux étaient descendues de Margorce et de Verchère.

C'était l'Oubierre. Elle n'était guère profonde, s'épandait même en mares limpides où l'on n'enfonçait point jusqu'au mollet, mais il lui prenait des audaces de petite rivière. Dans un cours parfois resserré, elle s'essayait à gronder et s'amusait à se crêter de bulles et de vaguelettes. Ralliée par d'autres sources, elle se faisait hardie : elle se précipitait vers les lisières. Ainsi débuchait-elle dans les prés de Goborchain. Elle y arrosait les lopins et les pâtures, tournait avec curiosité autour du village, se plaisait à mugir un couplet caverneux sous l'arche du pont en dos d'âne. Et puis, sans crier gare, elle se trouvait envahie de chèvres, de cochons et de vaches venues au boire ; en y trempant leur linge, des lavandières la rendaient mousseuse de savon ; des impertinents osaient y puiser à pleins seaux ! Alors elle s'ébrouait et se dérobait, plus vive que jamais, vers les cultures bien ordonnées de la réserve du Treff. Prudemment, elle se gardait d'approcher du château, et cette précaution l'amenait à rejoindre au plus bref la vallée de l'Andounne.

Dans ce nouveau lit, l'Oubierre mêlait ses eaux à celles venues d'autres finages du Treff et de beaucoup plus loin, des coteaux de Vayre et des monts du Chevéchin. Par endroits l'onde se faisait profonde et tramait de lents tourbillons. L'Andounne avait déjà roulé son flot à travers bien des horizons et des lieux caverneux ; elle en tirait une force plus mûre. Elle coulait sans crainte vers l'ouest, dans un pays doucement onduleux, et finissait même par se risquer à frôler le vallon du Treff. Un fossé la reliait aux douves du château, que sûre de son flux, elle condescendait à inonder. Cela ne lui pesait guère plus qu'un bras mort. L'allure égale, elle poursuivait son cours, arrosait les prairies de Piviers, s'infléchissait vers le nord puis, en un majestueux méandre, rebroussait chemin vers l'est jusqu'à longer les lisières de la forêt de Guenche. Elle finissait par frôler le moulin et les chaumières de Chanevier.

Mais ce matin-là, alors que le flot glissait au bas des vignes et des maisons, un vacarme inhabituel couvrait sa chanson. Aboiements furieux, meuglements affolés, cacophonie où discordaient rires gras, éclats de voix, piaillements épouvantés… Une turbulence inquiétante résonnait dans tout le village. La rive était d'ailleurs noire de monde. Une soldatesque à demi barbare se penchait sur l'onde pour des ablutions hâtives ; trois butors s'esclaffaient en repoussant vers le milieu du courant une jeune paysanne qu'ils avaient jetée à l'eau ; à deux pas, quelques soudards prenaient plaisir à pisser dans la rivière.

Chanevier était envahi par les Ouromands.

« C'est intolérable ! s'étranglait Rainfroi du Treff.

– Oh, il ne faut pas vous en faire, riait le Grand Bâtard. Ces brutes chahutent un peu, rien de bien méchant. »

Les hauts hommes se tenaient en selle, dos au parvis du moutier de Douce Dame où ils venaient de passer la nuit. Une poignée de cavaliers les entouraient, deux bannerets du seigneur du Treff avec leurs écuyers ainsi que l'un des lieutenants du Bâtard, le gonfalonier Aspe Carneficce. Autour d'eux, le village était en ébullition. La soldatesque grouillait dans les venelles ; les guerriers tordaient le cou des poules, chargeaient des sacs de grain, saignaient des porcs, poussaient des bovins hors des étables. Les manants qui tentaient de sauver leur bétail étaient rossés d'importance ; des enfants effarés fuyaient éperdument ; des cris de femme s'élevaient dans plusieurs chaumières. La révérende Eusébie se précipitait de droite et de gauche au milieu de la bousculade, au risque de prendre un mauvais coup, pour porter secours aux blessés et les épauler vers le sanctuaire.

« *Che casino !* commentait froidement le gonfalonier. On devrait pendre deux ou trois goujats au hasard, pour remettre les autres au pas.

– Ma foi, ce serait rafraîchissant, surtout de bon matin ! se réjouit le Grand Bâtard. Et le plus drôle serait d'avoir ensuite les deux cents survivants sur les bras !

– N'avez-vous donc nulle autorité sur vos gens ? s'irritait le seigneur du Treff.

– Mon autorité sur ces lascars vous émerveillera quand je les aurai payés.

– En attendant, ce sont mes gens qui payent !

– Ne vous faites pas de mauvais sang, cher voisin ! Je vous dédommagerai sur la solde de cette canaille une fois que Son Altesse Paternelle me l'aura réglée. En attendant, mon Clerc va abréger la fête, je vous en fais serment ! Croix de bois croix de fer !… »

Le Clerc dont il était question n'avait de religieux que le sobriquet et, peut-être, un vague souvenir de jeunesse. Bien que son nom de naissance, Ancelin Marpault, fleurât un peu la roture, Domnal FitzGanelon en avait fait son écuyer parce que le gaillard avait une réputation de fine lame et partageait son sens de l'humour. Marpault était également lettré, ce qui était fort commode pour un seigneur qui savait à peine griffonner un paraphe. Le Clerc devait son surnom au petit semestre qu'il avait consacré, dans ses tendres années, à l'école de droit de Carroel ; il confessait volontiers qu'il avait fréquenté plus assidûment les salles d'armes et les étuves des bas quartiers que le cloître de l'écolâtre, et qu'il en avait tiré d'utiles leçons pour devenir le secrétaire d'un capitaine de routiers. Aussi le Grand Bâtard se reposait-il sur lui pour sa correspondance et pour sa diplomatie… Or, de la diplomatie, il en fallait des trésors pour arrêter deux cents soudoyers ouromands occupés à faire main basse sur des femmes, du blé et du bétail. Ancelin le Clerc se prodiguait donc auprès des meneurs des diverses bandes recrutées par son maître et plaisantait fort utilement avec eux. Au détour d'une boutade, il finissait par les prier de rassembler leurs hommes. Malgré un doigté préférable aux pendaisons du gonfalonier, cette méthode entraînait aussi de plus longs délais… Pendant ce fâcheux contretemps, les bêtes disparaissaient, les paysannes étaient troussées, la prieure se désespérait et le seigneur du Treff rongeait son frein.

Rainfroi du Treff ne pouvait cependant exprimer trop haut son scandale. Il sentait de façon palpable la colère de ses bannerets, qu'il avait déjà dû retenir. Ils n'attendaient qu'un signe de sa part pour tirer l'épée et charger les pillards ; or les Ouromands étaient nombreux, aguerris et féroces ; ils auraient fait un sort à la maigre maisnie du Treff en moins de temps qu'il n'en faut pour le dire. Par ailleurs, bien que pareille échauffourée eût sans doute diverti le Grand Bâtard, Rainfroi se sentait pieds et poings liés en sa présence. Quoique dépourvu de tout droit dans la dynastie de Bromael, Domnal FitzGanelon se trouvait gratifié d'une réelle affection de la part du duc. Si légitimes que fussent les raisons de défier l'indélicat, le seigneur du Treff savait qu'il passerait pour rebelle s'il cédait à ce mouvement – surtout après avoir laissé filer Blancandin sans Escreigne et le chevalier de Vaumacel.

« Il faut voir le bon côté des choses, philosophait le Grand Bâtard. Ces cajoleries vont renouveler le sang : les gueuses du pays seront grosses d'un joli cheptel. D'ici quinze ans vous y gagnerez de solides paires de bras. »

Le seigneur du Treff ne put dissimuler une expression de mépris que son vis-à-vis feignit d'ignorer. Rainfroi laissa errer son regard sur l'odieux personnage. Quoique jeune encore, il affichait déjà la mine chiffonnée de ces individus qui vivent sans frein. Il aurait pu avoir de la prestance ; il tenait moins du duc que de sa mère, jadis une vraie beauté dont Rainfroi gardait le charme en mémoire, encore qu'il ne l'eût croisée qu'une ou deux fois alors qu'il était page… Mais Domnal FitzGanelon avait épaissi sa taille dans les excès de boisson et de table ; son courage et ses accès de rage lui valaient quelques balafres ; son sourire était déjà ébréché par la perte de deux incisives. Il était d'ailleurs le premier à en rire : il n'avait pas laissé ses dents dans une bataille mais dans une bagarre d'ivrognes contre son mentor et âme damnée, le sénéchal Brasc Rovel. Plus choquant encore, il coupait ses cheveux à la mode ouromande, la nuque rasée avec une longue frange couvrant le front et les sourcils. La lippe en avant, il soufflait bruyamment pour repousser cette mèche. Avec son teint rougeaud et son crin blond, il ressemblait davantage aux *karls* arriérés du clan Voldsom qu'à un surgeon de la lignée ducale.

Bizarrement, à côté de cet énergumène jeune et grossier, Rainfroi du Treff se sentait emprunté. Pour accompagner la horde du Grand Bâtard, il s'était splendidement équipé de son harnois blanc, et ce alors qu'il se trouvait encore sur son propre fief. Son impuissance à protéger ses paysans ne lui en cuisait que davantage. Le Grand Bâtard, quant à lui, ne portait qu'un pourpoint, certes taillé et galonné dans des étoffes de prix, mais enfilé à l'as de pique. Bien que le froid fût encore cru, il n'avait pas jugé nécessaire de mettre un manteau. Il chevauchait sans arme ; il ne s'encombrait même pas d'une dague de chasse. Cette désinvolture donnait le sentiment qu'il était chez lui et qu'il partait faire le tour du propriétaire. Sa décontraction était d'autant plus frappante qu'il voyageait au milieu d'une troupe scélérate, armée jusqu'aux dents, à la loyauté incertaine. Était-ce juste de la témérité ? Le seigneur du Treff n'en aurait pas juré. Domnal FitzGanelon, seul homme désarmé dans un grouillement de sicaires, exhibait tant d'assurance qu'il inspirait la crainte. De fait, la violence et la désolation marchaient dans ses pas.

Quelle pénible traverse, se désolait Rainfroi dont les oreilles sifflaient douloureusement au tumulte du pillage. Il sentait peser sur sa nuque le regard lourd de réprobation de ses propres vassaux. Mais le moyen de faire autrement ? Fallait-il agir en félon au nom de la justice ? En sauvant l'honneur, le seigneur du Treff aurait perdu ces gens qui ne demandaient qu'à combattre. Les Ouromands, quant à eux, n'auraient plus connu de bornes à leur sauvagerie : ils se seraient vengés en massacrant les manants. La lâcheté restait l'option la plus courageuse. Mais l'affront était dur à avaler…

Toute cette affaire était mal engagée depuis le départ. Dès qu'il avait accordé l'hospitalité à Blancandin, Rainfroi du Treff avait su qu'il allait s'exposer à de sérieux désagréments. En revanche, il ne s'était pas attendu à ce qu'ils lui tombassent si vite sur l'échine.

La veille, le châtelain avait à peine eu le temps de respirer après le départ de ses encombrants visiteurs. Il réfléchissait à la meilleure manière de présenter les choses à son suzerain quand les sentinelles avaient sonné l'alarme. L'apparition d'une petite armée d'Ouromands sur le chemin de Goborchain avait jeté l'épouvante dans les murs et Rainfroi avait aussitôt ordonné le branle-bas de combat. Ce n'était qu'après coup, en reconnaissant les couleurs du Grand Bâtard qui flottaient au-dessus de la horde, qu'il avait compris qu'il s'agissait de mercenaires recrutés au service du duc. Cela ne l'avait guère rassuré. Rainfroi avait craint que Ganelon ne fût déjà au courant du bon accueil qu'il avait fait au fils rebelle et ne lui eût envoyé ces troupes pour demander raison.

Il n'en était rien. Domnal FitzGanelon se rendait simplement au ban qu'avait levé son père à Carroel et faisait étape chez son voisin. Il demandait l'hospitalité pour la nuit. Rainfroi la lui avait accordée, tout en redoutant une ruse qui eût permis au Grand Bâtard de s'emparer du château en s'épargnant les fatigues d'un siège. Domnal avait cependant accepté de bonne grâce que ses soudards campassent dehors, en plaisantant que garder la porte était le rôle des chiens. Il s'était toutefois imposé avec le premier cercle de ses sbires, la fine fleur des routiers qu'il commandait.

Il fallait reconnaître que certains d'entre eux paraissaient civilisés. Ancelin Marpault, dit le Clerc, se révélait plein de prévenance, malgré une allure louche d'escogriffe. C'est qu'il ne se départait jamais d'un sourire en coin ; ce rictus donnait l'impression qu'il vous prenait de haut jusqu'en vous prodiguant les plus exquis des compliments. Quant à Aspe Carneficce, il se montrait d'une correction fort raide et possédait des manières aussi irréprochables que glacées. Rainfroi du Treff avait entendu parler de lui à la cour ducale : ancien gonfalonier du régiment Testanegra, il s'était couvert de gloire au service de la république de Ciudalia. Par infortune, il avait pris fait et cause pour le mauvais camp au cours de la guerre civile et n'avait dû sa survie qu'à l'exil. Réfugié dans le duché, réduit à la misère, le vieil officier s'était résigné à louer son épée. Il souffrait visiblement dans son orgueil d'avoir chuté si bas, ce qui du reste avait l'air d'amuser le Grand Bâtard.

À côté de ces seconds somme toute assez présentables, Domnal FitzGanelon avait également traîné avec lui quelques chefs ouromands. Ces lieutenants étaient les meneurs de ramassis appartenant à trois clans différents, dont le regroupement formait la bande mercenaire. Avaient-ils du sang noble ? Ce n'était pas impossible, mais difficile à croire. Ils cumulaient toutes les vulgarités du soudoyer et du barbare. Braillards, sans gêne, se comportant en terrain conquis, ils avaient poussé l'incorrection jusqu'à garder leurs armes pendant le souper. Ils buvaient comme des trous, dévoraient comme quatre, suçaient les os jusqu'à la moelle au lieu de les jeter aux chiens et essuyaient leurs doigts gras sur leurs flancs plutôt que sur la nappe. Sans égard pour leurs hôtes, ils s'interpellaient à pleine gueule, en rugissant de rire ou en se jetant des regards farouches.

Plus malpoli encore : ils vociféraient dans leur jargon guttural sans se soucier de deviser avec le seigneur et sa dame. Ancelin le Clerc, qui ricanait à leurs saillies, semblait fort bien les entendre. Il avait d'ailleurs appris à ses hôtes que les brutes se comprenaient mal entre elles, Wig et Sighard ne parlant pas le même dialecte que Skeggi le Barbu. Puis, fort obligeamment, l'écuyer du Grand Bâtard s'était proposé de traduire la conversation, en excusant par avance certains termes un peu osés. Avec le sourire, il avait alors proféré des grossièretés énormes, non seulement ordurières, mais d'une salacité si pimentée qu'on pouvait soupçonner le truchement de charger la barque à sa façon. Pour couper court à ces propos inconvenants, la dame du Treff s'était tournée vers Domnal FitzGanelon – qui, le nez dans sa coupe, s'étranglait de rire – et s'était enquise de son ton le plus froid de la qualité de ses gens.

Le capitaine avait présenté les malotrus comme des *karls* rompus à de nombreux combats. Wig venait du clan Sceada, Sighard du clan Deorcynn et Skeggi du clan Voldsom. Les guerriers du Barbu étaient sans conteste les plus sauvages ; certains d'entre eux passaient pour des métis d'ascendance ogresque – du moins s'en vantaient-ils. De façon surprenante, Sighard le Deorcynn était alors intervenu en parlant un léonien à peine teinté d'accent. Il avait jugé indispensable de préciser qu'à la différence de ses deux comparses, qui n'étaient que des lourdauds, il s'honorait du titre de thane. Ces mots prononcés dans une langue civilisée lui eussent presque donné l'air fréquentable, n'eût été l'amas de bijoux qui lestaient son cou, ses poignets et ses mains – dont quelques anneaux ecclésiastiques passés à ses doigts malpropres.

Au cours de ce déplorable repas, le seigneur du Treff avait reconsidéré sa situation. Il s'était certes découvert un motif de satisfaction : Domnal FitzGanelon semblait tout ignorer du récent retour de son demi-frère. Sur ce point précis, Rainfroi disposait toujours d'un coup d'avance. À vrai dire, cela ne l'avait guère soulagé… Car tôt ou tard, il allait bien falloir aviser le duc. Or si le seigneur du Treff avait laissé repartir le Grand Bâtard sans l'avoir instruit de la rébellion de Blancandin, sa dissimulation fût passée pour de la trahison. Eût-il pu considérer la visite de FitzGanelon comme une opportunité ? Le capitaine de soudoyers n'eût-il point été en mesure de transmettre le défi de son cadet ? Rainfroi avait frémi en imaginant la façon dont la nouvelle, véhiculée par des êtres aussi louches que le Bâtard et son Clerc, eût pu être rapportée à l'oreille ducale. La mort dans l'âme, le seigneur du Treff s'était donc résigné à prendre le parti le plus désagréable : pour sauver son crédit, il lui fallait non seulement avertir Domnal FitzGanelon, mais accompagner celui-ci à Carroel et exposer en personne les faits à son suzerain.

Dans ses réflexions, Rainfroi Treff avait toutefois négligé un aspect du problème : l'impulsivité du Grand Bâtard. Ayant appris que Blancandin avait fait étape la veille au château du Treff, son sang n'avait fait qu'un tour. Abandonnant l'idée de gagner Carroel, il avait décidé de se lancer à la poursuite du rebelle, « pour lui tomber dans les bras », avait-il juré. Rainfroi avait eu beau objecter que la troupe de Blancandin était entièrement montée et qu'il bénéficiait d'une journée d'avance, Domnal n'en avait pas démordu. « Les Ouromands ont plus de jarret que la haquenée du frérot », avait-il brocardé.

Au matin, ayant eu à peine le temps de rassembler une maigre troupe, le seigneur du Treff s'était donc trouvé entraîné dans une déraisonnable poursuite : il avait marché avec le Bâtard vers l'amont de l'Andounne. Mais il était d'autres personnes qui n'avaient pas goûté le détour. Vers le milieu de la matinée, la grogne était montée au milieu des Ouromands. Wig le Sceada avait déjà vendu ses services dans la région – à moins qu'il n'eût maraudé dans le duché à l'époque du sac de Kaellsbruck. Il avait en tout cas compris que le Grand Bâtard prenait la direction opposée à celle de Carroel, où les soudoyers devaient recevoir leur première solde. Avant midi, lui et ses hommes refusaient d'aller plus loin tant qu'ils n'étaient pas payés. Sighard, Skeggi et leurs guerriers s'étaient ralliés à leurs exigences. Le Grand Bâtard avait tenté de les amadouer en invoquant un simple détour vers le château de Vayre, dans le but de saluer ses frères avant de reprendre la route de Carroel. Mais s'ils avaient l'air de rustres, les Ouromands n'étaient pas tombés de la dernière pluie. Ils soupçonnaient que les retrouvailles familiales risquaient de dégénérer et, bien renseignés sur le duché, ils avaient eu vent de la position imprenable du château de Vayre. Sighard avait accusé FitzGanelon de chercher à les tromper ; le ton était monté entre les deux hommes, qui avaient failli en venir aux mains. Rainfroi du Treff avait considéré cette querelle avec effroi : si les Ouromands rompaient leur contrat, la première chose qu'ils commettraient serait sans doute un saccage en règle de son fief avant de fuir hors du duché. Invoquant l'hospitalité qu'il avait offerte aux chefs barbares, il avait improvisé une conciliation ; le Grand Bâtard, qui se voyait mal engagé avec ses mercenaires, avait prétendu vouloir obliger Rainfroi et finalement accepté d'abandonner la poursuite de Blancandin. Au début de l'après-midi, la troupe faisait donc demi-tour et, reprenant la route de Carroel, redescendait la vallée de l'Andounne.

Ce changement de cap expliquait qu'à la fin de la journée, la petite armée se trouvait toujours sur les terres du Treff, et qu'elle avait fait étape à Chanevier…

Quoique terriblement lente à agir, l'intervention d'Ancelin le Clerc finit par porter ses fruits. Les chefs ouromands rappelèrent leurs hommes, sans y mettre trop de zèle, et la troupe finit par quitter Chanevier, force volailles accrochées aux lances en guise de pennons, poussant devant elle quelques vaches et quelques chèvres. Alors qu'il essayait d'ignorer la colère rentrée de ses vassaux et la désolation de ses manants, Rainfroi du Treff avait pâli en croisant le regard de la prieure Eusébie : il exprimait plus de pitié que de mépris. En abandonnant le finage, le seigneur faisait mine de ne rien voir ; et pourtant chaque rire, chaque cri, chaque pleur marquait sa fierté au fer rouge.

Le Grand Bâtard chevauchait botte à botte avec lui, l'air plutôt content.

« Ces provisions vont les calmer, dit-il en faisant allusion à ses soudards. Ils auront l'estomac rempli jusqu'à ce qu'on arrive à Carroel. Là-bas, une fois payés, ils deviendront doux comme des agneaux. Et moi, je vous verserai réparation pour le tort.

– Avez-vous l'assurance que mon seigneur votre père aura leur argent ? » marmonna le seigneur du Treff entre ses dents.

Il faisait allusion à l'impécuniosité bien connue du duc.

« Oh ! Ne vous en faites pas ! éluda FitzGanelon. Il doit recevoir des émissaires de sa belle-famille… Enfin, la nouvelle belle-famille, la ciudalienne… Ces gens croulent sous l'or. Ils convoient le reste de la dot. Ça financera la campagne. »

La rébellion de Blancandin et de Méléagant, probablement soutenue par Angusel de Kimmarc, n'en inquiétait Rainfroi que davantage : pour peu que le duc reçût effectivement des fonds ciudaliens, il pourrait prolonger le service armé de son ban plus de quarante jours. Or le château de Vayre et le comté de Kimmarc étaient trop proches des finages du Treff. Si une guerre éclatait, elle risquait de durer, ce qui ruinerait toute la région. Malgré le ressentiment qu'il éprouvait à l'endroit du Grand Bâtard, Rainfroi se fit violence pour en apprendre davantage.

« Mon seigneur le duc vous a-t-il fait savoir à quelle fin il lève le ban ? demanda-t-il.

– Nullement ! Quelle importance ? »

Devant l'air déconfit de son vis-à-vis, FitzGanelon ébaucha un rictus.

« Franchement, Treff, lança-t-il, feriez-vous ce genre de confidences à quelqu'un comme moi ? »

Il cracha sans façon et poursuivit avec une feinte indifférence :

« Son Altesse mon père est un brin cachottière. À quoi servira cette prise d'armes ? Dans l'hôtel ducal, j'imagine que seuls son connétable et son chancelier se trouvent dans le secret. Mais pas besoin d'intriguer pour deviner où il projette de guerroyer. Cela coule de source.

– Dans ce cas, vous voici plus avancé que je ne le suis, constata Rainfroi avec un peu d'aigreur.

– Allons, ne vous faites pas plus sot que vous l'êtes ! Il fallait bien que tout ce foutoir, le procès, la répudiation, le remariage, serve à quelque chose ! Croyez-vous que mon cher père, qui ne s'est jamais privé de courir la gueuse, se soit farci tous ces tracas juste pour le plaisir de mettre une duchesse plus jeune dans son lit ? Surtout une duchesse comme celle-ci… »

Sa face fut convulsée par un soubresaut qui lui fronça une paupière et lui tordit le coin de la bouche. Le seigneur du Treff en fut choqué, tant la grimace était bien imitée. Oser se moquer ainsi d'une disgrâce de la duchesse ! Quelle irrévérence !

« Soit dit en passant, poursuivait tranquillement le Bâtard, je l'aime bien, ma nouvelle marâtre. Je la trouve plus drôle que l'ancienne. Une belle-maman aussi jeune, ça donne des envies de câlins. Évidemment, elle est un peu plate et il y a ce vilain tic… Mais il paraît qu'à Ciudalia, ça ne l'a pas empêchée de courir la fredaine. Je suis sûr que de nuit et la tête dans l'oreiller, elle doit valoir le galop… »

Rainfroi ne put dissimuler sa réprobation.

« Sire Domnal ! protesta-t-il. Ces propos sont outrageants pour la dame comme pour vous !

– Bah ! Elle ne nous entend pas et je compte sur vous pour ne pas les lui répéter. Du reste, vous savez aussi bien que moi que l'on raconte bien pis dans son dos.

– Cela n'excuse en rien la discourtoisie.

– Allons donc, pour un poil de familiarité ! Vous savez, je suis quelqu'un de taquin : c'est ma façon ordinaire d'exprimer mon affection…

– En tout cas, ces impertinences ne m'éclairent guère sur les intentions de mon seigneur le duc, observa Rainfroi en revenant à son idée. Où croyez-vous qu'il conduira l'armée ? »

FitzGanelon roula les yeux de façon désobligeante.

« Vraiment, Treff, vous n'avez aucun flair. Vous avez la réponse sous le nez. »

Du menton, il désigna la colonne de brutes et de pillards qu'il commandait. Son compagnon fronça les sourcils d'un air perplexe.

« Vous voulez dire que vous allez soudoyer des Ouromands pour en…

– Pas la peine d'en dire plus, vous m'avez parfaitement compris ! coupa le Bâtard. Ces ours ont l'ouïe fine…

– Si vous voyez juste, c'est une entreprise pour le moins… ambitieuse.

– La dot de la nouvelle duchesse pèse cent fois son poids en florins. »

Rainfroi hocha la tête. Il fallait une montagne d'or pour envisager une campagne militaire si importante ; or le duc Ganelon était criblé de dettes. Si son fils naturel avait bien cerné les intentions du suzerain, cela éclairait sous un nouveau jour la répudiation de la duchesse Audéarde et le mariage avec la plus riche héritière de Ciudalia. Et, le seigneur du Treff devait en convenir, voilà qui ressemblait fort aux combinaisons que le chancelier Diaccécrimène se plaisait à susurrer à l'oreille du duc…

« Cela reste un pari très risqué, commenta le châtelain.

– Eh ! Fortune de guerre !

– Mon seigneur le duc est audacieux, mais il n'a pas toujours été partisan de l'épreuve de force avec… avec ses voisins. Et son conseil pèse mûrement ses avis ; je doute que le chancelier Diaccécrimène approuverait pareille aventure sans de solides garanties.

– Çà ! Le chafouin n'aime pas les coups de tête !

– Dès lors, sans vouloir vous offenser, sire Domnal, êtes-vous sûr de vos hypothèses ? L'adversaire dont nous parlons occupe des pays vastes et sauvages ; à l'époque glorieuse de la Leomance, la couronne elle-même n'a jamais réussi à les soumettre. L'armée ducale ne saurait les conquérir en une seule saison, ni en plusieurs. Imaginons que son altesse ducale soit victorieuse, cela entraînerait des représailles. Peut-être une riposte aussi meurtrière que le sac de Kaellsbruck. Croyez-vous vraiment mon seigneur votre père prêt à se lancer dans pareille partie ? »

Tout en se laissant porter par le pas de son cheval, le Grand Bâtard fit peser son regard glauque sur Rainfroi. Et, au bout d'un long moment, il proféra sur un ton dédaigneux :

« Absolument. Je le crois. »

Haussant ses épaisses épaules, il ajouta :

« Je sais bien que vous méprisez ma naissance, mes mauvaises manières et ma jeunesse. Mais laissez-moi vous apprendre une chose : vous êtes un enfant gâté, Treff. Votre sagesse, votre courtoisie, votre sens de la justice, la compassion que vous avez pour vos péquenots, c'est du luxe. Vous vous croyez sur le fil parce que votre fief se trouve aux portes de Kimmarc ? Mais Kimmarc, c'est toujours votre monde ! Les guerres avec Angusel, ce sont des chamailleries de rosières. Le vrai danger, je lui livre combat depuis des années quand je rejoins les forces de Brochmail, de Vekkinsberg et même, parfois, celles de mon cher ami Angusel. Le vrai danger, il se trouve toujours au-delà de la vallée de la Kley, dans les montagnes, les forêts et les fjords qui nous fournissent ce matin cette vaillante escorte ! Et si moi, aujourd'hui, avec ma garde d'Ouromands, je vous dis que le temps est venu, eh bien ! cela signifie que le temps est venu ! Tenez, je vais être bon prince ! Je vais vous faire entendre des racontars qui vous donneront du grain à moudre. »

Sur ces mots, il ordonna à son écuyer de lui ramener « le Deorcynn ». Le Clerc eut beau insister, il revint seul ; depuis l'algarade de la veille, Sighard faisait sa mauvaise tête. Le Grand Bâtard ne se formalisa pas pour si peu. Il invita Rainfroi à se ranger avec lui sur le bord du chemin afin de laisser passer la colonne jusqu'à ce que le thane deorcynn se profilât. Entraînant le seigneur du Treff avec lui, FitzGanelon emboîta le pas du chef ouromand et se moqua ouvertement de son mauvais caractère. Le ton monta à nouveau entre les deux hommes ; Rainfroi sentit peser sur eux le regard farouche des *karls* de Sighard. Mais le culot du Grand Bâtard amusait le Deorcynn ; les injures qu'ils échangeaient finirent par se teinter de gaieté, jusqu'à ce que la troupe se fendît de gros rires carnassiers. Au bout d'un moment, le capitaine de routiers et son douteux lieutenant causaient comme si de rien n'était, dans un sabir qui mélangeait les langues.

« Par politesse, parle donc uniquement léonien, lança FitzGanelon au bout de quelque temps. Le noble seigneur qui nous accompagne ne connaît pas ton patois. »

Sighard lança un coup d'œil tranchant à Rainfroi et lâcha quelques mots dans son idiome barbare.

« Tu sais, même si tu voulais l'insulter, il n'y comprendrait goutte, observa le Bâtard.

– Si je voulais l'insulter, je le ferais dans sa langue, gronda le Deorcynn.

– Tu en auras peut-être l'occasion. Mon noble ami que tu vois là a du mal à croire que la guerre entre vos clans vaut largement celle entre nos maisons. »

Pour toute réponse, le thane se contenta d'un ricanement sinistre.

« C'est éloquent, mais un peu court, se rembrunit FitzGanelon.

– Quand tu nous auras payé l'or que tu as promis, Bâtard, nomme-nous ton ennemi. Ton ami verra comment les clans font la guerre.

– En attendant, pour l'agrément du voyage, tu pourrais nous répéter ce que tu m'as raconté à Vekkinsberg.

– À Vekkinsberg, on faisait la fête et j'avais bu. J'étais trop bavard. Aujourd'hui, j'ai la gorge sèche.

– En te recevant dans son château, le seigneur du Treff n'a pas lésiné sur son vin. Il doit te rester un peu de salive. »

Le chef ouromand le confirma en expédiant un gros crachat au pied du cheval de FitzGanelon.

« Mon ami va finir par croire que vous n'avez aucune reconnaissance pour son hospitalité.

– Tu me les brises, Bâtard ! »

Après avoir toisé l'intéressé d'un air furieux, le Deorcynn finit par aboyer :

« On ne va pas y passer la journée ! Qu'est-ce qu'il veut savoir, ton *ealdorman* ?

– Si tu lui racontais ce qui s'est passé dans les clans depuis l'automne dernier ? »

Sighard renifla de façon sonore, comme s'il rassemblait des glaires pour se remettre à cracher. Il foudroya Rainfroi du regard.

« Alors comme ça, tu crois qu'entre nous, on n'a pas la main lourde ?

– C'est davantage l'allégation de sire Domnal que la mienne, répondit prudemment le seigneur du Treff.

– Oui, il est pénible. Toujours à se foutre de la gueule de tout le monde… Un jour, il ira trop loin et il lui arrivera le même truc qu'au burgrave Bratislav.

– Ah ! Enfin ! On y arrive ! » se réjouit le Grand Bâtard, insoucieux de la menace.

Rainfroi ne put s'empêcher de dresser l'oreille. L'individu à qui Sighard venait de faire référence était l'un des deux capitaines qui, dix ans plus tôt, avaient pillé et incendié la ville de Kaellsbruck.

« Que lui est-il arrivé, au burgrave Bratislav ? s'enquit-il tout prévoyant la teneur de la réponse.

– Il est mort, quelle question ! grommela le chef ouromand. Son beau-frère Brancovan, le voïvode de Hoher, l'avait invité à un banquet. C'était un traquenard. Il l'a fait égorger avec tous ses compagnons. Ensuite, il s'est emparé des Frauja, le clan de Bratislav. Comme le voïvode Géza l'avait accusé du meurtre de son beau-frère, Brancovan a pris les devants et l'a attaqué à la tête des guerriers Hoher et Frauja. C'est aussi à ce moment qu'on a commencé à parler de sorciers qui violaient les tertres au service de Brancovan. Les hommes du clan Szorny ont eu peur de ces maléfices ; ils se sont couchés sans combattre et leur chef, Géza, il s'est enfui chez les Arthclyde. Ensuite,

Brancovan a envahi les terres du clan Cathuath ; il a massacré les guerriers qui lui ont résisté dans le Val des Tourbières. On ne sait pas ce qu'est devenu le roi Lulach ap Coluin. Moi, je pense qu'il est mort, mais il y en a qui disent qu'il est devenu l'esclave de Brancovan ou pire. Au nom des liens du sang, le roi Ferbasach a rassemblé toutes les forces Arthclyde pour venger Lulach et il est entré en guerre contre Brancovan. Ils se sont rencontrés du côté du mont Dwoteow. À la bataille du Pin Tordu, ç'a été un carnage, sans vainqueur ni vaincu. On raconte qu'il y avait des draugar dans le clan Hoher. Géza a perdu le bras droit et Ferbasach aurait été tué sans la furie d'un guerrier fauve, le Drott, qui a semé la panique dans la hyrd de Brancovan. Voilà pour ce que j'en sais. Ce ne sont pas des nouvelles fraîches. Les clans ont dû refaire leurs forces pendant l'hiver et si ça se trouve, le sang coule à nouveau sur les pentes de Dwoteow. »

Pendant que le Deorcynn égrenait sans passion ce chapelet de félonies et de tueries, le Grand Bâtard coulait des regards entendus au seigneur du Treff. Il n'avait pas besoin d'en dire plus. Rainfroi saisissait très bien le fond de sa pensée : tant que les loups se mangeraient entre eux, le duc aurait les mains libres pour les forcer au fond de leur tanière.

« Et dis-moi, Sighard, qu'est-ce que tu fais ici au lieu de t'illustrer dans ce carnage ? railla Domnal FitzGanelon.

– Les Hoher sont des charognes sans honneur et les Arthclyde des chiens arrogants. Ils peuvent crever ! En Bromael, il y aura moins de gloire à gagner, mais plus d'or. »

Avec une expression de défi, il gronda un ton plus bas :

« Il y a intérêt, en tout cas. »

Pendant que FitzGanelon riait de cette menace, le seigneur du Treff ne faisait guère d'efforts pour masquer sa désapprobation. Que des brutes eussent soif d'argent au mépris de tout le reste, quoi de plus trivial ? Qu'attendre d'autre de ces butors ? Mais qu'un capitaine de lignée ducale prît plaisir à plaisanter avec cette engeance, voilà qui passait sa compréhension. On eût dit que Domnal, au lieu de voiler sa bâtardise, s'ingéniait à provoquer les gens bien nés en étalant la bassesse de ses origines. C'était d'autant plus choquant que sa mère, quoiqu'elle ne fût point de sang noble, n'avait rien d'une gueuse ou d'une fille perdue.

Sans plus prêter attention aux vulgarités qu'échangeaient ses compagnons, Rainfroi se replongea dans ses souvenirs. Il revit le banquet où, petit page, il avait été chargé de servir la table de Ganelon et de sa jolie conquête. Vingt-cinq ans déjà ! Cela ne le rajeunissait pas… La grande salle de la maison bourgeoise, malgré ses belles dimensions, était bondée. C'était l'époque où le duc Griffon venait de se réconcilier avec son fils Vertigier et les barons rebelles : les nobles seigneurs de Bromael qui, la veille encore, se livraient de rudes combats, festoyaient après avoir échangé des serments d'amitié. La brise de mer qui entrait par les fenêtres ouvertes adoucissait le fumet des vins et des viandes, relevés d'épices rares importées à grand prix. La beauté de la musique d'alors, l'éclat des conversations, les démonstrations d'estime entre les ennemis d'hier allumaient une nostalgie d'autant plus vive dans le cœur de Rainfroi qu'il devait à présent souffrir les grossièretés de ses compagnons de route.

En cette époque lointaine, Ganelon n'était encore qu'un jeune chevalier ; il n'était ni duc ni même destiné à le devenir. Mais au cours de la guerre du Hériban, le soutien sans faille qu'il venait d'apporter à son père, le duc Griffon, avait fait de ce cadet une puissance à la cour de Bromael. Dans toute l'insouciance de ses vingt ans, il passait encore pour un bachelier séduisant malgré le menton un peu fort et le nez tombant de sa lignée. Ses cheveux roux et fournis possédaient de beaux reflets cuivrés : cette chevelure flamboyante s'accordait bien à son caractère, assuré, brusque et remuant. Dans les deux camps, on avait admiré sa fougue pendant les engagements ; les avis étaient plus partagés sur ses ruses, car il lui était parfois arrivé de recourir à des tours discutables dans la prise d'une place. Le page de Ganelon ayant été blessé dans une bagarre contre les valets de Vertigier, c'était un peu par hasard que Rainfroi avait été appelé à le servir au cours de ce banquet. Pour le garçon qu'il était alors, cela avait représenté un honneur redoutable : gonflé de suffisance, il avait joui de l'envie des autres pages et de la fierté de son père, prudemment rallié au parti ducal. Mais Ganelon était déjà un maître exigeant et imprévisible, aussi prompt à punir qu'à récompenser. Pendant toute la durée de son service, qui n'avait pas excédé quelques jours, Rainfroi avait tremblé de commettre un impair.

Le cadet des Bromael ne s'était pourtant guère soucié de son petit serviteur. Il était fort occupé à intriguer en marge des pourparlers de paix ; par-dessus tout, il était follement entiché de sa récente conquête. Avec vingt-cinq ans de recul, le seigneur du Treff en éprouvait toujours le charme lointain. Corps de roi ! que la demoiselle était jolie ! Il revoyait avec émoi cette nuque gracieuse qu'il avait dévoré des yeux pendant l'essentiel du banquet ; il croyait encore entendre ce rire de gorge comme Ganelon, sa main forte posée sur les doigts menus de sa voisine, lui confiait à l'oreille quelque aveu un peu osé. Comment s'appelait-elle, déjà ? Odeline ? Auberelde ? Oriabel ?... Quelle faculté inconstante que la mémoire, s'étonnait Rainfroi, qui vous restitue la vénusté troublante d'un beau profil et vous frustre de son nom. Du moins se souvenait-il de sa famille, qui certes n'était point noble mais dont l'entregent rayonnait au-delà du duché : car la belle était la fille de l'armateur Coilvert, l'un des plus riches marchands de Longomores. C'était même la raison pour laquelle la charmeuse – Oriabel ? Auberelde ?... – participait au banquet : son père, l'influent négociant, avait prêté sa demeure pour cette fête, la grande maison bourgeoise offrant plus d'agréments que les salles humides du château de Mordunes.

La demoiselle Coilvert n'avait pas seulement pour elle sa jeunesse et sa beauté. Elle se montrait d'une parfaite courtoisie ; elle chevauchait à merveille ; elle dansait et chantait à ravir ; elle savait ses lettres et tenait un chansonnier ; elle vivait dans le luxe et dépensait sans compter. En tout, sauf par le sang, on eût pu la tenir pour noble. Son père lui avait donné cette éducation au-dessus de son rang par calcul : sans doute avait-il médité de la marier à une lignée désargentée de Bromael ou à l'un de ses puissants partenaires ciudaliens. Malheureusement pour ses projets et pour le sort de sa fille, cette ambition avait trop bien réussi. La belle avait séduit l'un des deux fils du duc, celui à qui la fortune des armes venait de sourire. Comment se dérober devant la faveur du prince triomphant ? Comment défendre la vertu d'une jouvencelle que grisait pareil trophée ?

Domnal FitzGanelon était né de ces amours mal assorties. Une liaison fugace, rapidement compromise par la reprise de la guerre. La paix de Longomores avait fait long feu : elle portait les germes de la catastrophe. Au lieu de restaurer la concorde, la réconciliation des belligérants avait attisé les jalousies et les querelles dans le camp des vainqueurs. Tout cela avait débouché sur une tentative de coup de force, un renversement d'alliances et le désastreux siège de Mordunes. À nouveau victorieux, mais perdu de réputation, Ganelon s'était retiré dans les îles Maroises. Son exil n'y avait guère duré ; prématurément vieilli par les trahisons de ses fils et la mort brutale de son aîné, le duc Griffon s'était éteint au bout de six mois. Le pouvoir ducal était alors légitimement revenu au cadet ; mais les succès militaires de Ganelon avaient été assombris par le dénouement funeste du conflit. Pour asseoir une autorité fragile, il avait dû retisser des liens avec la haute noblesse de Bromael. Telle était la raison de son mariage précipité avec dame Hodierne, la fille de son cousin le puissant comte de Brochmail, qui avait combattu du côté de Vertigier pendant la guerre du Hériban. Cette union n'avait pas duré un an : la duchesse Hodierne avait été emportée par des fièvres peu de temps après avoir donné naissance à Lanval, son premier-né. Loin de rendre sa liberté à Ganelon, ce veuvage avait relancé les intrigues à la cour. Le comte de Brochmail veillait farouchement aux intérêts de son petit-fils, désormais héritier ducal. Pour ménager son cousin, Ganelon s'était gardé de reconnaître Domnal, le petit bâtard. Et puis, au bout de quelques mois, il avait été ensorcelé par la galanterie d'Audéarde de Maginois. Quoique la dame ne fût que de noblesse seconde, il en avait fait la nouvelle duchesse. Maîtresse femme qui veillait à l'intérêt de ses fils, Audéarde avait obtenu que la jolie maîtresse de Longomores fût reléguée au fond d'un cloître. Quant au petit bâtard, on l'avait écarté de sa famille maternelle, de crainte qu'elle ne l'utilisât pour peser sur la politique ducale. L'éducation de l'enfant avait été abandonnée à Brasc Rovel, un vulgaire sergent d'armes, illettré et paillard.

Cette triste histoire, en définitive, confortait le seigneur du Treff dans ses principes. Plus que jamais, il lui paraissait néfaste que les personnes bien nées se mêlassent aux gens du commun. Du coin de l'œil, il étudiait le Grand Bâtard, et il en concluait que le fruit des amours de Longomores n'avait reçu en partage de ses parents que les traits vicieux. De sa mère bourgeoise, il n'avait ni la beauté ni la politesse, mais le goût du marchandage et un arrivisme grossier ; de son grand seigneur de père, il ne possédait ni la majesté ni le sens de la largesse, mais une dureté dépourvue de scrupule. Vingt-cinq ans plus tard, estimait Rainfroi, le duché payait toujours le prix de cette erreur. Que représentaient la ruine de la seigneurie d'Ouchain, les brigandages dans les hautes terres d'Agurande et jusqu'au pillage de Chanevier, sinon les conséquences de la faute de jeunesse du suzerain ?

Le voyant absorbé dans ses pensées, FitzGanelon apostropha soudain son compagnon de voyage.

« À quoi rêvez-vous donc, Treff ?

– Je songeais à une dame du temps jadis », répondit Rainfroi avec un mince sourire.

Le Grand Bâtard partit d'un rire graveleux.

« Ah ! Les dames ! Les dames ! À l'instant nous parlions de guerre, et voici que cela vous ramène à de vieux cuissages… Mais à quoi bon regretter les coups d'antan ? Moi, je préfère penser aux dames d'aujourd'hui ! »

Il se passa la langue sur les lèvres avec une lubricité qui fit horreur à son vis-à-vis.

« Mais toutes les bonnes choses ont une fin, et peut-être faudra-t-il que je m'assagisse, soupira FitzGanelon avec une feinte contrition. Après tout, on ne peut rester éternellement garçon… »

Sa prunelle égrillarde suffisait à contredire la décence du propos. Il parut sur le point d'ajouter quelque chose, se contint. Son faciès rougeaud se colorait d'une joie rentrée et équivoque. Rainfroi eut l'impression qu'une confidence le démangeait et craignit quelque vantardise de corps de garde. Il cherchait une manière de détourner la conversation quand le Grand Bâtard, rapprochant son cheval, ne put résister au plaisir de se livrer.

« C'est encore un secret, mon cher Treff, mais les bans ne tarderont plus à être publiés… Et puis ne sommes-nous pas voisins et bons amis ? Vous avez été si civil avec moi, malgré vos réserves sur ma naissance et mes gens, que je vous dois bien la primeur de l'annonce… Son Altesse Ducale mon père songe sérieusement à me caser. »

À moitié soulagé de ne pas avoir à subir une forfanterie grivoise, Rainfroi manifesta un intérêt poli.

« Ne suis-je pas seigneur et capitaine ? poursuivait FitzGanelon. Il est temps que je fasse souche. Mon père songe à une fille de bonne famille : ainsi mes enfants ne seront plus que des quarterons de bâtard, et mes petits-enfants ne seront plus réputés que pour être du sang de Bromael. Ce mariage, mon bon voisin, me donnera plus de respectabilité que toutes les expéditions menées sous la bannière ducale.

– Je m'en réjouis pour vous, salua le seigneur du Treff sans grande conviction.

– Vous êtes trop aimable. En temps et heure, je compte bien que vous serez de la noce !

– Quelle flatteuse attention », remercia Rainfroi du bout des lèvres. Pour éluder au plus vite cette embarrassante invitation, il s'empressa de demander :

« Si cela n'est pas indiscret, quelle est donc l'heureuse élue ?

– Je veux bien vous le dire en gage d'amitié, mais n'allez pas le crier sur les toits. Pour l'instant, la dame elle-même ignore le bonheur qui l'attend. L'accord a été conclu entre son père et sa tante d'un côté, le chancelier Diaccécrimène de l'autre, chargé d'arranger le coup par mon seigneur mon géniteur. Il ne s'agit pas d'un des meilleurs partis du duché mais enfin c'est une fille dont j'aurai l'honneur de lustrer la vieille et bonne noblesse. Connaissez-vous le sire Mainard de Prangeray ?

– Il me semble, oui... N'est-ce point l'un des vassaux du comte de Belestance ?

– Tout juste. Sa sœur, qui a fait un beau mariage et un veuvage non moins avantageux, est à présent la baronne de Bregor ; et du côté de sa mère, il est lié à la famille de Maginois. Eh bien c'est Heluise, la fille de ce prud'homme, que l'on me destine. Mon père et son chancelier y voient une manœuvre utile pour se rabibocher avec la noblesse de Belestance, qui digère mal la répudiation de ma dame ma marâtre seconde. Je crois que la baronne de Bregor y trouve aussi son intérêt, en rapprochant sa nièce du siège ducal, fût-ce par la main gauche. Quant à ma promise, il paraît que c'est l'une des roses de Belcastel et que les champions s'écharpent sur la lice pour ses beaux yeux. Je ne suis pas certain que son douaire sera très fourni, mais qu'importe si le panier est joli ! Ah ! J'ai grande hâte de lui faire des enfants ! »

Quoiqu'il eût aussi un faible pour la famille, le seigneur du Treff n'eut pas le cœur de s'en ouvrir. En son for intérieur, il plaignait la jeune Heluise de Prangeray. Certes, c'était le lot des dames de haute naissance que d'accepter les partis auxquels on les destinait pour perpétuer les lignages, mais enfin il était des devoirs plus pénibles que d'autres. Quitter les campagnes riantes de Belestance afin de s'enterrer dans les hautes terres d'Agurande aurait tout d'un exil pour la pauvre âme. Pis encore, subir la loi d'un seigneur et maître comme FitzGanelon mettrait chaque jour son bon goût au supplice…

« J'en conviens, il faudra que je fasse un effort, du moins au début, admettait spontanément le Grand Bâtard. Je me soucierai peut-être de décrotter la cour d'Ouchain et de déplacer le gibet seigneurial… Si je mets la main sur des artisans, je pourrais refaire le chaulage et la toiture du tinel… Et surtout, je garderai à l'œil ce vieux coquin de Brasc ! C'est assez avec moi d'un bâtard dans mon foyer ! Mais une fois que la gironde Heluise se sentira à la maison et qu'elle y sera attachée par deux ou trois lardons, à elle de tenir mon hôtel et à moi d'y prendre mes aises ! Le mariage, c'est quand même bien commode ! »

À la longue, le seigneur du Treff ne suivit plus que d'une oreille distraite les bavardages du Grand Bâtard. Descendant la vallée de l'Andounne, la troupe avait enfin quitté son fief et, après avoir longé les friches du finage de Ruzelay, traversait à présent les prés et les champs bien ordonnés du convent de Thodève. Il restait un long chemin avant de toucher à Carroel, et Rainfroi rassemblait son courage pour souffrir si fruste compagnie sur tant de lieues. Du moins caressait-il l'espoir de franchir la porte du Resplendissant avant la nuit. Le suzerain serait-il déjà arrivé dans la bonne ville ? Rien n'était moins sûr. Mais d'autres vassaux avaient sans doute déjà répondu à la levée du ban : ils seraient d'un commerce plus décent que le capitaine de routiers et sa bande. Le prud'homme s'inquiétait juste du passage sur la rive nord de l'Andounne, peu avant d'arriver en vue des faubourgs : le seigneur de Canderas prélevait un péage sur le pont, or Rainfroi concevait mal FitzGanelon et ses Ouromands payant leur écot de bonne grâce.

Cependant, les barbares commencèrent à s'agiter beaucoup plus tôt dans l'après-midi. Des cris et des appels fusèrent dans la troupe, quelques brutes sortirent du rang et coururent vers la rivière, bientôt suivies par d'autres sbires. Le seigneur du Treff et ses gens ne comprenaient goutte à leurs rugissements, mais les vociférations et les rires, sonnant féroces, les induisirent en erreur. Tandis que ses bannerets et ses sergents portaient la main à l'épée, Rainfroi cherchait en vain l'origine de la menace. Plusieurs Ouromands pataugeaient à présent en eau peu profonde mais il n'y avait âme qui vive sur la berge opposée. De son côté, le Grand Bâtard échangea tranquillement quelques mots avec Sighard le Deorcynn, et puis ordonna l'arrêt de la colonne.

« Que se passe-t-il ? demanda Rainfroi.

– Ils vont pêcher, répondit FitzGanelon.

– Pardon ?

– Ils ont vu du poisson. Ils en raffolent, surtout ceux du clan Voldsom, qui vivent dans un pays de lacs et de rivières. »

Effectivement, barbotant à mi-cuisse, plusieurs gaillards plongeaient les bras jusqu'à l'épaule. Bien qu'ils fussent de plus en plus nombreux à sauter dans l'Andounne, cela ne suffisait pas à provoquer le puissant remous qui brassait l'onde. Toute la rivière se mettait à bouillonner dans un improbable mascaret qui refluait vers l'amont ; des ondulations reptiliennes fendaient parfois ce flot fébrile.

À côté de FitzGanelon et de Rainfroi, le museau farouche du Deorcynn était éclairé par un sourire d'enfant.

« On a de la chance, se réjouissait-il. Chez vous, la montaison des anguilles arrive plus tôt que chez nous ! Au camp, on bricolera des fumoirs. »

Déjà, au milieu de grands jaillissements, quelques rustres brandissaient de longues prises vermiformes, qui s'échappaient en se tortillant de leurs mains grasses de mucus.

# VII

## Le château de Vayre

*Et cil chevauche toz les escloz tant qu'il vit lo chastel. Et il chevauche la tot droit ; et tantost qu'il vint devant la porte, lors esgarde lo chastel, si voit qu'il siet trop orgueilleusement et trop bel, car tote la forteresce siet en haute roiche naïve.*

Pseudo-Gautier Map

Elles étaient venues de sous les horizons, d'une contrée insondable d'où nul homme n'était jamais remonté vivant. Dans les vastitudes de l'océan Éridien, bien au-delà des îles Maroises et de la péninsule de Ciudalia, elles avaient éclos par myriades au fin fond d'abysses dépourvues de nom et de lumière. Pendant un temps, multitude transparente dans les ténèbres, elles s'étaient laissé porter au gré de courants glacés et pourtant foisonnants de vie. Dans ces gouffres grouillants, la faim était la seule loi. Elles se gavaient de proies minuscules ; nombre d'entre elles étaient happées par des monstres voraces. Il en restait toujours assez, plus vives ou plus chanceuses, pour tourbillonner sans fin en ballets de fringales et de fuites. À force de mordre, elles croissaient et muaient ; elles s'effilaient, frétillaient, et leur tête comme leur dos se teintaient de l'obscurité primale. Arrivait le moment fatidique où, au cœur de cette nuit éternelle, elles finissaient par ouvrir les yeux. Elles ne voyaient rien. Alors, confusément, s'éveillait en elles une autre nécessité que la faim.

Il leur manquait quelque chose, l'abîme nourricier ne leur suffisait plus. Elles aspiraient inconsciemment à une existence moins engloutie et moins froide. Sans dessein, sans rêve, sans autre objet de convoitise que les créatures infimes qu'elles chassaient, elles ondoyaient vers des eaux moins pesantes et moins noires. Cette dérive collective trouvait ses élans dans des flux et des reflux de foule. Cela n'avait pas de sens, du moins jusqu'au jour où une lueur vague commençait à révéler les contours du ban. Alors, les pupilles rondes miroitaient par milliers :

elles découvraient la réplication infinie de l'espèce, et elles vivaient leur seconde venue au monde.

Issues des ténèbres, elles commençaient par fuir les gloires glauques qui tombaient des verrières marines. Mais la nuit, elles se laissaient séduire par la phosphorescence diffuse qu'allumaient sur les vagues la lune et les étoiles. Elle se risquaient alors vers le plafond mystérieux, ridé de brises inimaginables et piqueté de pluies incompréhensibles. Au fil des saisons, elles redoutaient un peu moins la lumière et se laissaient porter, entre deux eaux, par des courants crépusculaires. Au hasard de leurs errances, elles gagnaient des mers moins profondes. Un paysage submergé se haussait peu à peu dans les jours aqueux et dans les nuits stellaires. Elles suivaient avec curiosité les reliefs les plus élevés, y découvrant des cachettes, des astéries et des festins nouveaux. Certains hauts-fonds, où l'eau devenait chaude et transparente, promettaient des aventures aussi indéfinies que séduisantes. Parfois, les vagabondes les abandonnaient et se réfugiaient sous de curieux nuages, incrustés d'algues, de vers et de balanes, qui fendaient la voûte liquide. Ainsi, à l'ombre de coques pansues, les civelles finissaient-elles par gagner l'estuaire du Vernobre.

Un nouvel univers s'y dévoilait devant elles. Sur les marches littorales, là où les fonds marins rattrapaient leur ciel, se déployaient des forêts de poteaux et de pilotis, enkystés de concrétions et de coquillages. Une armada de corps flottants brassait le firmament mouvant, astres énormes et ronds comme des cétacés, effilés comme des espadons, quadrangulaires comme des raies. Leurs éclipses errantes assombrissaient les ombres portées sur la mer par un autre monde, celui des quais et des appontements, des maisons et des entrepôts de Moreheuc ou, de l'autre côté de l'estuaire, du château de Mordunes, buté en bord de mer comme une falaise. Mais tout cela n'était que l'écume de la frontière. La révélation la plus bouleversante venait de l'eau même. Si trouble et putride fût-elle devenue, elle changeait de nature. Elle perdait l'amertume océane, elle se chargeait d'esprits aussi neufs qu'inconnus, limoneux et calcaires, ivres des promesses d'une deuxième vie.

Ainsi, abandonnant l'immensité marine, civelles et anguillettes se lançaient-elles à l'assaut du duché de Bromael. Certaines, suffoquées par le bouleversement de l'onde, se laissaient refouler vers le large ; la plupart chevauchaient la marée montante et empruntaient les bras que roulait le Vernobre à travers les quartiers de Longomores. Elles nageaient en se jouant à travers l'écran tendu des filets ; mais des gourmandes ne résistaient pas au chatoiement de mouches sous la surface, des imprudentes se risquaient sans retour dans le nid trompeur des nasses. Ce n'étaient que quelques pertes de plus au long de l'interminable odyssée, qui réserverait plus loin d'autres périls aux survivantes : nombre de voyageuses rencontreraient leur destin sous le bec d'un échassier, sous les dents d'une loutre ou celles d'un grand brochet. Après avoir interminablement lutté contre le courant dans les méandres du fleuve, après avoir obliqué dans l'Andounne au confluent de Carroel, quelques-unes devaient même finir leur périple sous la poigne des Ouromands.

Quelle importance ? Il en restait bien assez pour remonter, encore et toujours, ivres d'audace et d'un vertige opiniâtre, plus loin de l'océan, plus haut dans les amonts. Tandis que les soudards du Grand Bâtard pêchaient du côté de Thodève, les avant-gardes serpentines se faufilaient déjà au pied de la forêt de Guenche, sous les maisons de Chanevier et même au-delà, bien plus profond dans les terres. Elles avaient dépassé le château du Treff, quelques-unes envahissaient l'Oubierre, d'autres poursuivaient dans le lit de l'Andounne, vers le val ombreux d'Acraguier et au-delà, vers les baumes de Bassière. Les plus vaillantes, qui filaient en tête, faisaient une taille d'une coudée et leur ventre se parait désormais de jaune. Par réflexe, elles s'écartèrent lorsque se glissa parmi elles une silhouette élancée.

L'intruse, qui avait émergé de la noirceur herbue d'un trou d'eau, était infiniment plus grande que les pérégrines. Quand elle s'était détachée des profondeurs, on eût pu la prendre pour un énorme silure. Toutefois, les appendices qui ondulaient autour de sa tête n'avaient rien de barbillons, mais dansaient en mèches déliées et suaves. Ses bras minces rangés le long du corps, la taille serrée dans une robe vert d'eau, la nageuse ondoyait avec l'aisance d'une loutre ; son interminable traîne d'algues et de soie battait avec l'indolence d'une caudale. Si quelques perles brillantes échappaient parfois à sa narine, elle ne remontait jamais pour reprendre son souffle. Elle parut prendre plaisir à accompagner le ban un moment ; puisqu'elle ne les chassait point, les anguilles se reformèrent autour d'elle avec indifférence.

Au détour d'un méandre, l'onduleuse ondine finit par suspendre sa nage. Sa chevelure voila en partie son visage, mais non l'émeraude de son regard. Tandis que sa robe bouffait autour d'elle et que la frôlaient les anguilles, elle fixa son attention sur un faible remous parti d'une rive. Les pieds et les babines de nombreux chevaux troublaient l'onde en cercles brisés. D'une brasse indolente, la baigneuse s'écarta vers la berge opposée, trouvant refuge sous le feuillage dérivant de longs brins d'ache. De sa main fuselée, elle lâcha une pincée de larves, qui remontèrent en tourbillonnant dans le courant. À peine arrivées à la surface, les naïades muèrent et s'élevèrent dans les airs en un essaim chatoyant de libellules. Les demoiselles s'en vinrent voltiger autour de l'écurie au boire, s'intéressant surtout au bagage des chevaux de somme ; elles s'arrêtèrent un instant devant chaque écu, comme attirées par leurs couleurs vives, puis se dispersèrent en un bruissement fugace.

Au fond de la rivière, une moue de dépit troubla la belle figure de la baigneuse. Elle lâcha quelques paroles noyées et esquissa un geste autoritaire. En un instant, il n'y eut plus à sa place qu'une énorme poche d'air qui effraya les anguilles ; puis, s'élevant vers la surface, elle la creva dans un bouillonnement de bulles.

Comme les écuyers rassemblaient les chevaux, un fort clapotis attira l'attention de Briebras vers la rivière. Sous les reflets de l'onde, il crut deviner le glissement de nombreux poissons. Le jeune servant n'y accorda qu'un œil distrait ; il lui fallait ramener le palefroi à son seigneur. Yvorin de Quéant le remercia d'un mot en mettant le pied à l'étrier. Briebras s'occupa ensuite de rassembler son sommier, son roncin et Contençon, le puissant destrier du chevalier. Il se remit en selle en même temps que la plupart des seigneurs et de leurs valets d'armes. La suite de Blancandin sans Escreigne s'apprêtait à reprendre la route.

« J'étais enfant la dernière fois que je suis venu à Vayre, disait le prince ducal. Je ne parviens plus à me situer. Sommes-nous encore loin du château ?

– Assez loin, oui, répondit Dam de Maubrenas. Ne comptez pas y faire étape avant ce soir. Que le Resplendissant nous garde de terminer le voyage à la brune ! Le Bosquet au pied du château est sinistre.

– Dans ce cas, peut-être aurions-nous dû abréger cette pause.

– Il fallait laisser les bêtes boire tout leur saoul avant la Bassière, car nous allons bientôt perdre la rivière.

– Ah oui ! Tu as raison, Maubrenas ! Je me rappelle ce curieux prodige, le gouffre du Saut-le-Cerf ! »

Chevauchant sur les brisées de Blancandin et de ses chevaliers, Yvorin et son écuyer ne perdaient pas une miette de cet échange. Les deux jeunes gens n'avaient jamais voyagé à Vayre, mais ils en avaient abondamment entendu parler. Les sièges dont la place forte avait été le théâtre deux siècles plus tôt, pendant la guerre des Grands Vassaux, l'avaient rendue célèbre. Sa résistance aux forces de l'archonte Insanias était exaltée dans de vieilles chansons de geste comme *La Mort le roi Maddan* ou *La Chanson des Preux*. Pour le bachelier et son valet, gagner Vayre formait une expérience troublante, comme si le banal chemin qu'ils suivaient les entraînait vers les périls et la gloire rêvés depuis l'enfance.

Pourtant, dans le pays assez morne qu'ils parcouraient, rien n'évoquait les terribles merveilles ni les hauts faits du temps jadis. La petite troupe avait d'abord remonté vers l'est les campagnes bien ordonnées de la seigneurie du Treff, avant de traverser d'autres finages aussi prospères, qui dépendaient déjà de Vayre. Les voyageurs avaient laissé à main droite les reliefs bleuâtres des hautes terres d'Agurande. Toutefois, en ce deuxième jour de voyage, hameaux, champs et vignobles avaient cédé la place à un territoire inculte, où les taillis enserraient de plus en plus étroitement le cours de la rivière. Devant les cavaliers s'élevaient de modestes collines, broussailleuses de breuils et de fourrés. Hormis pour la chasse, cette varenne semblait pauvre de promesses.

« J'aurais cru ces terres mieux mises en valeur, remarqua Yvorin. Après tout, ne sont-elles point un domaine ducal ?

– Ne vous méprenez point, répondit Cowyr de Thèves, la seigneurie de Vayre est riche et puissante. Ses finages s'étendent jusqu'à la vallée du Vernobre et jusqu'aux marches de Brochmail. Mais ici, nous approchons du château et du grand bois funéraire qui l'entoure. Hormis la maisnie seigneuriale et le chapitre du Desséché, personne n'ose vivre dans cet endroit. »

Sur la route, Yvorin de Quéant avait su frayer avec la suite du jeune prince. Malgré l'heure de gloire qu'il avait connue au tournoi de Belcastel, le bachelier avait conscience de la modestie de son rang à côté de celui des chevaliers qui escortaient Blancandin ; il avait su leur témoigner du respect sans pour autant se montrer obséquieux ou servile. Quoiqu'ils fussent tombés en disgrâce, les sires de Thèves et de Maubrenas conservaient la superbe des hauts hommes qu'ils avaient été lorsqu'ils officiaient dans l'hôtel de la duchesse Audéarde. Le service de cette grande dame leur avait laissé un mélange d'autorité et de belles manières ; même déchus, ils se comportaient toujours en personnages influents. Cela les poussait d'ailleurs à adopter une attitude protectrice vis-à-vis de Blancandin, que le jouvenceau eût sans doute jugée trop familière de la part d'autres chevaliers.

Si Dam de Maubrenas montrait toujours quelque hauteur à l'encontre d'Yvorin, Cowyr de Thèves lui manifestait plus de sympathie. Après tout, malgré leur différence d'âge, ils venaient de la même province. En outre, tous deux avaient été vaincus en défendant l'honneur d'une dame ; le seigneur de Thèves trouvait une consolation indirecte à prodiguer de l'estime au bachelier dans le même cas que lui. Bien qu'il fût moins disert, Geriant de Froëch traitait également Yvorin comme un égal, ce dont le jeune chevalier lui savait gré. Vassal du comte de Kimmarc, le sire de Froëch se trouvait toujours fieffé ; quoique n'ayant pas forcément le prestige des chevaliers de la duchesse, du moins n'avait-il en rien déchu. De plus, sire Geriant possédait ses terres dans la vallée de la Kley : il se trouvait en première ligne pour contenir les raids ouromands. Aux yeux d'Yvorin, il était flatteur de se trouver agréé par un prud'homme de son expérience.

Les trois seigneurs formaient bien plus que l'escorte de Blancandin. Quelques imprudences échappées au fil de la conversation avaient permis à Yvorin de deviner que les hauts hommes avaient servi d'agents à Méléagant de Vayre. Ils étaient impliqué dans l'évasion de Blancandin, initiative des plus hardies puisqu'elle leur vaudrait non seulement l'hostilité du duc mais aussi celle de l'Ordre du Sacre. Le prince et ses gens restaient évasifs sur les circonstances de cette échappée. Malgré sa curiosité, Yvorin avait quant à lui trop d'éducation pour s'en enquérir. Il doutait que les armes eussent été tirées – un assaut contre une commanderie eût fait grand bruit. Il ne pouvait pas davantage croire en une vulgaire tentative de corruption ; de toute façon, Cowyr de Thèves et Dam de Maubrenas avaient été ruinés par la disgrâce de la duchesse. Le plus probable était que l'un des seigneurs avait bénéficié de la complicité d'un paladin de l'ordre : il suffisait qu'ils se fussent liés par le passé et qu'on en eût appelé à la parole donnée. Le jeune sire de Quéant y voyait la façon la plus élégante de sortir un captif d'une forteresse sans coup férir ni rançon verser.

La discrétion de bon aloi dont faisait preuve Yvorin avait contribué à le gratifier de la faveur des sires de Froëch et de Thèves. Ce dernier lui délivra quelques conseils en passant afin que le bachelier pût confirmer cette bonne impression auprès du seigneur de Vayre.

« Restez égal à vous même, chevalier, disait-il, et vous aurez tout pour plaire à mon seigneur Méléagant. Il apprécie la bravoure et la courtoisie sans s'arrêter au nombre de quartiers d'un lignage. N'ayez qu'une précaution : s'il est inutile de cacher votre aventure avec le sire de Vaumacel, gardez-vous de chanter trop haut ses louanges. Bien que mon seigneur Méléagant ait eu l'idée de le convoquer au pardon de l'immortelle, il ne prise guère l'inconstant. Il lui offre l'occasion de réparer sa faute, rien de plus. Vous risqueriez de paraître importun au prince si vous vous faisiez l'avocat de Vaumacel. »

Yvorin hocha pensivement la tête.

« Convier de la sorte sire Ædan est la marque d'un cœur magnanime, reconnut-il. Après tout, mon seigneur Méléagant serait en droit de lui demander raison.

« Magnanime ? releva Cowyr. Chez mon seigneur Méléagant, saluez la largeur d'esprit plutôt que la clémence. Mais tenez-lui le langage que vous venez d'avoir et vous saurez devenir de ses amis. »

Comme ils marchaient, la vallée de l'Andounne s'était faite de plus en plus encaissée et buissonneuse. Devant eux, le lit de la rivière parut s'élargir et former un méandre dont l'amont se dérobait au regard. En fait, on ne voyait qu'un grand étang, allongé comme un fer de lance, à la pointe duquel s'écoulait le cours d'eau. En amont de l'exutoire, l'onde paraissait étale et triste. Les taillis l'encerclaient de leurs ombres hirsutes ; sur ce bief obscur, les branchages se reflétaient en fourrés décharnés.

« Nous voici à la Bassière, annonça Dam de Maubrenas. C'est ici que nous perdons la rivière. »

Blancandin sans Escreigne arrêta son cheval et considéra le plan d'eau.

« Je me souviens du Saut-le-Cerf mais pas de cet endroit, dit-il d'un air songeur. C'est dans ce val que réapparaît l'Andounne ?

– Ne vous fiez pas au calme de ce lac, avertit le sire de Maubrenas. Nul n'en a jamais sondé le fond ; on prétend que la rivière remonte des profondeurs du gouffre. Ne nous attardons pas ici ! On raconte aussi que le flot murmure les regrets des morts. »

En un geste conjuratoire, le jeune prince et Geriant de Froëch appliquèrent le poing sur la poitrine, afin de renforcer leur cœur contre les maléfices. De fait, une hébétude engourdissait la combe : nulle brise ni chant d'oiseau dans les branches nues, nulle ride sur le sombre miroir des eaux. Seigneurs et valets d'armes avaient beau savoir que l'onde, lorsqu'elle est vive, forme une barrière contre les fantômes, la léthargie qui assoupissait ce val diluait également leurs certitudes. D'un commun accord, ils se remirent en marche et abandonnèrent la quiétude torpide des lieux.

Ils entraient de plain-pied dans le domaine de Vayre, curieuse coseigneurie, à la fois sanctuaire et terre ducale. Depuis des temps immémoriaux, Vayre accueillait un grand Bosquet du Desséché. D'après la légende, les ministres du dieu s'étaient jadis faufilés dans le gouffre du Saut-le-Cerf et avaient découvert les cavernes creusées par l'Andounne ; ils les avaient alors consacrées, aménagées et transformées en catacombes. Au fil des siècles, ils avaient excavé toujours plus profond leurs hypogées. Au moment de la fondation du royaume de Leomance, avant même la constitution du duché de Bromael, Vayre était déjà le siège d'un archonte, l'un des quatre hiérophantes du culte du Desséché. C'était le prestige de ce sanctuaire qui avait ensuite poussé la lignée de Bromael à l'élire comme nécropole ducale. Tant que le royaume avait été puissant et prospère, les ducs et les archontes avaient œuvré en bonne intelligence. Les choses avaient toutefois pris mauvaise tournure au cours de la guerre des Grands Vassaux, quand le duc Jürgen avait revendiqué la couronne tandis que l'archonte Insanias prenait le parti de Leodegar le Posthume, que la tradition avait vulgairement surnommé le Roi Idiot… Au cours de ce conflit tragique, qui avait scellé la ruine de la Leomance, le duc et l'archonte s'étaient affrontés. C'était à Vayre que, pour la première fois, Insanias avait profané son sacerdoce et usé de nécromancie royale, contraignant les défunts dont il avait la garde à servir le dernier roi de Leomance. Le duc y avait répondu par le fer et par la basse magie, en s'attachant les envoûtements de l'enchanteur Cennargin. Les deux sièges de Vayre formaient des morceaux de bravoure dans les chansons de geste dont raffolait la noblesse bromalloise, et tous les compagnons du prince Blancandin auraient pu en citer quelques vers de mémoire. Ces contes remplis de sortilèges, de hauts faits et de danses macabres prenaient toutefois un tout autre relief au bord des eaux sombres de la Bassière…

Abandonnant le cours de la rivière engloutie, la suite de Blancandin s'enfonça dans les bois. Il ne s'agissait point d'une haute futaie, mais de taillis enracinés dans un sol pauvre. Le printemps rechignait à s'aventurer dans ces bosquets consacrés au dieu de l'hiver : les arbustes restaient nus et prostrés, leur foisonnement seul dressant une palissade de pénombre de part et d'autre du chemin. Au bout d'une demi-lieue, deux stèles antiques signalèrent l'entrée dans le Bois funéraire. Tavelé de lichens, poli par les siècles, le bas-relief au crâne édenté était si usé qu'il en était devenu presque indistinct.

Pour autant, ce morne paysage ne paraissait pas à l'abandon. Le chemin déroulait sous le pas des chevaux une voie large et bien empierrée. De loin en loin, cette chaussée était coupée par des allées transversales, qui étiraient leur saignée à perte de vue dans les gaulis broussailleux. En d'autres lieux, ces percées n'auraient pas manqué d'exciter des envies de chasse chez les nobles voyageurs. Le pays, toutefois, ne paraissait guère giboyeux : nulle laissée sur la route, nulle coulée dans les fourrés. Seuls de rares oiseaux fuyaient à l'approche de la troupe. Le silence qui pesait sur cette contrée suffisait à rappeler qu'on y voisinait avec les morts.

Pour secouer le malaise qui engourdissait ces halliers, les cavaliers continuèrent un moment à deviser. Mais leur entrain sonnait factice, sinon inconvenant. Les conversations s'épuisaient d'elles-mêmes, et les hommes baissaient involontairement le ton. Même le claquement des sabots sur le chemin finissait par sonner déplacé. Insensiblement, la route montait au flanc de collines de faible altitude. Vayre occupait en fait le piémont oriental des hautes terres d'Agurande ; la suite de Blancandin longeait donc les premiers plissements du massif. Quoique les voyageurs ne s'élevassent guère, ils se sentaient rattrapés par les frimas. Le ciel, bouché de nuées grisâtres, s'affaissait à quelques empans au-dessus d'une ramée osseuse. Des plaques de neige sale subsistaient là où les taillis s'étouffaient si drument qu'ils occultaient le soleil ; une brume pénétrante stagnait par endroits à quelques coudées du sol, habillant les fourrés de suaires effilochés.

Dans la suite de Blancandin, les bavardages avaient peu à peu cédé à un silence maussade. Ce fut sans doute la raison pour laquelle plusieurs voyageurs perçurent la même rumeur.

« Avez-vous entendu ? » s'enquit soudain le prince.

Plusieurs chevaliers et écuyers répondirent par l'affirmative.

« On aurait dit des chevaux ; nous ne sommes pas seuls dans ces bois. »

Avec une grimace contrariée, Blancandin ajouta :

« Croyez-vous que les prêtres du Bosquet vont se formaliser de notre passage ?

– Ils pourraient se montrer désagréables, répondit Dam de Maubrenas, mais ils ne montent pas à cheval. La plupart ont fait vœu de pauvreté.

– De nombreuses familles nobles continuent à faire inhumer leurs défunts dans la nécropole, rappela le sire de Froëch. Ce sont sans doute des voyageurs comme nous, voire un cortège funèbre. »

Son hypothèse ne rassura la petite troupe qu'un temps. Quand la brume se déchirait, la route s'étirait vide devant comme derrière eux. Par intermittence, ils continuaient d'entendre les échos de cavalcades et même le bourdonnement de voix, parfois lointaines, parfois proches, étouffées par l'embroussaillement des taillis.

« Ces gens vont et viennent, finit par s'irriter Blancandin. Ce ne sont pas de simples pèlerins. »

Les chevaliers qui l'entouraient se dressaient sur leurs étriers et tendaient une oreille attentive. Le jeune prince avait raison : ces courses louvoyantes ne ressemblaient pas à une allure de marche. La circonspection ou la méfiance commençait à se peindre sur les visages.

« Devons-nous craindre une embûche? se demanda Blancandin en tirant sur ses rênes.

– Nous ne sommes restés qu'un jour au château du Treff, tempéra Cowyr de Thèves. Son altesse ducale n'est probablement pas encore informée de votre défi.

– Le seigneur Rainfroi possède un beau colombier, rappela Dam de Maubrenas. Un pigeon voyageur mettra moins d'une journée à gagner Carroel.

– Mais le duc s'y trouve-t-il déjà ? objecta le sire de Thèves. Et les poursuivants qu'il aurait lancés sur nos traces auraient-ils été en mesure de nous rattraper si vite ?

– À cette heure, je crains moins mon père que mon demi-frère, remarqua Blancandin. Ouchain n'est pas si loin et le Bâtard a toujours été impétueux. »

Un mouvement brusque interrompit leur colloque. À une demi portée d'arc, un chien surgit en silence des fourrés ; son apparition provoqua l'envol de trois perdrix, dans un sonore battement d'ailes. L'une d'elles ne put aller très haut : tombé du ciel en oblique, un bolide la percuta avec une précision mortelle. L'oiseau foudroyé tournoya un instant dans les airs en perdant quelques plumes, avant d'être récupéré en plein vol par le rapace. Celui-ci cloua sa proie au sol au milieu du chemin et la couvrit de ses ailes ouvertes, tout en regardant bien en face la troupe de Blancandin. Le chien rejoignit le faucon et sa prise pour se coucher à côté d'eux.

Bien qu'ils fussent un peu loin pour avoir vu les jets de cuir attachés aux pattes du rapace, les voyageurs reconnurent aussitôt la chasse en vol ; ils admirèrent la façon dont le limier et l'émerillon s'étaient coordonnés. Venant d'une allée transversale retentissaient déjà le trot de plusieurs chevaux, quelques sifflets et des appels. Les chasseurs débouchèrent bientôt devant la suite de Blancandin, ne s'apercevant qu'au dernier moment qu'ils n'étaient pas seuls. Cette rencontre dissipa rapidement les craintes des voyageurs ; les nouveaux venus étaient moitié moins nombreux qu'eux. En outre, ils n'étaient armés que de dagues de chasse et comptaient quelques femmes dans leurs rangs.

À en juger par son gant de cuir, c'était d'ailleurs une jolie dame, chevauchant une haquenée de prix, qui venait de prendre la perdrix. Dans la petite bande, seul un autre cavalier était fauconnier, portant toujours son oiseau encapuchonné sur le bras gauche. Ils échangèrent des regards plus surpris que méfiants avec Blancandin et ses gens. Et puis le visage de Dam de Maubrenas s'illumina.

« Corps de roi ! s'écria-t-il. Quelle bonne fortune, mon seigneur ! »

Le fauconnier éclata de rire :

« Ah ! Maubrenas ! Je crois que tu seras ma plus grosse prise du jour ! »

Et tout en gardant son faucon en équilibre sur le poing, il piqua des deux vers les voyageurs. Quoique vêtu d'un buffle des plus sobres et chaussé de bottes fatiguées, il débordait d'une telle assurance et montait un palefroi qui avait tant de bec que sa haute naissance sautait aux yeux. Arrivé devant les voyageurs, il les balaya rapidement du regard, et s'arrêta sur Blancandin avec un rien d'hésitation.

« Bonjour, Méléagant », dit doucement le jeune prince.

Le visage du fauconnier rayonna de joie.

« Andin ? s'écria-t-il. Andin ! Bonté divine ! Mais te voici un homme ! »

Et jetant presque son cheval au milieu de la troupe, il étreignit son frère du bras droit, l'embrassant en riant, tandis que l'émerillon masqué ouvrait à demi les ailes pour garder son assiette.

« Ah ! Andin ! Pour moi, ce jour est le plus heureux depuis deux ans ! Nous voici enfin rassemblés ! Désormais, rien ne nous résistera ! »

Et sans laisser à son cadet le loisir de répondre, il se tournait déjà vers la chasse et appelait à grands cris :

« Azalaïs ! Engoran ! Rivallon ! Mais venez donc ! Andin est arrivé ! »

Les chevaliers qui escortaient Blancandin riaient avec le seigneur de Vayre, tant sa liesse était communicative. Leur fierté d'avoir réuni les deux frères relevait le bonheur de ces retrouvailles.

Parmi eux, seul Yvorin n'avait pas encore eu l'occasion de rencontrer Méléagant de Bromael. Par certains aspects, la parenté des fils du duc paraissait évidente : ils faisaient à peu près la même taille, possédaient un air de famille et se comportaient avec une assurance qui paraissait démentir leur jeune âge. Cependant, aux yeux du chevalier de Quéant, Méléagant éclipsa aussitôt son frère. Sa physionomie étaient plus harmonieuse, sa voix plus grave, et la rousseur ne semait que de discrets reflets cuivrés dans sa chevelure. S'ils partageaient le menton un peu fort des Bromael, ce trait ne donnait qu'une belle fermeté au visage de Méléagant alors qu'il alourdissait un peu l'expression de Blancandin. L'aînesse semblait avoir prêté un ascendant naturel au seigneur de Vayre.

Elle lui avait également prêté un charme spontané et immédiat, une tournure avenante qui appelait la sympathie de façon irraisonnée. Sous ces manières agréables couvait un tempérament ardent, qui augmentait d'autant sa séduction. À la cour du comte Dodinel, Yvorin avait entendu dire que Méléagant tenait davantage de sa mère, la duchesse Audéarde, que de son père ; la rencontre avec le jeune prince lui permit aussitôt de le vérifier. Méléagant de Bromael était de ces seigneurs qu'on avait envie d'aimer et de suivre sans se poser de questions.

Les deux troupes se mêlèrent pour se livrer à de joyeuses effusions. À l'exception d'Yvorin et de son écuyer, tout le monde se connaissait et les embrassades n'étaient pas de façade. Bien qu'il fût un temps laissé un peu à l'écart, le chevalier de Quéant observa avec curiosité la suite de Méléagant. Écuyer du seigneur de Vayre, le dénommé Rivallon paraissait surtout être l'ami du prince : jeune, élégant, sophistiqué jusque dans son costume de chasse, il était le parfait produit d'une éducation de cour, mais son affabilité paraissait plus étudiée que celle de son maître. Blancandin le salua d'ailleurs avec une politesse plus formelle que chaleureuse. En revanche, le jouvenceau manifesta de l'émotion en présence de sire Engoran, un chevalier chenu qui, sans se soucier de leur différence de rang, l'étreignit avec une affection paternelle. Comme Méléagant, le vieux vassal s'étonnait de retrouver un homme après avoir fait ses adieux à un enfant ; Yvorin devina qu'il avait été naguère le gouverneur des deux princes et que Méléagant, par estime ou par gratitude, l'avait conservé dans son hôtel quand son éducation avait été achevée.

En revanche, quoiqu'il ne l'eût jamais rencontrée, Yvorin comprit dans l'instant qui était la fauconnière dont l'oiseau venait de buffeter si impitoyablement une perdrix. Le nom qu'avait crié le seigneur de Vayre ne fit que confirmer son intuition : dame Azalaïs était la jeune épouse du prince. Les mèches follettes qui, dans le feu de la chasse, avaient échappé à sa coiffe possédaient la blondeur presque blanche de sa lignée, la famille des Landeviesse. Du reste, la grâce avec laquelle elle dirigeait sa monture suffisait à révéler la fille de noble lignée. Comme elle montait en amazone avec l'une de ces nouvelles selles ciudaliennes, sa robe était troussée fort galamment sur la jambe droite ; mais une botte exquise, qui laissait juste deviner la finesse du mollet et du pied, sauvait la décence. Yvorin reconnut la cavalière car sa réputation de courtoisie, assaisonnée de racontars plus lestes, avait circulé dans les cours vassales du duché. Aussi fut-il étonné de découvrir que si la dame était une écuyère piquante, son minois, un peu rougi de grand air, paraissait plus réfléchi qu'effronté.

Deux ans plus tôt, les circonstances scandaleuses qui avaient abouti à l'union de Méléagant de Bromael et d'Azalaïs de Landeviesse avaient fait grand bruit. Le seigneur de Vayre avait tout bonnement enlevé la demoiselle de Landeviesse pour contraindre sa famille à lui donner sa main. Si choquant fût-il, ce rapt était plus sentimental que criminel. Azalaïs faisait partie de la suite d'Audéarde de Bromael, et c'était donc dans l'hôtel de la duchesse que Méléagant avait eu le coup de foudre pour la jeune fille. Les mauvaises langues laissaient d'ailleurs entendre que c'était la dame plus que le seigneur qui avait fait sa cour... La complaisance avec laquelle la belle s'était laissé ravir ne pouvait qu'entretenir pareils commérages. Toujours est-il que l'inclination des deux jeunes gens était de notoriété publique, et il était généralement admis que cet enlèvement était le fruit d'un transport amoureux.

L'opprobre jeté sur le prince n'en fut pas moins unanime. Que le fils du suzerain, second dans l'ordre de succession mais favori dans le cœur de ses parents, se permît une telle inconduite donnait un exemple désastreux à la noblesse du duché. Le baron Armin, seigneur de Landeviesse et père de dame Azalaïs, fit plus qu'en appeler à la justice du duc : il menaça de rompre son allégeance et de demander réparation par les armes. Ganelon de Bromael n'en fut que plus furieux contre son fils. Du reste, il se sentait insulté au premier chef : il avait projeté pour le prince une union plus prestigieuse que cet hyménée avec une rouée qui était certes de sang bleu, mais de noblesse seconde ; des princesses ciudaliennes, ouromandes ou ressiniennes lui eussent offert des alliances plus utiles ou plus prestigieuses ! La duchesse Audéarde partageait les vues de son époux et, dans un premier mouvement, condamna également la folie de son fils ; mais le duc tint rigueur à son épouse d'être responsable de ce désordre en n'ayant point su tenir sa maison. Le reproche piqua la dame, qui prit alors le parti du fils indiscipliné et de la suivante galante. Comme Ganelon rassemblait déjà l'ost pour assiéger Vayre, où s'étaient réfugiés les amants, la duchesse le raisonna en lui rappelant l'issue désastreuse de la guerre du Hériban, qui avait fini par opposer Ganelon à son propre père, et lui recommanda de ne point faire retomber le duché dans l'ornière. Mieux valait concilier les partis et sauvegarder la concorde familiale, lui fit-elle valoir . Que Méléagant réparât ses torts en épousant la pucelle qu'il avait déshonorée : en leur accordant son pardon et sa bénédiction, Ganelon passerait pour un suzerain miséricordieux et obligerait aussi bien le fils dissipé que le baron Armin. Au yeux du peuple, un mariage renforcerait toujours le prestige de la lignée alors qu'une nouvelle guerre intestine le ruinerait ; quant à la noblesse, elle aimait suivre les audacieux, et cette union romanesque, en dépit de son inconvenance, contribuerait finalement au rayonnement de Méléagant. Le duc se rangea de mauvaise grâce à ces raisons – d'après le comte Dodinel de Belestance, Ganelon avait surtout plié devant son conseil, qui lui avait remontré que ses caisses étaient trop vides pour se lancer dans un conflit aussi absurde que coûteux. Quant à la duchesse, elle s'était employée à réconcilier Méléagant avec son père et son futur beau-père. Comme la grande dame l'avait deviné, les noces qui avaient conclu cet imbroglio avaient renforcé la popularité de la famille ducale auprès du bas peuple. Mais Armin de Landeviesse n'avait renouvelé son hommage que du bout des lèvres et Ganelon remâchait son humiliation. À la cour ducale, on avait remarqué dans les mois qui avaient suivi un refroidissement sensible du suzerain vis-à-vis de son épouse. Ganelon avait prêté une oreille plus complaisante aux médisances qui couraient sur le compte de la duchesse. Telle était l'origine, selon l'opinion des gens bien nés, de la disgrâce qui avait finalement valu à dame Audéarde infamie, procès et répudiation.

Au sein de la noblesse bromalloise, on avait fait tant de gorges chaudes sur ce scandale que même un modeste bachelier comme Yvorin en avait eu les oreilles rebattues. Parce qu'il était averti, il saisit la gêne fugace qui embarrassa Blancandin et Azalaïs lorsqu'ils se saluèrent. Quoiqu'ils se fussent connus jadis dans l'hôtel de la duchesse, sans doute avaient-il du mal à reconnaître les jeunes gens qu'ils étaient devenus ; retenu à l'étranger par son noviciat dans un ordre militaire, Blancandin n'avait pas assisté au mariage ; la nouvelle dame de Vayre avait des raisons de craindre la mauvaise impression que sa galanterie aurait pu produire sur un esprit formé à la stricte discipline de Sacralia, tandis que le jeune homme pouvait se défier d'une intrigante qui, à travers son époux, aurait l'opportunité de le réduire en sa puissance.

Ce fut la dame qui, après un bref flottement, entreprit de rompre la glace.

« Ah ! Beau doux frère ! Comme vous avez grandi ! Me permettez-vous de vous appeler beau doux frère ?

– Ma foi, ma dame, cela ne me changera guère du cloître, répondit Blancandin. En revanche, c'est un agrément nouveau que d'avoir une sœur.

– Allons, allons, pas de manières entre vous ! riait Méléagant. Embrassez-vous, vous me ferez plaisir ! »

Blancandin rougit un peu en recevant sur la bouche le baiser de paix de sa belle-sœur. En un geste familier, Azalaïs lui posa sur l'épaule la main couverte du gant de fauconnerie.

« Mon seigneur mon époux se faisait une telle joie de vous revoir que votre retour ensoleille cette journée », sourit-elle en s'écartant de lui.

Les sires de Thèves et de Maubrenas ainsi que l'écuyer Rivallon se récrièrent sur la finesse du compliment : il faisait allusion à l'emblème solaire de l'Ordre radieux où Blancandin avait été formé. Le jeune homme, quant à lui, eut l'air plus troublé que flatté par ce mot d'esprit.

Au bout d'un moment, Geriant de Froëch s'avisa qu'Yvorin restait poliment à l'écart et s'empressa de le présenter.

« Pardonnez-nous de vous avoir négligé, chevalier, s'excusa le seigneur de Vayre. Ces retrouvailles impromptues me sont un tel bonheur que j'en oublie toute civilité !

– C'est un plaisir d'en être le témoin, répondit Yvorin, et vous m'honorez par le souci que vous avez de me saluer au milieu de tant d'allégresse.

– Eh bien ! Sire Yvorin, votre langue est plus courtoise que la mienne ! » badina Méléagant.

Ces quelques paroles constituaient une grâce suffisante de la part d'un grand seigneur à l'adresse d'un simple chevalier. Alors qu'il ne s'y attendait guère, Yvorin fut donc surpris de voir le prince continuer à s'intéresser à lui.

« Quéant, Quéant, répéta-t-il comme s'il passait en revue ses souvenirs. Êtes-vous de la famille d'Erbin de Quéant ?

– C'est mon père, répondit le bachelier sans dissimuler son étonnement.

– Vous appartenez donc au ban du seigneur Mainard de Prangeray, déduisit Méléagant.

– Mon père est de ses bannerets, confirma Yvorin de plus en plus flatté.

– Voici de vieilles et bonnes lignées, loua le prince. Je me réjouis d'accueillir à Vayre l'un des vaillants fils du comté de Belestance. »

Quand il rejoignit son frère et son épouse, Méléagant laissa le jeune sire de Quéant charmé d'avoir été ainsi reconnu par un si haut seigneur.

Avec des rires, on finit par s'occuper du faucon qui, abandonné avec sa proie, avait commencé à la plumer et à la déchirer. Bien que la grive ne fût plus très présentable, Rivallon la plaça dans son carnier tandis qu'Azalaïs, récupérant l'émerillon sur son poing, lui donnait un cou de volaille cru pour le récompenser. Quoique le rapace ne fût pas très grand, la beauté de son plumage surpassait peut-être la précision de sa chasse. Des sourcils de neige maquillaient sa pupille ronde, sous un front arrondi teinte de ciel d'orage ; le jabot chamois tacheté de brun signalait l'oiseau de proie, tandis que les rémiges d'ardoise argentée et la queue dessinée au fusain lui conféraient une harmonie acérée.

« Ce tiercelet est magnifique ! s'émerveilla Cowyr de Thèves.

– C'est un émerillon des steppes, expliqua complaisamment dame Azalaïs. Il a été affaité par un fauconnier nomade en Féménie.

– Il m'a coûté une petite fortune, ajouta son mari avec légèreté. Je l'ai acquis auprès de marchands de Sacralia. J'ai dépensé sans compter, tant et si bien que les chevaliers du Sacre n'y ont vu que du feu… »

Il adressa un clin d'œil à son frère.

« Les gens que j'avais chargés de la transaction étaient en fait mes espions. C'est par eux que j'ai appris dans quelle place tu étais emprisonné.

– Je ne sais comment t'exprimer ma reconnaissance, répondit Blancandin.

– Allons donc ! Pour cet oiseau, je n'ai pas déboursé le quart de la rançon que tu m'aurais coûté ! Et crois-moi, je l'aurais payée rubis sur l'ongle, avec l'argent des changeurs et des usuriers de Carroel, si tes paladins sourcilleux me l'avaient réclamée !

– En somme, s'égaya le sire de Thèves, vous avez fait de sages folies. Vous y avez gagné un frère et dame Azalaïs un oiseau de haut vol.

– Ah ! Si cela était, j'en serais fort aise, releva la jeune cavalière avec une moue plaisante. Mais je ne suis que la deuxième dans le cœur de mon époux.

– J'ai confié l'oiseau à ma dame parce que je veux qu'il soit accoutumé à être nourri par une main de femme, précisa le seigneur de Vayre. C'est un cadeau que je destine à ma dame ma mère, quand je l'aurai enfin tirée de sa prison de Mondoire. »

Les chevaliers qui avaient appartenu à l'hôtel de la duchesse hochèrent la tête. Le visage redevenu grave, sans doute songeaient-ils au sort indigne de la maîtresse qu'ils avaient servi. La passion de la duchesse Audéarde pour la chasse au vol était connue de toute la noblesse bromalloise. Que la haute dame fût privée de ce loisir depuis presque un an leur paraissait intolérable.

« Croyez-vous que le pardon d'armes de Lyndinas suffira à obtenir la délivrance de ma dame la duchesse ? risqua prudemment le sire de Maubrenas.

– C'est une chance à courir, répondit Méléagant. Si elle nous échappe, ma foi, nous en courrons d'autres. »

Il écarta le sujet d'un geste altier.

« Un souci après l'autre, Maubrenas ! Pour l'heure, jouissons de nos retrouvailles ! Après tout, c'est déjà un premier pas dans nos desseins à l'égard de ma dame ma mère ! Rentrons au château, fêtons l'événement ! Nous parlerons de nos plans à tête reposée. »

Les deux troupes mêlées reprirent la route, formant désormais une belle compagnie. Dam de Maubrenas demanda où le seigneur de

Vayre avait fixé rendez-vous au reste de la chasse, à quoi Méléagant répondit avec désinvolture qu'il avait négligé ce détail car il n'avait point de seconde meute. Quand ils comprirent que le prince et son épouse couraient les bois en si petit arroi, Blancandin et son escorte jugèrent que c'était fort imprudent.

« J'ai circonvenu les mouchards placés par mon père dans mon entourage, invoqua tranquillement le seigneur de Vayre, et le chapitre du Desséché ne goûte guère que je parcoure ces bois en grand équipage.

– Vous êtes quand même très loin du château, remontra le sire de Froëch.

– Mon cher Geriant, intervint dame Azalaïs, à moins de cela la campagne est trop triste.

– Il fallait faire voler cet oiseau, renchérit Méléagant. Et puis nous avions besoin de respirer : avec les préparatifs de notre grande affaire, on se bouscule entre nos murs ! »

Yvorin retint surtout l'argument de la dame. Il ne trouvait guère riants les taillis hirsutes qui enserraient le chemin, et gardait à l'esprit le souhait d'arriver avant la nuit qu'avait formulé plus tôt Dam de Maubrenas. Il s'attendit à traverser une contrée des plus ingrates. De fait, malgré la belle humeur qui régnait parmi les cavaliers, le paysage devenait de plus en plus revêche à mesure qu'ils avançaient. Les arbres se firent plus hauts mais, toujours trop denses, ils s'étouffaient mutuellement. Certains d'entre eux ployaient sous un manteau de lierre au feuillage vireux ; d'autres avaient les racines rongées de pourridié ou le tronc sucé par des polypores. Sur les fûts épargnés s'épanouissait une lèpre de lichens ; un peu partout, les plus hautes branches étaient parasitées par des boules de gui. Malgré la saine odeur d'écurie que dégageaient les chevaux, les cavaliers humaient dans cette forêt une fétidité froide, aux effluves de bois moisi et de morilles du diable.

La route ne grimpait plus ; les voyageurs avaient atteint le sommet des collines. Quelques percées dans ces futaies malades leur livrèrent une échappée. Au loin, crevant l'océan grisâtre des branches, ils découvrirent le jaillissement immobile du château. Il paraissait perdu au fond de ces forêts lugubres, et donnait pourtant le vertige par son élévation et ses disproportions. À plusieurs lieues de distance, on n'en percevait guère le détail, juste l'impression d'un empilement d'arc-boutants et de tours jetés sans plan d'ensemble, tassés les uns contre les autres en une lancée verticale. L'édifice tenait de la place forte, de la ruine, du chantier inachevé d'une basilique démente. Même à une telle distance, il produisait une impression de force et de désordre. Blancandin et son escorte, qui l'avaient pourtant déjà visité, parurent impressionnés en le redécouvrant. Yvorin et Briebras, malgré tout ce qu'ils en avaient appris par les chansons, ne purent masquer leur étonnement. Massif, hostile, à la fois grandiose et tronqué, Vayre érigeait sa menace au milieu d'un paysage chagrin.

« Le château fait toujours cet effet, commenta Méléagant. Mais le tinel et les appartements sont très accueillants.

– Du moins quand le vent ne souffle pas trop fort, ajouta son épouse avec un enthousiasme plus tiède.

– Dans ce cas, nous ferons de la musique ! » plaisanta le seigneur de Vayre.

Il restait de la route avant de toucher à ce havre rébarbatif. La compagnie entreprit de redescendre en direction de la vallée de l'Andounne, dont on devinait le courant sombre à la faveur de rares trouées. Les collines s'abaissaient en un immense amphithéâtre autour du méandre où se dressait la forteresse. À mesure que les cavaliers s'ensevelissaient dans les bois accrochés au coteau, ce panorama sévère se déroba à leur vue. La forêt paraissait de plus en plus austère et malsaine. Des bouquets de sapins, et bientôt de véritables bosquets, jetaient un manteau de ténèbres sur quelques combes et quelques épaulements. Des allées secondaires quittaient parfois le chemin principal et partaient se perdre dans cette sylve obscure. On y entrevoyait, cernée de ramée et d'ombre, la pierre moussue de stèles et d'édicules. D'abord isolés au milieu des futaies, ces monuments se multipliaient à mesure que l'on descendait vers la rivière. Dalles enfouies sous les tapis d'aiguilles, catafalques de tuffeau verdi, chapelles funéraires et même, par endroits, mausolées dont les flèches ou le dôme dominaient les branchures dépouillées, une véritable ville émergeait des sous-bois enchevêtrés. Il était rare que les Bosquets du Desséché assemblassent une telle profusion de caveaux : le culte recueillait les dépouilles dans des catacombes, depuis les simples niches pour les humbles jusqu'aux complexes souterrains pour les puissants. Toutefois, à la fin de la guerre des Grands

Vassaux, le clergé avait été banni hors du duché pendant de longues années ; la noblesse, qui continuait à inhumer ses défunts dans la nécropole, avait alors ouvert des accès privés et les avait protégés par ces constructions fastueuses. Au bout de trente ans, quand le culte réformé avait retrouvé droit de cité en Bromael, l'usage de bâtir ces chapelles était resté. Elles envahissaient la vallée silencieuse de leurs pignons, de leurs portails et de leurs figures funèbres ; au bas de ces antichambres orgueilleuses se momifiait de siècle en siècle une cour des morts toujours plus peuplée que ne l'était celle du duc en titre.

Cependant, la plus puissante impression de malaise ne venait pas de ces futaies funèbres. Face aux cavaliers, le château de Vayre élevait ses murailles de plus en plus hautes au-dessus de la cime des arbres. Il paraissait d'autant plus gigantesque qu'il avait été bâti en fond de vallée, et commandait pourtant à tout le paysage. On n'y découvrait presque pas de courtine, mais un faisceau de tours de formes et de tailles diverses, accotées et parfois imbriquées les unes dans les autres. Elles se prolongeaient au-dessus des hourds du chemin de ronde, égratignaient les nuages bas de ruines fantastiques où des murs inachevés, percés de portes, d'arcs et d'architraves ouvrant sur le ciel, s'ornaient parfois d'escaliers vertigineux partis de nulle part et débouchant sur le vide. La bise sifflait dans cette folie de pierre un chœur lugubre, qui répondait au grondement plus grave venu de la rivière chutant dans un gouffre.

Parmi les voyageurs, même ceux qui avaient déjà été reçus à Vayre restaient fascinés par les cimes ajourées de la forteresse. Yvorin et son écuyer, qui les découvraient, les contemplaient avec une révérence incrédule. Nourrie de chansons de geste, la noblesse bromalloise savait que ces faîtages inachevés n'étaient ni des ruines ni des chantiers abandonnés. Prolongeant la forteresse ducale, l'enchanteur Cennargin les avait conçus comme un château célestiel. Le magicien avait fait bâtir ces élévations pour tromper les âmes errantes que l'archonte Insanias avait jetées à l'assaut des toits : cette architecture insensée, ramifiée par les sortilèges du mage, avait égaré les chasses spectrales dans ses corridors de nuées et de vents.

Le gigantisme de la forteresse compensait également son exiguïté. La surface au sol du château était étroite : il avait été bâti sur trois îlots du dernier méandre de l'Andounne avant que la rivière ne se précipitât dans le gouffre du Saut-le-Cerf. Ce n'était d'ailleurs qu'en arrivant sur la rive qu'on découvrait certaines fortifications isolées du corps de l'enceinte, la plus avancée faisant office de barbacane qui contrôlait l'entrée de la forteresse. Il s'agissait de la tour Malestrue, en fait un véritable châtelet, célèbre dans la tradition puisque seul bastion à être tombé au cours du second siège. Elle dominait le pont assez trapu, construit sur de petites arches, qui partait de la rive sud de l'Andounne. Le portail du châtelet, déporté de l'axe du pont, était également en surplomb ; il fallait grimper un pan incliné assez raide, exposé aux archères et aux mâchicoulis, pour en atteindre le seuil. Un autre ouvrage s'élançait de l'arrière de la tour Malestrue pour donner accès à la forteresse ; ce deuxième pont ressemblait à une passerelle, formée d'une seule arche en dos d'âne, si étroite qu'elle ne permettait pas à deux cavaliers de s'y croiser. Comme la compagnie approchait, un détail sinistre retint l'œil des nouveaux venus : sous le tablier en ogive, deux pendus élongeaient leurs pieds vers l'onde fuyante.

La rivière se fendait autour des becs maçonnés qui protégeaient non seulement les piles du premier pont, mais aussi le fondement des remparts. Jusqu'à une hauteur de deux à trois toises, l'enceinte, construite dans un schiste sombre, paraissait presque noire ; au-dessus, le vaste jaillissement des tours, tourelles et pinacles possédait une pâleur de tuffeau. Toutefois, des traînées pluviales souillaient par endroits ce parement, qui dans son ensemble paraissait plus blafard que blanc.

Un curieux feston ornait les remparts. Juste au-dessus de la jonction entre le schiste et le tuffeau, une frise en bas-relief courait le long des murs, épousant tous les arrondis, les angles et les décrochages des tours. L'ornement paraissait aussi ancien que le château et avait souffert des assauts des armées comme de ceux du temps. Sur de larges sections, ces figures mutilées étaient devenues illisibles. Par endroits, cependant, les sculptures avaient été épargnées, et portaient encore des pigments défraîchis. Le sujet en était horriblement joyeux : une immense danse macabre s'enroulait autour de l'enceinte.

Le seigneur de Vayre, son épouse et ses gens n'y prêtaient guère attention ; mais leurs hôtes ne pouvaient se défendre d'une fascination inquiète pour l'immense édifice. Les contes du coin du feu, les chansons des jongleurs et même certaines chroniques que les sires de Thèves et de Maubrenas avaient entendu lire dans l'hôtel de la duchesse leur permettaient d'interpréter ces bizarreries architecturales. On racontait en Bromael qu'avant d'être transformé en forteresse, Vayre avait été le palais de l'archonte provincial. Cela expliquait pourquoi l'on trouvait cette pierre sombre aux fondations des remparts. (Qu'il me soit ici permis de donner mon sentiment. S'il existe bien une part de vérité dans cette légende, elle est également entachée d'erreur. Comme tout le clergé du Desséché, les archontes siégeaient au fond des hypogées. Il est plus raisonnable de conjecturer qu'à l'origine, Vayre fut une hôtellerie construite par le culte à l'usage des familles endeuillées qui venaient y enterrer leurs défunts. Le choix d'une île pour séparer l'espace profane de l'aire funéraire est très parlant : l'eau vive protégeait les visiteurs des morts.) Quant au bas-relief qui ceinturait le rempart, il passait pour avoir été conçu par l'enchanteur Cennargin et sculpté, au dire des contes, en une seule nuit par un esprit ancien et néfaste. L'épisode était fameux dans *La Mort le Roi Maddan.* Lorsque l'archonte Insanias avait ordonné l'assaut contre les murailles après la prise de la tour Malestrue, Cennargin avait lancé un sortilège qui avait animé la frise : la foule des morts, envoûtée par la danse macabre, avaient piétiné en cadence autour du château au lieu de l'attaquer.

Pendant que les voyageurs considéraient avec une révérence grave ce haut lieu, Méléagant parut contrarié par un détail. À un jet de pierre du premier pont, une silhouette sombre se tenait en contemplation devant la rivière. L'individu portait la robe et le capuce noirs des prêtres du Desséché ; de la main gauche, il égrenait un chapelet aux perles d'os. Visiblement, il priait pour le repos des deux pendus, mais le seigneur de Vayre eut un mouvement d'humeur en le découvrant si près du seuil de sa demeure.

« En voilà un qui ne sait pas se tenir à sa place », marmonna-t-il avant d'ordonner d'un geste à son écuyer de s'occuper de l'importun.

« Il ne fait que remplir les missions de son ministère, tempéra Blancandin.

– Ce ne sont pas les premiers malandrins que j'accroche à mes portes et jusque là, les frères de la nécropole avaient le savoir-vivre de ne récupérer les corps qu'au terme de l'exposition coutumière. Celui-ci est le nouveau tourier du chapitre de Vayre ; un beau parleur que j'ai d'abord trouvé plutôt arrangeant pour un dévot, mais qui finit par se comporter de façon un peu trop zélée à mon goût. »

Se détachant de la compagnie, Rivallon rejoignit rapidement le religieux et l'interpella sans descendre de cheval. En se tournant vers lui, le prêtre révéla une figure disgraciée, un peu tordue, d'une pâleur de craie ; un strabisme prononcé accentuait sa laideur, lui conférant un regard faux. Pourtant, quand il répondit à l'écuyer, l'intensité caverneuse de son timbre capta aussitôt les oreilles de toute la suite seigneuriale.

« Que vous chaut ma présence sur cette rive ? protestait-il. Je me tiens seul et insignifiant au pied de votre superbe. Suis-je venu réclamer ? Suis-je venu prêcher ? Je me contente de prier. En quoi vous dérangerais-je davantage que ces deux corps abandonnés sans égards ?

– Votre supérieur et vos frères ont toujours respecté les neuf jours d'exposition au gibet, rétorqua Rivallon. Prenez garde à ne pas empiéter sur la justice du seigneur de Vayre !

– Ai-je décroché ces morts ? Ai-je contesté la sentence ? Je laisse le seigneur de Vayre exercer sa justice ; laissez les prêtres de Vayre remplir leur office.

– Eh ! Que ne le remplissez-vous au fond de vos chapelles ! lança de loin Méléagant.

– Je le ferais si je pouvais y dispenser à ces défunts le viatique du Dieu, rétorqua le ministre.

– Voici une plaisante conversation sur le pas de ma porte, frère Calliphore, s'anima le prince. J'en viens à me demander qui de vous ou de moi a le moins de patience ! »

Se rapprochant de son mari, dame Azalaïs lui posa une main légère sur l'épaule.

« N'accordez pas à ce triste trouble-fête la faveur de disputer avec lui. S'il lui plaît de faire ses oraisons en plein vent et de prendre froid au bord de l'eau, qui s'en plaindra ? Nous avons des hôtes plus courtois à recevoir. »

Ces paroles adoucirent l'irritation de Méléagant. Il en remercia son épouse d'un sourire et rappela d'un geste Rivallon. Comme son écuyer les rejoignait, il ordonna que sitôt rentrés on envoyât un échanson offrir du vin chaud et des venaisons au prêtre. Les chevaliers apprécièrent toute l'ironie du geste.

Comme la troupe s'engageait sur le premier pont, Blancandin fit part de son étonnement.

« Ainsi, du brigandage sévit sur ces terres ? La région ne semble pourtant guère s'y prêter…

– Le pire des brigandages, répliqua son frère. J'accueillais ces deux misérables à ma propre table et je les croyais attachés à ma personne. En fait, c'étaient les créatures de père. Ils mouchardaient auprès du chancelier Diaccécrimène qui, tu penses bien, s'empressait de tout répéter en haut lieu. »

Blancandin fronça les sourcils.

« Dans ce cas, reprit-il d'un air préoccupé, père sait tout de nos projets… »

Le seigneur de Vayre se laissa balancer un instant au pas de son cheval en arborant un sourire nonchalant.

« J'ai veillé à ce qu'il n'en soit rien », lâcha-t-il d'un air satisfait.

Il saisit les doigts de sa femme et les porta à ses lèvres, avant de se retourner à demi pour saluer le vieux chevalier de sa suite.

« Je le dois aux conseils judicieux de ma dame et de sire Engoran, expliqua-t-il. Voilà plusieurs mois que je soupçonnais les deux félons. Contre mon sentiment, qui était de sévir sans tarder, mon épouse et notre loyal mentor m'ont conjuré de n'en rien faire. De la sorte, le chancelier et père me croyaient toujours sous surveillance ; j'ai même pu les renarder en dupant leurs espions. Mes affaires véritables, comme ton évasion, étaient préparées dans leur dos. Cependant, quand il est devenu difficile de dissimuler l'ampleur de mes entreprises, le temps est venu de châtier. J'ai confondu les indiscrets il y a quelques jours et je les ai fait pendre. »

Le seigneur de Vayre paraissait heureux du tour qu'il avait joué au duc, mais l'expression de dame Azalaïs trahissait quelque réserve et celle du sire Engoran s'était assombrie.

« Autant te le dire tout de suite, ajouta brutalement Méléagant, l'une des deux mouches était Scolonagre. »

Blancandin eut d'abord l'air surpris, puis choqué.

« Scolonagre ? releva-t-il. Le myste Scolonagre ?

– Eh oui, je l'avais gardé à mon service, lui aussi. Je l'avais fait entrer dans ma chancellerie. J'en ai été joliment récompensé.

– Tu as pendu notre précepteur ? s'écria son cadet avec effarement.

– Nous allons passer dessus lui dans un instant.

– Mais c'est un prêtre de la Vieille Déesse ! Il ne tombe pas sous ta juridiction !

– Le clergé de la Déesse ! vilipenda l'aîné. Ces cagots qui gardent la duchesse recluse contre son gré à Mondoire ! Tant que nous n'aurons pas obtenu réparation des torts faits à notre mère, ils seront nos ennemis, Andin ! »

Le jouvenceau secouait pourtant la tête, le visage empreint de réprobation et d'horreur.

« Le myste était un maître sévère, mais il nous a bien enseignés, regimbait-il. Au nom du passé, tu aurais quand même dû montrer un peu de clémence…

– J'ai eu le temps d'y réfléchir pendant tous ces mois où j'ai dû lui faire bon visage, repartit Méléagant. Certes, mon premier mouvement a été de le pendre. Mais ensuite, j'ai pensé comme toi ; après tout, j'aurais pu le jeter dans un cachot le temps de régler nos différends. Or cela aurait été une erreur. J'ai hérité du tempérament de père, et père le sait. Qu'aurait-il fait dans ma situation ? Il aurait pendu le traître. En apprenant que je l'avais épargné, père aurait deviné que j'avais eu le temps de réfléchir et de modérer ma colère. En conséquence, il aurait compris que je lui dissimulais mes actions depuis longtemps, ce qui aurait été dangereux pour nos plans. En faisant exécuter Scolonagre au mépris du droit canon et de la miséricorde, je donne l'impression d'agir sous le coup de la colère. Je procède donc comme si je venais de découvrir la traîtrise. Cela couvre nos entreprises pour quelques jours encore. C'est malheureux, Andin, mais que veux-tu… il fallait que le vieux maître meure. »

En devisant de la sorte, les deux frères avaient franchi le premier bras de l'Andounne et étaient entrés dans l'ombre des fortifications. Une fois gravi le pan incliné au pied de la muraille, ils s'engageaient dans le portail du châtelet ; le vacarme des sabots contre le pavage, résonnant sous la voûte, empêcha Yvorin, qui suivait à quelque distance, d'en entendre davantage. Le jeune chevalier n'en fut pas mécontent : le tour que prenait la conversation lui déplaisait, comme le mécontentait de devoir passer au-dessus des pendus. Le plaisir d'avoir reçu des marques de considération de la part du seigneur de Vayre s'étiolait, rattrapé par le doute. Que la ruse prît le pas sur la justice ne correspondait guère à sa conception de l'honneur.

Sans doute sa réprobation s'affichait-elle trop franchement sur sa mine. « Restez prudent », le prévint charitablement le sire de Thèves. Le bachelier le remercia d'une inclination de tête pour sa prévenance. Et tout à coup, il sursauta, traversé par une brusque frayeur. Du coin de l'œil, il venait d'entrevoir le mouvement de l'une des gargouilles de la tour Malestrue ! Le cœur battant, il la scruta : le grotesque avait repris hypocritement sa rigidité de pierre, son bec démesurément ouvert, mais Yvorin sentait toujours peser sur lui une curiosité prédatrice. Tant de légendes couraient sur les charmes de l'enchanteur Cennargin, dont certains ensorcelaient toujours la vieille place forte ! Un instant, le sire de Quéant crut en avoir été le témoin ; il allait s'en ouvrir à ses compagnons quand il se réfréna, juste à temps. Il venait de revoir un gigotement noir, juste au-dessus de la statue.

« Ce n'est qu'un freux », se raisonna-t-il.

Il riait de sa propre sottise lorsqu'il franchit le seuil du châtelet.

# VIII

## Une inquisition

*Umbrarum hic locus est, somni noctisque soporae.*
Virgile

Les oreilles rabattues, Mirabilis se tapit précipitamment dans la rigole calcaire de sa guivre. Stupéfiant ! Invraisemblable ! On l'avait aperçu sur son perchoir ! Si encore il avait été repéré par l'un des oiseaux de proie, l'honneur eût été sauf, mais les tiercelets se trouvaient encapuchonnés. Non, l'importun n'était autre que le petit blondin aperçu au Treff ! Un béjaune complètement dépourvu de clairvoyance ! Comment avait-il pu le débusquer sur son perchoir, alors que l'épieur se livrait à un guet clandestin ? Mirabilis avait pourtant raffiné sa discrétion au rang d'art. C'était tout bonnement incompréhensible ! Pis encore, c'était très vexant. De contrariété, il battit violemment de la queue.

Cette histoire, décidément, devenait fort déplaisante. Quelle déplorable idée, en vérité, que d'aller suivre les lubies de ces sujets qui ne tenaient pas en place ! La route était interminable, depuis le château du Treff jusqu'à la forteresse de Vayre, et un chat, si sémillant fût-il, aurait été bien en peine de suivre l'allure de cavaliers. Il lui avait donc fallu déployer des efforts qu'il estimait épuisants pour abattre pareille distance. La solution la plus simple eût été de régresser d'un ou deux mois pour avoir le loisir d'arriver malgré tout le premier. Mais pour cela, encore eût-il fallu marcher par les frimas, une option tout à fait inconfortable. En conséquence, Mirabilis s'était cru astucieux en recourant à l'expédient inverse. Puisque de toute façon il ne pouvait arriver en avance, autant profiter des agréments d'un énorme retard. Jusqu'au milieu du printemps, il avait mené une vie de patachon au château du Treff, choyé par les deux petites filles du seigneur, insoucieux du gros chagrin qu'il laisserait derrière lui quand il leur aurait faussé compagnie. S'étant mis en route aux beaux jours, il avait baguenaudé sur l'essentiel du chemin, conquis les faveurs de quelques minettes au passage, chassé le papillon, le lézard et le campagnol, oublié un moment le but de ses vagabondages. Sans doute eût-il poursuivi indéfiniment cette flânerie charmante s'il n'avait été rattrapé par les événements. À trop tarder, il était tombé dans un pays en guerre. La situation en Bromael était devenue tout à fait alarmante. Cela l'avait aidé à reprendre ses esprits et la route du château de Vayre, qu'il avait finalement atteint après le solstice. La forteresse était alors en effervescence ; un drame épouvantable venait de s'y produire. Comme les choses prenaient vraiment mauvaise tournure, Mirabilis avait remis de l'ordre dans ses propres affaires : une toilette énergique l'avait ramené au début du printemps, quand tout n'allait pas si mal. En définitive, il était quand même arrivé le premier.

Complaisant envers la légèreté avec laquelle il avait folâtré en cours de route, il jugeait qu'il s'était donné énormément de mal pour accomplir la tâche dont on l'avait investi. Que de tribulations ! Le jeu n'en valait vraiment pas la chandelle. Et voici qu'un de ces benêts de chevaliers avait l'outrecuidance de le découvrir ! Bien loin d'être amusante, cette filature accumulait les désagréments les plus cuisants ! Sa queue en battit de plus belle – il prit conscience après coup que cette manie avait probablement révélé sa cachette.

Fort heureusement, les derniers écuyers et leurs chevaux de somme disparaissaient dans l'entrée. Bientôt, le tympan de Mirabilis fut assourdi par un cliquetis de chaînes et le grincement de la herse qu'on refermait. Puisqu'on l'avait si désobligeamment démasqué, le fureteur remit à plus tard la suite de sa surveillance. De toute façon, le second pont était étriqué et la troupe embouteillée faisait un vacarme retentissant sous les voûtes du châtelet. Relevant prudemment le nez, Mirabilis s'autorisa un coup d'œil furtif derrière l'oreille de sa gargouille. Seul le crottin abandonné sur le tablier du pont témoignait du retour de la suite princière. Plus loin, au bord de la rivière, le prêtre du Desséché avait repris ses prières. Quoique ce sujet d'observation n'eût rien de très attrayant, Mirabilis lui accorda son attention.

Sans parvenir à mettre la griffe sur la raison précise de sa curiosité, le rôdeur éprouvait de l'intérêt pour ce croque-mort. Quelque chose dans le discours ou dans la voix, peut-être… Rien de sorcier, mais une bizarrerie qui chiffonnait l'épieur. Il faut dire que, bien qu'il se défiât du clergé de la Vieille Déesse, un peu trop pénétrant à son goût, Mirabilis avait une longue pratique des milieux religieux. Chez les contemplatifs et les lettrés, on trouvait toujours des amoureux de la gent féline à qui quémander un bol de lait ou une gamelle de restes. Malheureusement, on pouvait aussi tomber sur des sectaires qui chassaient les chats noirs avec force coups de pieds et imprécations. Au fil de ses musardises, notre maraudeur s'était donc livré à une étude approfondie de l'espèce ecclésiastique ; il se flattait de savoir trier le bon grain de l'ivraie en un clin d'œil. Or il ne parvenait pas à cerner ce pèlerin-là et ses *de profundis*. Cela finit par l'intriguer.

Mirabilis avait cru entendre l'un des cavaliers le présenter comme un tourier. Il en avait croisé plus d'un au cours de ses vagabondages ; après tout, le portier est d'ordinaire le premier religieux que rencontre le voyageur qui fait étape dans un sanctuaire. En raison de leurs relations avec le siècle, ces frères et moniales montraient une certaine assurance ; il n'était pas anormal que celui-ci eût osé tenir tête de façon si audacieuse à une troupe de chevaliers. Mais c'était dans le propos en soi que l'épieur avait décelé un accent inattendu, une tournure déconcertante. Le prêtre avait de la repartie et de la conviction, c'était entendu : rien que de très banal. Mais comme sa voix était bien posée ! Comme son élocution était claire ! Et n'avait-il point eu recours à quelques figures oratoires ? Voilà ce qui chiffonnait l'oreille : ce frère Calliphore était frotté de rhétorique, il apostrophait comme un prêcheur. Or d'ordinaire, dans les chapitres religieux, on confiait la charge de tourier à des âmes plus rustiques, on réservait les lettrés et les prédicateurs à d'autres offices.

La vigie en était là de ses raisonnements lorsqu'un second prêtre sortit du bois funéraire. Quoiqu'il portât lui aussi l'habit noir du culte des défunts, il parut d'emblée différent du tourier, et tout aussi singulier. De taille médiocre, il était extraordinairement trapu ; et ce n'était pas la panse d'un moine gourmand qui bombait sa robe, mais plutôt le gabarit d'un carrier ou d'un bûcheron. Il avançait d'un pas chaloupé, en faisant rouler ses puissantes épaules sous la coule, et pourtant sa démarche était lente, traduisant la lassitude sinon l'épuisement. Il ouvrait et refermait péniblement l'une de ses fortes mains, comme si elle le tourmentait ; Mirabilis eut l'impression que ses doigts en étaient écorchés.

Quand le nouveau venu eut rejoint le tourier, le chat perché se redressa un peu sur sa gargouille, les yeux et les oreilles grand ouverts. Malgré les clapotis de la rivière et le second pont martelé par les fers des chevaux, il parvint à saisir l'essentiel de ce qu'échangeaient les religieux.

« C'est fait, grommelait le cénobite à la carrure de lutteur. Le chapitre est assemblé.

– Certains frères ont-ils fait des difficultés ?

– Ceux qui jeûnaient, ils n'étaient pas passés au réfectoire. Il a fallu aller les chercher. Ils n'étaient pas toujours d'accord. Le Dieu m'a aidé à les remettre sur la voie.

– Le Dieu bénit votre zèle, frère Delban. La cérémonie est-elle prête ?

– On n'attend plus que vous. Le frère Solacien prépare les frères.

– Parfait. Je vais le rejoindre, et que la Volonté du Desséché soit faite.

– Ainsi soit-il. »

Le frère Calliphore éleva la main gauche vers les pendus pour les bénir, puis prit le chemin du bois funéraire. Comme son compagnon lui emboîtait le pas, il l'arrêta cependant.

« Non, intima-t-il. Restez ici, frère Delban. Le seigneur de Vayre doit savoir que les Dessiccatoriens veillent.

– Mais vous risquez d'avoir besoin de moi. Il y a du monde dans la salle capitulaire. La cérémonie peut encore tourner de travers.

– Vous vous êtes donné assez de mal comme cela, frère Delban. Veillez ces pauvres défunts. Le frère Solacien a toute ma confiance pour la célébration de la liturgie. »

Le prêtre trapu acquiesça d'un hochement de tête et, décrochant un chapelet de sa ceinture, retourna au bord de la rivière.

Au sommet de la tour Malestrue, Mirabilis se rencoigna dans sa gouttière. Que les prêtres du Desséché célébrassent leurs obscurs services, ce n'était point ses affaires. Pourtant, il flairait plus que jamais une étrangeté, et sa curiosité s'en trouvait piquée. Il se lécha distraitement une patte afin d'y mieux réfléchir. Ce tourier était décidément singulier : non seulement il faisait des phrases, mais en plus il donnait des ordres. Il n'était pourtant point le supérieur de cette confrérie. Quant à son comparse, peut-être était-il de ces terrassiers qui creusaient les catacombes… Il semblait quand même extraordinairement vigoureux pour un prêtre troglodyte ; la plupart des ministres du culte dépérissaient plus ou moins vite, ensevelis dans leurs pénitences et leurs sanctuaires souterrains. Et puis n'était-il pas déplacé d'organiser un office dans la salle capitulaire ? La chapelle hypogéenne n'était-elle pas plus indiquée pour une cérémonie ? Et d'abord, comment une cérémonie pouvait-elle tourner de travers ?

Le rôdeur suspendit sa toilette, les yeux dans le vague, la langue à moitié tirée. Il lui paraissait de plus en plus clair que ces deux prêtres ne l'étaient point. Une vague d'excitation fit frémir ses moustaches et claquer son joli museau. Enfin du neuf ! Quelque chose de louche se tramait dans les cryptes, quelque chose de plus secret et de moins convenu que des querelles féodales ! Comme c'était alléchant ! Il fallait absolument y mettre le nez ! Oubliée, la surveillance des chevaliers rebelles. En un instant, Mirabilis n'eut plus qu'une idée en tête : rejoindre le frère Calliphore et découvrir ce qu'il manigançait.

La métamorphose du guetteur fut spectaculaire. En un claquement de doigts, le gros matou patelin se transforma en bolide élastique. D'un bond d'écureuil, il s'éleva de sa gargouille pour rejoindre un créneau ; vif comme l'éclair, il traversa le chemin de ronde, se tortilla par un trou de boulin, trotta sur la charpente de la tour, se laissa tomber sur le treuil de la herse, rebondit au sol, fila entre les jambes des sergents, plongea par l'assommoir ouvert dans le dallage, se reçut sur le bagage d'un cheval de somme, amortit sa chute en traçant dix profondes griffes sur des sacoches d'arçon, et, à peine sur le pavé, jaillit hors du châtelet en se faufilant entre les dents de la herse. Rapide comme le vent, il traversa le pont en rasant le parapet. Ce ne fut qu'au débouché de l'ouvrage qu'il se plaqua au sol ; après un instant d'une immobilité totale, il risqua un œil écarquillé et de longues vibrisses derrière l'angle du garde-fou.

Si, à l'intérieur des murs, plusieurs écuyers s'ingéniaient à calmer un sommier effrayé pour une raison mystérieuse, au dehors, les deux prêtres n'avaient rien soupçonné de cet impressionnant numéro de voltige. Sur la rive, le frère Delban paraissait plus occupé à se masser les côtes qu'à prier pour le salut des défunts. Quant au frère Calliphore, il s'engageait seulement sous la ramée. Mirabilis braqua sur son dos les pupilles dilatées du fléau des mulots. Il entreprit de le filer par brusques avancées, alternées de brefs affûts où toute la fièvre de la traque s'évacuait dans l'extrémité de la queue.

Au vrai, le prêtre n'était pas difficile à suivre. Il remontait une large allée qui, desservant l'entrée principale de la nécropole, était percée entre les arbres et les monuments afin de faciliter le passage des cortèges funèbres. En revanche, l'accès aux cryptes ne voisinait pas avec l'entrée du château ; au bout d'un moment, Mirabilis commença à trouver la plaisanterie un peu longue et se lassa de ses simagrées. Il se contenta de s'attacher de loin aux pas du Dessiccatorien en trottinant en bord de voie. Sur le fronton des caveaux, les statues des prélats, barons et dames des temps jadis abaissaient des regards sévères. Le greffier n'en avait que faire ; il s'arrêta d'ailleurs à côté d'une stèle encadrée de rosiers malades pour gratter une puce.

Marchant d'une allure égale sans soupçonner la présence de l'indiscret, le frère Calliphore finit par se présenter devant un mausolée en partie enseveli à flanc de colline. Le bâtiment, entouré de hauts cyprès, était peu visible ; son dôme de bronze verdi semblait avoir poussé hors du coteau comme un énorme fongus. Le portail, pourtant imposant, était lui-même à demi enfoui. Il fallait descendre une volée de marches pour y accéder ; les degrés en étaient larges et peu élevés, afin de faciliter la tâche aux porteurs de bière. Le porche, quant à lui, possédait les ornements funèbres du dieu. Les deux pilastres étaient des transis de cariatides dont les robes en lambeaux et l'épiderme effiloché effeuillait les squelettes ; ces deux écorchées portaient, au-dessus de l'arc, un entablement en forme de cercueil ; s'en échappait un pan de linceul, répandu en un fastueux plissé de pierre.

Le prêtre poussa avec effort l'un des vantaux du portail ; il était d'airain plein et se parait, au milieu de rangées de têtes de clou quadrangulaires, de bas-reliefs de sabliers. Mirabilis s'alarma en voyant le tourier repousser à deux mains la porte derrière lui. Mais par faiblesse ou distraction, il ne la referma pas complètement. Quelques instants plus tard, une ombre féline se faufilait en silence par l'entrebâillement.

L'intrus pénétra dans une rotonde obscure. On discernait à peine, sur le mur circulaire, une fresque représentant des pleureuses en grande toilette de deuil. Au centre de la salle se trouvait une table de pierre nue, destinée à recevoir les cercueils pendant les veillées funèbres. Cette antichambre était la salle des adieux : les proches du défunts l'y saluaient pour la dernière fois, et lui laissaient les offrandes qui l'accompagneraient dans son dernier séjour. Ensuite, emportée par les prêtres libitinaires, la dépouille s'enfonçait dans les catacombes.

À l'opposé du portail, un autre porche bas béait sur les profondeurs. Mirabilis y entrevit les épaules et le capuce du prêtre qui sombrait dans les ténèbres. En partie par jeu, en partie par précaution, il le laissa regagner un peu d'avance ; il prit le temps de longer le mur circulaire avant de jeter un coup d'œil dans cette nouvelle embrasure. Un pan incliné s'y immergeait dans un flot de noirceur. Même les pupilles du chat eurent du mal à distinguer la silhouette du tourier, avalée par la suie du caveau. Suivant la règle des Dessiccatoriens, le frère Calliphore se déplaçait à l'aveugle dans les catacombes, en longeant la paroi de la main.

Mirabilis s'engagea sur ses traces après lui avoir laissé une avance raisonnable. Ses yeux de prédateur nocturne lui permirent de deviner un moment les bas reliefs de plus en plus sépulcraux qui ornaient cette galerie ; mais la nuit souterraine se fit si épaisse que bientôt lui-même n'y vit plus goutte. Cela ne le gênait que superficiellement. Il continuait à se repérer à l'ouïe et au toucher, frôlant la muraille de ses moustaches comme le prêtre le faisait du bout des doigts. À quelques reprises, des espaces s'ouvrirent sur le flanc du rôdeur, suggérant des embranchements inconnus. Mais le pas du tourier résonnait avec suffisamment de netteté pour que Mirabilis le suivît sans hésitation. L'atmosphère n'était pas désagréable pour le petit indésirable : le complexe avait la quiétude, les échos et la fraîcheur d'une cave saine. Notre furtif visiteur n'y humait que des odeurs de vieille pierre et de poussière ; il ne se sentait nullement incommodé par des suintements de moisissure ou de salpêtre. Il lui semblait même saisir parfois un vague esprit aromatique.

Au bout d'un moment, Mirabilis recommença à distinguer vaguement le dédale où il s'aventurait. De loin en loin, un rai de lumière filtrait sous une porte ; c'était suffisant pour une rétine féline. Le rôdeur découvrit que le prêtre l'entraînait désormais dans une galerie à l'architecture macabre : sur sa gauche, le mur formait un ossuaire dense où les crânes, calés avec des têtes de fémur, s'emboîtaient comme les tesselles d'une mosaïque. À sa droite, un alignement d'arcades ouvrait sur les ténèbres. Il s'agissait en fait d'un cloître souterrain qui enclosait non un jardin de pierre, mais un gouffre où dégringolaient de vertigineuses volées de marches. Le frère Calliphore venait de guider le fureteur jusque dans la clôture de la communauté.

Quoique la règle dessiccatorienne imposât une vie obscure, certaines activités du culte requéraient des lampes. Mirabilis jeta un œil curieux sous les pas de porte éclairés ; il découvrit ainsi un reposoir pour les défunts, un scriptorium, un réfectoire où régnait un grand désordre. Beaucoup plus intéressant, il tomba sur les cuisines ! Mais, après un instant d'exaltation, les réserves ne lui offrirent que déception. Pas de quoi saliver : les prêtres semblaient surtout se nourrir de raves, de bettes et d'hélianthes scrofuleux. Tous ces quartiers, du reste, lui parurent étrangement déserts.

Le frère Calliphore finit par franchir le seuil d'une porte au chambranle peu élevé mais assez large. Par l'embrasure, une chandelle répandait une langue de lumière tremblotante sur le dallage.

« La miséricorde du Dieu soit sur vous, salua-t-il.

– Que Sa Grâce vous accorde la paix de l'âme », lui répondit-on.

Mirabilis se figea en entendant cet échange. L'interlocuteur du tourier possédait une voix juvénile et douce, presque féminine, mais quelque chose dans la suavité de ce timbre mit l'intrus en alerte. Il se pelotonna au bas du mur.

« Le chapitre est enfin assemblé, poursuivait le frère Calliphore.

– Le frère Delban a déployé des trésors de persuasion, modula le ton doucereux.

– J'ai vu qu'il n'avais pas ménagé sa peine. Je lui ai accordé un moment pour reprendre ses forces. Faut-il différer la cérémonie jusqu'à son retour ?

– À votre convenance, monseigneur, mais sa présence n'est plus nécessaire.

– Et vous, frère Solacien, votre foi est-elle assez ferme pour célébrer le rite ?

– Je ne suis que Son instrument faible et indigne. Je crains plus que jamais que cette mission excède mes pauvres talents.

– Cessez donc de vous complaire dans le doute. Vous avez été choisi. Prenez garde que chez les êtres élus, la modestie n'est qu'une grimace de l'orgueil.

– Alors aidez-moi, monseigneur, susurra-t-on. Édifiez-moi, abaissez-moi. »

Le frère Calliphore poussa un soupir sonore.

« Là où nous en sommes, nous pourrions nous passer de ces pénitences, remontra-t-il.

– La foi est plus puissante quand l'âme est soulagée de ses entraves.

– Soit. Si telle est Sa Volonté… Où est la discipline ?

– La voici. »

Comme il n'entendait que deux personnes qui avaient l'air occupées à deviser, Mirabilis gagna le seuil en tapinois et jeta un coup d'œil à l'intérieur. Aussi fut-il effaré en découvrant que l'endroit était noir de monde ! Le claquement sec d'une fustigation le fit sursauter et se rencoigner hors de vue. D'autres coups retentirent, ponctués de geignements piteux. À chaque choc, Mirabilis ne put s'empêcher de frémir, l'échine frissonnante, comme si la flagellation lui était destinée. Décidément, les prêtres du Desséché avaient des mœurs tout à fait malséantes ! Mais le plus étrange demeurait le silence de tombe dans lequel cette mortification était dispensée. L'indiscret n'avait pourtant pas eu la berlue : la punition était publique ! Il y avait foule dans cette salle ! Or, hormis le tapage de la flagellation, aucun bruit ne provenait de l'assemblée. Voilà qui était tout à fait singulier. La curiosité fut la plus forte : au bout de quelques instants, Mirabilis risquait à nouveau le bout de son nez au ras de la porte.

Outre les coups dont le frère Calliphore cinglait une forme prostrée à ses pieds, le voyeur fut également frappé par l'odeur qui croupissait en ces lieux. Pour la première fois au cours de son escapade cataphile, Mirabilis se sentit incommodé. Cela sentait le renfermé, la sueur refroidie et même quelques aigres relents de latrines. Flottait dans cette atmosphère épaisse un subtil arôme d'amande, à peine décelable, associé à un remugle fétide qui donna la nausée au vagabond : il lui rappela fort désobligeamment les boules de poil qu'il lui arrivait de vomir.

La crypte qu'il découvrait était assez étendue, couverte par des voûtes surbaissées que soutenait une courte colonnade. Une unique lampe, suspendue au plafond par une chaînette, jetait une lumière fumeuse dans cet espace troglodytique. La banquette de pierre qui courait le long des murs se trouvait occupée par une longue rangée de prêtres encapuchonnés, assis serrés, aussi immobiles que muets. Seul le supérieur siégeait en bout de salle sur une cathèdre individuelle. Devant lui était disposé un lutrin sur lequel trônait un gros codex, semé de divers marque-pages. Il était stupéfiant que l'ouïe si fine de Mirabilis ne lui eût pas permis de soupçonner la présence de cette assemblée : pas une toux, pas un un raclement de gorge, pas un frottement de semelle ni un froissement d'étoffe ! C'était à croire que tout le chapitre retenait son souffle devant le châtiment réclamé par ce frocard détraqué !

La pénitence ne dura guère. Assez rapidement, le frère Calliphore interrompit la séance et jeta les verges au sol.

« Cela suffit ! décréta-t-il. Relevez-vous, Solacien. Ce spectacle est pénible pour tous. »

Le pénitent haletait sur le sol, embrassant douloureusement l'une des pierres tombales scellées dans le dallage. Il paraissait si maigre qu'on avait l'impression qu'il n'était qu'une défroque froissée sur le carreau. Puis, avec effort, il se redressa. À la faveur de ce mouvement, Mirabilis entrevit son profil. C'était un tout jeune homme, aux traits d'une exquise délicatesse, dont la beauté souffreteuse repoussait encore plus puissamment que la laideur. Blanc comme la craie, il avait le nez pincé, les joues creuses et les yeux caves d'un famélique ; dans le puits de ses cernes, les prunelles brûlaient de passion ou de fièvre ; mais le plus troublant venait de son expression, car elle rayonnait d'un sourire maladif, d'une joie crispée, comme clouée à cet épiderme sans chair, qui lui conférait le masque d'une béatitude de plâtre.

« Allons, debout ! gourmandait Calliphore. Il faut remplir notre apostolat !

– Puissé-je en être digne, sourit misérablement Solacien.

– Qui haranguerons-nous en premier ? Le nécrophore ? Les embaumeurs ? Tout le chapitre ?

– Commençons par le nécrophore. Le rite sera plus efficient lorsqu'il se joindra à nous pour le célébrer.

– Fort bien. Alors ouvrons la cérémonie. »

Laissant son acolyte qui s'était relevé dans un équilibre vacillant, le prédicateur vint se planter devant le supérieur du chapitre.

« Révérend Taricheutès ! apostropha-t-il. Nécrophore du Bosquet de Vayre, mon frère dans Son Obscurité… Je suis venu à vous dans la paix et dans l'amitié. J'ai produit devant vous les lettres apostoliques qui me confèrent la charge d'apocrisiaire. Et comment les avez-vous reçues ? Vous les avez déchirées en me traitant d'imposteur ! C'est en vain que j'ai tenté de vous raisonner. C'est en vain que je vous ai annoncé le redressement de la doctrine et le relèvement du culte. C'est en vain que je vous ai prié d'abjurer vos égarements et ceux des âmes à votre charge. Vous avez fermé les yeux et les oreilles, vous vous êtes obstiné dans la désobéissance. »

Saisissant le gros ouvrage qui se trouvait devant le nécrophore, Calliphore le brandit avec colère.

« Vous vous êtes accroché à cette erreur, cette prétendue réforme, cette hérésie hiémale ! »

Le prêcheur précipita le livre au sol dans un geste empli de dégoût.

« À la révélation des saints mystères, à la restauration des rites éternels, vous avez préféré cette règle schismatique, tout infectée de mondanités et d'hénothéisme ! Vous avez fermé votre cœur, vous avez préféré la lettre à l'Esprit, vous avez adoré l'apostasie ! Et tout gonflé d'erreur, vous avez osé me menacer, moi ! Moi, le messager de Sa Parole ! Vous étiez devenu si sourd à la vérité que vous n'avez même pas entendu Son Pas approcher. »

S'il y avait une chose que pouvait vérifier Mirabilis dans ce discours, c'était la surdité du nécrophore. Capuce rabattu, le supérieur du chapitre recevait stoïquement la mercuriale. Il donnait même le sentiment de n'en faire pas grand cas, car sa posture était bizarre, adossée un peu de guingois, le menton reposant sur la poitrine. En fait, indifférent au réquisitoire qui lui était adressé, il avait tout l'air de piquer un petit somme. À y regarder de plus près, d'ailleurs, il n'était pas le seul auditeur qui adoptât une posture un brin désinvolte. Celui-ci, qui perdait à moitié sa sandale, laissait son pied reposer sur la tranche plutôt qu'à plat ; tel autre, capuchon tiré sur le nez, avait confortablement calé sa nuque contre le mur et s'était assoupi la bouche ouverte ; deux compères se soutenaient l'un l'autre, épaule contre épaule et tempe contre tempe, tels des frères en ivrognerie. Leur coule portait du reste des traces de vomissures… Et pourtant, Mirabilis ne trouvait rien de divertissant dans ces poses grotesques. Elles étaient trop raides. La pénombre fétide de la salle glaçait insidieusement les reins du maître chat : tous ces gens avaient adopté l'immobilité boudeuse de la souris qui, un peu trop taquinée, cessait de jouer le jeu et gisait d'ennuyante manière.

« À présent que vous comparaissez sous Son Regard, poursuivait le frère Calliphore, vous pouvez mesurer toute l'étendue de votre erreur. C'est à Lui et à Lui seul de vous juger ; je ne vous ai point condamné, je me suis contenté de vous convoquer devant Son Tribunal. Cependant, je reste investi par la mission que m'a confiée Son Humblesse Khem. En attendant qu'un nouveau chapitre remette de l'ordre dans ce Bosquet, je ne puis laisser les défunts sans gardiens. C'est pourquoi, pendant cette période de transition, j'ai décidé de vous restituer temporairement votre sacerdoce et vos attributions. Puissiez-vous désormais vous en acquitter dans la plus stricte orthodoxie. Peut-être y trouverez-vous un début de rédemption… Si vous remplissez correctement votre office, je prie pour qu'à terme, vous reposiez dans Sa Mansuétude. »

Sur ces mots, le prêtre se tourna à demi vers son acolyte et lui adressa un bref signe de tête. Les deux Dessiccatoriens étendirent alors les bras, paumes tournées vers le sol. Au bout d'un instant, le frère Solacien entonna un thrène sur un air très lent. Le chant sonnait poignant, archaïque, et psalmodiait les mystères d'une langue morte. Dans les cryptes, il vibrait d'une harmonie immémoriale, emplissant les ténèbres de solennité. Sa beauté pétrifia d'horreur Mirabilis, qui se ratatina sur le sol. Car le cantique que célébrait le chantre était modulé par un autre pouvoir : une voix sombre, basse, impossible, qu'exhalait cette poitrine trop étroite et ce cou de poulet. Le chat se hérissa, il rabattit ses oreilles transpercées d'épouvante, il retroussa les babines sur un feulement de terreur. Mais ces réflexes ne rimaient à rien ; les conjurations étaient si ineffables qu'il faillit en perdre l'esprit. Autour de lui, au fond de la nécropole, les mémoires se condensaient ; les flux telluriques ralentissaient ; les cycles calendaires fusionnaient…

Le cours des siècles vacilla et menaça de s'effondrer.

Pour la plupart des gens, le temps n'est qu'un fil qu'on dévide tout au long de l'existence ; certains se contentent de filer la quenouille des saisons et des jours, la plupart en tissent l'étoffe des lignées, des rencontres et des legs. Tôt ou tard, un coup de ciseaux vient interrompre ces déroulements banals. Mirabilis en avait une tout autre vision : pour lui, le temps n'était qu'une métaphore. Il en était de cette figure comme de la vie : on pouvait lui prêter diverses couleurs et diverses tailles, beaucoup étaient fort communes ou tout à fait plates. Mais pour peu qu'on eût un grain de fantaisie, on pouvait les filer et les emberlificoter à plaisir, leur donner le tour d'un palindrome, d'un coq-à-l'âne ou d'un fatras. C'est pourquoi Mirabilis était si libre de son temps : il s'en jouait, le faisait rebondir en tous sens, se roulait dans ses boucles, se délectait de ses embrouillaminis. Bien sûr, à se montrer folâtre, il lui arrivait de s'entortiller dans ses nœuds ou de rompre la ligne. Quelle importance ? N'était-ce pas précisément toute la drôlerie du jeu ? Une cabriole avant ou une volte arrière permettaient de reprendre divagations et entrechats.

Il allait sans dire que le culte du Desséché professait une approche autrement rigoriste. En fait, les Dessiccatoriens ne s'intéressaient qu'au dénouement ; ils rassemblaient pieusement les derniers brins de l'existence pour en faire un nœud bien propre et bien définitif, qui ne risquât point de provoquer des accrocs dans la trame du réel. Ce faisant, s'ils veillaient à bien suturer le vécu et les souvenirs, ils séparaient également le révolu du présent, ce qui n'avait guère de sens aux yeux de Mirabilis – en plus de lui paraître d'un mortel ennui.

Mais le cantique entonné par le frère Solacien était un dévoiement complet de cette morne doctrine. La voix puissante qui roulait dans la salle capitulaire ne chantait plus les fins dernières ; elle ne remontait pas non plus le fleuve des mémoires ; elle abolissait tout bonnement le cours du temps. Elle réduisait l'existence au néant, elle confondait le créé et l'incréé, elle ne distinguait plus le mort du vivant.

Pour un profane, la seule réverbération du cantique sous la voûte eût déjà été impressionnante. Même un rustre sans oreille eût entendu la façon dont le son amoncelait ses neumes autour du corps inerte du nécrophore. Mais pour les sens raffinés de Mirabilis, l'évocation ouvrait des abîmes. La rétraction du temps condensait le réel en cauchemar surpeuplé. Toutes les ombres de toutes les époques s'amalgamaient. Le dallage, les murs, les plafonds de la crypte se mirent à flotter, superposant les usures, les restaurations, les aménagements des années abolies. L'espace se remplit d'une foule de lémures, prêtres sans nombre des chapitres tenus dans les siècles des siècles, soudain comprimés par le chant sans âge. Dans la galerie où Mirabilis s'était tapi se mit à défiler la succession séculaire des funérailles, transformée en une procession infinie où s'agglutinaient les célébrants, les fossoyeurs et les bières. Comble de l'horreur : à contre-courant de ce fleuve funéraire, une colonne de spectres remontait les escaliers du gouffre claustral. Ces marcheurs-là étaient des fantômes de fantômes : l'armée jadis levée au fond des catacombes par l'archonte Insanias revenait se mêler au charme achronique.

Aplati (assez peu dignement) sur le seuil de la salle capitulaire, Mirabilis n'en menait vraiment pas large. Certes, il frissonnait d'une horreur aussi viscérale que métaphysique, mais il tremblait aussi d'une terreur bien plus personnelle. Car ayant cerné instinctivement la nature du maléfice, il se savait en péril d'anéantissement. Notre matou, en plus d'être malin, était évidemment tricheur. Il avait usé et abusé de ses talents chronovagues pour esquiver sa propre fin ; voilà belle lurette qu'il avait grillé sept, neuf, voire douze ou treize vies – il ne comptait plus ses discrètes ellipses existentielles. Or l'épouvantable cantique du frère Solacien, en fusionnant passé, présent et avenir, était en passe de ramener le vagabond au fond d'un certain nombre de culs-de-sac qu'il avait soigneusement contournés. Affolé, Mirabilis comprit que si le chant allait à son terme, il serait rattrapé par des morsures féroces, une demi-douzaine d'accidents stupides, un ou deux maléfices vengeurs et même un coryza tout à fait trivial. Cette fois, impossible d'y couper ! Sauter un jour ou dix ne rimerait à rien puisque le monstrueux rituel les amalgamait tous.

La détresse du rôdeur devint si aiguë que j'incline à croire qu'il faillit appeler mon aide ou celle de ma rivale. (Mirabilis est un être aussi inconstant avec les pouvoirs qu'il sert qu'avec les conquêtes qu'il collectionne.) Il n'en fit rien, probablement parce qu'il avait déjà perdu tous ses moyens. Ce fut heureux. Pour ma part, je n'aurais pas été en mesure de lui porter secours dans ces circonstances. Quant à la dame des Futaies bleues, je ne doute pas qu'elle fût intervenue, moins pour sauver le petit écervelé que pour briser le rituel des nécromants ; mais l'exécration qu'elle vouait aux Dessiccatoriens eût probablement produit un remède pire que le mal.

Il était trop tard, si toutefois cela avait encore un sens : plus que quelques versets et le frère Solacien allait conclure la cérémonie. Submergé par une panique indicible, Mirabilis voulut prendre la fuite, s'élança dans les hantises des siècles conglomérés – et, ses facultés perturbées, fut seulement capable de poursuivre follement sa queue. Terrassé par l'effroi, il roula au sol ; dans un réflexe convulsif, il se couvrit la tête des pattes.

Impulsivement, il en frotta ses deux oreilles.

Se produisit alors un phénomène des plus déconcertants. Le chœur de la voix démultipliée du frère Solacien perdit son unisson. Le cantique se transforma brièvement en chant canon, puis en une polyphonie de plus en plus discordante. Le chantre perdit le ton, bredouilla, s'interrompit, encore repris pendant quelques instants par des échos épars. Un silence de plomb finit par se refermer sur les ténèbres de la nécropole. Dans sa cathèdre, le nécrophore Taricheutès abaissa une lèvre molle d'où s'écoula un filet de salive, mais ne bougea pas davantage.

« Qu'est-ce que cela ? tonna le frère Calliphore. Qu'avez-vous fait ?

– Je… je…, balbutia le chantre, qui semblait pris de vertige.

– Le rite était presque achevé ! Pourquoi arrêtez-vous ?

– Quelque chose… Quelque chose a rompu la mesure… »

De colère, le frère Calliphore ramassa la discipline et en menaça son acolyte.

« Quelque chose ! Quelque chose ! s'exaspérait-il. Vous n'y avez pas mis assez de foi ! Eh bien soit ! S'il faut vous fouetter jusqu'à l'os pour que vous remplissiez votre office, je vais m'y employer ! »

Les lèvres toujours étirées par son sourire insensé, le frère Solacien parut se soumettre au châtiment, mais cette attitude servile fut contredite par son propos.

« Je mérite cette pénitence, convint-il. Et pourtant, le Dieu m'est témoin, je ne suis coupable que d'avoir été coupé, non d'avoir fauté. Quelque chose est venu rompre le saint mystère. Un sacrilège ! Une présence impie !

– Que me chantez-vous là ?

– Ne la sentez-vous point ? C'est toujours là, dans ces murs. Une étrangeté, non, une aberration… Un blasphème ! De la magie vive !

– Comment ? De la magie vive ? Ici ?

– Oui ! Un ferment de magie vive ! Au cœur du sanctuaire ! Tout près de nous ! Tenez, tenez… »

Et avec une lenteur implacable, comme s'il avait remonté une mauvaise odeur, le frère Solacien se retourna, balaya des yeux l'embrasure de la porte, les abaissa vers le seuil et pointa un index osseux sur un Mirabilis plus mort que vif, qui se demandait s'il était toujours de ce monde.

« Là ! Voyez ! Voici le profanateur. »

Le regard bigle de Calliphore se posa à son tour sur le petit intrus.

« Quoi ? Un chat ? s'étonna-t-il.

– Ne vous y trompez pas, siffla Solacien. Sa robe noire est un artifice : elle n'exprime ni humilité ni dévotion. Cette créature est une abomination qui transgresse Ses Arrêts. Je la distingue parfaitement, à présent. C'est un trompe-la-mort qui use de ses tours au mépris de la loi divine. »

Pendant un instant interminable, le matou répandu sur le sol rendit un regard hagard aux deux prêtres. Sa cervelle ébranlée avait du mal à retrouver la lucidité dont il se flattait d'ordinaire. À vrai dire, il ne savait pas s'il devait s'étonner davantage d'être toujours en vie ou d'avoir été confondu par deux prestolets, dont – comble de la déchéance – un loucheur ! Le strabisme du frère Calliphore était d'ailleurs très perturbant : Mirabilis n'aurait pu jurer que l'horrible miro l'avait vraiment repéré. En revanche, il ne pouvait se bercer d'illusions au sujet du frère Solacien… Le sourire du jeune nécromant était plus que jamais crispé, mais respirait à présent une jubilation vengeresse. Lorsque ses lèvres fines esquissèrent une nouvelle syllabe, Mirabilis n'attendit pas son reste. Dans un grand crissement de griffes, il décampa ventre à terre, porté par une panique éperdue. Il avait déjà franchi une distance prodigieuse avant que Solacien n'eût terminé d'articuler un verset.

Ce fut à peine si le fuyard entrevit, dans la lueur rasante dispensée par quelques pas de porte, le fourmillement qui venait de couvrir les sols et les murs. Il n'était pas le seul à vider les lieux : toute une faune minuscule d'araignées blanches, de myriapodes et de coléoptères pâles s'était lancée dans un exode précipité loin de la salle du chapitre. En quelques bonds, Mirabilis avait replongé dans les galeries les plus noires. Il déguerpissait à l'instinct, à l'oreille, escorté par les trottinements de rongeurs aussi affolés que lui. Juste sous les voûtes obscures, une cacophonie de cris suraigus refluait également dans un voltigement d'ailes membraneuses. Il suivit cette envolée à l'aveuglette, sans réfléchir.

Quelques instants plus tard, la porte entrouverte du mausolée recrachait un gros chat en déroute au milieu d'une débandade de rats et d'une nuée de chauve-souris.

# IX

## À grande eau

*Jenin l'Avenu*
*Va t'en aux étuves*
*Et toi la venu,*
*Jenin l'Avenu,*
*Si te lave nu*
*Et te baigne es cuves.*
*Jenin l'Avenu,*
*Va t'en aux étuves.*
Attribué à François Villon

Un peu étourdi par le voyage et par le vin, Yvorin de Quéant levait le visage vers le jour terne qui tombait, très haut, du puits que formaient les tours. La basse cour du château de Vayre était relativement spacieuse, mais les fortifications qui la ceignaient se dressaient si vertigineuses qu'elles donnaient au visiteur l'impression d'avoir chuté au fond d'un ravin. Le franchissement du deuxième châtelet débouchait sur un monde minéral fait de murailles, de contreforts et de pénombre. Finies, les mornes perspectives des bois funéraires. L'horizon ne portait pas à plus de trente pas, et les remparts étaient si massifs qu'on n'entendait même plus la rivière. En fait, un tapage extraordinaire assourdissait cet espace clos : les voix des hommes, les fers des chevaux, les aboiements des chiens s'y répercutaient dans un vacarme de ville. Après le silence lugubre des forêts, cette chape de bruit croulait soudain sur le voyageur et le claustrait doublement en fond de forteresse.

Tout le château s'activait comme une ruche. Les sentinelles avaient vu de loin leur seigneur et sa dame revenir avec une compagnie. Aussi Méléagant n'avait-il pas eu à prononcer le moindre mot : quand la troupe avait débouché dans la cour, tout un peuple de valets l'attendait déjà. Tandis que les palefreniers s'emparaient des brides qu'on leur tendait, des échansons présentaient le pain et le sel aux hôtes de passage et offraient le vin de l'étrier à tous les cavaliers. Soucieux du confort de ses invités, Méléagant ordonna qu'on chauffât sans tarder les étuves et se proposa de partager leur bain. Malgré la mine chagrine prise par Blancandin depuis qu'il avait appris la pendaison de leur ancien maître, son frère aîné lui prodiguait plus que jamais des démonstrations d'affection ; il n'entendait pas se séparer de lui, fût-ce pour un moment. En attendant que l'eau fût chaude et les cuveaux remplis, Méléagant invita ses hôtes à rester dans la cour, car, s'écria-t-il d'un air réjoui, il brûlait de leur montrer quelque chose. C'était en attendant ce spectacle qu'Yvorin sirotait son vin avec ses compagnons de route, étourdi par la hauteur des murs.

« Tiens, des chauve-souris », remarqua son écuyer Briebras.

En effet, une dizaine de pipistrelles tourbillonnaient en tous sens au niveau des étages. Briebras avait motif à s'étonner : il faisait encore froid, il était vraiment tôt dans la saison et la nuit n'était même pas tombée. Mais l'architecture de Vayre retenait davantage l'attention d'Yvorin que le ballet silencieux des bestioles. Il admirait le grand nombre de statues qui le toisaient du sommet de l'édifice. Alors que vers l'extérieur, les tours étaient couronnées de gargouilles, à l'intérieur, c'étaient de hautes effigies qui sommaient pignons et corniches ainsi que les arches étranges du château célestiel. Se dressaient là-haut, grandeur réelle, les figures un peu ébréchées de ducs, de barons et de prélats. Les seigneurs posaient le poing sur le cœur en signe de courage, les ecclésiastiques élevaient une main en un geste de bénédiction. Le jeune chevalier de Quéant s'émerveillait de les découvrir si nombreuses et altières, malgré la fuite des siècles, car ces statues étaient évoquées dans plus d'une chanson de geste. Il s'agissait de la garde de pierre de l'enchanteur Cennargin. Selon certaines versions, leur seule présence rendait le château inexpugnable ; selon d'autres, Cennargin les avait jadis animées avec des âmes rétives aux maléfices de l'archonte Insanias.

Un détail marquant attirait toutefois l'attention sur les façades de la cour. Le même mascaron se démultipliait sur le linteau des portes et l'arc des fenêtres. Il s'agissait d'une tête de cerf ; quoi de plus normal que le meuble des armes ducales ornât l'un des châteaux de la lignée ? Mais ces masques tiraient vers le grotesque plus que vers la figure héraldique. Leurs bois donnaient naissance à une feuillaison de pierre. Plus singulier encore : au lieu d'être horizontale, la pupille de ces cerfs avait été sculptée verticale : cela leur prêtait un étrange regard de chat. Était-ce l'effet conjugué de la fatigue et du vin ? Yvorin eut la sensation que ces yeux de tuffeau, dispersés sur divers étages, convergeaient tous vers lui.

Une nouvelle animation vint rapidement le distraire de cette bizarre impression. Sortant des écuries où venaient d'être menés les chevaux, des écuyers amenèrent par la bride deux destriers splendides. Les cavales avaient tant de prestance que, parmi les chevaliers et les écuyers, on se récria d'admiration, y compris chez les prud'hommes qui les reconnaissaient pour avoir servi dans l'hôtel de la duchesse Audéarde.

« Voici Bastetal et Guerredon, se rengorgea Méléagant. Je vous mets au défi de trouver meilleurs chargeurs dans tout le duché ! »

D'un signe, le seigneur de Vayre ordonna aux écuyers de faire tourner les destriers afin qu'on pût apprécier à loisir leur allure. Le premier possédait un poil uni d'un noir brillant ; il encensait en agitant une tête noble, au front large, au-dessus d'une encolure rouée et de larges épaules. Son dos court, sa croupe puissante, ses jambes robustes à longs fanons respiraient la force. Un peu moins racé peut-être, le second cheval rayonnait de puissance. C'était une montagne musculeuse à la robe gris pommelé, au chanfrein carré et plat, au poitrail compact, dont les paturons massifs et les énormes sabots faisaient sonner le pavé comme un tambour.

« Bastetal m'a été offert par père le jour où il m'a fait chevalier, expliqua Méléagant en désignant l'étalon noir. Il faut savoir le tenir car il a le sang chaud. C'est le roi des chevaux : il ne supporte pas qu'on le défie, il lui faut toujours surpasser l'adversaire. Plus le destrier opposé est fort, plus mon Bastetal se déchaîne. Quand l'ennemi est redoutable, le monter revient à chevaucher l'orage. »

Montrant ensuite le chargeur pommelé, le seigneur de Vayre poursuivit :

« Guerredon a moins de feu, mais on ne peut rêver meilleur compagnon dans les mêlées et les traquenards. Calme, obéissant, le cœur ferme, c'est un rocher dans la tempête. Les assauts se brisent sur lui comme sur une tour ! »

Il prit quelques instants pour flatter l'encolure des deux redoutables cavales, avec un mélange de fierté et de tendresse. Puis, il se tourna vers son frère.

« Qu'en penses-tu, Andin ? lui lança-t-il.

– Ils sont magnifiques, répondit son cadet, qui parut en oublier sa contrariété. À Sacralia, je crois que même le grand-maître Venance n'en a pas de plus nobles.

– Alors ils sont à ton goût ?

– Bien fou celui qui ne les louerait pas.

– Dans ce cas, ils sont à toi ! »

Un bref moment, Blancandin parut ne pas avoir entendu ; puis, il afficha une mine plus abasourdie que réjouie.

« Tu n'es pas sérieux, balbutia-t-il. Je te dois déjà la liberté… C'est beaucoup trop ! »

Méléagant éclata de rire.

« Rien n'est trop beau pour mon frère ! s'exclama-t-il.

– Mais ces chevaux te sont chers !

– Comme la prunelle de mes yeux ! Et justement : le cadeau n'en a que plus de prix. »

Cependant, Blancandin continuait de refuser de la tête.

« Je suis plus touché par ton geste que je ne saurais le dire, concéda-t-il, mais je ne puis recevoir un présent si royal. Je m'en voudrais de te soustraire ces merveilles. Afin de ne pas t'offenser, je consentirai peut-être à accepter l'un de ces chevaux, mais pas les deux. De toute façon, je n'en aurais pas l'usage. »

Une ombre de contrariété assombrit l'expression du seigneur de Vayre, bientôt chassée par un nouveau sourire.

« Ah ! Andin, Andin, tes moines t'ont trop bien dressé, le taquina-t-il.

– Beau doux frère, renchérit Azalaïs à l'adresse de Blancandin, c'est mal connaître mon seigneur que de refuser ses largesses. Il va se piquer au jeu, vous en offrir davantage, et vous ne saurez que faire de toute cette écurie ! »

Méléagant salua son épouse d'une courbette amusée, puis en revint à son cadet.

« Ne crois pas que ce présent est fait sur un coup de tête, lui dit-il. C'est un geste mûrement réfléchi.

– Oh, je n'en doute pas, répondit Blancandin d'un air songeur. Tu ne peux pas partir en guerre contre père avec le cheval qu'il t'a offert. Céder le destrier est une façon de rompre avec le duc ; et comme tu aimes cet animal, tu l'offres à quelqu'un de tes proches… De plus, si l'on me voit monter Bastetal sur la lice, le défi lancé à père n'en sera que plus cinglant. Cela, je le conçois fort clairement, et bien que ta générosité m'oblige, j'accepte ce cheval pour servir les intérêts de ma dame ma mère. Mais je t'en prie : garde Guerredon. Que ferais-je d'un autre destrier ? Il te sera précieux dans les mois à venir. »

Le seigneur de Vayre opina du chef, quoique son sourire se nuançât de condescendance.

« Bien raisonné, Andin, mais un peu court ! La réflexion que tu viens de faire, ils seront nombreux à la tenir. Dès lors, que pensera-t-on de moi ? Que je me suis débarrassé du cheval juste pour offenser père ? Et que pensera-t-on de toi ? Que tu n'es que l'instrument de mes desseins ? Ton honneur et le mien en seraient entachés. Pis encore ! Tu vas recevoir la colée de la main d'Angusel ; dans l'opinion des cours, les armes qu'il t'offrira à cette occasion pèseront plus lourd que le destrier que je te donne. Voilà pourquoi je t'offre ces deux montures royales ! De la sorte, le doute ne sera pas permis : tu ne passeras point pour le vassal de Kimmarc, tu resteras un Bromael. »

Dans l'assistance, Geriant de Froëch ne cacha pas son déplaisir d'entendre parler de la sorte de son suzerain. Sans prêter attention à sa moue, le vieux sire Engoran donna son sentiment.

« Mon cher Blancandin, fit-il, la décision de votre frère est plus sage qu'il ne le dit. À Lyndinas, vous allez descendre sur le pré. Vous y serez fraîchement adoubé, à la fois fils de duc et, par dévotion à ma dame votre mère, rebelle à l'autorité ducale. Vous y serez une prise de choix : les chevaliers du dehors se presseront pour vous assaillir. Ce qu'au Resplendissant ne plaise, si vous êtes capturé, que ferez-vous ? Soyez assuré que mon seigneur votre père paiera votre rançon rubis sur l'ongle pour faire de vous son prisonnier. Il faudra donc vous racheter sitôt pris, de crainte de tomber dans la puissance du duc. Or vous n'avez ni fief ni apanage… Comment regagnerez-vous votre liberté ? Céder l'un de ces chevaux de haut parage vous sortira de l'ornière.

– Vous me voyez déjà pris… C'est accorder peu de valeur à mon bras.

– Hélas, intervint Yvorin, ces accidents arrivent aux meilleurs. »

Se rapprochant de son frère, Méléagant lui passa le bras sur l'épaule.

« Allons, prends-les donc tous les deux, insista-il sur un ton chaleureux. Avec Bastetal pour la joute et Guerredon pour le tournoi, je te jure que personne n'aura le dessus sur tes armes. Dis-moi, tes tonsurés t'ont quand même laissé monter et courir la quintaine ?

– L'Ordre radieux reste un ordre combattant, répliqua Blancandin sur un ton un peu pincé.

– À la bonne heure ! Quel plaisir ce sera de te voir baisser les bois !

– Je ne te décevrai pas. Et je me fais une joie de chevaucher à ton côté.

– Oui, oui, bien sûr !… Nous en reparlerons… Alors, c'est décidé ? Plus de scrupules ? Acceptes-tu ces deux beautés ?

– Je n'ai pas assez de vertu pour les refuser longtemps.

– Splendide ! Ces chevaux t'appartiennent ! Le bonheur de te les offrir éclipse la tristesse de m'en séparer ! »

Alors qu'ils échangeaient ces mots, la cour du château n'avait cessé de s'assombrir. Avec une rapidité stupéfiante, le vol de chauve-souris s'était accru de dizaines, puis de centaines d'oreillards. Cette myriade de visiteuses ailées formait à présent au-dessus des tours un essaim comparable à un grand banc d'étourneaux, dont les tourbillons dessinaient un siphon noirâtre sous les nuages. Sur les remparts et dans la cour, de plus en plus de monde levait les yeux vers ce silencieux prodige. L'ombrageux Bastetal, troublé par cette nuée, se mit à broncher et à battre du pied.

« Je n'aime pas beaucoup ces oiseaux-là, énonça Azalaïs.

– Quelle multitude ! s'étonna Dam de Maubrenas. Je n'en ai jamais vu autant. J'espère qu'il ne faut pas y voir un signe…

– N'y prêtez pas d'importance, éluda Méléagant avec un geste désinvolte. Nous sommes à Vayre : le château est plein de bizarreries, mais rien qui porte à conséquence… »

Le prince ordonna néanmoins à ses écuyers de remettre les destriers à l'écurie avant qu'ils ne se montrassent trop nerveux. Puis, se tournant vers ses hôtes, il lança gaiement :

« Eh bien ! L'eau doit être chaude et les cuveaux remplis ! Nous laverons-nous des fatigues du voyage et de la chasse ? »

Un chœur d'assentiments lui répondit. S'adressant alors à son épouse, Méléagant lui demanda :

« Nous ferez-vous l'agrément de votre présence, ma dame ?

– Parbleu ! rétorqua Azalaïs. Il y aura tant de preux chevaliers au bain que je serais la dernière des sottes de vous le refuser. »

Méléagant s'inclina tout en tendant la main à sa châtelaine. Les remerciements fusèrent, teintés de galanterie, dans la suite de Blancandin ; seul le jeune homme ne sut trop que dire et évita de croiser les yeux de son audacieuse belle-sœur. Yvorin fut également troublé, mais pour une autre raison qu'il répugnait à reconnaître. À son cœur défendant, il sentait bien que le charme de la dame de Vayre était dangereux ; il craignait que dans l'intimité de l'étuve, les appas de sa belle hôtesse ne lui fissent oublier ceux de la sublime Heluise…

Par commodité, la baignerie du château était située au rez-de-chaussée, dans la tour Desperte. L'architecture défensive l'avait toutefois privée d'un accès de plain-pied ; il fallait d'abord monter un escalier de bois assez raide construit le long de la façade pour accéder à l'entrée de la tour ; à l'intérieur, une nouvelle volée de marches redescendait vers l'étuve. Celle-ci, installée dans le bâti le plus ancien de Vayre, occupait une salle basse aux murs de schiste sombre. Les invités du prince n'en virent pas grand-chose ; mal ventilées, les étuves disparaissaient dans une épaisse buée. C'était heureux, en un sens. Cette pièce avait fait partie de l'antique hostellerie du Desséché avant de se retrouver incluse dans les fortifications ; le linteau de la cheminée et les clefs de voûte portaient encore des bas-reliefs de crâne édenté. Mais les fumées soufflées par les chaudrons et les grands cuveaux de bain brouillaient ces vanités dans un flou balnéaire.

Quatre vastes baquets de bois, éclaboussés par les lueurs de l'âtre et couronnés de dais comme des alcôves, se faisaient face autour de l'espace central de la pièce. Il régnait en cette salle une chaleur si chargée de vapeur qu'on avait hâte d'y quitter ses habits. Chaperons, aumusses et houppelandes furent récupérés en un tournemain par valets et écuyers. Dans un joyeux charivari, bottes et souliers churent ; justaucorps et pourpoints furent déboutonnés avec impatience ; la chair parut sous le linge, les chausses tombèrent sur les mollets, et ce fut à peine si toute cette noblesse épiça ses bavardages de quelques mots plus verts. Bien qu'il essayât de n'en rien montrer, seul Blancandin paraissait emprunté ; au cours de son noviciat dans l'Ordre radieux, il avait certes l'habitude de faire sa toilette en communauté, mais il ne s'agissait que de rapides ablutions au lavatorium de la commanderie – où il était rare que l'on se dénudât complètement… La présence de la belle Azalaïs et de ses demoiselles de compagnie au milieu des hommes lui donnait quelque gaucherie.

La jeune châtelaine, quant à elle, paraissait nager dans son élément. Mieux encore, elle rayonnait telle la reine du bain. Alors que les seigneurs se dévêtaient par eux-mêmes en abandonnant leurs atours à leurs suivants, Azalaïs se fit déshabiller par ses femmes, les bras écartés dans un essor gracieux ; elle apparut dans tout l'éclat de sa féminité lorsque la dernière cotte lui fut ôtée. Elle s'enroula certes dans une serviette pour gagner le baquet où son mari venait déjà de se plonger mais, une fois grimpée sur l'escabeau qui permettait d'enjamber le rebord, elle laissa tomber le linge et ne fut plus vêtue que du turban noué sur sa chevelure. Ainsi perchée, elle avança la jambe et prit le temps de tâter du pied si l'eau était à son goût. Un long instant, elle offrit sa nudité triomphante au regard de la compagnie ; du coin de l'œil, elle vérifia que tous les hommes appréciaient sa gorge exquise, son ventre un peu arrondi, la finesse de sa taille et le galbe de ses fesses. Puis, avec un rire, elle se coula dans l'eau et vint lascivement se lover dans les bras de son mari, tout en lançant une œillade de défi aux polissons qui la guignaient de façon trop insistante.

Seuls le châtelain, sa dame et les chevaliers se baignèrent ainsi. Écuyers et demoiselles de compagnie restaient à leur service et ne pourraient brièvement profiter des cuveaux que lorsque leurs maîtres les auraient quittés. Quoiqu'ils ne fussent point adoubés, Blancandin et Rivallon bénéficièrent cependant d'un passe-droit, le premier en raison de sa naissance, le second par dilection du seigneur de Vayre. Assez spontanément, les chevaliers se répartirent les autres cuveaux que celui du couple seigneurial. Après une brève hésitation, Blancandin voulut gagner le baquet où se trempaient déjà Dam de Maubrenas et Cowyr de Thèves.

« Mais que fais-tu ? s'étonna Méléagant. Rejoins-nous donc !

– Beau doux frère, vous nous avez tant manqué ! renchérit son épouse. Venez rattraper le temps perdu ! »

Tout en fuyant des yeux les jolis seins de sa belle-sœur, le damoiseau se plia à cette demande. À peine était-il juché sur l'escabeau qui lui facilitait l'accès au baquet, Azalaïs lui tendit un bras mouillé pour l'aider à descendre dans l'eau. Blancandin, qui portait pudiquement un linge sur les reins, hésita à s'en débarrasser au nez de la mutine.

« Allons, allons, point de manières dans la famille », badina Méléagant.

Le feu aux joues, son cadet se dénuda. S'il accepta l'aide de la délurée, il en détourna le regard. Celle-ci le dévisageait en riant.

« Voilà trop longtemps qu'on vous a écarté des cours, beau doux ami », le taquina-t-elle.

Le vieil Engoran, prenant son ancien pupille en pitié, crut bon d'intervenir.

« En bonne courtoisie, ce sont les hommes qui servent les dames, remontra-t-il.

– Croyez-vous ? repartit la châtelaine. J'ai entendu dire plus d'une fois à la duchesse que ce sont les dames qui sont servies aux hommes. »

Entre la jeune femme et les prud'hommes dans le plus simple appareil, cette petite passe d'armes ouvrit un débat fort savant sur le service des dames et le déduit que les chevaliers étaient en droit d'espérer. Les circonstances mais aussi le confort dans lequel se prélassait la société s'y prêtaient à merveille. Les cuveaux étaient matelassés pour garantir la peau de toute écharde, et des tabourets immergés permettaient commodément de s'asseoir. Pour que l'agrément des baigneurs fût complet, les valets installèrent une table devant chaque baquet ; tranchoirs et plats y furent bientôt disposés, tandis qu'une desserte éloignée du feu accueillait les aiguières. Le seigneur et ses hôtes purent se régaler de sabourôt de poussins ou de boussac de lièvre aux épices, tandis que des échansons remplissaient à la demande les coupes de clairet, de vin de sauge ou d'hypocras. Dès que les cuveaux tiédissaient, valets et servantes y déversaient de l'eau chaude. Ainsi le prince de Vayre, sa dame et leurs invités purent-ils se délasser à loisir en mariant les plaisirs du bain, de la bonne chère et de la conversation.

La discussion finit par rouler sur le débat de la possession du corps et du cœur, et sur la question de savoir si l'amour montré engageait davantage que l'amour celé.

« Ah ! Quel dommage que ma dame la duchesse ne soit point des nôtres ! finit par déplorer Dam de Maubrenas. En trois mots elle nous eût tous mis d'accord !

– Les cours d'amour qu'elle tenait naguère font cruellement défaut, renchérit Cowyr de Thèves. Combien de malentendus et de discordes chez les fins amants depuis qu'elle ne rend plus ses arrêts ?

– Ce n'est point à la Ciudalienne que l'on pourra soumettre pareilles délibérations, ricana le sire de Maubrenas.

– Quoique je n'aie jamais eu l'honneur de la rencontrer, on dit pourtant dame Clarissima lettrée et plutôt galante, observa Yvorin.

– Lettrée, dites-vous, chevalier ? persifla le prince de Vayre. Oh ! Certainement ! Au point de faire siennes les maximes dépravées des petits maîtres de Ciudalia.

– La licence est tout le contraire de la courtoisie, crut bon de distinguer Azalaïs en s'étirant de façon étudiée pour mettre ses charmes en valeur.

– S'il n'était question que de courtoisie, énonça Blancandin d'un air sombre. Il y a plus grave : il y a l'enfant. »

Tout en entreprenant de frotter le dos de sa femme, Méléagant haussa les épaules.

« Oh, ne te mets pas martel en tête pour ce nourrisson, lança-t-il. Il est bien jeune… Vivra-t-il seulement jusqu'à l'an prochain ?

– La putain ciudalienne l'a eu si vite ! enragea son frère. Elle est féconde ; elle en aura d'autres… Et en plus, elle a eu le front de l'appeler Laegaire ! Laegaire ! Voilà deux siècles que notre famille avait renoncé aux noms de la dynastie royale !

– Grand bien lui fasse, railla le prince de Vayre. Tant de prétention, c'est assez ridicule. Surtout pour un demi-bâtard qui n'est que quatrième dans l'ordre de succession ducal…

– Prends garde à ses calculs, Mél. Moi qui viens de croupir quatre ans dans la principauté du Sacre, j'en suis revenu avec une certitude : les chevaliers de l'Ordre rêvent plus que jamais de restaurer la couronne. Ce prénom royal est une perche que leur tend la vipère.

Oublies-tu que son propre frère appartient à l'Ordre ? Ne dit-on pas que l'Ordre a pris parti pour sa famille lors de la guerre civile ciudalienne ? Ce morveux est un péril, pas seulement parce qu'il est de notre sang ; il a été conçu pour rallier Ciudalia et l'Ordre dans une conjuration contre nos droits.

– Mais sur quel royaume régnerait ce marmot ? Sur la terre gaste des Landes grises ? Sur les ruines maudites de Chrysophée ? Sur la république de Ciudalia, qui a détruit la Leomance pour reconquérir sa liberté ? Quant au duché, Andin, il nous revient à nous, les fils aînés issus de mariages légitimes. Crois-moi, ce bambin est le cadet de nos soucis. Ce sont plutôt nos autres demi-frères dont nous devons nous garder, Domnal et Lanval.

– Comme toi, je redoute Domnal en tant que capitaine, convint Blancandin, mais ce n'est qu'un bâtard : il compte pour rien dans l'ordre de succession.

– Justement, repartit le seigneur de Vayre. Sa fortune dépend entièrement de la volonté de père. Il en sera le plus fidèle exécutant.

– Quant à Lanval, c'est un incapable. Certes, le droit d'aînesse plaide pour lui, mais il est trop mélancolique pour gouverner. Même père l'a longtemps écarté. Accéderait-il au trône ducal, il ne le conserverait guère…

– Ne le sous-estimez pas, mon seigneur, intervint Geriant de Froëch. J'ai eu l'occasion de combattre avec lui contre des incursions ouromandes dans la vallée de la Kley. Je ne nierai point que le seigneur Lanval est lunatique, mais il est aussi aguerri. Je l'ai vu accomplir des prouesses au milieu de l'ennemi. »

Les cicatrices qui zébraient les avant-bras du chevalier, posés en évidence sur le rebord du cuveau, donnaient plus de poids à sa mise en garde.

« Lanval a surtout l'appui de Brochmail, ajouta Méléagant. C'est un fâcheux coup du sort : alors que les comtes de Brochmail ont longtemps été hostiles à père, la répudiation de mère, en favorisant le retour en grâce de Lanval, a modifié la position d'Engrès. L'espoir de voir son cousin germain hériter du duché va le ranger contre nos intérêts… Engrès de Brochmail est autrement à craindre que le fils de la Ciudalienne.

– Mais vous avez le soutien de mon seigneur Angusel, rappela Geriant.

– Oui, et c'est un concours précieux que celui de Kimmarc et de ses vassaux, salua Méléagant. Quand nous aurons délivré ma dame ma mère, sire Geriant, elle pèsera de tout son poids pour que le comte Angusel et ses héritiers n'aient plus à prêter hommage à Bromael. »

Tout en essuyant le savon qui moussait sur le pied de son hanap, le vieil Engoran jugea bon de modérer ces engagements précipités.

« Ne vendons pas trop vite la peau de l'ours, grommela-t-il. Le duc et Brochmail sont de rudes adversaires. S'ils se liguent contre nous, nous aurons affaire à forte partie. D'autant plus forte que la Ciudalienne a rempli les coffres de son altesse votre père. Il a désormais les moyens de soutenir une longue guerre.

– D'où l'intérêt d'un tournoi, sourit le seigneur de Vayre. Nous jetons le gant sans ouvrir les hostilités.

– Ce sera vrai si nous perdons sur la lice, spécula Dam de Maubrenas. Mais si nous l'emportons – et je fais serment de combattre jusqu'au dernier souffle plutôt que de me rendre – alors l'enthousiasme que nous soulèverons dans le parti de la duchesse mécontentera le duc. De dépit, il pourrait bien prendre les armes.

– Tout dépendra de la proportion de vassaux que nous rallierons à la cause de ma dame ma mère, répondit Blancandin.

– Certains seigneurs resteront assurément fidèles à votre père, rétorqua le sire de Maubrenas. Le connétable de Traval, la baronne de Bregor, le seigneur de l'Aulnay et même le prudent Rainfroi du Treff… Épaulés par les forces de Brochmail, cela forme toujours une solide troupe. »

Cette perspective n'avait pas l'air d'inquiéter Méléagant, qui blottissait le dos de sa jeune épouse contre sa poitrine.

« Notre dessein est de faire du bruit à Lyndinas, expliqua-t-il. L'idéal serait de l'emporter ; mais même une défaite peut servir nos intérêts. Suffit qu'elle soit glorieuse et que nous obtenions à tout le moins le prix de courtoisie. Nous ne réclamerons pas que ma dame ma mère retrouve son titre… Nous demanderons juste qu'elle récupère sa liberté et son douaire. Mon père est large : là résident sa force et sa faiblesse. Si nous montrons suffisamment de vaillance, comment pourra-t-il nous refuser cette faveur sans perdre la face ? Il suffira ensuite que ma dame ma mère paraisse en public, et je vous donne ma main à couper que les indécis et les mécontents rallieront sa bannière. Les Maginois, les Landeviesse, les Combe-Noire marcheront avec elle. À votre avis, sire Yvorin, de quel côté penchera le comte de Belestance ?

– Je ne saurais me prononcer pour mon suzerain, répondit prudemment le jeune chevalier. Mon seigneur Dodinel tient en haute estime l'honneur des dames, mais je le vois mal rompre son hommage au duc.

– Et qu'en est-il de cet inconstant, le sire de Vaumacel ? s'enquit le seigneur de Vayre. L'avez-vous trouvé sur le chemin de la principauté du Sacre ? Lui avez-vous signifié notre mécontentement et notre invitation à racheter sa faute ?

– Il était déjà de retour au duché quand nous avons croisé sa route, répondit Blancandin. Cet imbécile comptait se présenter seul devant père pour rétablir l'honneur de notre mère… Voilà du moins ce qu'il a prétendu. Il a accepté de se joindre à notre conroi, même si je ne suis pas certain qu'il respectera son engagement.

– Il a donné sa parole et j'en suis le garant, rappela Yvorin.

– Vous lui accordez plus de crédit que je ne l'en crois digne, rétorqua le jeune Bromael, mais du moins suis-je heureux d'avoir gagné le soutien d'un homme de votre droiture, chevalier. »

Le compliment toucha d'autant plus le bachelier qu'il lui valut, de la part d'Azalaïs, un regard flatteur qui s'attarda sur ses larges épaules.

« Pour ma part, je ne me plaindrai point si Vaumacel nous fait faux bond, clama Dam de Maubrenas. Sauf votre respect, mon seigneur Méléagant, je continue à trouver fort douteuse sa présence dans notre parti. Son absence au procès de ma dame la duchesse laisse planer le doute sur l'honnêteté de leurs rapports. Sa réapparition au pardon d'armes pourrait desservir la réputation de ma dame Audéarde.

– En vérité ? releva doucement le seigneur de Vayre. Serais-tu de ceux qui croient ma mère adultère, Maubrenas ?

– Loin de moi pareille vilenie ! Mais nous parlions de rallier les indécis. Je ne suis pas sûr que Vaumacel nous y aide.

– Le chevalier de Vaumacel nous apportera un renfort précieux sur la lice, ajouta Cowyr de Thèves, mais je partage les réserves de mon ami Dam. Sire Ædan est fort honni dans le duché, tant par le parti de votre père que par celui de ma dame la duchesse. Sa présence dans nos rangs jettera le trouble.

– Justement, sourit Méléagant, c'est tout l'intérêt de son concours. Tout le duché va bruire du scandale. Après cela, le moyen pour père de se dérober au débat ?

– Mais n'est-ce pas pousser la pointe un peu loin ? interrogea Maubrenas. L'évasion de mon seigneur Blancandin et son adoubement par le comte Angusel suffisaient pour défier le duc.

– Cela porte atteinte à son autorité de père, intervint Azalaïs, mais le fond de la querelle est une affaire de femme. En défendant l'honneur de ma dame Audéarde, le chevalier de Vaumacel accusera le duc de s'être comporté en tyran jaloux. Dans les cours, on ne parlera pas seulement de la révolte des fils, mais de l'injustice dont ma dame la duchesse a été la victime.

– C'est frotter du sel non sur une, mais sur deux plaies, commenta le sire de Thèves. Mon seigneur le duc pourrait perdre toute mesure.

– Mon père est emporté mais c'est aussi un homme d'expérience, jugea Méléagant. La guerre du Hériban lui a servi de leçon : il y réfléchira à deux fois avant de replonger le duché dans une guerre de famille.

– En jureriez-vous ? demanda Geriant de Froëch sur un ton circonspect. Dans le comté de Kimmarc, il court de fort vilaines histoires sur la mort de votre oncle. Ne faut-il pas s'attendre à tout de la part d'un homme pareil ?

– Ah ! Froëch, ces bruits ne sont que calomnies ! se récria le seigneur de Vayre. Mon père n'est pour rien dans la mort de son frère. C'est ce fou de Vertigier qui a couru à sa perte !

– Et pourtant, quand il a été tué, mon seigneur Vertigier avait pris le parti de votre grand-père, le duc Griffon.

– Oui, mais après l'avoir trahi et durement combattu ! Cette querelle fut tragique ! Voilà pourquoi je pense que père, qui en a cruellement souffert, n'osera pas renouveler l'aventure. En toute franchise, Froëch, vous me désobligez, à colporter ces infamies. Ce n'est pas parce que je désapprouve mon père que je le considère comme un fratricide. Tenez, Engoran va vous le dire, lui ! Il est le seul parmi nous qui portait les éperons, à l'époque. Contez-leur donc, Engoran, la vérité sur cette maudite guerre ! »

Le vieux chevalier parut surpris par cette injonction. Son expression se fit soucieuse.

« Mon cher seigneur, ce sont de tristes souvenirs que vous convoquez là.

– Je n'en porte point la faute, rétorqua Méléagant avec quelque aigreur, mais je ne peux laisser sire Geriant croire aux mensonges qui courent dans l'entourage d'Angusel. Allons, Engoran ! Dites-leur ce que vous avez vécu. »

Le vétéran secoua sa tête blanche avec réticence.

« Je n'aime guère rouvrir les vieilles blessures, maugréa-t-il. Cette guerre eut sa part de prouesses et de beaux gestes, mais tout bien considéré, elle ne fut ni glorieuse ni heureuse pour le duché. Voilà pourquoi mon seigneur votre père ne goûte point qu'on la lui rappelle. Bien qu'il ne fût coupable ni de la mort de votre oncle, ni de celle de votre grand-père, je crois qu'il en éprouve toujours du remords. »

Il se fit servir du vin, et poursuivit à regret :

« Peut-être le rappel de ces tristes événements nous servira-t-il de mise en garde, encore que l'origine de ce conflit n'eût rien à voir avec la cause que vous défendez aujourd'hui. Du moins cela pourra-t-il nous enseigner qu'il est bon de rester tempérants, sur le pré comme dans les pourparlers de paix. »

Ayant bu quelques gorgées, il commença son récit en prenant le temps de peser chaque parole.

« Tout est parti de l'usage que le duc Griffon faisait du hériban. Quand il est monté sur le trône ducal, mon seigneur votre père a rétabli le hériban tel qu'il était jadis pratiqué par la coutume : ce n'est que la contribution en or que verse le vassal qui ne peut remplir son service armé. Mais sous son règne, votre grand-père avait peu à peu modifié cette pratique. Il trouvait que l'entretien du ban vidait ses coffres alors que le hériban les remplissait. Il préférait donc percevoir cet argent plutôt que lever le ban ; il en reversait une partie aux clans d'Ouromagne pour acheter la paix. Cette politique n'était pas sans accrocs : il y avait toujours ici ou là une incursion de pillards et quelques guerres privées entre maisons vassales… Mais dans l'ensemble, le duché s'en portait plutôt bien. Les villes et les campagnes prospéraient, le clergé saluait la sagesse du duc. »

Le vieux chevalier poussa un soupir.

« La noblesse, en revanche, s'en irritait. Le hériban, à son gré, ne représentait plus une compensation mais était devenu un impôt ; barons et chevaliers s'insurgeaient d'être tondus comme des vilains. Plus outrageant encore, ils trouvaient déshonorant que Bromael versât un tribut aux barbares d'Ouromagne ; beaucoup pestaient que c'était se comporter en vaincus alors qu'ils brûlaient de défendre les marches du pays les armes à la main. On disait que le duc Griffon était devenu âgé et faible, qu'il gouvernait désormais comme un clerc et non plus comme un chevalier. Les mécontents placèrent leurs espoirs dans son fils aîné, mon seigneur Vertigier. Celui-ci, comme les jeunes chevaliers, brûlait de s'illustrer contre les Ouromands plutôt que de mener une existence confortable et oisive. Peut-être était-il également impatient de régner… Il prit la tête de la révolte. Il s'empara de plusieurs châteaux, dont celui de Vayre qu'il tenait en apanage, mais les villes, favorables à la politique ducale, offrirent à mon seigneur Griffon le soutien de leurs milices. Mon seigneur votre père, Ganelon, prit aussi le parti de votre grand-père à la tête d'une poignée de chevaliers, dont j'étais avec Fitzurse du Havne, Burchard de Gelde et le futur connétable, Anaraut de Traval. Pendant quelques mois, la guerre embrasa le duché. À très grands traits, les félons contrôlaient les campagnes tandis que le camp ducal tenait fermement Chaere-le-Duc, Carroel, Kaellsbruck, Longomores et Vekkinsberg. Mon seigneur votre père et son ami Anaraut se couvraient de gloire sous le harnois, mais cela ne suffisait point à faire la différence. Alors mon seigneur Ganelon eut une idée qui changea le cours de la guerre. Il fit alliance avec les Ouromands. »

Sire Engoran branla du chef d'un air désolé.

« Le duc Griffon était opposé à cette stratégie, mais mon seigneur Ganelon n'en fit qu'à sa tête et envoya des émissaires secrets au-delà de la Kley. L'initiative était aussi simple que dangereuse : il s'agissait de peindre aux chefs barbares en quoi la rébellion de Vertigier nuisait à leurs intérêts. Elle interrompait le versement du tribut, alors qu'une victoire ducale le rétablirait. Plusieurs clans saisirent l'occasion au vol.

Prétendant secourir le duc, les Arthclyde, les Cathuath, les Wiga, les Sceada et bien d'autres scélérats se liguèrent. Ils franchirent la Kley, assiégèrent Brochmail, mirent les campagnes de Kimmarc à feu et à sang avant d'entrer plus avant dans le duché. Pris entre le marteau et l'enclume, Vertigier et les rebelles se résolurent à traiter. Ils se dirent prêts à faire amende honorable et à reconnaître l'autorité de mon seigneur Griffon, pourvu que tous unissent leurs armes contre l'envahisseur. La réconciliation fut scellée au cours d'une grande fête à Longomores. Hélas, ces réjouissances ne furent qu'un feu de paille… Le duc Griffon pécha par indulgence. Tout à sa joie de mettre un terme à cette querelle, il accorda un pardon sans conditions aux rebelles. Cela inquiéta ceux qui étaient restés loyaux au pouvoir légitime, et tout particulièrement mon seigneur votre père. En effet, le duc Griffon était déjà diminué par les épreuves et la maladie ; amnistié, Vertigier redevenait son héritier naturel. Pour les partisans du duc, cette victoire risquait d'être sans lendemain. La disparition future du suzerain, en conférant la dignité ducale à Vertigier, eût à terme scellé leur ruine. »

L'expression du vieux prud'homme respirait à présent l'amertume et les regrets. La plupart de ses auditeurs connaissaient plus ou moins le dénouement, et devinaient qu'il s'en approchait. Ils savaient aussi que la faveur qui lui avait plus tard valu d'être nommé gouverneur des enfants du duc lui venait d'avoir soutenu Ganelon de Bromael dans sa jeunesse. Engoran avait joué un rôle dans les événements qu'il s'apprêtait à rappeler.

« Avec le soutien de ses chevaliers, poursuivit-il sourdement, mon seigneur Ganelon fit pression sur le duc pour qu'il revînt sur sa mesure de grâce. Mon seigneur Griffon s'en offusqua, il fut défendu par mon seigneur Vertigier et ses gens. On échangea des mots vifs de part et d'autre, les épées furent tirées. Le sang coula dans les rues de Longomores. On se battait à présent à front retourné… Le duc Griffon et mon seigneur Vertigier se réfugièrent dans le château de Mordunes, qui défend le port et l'estuaire du Vernobre ; mon seigneur Ganelon et ses gens firent mine d'y donner l'assaut. Tout cela s'opéra dans la plus grande confusion ; rien n'était prêt pour un siège, et il eût suffi d'attendre quelques jours pour que la situation s'apaisât. Mais mon seigneur Vertigier était furieux : il improvisa une sortie. On se battit sous les murs, et grâce à la vaillance de mon seigneur Anaraut, le parti de mon seigneur votre père eut le dessus. Mon seigneur Vertigier donna l'ordre de battre en retraite à l'abri de l'enceinte ; il était presque à l'abri lorsqu'il fut tué. »

Engoran réclama à nouveau du vin et but longuement pour se donner du cœur au ventre.

« On a raconté bien des mensonges et des calomnies sur la mort de ce malheureux prince, gronda-t-il. Des médisants insinuent que mon seigneur de Traval doit son épée de connétable à ce meurtre. Quelle calomnie ! Qu'ils aillent donc le lui dire en face ! C'est vrai, le seigneur de Traval et le chevalier du Havne accablaient de coups mon seigneur Vertigier, mais celui-ci se défendait pas à pas et leur tenait la dragée haute. D'autres prétendent que c'est un tir d'arbalète qui a traîtreusement abattu votre oncle. On voit bien qu'ils n'y étaient pas ! Car c'étaient des chevaliers, des sergents d'armes et des écuyers qui donnaient l'assaut, non des arbalétriers. Les seuls traits, dans ce combat, étaient lâchés du haut des murs de Mordunes ; nous en étions les cibles, non les auteurs. Le plus désolant de cette affaire, c'est que le malheur fut le fait des défenseurs. Mon seigneur Vertigier était serré de près sur le seuil du château ; en entrant, il allait entraîner à sa suite mon seigneur de Traval et plusieurs des nôtres. Des gens à l'intérieur leurs jetaient des pierres du haut des murs ; ce fut l'une d'elles qui défonça le heaume du prince infortuné. »

Il fit silence un moment, les yeux dans le vague, revivant ce passé tragique qui avait fait basculer le sort de tout le duché.

« Quand le cri courut que mon seigneur Vertigier était à terre, d'effroi, on arrêta de combattre dans les deux camps. Loin d'avoir achevé le prince, mon seigneur de Traval tenta de lui porter secours. Mais il était trop tard, la cervelle sortait par la plaie, mon seigneur Vertigier expira peu après. Une désolation terrible s'abattit alors sur tous les chevaliers et tous les barons. Mon seigneur Griffon apparut en pleurs sur le seuil et prit dans ses bras la dépouille de son fils. Mon seigneur Ganelon, qui ne voulait pas croire à un si cruel coup du sort, se précipita à son tour à l'entrée, où il fut maudit par son père. Il jeta alors les armes et se soumit à la justice du duc. Mais celui-ci ne souffrait plus sa vue et ne lui accorda même pas un jugement. De son propre chef, mon seigneur

Ganelon s'exila dans les îles Maroises. D'une certaine façon, ce fut la mort de mon seigneur Vertigier qui réconcilia la noblesse de Bromael dans la consternation et le chagrin. Le vieux duc Griffon ne s'en remit pas ; peu après les funérailles de son fils, alors qu'on luttait toujours contre les clans ouromands, il rendit l'âme à son tour. »

Ce récit jeta un froid dans l'atmosphère embuée de l'étuve. Les baigneurs nobles, mais aussi leurs servants, savaient que la mort de Vertigier leur avait octroyé la place qu'ils occupaient à la cour de Bromael. Bien que seul le vieil Engoran eût participé à ces combats, tous se sentaient un peu compromis par ces événements, comme si le bénéfice qu'en avait tiré Ganelon avait fait d'eux les complices d'un accident qui ressemblait beaucoup à un crime. Dans un sens, leur propre révolte contre l'autorité ducale était une façon de se laver de la faute paternelle. En avaient-ils conscience?Blancandin ne pouvait être resté sourd aux principes rigoureux de l'Ordre radieux, et l'intelligence vive de Méléagant lui permettait peut-être d'entrevoir ce motif derrière son ambition et l'amour pour sa mère. Qu'il ne renchérît point sur le récit de son vieux chevalier pour réfuter complètement les insinuations du sire de Froëch suffisait à témoigner de son trouble. Ce fut finalement Azalaïs qui rompit le mauvais charme que venait de tisser ce récit.

« Quelle triste histoire, en vérité, commenta-t-elle d'un air contrarié. Et quelle riche idée que de l'avoir contée pour célébrer nos retrouvailles ! Rien de mieux pour égayer la compagnie. Mais au fait, quelle chance nous avons de nous trouver à Vayre ! La chapelle ducale est à deux pas. Et si, au sortir du bain, nous allions tous ensemble nous recueillir sur les tombeaux de mes seigneurs Griffon et Vertigier ?

– Ah, ma dame, vous êtes sans pitié, dit doucement Méléagant.

– Et vous, mon cher époux, vous êtes inconséquent ! Vous vous réjouissiez si fort d'offrir ces deux chevaux à votre frère. Tout l'effet vient d'en être gâché. Nous n'aurions pas dû laisser rouler la conversation dès ce soir sur de si graves sujets.

– C'est ma faute, intervient Geriant de Froëch. J'ai manqué de discernement en répétant des propos injurieux.

– Allons donc ! se récria la châtelaine. Sous couvert de courtoisie, sire Geriant, allez-vous battre votre coulpe ? Allons-nous tous faire acte de contrition ? Vous donnerez à mon seigneur Blancandin le sentiment d'avoir troqué un cloître pour un autre. Assez de ces excuses et de ces apitoiements ! Pour l'heure, parlons de choses plus joyeuses ! »

Les chevaliers se soumirent à ce désir, mais la guerre du Hériban jetait toujours ses ombres sur la société et les échanges peinaient à retrouver la vivacité qu'ils avaient eus. La dame de Vayre s'en irrita et, au bout d'un moment, prit un autre parti.

« Vous êtes fatigués, mes seigneurs, et vous manquez d'esprit, lança-t-elle sur un air piquant. Je vais finir par m'assoupir. Et si nous écoutions un conte plus divertissant que nos vieilles brouilles de famille ? »

Bousculant de l'épaule Blancandin avec familiarité, elle le sollicita :

« Beau doux frère, n'avez-vous point quelque fabliau un peu épicé sur vos moines et vos paladins ? »

Troublé par la requête de sa belle-sœur, à moins que ce ne fût par le contact de son corps nu, le damoiseau ne sut que répondre. La belle poussa un soupir comique.

« Mon pauvre garçon ! Mais vous avez dû périr d'ennui à Sacralia ! »

Elle frappa dans ses mains en projetant une gerbe de gouttelettes.

« Il suffit ! s'écria-t-elle. Aux grands maux les grands remèdes ! À moi, Rivallon ! Figurez-vous que notre Rivallon est un peu ménestrel. C'est un puits de science romanesque ! Il connaît son *Bel Églantier* sur le bout des doigts. Il va nous distraire avec l'une de ses aventures.

– Plaisante idée, salua le sire de Froëch, pressé de faire oublier son impair.

– Comment résister au *Bel Églantier* ? sourit Cowyr de Thèves.

– Connaissez-vous le roman par le menu ? s'étonna le sire de Maubrenas.

– Certainement pas, répondit modestement l'écuyer, mais j'en sais correctement quelques passages, et mon seigneur et ma dame me font l'amitié de ne pas trop bâiller quand je les raconte. »

Azalaïs leva les yeux aux ciel.

« Rivallon confond coquetterie et humilité, railla-t-elle. Croyez-moi, il conte comme un jongleur, et il est vraiment incollable sur le *Bel Églantier*. Tenez ! Je vous mets au défi ! Citez n'importe quelle aventure, et il vous la récitera mieux que vous ne l'avez jamais entendue ! »

Sa curiosité piquée, Yvorin entra dans le jeu.

« Je relève le gant, dit-il. Eh bien, Rivallon, pouvez-vous nous conter l'aventure de la lavandière de nuit ? »

L'écuyer sourit avec assurance et s'apprêtait à répondre quand sa maîtresse lui coupa la parole.

« Ah non, pas celle-là ! Nous sommes trop près de la rivière, cette aventure-là me fait trop peur à chaque fois.

– Dans ce cas, Rivallon, pouvez-vous rapporter celle des processionnaires ? demanda Dam de Maubrenas.

– Seigneur ! s'offusqua Azalaïs. Vous venez de tirer mon gentil frère d'un cachot monastique et vous voulez le distraire avec un conte religieux ?

– Eh bien, s'il vous faut un conte plus leste, que diriez-vous de l'aventure du mort jaloux ? » proposa le sire de Thèves.

Cette fois, la dame de Vayre battit des mains avec enthousiasme.

« Voilà ! approuva-t-elle. Celle-là est aussi galante qu'effrayante ! Elle conviendra à ravir. »

Rivallon inclina brièvement la tête, rassembla ses esprits, et, au grand étonnement des baigneurs qui ne le connaissaient point, se mit à déclamer les vers du roman.

# X

## L'aventure du mort jaloux

*Et lors une frayeur va nos cœurs assaillant,*
*Le poil nous dresse au chef, & du front goutte à goutte*
*Jusqu'à bas des talons la sueur nous degoute.*
*Si nous sommes au lict n'osons lever les bras,*
*Ny tant soit peu tourner le corps entre les draps ;*
*Adonq nous est advis que nous voyons nos Peres*
*Morts dedans un linceul ; & nos defunctes meres*
*Parler à nous la nuict* [...]
Pierre de Ronsard

De nos jours, qui ne connaît *Le Roman du Bel Églantier* ? Il est vrai qu'il en circule différentes versions, certaines fort augmentées et d'autres très retouchées, et qu'il est parfois difficile de retrouver l'histoire telle que la composa Devin de Belcastel. Qu'importe, après tout ? Chacun se remémorera la version qu'il a entendue ou lue, et mon livre, enrichi par cette variété de souvenirs, deviendra aussi multiple que l'œuvre de Devin et sa postérité.

Il va sans dire que je ne suis point Devin de Belcastel. Peut-être, pour favoriser le succès de ce récit, eût-il été opportun de lui en attribuer la composition. J'en conviens du reste : au moment où les fils du duc Ganelon se rebellaient contre leur père et où le chevalier de Vaumacel rentrait en Bromael, l'écrivain était encore de ce monde... Bien qu'il vécût alors retiré, il fut néanmoins témoin de certains des événements de cette époque. Mais son existence tirait à sa fin ; il n'aurait pu coucher sur le vélin l'ensemble de l'histoire que, si la volonté ne me fait point défaut d'ici là, j'ai l'ambition de raconter dans son intégralité. Les connaisseurs, en tout cas, ne peuvent se méprendre. Le grand Devin avait coutume de se présenter dès le préambule de ses œuvres. Je n'en ai rien fait. D'autres auteurs, plus modestes, se contentent de révéler leur identité dans le colophon. Je suis encore loin de la conclusion de ce livre, mais je doute en terminer par cette petite vanité. Les noms que j'ai portés n'ont plus grande signification ; je ne m'y reconnais plus. En fait, je m'y perds. L'histoire seule importe.

Or, justement, parce que l'histoire seule importe, j'ai eu scrupule à laisser une lacune dans ce livre. J'aurais voulu que le lecteur lût ou entendît l'aventure du mort jaloux, telle que Rivallon la récita aux invités du seigneur de Vayre. La retraite où j'écris ces pages abrite de nombreux ouvrages, et, en posant la plume sur l'encrier, j'ai conjecturé que la librairie contenait peut-être un exemplaire du *Bel Églantier*. Il suffisait de mettre la main dessus pour l'intégrer au récit. Sotte inspiration, me suis-je très vite dit. (Je n'avais pas tort, car cette fantaisie vient de produire cette glose.) Une telle initiative nécessitait de quitter mon scriptorium et de me livrer à des recherches fastidieuses, et pis encore, probablement angoissantes. Certes, cette vaste demeure est emplie de livres, mais il y règne un terrible désordre, et nul index ne permet de savoir où trouver un titre. D'un autre côté, cette démarche pouvait me changer les idées. Cela me donnait aussi l'occasion d'inspecter des pièces, sinon des étages entiers, laissés à l'abandon, et de vérifier que rien de fâcheux ne s'y était produit. C'est pourquoi, après avoir balancé un moment, j'ai mis un nez prudent hors de mes appartements.

La demeure que j'occupe est vaste, elle est même beaucoup trop grande pour moi. Elle possède d'autres occupants, mais je m'arrange pour les éviter. Notre voisinage est contraint, et ce ne sont point des gens de bonne compagnie. J'ai échoué dans cette grande bâtisse à la suite d'une mésaventure tout à fait sinistre sur laquelle je ne m'étendrai pas – ce n'est pas le propos de ce livre. En tout cas, la maison ne m'appartient pas, mais j'ai réussi à m'en approprier les clefs. Ce fut ma chance. Je ne me sépare jamais du trousseau, assez gros et encombrant, et je prends un soin méticuleux à refermer à double tour toutes les portes que je peux franchir – il en est certaines que je ne me risque même pas à ouvrir. C'est au prix de ces précautions que j'ai réussi à établir un statu quo avec les autres habitants. Cela ne m'empêche pas de frémir à l'idée d'avoir oublié de verrouiller un accès ou d'avoir perdu une clef. Je n'ai d'ailleurs jamais eu l'assurance d'avoir le trousseau complet… (La possibilité qu'il en existe un double quelque part me tourmente presque chaque nuit.)

Avant de me hasarder dans des galeries et des patios mitoyens, j'ai d'abord vérifié que le roman se trouvait pas, tout simplement, dans mes appartements. C'est l'endroit de la maison où j'ai l'esprit le plus tranquille. Il faut dire que cette demeure est très biscornue. Les voyageurs ou les lettrés se représenteront une architecture composite, un peu semblable à celle de l'Académie des Enregistrements à Bourg-Preux : les ailes qui composent cette bâtisse portent le sceau de diverses cultures et divers styles. Les chambres où j'ai élu domicile possèdent les beaux volumes et les colonnades délicates, aux ornementations végétales, des manoirs de l'île de Llewynedd. Une claire lumière y entrerait par les fenêtres en lanterne si les petits carreaux étaient moins encrassés de suie et de toiles d'araignée. Je prends plaisir malgré tout à laisser les croisées ouvertes ; mon logis est situé assez haut à l'étage, et donne sur un immense jardin sauvage qui se confond avec un horizon bleuté de golfes, de forêts et même de montagnes poudrées de neige. Des ombres gracieuses errent parfois aux limites du jardin ; certaines me font signe de la main. Je leur réponds d'un geste, mais je n'ose descendre à leur rencontre. Il me faudrait ouvrir et refermer trop de portes pour les rejoindre.

Malgré l'agrément que leur prodigue cette belle vue, je dois reconnaître que mes appartements sont délabrés. Les fresques s'écaillent, les tapisseries pâlissent, les boiseries moisissent et le mauvais tirage de la cheminée a noirci les plafonds. Je me dis parfois que toute cette suie et toute cette poussière mériteraient un bon coup de balai, mais j'ai peur, en faisant du bruit, d'attirer l'attention des voisins. J'ai d'ailleurs retourné les miroirs contre les murs – deux précautions valent mieux qu'une. Cependant, pour peu qu'on respecte quelques mesures de bon sens, ces pièces sont assez sûres. J'aurais donc éprouvé un certain soulagement à y retrouver *Le Roman du Bel Églantier.* Hélas, les livres dont je dispose sont en mauvais état. Beaucoup ont souffert de l'humidité et sont en partie délavés ; d'autres ont échappé à un incendie et sont partiellement brûlés. Seuls des fragments plus ou moins longs des œuvres qui y furent consignées demeurent lisibles. Malheureusement, le roman de Devin n'y figurait point, pas même en partie. J'ai donc dû me résoudre à sortir de mon logis.

Les cours intérieures de cette demeure sont toujours plongées dans une profonde pénombre. Il me faut parfois utiliser une bougie pour m'y déplacer au milieu de la journée. C'est d'autant plus étrange que l'architecture y est plutôt mauresque ; la majeure partie des galeries qui desservent les différentes ailes sont treillissées de moucharabiehs. Ils déroulent de longues théories de caractères géométriques, qui estampent les couloirs telles des écritures oubliées. Le corps de bâtiment méridional de l'édifice est toutefois bâti dans un style ciudalien. Il possède les escaliers droits, le promenoir et les loggias d'un palais patricien, mais d'un palais tombé en décadence. Les degrés s'y affaissent, les stucs s'effritent, les balustrades sont ébréchées. Il y règne la décrépitude des antiques palazzi de Purpurezza, transformés en ateliers d'artistes et en bouges pour gens de sac et de corde. Dans la mesure du possible, j'évite cette partie de la demeure. Je m'efforce également de ne pas descendre au rez-de-chaussée. J'approcherais trop de la cave, dont la porte est parfois ébranlée par ce qui s'y trouve enfermé.

Par chance, la librairie de l'ancien propriétaire se trouve à l'étage de l'aile ressinienne. En fait, elle occupe même plusieurs niveaux. Il s'agit probablement d'une des plus vastes bibliothèques de toute la Transestrie, que seules surpassent la librairie de l'Académie des Enregistrements et celle de la Grande Bibliothèque d'Elyssa. Hélas, elle est horriblement mal rangée. En circulant dans ses allées, on devine qu'elle fut jadis ordonnée et que ses innombrables ouvrages ont été classés à une époque, mais l'abandon, la division et la confusion ont depuis longtemps égaré les catalogues et mis à mal tout ordonnancement.

En parcourant ces trésors poussiéreux, j'ai l'âme partagée entre l'émerveillement et le découragement. On a l'impression de fouiller l'antre d'un dragon bibliophile : tout le savoir du monde paraît congloméré dans ce fatras, rendu inutile par son amoncellement. J'ai déplacé des piles, ouvert des rouleaux, décroché des fermoirs, feuilleté des codex. J'ai été de surprise en surprise, les yeux écarquillés sur les joyaux jaunis et les pépites reliées qui craquent sous les doigts. Le *Canzoniere* de Luca Tradittore ! Un exemplaire du *Trésor Sphingidé* commenté en rassní classique ! Deux volumes des *Annales royales de Leomance* ! Une copie richement enluminée des *Sirventès des Futaies bleues* ! Le *Fragment synchronique* attribué (de façon apocryphe) à Herménégild ! Les *Capitulaires* de Leodegar III le Saint ! *L'Inventaire rationalisé des notes tironiennes* établi par Pontus Pigmento ! Le discutable (sinon dangereux) *Structure formelle et approche pragmatique du glyphe de garde* de Philocryse Dextrat !

Inévitablement, je succombe à l'envoûtement de tout ce savoir. Je plonge dans ces ouvrages précieux, j'en parcours les tables, j'en lis des chapitres entiers, j'emporte avidement des volumes jusqu'à en avoir les bras rompus, j'abandonne derrière moi certains codex remplacés par une trouvaille plus récente. Je ne connais que trop la dangereuse frénésie qui s'empare de mon âme chaque fois que je me risque dans cette librairie, et pourtant j'y cède toujours. Fatalement, aujourd'hui, j'ai perdu le fil des heures. Lorsque j'ai relevé les yeux d'une petite plaquette sur les lettres à attaque fractionnée, je me suis rendu compte que les angles de la pièce sombraient dans l'obscurité et que ma bougie était basse. La nuit tombait. J'avais imprudemment tardé hors du havre que me procure mon logis. Recueils poétiques, textes juridiques, ouvrages de cosmographie, de calligraphie, de magie naturelle (et moins naturelle) s'étaient offerts à ma curiosité, mais rien d'aussi futile que des romans. Tant pis, il était plus que temps de refermer cette librairie à double tour et de regagner la sécurité de mes appartements.

J'étais sur le point de sortir quand, dans un monceau de livres abandonnés au pied d'un lutrin, mon attention a été retenue par une couverture lacérée. Un chat avait eu la désinvolture de faire ses griffes sur une luxueuse reliure de cuir ! Tout en pestant contre le petit vandale, j'ai quand même ramassé le livre marqué : Mirabilis possède un vrai don pour dénicher ce que je recherche. Bien sûr, je n'ai pas découvert *Le Bel Églantier*, mais une version en prose du *Soledano innamorato*. Au moins, il s'agissait bien d'un roman. Par acquit de conscience, j'ai entrepris d'ouvrir les autres volumes de la pile. Une rumeur sourde est remontée des sous-sols, et le tremblement de ma main s'est communiqué à la flamme de ma chandelle. En prenant sur moi, j'ai poursuivi malgré tout mes vérifications. Deux autres romans : *Soledano furioso*, *Le Morte de Dyfinwal*… Une épopée : *La Chanson des Preux*… J'entendais à présent qu'on traînait quelque chose de lourd à la cave : il devenait urgent de vider les lieux. D'autant plus urgent que bientôt, un choc caverneux a ébranlé les murs. Mais, alors même que le cœur allait me manquer, j'ai ouvert un petit volume qui ne payait pas de mine. Sur la première page, deux vers célèbres ont accroché mon regard :

*Les armes de ce chevalier*
*Étaient frappées d'un églantier.*

Abandonnant tous mes autres butins, j'ai serré le livre contre ma poitrine et j'ai couru jusque chez moi, aussi vite que me l'ont permis toutes les portes à ouvrir et à refermer. Dans les profondeurs ténébreuses du patio, j'entendais fourrager furieusement, mais ce vacarme inquiétant me parvenait toujours étouffé par de solides battants de chêne. Une fois bâclée l'entrée de mes appartements, j'ai vérifié que nul indésirable ne s'y était glissé en mon absence, puis j'ai fermé les fenêtres et barré les volets intérieurs. J'ai également murmuré une formule conjuratoire et rafraîchi quelques charmes apotropaïques. En revanche, je n'ai pu redoubler ces défenses par une poignée de sel. C'est incroyable ! Je perds tout le temps mon sel !

Après avoir repris mon souffle et calmé mes esprits, j'ai déposé le fruit de ma rapine sur une écritoire afin de le feuilleter. Ce petit livre n'a rien de luxueux. Il s'agit d'une copie établie dans une cursive assez lisible mais non exempte d'abréviations. Des espaces blancs ont été laissés à la place de certaines lettrines, qui n'ont même pas été esquissées ; l'ouvrage, une fois qu'il a été terminé par le copiste, a donc été relié sans avoir été confié à un enlumineur. Il en résulte que certains vers sont dépourvus d'initiale, ce qui donne un aspect lacunaire au texte. Le caractère un peu négligent de cette exécution permet de cerner en partie le profil de son commanditaire. Ce codex n'a rien de l'écrin raffiné qu'un véritable admirateur de Devin de Belcastel aurait souhaité posséder. Il ne s'enrichit pas non plus des ornements précieux que les lettrés nobles ou ecclésiastiques exposent complaisamment aux yeux de leurs visiteurs. Il ressemble davantage à la copie de travail qu'un clerc ferait d'une œuvre à son programme – mais nulle école n'étudie quelque chose d'aussi frivole qu'un roman, si populaire soit-il. J'en conclus que le premier propriétaire de cet exemplaire s'était intéressé à cette œuvre pour soigner sa culture générale plutôt que pour le plaisir. J'y discerne un esprit lettré, probablement supérieur mais d'origine humble ou étrangère, soucieux de maîtriser les références d'une société aristocratique où il devait frayer.

Qu'un docte ou un scoliaste ait éprouvé le besoin de posséder un exemplaire du *Bel Églantier*, même sans penchant particulier pour le roman, témoigne assez du succès de cette œuvre. Diverses raisons y concourent sans doute. Il est de bon ton de louer le caractère prenant de ses intrigues, qui compilent d'ailleurs bon nombre de légendes du duché de Bromael, tout en y cherchant des sens cachés. Il me semble pour ma part que la signification du livre est très surévaluée. La forme a sans doute davantage contribué à sa popularité. Si les grandes gestes et les amples romans composés à l'époque du royaume de Leomance sont toujours connus de nos jours, leur langue a vieilli. En versifiant son œuvre dans le dialecte bromallois dérivé du léonien, Devin l'a rendue beaucoup plus accessible au public des cours et des villes. Le cadre qu'il lui a donné lui a également permis de se démarquer de toute la littérature héroïque composée depuis la chute de la Leomance. Pendant plus d'un siècle, poètes et littérateurs ont pris pour sujet la guerre des Grands Vassaux. De nombreuses chansons de geste circulent sur cette période tragique. En situant l'action de son roman sous le règne du duc Hardre, soit vingt ans après l'effondrement de la Leomance, le romancier a séduit le public noble, qui s'est davantage reconnu dans le *Bel Églantier* et sa société que dans les figures épiques de *La Mort le roi Maddan* ou de *La Chanson des Preux*. Enfin, le règne du duc Hardre présente une singularité que Devin a su brillamment exploiter : à l'époque, le clergé du Desséché était toujours frappé de bannissement en Bromael, car la réforme hiémale ne lui avait pas encore soustrait un certain nombre de fonctions séculières. L'exil des Dessiccatoriens fut, au cours de cette période, cause de désordres religieux et occultes dont Devin de Belcastel a tiré l'argument des aventures du *Bel Églantier*.

Malgré son exécution sommaire, l'exemplaire que j'ai déniché dans la librairie paraît assez complet. En tout cas, l'aventure du mort jaloux y figure. Je ne peux certifier que la lettre du texte d'origine y soit absolument respectée, mais ce que j'en recopie me semble plutôt fidèle au souvenir que j'en ai conservé.

Ce jour-là, le Bel Églantier
Avait longuement chevauché
À travers les bois et les landes
Des hautes terres d'Agurande.
Souffrant de faim et de froidure,
Il vit une colline obscure
& sur ce sombre belvédère
Le croc d'une tour solitaire.
En quête du gîte et du feu,
Il marcha jusqu'au triste lieu.
Point de lumière ni de son :
Tout lui parut à l'abandon.
Point de vilains aux alentours,
Point de guetteur dessus la tour,
Point de sergents aux huisseries,
Point de chevaux aux écuries.
On pénétrait dans ce fortin
Comme un rustre dans un moulin :
Personne pour corner l'alerte,
La cour était toute déserte.
Le Bel Églantier fort marri
Lança cependant quelques cris.
Parut alors une figure
Qui n'avait pas vilaine allure :
Penché à sa haute fenêtre
Posait le plus charmant des êtres.
C'était une dame un peu pâle
Mais d'une beauté sans égale
Dont la nonchalante langueur
Avait fait battre plus d'un cœur.
& la dame de son côté
Vit bien que le Bel Églantier
Ne portait point mal son surnom.
Elle lui lança tout de bon
Ces étranges salutations :
« J'ai grande honte et confusion !
Chevalier, vous m'avez fait peur !
Je craignais quelque maraudeur. »
En déplorant sa pauvreté,
Elle offrit l'hospitalité.
Sa grand salle était dépeuplée ;
Au sol moisissait la jonchée,
Aux voûtes tissait l'araignée
Dessus les tentures fanées.
En se plaignant de sa misère,
La dame servit maigre chère.
Mais le sire avait grande liesse
D'être ainsi seul avec l'hôtesse.
Il loua sa grande beauté
& confessa être étonné
De la découvrir esseulée.
Elle dit d'une voix peinée :
« Je dois hélas pareille épreuve
Au cruel malheur d'être veuve.
Mon seigneur était fort jaloux ;
En un duel et d'un seul coup,
J'ai perdu ami & époux.
Cette double mort m'a ruinée ;
Tous mes gens m'ont abandonnée.
Depuis il ne se passe une heure
Sans que je tremble & que je pleure.
Les nuits me remplissent d'effroi
Car les ombres y viennent à moi. »
Le chevalier plaignit la dame
& lui offrit sa bonne lame
Pour le service d'une nuit
Afin qu'elle dormît sans souci.
La dame en fut reconnaissante
& le dit de façon galante ;
Le Bel Églantier renchérit
Si bien qu'elle lui ouvrit son lit.
Mais la chambre était si humide
Que la dame en devint timide ;
Comment s'octroyer doux déduit
Au milieu d'ébats si transis ?
Faute de feu & de valets,
On y perdait tous ses effets.
Le chevalier qui avait froid

Se chargea de monter du bois
& dans la grande cheminée
Bouta une bonne flambée.
Il avait l'espoir d'enflammer
La dame ainsi que ce brasier.
À peine glissé sous les draps,
Prenant son amie dans les bras,
Le chevalier fut contrarié
D'entendre un galop résonner ;
Les fers d'une rosse boiteuse
Claquaient dans la cour ténébreuse.
La dame fort épouvantée
Repoussa de ses mains crispées
L'ami qu'elle allait satisfaire.
Dans sa peur elle ne put taire
Un aveu vraiment inouï :
« Ciel ! Je crois que c'est mon mari ! »
Le chevalier fut étonné :
« Ne m'avez-vous pas raconté
Être affligée de dur veuvage ?
– Je vous le redis sans ambages :
Mon époux a été tué,
Je l'ai vu mort et enterré
Mais son désir brûle si fort
Qu'il revient encore et encor.
L'horreur a fait fuir tous mes gens
& me livre à ses bas penchants
Tout comme s'il était vivant ! »
Le chevalier n'eut pas le temps
De mettre en doute sa parole
Même s'il la crut un peu folle.
Un pas traînait dans l'escalier
& sitôt le Bel Églantier,
Quoiqu'il fût nu, tira l'épée.
Soudain la porte fut poussée
Avec une grande violence ;
Souffla un vent de pestilence
Autour d'une forme spectrale.
Une voix gronda sépulcrale :
« Sale catin ! Ah ! Femme vile !
Je ne peux reposer tranquille :
Après m'avoir déshonoré
Voici que vous me remplacez ! »
La dame poussa les hauts cris
& le Bel Églantier sentit
Son cœur bien près de défaillir :
Le mari aurait dû gésir
Car il était tout décharné
Et noir avec le nez mangé.
Mais le preux reprit ses esprits
& lui adressa son défi :
« Dehors, maudite créature !
Vide ces lieux, odieux lémure !
Ou par ma foi il t'en cuira !
– Que pèse la foi d'un goujat ? »
Railla le défunt visiteur.
« Je ne vois qu'un fornicateur
Qui est venu souiller ma couche ! »
& ouvrant une horrible bouche
Il fondit sur le chevalier.
Celui-ci lui trancha la main
& lui fendit les intestins
Mais le fantôme était si mort
Qu'il n'avait cure de ces torts.
Il prit le preux à bras-le-corps
Pour lui faire un terrible sort.
Le mort avait saisi le vif
Presque comme un amant lascif
& il voulait le dévorer
De tous ses chicots déchaussés.
Le chevalier lui fit manger
Quelques pouces de bon acier
Mais ne parvint à s'en défaire.
Les lutteurs roulèrent à terre
Jusqu'au bord de la cheminée ;
D'une poussée désespérée
Le vif jeta le mort au feu
& mû par un transport furieux,

Il empoigna un tisonnier,
Il en creva l'osseux bréchet
Pour l'enclouer aux bûches ardentes.
Dans une danse flamboyante
Le spectre voulut s'échapper
Mais de l'épée fut rebuté
& se consuma tout entier.
Le chevalier illuminé
Clama d'une voix triomphante
À son hôtesse pantelante :
« En vérité, quel amour fou !
Voyez comme on brûle pour vous ! »
Encore tout congestionné
Il s'en retourna la baiser
Pour conclure un autre haut fait
Tant que le mort les réchauffait.

## XI

## L'arbre aux écus

*S'est soz un charme descenduz,*
*Et ses escuz y est panduz*
Chrétien de Troyes

Sous le grand pavillon du comte de Kimmarc, on applaudit à tout rompre le ménestrel. On avait rarement entendu une interprétation à la fois si vibrante et si impertinente du *Bel Églantier*. Dans le public, même des auditeurs comme Blancandin sans Escreigne ou Yvorin de Quéant, qui avaient pourtant écouté cette même aventure un mois plus tôt au château de Vayre, en furent impressionnés. Le jongleur salua avec une grâce exquise. En plus, il était d'une beauté à se pâmer : dames et demoiselles (et quelques seigneurs aussi) ne se lassaient point de l'admirer. Plus extraordinaire encore chez quelqu'un qui maîtrisait à la perfection *Le Roman du Bel Églantier* : il se disait qu'il n'était point du duché de Bromael. Il était arrivé dans une troupe de bateleurs venue de la Marche franche pour amuser la compagnie, mais rien en lui ne respirait la vulgarité preux-bourgeoise. Son nom sonnait étranger, Annoeth quelque chose, et la finesse de ses traits comme le raffinement de ses manières trahissaient l'un des derniers elfes osant encore vagabonder dans le Vieux Royaume. Seigneurs et dames s'accordaient à dire que le comte Angusel avait fort bien fait les choses : non seulement le camp de Lyndinas était fastueux, mais il s'y prodiguait d'aussi bons divertissements qu'à la cour de Maurmarc.

Le ménestrel venait de ravir l'assemblée pendant un entremets. En cette veille d'adoubement, le comte tenait déjà table ouverte ; la noblesse de Kimmarc, parée de ses plus beaux atours et de brins d'immortelle, se pressait sous les auvents et chapiteaux de toile. Quand l'enchantement commença à retomber, Yvorin de Quéant ne fut toutefois guère d'humeur à goûter les nouveaux mets offerts par les écuyers tranchants. Ses soucis le rattrapaient et lui coupaient l'appétit.

Quoiqu'il occupât une table éloignée, dévolue à des bacheliers et des vavasseurs, il voyait bien que Blancandin se montrait également nerveux sur l'estrade seigneuriale. On n'avait pas encore brisé les premières lances du tournoi et certaines choses tournaient déjà de travers.

L'un des problèmes sautait aux yeux de tous. À la haute table, les chevaux passants de Kimmarc encadraient étroitement un seul cerf de Bromael. À la place d'honneur, Blancandin se retrouvait cerné par le comte Angusel et par son fils Claudas ; à la veille des combats, Méléagant et ses gens n'avaient toujours pas donné signe de vie. Assez bravement, le jeune prince faisait bonne figure. Mais pour un damoiseau en rupture de ban, si courageux et si bien né fût-il, il était difficile d'en imposer à la maison de Kimmarc.

Quoiqu'il fût vieillissant et que la goutte l'eût rendu boiteux, le comte Angusel rayonnait plus que jamais d'une intimidante prestance. Un peu empâté par l'âge, il n'en avait pas moins conservé une carrure puissante acquise au cours de quarante ans de chevauchées et d'escarmouches. Sa crinière blanche alliée à un certain savoir-vivre lui donnait une physionomie tempérée et sage, dont les gens avertis savaient combien elle était trompeuse. Le grand seigneur pouvait à l'occasion tourner des compliments aimables, mais ses sourires remontaient rarement jusqu'aux yeux, dont les prunelles glauques offraient une énigme aussi floue qu'un écran de fumée. Le comte avait fini par se rendre impénétrable : il cultivait l'art d'être imprévisible, capable à froid des pires cruautés comme d'une mansuétude calculée. Seigneur d'une marche frontière, il se montrait d'une impitoyable sauvagerie avec ses ennemis ouromands, qui l'admiraient, et d'une courtoisie sans faille avec la noblesse bromalloise, qui le redoutait. Dix ans plus tôt, sa défaite contre Ganelon avait été pour lui une cuisante humiliation. Il n'en avait pas rabattu pour autant, et, tout en respectant l'hommage qu'il avait été contraint de rendre, il s'était comporté depuis lors comme s'il y avait gagné une mystérieuse puissance.

En raison de ses relations complexes avec le duché, le comte se reposait de plus en plus sur son héritier pour défendre la vallée de la Kley. Il l'avait excellemment formé : le père et le fils étaient de la même trempe, ils le savaient tous deux et se gardaient à l'œil. Combattant aguerri, Claudas de Kimmarc se révélait aussi difficile à cerner que son géniteur. Il n'hésitait pas à pousser des opérations de représailles sur la rive gauche de la Kley, avait recruté quelques exilés ouromands parmi ses sergents, parlait leur dialecte et prenait parfois plaisir à provoquer la bonne société en portant des bijoux ou des armes barbares ; mais c'était également un seigneur instruit, plus lettré que son père, et les mauvaises langues le disaient un peu frotté de magie.

Entre ces fortes personnalités, Blancandin faisait mine de prise plus que d'invité. Sans doute le charisme de Méléagant et la galanterie d'Azalaïs eussent-ils compensé l'ascendant des Kimmarc, mais le seigneur de Vayre et sa dame brillaient par leur absence. Un mois plus tôt, après avoir choyé Blancandin et son escorte plusieurs jours durant, ils les avaient laissé prendre seuls le chemin de Lyndinas. Aux dires des redoutables époux, le jeune homme devait se présenter au plus tôt au comte de Kimmarc, à la fois pour lui témoigner sa reconnaissance et bâtir des relations avec sa cour ; en outre, quelques semaines ne seraient pas de trop pour permettre aux ferronniers d'Angusel d'ajuster l'armure qu'ils avaient fabriquée à l'attention du prince. Quant à lui, Méléagant devait parer à toute éventualité au cas où le duc engagerait une guerre ouverte : il lui fallait terminer de mettre Vayre en défense. Il s'était donc excusé de ne point accompagner son frère et ses suivants, mais il avait juré qu'il ne tarderait point à prendre la route. Ces arguments avaient convaincu les chevaliers ; mieux encore, le désir d'en découdre du prince était manifeste. Les invités avaient pris congé du seigneur de Vayre en toute confiance.

Avec le recul, Yvorin se rappelait que seul Blancandin avait paru ébranlé lors de leur départ. Sur le moment, le chevalier de Quéant avait mis cela sur le compte de la séparation et peut-être de la déception d'être privé de la compagnie de son frère au moment de se présenter à Angusel. L'arrivée au château de Maurmarc, l'accueil du comte puis la chevauchée vers le camp de Lyndinas s'étaient cependant déroulés sous les meilleurs auspices, et le début du séjour dans le comté de Kimmarc avait filé dans une certaine insouciance. Pourtant, les jours puis les semaines passaient ; des seigneurs, des dames, des chevaliers arrivaient non seulement du comté, mais aussi de Brochmail et de certains fiefs du duché ; des bruits couraient sur le ban que Ganelon rassemblait dans la ville de Carroel, puis sur la mise en marche de cet ost…Mais rien n'était venu de Vayre. Ce retard finit par devenir troublant. Les premiers à s'en inquiéter avaient été les chevaliers qui avaient servi dans l'hôtel de la duchesse Audéarde ; le doute s'était ensuite diffusé, avait gagné le sire de Froëch et d'autres vassaux de Kimmarc. S'il fallait reconnaître une qualité au jeune Blancandin, c'était une belle fermeté de caractère : alors que de jour en jour il se trouvait pressé par toujours plus de questions, il n'avait pas varié dans ses assurances. L'arrivée de son frère n'était que différée, mais Méléagant était déterminé à défendre la duchesse. Rien ne se mettrait en travers de son chemin quand il serait temps. Pourtant, le damoiseau lui-même paraissait inquiet, jugeait Yvorin, même si force était de reconnaître que sa résolution ne faiblissait point. Sans doute livrait-il un secret combat contre la peur. On aurait pu le comprendre à moins : d'un jour à l'autre, les rumeurs rapportaient que l'armée ducale s'apprêtait à fouler le sol de Kimmarc, puis qu'elle était entrée dans la région ; depuis la veille, les enfants perdus bromallois montaient le camp du duc, à portée de vue des pavillons du comte.

Ce n'était pas seulement par sympathie que le jeune chevalier de Quéant était intéressé à la situation de Blancandin. Sa propre fortune lui paraissait de jour en jour de plus en plus liée aux tribulations du damoiseau. Car Méléagant de Vayre n'était pas le seul champion qui fît défaut : on n'avait vu nulle trace d'Ædan de Vaumacel au camp de Lyndinas.

Dans la suite de Blancandin, cette défection n'avait pas surpris comme celle du seigneur de Vayre. Elle n'avait fait que confirmer les chevaliers de la duchesse Audéarde dans leur piètre estime pour le sire de Vaumacel. S'ils conservaient encore l'espoir de voir arriver Méléagant au dernier moment, ils étaient en revanche convaincus de la désertion d'Ædan. En tant que garant du renégat, Yvorin se retrouvait dans une position inconfortable. Dam de Maubrenas lui avait reproché sans ménagement d'avoir péché par naïveté et en avait conclu que le bachelier ne pouvait s'en prendre qu'à lui-même. Plus aimablement, Cowyr de Thèves l'avait engagé à voir le bon côté des choses : s'il restait prisonnier sur parole, du moins y avait-il gagné au change avec un maître de plus haute naissance et de meilleure moralité.

Le chevalier de Quéant éprouvait la plus grande confusion. Le sire de Vaumacel avait-il connu quelque traverse dans les hautes terres d'Agurande ou l'avait-il bel et bien joué ? Malgré les vilains bruits qui couraient dans le comté de Belestance, malgré les mises en garde que lui avait adressées la baronne de Bregor, le bachelier avait-il eu la niaiserie de se laisser duper par un beau parleur ? Pareille sottise, s'il l'avait vraiment commise, se révélait pire que sa défaite et sa reddition. On ferait des gorges chaudes dans son dos, et la belle Heluise ne pourrait lui passer de s'être montré ridicule. Il essayait de chasser cette idée en buvant plus que de raison, mais il en avait le rouge au front. Le plus mortifiant de l'affaire, c'était de ne savoir sur quel pied danser. S'il venait à recroiser le chemin du sire de Vaumacel, serait-il en droit de lui demander réparation ? A priori, étant le captif de Blancandin et plus celui du chevalier, rien ne s'opposerait à ce qu'il le défiât… À moins, bien sûr, que le chevalier de Vaumacel eût été retenu par des circonstances comme une blessure ou une captivité. Dans ce cas, Yvorin pourrait-il considérer malgré tout qu'Ædan avait manqué à sa parole ?

Ces incertitudes tourmentaient d'autant plus le jeune chevalier qu'il sentait la désapprobation de son propre écuyer. Quoiqu'il ne formulât point le fond de sa pensée, le robuste Briebras laissait percer son agacement. Jugé par son propre valet d'armes… Le camouflet était insupportable.

Yvorin ne voyait qu'une issue à ce marasme : le lendemain, il lui faudrait remporter au moins un cheval et un harnois. S'il était capturé, c'en était fini de sa chevalerie ; jamais il ne serait capable de reverser le prix de deux destriers et de deux armures. Après tout, n'avait-il pas gagné trois chevaux au tournoi de Belcastel, qu'il avait si libéralement distribués ou rendus ? Il ne lui restait qu'à renouveler l'exploit. Il ne se voilait pas la face : sans doute les champions que le duc enverrait sur le pré seraient-ils autrement redoutables que les chevaliers fraîchement adoubés à la cour du comte Dodinel… Et encore cela ne serait-il qu'un début. Sa liberté recouvrée, afin de laver complètement l'affront, Yvorin devrait retrouver le chevalier de Vaumacel, le défier et le vaincre. À cette condition seule il retrouverait son prestige aux yeux de la sublime Heluise.

Remâchant ces idées moroses, Yvorin était de moins bonne compagnie qu'à l'ordinaire. Il n'eut pas un regard pour les desserts que les pages faisaient circuler entre les tables – petites fouaces dorées, oublies au vin blanc et riche manger au safran. Cela faisait un moment qu'il ne participait plus aux conversations qui roulaient autour de lui et se désintéressait de la discussion de Blancandin et des Kimmarc, que du reste il avait du mal à entendre dans un brouhaha de voix et d'instruments. Le jeune prince parlait pourtant avec animation, comme s'il défendait un point de vue controversé au cours d'une dispute entre clercs. Le comte Angusel condescendait parfois un hochement de tête poli, mais son expression demeurait indéchiffrable. Son fils, le seigneur Claudas, souriait d'un air dangereux.

À la fin du repas, alors que les valets débarrassaient les tables, Yvorin fut tiré de ses ruminations par un page.

« Mon seigneur Blancandin vous invite à l'accompagner à l'arbre aux écus, lui dit l'enfant. Il vous attendra à la sortie du pavillon. »

Cette demande ne surprit pas le chevalier de Quéant. Après tout, ses armes étaient accrochées dans l'arbre ; à la veille des commençailles, il était temps d'apprendre qui avait relevé le gant. La tête lui tourna légèrement quand il se leva et il se reprocha d'avoir manqué de sobriété. Espérant que le grand air lui ferait du bien, il se dirigea vers l'entrée de la tente. Autour de lui, une nouvelle rumeur se répandit avec la brusquerie d'une giboulée : le duc était soudain sur toutes les lèvres. Le duc arrivait ! Non, le duc était déjà arrivé ! Le duc allait paraître d'un moment à l'autre ! Au milieu de cette effervescence, Blancandin et sa petite suite formaient un groupe plus fermé, dont la tension était palpable. Yvorin les rejoignit en dissimulant son trouble sous un mâle visage.

La fièvre qui s'était emparée de la société noble bruissait sous l'azur printanier et le chant des oiseaux. En quittant le pavillon comtal, on émergeait d'un demi-jour tamisé par les vélums et les tentures damassées pour se retrouver baigné par une claire lumière, toute lavée par une récente averse. Les couleurs vives des tentes, des bannières, des costumes chatoyaient dans le frais soleil. Ce faste éphémère, tout bruissant de cris, d'appels, de hennissements et de musique, célébrait le printemps et les divertissements de la guerre courtoise. La présence de Blancandin devant la tente du comte attirait quantité de curieux, désireux de voir sa façon de réagir maintenant que son père était arrivé. Le damoiseau dissimulait sa nervosité et répondait de façon évasive aux questions que lui posaient quelques impertinents. Une fois rassemblés les chevaliers de son conroi, il les convia à mettre le pied à l'étrier pour gagner l'arbre aux écus, aux abords du château. Ils durent pour cela traverser une partie du camp mais, sitôt en selle, ils purent se dégager des indiscrets en quittant le grand parc aux chevaux.

Piquetée de rares boqueteaux, une immense prairie déployait ses herbages devant les jambes de leurs palefrois. Derrière eux, ils abandonnaient le camp du *dedans*, c'est-à-dire le grand campement monté par le comte de Kimmarc pour les défenseurs du pas de l'immortelle. Une demi-lieue devant eux, à l'ouest, les prés étaient barrés par un autre campement, celui du *dehors*, que les avant-gardes et les valets du duché avaient monté la veille et qui, si la rumeur était exacte, accueillait désormais Ganelon de Bromael. Au sud, un petit lac baignait les deux camps ; les parcs avaient été d'ailleurs aménagés à chaque extrémité du point d'eau, pour faciliter le boire des écuries. Au nord se dressait la place de Lyndinas. Il s'agissait à peine d'un château, plutôt d'une ferme forte flanquée d'une grosse tour, et protégée par une petite enceinte. Juché sur une butte, ce castelet était entouré d'un verger ; le printemps y avait transformé les pommiers en nuages de fleurs. La tour de Lyndinas n'était qu'une tenure modeste du comté de Kimmarc, qui aurait pu soutenir l'assaut d'une petite bande mais n'aurait guère résisté à l'armée d'un grand seigneur. Angusel de Kimmarc l'avait élue pour l'agrément du cadre et la commodité du terrain, proclamaient ses hérauts d'armes. Il l'avait surtout choisie parce qu'elle était éloignée de sa ville de Maurmarc ou du nouveau château de Neuvyddin, qu'il faisait édifier face à la seigneurie d'Ouchain. Si les choses dégénéraient avec le duc, la chute de Lyndinas serait de peu d'importance ; Angusel ne s'était pas caché d'avoir laissé de solides garnisons dans ses principales forteresses.

Quittant le camp du *dedans* et laissant le camp du *dehors* sur sa gauche, la petite troupe de Blancandin prit la direction de la tour. Le château ne formait pas son objectif ; son véritable but était un grand charme solitaire, à une portée d'arc du verger. De curieux fruits étaient suspendus à ses branches maîtresses : les écus de Blancandin et de ses compagnons. Tel était le défi rituel que ceux du *dedans* lançaient à ceux du *dehors* : ils affronteraient quiconque viendrait toucher leurs armes. Quelques écuyers, qui tuaient le temps en jouant aux dés ou à croix ou pille, surveillaient distraitement les boucliers ; ils avaient charge de prendre le nom et la qualité des chevaliers venus relever le gant. Blancandin entraînait donc ses compagnons vers l'arbre pour relever les cartels. Personne, parmi eux, n'arborait d'armes, sinon d'élégantes dagues civiles ; ils montaient des chevaux de parade ou de plaisance au lieu de destriers, et n'étaient vêtus que de pourpoints et de surcots brodés. Seuls les brins d'immortelle que tous portaient déjà au chapeau ou au revers signalaient qu'ils avaient pris parti.

Les combats ne s'ouvriraient que le lendemain ; encore ne s'agirait-il que des commençailles, où seuls Blancandin et son conroi de huit chevaliers affronteraient les neuf champions que lui enverrait le camp du *dehors*. Le vrai tournoi n'était prévu que pour le surlendemain. Ce jour-là, on livrerait vraiment bataille.

En d'autres circonstances, sans doute le prince et ses compagnons auraient-ils pris plaisir à la promenade. Sous un ciel pommelé de duvets blancs, la prairie se parait des douceurs d'un grand jardin. Pages et écuyers y faisaient trotter des chevaux ou courir des chiens ; sortis des deux camps, des parents ou des amis se rejoignaient sur le pré et se livraient à des démonstrations d'affection ; à l'ombre paisible du petit château, quelques couples flânaient sous les pommiers en fleurs. Même les reliefs lointains des hautes terres d'Agurande, qui barraient l'horizon septentrional, s'attendrissaient de bleu pastel. Tout, dans ce paysage aimable, chantait l'allégresse de la brise, des passereaux et de l'herbe jeunette. Mais concentrés sur leur affaire, Blancandin et ses chevaliers n'y voyaient que le champ où, dès le lendemain, ils croiseraient le fer devant toute la noblesse de Bromael et de Kimmarc.

Le conroi du prince était presque au complet. Certes, l'absence de Méléagant troublait la compagnie. La défection d'Ædan de Vaumacel, en revanche, ne chagrinait qu'Yvorin ; Blancandin et ses chevaliers l'avaient pressentie de longue date ; une semaine plus tôt, ils avaient invité un autre chevalier à remplacer l'inconstant. Il s'agissait de Wichart de Laudunet, un cadet de la puissante famille de Landefride.

Quoique sire Wichart appartînt à Bromael et non à Kimmarc, il avait rejoint le camp du *dedans* par courtoisie et avait publié son intention de combattre en arborant trois brins d'immortelle. Il s'était montré surpris, mais aussi honoré, qu'on lui offrît de s'illustrer dès les commençailles sous la bannière de Blancandin.

Le jeune prince avait également renoué avec un cousin germain ; ils ne se quittaient guère depuis leurs retrouvailles à Lyndinas. Sire Dilcin de Maginois n'était autre que le neveu de la duchesse Audéarde. Ayant quelques années de plus que Blancandin, il avait également le charme et les belles manières des Maginois ; physiquement, il ressemblait assez à Méléagant, mais se montrait de tempérament moins exubérant. Blancandin avait reporté sur ce bel homme, lié par le sang à la duchesse, la faveur dont il ne pouvait gratifier son frère absent. Du reste, les deux cousins se retrouvaient dans une situation semblable. Le baron Eschivard de Maginois, père de Dilcin et oncle maternel de Blancandin, avait participé à la cour de justice qui avait jugé la duchesse ; estimant avoir été déshonoré par l'adultère de sa sœur, le baron avait apporté son suffrage à la condamnation – ce qui lui avait valu de sauver son siège au sein du conseil privé du duc. En prenant la défense de sa tante, Dilcin de Maginois, tout comme Blancandin de Bromael, entrait donc en rébellion contre l'autorité paternelle.

Dans la petite troupe qui approchait de l'arbre aux écus ne manquait que sire Fitzurse du Havne. Rien d'anormal à cela : sire Fitzurse était un original qui, tout en prenant fait et cause pour la duchesse Audéarde, restait un preux avec qui le duc n'avait jamais réussi à se brouiller tout à fait. Les deux hommes étaient liés depuis vingt-cinq ans. Ils avaient combattu au coude-à-coude pendant la guerre du Hériban ; quand Ganelon s'était retiré de la cour après la mort de son frère, il s'était réfugié chez son ami Fitzurse, à Mellaisme, sur la plus grande des îles Maroises. L'accession au trône de Ganelon eût pu élever le sire du Havne au comble de la faveur : il n'en avait rien été, car l'écervelé s'était épris de la duchesse Audéarde et n'avait pas su dissimuler. Fitzurse possédait de belles qualités, la bravoure et la loyauté n'étant pas les moindres, mais il était aussi d'une remarquable laideur. La belle et puissante Audéarde se trouvait plus embarrassée que flattée par un soupirant si mal tourné ; l'infortuné Fitzurse, qui avait conscience de ses disgrâces, ne poussait d'ailleurs pas sa cour très loin, mais mettait un point d'honneur à se comporter en chevalier servant de la duchesse, alors même qu'il ne faisait point partie de son hôtel. Toute la bonne société en riait sous cape. Le duc, qui fulminait contre la bêtise de ce compagnon de la première heure, lui avait préféré des esprits moins évaporés, comme Anaraut de Traval ou Magnence Diaccécrimène, quand il avait fallu distribuer des charges ; quant à la duchesse, elle avait fini par se prendre d'une amitié teintée de pitié pour ce parangon de courtoisie malheureuse. Conscient de ses échecs mais fier de ses loyautés contradictoires, sire Fitzurse avait toujours réussi à conserver la sympathie irritée du duc. Au cours du procès de la duchesse, il s'était hautement plaint qu'on ne l'eût pas accusé d'un commerce coupable avec sa dame, car à la différence de ce pleutre de Vaumacel, il eût défendu son honneur et son amour sur le pré. Telle était l'étendue de son infortune : même pour le duel judiciaire, on lui avait préféré un rival. Ganelon ne parvenait pas à se fâcher avec un homme aussi malheureux. Voilà pourquoi, dès qu'avait couru la rumeur de l'arrivée du duc, sire Fitzurse s'était présenté au camp du *dehors* : dans le conroi de l'immortelle, il était le chevalier qui risquait le moins à paraître devant le suzerain. On l'avait donc envoyé aux nouvelles.

À mesure que la suite de Blancandin approchait de l'arbre aux écus, le damoiseau affichait un air plus soucieux. Pour distraire ses compagnons de l'impression pénible que produisait le prince, Dam de Maubrenas entreprit de rappeler les règles fixées par les rois d'armes.

« Le tournoi sera disputé sur le pré que délimitent les deux camps, l'étang au sud et le château au nord, dit-il en les montrant du bras. Toute la prairie formera le champ de guerre, y compris le verger, l'entrée et la cour du château ainsi que l'entrée de la tour. Quiconque se risquera sur cette aire sera considéré comme un belligérant. Le rempart et l'intérieur de la tour seront des sanctuaires ; ils feront office de tribune pour les dames et les spectateurs désarmés, mais seront interdits aux combattants. Les seuls refuges sont les deux camps ; ils sont inviolables aux adversaires. Un chevalier dans l'enceinte de son camp est intouchable ; un chevalier entraîné dans le camp adverse est pris. Les portes du château et de la cour resteront ouvertes. À la fin de la journée, si le seuil de la tour est conquis, le camp du *dehors* l'emportera ; si l'entrée de la tour est sauve, le camp du *dedans* aura la victoire.

– Mais tout cela ne concernera que la grande mêlée du tournoi, remarqua Dilcin de Maginois, et non les commençailles.

– Cela va sans dire. Demain, nous ne croiserons les bois qu'avec les neuf champions que nous enverra le camp du *dehors*. La tour de Lyndinas ne sera point en jeu.

– Sur une aire aussi vaste, nous ne manquerons pas d'espace, observa le sire de Thèves. Les spectateurs seront loin ; il est possible que des curieux sortent des lices juste pour mieux voir.

– C'est plus que probable, grommela Dam de Maubrenas. Il faudra nous garder des embûches : parmi ces imprudents, il pourrait se trouver quelques fourbes. »

Tout en devisant, la petite bande de cavaliers finit par arriver à l'ombre du grand chêne. Malgré ses inquiétudes, Yvorin ne put se défendre contre un accès de fierté en contemplant les boucliers suspendus aux branches maîtresses. Le cor virolé de la modeste maison de Quéant y voisinait avec les angemmes d'or de Maginois et le cerf héliophore de Bromael. Ces blasons prestigieux portaient certes les brisures des fils de famille, mais Yvorin se sentait malgré tout hissé au rang des lignées les plus prestigieuses. Pareil honneur ne pouvait rester sans lendemain !

Les chevaliers commencèrent cependant très vite à déchanter. Les écuyers laissés à la garde de leurs armes leur apprirent que personne n'était venu les défier. Or l'ost ducal comportait de redoutables jouteurs : il était peu crédible qu'on y craignît le conroi de Blancandin au point de ne pas relever le gant. Ce désintérêt ressemblait plutôt à du mépris, à moins qu'il ne fallût y voir une injonction du duc.

« Que faire si nul ne se présente contre nous ? rit Wichart de Laudunet d'un air un peu vexé. Jouterons-nous les uns contre les autres ?

– J'en doute fort, répondit Geriant de Froëch. Ce dédain est une façon de nous signifier le mécontentement de son altesse ducale, mais elle ne pourra ignorer notre défi. Ce serait nous donner gain de cause et laisser la journée à mon seigneur Angusel.

– Peut-être ne faut-il pas mal y penser, tempéra Cowyr de Thèves. La cour ducale arrive à peine ; sans doute les chevaliers du *dehors* débattent-ils encore pour élire neuf d'entre eux. »

Et désignant un cavalier qui trottait vers eux, il ajouta :

« Nous devrions être fixés. Sire Fitzurse est de retour. Il va nous apporter des nouvelles. »

Le chevalier du Havne ne tarda pas à les rejoindre. Quoiqu'il fût le plus vieux de la bande, il paraissait encore vert, et son visage disgracieux témoignait une belle énergie. Retroussant haut la lèvre sur une gencive aux dents mal plantées, il riait au vent d'avoir plongé dans la cour de Ganelon et surtout d'en avoir réchappé. Pour saluer son suzerain, il avait revêtu ses plus beaux atours, mais s'en était si mal apprêté qu'on eût pu le prendre pour un brigand attifé des dépouilles d'autrui. Ses yeux paraissaient moins chassieux qu'à l'ordinaire : la perspective de combattre pour sa dame le mettait en joie.

Sans même lui laisser le temps de prononcer un mot, plusieurs chevaliers l'interpellèrent et l'interrogèrent sur ce qu'il avait découvert. Blancandin coupa court à ce tohu-bohu avec quelque sécheresse.

« Procédons par ordre, lança-t-il avec autorité. Nous avons l'opportunité d'être loin d'oreilles indiscrètes : profitons-en pour tenir conseil. Mettons pied à terre et renvoyez les écuyers. Une fois que nous serons seuls, nous écouterons sire Fitzurse ; puis, j'aurai une déclaration à faire ; ensuite, nous délibérerons sur la meilleure conduite à tenir. »

Un peu surpris par ce ton cassant, les chevaliers s'exécutèrent. Les brides des palefrois furent confiées aux écuyers, chargés de les mener paître à quelque distance. Blancandin s'assura d'un regard circulaire qu'il n'y avait plus d'indésirable, puis adressa un signe de tête au chevalier du Havne.

« Nous vous écoutons, sire Fitzurse.

– Je dois tout d'abord vous transmettre les salutations de son altesse ducale, mon seigneur. Votre père m'a dit que les circonstances dans lesquelles il vous retrouve le déçoivent fort, mais que son déplaisir est compensé par le bonheur de vous revoir. Il vous invite à venir l'embrasser séance tenante. »

Le prince parut embarrassé.

« M'a-t-il donné sauf-conduit ? demanda-t-il.

– Il ne l'a pas formulé en ces termes ; il a juste juré que vous n'aviez rien à craindre de sa part. »

Blancandin hocha la tête avec circonspection.

« Son discours vous a-t-il paru sincère ? s'enquit-il.

– Eh bien, je n'étais pas dans la tête de mon seigneur Ganelon, mais je crois bien qu'il pensait ce qu'il disait, et rien de plus que ce qu'il disait. Dans son entourage, j'ai repéré des émissaires de Sacralia, un maréchal et un chapelain de l'Ordre. Comme il n'a donné aucune précision à leur sujet, qui peut savoir s'il les empêcherait de s'emparer de votre personne ?

– Si vous étiez à ma place, Fitzurse, que feriez-vous ?

– Oh, mon seigneur, je suis loin d'être à votre place et je ne m'en porte pas plus mal. Disons que, par piété filiale, j'irais sans tarder témoigner mon affection et ma désapprobation à son altesse ducale ; mais si je tenais bel et bien à être adoubé demain, je remettrais peut-être ces effusions à plus tard. J'ajoute que la nouvelle duchesse est de la fête, et que cela risque de ne pas faciliter votre réconciliation… »

La moue du prince fut éloquente ; pour lui, la question était tranchée.

« Et qu'en est-il de la cour ? intervint Dilcin de Maginois. Mon père a-t-il répondu au ban ?

– Je crains que oui, et je le déplore pour ma dame votre tante. Le baron de Maginois n'est pas venu seul : parmi de nombreuses bannières, j'ai vu les couleurs du comte de Belestance et de ses maisons vassales, celles du connétable de Traval, de la baronne de Bregor… »

À l'évocation de ces noms, Yvorin eut du mal à garder son calme. Si le comte Dodinel avait pris fait et cause pour le duc, le jeune chevalier de Quéant devenait un rebelle en épousant la querelle de Blancandin. Quant à la baronne de Bregor, il faudrait lui confesser la honte de sa défaite face au chevalier de Vaumacel. Le plus désespérant était la présence probable de la belle Heluise dans la suite de la comtesse de Belestance ou dans celle de sa tante, Érembourg de Bregor. La colère ou le dédain qu'inspirerait à ces puissantes dames le ralliement du bachelier au camp du *dedans* ne pourrait que rejaillir sur l'opinion qu'Heluise se ferait de lui.

« Son altesse ducale est appuyée par d'autres seigneurs, poursuivait le chevalier du Havne en s'adressant à Blancandin. Vos demi-frères Lanval et Domnal sont du nombre. Le seigneur d'Ouchain mène une grosse compagnie de soudoyers ouromands. La nouvelle duchesse est également escortée par une ambassade ciudalienne, que commande son cousin, le sénateur Rasicaire, ou un nom d'oiseau de ce genre. Et puis il y a le chancelier Diaccécrimène, ses clercs et ses mouchards qui avilissent cette belle société.

– L'armée vous a-t-elle paru puissante ? demanda Cowyr de Thèves.

– Le camp me semble plus étendu et plus peuplé que celui du comte Angusel.

– Nous aurons donc affaire à forte partie pour défendre la tour.

– Je n'en jurerais pas, relativisa le chevalier du Havne. Le duc affirme hautement qu'il désapprouve ce tournoi et qu'il préférerait qu'il n'ait pas lieu. Il estime que c'est diviser nos armes à la veille d'une chevauchée militaire où il voudrait unir nos forces. Il a d'ailleurs essayé de me convaincre de vous abandonner.

– Je reconnais bien là mon seigneur mon père, persifla Blancandin. À combien estime-t-il votre loyauté ?

– Ne le méjugez point, mon seigneur, ce serait vous abaisser et vous mettre en péril. Il n'a pas cherché à me corrompre avec de l'or ou une charge ; il sait combien cela m'aurait froissé. À vrai dire, il a visé assez juste et je dois avouer que j'ai balancé un instant.

– Que diable t'a-t-il offert, Fitzurse ? s'écria Dam de Maubrenas.

– Un droit de visite à ma dame Audéarde, dans sa prison de Mondoire, afin que je puisse lui présenter mes hommages et m'assurer qu'elle est bien traitée. Voilà un an que je n'ai pas vu ma dame et que je me fais du mauvais sang. La proposition m'est allée au cœur, pour dire les choses sans détour. Et pourtant je l'ai refusée. Car pour m'incliner ainsi devant ma dame la duchesse, il m'aurait fallu abandonner la défense de ses droits. Or je ne puis m'y résoudre. Je préfère souffrir de la séparation et rester digne de son estime. »

La noblesse de cette décision valut plus d'un éloge au chevalier servant. Sire Fitzurse les accueillit avec un sourire un peu triste. Ces compliments étaient infiniment plus flatteurs que la risée dont il avait été l'objet pendant des années, mais sans doute avait-il conscience que sa dévotion à sa dame ne lui accorderait jamais meilleure satisfaction. En considérant cet amant sans espoir, Yvorin eut le cœur serré. Il se sentit gagné par la pitié et par l'inquiétude ; il se demanda si lui-même ne finirait pas par ressembler au chevalier du Havne, trop obscur et trop méprisé pour jamais être aimé par la dame qu'il avait élue.

L'un des seigneurs, toutefois, ne se laissait pas distraire par la beauté du geste de sire Fitzurse.

« Nous avons une leçon à tirer de la proposition du duc, dit Geriant de Froëch. Il utilisera des moyens détournés pour nous désarmer. Restons sur nos gardes, et pas seulement en champ clos.

– En effet, renchérit Dam de Maubrenas. C'est tout à fait dans sa manière. Et méfions-nous du chancelier : en voilà un qui ne lésine pas sur la cautèle.

– Vous avez raison, chevaliers, abonda Blancandin. Nous devons nous attendre à quelques chausse-trapes. Et quoique vous m'en voyiez bien fâché, je crains de devoir vous révéler une difficulté de plus. »

Le damoiseau prit un air presque déconfit en faisant cet aveu, ce qui fit dresser l'oreille de ses compagnons.

« J'ai une nouvelle secrète à vous annoncer, poursuivit le prince avec réticence. C'est pourquoi j'ai tenu à ce que nous soyons seuls. J'aurais aimé vous en aviser plus tôt, mais j'avais prêté serment de ne le faire qu'aujourd'hui. Je viens à peine d'en instruire mes seigneurs Angusel et Claudas ; en tant qu'appelants de ce tournoi, ils devaient en avoir la primeur. Je ne vous cacherai pas combien il m'a déplu de vous piper ainsi, mes chers amis, mais j'étais lié par ma parole et par l'intérêt supérieur de ma dame la duchesse.

– Voilà bien des précautions et bien des mystères, commenta le sire de Thèves. Quelle est donc cette étrange confidence ?

– Oh, ce n'est qu'une demi-révélation ; les plus fins d'entre vous l'auront déjà devinée. Méléagant ne paraîtra pas au tournoi. »

À en juger par le silence qui accueillit ces paroles, bien peu de chevaliers avaient eu la clairvoyance que venait de leur prêter Blancandin. Après un instant de stupeur, ce fut une cacophonie de protestations incrédules ou outrées.

« Mais enfin, s'effara le chevalier de Froëch, c'est votre frère qui a proposé ce pas d'armes à mon seigneur le comte !

– Nous faire prendre les risques à sa place ne lui ressemble guère, argua Dilcin de Maginois.

– Il vous a fait évader à cette seule fin ! broncha Cowyr de Thèves.

– Ce n'est pas possible ! s'emporta Dam de Maubrenas. Enfin, souvenez-vous ! Il brûlait de combattre !

– Et n'a-t-il pas juré qu'il allait nous rejoindre ? renchérit le sire de Thèves. Oserait-il manquer à sa parole ? »

Blancandin agita la main pour apaiser un peu cette indignation générale.

« Mon cher Cowyr, ni mon frère ni moi ne vous avons menti, rectifia-t-il. Méléagant a juré qu'il se mettrait en route, mais il n'a jamais précisé que ce serait pour Lyndinas. Si je suis le premier gêné d'avoir eu recours à pareil procédé, vous conviendrez avec moi qu'il n'y a pas eu parjure.

– Mais s'il n'est pas des nôtres, que fait-il ? s'étonna Dilcin de Maginois.

– Cela aussi, j'ai juré de ne le révéler qu'en temps utile. Il est encore trop tôt. Tout ce que je puis vous dire, c'est que mon frère agit au service de ma dame ma mère. Chevaliers, sachez que je regrette profondément d'avoir manqué de franchise avec vous. J'ai grande estime pour vous tous, et je sais ce que je dois à certains d'entre vous. Mon frère m'a pressé d'agir de la sorte et, après lui avoir exprimé mes réserves, j'ai fini par me ranger à son avis. J'ai une entière confiance en vous tous, mais peut-on attendre que le secret soit gardé par des pages et des écuyers ? Il ne fallait pas courir ce risque. Voilà pourquoi je vous ai laissé croire que le seigneur de Vayre finirait par se joindre à nous.

– J'entends bien vos excuses, grommela le sire de Froëch. Le procédé n'en demeure pas moins cavalier pour nous tous comme pour mon seigneur Angusel. Au moins aurons-nous été mis dans la confidence juste à temps… Il va falloir quérir un chevalier pour tenir la place de votre frère dans le combat de demain.

– Vous m'avez mal compris, sire Geriant », répondit doucement Blancandin.

Le prince lui coula un regard pensif, puis ajouta :

« Personne ne remplacera Méléagant. Si nous recrutions un autre compagnon d'armes, nous agirions en gens avertis. Mon père et son chancelier comprendraient que l'absence de mon frère, loin d'être un retard ou un accident, a été délibérée ; ils finiront par le deviner, mais il faut différer le plus possible cette découverte.

– Voulez-vous dire que nous servons de leurre ? se piqua le sire de Thèves.

– Je veux dire que mon frère joue une partie dangereuse et que nous devons tout faire pour le seconder.

– Or donc, si je vous entends bien, dit le chevalier de Laudunet, nous faisons comme si de rien n'était et demain, nous ne serons que huit à nous présenter sur le pré. Si ceux du dehors envoient neuf champions, nous partons donc avec un handicap.

– Vous m'avez bien compris, confirma le prince. Si mon père relève le gant, nous combattrons à huit contre neuf. »

Ces paroles jetèrent un froid. Les chevaliers avaient défié en connaissance de cause l'autorité ducale, mais voici qu'ils apprenaient, au dernier moment, qu'ils le faisaient de façon plus périlleuse que prévu. Les risques de capture étaient accrus ; pour peu que, comme Yvorin, ils n'eussent pas les moyens de racheter aussitôt leur liberté, le duc paierait probablement leur rançon pour en faire ses prisonniers.

« Corps de roi ! maugréa le chevalier de Thèves. Vous nous avez mis dos au mur.

– Allons, allons, ami Cowyr, nous en avons vu d'autres, relativisa Geriant de Froëch. Huit contre neuf, cela reste très jouable.

– Tout dépendra de l'adversaire », dit Wichart de Laudunet avec moins d'optimisme.

Par fierté ou par superstition, personne ne cita de nom, mais tous craignaient des champions comme le connétable de Traval ou le fougueux Bruin de Banguarde. Et si la plupart des preux qui suivaient Blancandin avaient déjà fait leurs preuves, restait l'inconnue que représentait le prince lui-même. Dans un conroi diminué, il suffirait d'un combattant peu aguerri pour que toute la troupe s'effondre.

« Nous devrons nous serrer comme harengs en caque, décréta Dam de Maubrenas. Vous resterez au centre, mon seigneur, car ceux d'en face se bousculeront pour vous capturer.

– Quelle conduite préconisez-vous ? demanda le prince. Sera-t-il plus prudent de nous défendre en misant sur l'usure ? Ou devrons-nous choquer l'adversaire dans l'espoir de rétablir au plus tôt l'équilibre des forces ?

– L'idéal serait de percer leur ligne et de la diviser pour tomber en groupe sur des isolés, avança le sire de Froëch.

– Ils en auront autant à notre service, persifla le chevalier de Laudunet.

– Je ne crois pas, rétorqua Geriant, pas si nous sommes en infériorité numérique. Le plus aisé pour eux sera de nous tourner sur une aile. Il faudrait que nous devinions sur quel flanc nous serons ainsi débordés : que deux ou trois des plus vaillants d'entre nous défendent la position et occupent quatre ou cinq d'entre eux ; nous pourrons percer au centre et récupérer l'avantage sur l'autre flanc.

– En toute logique, ils chercheront à nous tourner par la droite, observa le sire de Thèves, là où notre ailier n'aura pas le flanc couvert du bouclier.

– Avons-nous un gaucher parmi nous ? » demanda Blancandin sans se faire beaucoup d'illusions.

Il ne recueillit qu'un chœur de dénégations. Cela ne surprit personne : la main gauche étant celle du Desséché, toute la chevalerie bromalloise apprenait à férir de la droite. Il existait certes des gauchers chez les guerriers ouromands, mais cette façon de frapper était considérée comme déloyale par la noblesse du duché ; aussi rares étaient les gens d'armes qui auraient adopté pareil usage.

« Le flanc droit du conroi offrira donc les places d'honneur, formula finement le prince.

– Il faudra y placer des combattants solides, et surtout avec la tête froide, ajouta Geriant de façon plus prosaïque.

– N'oubliez pas le sens du sacrifice, badina le chevalier de Laudunet.

– Peut-être devrions-nous remettre cette conversation à plus tard », les coupa Dam de Maubrenas.

Il avait détourné le visage et contemplait le grand pré. Une petite troupe de cavaliers qui venait de quitter le camp du dehors traversait tranquillement la prairie dans leur direction. Les meneurs étaient désarmés, mais quelques écuyers en serre-file portaient des lances.

« Voici probablement nos assaillants », ajouta le sire de Maubrenas.

Les chevaliers du parti de Blancandin se déployèrent sous l'arbre pour attendre les arrivants.

« Nous devrions rappeler les chevaux, proposa Dilcin de Maginois.

– Nous n'en ferons rien, si vous m'en croyez, répondit Geriant de Froëch. Laissons ces seigneurs nous regarder de haut et présumer de leurs forces. Cela pourrait les pousser à la faute.

– C'est le conseil d'un prud'homme, approuva Blancandin. Restons à pied. »

Ses compagnons se conformèrent à ce souhait, bien que certains parussent réticents. La petite bande qui chevauchait à leur rencontre était menée par trois seigneurs ; quand les partisans du prince les reconnurent, la tension devint perceptible sur plus d'un visage. En tête venait pourtant l'un des vassaux les plus aimables du duc Ganelon : bien qu'il affichât une expression un peu empruntée, Rainfroi du Treff adressait malgré tout un sourire très diplomatique aux chevaliers du *dedans*. À sa droite chevauchait un cavalier de très haute taille, assez maigre du reste ; il était vêtu avec une afféterie un peu artiste qui lui donnait un air singulier ; ses cheveux paille de fer et son visage creusé lui eussent conféré malgré tout un air assez ombrageux, n'eût été la fatuité qu'il respirait. En le découvrant, Cowyr de Thèves serra les mâchoires et se mit à tripoter le pommeau de sa dague. Mais ce fut le troisième seigneur qui concentra l'essentiel des regards. Il était pourtant fort mal coiffé, un brin débraillé et se laissait porter par son cheval avec une nonchalance avachie. Mais il avait les épaules larges, la panse lourde et les balafres du Grand Bâtard.

Avec une assurance étudiée, Blancandin se détacha de ses chevaliers et fit quelques pas vers les arrivants.

« Quel plaisir de vous revoir, sire Rainfroi, dit-il en adressant une brève inclination de tête à l'intéressé. Je suis fort aise de voir que vous avez répondu à mon invitation.

– Il me fallait bien vous rendre la politesse, répondit le seigneur du Treff avec une affabilité équivoque. Ainsi ai-je l'agrément de retrouver un jeune seigneur dont la courtoisie n'a d'égale que la naissance. »

Se tournant vers son compagnon de droite, Rainfroi poursuivit :

« Peut-être vous souvenez-vous de sire Olier de l'Aulnay, seigneur de Vernejoul et chevalier de l'hôtel de la duchesse Clarissima.

– Je me rappelle le chevalier de l'Aulnay, répondit Blancandin avec une correction glacée, mais je n'ai nul souvenir de cette dame. »

À ses côtés, Dam de Maubrenas et Cowyr de Thèves foudroyaient du regard le seigneur de Vernejoul. Celui-ci haussa un sourcil et s'apprêta à formuler une repartie qu'il voulait manifestement cinglante. Mais le Grand Bâtard lui ravit la vedette.

Domnal FitzGanelon venait de sauter à terre. D'un geste désinvolte, il défroissa un pli que la selle lui avait fait entrer dans le gras de la fesse, et presque dans le même mouvement, il tomba sur Blancandin. Son initiative avait été si surprenante et si brusque qu'elle provoqua des réactions menaçantes chez les chevaliers du *dedans*, mais le Grand Bâtard se contenta de saisir son demi-frère par les épaules en poussant un gros rire.

« Ah çà ! lui claironna-t-il au nez. Le voilà donc, le vaurien ! Peste ! Je ne rêve pas ! Il a presque du poil au menton ! »

D'une main épaisse, il lui frotta vigoureusement le crâne.

« Et tête de cochon, avec ça ! se réjouissait-il. Il faut en avoir une sacrée paire pour asticoter comme ça son altesse paternelle. Il a de qui tenir, le drôle !

– Moi aussi, Domnal, je suis bien aise de vous retrouver en si grande forme, grimaça le prince en tentant de se soustraire à la poigne de son aîné.

– En grande forme ? se rengorgea FitzGanelon. Mieux que cela, Andin ! J'ai une pêche à bouffer tout ce comté ! Je vais me marier, frérot ! Eh oui ! Le vilain petit canard va convoler avec une dame au col de cygne ! Et toi, mon coquin, tu accours quasi pour la noce ! Je compte sur toi pour être de mes garçons d'honneur. J'espère qu'ils t'ont appris à lever le coude, tes moines, parce qu'on sera beaux comme des soleils ! »

Le prince, qui avait réussi à se dégager, se passa les doigts dans les cheveux pour se recoiffer.

« Je dois avouer que je ne m'attendais guère à ces festivités-là.

– Que veux-tu, s'égaya le Grand Bâtard, là où il y a de la guerre, il y a de la noce ! Et puis on a la rage du mariage dans la famille, ces temps-ci.

– Je vous en félicite, Domnal. Je ne saurais en dire autant à tous nos parents. »

FitzGanelon lui décocha un sourire ébréché et d'un geste négligent, fit signe à son écuyer d'approcher. Sans mettre pied à terre, Ancelin le Clerc poussa son cheval en avant, en s'inclinant un peu sur l'arçon pour passer sous les branches de l'arbre. Il remit une lance au Bâtard.

« Maintenant qu'on s'est fait des gracieusetés, dit celui-ci, passons aux choses sérieuses. »

D'un mouvement désinvolte, il heurta le bouclier au cerf héliophore de son fer de lance.

« On aura du mal à se rater demain, ricana-t-il. On a presque les mêmes couleurs. Quand même : ma brisure est plus grosse que la tienne.

– Curieuse invitation à des fiançailles.

– Vois cela comme un enterrement de vie de garçon, rétorqua FitzGanelon en rendant son arme. Je compte bien m'en payer une tranche ! Tu es culotté et désobéissant, gamin, et tu me sers du *vous* en pinçant les narines ! Cette insolence, ça me plaît. Mais demain, je vais voir ce que tu as dans le ventre.

– Mon père n'a-t-il rien de mieux qu'un demi-sang à m'envoyer ?

– C'est ça, fais le coq, moinillon, j'aurai plus de plaisir à te rosser. Je viens de te tâter l'échine : tu es maigre comme un clou. Je ne miserais pas un liard sur toi. Je vais quand même te rendre service : je te casserai quelques os pour t'apprendre la chevalerie, la vraie. »

Son visage grossier s'illumina à nouveau d'allégresse.

« Après ça, on redeviendra les meilleurs amis du monde ! Je t'offrirai même une danse avec la mariée le jour de mes épousailles ! »

Pendant cet échange, le sire de l'Aulnay s'était également fait apporter une lance. Il commença par la dresser, tout en toisant un à un les chevaliers du *dedans* ; puis, de la pointe, il toucha le bouclier aux armes de Thèves, d'azur au vol d'argent.

« Je vois que vous avez la rancune tenace, gronda Cowyr de Thèves. J'ai dû par trop vous offenser quand vous m'avez chassé du château de mes aïeux, cher cousin.

– Ce n'est pas moi qui vous en ai chassé mais la justice du duc, rétorqua le grand Olier. Pour moi, je n'ai pas oublié vos calomnies sur le compte de mon épouse. Vous m'en rendrez raison demain.

– Je maintiens ce que j'ai dit. Votre femme est une vipère qui ment comme elle respire.

– Votre défaite face au connétable a prouvé tout le contraire. Le jugement des armes a publié aux yeux de tous que vous étiez le fourbe.

– J'étais dans un mauvais jour. Demain, je serai dans un bon.

– Et moi, j'aurai grande satisfaction à vous faire plier le genou devant ma dame.

– J'ai hâte de croiser le fer contre toi, Olier. N'est pas Anaraut de Traval qui veut ! »

Ayant remis le pied à l'étrier, le Grand Bâtard remontait tranquillement en selle. Quant au sire de l'Aulnay, il tournait déjà bride en dédaignant de saluer Cowyr de Thèves.

« Et vous, sire Rainfroi, interpella Dam de Maubrenas, qui êtes-vous venu défier ?

– Oh, pour ma part, je n'ai plus la fougue de mes vingt ans, répondit le seigneur du Treff. Je laisse l'honneur de vous affronter à d'autres ; les candidats ne manquent pas, on en débat encore sous le pavillon ducal. Disons que je me réserve pour la grande mêlée du tournoi.

– J'espère y échanger quelques passes d'armes avec vous. Rien de plus agréable que de se mesurer à un adversaire que l'on estime.

– Tout l'honneur serait pour moi, sire Dam. Reste à savoir si nous en aurons l'occasion. Mon seigneur Ganelon tolère le combat de demain, mais semble peu disposé à exposer tout son ban dans une bataille pour le plaisir.

– De toute façon, vous n'aurez aucune chance d'en être, railla le Grand Bâtard en direction du chevalier de Maubrenas. Après-demain, vous serez tous rompus ou prisonniers ! »

Les seigneurs du *dehors* prirent congé pour regagner leur camp. FitzGanelon recommanda en riant à Blancandin de prier toute la nuit afin d'être bien frais pour son adoubement. De part et d'autre, on se souhaita le bonsoir, en agitant la main ou le chapeau avec plus ou moins de dérision.

# XII

## Le cœur marri

*Femme bonne qui a mauvais mari*
*a bien souvent le cœur marri.*
Proverbe du XVI$^{e}$ siècle

Si ces deux malappris sont venus relever le gant, d'autres leur emboîteront le pas », dit Dam de Maubrenas.

Ses compagnons abondèrent dans son sens. Quelles que fussent les réticences du duc à entrer dans le jeu, il ne pourrait empêcher d'autres tournoyeurs d'épauler son fils naturel et un chevalier attaché à l'hôtel de sa nouvelle épouse. On tomba aussi d'accord pour ne pas attendre les suivants sous l'arbre aux écus ; il s'agissait de ne pas montrer trop de nervosité à la veille du combat. Blancandin décida de gagner la tour de Lyndinas ; dans un modeste oratoire du Resplendissant, il devait prier et se préparer à sa première prise d'armes. Les chevaliers de Thèves et de Maubrenas choisirent de l'accompagner pour veiller à sa protection. D'autres, comme les sires de Froëch et de Laudunet, préférèrent regagner le camp du *dedans* pour vérifier l'état de leur harnois, et veiller à la bonne forme de leurs destriers. Dilcin de Maginois, quant à lui, voulut au préalable remplir une démarche plus singulière. Il envisageait de faire un détour par le camp du *dehors* pour y saluer le baron de Maginois.

« N'est-ce pas inconsidéré ? demanda Blancandin. Ne crains-tu pas que mon oncle te retienne ?

– Père est sans doute fâché de me savoir dans le camp adverse, mais il me doit également sa gratitude. Après tout, je sauve l'honneur de la famille. Sur nos terres, les vavasseurs et les vilains sont très attachés à ma dame ma tante. Il me saura gré de sauvegarder leur attachement à notre maison. »

Le prince et ses chevaliers se rangèrent à cette opinion ; Eschivard de Maginois avait de plus reçu une éducation aussi courtoise que sa sœur Audéarde, et il passait pour un seigneur mesuré et sage. Il était peu probable qu'il se comportât de façon brutale avec le fils indocile. Blancandin conseilla malgré tout la prudence à son cousin et le recommanda au Resplendissant.

Dilcin fit appeler son cheval et s'apprêta à quitter la compagnie. En le voyant prêt à partir, Yvorin de Quéant se sentit déchiré par un dilemme. Fallait-il profiter de l'occasion pour gagner le camp du *dehors* et faire le rapport de sa piteuse aventure à la baronne de Bregor ? Ou n'était-il pas préférable d'attendre le combat du lendemain et les prouesses que le bachelier était condamné à y accomplir ? Qu'il s'illustrât assez pour gagner plusieurs chevaux et harnois devant toute la noblesse de Bromael, il y glanerait un prestige suffisant pour effacer sa défaite devant le chevalier de Vaumacel… Mais Yvorin ne parvenait pas à fonder des espoirs solides sur de si nébuleuses perspectives. En combattant parmi les champions du *dedans*, il craignait surtout de passer pour un traître aux yeux des dames qu'il servait. Dès lors, même les exploits les plus merveilleux leur seraient haïssables. S'il ne voulait pas perdre leur estime, il se voyait contraint d'expliquer sa situation avant de paraître en armes sur le pré.

Le chevalier de Maginois prenait déjà congé de son cousin quand Yvorin le rejoignit et proposa de l'accompagner. Sire Dilcin parut heureux et même un peu soulagé de ne point se rendre seul au camp du *dehors*. Bientôt, les deux jeunes gens chevauchaient au pas de promenade vers le ban ducal et sa ville de toile colorée. La baronnie de Maginois étant voisine du comté de Belestance, le neveu d'Audéarde en connaissait la noblesse. Il savait donc que la maison de Quéant dépendait d'un des vassaux du comte Dodinel et avait conscience qu'Yvorin se retrouvait, tout comme lui, en rupture de ban.

« Êtes-vous dans le même cas que moi ? demanda-t-il. Allez-vous affronter la colère d'un père pour tenter de sauver ce que vous pourrez de son affection ? »

L'idée n'avait même pas effleuré Yvorin, bien trop préoccupé par le plaidoyer qu'il devrait présenter à la baronne de Bregor et à la sublime Heluise. La possibilité que le sévère Erbin de Quéant fût venu à Lyndinas dans les troupes du comte Dodinel lui glaça l'échine. Il apprivoisa très vite cette angoisse : la présence de son père dans l'entourage du comte demeurait peu crédible. La maison de Quéant était pauvre, et Erbin avait placé l'essentiel de sa richesse dans l'équipement de son fils. Sans doute n'avait-il pas eu les moyens de paraître à une fête aussi dispendieuse que le tournoi de Lyndinas.

« Je n'en aurai pas l'occasion, dit le bachelier en se remettant de son émotion. Je pense que le seigneur de Prangeray lui aura demandé de veiller sur ses terres en son absence, pendant qu'il répondait à la convocation du comte. »

Dilcin de Maginois hocha la tête distraitement. Ce fils de baron n'accordait qu'un intérêt superficiel aux obligations d'un simple vavasseur. Quant à Yvorin, l'hypothèse qu'il venait de formuler ne le rassurait que de façon imparfaite ; il se sentait pétri d'incertitudes et de culpabilité. Il revoyait la salle de la maison-forte, dans le petit fief natal, avec son sol de terre battue et son âtre faisant office de cuisine ; siégeant sur un simple coffre, le strict Erbin de Quéant y recevait ses vilains pour toucher, de la main à la main, le terrage en blé ou en légumes. Si le jeune chevalier de Quéant était vaincu une deuxième fois le lendemain, il ne perdrait pas seulement les moyens de sa chevalerie et l'amour de la sublime Heluise, mais il ruinerait également le fruit d'une existence de gestion vétilleuse.

« Puisque vous avez la chance d'échapper aux remontrances paternelles, poursuivait le chevalier de Maginois, qui donc allez-vous voir ? Le seigneur de Prangeray ?

– C'est mon père qui lui a prêté hommage et non moi, répondit Yvorin. Je ne suis donc à lui que de façon indirecte.

– Dans ce cas, vous n'êtes pas contraint de lui rendre des comptes. À votre place, je m'en abstiendrais avant le tournoi.

– En toute franchise, ce n'est pas à lui que je pensais rendre visite, mais à des dames. »

Dilcin s'épanouit.

« Ah ! L'heureux homme ! s'écria-t-il. J'ai bien mal interprété votre mine ! Moi qui vous croyais empoisonné par des soucis aussi fâcheux que les miens… Comme j'aimerais être à votre place ! »

Il lui envoya une claque complice sur l'épaule.

« Mais je me réjouis d'avoir un gaillard comme vous dans mon conroi, ajouta-t-il. Vous combattrez en chevalier, uniquement préoccupé par l'honneur et l'amour ! Je ne doute pas que vous ferez merveille ! »

Devisant de la sorte, ils arrivèrent à l'entrée du camp. Comme dans celui du *dedans*, l'enceinte n'y était formée que d'une simple lice, une rambarde de bois habillée de toile. Elle matérialisait la limite du terrain inviolable mais n'avait aucune vertu défensive. Elle était d'ailleurs ouverte en divers endroits et nullement gardée. Lors des combats, les spectateurs s'y accouderaient en nombre. Entourée par la barrière s'étendait une agglomération aussi vaste qu'éphémère, bariolée de couleurs vives, de blasons et de bannières. Chaque grande maison y avait érigé son pavillon de canevas doublé de carde, aux étoffes peintes ou damassées, autour duquel se serraient les tentes rondes des bannerets et des simples chevaliers. Des fumées montaient de cuisines en plein air et de deux forges de campagne. Cela dessinait des quartiers plus ou moins bien regroupés autour desquels s'ouvraient des allées d'herbe foulée. Au cœur du campement s'élevaient les faîtes majestueux du pavillon ducal, tendus sur des mâts ornés de pommeaux dorés. Bien que les abords en fussent masqués par les cantonnements des maisons vassales, il en provenait une rumeur de foule qui impressionna les deux visiteurs.

« La Dame soit louée, se réjouit le chevalier de Maginois, le duc a l'air si occupé que nous ne risquerons guère de le croiser. Eh bien, ami Yvorin, je vais vous épargner la corvée qui m'attend : il serait malséant de vous inviter à essuyer les réprimandes qui me sont destinées. Jouissez de vos galants entretiens ! Ah ! Vos bonnes fortunes me consoleront un peu de mes misères… »

Sur ces mots, il se renseigna auprès d'un sergent sur le campement des Maginois et partit dans la direction qu'on lui avait indiquée. Resté seul, le chevalier de Quéant demeura d'abord un peu interdit.

Esseulé dans le ban qui eût dû être le sien par le cœur comme par loyauté vassalique, il ne sut plus que faire. Qui devait-il visiter d'abord ? La baronne de Bregor ou Heluise ? La belle officiait-elle toujours en tant que dame de compagnie auprès de sa tante ? Avait-elle rejoint son père, puisque le seigneur de Prangeray accompagnait le comte Dodinel ? Il suffisait sans doute de partir aux nouvelles, ainsi que venait de le faire le chevalier de Maginois, mais Yvorin se sentait gagné par une surprenante timidité. Il avait l'impression que le simple fait de demander où logeait la baronne suffirait à publier l'humiliante nouvelle de sa capture par le chevalier de Vaumacel.

Se dressant sur ses étriers, il passa en revue la forêt de pennons et de bannières qui flottaient au-dessus du campement ; il espérait reconnaître le pont gardé de Bregor ou les cinq merlettes de Prangeray au milieu des armoiries bromalloises. Cependant, son trouble était tel qu'il ne vit qu'un foisonnement bariolé de meubles, d'émaux et de métaux héraldiques. Il se résolut donc à entrer plus loin dans le camp du *dehors* en quête des deux maisons nobles. Il le fit d'abord à cheval, avançant au pas au milieu de la foule, mais la situation lui devint très vite insupportable. Tout le monde le dévisageait. Il aurait voulu se convaincre qu'il se faisait des idées, que la honte qu'il aurait sous peu à décevoir la baronne Érembourg lui donnait l'impression d'être déjà un objet d'infamie… Mais il ne se trompait pas sur l'effet qu'il produisait : son apparition faisait sensation. Pages, écuyers, valets, servantes et vivandières, tout le monde se retournait à son passage ; on murmurait, on ouvrait des yeux ronds, on le montrait impoliment du doigt. Les oreilles cuisantes, il finit par mettre pied à terre pour poursuivre son exploration en tirant sa monture par la bride. Ce ne fut qu'au bout d'un moment qu'il comprit la cause réelle de cette effervescence : dans son émoi, il avait complètement oublié qu'il portait trois brins d'immortelle au revers du surcot. Autour de lui, on s'étonnait tout simplement qu'un chevalier du *dedans* eût le toupet de flâner ainsi dans le camp du *dehors*.

Cela ne le consola pas pour autant. Il se trouva sot ; il se reprocha d'avoir trop bu et de se lancer dans cette visite sans avoir l'esprit clair ; il craignit de se comporter en homme ivre devant les dames dont il voulait implorer la mansuétude. Il était étourdi par la splendeur des pavillons, le vacarme des conversations, la richesse des parures, le mélange des langues – au dialecte bromallois se mêlaient parfois l'accent guttural d'Ouromagne ou les périodes chantantes du ciudalien. Hébété, il finit par marcher sans plus prêter attention aux blasons, luttant pour ne pas battre en retraite et ne pas quitter le camp ducal.

Comme il était perdu dans ses pensées, il se fit bousculer par un passant. Le choc fut assez rude. Par réflexe, il se retourna vers le malotru ; l'inconnu avait eu la même réaction et les deux hommes se lorgnèrent de travers. L'indélicat avait une allure assez extravagante : la taille prise dans un pourpoint à crevés galonné de brocarts et la jambe moulée dans un haut de chausse de soie, il avait la mine hargneuse, toute couturée de cicatrices, d'un franc gredin. La main posée sur le pommeau d'une épée de duel, il jeta un regard noir à Yvorin. Plus échauffé par cette œillade que par le choc, le bachelier faillit lui demander des excuses ; mais il aperçut à ce moment, sur la bannière flottant au mât d'une tente, le pont gardé de Bregor. De saisissement, le chevalier de Quéant perdit sa langue. Au bout d'un instant, le butor haussa une épaule en lui décochant un sourire méprisant. Il jeta quelques mots empreints de dédain, lâchés avec un accent ciudalien si prononcé qu'Yvorin n'en saisit pas la teneur ; tout au plus crut-il saisir que le dernier mot aurait pu être « culot ». Il avait surtout été frappé par les incisives dorées de l'insolent. En un clin d'œil, celui-ci se fondit au milieu des badauds.

Ravalant la fâcheuse impression d'avoir été insulté, Yvorin entraîna son cheval vers le pavillon aux armes de Bregor. Les portières en étaient déliées, mais le jeune homme ne parvenait pas à distinguer l'intérieur ; plusieurs chevaux de somme se trouvaient à l'arrêt devant l'entrée, débarrassés de leurs sacoches et de leurs coffres par des valets. Le seuil du pavillon se trouvait également gardé par plusieurs sergents d'armes, cuirassés de pied en cap. Le bachelier allait se faire annoncer quand il fut interpelé par quelqu'un arrivant dans son dos :

« Tiens, tiens, mais quelle surprise ! N'est-ce pas le chevalier de Quéant ? »

Se retournant, il découvrit un vieux beau vêtu d'un élégant surcot à manches en barbe d'écrevisse et chaussé d'interminables pigaches. Malgré ce costume coquet, l'individu sentait son vétéran : sa démarche était décidée, son regard sans chaleur et une vieille balafre avait dessiné un bec-de-lièvre en travers de ses lèvres. Yvorin reconnut le sénéchal Occila, l'officier de confiance de la baronne. Soudain sans voix, il se contenta de lui adresser un salut un peu raide.

« Vous tombez à point, chevalier ! se réjouit le sénéchal. Dame Érembourg revient tout juste du pavillon ducal. Elle se rafraîchit un peu et a fait dire qu'elle n'y était pour personne, mais je suis certain qu'elle fera une exception en votre faveur. Voilà déjà un moment qu'elle attend des nouvelles de votre entreprise. »

D'un geste plein d'une autorité polie, il invita Yvorin à l'accompagner dans le pavillon.

« J'avoue que je partage sa curiosité, ajouta-t-il en l'escortant. J'ai eu l'occasion de croiser le fer avec Vaumacel et c'est un bretteur aussi redoutable que déloyal. Votre victoire sur pareil félon serait une prouesse digne de louange. »

Le jeune homme sentit la sueur perler à ses tempes. Il avait espéré vaguement, sans oser se l'avouer tout à fait, que la baronne aurait pu être retenue dans l'entourage du duc ; ainsi aurait-il pu se présenter à ses gens, les charger de transmettre ses hommages et l'assurance qu'il repasserait dès que possible, ce qui lui eût permis d'avoir à peu près rempli ses obligations tout en remettant à plus tard l'aveu de son échec. Mais la baronne était là ; dans un instant il paraîtrait devant elle ; il allait falloir s'humilier, et il se sentait plus penaud à chaque pas. Mais lorsqu'il franchit le seuil de la tente, sa déconvenue fut complète.

Il régnait un certain désordre dans la chambre de toile, en partie tendue de tapisseries : sur des tapis à peine déroulés, on venait de monter un lit et son dais d'épervier ; des coffres ouverts bayaient sur des trésors de linge, de dinanderie et d'argenterie ; le plateau d'une table et ses tréteaux sculptés étaient appuyés contre le mât de la tente en attendant d'être rangés. Yvorin vit à peine ce fouillis et les serviteurs qui se hâtaient d'y mettre bon ordre ; ce fut tout juste s'il entrevit la charmante Houdée, la plus jeune des filles de compagnie de la baronne, qui l'accueillit pourtant avec un joli sourire. Il n'y découvrit nullement la dame de Bregor, qui n'était point visible. Mais il fut pétrifié en se retrouvant soudain en présence de la sublime Heluise : en un instant, la présence de la belle avait effacé le reste du monde.

Elle était telle qu'il l'avait rêvée pendant ses longs jours de quête et d'errance, et elle lui parut aussi radicalement autre. Elle se manifestait plus tangible, plus ensorcelante, plus désirable que dans toutes ses amoureuses songeries. La délicatesse de son visage éblouit le bachelier ; un gorget de gaze soulignait l'élégance de son cou, tandis qu'un bandier brodé de fils d'or, en soulignant l'étroitesse de sa taille, rehaussait sa chaste poitrine. Mais cette apparition envoûtante, après avoir frappé au cœur le chevalier de Quéant, le lui fendit de la plus cruelle des manières car tout, dans l'expression d'Heluise, trahissait un profond chagrin. Les épaules affaissées, abattue plus qu'assise sur une luxueuse bancelle, l'icône avait des accablements de martyre. Un petit livre échappait à ses mains lasses et glissait dans le plissé de sa robe ; sa tête exquise penchait, comme trop lourde à porter ; par-dessus tout, le teint livide et les yeux rougis de la belle atterrèrent le visiteur. Le regard d'Heluise passa sur lui sans qu'y naquît la moindre lueur. Yvorin se sentit crucifié.

Il en acquit l'immédiate, la douloureuse certitude : elle savait déjà tout de son échec et de sa trahison. À Belcastel, elle avait cru élire un champion ; la défaite du bachelier face au sire de Vaumacel et son ralliement au camp du *dedans* avaient fait voler en éclats son amour avec ses illusions. Elle s'était leurrée. Elle le haïssait d'avoir été à ce point trompée. Et le plus horrible était de découvrir à quel point cela la faisait souffrir ! Yvorin en fut anéanti. Il aurait voulu s'enfuir, non, disparaître sous terre. Il décida de se faire tuer le lendemain sur le pré. Ou, s'il échappait à ce destin miséricordieux, de s'ensevelir à jamais dans un cloître.

Pendant qu'il se figeait, bouleversé, le sénéchal avait fait signe à la petite Houdée ; celle-ci s'était éclipsée derrière un rideau. Au bout d'un instant, qui passa telle une éternité de désespoir pour le jeune homme, la baronne surgit de la loge voisine, le visage éclairé par un gracieux sourire.

« Ah ! Chevalier ! s'écria-t-elle en lui tendant la main. Quel bon vent vous amène ? »

Yvorin la fit un peu attendre, aussi interloqué et gourd qu'un lourdaud. Puis, les bonnes manières lui revinrent et, dans un état second, il saisit ces doigts menus et fit mine de poser les lèvres sur la grosse bague sigillaire qui les ornait. Il souffrit de rendre cet hommage devant Heluise, bien qu'il y fût contraint par le rang de la baronne et par les règles de la courtoisie. Quoiqu'elle eût l'âge d'être sa mère, Érembourg de Bregor restait l'une des dames les plus séduisantes de la cour. Le bachelier se sentit lamentable d'avoir ainsi baisé la main de la tante sans avoir adressé un mot à la nièce.

« Eh bien, Heluise, s'étonnait la baronne, vous ne saluez point notre ami le chevalier de Quéant ? »

La jeune fille posa ses yeux noyés sur Yvorin, et ce simple regard lui fut un supplice. Elle s'apprêta à dire quelque chose, mais son menton se mit à frissonner et elle ne put qu'étouffer un sanglot.

« Ah ! Ma dame, s'écria le jeune homme, je vous supplie de me pardonner ! Jamais je n'aurais cru me rendre si détestable !

– Que racontez-vous donc ? le reprit dame Érembourg. Je vous assure qu'il n'y a rien de détestable chez vous, chevalier, à part peut-être ces fleurs impertinentes piquées à votre col. Pardonnez les pleurnicheries de la demoiselle de Prangeray. Elle est dans un mauvais jour, cela lui passera. Venons-en plutôt à l'objet de votre visite ! »

Prenant familièrement le bachelier par le bras, elle le mena jusqu'à un coffre où elle l'invita à prendre place ; elle s'assit ensuite sur le lit, étalant autour d'elle sa robe en corolle avec une grâce étudiée. Le sénéchal Occila avait dit vrai : la visite d'Yvorin l'avait surprise alors qu'elle se rafraîchissait. Elle accueillait l'hôte imprévu les cheveux lâchés, comme une simple jeune fille. Chez la plupart des femmes de son âge, pareil laisser-aller eût paru négligé et même inconvenant ; mais les quelques mèches blanches de la baronne, mêlées à ses boucles blondes, la paraient d'un nimbe presque diaphane. Cette chevelure d'or pâle adoucissait la beauté un peu altière de sa physionomie.

« Quel plaisir de vous revoir, chevalier ! complimentait-elle. Je vous ai connu meilleure mine, mais pour le reste, vous m'avez toujours l'air fringant comme devant. N'est-il pas un peu singulier de nous retrouver ainsi dans ce campement rustique, sur les terres du comte Angusel ? Quelle étrange aventure ! Oh ! Mais à propos d'aventures, contez-nous donc les vôtres ! »

Yvorin resta coi. D'évidence, à en juger par les larmes d'Heluise, la baronne connaissait déjà tout de son échec. Se moquait-elle de lui ? Ou s'était-elle fait une raison et, flattée malgré tout qu'un chevalier deux fois plus jeune qu'elle eût pris fait et cause pour sa querelle, avait-elle décidé de se montrer clémente ?

« Dame, bredouilla-t-il, vous êtes trop bonne de vous intéresser à mes tribulations…

– Je vous dirai en confidence que ma bonté n'est pas dépourvue d'intérêt. Ne formons-nous pas une ligue, vous et moi ? Allons ! Cessez de nous faire languir ! Qu'en est-il de nos affaires ? »

Le jeune homme tomba des nues : son interlocutrice paraissait sincère. En fait, elle commençait même à montrer des signes d'impatience. Yvorin sentit qu'il perdait encore plus pied.

« N'êtes-vous donc pas au courant ? s'étrangla-t-il.

– Je suis avertie de bien des choses, dont quantité de commérages tristement futiles, mais je ne suis point devineresse, chevalier. Allez-vous enfin en venir au fait ? Avez-vous retrouvé la trace du chevalier de Vaumacel ?

– Mais si personne ne vous a rapporté que… »

S'interrompant, il se tourna avec effarement vers la demoiselle de Prangeray.

« Dans ce cas, ma dame, quel est le malheur qui vous désole si fort ?

– Oh, c'est une tout autre affaire, chevalier, répondit faiblement la jeune fille.

– Comme vous avez l'âme serviable, beau doux ami ! salua la baronne. Mais ne vous alarmez pas trop pour Heluise ; ce sont des larmes d'émotion plus que de tristesse qu'elle a versées. N'est-ce pas, ma chère ?

– D'une émotion bien violente, ma tante.

– C'est toujours un peu le cas dans de telles circonstances. Croyez-en mon expérience, ma tendre enfant : vous saurez rapidement dominer vos sentiments et les mettre au service de vos desseins. »

S'adressant à nouveau à Yvorin tout en agitant légèrement la main, la dame Érembourg précisa :

« Que voulez-vous, le mariage est la grande affaire des filles. Qu'elles soient heureuses ou malheureuses, on a toujours droit à des torrents de larmes.

– Le mariage ? releva le bachelier, plus désemparé d'instant en instant.

– Naturellement, chevalier. Que voudriez-vous que nous fassions d'une merveille si charmante et si bien née que notre Heluise ? Une nonne ? Une vieille fille ? Soyons sérieux ! Adressez-lui plutôt vos vœux de bonheur. Ma nièce chérie va épouser un assez beau parti. Je dois d'ailleurs avouer que je ne suis pas complètement étrangère à cet accomplissement… »

Le sire de Quéant, qui se croyait déjà au fond du gouffre, eut l'impression de basculer dans un nouvel abîme.

« Et qui… qui est donc ?… »

Il n'eut pas la force d'en bafouiller davantage.

« Qui est donc le fiancé ? compléta la baronne en faisant mine de ne rien voir du trouble de son vis-à-vis. Eh bien, Heluise ! Je crois que c'est à vous d'éclairer le chevalier. »

Pour toute réponse, la jeune fille enfouit son visage dans ses mains et fut secouée de gros sanglots.

« En voilà du drame, ma fille, gourmanda la dame de Bregor. Il faudra que vous appreniez à tenir vos nerfs mieux que cela. Après tout, vous aurez bientôt de grandes responsabilités. »

Elle glissa un sourire de connivence à Yvorin, comme pour excuser l'inconvenance dans la conduite de sa nièce.

« C'est que notre Heluise sera bientôt dame d'Ouchain », précisa-t-elle d'un ton rempli de fierté.

Tout d'abord, cette révélation ne dit rien à Yvorin, comme si la baronne s'était soudain mise à parler dans une langue étrangère. De toute façon, Heluise ne pouvait être dame d'Ouchain, et la dame d'Ouchain n'avait rien à voir avec la famille de Prangeray. La maison d'Ouchain n'avait-elle point connu un sort tragique au cours de la dernière guerre entre Kimmarc et Bromael ? Comment Heluise pourrait-elle unir sa destinée à une lignée défunte ? Et puis, avec un temps de retard, la vérité éclata dans l'âme ahurie du bachelier. Il revit la joie grossière du butor qui, sous l'arbre aux écus, venait de promettre à Blancandin une danse avec sa jeune épousée. De scandale et de désespoir, les larmes lui montèrent aux yeux.

« FitzGanelon ? articula-t-il avec incrédulité.

– Quel méchant nom ! se récria la dame de Bregor. Un jeune preux bien élevé ne devrait point s'abaisser à user de si vils sobriquets ! »

Sur sa bancelle, Heluise sanglotait de plus belle. La petite Houdée vint s'asseoir à côté d'elle pour la prendre gentiment dans ses bras. Yvorin se détesta de ne pas avoir été capable d'en faire autant.

« Vous devez être contente, ma fille, réprimanda la baronne, voici que vos émois ont bouleversé le chevalier. Qu'avez-vous fait de vos bonnes manières ? »

Érembourg de Bregor lissa sa robe des deux mains d'un geste contrarié, puis, ayant poussé un léger soupir, parut en prendre son parti.

« Il faudra apprendre à dissimuler mieux que cela, ma chère, poursuivit-elle. Comment voulez-vous que ce pauvre garçon vous fasse une cour dans les règles alors qu'on lit en vous à livre ouvert ? »

Et comme le bachelier s'apprêtait à protester, elle le coupa d'une main autoritaire.

« N'insultez pas mon jugement, jeune homme, et parlons vrai. De toute manière, vous n'êtes pas assez aguerri pour jouer au plus fin avec moi. »

Adoptant une expression plus compatissante, elle ajouta :

« Et ne me croyez pas plus dure que je ne le suis. Je n'aurai pas l'insensibilité de vous énumérer tous les avantages qu'Heluise aura à épouser le fils naturel du duc. Je ne chercherai pas non plus à vous montrer que vos sentiments pour elle devraient vous convaincre qu'elle doit faire ce beau mariage. Car hormis votre cœur et votre bras, qu'avez-vous à lui offrir, mon pauvre ami ? Mais ce sont là des considérations bien basses sur lesquelles je ne m'attarderai point. Non, prenons plutôt de la hauteur et parlons de l'art d'aimer. J'ai sur ce sujet quelques lumières, pour avoir vécu jadis et pour avoir délibéré plus d'une fois dans les cours d'amour de la ci-devant duchesse. Si cruelle puisse-t-elle vous paraître, cette union est une chance pour vous deux. Jamais votre passion ne se dissoudra dans les intérêts de famille ni dans l'ennui conjugal. La haute position que va gagner ma nièce renforcera les charmes qu'elle possède à vos yeux. Votre tourment raffinera votre flamme et la portera à des sommets de dévotion et de désir. Et puis tâchez d'y penser froidement : quel meilleur choix que Domnal d'Ouchain comme mari d'Heluise ? Vous en serez jaloux pour de bonnes raisons et non pour de mauvaises. En lui concédant la main de votre belle, vous aurez la garantie d'en conserver le cœur. »

Yvorin ne sut que répondre à cette tirade. Il se sentait confondu d'avoir été si aisément percé à jour ; il ne parvenait pas à démêler si la baronne cherchait à l'aider ou à l'écarter ; il ne pouvait concevoir comment un mal pouvait devenir un bien, mais à sa grande confusion, il réalisait qu'il commençait à chérir la violence de son désespoir.

« Bien ! conclut Érembourg sur un ton sans appel. Je crois que la cause est entendue : ce mariage est une bonne chose pour vous trois. Si nous en venions enfin au motif de votre visite, chevalier ! Dévoilez-nous donc là où vous avez péché. »

Une fois de plus, le bachelier resta bouche bée.

« Vous saviez donc, finit-il par balbutier.

– La Dame me soit témoin, je ne savais rien du tout, rétorqua la baronne. Mais j'ai des yeux pour voir. Eussiez-vous eu de bonnes nouvelles, vous seriez arrivé triomphant. Quand vous avez compris qu'Heluise était promise à un autre, vous seriez monté sur vos grands chevaux, et vous seriez parti bille en tête jeter le gant à votre rival. Au lieu de cela, mon pauvre ami, cette nouvelle vous a foudroyé. Vous êtes entré dans cette tente le cœur lourd, d'emblée trop accablé par la mésestime que vous vous portiez pour réagir en preux écervelé. Sans vouloir vous offenser, je me félicite assez de cette sagesse chèrement acquise : j'avais craint que vous ne fissiez scandale. Mais cela signifie également que quelque chose a tourné court dans nos affaires. Ne croyez-vous pas qu'il est temps de m'en faire part ? »

Yvorin se sentit proche de la sidération. La sagacité de la baronne le laissait désarmé avant même qu'il eût avoué son échec. Il ne réussit même pas à se réjouir de n'avoir point été la cause du chagrin d'Heluise, tant il se sentait désespéré par son prochain mariage. Pis encore : il mesurait douloureusement que l'annonce de sa défaite l'écarterait définitivement de toute prétention à la main de la belle. Dans cette tente fastueuse et un peu désordonnée, égayée par la rumeur festive du camp qu'assourdissaient à peine les tapisseries et les voilages, il eut l'impression d'être cloué au pilori. Par politesse, puisque somme toute il ne lui restait que la courtoisie, il épargna à la dame de Bregor d'avoir à se répéter. Il prit sur lui : d'une voix blanche, il rapporta ses infortunes.

Fort platement, et presque comme si ses déconvenues étaient arrivées à un autre, il évoqua sa défaite face au sire de Vaumacel et la clémence de ce dernier. Il expliqua ainsi sa présence au tournoi de Lyndinas dans l'espoir de racheter ses armes et son cheval grâce à ses gains. Avec une amère franchise, il confessa qu'il s'était porté garant de la présence d'Ædan de Vaumacel dans le conroi de Blancandin sans Escreigne, et révéla comment la défection du chevalier aux épines en avait fait l'homme du jeune prince rebelle, contre sa loyauté vassalique au père d'Heluise et au comte de Belestance. La gorge serrée, il finit par se laisser tomber de son coffre et mit un genou à terre devant la baronne, en balbutiant des excuses.

La dame de Bregor se hâta de mettre un terme à cette scène embarrassante.

« Que faites-vous ? s'écria-t-elle. Relevez-vous donc ! On risquerait de se méprendre sur vos sentiments ! »

Une fois qu'Yvorin eut gauchement regagné son siège, la baronne s'éventa de la main, comme si elle avait eu trop chaud.

« Ne vous abaissez point ainsi, conseilla-t-elle sans toutefois cacher son désappointement. En vérité, je suis la première à blâmer dans cette affaire. Je ne savais que trop que Vaumacel, en plus d'être une fine lame, se montre aussi éloquent que perfide. J'aurais dû insister davantage pour vous détourner de cette entreprise… Mais que voulez-vous, en vous voyant si épris d'Heluise, j'ai cru que votre flamme vous inspirerait quelque exploit sur le pré. En l'occurrence, c'est moi qui ai été mal inspirée et vous qui en payez le prix. J'en suis bien fâchée. Mon pauvre ami, permettez-moi de vous aider à réparer ce qui peut l'être. »

Bien qu'il pliât un peu sous le coup de griffe qu'enrobaient ces paroles conciliantes, Yvorin s'étonna que la dame ne donnât pas plus libre cours à son mécontentement ou à sa déception. Il lui fut reconnaissant pour cette indulgence, comme il l'avait été de la clémence d'Ædan. Dans l'état de confusion qui était le sien, il lui fallut quelque temps pour faire le parallèle entre ces deux mansuétudes.

« Traitons les problèmes l'un après l'autre, poursuivait diligemment la baronne. Vous êtes prisonnier sur parole et vous devez regagner vos armes et votre destrier. Ma foi, courir votre chance en tournoi est une bonne initiative, bien qu'elle ne vous offre aucune sûreté. Ce qui me paraît plus malavisé, c'est de combattre contre votre propre camp. Si vous êtes pris, je doute que votre suzerain vous rachète ; et comme vous n'avez rien qui vous lie à ceux du *dedans*, ils ne vous aideront pas plus que le comte de Belestance ou mon frère le seigneur de Prangeray.

– Je n'en ai que trop conscience, soupira le bachelier.

– La difficulté est assez simple à résoudre : faites amende honorable et combattez avec ceux du *dehors*. »

Le chevalier de Quéant sursauta, piqué au vif malgré son abattement.

« Mais ce serait manquer à ma parole ! se récria-t-il.

– À qui manqueriez-vous ? À un brutal qui malmène les dames, les déshonore et ne les défend point quand on les accuse de ses forfaits ? À un parjure qui, après avoir fui la justice ducale, se dérobe à ses engagements auprès du prince Blancandin et du comte de Kimmarc ? Allons, chevalier, vous n'êtes tenu par rien à cet homme qui ne respecte rien.

– Mais j'ai donné ma parole à mon seigneur Blancandin !

– Et c'était une belle étourderie, pour vous parler à cœur ouvert. Considérez froidement votre situation. Vous voici lié à un jeune seigneur qui manque à tous ses devoirs : il a rompu ses engagements religieux, il entre en rébellion contre l'autorité paternelle, il entraîne les sujets du duc dans une entreprise séditieuse. La parole que vous lui avez donnée ne vaut pas plus que celle accordée à Vaumacel. Entendons-nous bien : je ne vous encourage pas à vous parjurer, juste à prendre conscience que votre sujétion aux vassaux du duc annule de fait une convention prise à la légère. »

Dans l'esprit ébranlé du jeune homme, ces propos accrurent la confusion. L'argument de la baronne lui parut d'une révoltante sagesse : il en appelait aux vertus de loyauté et de droiture pour justifier une commode forfaiture.

« Mais l'honneur ! broncha-t-il malgré tout.

– L'honneur est un trésor que l'on fait fructifier au service de son suzerain et non contre lui, rétorqua la baronne. Cependant, j'entends bien vos réserves et je comprends que vous craigniez pour votre réputation… »

Érembourg s'allongea à demi sur le flanc pour s'accouder aux coussins et aux oreillers, dans une posture assez indolente. La tête posée sur une main, le majeur replié devant les lèvres et un index soutenant la tempe, elle scrutait cependant le chevalier de Quéant avec un œil perçant, comme si elle le jaugeait tout en pesant ses mots.

« Je suis déjà bien fatiguée par le voyage et par les sautes d'humeur de la petite duchesse, se plaignit-elle, et voici que vous me soumettez vos cas de conscience. C'est bien parce que j'ai de l'amitié pour vous, et aussi parce que j'ai quelques remords de vous avoir entraîné dans ma querelle, que je vais m'ouvrir à vous en toute franchise. Oh ! Certes, je ne suis point un homme et je me perds dans les subtilités du point d'honneur, mais j'ai mes entrées dans les hôtels du duc et de la duchesse. J'ai donc une idée assez précise de leurs intentions. C'est sur ces lumières que je vais fonder mon conseil. »

D'un geste, elle ordonna à la petite Houdée qu'on servît un en-cas et des rafraîchissements et poursuivit sur sa lancée :

« Son altesse ducale n'est pas venue à Lyndinas pour jouter mais pour se réconcilier avec les princes. Ce tournoi lui déplaît, non seulement parce qu'il remet en question son mariage et son autorité, mais aussi parce qu'il distrait la noblesse de ses véritables obligations. Le duc laisse entendre qu'il pardonnera leur désobéissance au seigneur de Vayre et à Blancandin parce qu'il estime l'attachement qu'ils manifestent ainsi à leur mère ; à cette fin, il tolérera l'adoubement du plus jeune et le combat de demain. En revanche, il voit d'un mauvais œil la grande mêlée du pas de l'immortelle. Il craint les rançons, les blessés et peut-être les morts qui affaibliront son ost à la veille d'une campagne. C'est qu'il caresse l'ambition d'unir les forces de Bromael, de Kimmarc et de Brochmail dans une guerre contre l'Ouromagne. Il tient de plusieurs sources qu'il existe de grands troubles chez ces sauvages : c'est une occasion qu'il ne veut laisser passer pour rien au monde de mettre le pied sur la rive gauche de la Kley. »

Tandis que des serviteurs présentaient coupes et aiguières, la baronne pointa Yvorin de la main :

« Au milieu de ces grands enjeux viennent se loger vos petits dilemmes, chevalier. Comprenez que même s'il souffrira les festivités de demain, mon seigneur Ganelon se défiera à l'avenir des preux qui auront épousé la cause des fils rebelles. Au nom de l'honneur, mon ami, vous vous serez fermé tous les honneurs. Cela étant, je comprends fort bien que vous éprouviez des réticences à vous dédire publiquement : la faveur du duc pourrait vous coûter celle de la cour. Eh bien ! Envisageons un moyen terme pour vous sortir de cette impasse. Vous êtes dans une situation si délicate que vous y laisserez de toute façon quelques plumes. Ce qu'il vous faut, c'est une porte de sortie honorable. Voici mon mot : puisque vous craignez de passer pour parjure, rangez-vous demain dans le conroi de Méléagant et de Blancandin ; mais pour ne pas déplaire au duc, combattez au pis, et favorisez ainsi la soumission des princes. Vous serez pris, certes, mais j'aurai glissé à l'oreille de son altesse la nouvelle de votre ralliement secret. Afin de vous manifester sa reconnaissance, le duc vous rachètera. De la sorte, au prix d'une défaite sur le pré, vous aurez sauvé l'honneur dans les deux camps ; mieux encore, vous aurez rejoint votre vasselage naturel et, au lieu d'être l'homme d'un prince sans fortune, vous le serez du suzerain de toutes ces terres. »

Le bachelier se sentait plus désorienté que jamais. Il éprouva pour Érembourg de Bregor un élan de reconnaissance : loin de l'avoir accablé, la baronne cherchait à le tirer d'embarras. La vertu du jeune preux regimbait certes à se plier à un procédé aussi tortueux, mais force lui était de reconnaître qu'on lui offrait une échappatoire à même de prolonger sa carrière dans les armes. Il avait également à l'esprit l'aveu que venait de faire Blancandin sous l'arbre aux écus : Méléagant ayant fait défection pour une raison secrète, le conroi du damoiseau ne serait composé que de huit chevaliers. Dans ces conditions, les chances de se refaire étaient minces, les risques d'être pris considérables. Perdu pour perdu, ne valait-il pas mieux de l'être de façon profitable ? Le soulagement que lui apportait cette issue lui faisait intimement horreur, mais qui le saurait, à part le duc, la baronne – et Heluise ?

Cette idée le remua jusqu'au fond de son être. Il embrassa d'un coup d'œil malheureux la belle promise à un autre. Vivante image du désespoir, la sublime Heluise restait la tête entre les mains, mais il lui sembla qu'elle le scrutait entre ses doigts entrouverts. Il saisit alors, avec quelle douleur, l'une des implications de la ruse de la baronne. Combattre au pis le lendemain, ce serait offrir la victoire au Grand Bâtard ! Ce serait livrer la dame de ses pensées à l'odieux rival ! Le cœur faillit lui manquer, tandis que le sang se retirait de son visage.

« Je ne peux pas », murmura-t-il.

Heluise écarta légèrement les mains, comme pour lui dévoiler son trouble.

« Je vous accorde que dans l'état qui est le vôtre, vous ne pourrez pas grand-chose, observa impitoyablement la baronne. Dans ces conditions, est-il utile de vous tourmenter avec un débat sans objet ?

– Ce ne serait point agir en chevalier, protesta faiblement Yvorin.

– Mais votre désarroi saute aux yeux, mon pauvre ami ! Aurez-vous seulement la fermeté nécessaire pour tenir une lance en arrêt ? C'est comme si vous étiez déjà pris. Considérant les choses sous cet angle, je suis bien importune de vous proposer cet expédient qui vous déplaît. A-t-on besoin d'une autorisation pour faire une bonne action ? Demain, quand vous aurez rendu les armes, j'irai de mon propre chef glisser un mot en votre faveur à ma dame la duchesse. Ainsi vous aurez votre conscience pour vous et vous y gagnerez malgré tout l'amitié du duc. D'ailleurs, oubliez ce que je viens de vous dire. Nous ne nous en porterons tous que mieux ! »

L'assurance qu'Érembourg de Bregor avait de sa future défaite fut comme une estocade pour Yvorin. La baronne lui paraissait si pénétrante et lui-même se sentait si mortifié qu'il fut persuadé qu'elle voyait juste. Non seulement il lui faudrait essuyer l'humiliation de la capture, mais il devrait aussi se résoudre à n'être plus qu'un jouet entre les mains de cette grande dame. Celle-ci donnait d'ailleurs l'impression d'avoir pesé son sort et clos le chapitre.

« Que ces discussions sérieuses sont horripilantes ! se plaignit-elle d'un air badin. Entre la chevauchée, le bruit, les humeurs de la duchesse et vos scrupules, chevalier, j'ai la tête qui tourne ! Naguère, je vous ai connu plus amusant ! Et si nous nous changions les idées ? »

Se tournant vers Heluise, elle s'enquit :

« Quel est donc ce livre que vous faites semblant de lire, ma chère enfant ? »

La jeune fille se tamponna les yeux et tâcha de reprendre contenance.

« C'est un chansonnier, ma tante, répondit-elle d'une voix dolente. Ce sont *Les Ballades du cœur marri*, de Prudence de Mondoire. »

La baronne pinça les lèvres de façon désapprobatrice.

« Douce Dame ! s'écria-t-elle. Après cela, étonnez-vous d'avoir l'âme mélancolique ! Vous entretenez votre tristesse, avec pareille littérature. Sans compter qu'il n'est pas très avisé de lire *ce livre-là* à la cour du duc… Dépêchez-vous de le ranger, et allez plutôt chercher mon *Bel*

*Églantier*. Vous nous en lirez une aventure afin de nous distraire ; moi, j'ai la gorge sèche d'avoir tant parlé. »

Heluise se leva avec une lenteur languissante, serrant contre son cœur la poésie élégiaque de Prudence de Mondoire.

« Tenez ! poursuivait la baronne, comme saisie par une inspiration, vous nous lirez l'aventure de la lavandière de nuit. Cela vous rappellera qu'il peut nous arriver, à nous autres femmes, des malheurs bien pires qu'un beau mariage ! »

La demoiselle de Prangeray se mit en devoir de chercher le roman, mais elle était si lasse et il régnait un tel désordre dans les coffres qu'elle tardait à le retrouver. Prise d'impatience, la baronne envoya la petite Houdée à son aide. Yvorin était au supplice de voir la sublime Heluise aussi affligée. Il se sentait partagé entre l'urgence de fuir leur détresse réciproque et le désir de rester pour s'enivrer aussi longtemps que possible de sa présence. Il balançait, une fesse sur son siège, l'autre prête à se lever, tandis que la belle s'affairait de plus en plus lentement, soumise au bavardage léger qu'essayait d'entretenir sa jeune compagne. Quand le chevalier de Quéant finit par comprendre que la requête de la dame de Bregor serait au-dessus des forces d'Heluise, il craignit de devenir importun. Il demanda son congé de façon si brusque que la baronne haussa un sourcil réprobateur, puis il s'inclina roidement devant l'objet de sa passion qui, toute à ses vaines recherches, lui tournait le dos à demi.

« Ma dame, balbutia-t-il, je serai toujours… »

La gorge nouée, il tourna les talons et prit la fuite. Il était si éperdu qu'il faillit en oublier son cheval ; il lui fallut revenir sur ses pas pour le récupérer. Tirant l'animal par les rênes, il marcha sans but. Une petite ondée printanière dégagea les allées du camp devant ses pas, poussant la foule à se réfugier sous les auvents de toile et les tentes. L'averse refroidissait Yvorin avec la tristesse des larmes. Au bout d'un moment, il se rendit compte qu'il avait tourné en rond et risquait d'échouer dans les quartiers du seigneur de Prangeray ou du comte de Belestance. Ces hauts hommes se montreraient probablement moins arrangeants que la baronne de Bregor et lui demanderaient des comptes sur son changement d'allégeance… Quoique son sort ne lui importât plus guère, il se dit qu'il fallait quand même mettre les formes à son naufrage. Mieux valait être pris ou tué le lendemain sur le pré que sottement capturé la veille des combats. La tête basse, il prit la direction de la barrière pour quitter le camp du *dehors*.

Il était presque sorti lorsqu'il entendit un bruit de course derrière lui. « Chevalier ! Chevalier de Quéant ! » appelait une voix fraîche. En se retournant, il vit la petite Houdée, rouge, trempée et essoufflée, qui soulevait sa robe d'une main pour trotter à sa poursuite.

« Ah ! Chevalier ! s'écria-t-elle. J'ai bien cru que je ne réussirais pas à vous rattraper ! J'ai un message pour vous ! »

Rieuse et un peu décoiffée, la demoiselle de compagnie se rapprocha d'Yvorin à le toucher, comme si elle allait l'embrasser. Dressée sur la pointe des pieds, elle lui chuchota quelques mots à l'oreille :

« On m'a dit de vous dire d'être vaillant. Demain, combattez selon votre cœur. »

En même temps, elle lui fourrait quelque chose de soyeux dans la main. Aussitôt, dans une envolée de jupes, la petite Houdée reprit son envol et s'échappa vers l'intérieur du camp. Un peu interdit, Yvorin la regarda disparaître entre les tentes. Puis, il déplia lentement l'étoffe qu'on lui avait laissée. C'était une pièce de gaze chatoyante et extraordinairement douce au toucher. Le bachelier cligna les yeux, incrédule : il tenait le gorget d'Heluise.

Alors, tout à coup, sa poitrine se gonfla d'allégresse et sa tête devint légère. Plus rien n'avait d'importance sinon ce carré d'étoffe, entre ses doigts, qui avait caressé la gorge de sa belle. Il se mit à danser comme un fou, seul sous la pluie, sous l'œil perplexe de son cheval. Autour de lui, le monde avait repris ses plus riches couleurs ; il se sentit une force à défier toute la chevalerie du duché !

# XIII

## L'aventure de la lavandière de nuit

*S'anz non correm al lavador*
*C'aiam la boca ni'ls oills claus,*
*Non i a un orgoill tan gras*
*C'al morir non trob contrafort.*
Marcabru

Ce jour-là, le Bel Églantier
S'était sans succès échiné.
Il cherchait depuis bien longtemps
Un bel et mystérieux enfant.
Il allait de ferme en hameau,
Il allait de ville en château,
Il allait de tour en maison
En quête d'un petit garçon.
Il interrogeait les passants,
Il interrogeait les manants,
Il sollicitait les prieurs,
Il sollicitait les seigneurs.
« Comment est-il donc cet enfant ? »
Voulaient savoir les bonnes gens.
En retour le Bel Églantier
Ne se lassait de répéter :
« Nul n'est comme lui à la ronde :
C'est le plus bel enfant du monde. »
Les mines s'épanouissaient
& jamais quelqu'un ne manquait
De lui vanter un chérubin
Plus charmant que les séraphins.
Ainsi causait l'amour des mères
& parlait la fierté des pères ;
Ainsi résonnait la rengaine
Des frères & sœurs & des marraines,
Des oncles, tantes & cousins
& même parfois des voisins.
Vainement le Bel Églantier
Cherchait-il à s'en assurer :
Chaque visite aux angelots
Ne livrait que gentils marmots.
Jamais quête plus compliquée
N'aurait pu être effectuée :
Le preux toupillait au hasard
Des rumeurs et des racontars.
D'être si souvent dépité,
Plus d'un aurait abandonné ;
Mais le chevalier s'entêtait
Mû par quelque dessein secret.
Ce jour comme les précédents
Il avait été de l'avant,
Jusqu'en la vallée reculée
Où coule la Doube glacée.
Il arriva en un finage
Où nul ne lui fit bon visage ;
Toutes les chaumières étaient closes
Et le bourg lui parut morose.
Quand il voulait se renseigner,
Les gueux le fuyaient sans parler.
Il s'en trouva plutôt fâché
Et se rendit au prieuré.

Il y rencontra le doyen
Qui lui fit un accueil urbain
& offrit l'hospitalité.
Le saint homme était désolé
Du comportement de ses ouailles :
C'était un manquement de taille !
Il chercha à les excuser
En arguant un fait singulier :
Le renom du Bel Églantier
Les avait tous épouvantés
Car, connu comme le loup blanc,
Il était en quête d'enfant.
Le chevalier fut fort froissé
Qu'on le crût malintentionné
Avec des bambins innocents.
Le doyen nia cependant
Qu'on répandît telle infamie :
On le savait sans vilenie
Mais on craignait le grand danger
Que sa quête allait réveiller.
Le chevalier en fut surpris
& demanda qu'on lui apprît
La cause de ce mauvais sang.
Le doyen était réticent
À dire le fond du mystère
Mais seul un fruste caractère
Aurait pu longtemps résister
Aux instances du chevalier.
Le prêtre finit par céder
& rapporta la vérité :
« Depuis qu'ont été exilés
Les embaumeurs du Desséché,
Arrivent de terribles choses
Au bord de l'eau à la nuit close.
Des cris et des vagissements
Nous sont apportés par le vent ;
Dessus l'autre rive on entend
Des pleurs et des plaintes d'enfants.
Bon nombre d'âmes charitables
Ont voulu être secourables :
En dépit des premiers malheurs
Elles ont dominé leurs frayeurs
Pour retrouver les enfançons
& leur accorder protection.
Des nourrices s'y sont rendues,
Une prieure est accourue,
Des gars du cru aux nerfs solides
& un chevalier intrépide.
Ô terrible fatalité !
Pas un seul n'en a réchappé.
On les a retrouvés noyés
Dans la Doube & ses flots glacés.
Tous avaient les deux bras rompus
& même affreusement tordus.
Après chacune de ces morts
Les pleurs nocturnes étaient plus forts.
Voilà pourquoi on vous a fui :
Les gens ne sont point impolis
Mais craignent qu'au bout du chemin
Vous connaissiez sombre destin. »
Ce conte & sa malignité
Frappèrent le Bel Églantier.
Bien loin d'être découragée
Sa curiosité fut piquée :
Au lieu de sottes vantardises
Il avait enfin la surprise
Qu'on lui parlât de maléfice.
Il devinait là les prémisses
D'une piste très prometteuse.
Dans ses recherches laborieuses,
S'étant gardé de parler trop,
Il avait dit l'enfant très beau
Mais tu son âme malfaisante,
Aussi cette histoire effrayante
Lui paraissait de bon augure.
À si périlleuse aventure

Il ne se déroberait point.
Quoi que pût dire le doyen,
À la vesprée il mit l'armure
& s'en fut sur la route obscure
En direction de la rivière.
D'épais brouillards sourdaient de terre,
La nuit coulait hors des lisières
& la gelée fendait les pierres.
Aux aguets, le Bel Églantier
N'entendit rien pour commencer ;
Il fut effleuré par l'idée
De courre des billevesées.
Il s'apprêtait à tourner bride
Quand lui parvint un son morbide :
Des sanglots pleuraient dans le noir
En un chœur grêle & sans espoir.
Sans défaillir le chevalier
Marcha vers ces cris éplorés
Mais trouva son chemin coupé
Par la Doube aux flots emportés.
Bien empêché il s'arrêta,
Ne pouvant pousser par-delà.
Un battage sourd retentit
Alors parmi les clapotis :
Quelqu'un martelait en cadence
Un, deux & trois heurts puis silence ;
On frappait à faible distance
Un, deux & trois heurts puis silence ;
C'était presque un rythme de danse :
Un, deux & trois heurts puis silence.
Cette rumeur répétitive
Provenant de sa propre rive,
Le Bel Églantier décida
De remonter jusqu'au fracas.
Au bout de trente pas à peine,
Il chut sur une étrange scène.
Dans la brume et dans les ténèbres,
Au milieu de plaintes funèbres
Se courbait une lavandière
Lavant son linge à la rivière.
Un roc en guise de lavoir
& la main armée d'un battoir
Elle tapait avec violence
Un, deux & trois heurts puis silence.
Le chevalier, fort étonné,
S'empressa de lui demander
Ce qu'elle faisait ainsi dehors
Par la nuit noire sur ces bords.
La femme ne répondit mie.
Peut-être était-elle assourdie
De cogner avec véhémence
Un, deux & trois heurts puis silence.
« Ainsi donc vous n'entendez point
De ces enfants le grand chagrin »,
En conclut le Bel Églantier.
Il fut aussitôt détrompé
Car la femme arrêta son geste
En poussant un soupir funeste.
Se redressant de façon roide,
Elle parla d'une voix froide :
« Je les entends bien, voyageur,
& sais la cause de ces pleurs.
– Ah, vraiment ? dit le chevalier.
Pourriez-vous donc me l'expliquer ?
– Il m'est loisible de le faire
À défaut de les faire taire.
Certains de ces enfants sont miens,
D'autres sont passés par mes mains.
C'est leur linge que je nettoie
Mais je ne trouve plus la voie
Pour le rendre & les en vêtir.
Il m'est interdit de dormir
Tant qu'ils vont, nus & bleus de froid,
Semer la tristesse & l'effroi.
Mais ils sont là-bas, moi ici,
& les habiller je ne puis. »

Le Bel Églantier l'en blâma
& sans réfléchir déclara :
« Eh bien ! Passez donc la rivière ! »
Lui répondit la lavandière :
« Je ne sais plus ni gué ni pont.
J'ai fait passer force poupons,
Mais lorsque mon tour est venu
Tous les chemins étaient perdus.
Plus de prêtre du Desséché
Pour guider de l'autre côté.
Ne pouvant rendre ces effets,
Je ne saurais trouver la paix ;
Je bats ce linge de malheur
En attendant quelque passeur.
– Hélas, dit le Bel Églantier,
Je ne suis point clerc ordonné ;
Vous m'inspirez grande pitié
Mais je ne pourrais vous aider. »
En frissonnant la buandière
Lui fit alors cette prière :
« Ô charitable voyageur
Tu peux me faire la faveur
De tordre ce linge avec moi.
Grâce à ton aide il séchera
Plus vite & plus facilement.
Dès que viendra un révérend
Je tiendrai ma corbeille prête
& je pourrai faire retraite
Quand j'aurai eu l'absolution
Pour mon acte de contrition. »
Bien que la tâche dérogeât
Le Bel Églantier estima
Qu'il lui incombait le devoir
D'aider la pauvre âme au lavoir.
Après avoir mis pied à terre
& fait face à la lavandière
Il la trouva bien moins accorte
Mais étonnamment grande & forte.
Et voici que d'un geste brusque
Elle tendit de vieilles frusques.
Le fantôme & le chevalier
Saisirent chaque extrémité,
Tordirent la toile gorgée
Dont fuit la lavure glacée.
Le preux sentit ses mains transies
& vit trop tard la félonie
Car un sortilège enroulait
Le drap autour de ses poignets.
Il chercha à se dégager,
Il lutta pour se libérer,
Mais fit en vain tous ces efforts
Car le spectre serrait plus fort.
Le faciès mort devint atroce
& sourit de façon féroce.
« Je ne puis franchir la rivière,
Dit la terrible lavandière,
Mais toi je saurai t'envoyer
Très vite de l'autre côté
Pour t'occuper de mes enfants
& partager tous leurs tourments. »
Le chevalier eût pu jurer
Que l'entrave était en acier ;
Elle ne cessait d'écraser
Ses poignets presque disloqués.
Il lui fallait improviser
D'autres moyens de se sauver.
« Ah ! cria-t-il, âme perfide !
Ce procédé est fort stupide !
Car en me rompant les deux bras
& en me vouant au trépas
Vous abandonnez mon concours
& vous privez de tout secours.
– Ne m'as-tu dit, sot chevalier,
Que tu ne pouvais pas m'aider ?
– S'il est tout à fait véridique
Que je ne puis donner viatique,
J'ai peut-être d'autres moyens
Pour que vous touchiez à vos fins.

– Hâte-toi donc de discourir
Car tu es bien près de mourir.
– Sachez, maudite lavandière,
Que vous passerez la rivière !
Pour cela il faut me lâcher
Car j'ai un vaillant destrier
Qui ne répond qu'à ma gouverne ;
Sans moi vous laissera en berne.
Sa foulée n'a pas de pareille,
Il est capable de merveilles
& si je puis tenir les rênes
Alors il bondira sans peine
Loin au-dessus du flot furieux
En nous emportant tous les deux.
Vous toucherez à l'autre rive
& à votre nichée plaintive. »
Pour grand nombre d'esprits errants
Il est admis communément
Que l'eau vive barre passage ;
Aussi malgré ses lessivages
Le spectre éprouva un scrupule
À enfourcher ce véhicule.
« Qu'avez-vous donc à barguigner ?
Insista le Bel Églantier.
Si vous les aimez tendrement,
Il faut rejoindre vos enfants.
– Soit, concéda la lavandière,
J'y consens & je te libère
Mais je te serrerai de près
& tous tes os seront défaits
Si tu t'écartes de la rive. »
Feignant une mine craintive,
Le preux s'empressa d'acquiescer.
Ses bras étaient trop malmenés
Pour qu'il pût user de l'épée
Aussi suivit-il son idée.
Il se remit alors en selle
Avec l'horrible damoiselle
Assise en croupe contre lui.
Il avait le dos tout transi
Par l'étreinte dure et osseuse
Du revenant de la laveuse.
Piquant des deux son bon cheval
Qui prit un galop infernal,
Il leur donna un grand élan ;
Et puis au tout dernier moment
Comme le destrier sautait
Il tira les rênes en secret.
Pour conclure sa cavalcade
Le cheval fit grande ruade ;
Le Bel Églantier se retint
À son arçon à pleines mains
Mais la défunte stupéfaite
S'envola cul par-dessus tête
& plongea droit dans la rivière.
L'eau vive ébouillanta la morte
Qui hurla comme une cohorte.
« Mille excuses, rit le roué.
Je me crois trop bon cavalier.
Au moins vous êtes à mi-chemin ;
Je vous abandonne le soin
De parcourir l'autre moitié.
Voyez ce beau ciel étoilé !
Je garderai le cœur ravi
De ce galant bain de minuit. »

# XIV

## Commençailles

*Quant li baron assembler durent,*
*Si com costume iert à ce tens,*
*S'en vint touz seus entre .II. rens*
*.I. chevaliers de grant vertu*
*Des compeignons le roi Artu*
*Por le tornoi encomencier.*
Chrétien de Troyes

Le jour de l'adoubement, les réjouissances s'ouvrirent de bon matin. Le baladin qui, la veille, avait si plaisamment conté une aventure du Bel Églantier se fit l'orateur de la Compagnie folle, la troupe de bateleurs venue de Bourg-Preux. Les amuseurs, à l'exception d'un second elfe, avaient assez louche allure ; en bordure du camp du *dedans*, ils venaient de bricoler une scène de plein air avec quelques tonneaux et des planches probablement volées. Juché sur cette estrade, Annoeth le Ménestrel faisait l'article de la pièce édifiante qui allait être jouée : à l'en croire, il s'agissait d'une moralité créée pour la circonstance, *Le Grison et les Grisettes*, dont la profondeur et le raffinement sauraient édifier un public si recherché.

En fait de moralité, il s'agissait d'une farce assez grossière et largement improvisée. Le second elfe de la troupe y incarnait le Grand Duc des Sacripants. Son front était orné d'andouillers tout à fait irrévérencieux qui en faisaient le cocu de la comédie, mais suggéraient également la rencontre de cerf des armoiries de Bromael. Le Grand Duc des Sacripants était courroucé par les infidélités de la Grande Duchesse Goguenarde et avait décidé de s'en débarrasser ; il poursuivait toutefois en secret le but d'épouser sa maîtresse, la maquerelle Cattiveria. La pièce, fort courte, déroulait ses saynètes convenues de duperies, quiproquos, poursuites et coups de bâton. Une grande partie de son sel provenait des interprètes, l'épouse et la favorite du Grand Duc étant jouées par des travestis outrageusement fardés. Un vieux goliard à l'expression matoise paradait dans les atours de la Grande Duchesse ; un nain barbu et édenté se prenait les pieds dans la robe de Cattiveria. Les roucoulades entre l'elfe cornu et le nabot en vertugadin remportèrent un certain succès ; toutefois, à la fin de la pièce, la Grande Duchesse et la maquerelle, lassées de l'inconstance du Grand Duc, prenaient la fuite ensemble pour filer le parfait amour. En guise de rideau, que la Compagnie folle n'avait pas eu les ressources de monter, la maquerelle Cattiveria retroussait ses jupes et exposait aux yeux du Grand Duc une lune abondamment velue.

La sotie amusa surtout le petit peuple des sergents, valets, pages et chambrières ; la maquerelle Cattiveria fut joyeusement huée et applaudie. Les recettes furent toutefois maigres pour les comédiens : ils n'eurent pas le temps d'en appeler au bon cœur du public. Un bruit venu de la barrière courut soudain comme un feu de paille : « Le duc ! Le duc ! Le duc arrive ! » En un instant, le Grand Duc des Sacripants se retrouva quant à lui devant un parterre déserté, aussi cruellement abandonné par ses spectateurs que par ses dames.

On se porta en foule vers la lice. Ce matin-là, la rumeur se vérifiait enfin. Une grande compagnie sortait du camp du *dehors* et marchait vers celui du *dedans*. Elle n'avait rien d'une troupe de guerre car s'y mêlaient seigneurs et dames en costume de cour ; mais le nombre des cavaliers, l'élégance des palefrois, la richesse des parures et la forêt de bannières suffisaient à la transformer en démonstration de puissance. Précédé lui-même de deux hérauts d'armes, le connétable Anaraut de Traval ouvrait la marche. Monté sur un étalon à la robe gris fer, il était vêtu de brocart vermeil, symbole du sang versé par le chef de guerre. Au flanc, il portait l'épée ducale, qui le confirmait dans son titre de chef de l'ost. Hormis cette arme, toute sa mise était civile ; il ne serait donc pas des champions qui affronteraient bientôt Blancandin sans Escreigne et son conroi. On s'en félicitait dans le camp du *dedans*, car même habillé de samit et de soie, les épaules larges, le crâne dégarni et le faciès couturé du connétable inspiraient le respect et la crainte.

Escorté d'écuyers et de chevaliers aux tabards de parade s'avançait ensuite le couple ducal. Il était difficile de ne point avoir l'œil capté par les suzerains tant leur toilette étalait richesse et extravagance.

En amazone sur une haquenée blanche au harnais doré, la duchesse Clarissima portait une toque à aigrette blanche ; un lourd manteau d'hermine se déployait en cloche au-dessus de la croupe de sa monture, tandis que le déroulé neigeux de sa robe habillait les flancs du palefroi. L'écuyère avait posé la main – gantée de soie virginale – sur le poing de son époux, Ganelon de Bromael, qui marchait à l'amble auprès d'elle. Monté sur une cavale aile de corbeau, il était sombrement vêtu des pieds à la tête. Depuis les bottes d'un noir lustré jusqu'au grand chaperon doublé de zibeline, en passant par le pourpoint et la houppelande de nuit, il n'était qu'obscurité, mais une obscurité de velours et de soie lamés d'or. À voir ainsi chevaucher côte à côte le seigneur et sa dame, on eût cru découvrir l'alliance de la reine blanche avec le roi noir. Leur apparition fit sensation et même un peu scandale dans le camp du *dedans.* La provocation était manifeste ! Au sein de la haute société, le blanc était la couleur du deuil et le noir celui du mépris, de la mort ou de la guerre. Ces atours ne respectaient en rien les codes requis par une fête courtoise comme un tournoi. Leur luxe ne faisait que renforcer un cinglant étalage de dédain.

Du reste, le contraste entre ces parures semblait souligner, avec quelle superbe, tout ce qui distinguait les époux. Le duc paraissait sans âge, à la fois jeune et vieux, vigoureux et usé. Trapu, épais sans être vraiment gras, il respirait l'aplomb des vétérans à la fois sûrs et économes de leurs forces. Le front et la tempe ombrés par les plis du chaperon, le menton habillé d'une barbe roussâtre qui tirait vers le jaune, sa physionomie avait quelque chose de dissimulé. Les yeux, qu'il avait vifs et clairs, étaient plissés de profondes pattes d'oie creusées par la préméditation, les soucis et les plaisirs violents. À côté de ce grand carnassier, tout à la fois fané et conservé par la charge ducale, la présence de la duchesse Clarissima possédait quelque chose d'incongru, en particulier pour une noblesse qui s'était si longtemps soumise au joug flamboyant de la duchesse Audéarde. La *duchessina* n'avait l'air grande que parce qu'elle montait une haquenée de haute taille ; brunette, menue, très jeune, fraîche sans être vraiment belle, elle aurait pu passer pour jolie n'eût été le méchant tic dont elle ne parvenait à se défaire. De temps en temps, la commissure gauche de sa bouche se rétractait soudain comme si elle avait voulu montrer les dents, chiffonnant toute la joue jusqu'à la paupière que froissait un spasme. La duchesse ne portait cependant ni loup ni voilette pour dissimuler cette disgrâce. Malgré cette imperfection au milieu des beautés de la cour, malgré son impopularité et son âge tendre, elle se tenait plus droite qu'un héraut d'armes, promenant sa prunelle noire autour d'elle avec une froideur de vieux capitaine.

Derrière le couple chevauchaient quelques parents et les officiers des hôtels ducaux. Un grand jeune homme pâle marchait d'un air absent dans l'ombre de Ganelon ; fils aîné du duc, récemment rétabli dans ses droits de prince héritier, Lanval de Bromael concentrait sur lui les curiosités et les spéculations. L'expression perdue qui était la sienne semblait confirmer les ragots dont bruissait tout le duché à propos de sa mélancolie ; le regard songeur, il ne s'intéressait ni à la cour, ni à l'accueil de la maison de Kimmarc, ni même au jeune frère qu'il allait retrouver. Il était éclipsé par un autre cavalier du même âge, séduisant, affable, boutonné jusqu'au menton dans un splendide pourpoint de Ciudalia et pourtant plein d'une gracieuse aménité. La noblesse de Kimmarc s'étonnait de découvrir ce séduisant inconnu dans la suite ducale ; il n'appartenait point aux lignages bromallois. Grâce à des hérauts d'armes bien informés, la nouvelle finit par courir qu'il s'agissait du cousin de la duchesse, sa seigneurie Cesarino Rasicari, récemment arrivé à la tête de l'ambassade ciudalienne. L'émissaire de la République se trouvait flanqué par un cavalier non moins superbe, quoique plus mûr et moins prisé. Identifiable au grand collier qui lui barrait la poitrine, le chancelier Magnence Diaccécrimène faisait la conversation au gentilhomme ciudalien. Homme de chartes et non d'épée, le puissant ministérial excitait la rancœur des gens bien nés qui ne voyaient en lui qu'un parvenu dans l'hôtel du duc. Il fallait pourtant reconnaître qu'il avait grande allure, drapé dans une ample houppelande bleu nuit à revers d'écarlate ; sur son col doublé de petit vair étaient brodées de discrètes devises en lettres d'or ; un chapeau extravagant, orné de plumes et de lettrines orfévries, dissimulait en grande partie son visage que les mauvaises langues comparaient au museau d'une fouine.

Cet aréopage bromallois se trouvait suivi par une foule de grands seigneurs, de dames et de prélats, eux-mêmes dotés de suites brillantes d'écuyers, de pages, de chantres et de hérauts. Le faste qu'ils déployaient avait soudain rétréci les dimensions et la richesse du camp du *dedans*. Les sergents du comte de Kimmarc ouvrirent une voie à la compagnie ducale vers le pavillon comtal tout en lui dressant une haie d'honneur menaçante. Le seigneur Claudas de Kimmarc – qui, pour la circonstance, n'avait pas eu la fantaisie de déparer son pourpoint avec une broche ou un collier ouromands – vint s'incliner devant le duc, lui tourna un compliment avec une courtoisie irréprochable et le convia dans la tente de son père.

Au seuil du pavillon, à l'ombre des auvents de brocart, attendaient Angusel de Kimmarc et Blancandin. Les entourait un groupe de hauts hommes où se mélangeaient les vassaux de Kimmarc et les chevaliers disgraciés de la précédente duchesse. En tant que parrain du futur adoubé, le comte avait endossé une armure de parade ; quant au jeune prince, il était désarmé et très simplement vêtu, selon les conventions de la cérémonie dont il devait être le centre. Sur une chemise immaculée, qui symbolisait la pureté de son âme, il n'avait enfilé qu'un justaucorps noir, *memento mori* du futur chevalier. La simplicité de sa mise, qui amincissait sa stature juvénile, tranchait au milieu de l'étalage des bijoux et des ajustements recherchés.

À peine arrivé, Ganelon abandonna sa contenance majestueuse pour sauter à terre avec une désinvolture de vieux soldat. Il marcha droit vers le comte, d'un pas un peu arqué de cavalier, et lui frappa familièrement l'épaule.

« Ce bon vieil Angusel, salua-t-il, toujours aussi facétieux !

– J'ai grand plaisir à vous donner sujet à divertissement, cher cousin, répondit le comte.

– Et ce souci que vous avez de mes fils ! Quelle obligeance !

– Je n'ai fait que leur accorder les égards dus à un sang si noble.

– Ah, mon cousin, comme vous parlez bien ! Nous ne pouvons que nous entendre, vous et moi. »

Le duc se tourna vers sa jeune femme ; pas plus que sa suite, la duchesse Clarissima n'avait mis pied à terre, ce qui jetait une ombre sur l'entrée de la tente.

« Au fait, cousin, dit Ganelon, comme vous étiez indisposé lors de mon mariage, vous n'avez pas encore eu le privilège de rencontrer mon épouse. J'ai le grand plaisir de vous présenter ma dame la duchesse de Bromael. »

Kimmarc s'inclina aussi roidement que le lui permettait son armure.

« Que je suis aise de vous accueillir sur le pré de Lyndinas, ma dame, salua-t-il. Vous serez en quelque sorte la reine de la fête.

– À tout seigneur tout honneur », rétorqua la duchesse avec un sourire en coin.

Ganelon s'était déjà retourné et cherchait quelqu'un des yeux dans la suite d'Angusel.

« Je ne vois point le seigneur de Vayre, fit-il mine de s'étonner. Où diable le drôle se cache-t-il ?

– Je crains que le seigneur de Vayre n'ait quelque retard, répondit le comte.

– Du retard ? se récria le duc. Allons donc ! Vayre n'est qu'à deux pas !

– Les routes d'Ouchain ne sont plus aussi sûres que par le passé. »

L'insinuation fit rire le duc.

« Bien tenté, Angusel ! Mais ce ne sont pas quelques brigands à votre botte qui pourraient effrayer Méléagant. L'impudent se paie votre tête comme il s'est payé la mienne. Il vous a cédé tout l'honneur d'assumer ces réjouissances et leurs conséquences. »

Le regard du suzerain s'arrêta enfin sur son plus jeune fils.

« Corps de roi ! Andin ! J'avais du mal à te reconnaître.

– Je n'étais pas très sûr moi-même d'avoir affaire à mon seigneur mon père, rétorqua le damoiseau sur un ton venimeux.

– Ah, mon garçon, épargne-moi donc ce fiel. Ne suis-je pas venu assister à ton adoubement ? Viens plutôt m'embrasser. Qu'est-ce qu'une querelle de famille ? Rien que de très banal. Cela n'efface en rien les liens du sang. »

Blancandin se prêta de mauvaise grâce au baiser paternel. Le duc l'étreignit avec une affection brusque.

« Ce vieux fou de Fitzurse ne t'a pas porté mon message ? gronda Ganelon. Je t'attendais hier soir. Je t'avais même réservé la place d'honneur à ma table. Après la route que j'avais faite pour toi ! J'ai été fort désappointé.

– Depuis les geôles de Sacralia, j'ai dû faire un chemin plus long que le vôtre, répondit le jeune homme. Et puis que voulez-vous… Dans certaines circonstances, c'est le dernier pas qui coûte. »

Un sourire un peu tort éclairait la barbe roussâtre du duc.

« Voyez-vous cela ! Ce coquelet veut faire de l'esprit !

– Un trait hérité de ma dame ma mère.

– Ah ! En voilà une qui n'aura pas tardé à se mêler de la conversation.

– N'est-ce point à elle que nous devons l'agrément de ces retrouvailles ? »

Ganelon lui envoya une bourrade assez rude.

« Ce que tu es devenu insolent ! Ah ! Tu me plais, mon garçon ! Voilà un Bromael de vieille race ! »

Blancandin soutint le compliment avec une belle fermeté. Il avait toutefois le teint pâle, de nervosité ou de colère contenue, et faisait mine d'ignorer l'attention écrasante dont il était l'objet. Il lui fallait pourtant déployer un grand effort de volonté pour rester crâne sous le poids des regards : œillades ombrageuses du connétable et des barons, curiosité indiscrète de l'ambassadeur ciudalien, évaluation froide du chancelier ou examen hostile de la jeune duchesse.

« Mais sans la manière, l'audace n'est que de l'effronterie, poursuivait le duc. J'espère que tu auras la courtoisie de saluer ma dame Clarissima.

– Dame, énonça froidement le damoiseau, vous me voyez disposé à vous accorder tous les hommages dus aux personnes de votre condition. »

Un tic tordit le visage de la duchesse.

« Ce *testadicazzo* ! Il me traite de catin !

– Je crains que vous n'ayez raison, convint le duc, mais il y met les formes. Rendez-lui donc la politesse, ma chère.

– Je ne m'abaisserai pas à ces petits jeux, refusa la jeune femme avec dédain. Si tu me juges sans me connaître, Blancandin de Bromael, alors tu n'es qu'un idiot qui n'aura pas volé ce qui l'attend.

– Eh bien, coupa Ganelon d'un air bonhomme, au moins les présentations sont faites ! Les choses auraient pu être pires. »

Le comte de Kimmarc proposa de gagner le château. Blancandin devait y recevoir la colée dans la cour avant de mener la parade des champions du jour. Du haut des murs, seigneurs et dames seraient ensuite mieux à même d'admirer le combat disputé sur le pré. Des vélums avaient été disposés à cette fin sur le chemin de ronde ; des collations et des rafraîchissements attendaient les spectateurs.

Bientôt, les compagnies issues des deux camps ne formaient plus qu'une immense colonne en marche vers le modeste castelet. Héros du jour, Blancandin chevauchait fort inconfortablement entre le duc et le comte ; derrière eux, Claudas de Kimmarc escortait la duchesse et parvenait même à la faire rire en écorchant quelques vers du divin Tradittore dans un mauvais ciudalien.

« Mon cher Kimmarc, disait le duc, je souhaite chausser l'un des étriers de mon fils.

– Considérez-vous si peu mon parrainage en chevalerie que vous désiriez y mettre la main ? railla le comte.

– Vous me devez bien cette faveur en contrepartie de ma modération dans cette affaire.

– Mon seigneur mon père pense me fléchir en ployant le genou devant moi, persifla Blancandin.

– Si seulement ! s'exclama le duc. Je serais même prêt à marcher pieds nus et en chemise pour que nous nous réconcilions sans en passer par ce grotesque baroud.

– Vous savez très bien quelles sont mes conditions, père, dit sèchement le jeune homme.

– Et tu sais très bien qu'elles sont irréalistes.

– Dans ce cas, chaussez-moi un éperon si cela vous console, mais je n'en combattrai pas moins pour l'honneur de ma dame ma mère. »

Le duc poussa un soupir irrité.

« Andin, il me déplairait d'avoir à t'humilier.

– Après ce que vous avez fait à mère, je n'en crois pas un mot.

– Les intrigants qui t'ont soustrait à ton noviciat t'ont trompé. Dans cette triste affaire, j'ai été l'offensé et non l'offenseur. Preuve publique en a été apportée par le jugement de mon conseil comme par le jugement des armes.

– Ces jugements ne valent rien. Vaumacel n'a pas répondu de ses accusations au procès : vous vous étiez arrangé pour qu'il soit retenu, comme moi, par les chevaliers du Sacre.

– Tiens donc ! Et où est-il donc, ce preux séducteur ? Je me suis laissé dire que tu l'avais recruté, mais nul ne l'a vu à Lyndinas. Est-ce encore moi qui l'ai retenu ? »

Le prince jeta un coup d'œil défiant à son père.

« Vous en seriez bien capable. »

Ganelon partit d'un gros éclat de rire.

« Qu'il est difficile de raisonner avec la jeunesse ! s'égaya-t-il. Angusel, parlons plutôt entre gens de sens rassis. Passons de suite sur la loyauté que vous vous êtes découverte sur le tard pour la mère de ce garçon, et allons au fait ! Qu'attendez-vous de moi ?

– En bon seigneur justicier, je ne défends que le droit.

– Oui, bien sûr, enfin surtout le vôtre.

– Je n'ai d'autre ambition que soutenir l'honneur d'une dame et la piété de ses enfants.

– Naturellement, cousin. Et permettez-moi de compléter votre pensée : en vous parant ainsi du manteau de la vertu, vous espérez m'affaiblir pour m'extorquer ensuite un bénéfice plus personnel. Sautons donc à la conclusion. Que voulez-vous obtenir ? »

Le comte lui adressa l'ombre d'un sourire.

« Si j'avais les bassesses que vous me prêtez, croyez-vous réellement que je répondrais avec franchise ?

– Ce que je crois, c'est que l'homme dont nous parlons rêverait d'être libéré de son hommage, avança le duc.

– Proposition trop belle pour être honnête, repartit Angusel. Jamais vous ne me restitueriez la suzeraineté sur mes terres sans une nouvelle guerre. Dès lors… »

Le vieux loup ébaucha de la main un geste plein d'élégance.

« Autant rompre les lances », ajouta-t-il avec une feinte indifférence.

Ganelon hocha la tête d'un air pensif.

« Vous avez raison, cousin, confirma-t-il, je ne vous libérerai pas de votre hommage sur ce comté. Mais la rancune que vous nourrissez contre moi vous donne des œillères. Il existe d'autres façons de nous arranger. »

En se redressant sur ses étriers, il balaya du regard le paysage printanier, ses camps, sa foule de seigneurs et de dames, le petit château tout pavoisé de bannières et de dais.

« Ce tournoi doit vous coûter une fortune, estima-t-il. Quel profit en escomptez-vous ? Si vos armes l'emportent, vous m'aurez insulté à vos frais ; si les miennes ont le dessus, vous vous serez ruiné pour vous ridiculiser. Tout cela est bien fou.

– Plaie d'argent n'est pas mortelle. Quelle que soit l'issue de ce tournoi, j'aurai gagné de m'y être montré large.

– Et à qui vous adresserez-vous pour continuer à financer votre cour ? À vos bannerets ? Ils viennent de dépenser jusqu'à leur dernier liard dans cette fête. Aux usuriers de Carroel et de Longomores ? Ce sont mes sujets. Aux banques ciudaliennes ? Je les ai épousées.

– Qui vit noblement prodigue sans compter, cousin. Mon crédit croît proportionnellement à mes dépenses.

– C'est une belle philosophie à laquelle je souscris sans réserve, acquiesça Ganelon. Malheureusement, il est des gens de basse condition qui ne partagent pas notre point de vue. Tenez, les maîtres-maçons qui édifient votre nouveau château de Neuvyddin. Ou le ramassis de brutes que je viens d'engager comme mercenaires… »

Un sourire vague continuait de flotter sur le visage d'Angusel.

« Les Ouromands savent très bien qu'un affamé a plus de sang aux ongles que son voisin repu, insinua-t-il.

– Voilà une maxime que tout seigneur impécunieux devrait garder à l'esprit », ricana Ganelon.

Tout en chevauchant, ils arrivaient à hauteur du grand charme dont on venait de retirer les écus. Blancandin contempla l'arbre en tâchant de demeurer impavide. Les derniers champions du dehors avaient relevé le gant fort tard, au cours de la soirée, alors que le futur chevalier s'était déjà retiré dans l'oratoire du Resplendissant pour sa veillée de prière. Il ignorait toujours le nom de la plupart des adversaires qu'il affronterait avant la fin de la matinée.

« Parlons sans détour, poursuivait le duc. Angusel, vous savez mieux que moi ce qui se passe sur la rive gauche de la Kley. Les clans se livrent une lutte fratricide.

– Voilà des siècles que les clans se font la guerre, observa le comte.

– Oui, mais celle-là est la plus féroce qu'on ait vue de notre vivant. Pour nous, l'occasion est unique. Et qu'allons-nous faire ? Une bataille pour rire, entre gens de bonne compagnie, qui nous coûtera presque aussi cher qu'une vraie chevauchée et ne débouchera que sur une distribution de prix ! C'est ridicule ! Kimmarc est en première ligne devant l'Ouromagne : vous serez le principal bénéficiaire d'une expédition contre les barbares. Nous avons rassemblé nos troupes ; j'ai l'argent de la campagne ; une escadre de galères envoyée par Ciudalia mouille à Longomores et se tient prête à appuyer notre offensive par la côte. Mettons de côté nos différends, unissons nos forces et allons nous couvrir de gloire en écrasant une bonne fois pour toutes ces nids de pillards. »

Le comte se permit un rictus un peu méprisant.

« Les Kimmarc ne vous ont point attendu pour franchir la Kley, mon cousin.

– Mais jamais avec un tel concours de force, ni pour tomber sur les reins d'un ennemi si vulnérable. Vous tenez une marche frontière ; je vous propose d'en faire le cœur de nouveaux états, conquis sur les friches barbares. »

Le duc se pencha légèrement vers son fils, comme pour lui parler en confidence.

« Tu vois, mon garçon, je ne fais rien pour empêcher ton adoubement – et ce, bien que le camouflet me fouette un peu le sang. Mais que comptes-tu faire, une fois que tu seras entré en chevalerie ? J'imagine que tu connais le sobriquet dont t'affublent les médisants : Blancandin sans Escreigne. Blancandin sans avoir… À présent que tu as renoncé à la belle carrière que te promettait l'Ordre radieux, qu'ambitionnes-tu de devenir ? Un de ces petits bacheliers sans fortune qui poétisent leur gêne en jouant les chevaliers aventureux ? Tu vas avoir besoin d'un fief ; or je n'ai plus d'apanage à distribuer dans le duché.

– Je ne suis pas venu réclamer des terres mais soutenir le bon droit de ma mère, se piqua le prince.

– Bien sûr, bien sûr ; mais pour cela, encore te faut-il des hommes, des armes et des chevaux. Donc, si tu fais les choses dans l'ordre, tu vois bien qu'il convient de commencer par le fief. Et moi, père magnanime, non seulement je paie ton ingratitude par de bons conseils, mais je t'offre même l'occasion de te constituer ce fief. Oublie ce tournoi. Marchons ensemble contre l'ennemi. Je me réserve la première part des terres conquises par les troupes ducales. Pour le reste, j'ai quatre ou cinq fils plus ou moins en droit d'hériter : le cinquième te reviendra donc. »

Se redressant pour apostropher Angusel par-dessus Blancandin, Ganelon ajouta :

« Quant à vous, cousin, je vous laisserai les territoires conquis par votre ban. Ces prises-là n'étant pas couvertes par le serment que vous m'avez prêté, vous en aurez l'entière suzeraineté. »

Les cavaliers abordaient tranquillement le verger. Au-dessus du blanchoiement des pommiers en fleurs, le rempart du petit château était déjà occupé. Des pages, des dames et des demoiselles y faisaient signe au fastueux défilé des deux cours.

« Vous me promettez la possession des terres que j'aurai conquises, s'amusa Angusel. Quelle générosité !

– Sans l'appui du duché, cousin, vous êtes condamné à répéter ce que vous avez toujours fait : des incursions sur l'autre rive, l'impossibilité d'y garder pied, ce qui se soldera par des représailles et l'éternel recommencement de vos échauffourées frontalières.

– Je pourrais aussi attendre que Bromael se trouve dans une position plus délicate pour négocier de meilleures conditions.

– Il se trouve qu'aujourd'hui, Bromael est en position de force, rétorqua le duc. J'ai le trésor pour me mettre en campagne ; la république de Ciudalia appuie mon offensive ; vous m'avez vous-même invité sur vos terres. Je vous ai connu plus lucide, Angusel. »

Le comte répondait mollement de la main aux dames qui s'affichaient au haut des murs.

« En tant que loyal vassal, ironisa-t-il, j'ai le douloureux devoir de dire à mon suzerain qu'il néglige un grand péril. Son altesse ducale raisonne en termes de terres, d'or et de forces armées. Mais voit-elle les créatures charmantes qui nous saluent sur cette courtine ? De quoi parle-t-on à longueur de journée dans la chambre des dames ? De la guerre entre les clans Hoher et Arthclyde ? Du prix du fer et du fourrage ? De l'avantage que nous apporterait une escadre de galères à l'embouchure de la Kley ? »

Angusel laissa flotter entre eux un instant de silence lourd de sarcasme.

« Voyez-vous, poursuivit-il avec indolence, depuis deux ans, la répudiation de la duchesse Audéarde est la grande affaire de ces dames. Il faut les comprendre. Nous les entretenons si souvent du parfait amour ; nos romans rivalisent de romances ; nous leur donnons l'illusion de la soumission en acceptant leurs anneaux ou en leur offrant nos cœurs… Qui, parmi ces délicieuses créatures, n'a pas son chevalier servant ?

– Où diable voulez-vous en venir, cousin ?

– Qu'en condamnant votre épouse, vous les avez toutes frappées, ou peu s'en faut. Après qu'une dame d'aussi haut rang que la duchesse de Bromael a pu déchoir pour un peu de galanterie, elles se sentent toutes sur la sellette. Cela les choque ; cela les inquiète ; et pis que tout, cela les indigne. Elles ne passent point une journée sans en rebattre les oreilles de leurs époux, de leurs frères, de leurs fils, de leurs amis. Elles pèsent de tout le poids de la tendresse maternelle ou des blandices amoureuses dans une querelle que vous êtes le seul à croire close. Que valent vos opportunités, vos navires et votre or face à pareille ligue ? La ruelle de ces dames fait le lit de la sédition. Prenez garde qu'elles n'emportent votre noblesse et vous laissent en tête-à-tête avec les clans que vous tenez si fort à défier. »

Le duc lui décocha un sourire en coin.

« Fichtre ! À votre âge, vous présenter comme le champion des dames ! Vous ne manquez pas d'air, cousin !

– S'il le faut, je suis prêt à payer de ma personne, assura gracieusement le comte.

– Je ne suis pas très sûr de croire en ce débat de la quenouille contre l'épée.

– Et pourtant vous voici !

– Je suis venu pour mes fils, et puis aussi pour votre alliance, cousin. Je n'ai pas plus de goût pour vos sornettes que pour vos provocations. Je vous ai fait d'honnêtes propositions et vous me répondez par un badinage de coussiège. À mon tour de vous mettre en garde : je n'aime pas me faire éconduire quand je viens de faire une fleur.

– Demain, descendez sur le pré : nous trancherons la question les armes à la main.

– Ce serait déjà vous céder. Je ne m'abaisserai pas à pareille frivolité.

– Priverez-vous votre fils des réjouissances en l'honneur de son adoubement ? »

Ganelon leva les yeux aux ciel.

« Quel père indigne je ferais ! ironisa-t-il. Je le laisserai bien sûr briser quelques lances. En fait, il me tarde même de te voir à l'œuvre, Andin ! Mais le combat du jour y suffira amplement. La grande mêlée que vous projetez demain se prêtera davantage aux mouvements de masse et aux coups fourrés qu'aux exploits chevaleresques. Ce sera plus bruyant que brillant.

– Pour l'honneur d'une dame, ce sera une éclatante démonstration de courtoisie, répliqua sèchement le prince.

– Ma foi, si tu trouves qu'il est licite de mêler écuyers, sergents et coutiliers à l'honneur des dames, c'est que nous n'avons pas la même idée de la courtoisie », railla le duc.

Il s'empressa toutefois de lever une main conciliante comme pour faire amende honorable.

« Et si nous parvenions à un moyen terme ? poursuivit-il sur un ton engageant. Ne me suis-je pas montré accommodant ? À vous de céder un peu de terrain, sans quoi votre intransigeance pourrait passer pour discourtoise.

– Vraiment ? releva Angusel. Alors que nous vous invitons précisément à faire demain assaut de courtoisie ?

– Eh bien, justement ! repartit Ganelon. Si je vous proposais le moyen de donner du lustre aux premières armes de Blancandin tout en ménageant ma susceptibilité? Et si nous attachions à ces commençailles un enjeu plus digne de son rang qu'une simple démonstration d'adresse et de bravoure ? Nous ne parvenons pas à nous mettre d'accord sur ce tournoi ? Profitons du combat du jour : soumettons la question au jugement des armes. Si le conroi de Blancandin l'emporte tout à l'heure, j'accepterai que les chevaliers du duché descendent demain sur le pré. Si c'est le conroi de Domnal qui est victorieux, la cause est entendue et nous remplacerons le tournoi par une offensive contre l'Ouromagne. »

La proposition du duc fut accueillie dans un silence pensif.

« Ce serait faire peu de cas des réjouissances que j'avais préparées, finit par dire Angusel sur un ton vaguement contrarié.

– La fête d'adoubement aura bel et bien lieu et la prise d'armes de Blancandin n'en sera que plus solennelle. »

Souriant à son fils, Ganelon ajouta :

« Et il ne tiendra qu'à ton bras de ne point gâcher les festivités du comte. Franchement, si tu refuses de relever un défi aussi frivole, comment aurais-tu le courage de défendre un parti autrement épineux comme celui de ta mère ? »

Le jeune homme dévisagea son père d'un air plein de défiance.

« Vous ne révélez point le fond de votre dessein, accusa-t-il.

– Bien sûr que non ! se réjouit le duc. Ce serait bien sot de ma part ! Es-tu franc comme l'or avec moi, mon garçon ? Reste que je suis sincère dans ce que je vous dis. Tu veux défendre la cause d'Audéarde ? Je te mets à l'épreuve. Montre que tu as vraiment la hardiesse de jouer gros jeu. Car si tu ne relèves pas ce gant… »

Ganelon haussa les épaules avec un sourire méprisant.

« Mon pauvre garçon, tu auras perdu avant même d'avoir commencé. Tout le monde fuit les faibles et les pusillanimes. »

La tête du cortège avait presque atteint le château. Devant les grands seigneurs se dressaient déjà les portes de Lyndinas. L'adoubement était imminent, et le duc privait son fils de tout délai de réflexion.

Le visage juvénile de Blancandin se durcit. Sans même consulter le comte du regard, il répondit à son père d'une voix vibrante :

« Je vous sais gré, mon seigneur, de me lancer pareil défi. En combattant afin de permettre l'ouverture du tournoi, je me battrai dès aujourd'hui pour l'honneur de ma dame ma mère. Je ne décevrai pas vos attentes, et ce sera pour votre déconvenue.

– À la bonne heure, répondit Ganelon avec un sourire satisfait. Au moins tu parles déjà en chevalier ! »

Un incident bizarre interrompit leur conversation. Les paroles du duc furent coupées par un éclat de rire criard, particulièrement discordant et ouvertement moqueur. Surpris, et même un peu offusqués, les trois cavaliers et leur suite cherchèrent des yeux qui pouvait avoir pareille outrecuidance. Le ricanement semblait tomber du ciel : tous les regards se levèrent. Une grosse pie était perchée dans le dernier pommier au pied du rempart. Ébouriffée sur sa branche, elle regardait de travers le duc, son fils et le comte de Kimmarc. Par son bec grand ouvert, elle expulsait un jacassement désagréablement humain.

« Oiseau de malheur ! » grommela le connétable de Traval.

Un écuyer fit mine de frapper le volatile avec sa bannière. Sans attendre son reste, la pie prit son envol en lâchant derrière elle un caquet railleur. Toutefois, loin de fuir la presse des hommes et des chevaux, elle remonta la splendide compagnie, frôlant de son vol onduleux la soie des pennons, le menu-vair des chaperons, la gaze des guimpes et des coiffes. Elle virevolta entre les lances du petit escadron formé par les chevaliers et écuyers du conroi de Blancandin. Un écart l'amena à décoiffer le chevalier de Quéant d'un soufflet espiègle ; l'instant suivant, elle fuyait à tire d'ailes en ricassant à pleine gorge.

Le choc tira Yvorin de ses rêveries sentimentales. Cela faisait un moment qu'il se laissait porter par le pas de son cheval, ivre de béatitude : la sublime Heluise lui avait pardonné toutes ses fautes, la sublime Heluise lui avait fait parvenir ses couleurs, la sublime Heluise l'avait élu pour champion. Depuis qu'il avait quitté le camp du *dehors*, la veille au soir, il ne revenait pas d'un tel bonheur ; il en avait à peine dormi ; l'air le grisait comme le plus doux des hypocras et tout avait revêtu un éclat merveilleux, jusqu'à la mine inquiète de ses compagnons d'armes.

La chiquenaude sur la tête, et surtout l'affreuse jacasserie qui avait failli lui percer le tympan, le ramenèrent soudain en selle, au milieu des chevaliers du *dedans*. On le regardait d'un drôle d'air ; il lui fallut un moment pour comprendre ce qui lui était arrivé. Quand enfin il réalisa qu'il avait été heurté par un oiseau, sa première réaction fut de vérifier que le gorget d'Heluise n'avait pas été souillé. Fort heureusement, la douce pièce d'étoffe qu'il avait nouée à son brassard était exempte de salissure. Ce ne fut que dans un second temps que, lâchant les rênes, Yvorin remit un semblant d'ordre dans sa coiffure.

On approchait du château, et les chevaliers de Blancandin conversaient d'un air grave. Le bachelier de Quéant, tout comme ses compagnons d'armes, avait déjà revêtu le harnois. Les jouteurs ne portaient cependant ni l'écu ni le heaume ; ceux-ci étaient exposés dans la cour du château afin que les spectateurs pussent les observer à loisir et mieux reconnaître les combattants au cours de l'affrontement à venir. C'était d'ailleurs de cela que parlaient les chevaliers. Yvorin fit un effort pour leur prêter attention au milieu de son étourdissante félicité.

« J'ai vérifié de bon matin en quittant l'oratoire avec le prince, disait Dam de Maubrenas. Il n'y a que sept écus de notre côté.

– Quel est le blason manquant ? demanda Geriant de Froëch.

– Je vous le donne en mille. Celui de Maginois. »

Se tournant sur sa selle, Yvorin se rendit tardivement compte que Dilcin de Maginois ne s'était pas joint à leur troupe.

« Il ne peut faire défection, arguait le chevalier de Thèves. C'est le neveu de ma dame la duchesse ! Il aura été retardé…

– Retardé ? releva le sire de Maubrenas. Dans ce cas, pourquoi diable son blason ne figure-t-il pas parmi les nôtres ? »

Et se tournant vers Yvorin, il l'apostropha :

« Vous l'avez accompagné quand il a été saluer son père, hier soir. Que se sont-ils dits ? »

Le bachelier, qui avait l'esprit tout entier obnubilé par les larmes d'Heluise, par la beauté d'Heluise, par la faveur d'Heluise, mit un temps à comprendre ce qu'on lui demandait.

« Oh, finit-il par répondre, nous nous sommes séparés à la barrière. Je ne l'ai point accompagné chez le baron de Maginois : je devais présenter mes hommages à une autre personne… »

Il brûlait de leur parler d'Heluise, mais s'en abstint au nom de la discrétion que doit cultiver le fin amant. De toute façon, il était persuadé que tous avaient remarqué les couleurs qui habillaient son bras. Si tel était le cas, les chevaliers n'en montraient rien, tout occupés qu'ils étaient à s'inquiéter de l'absence de Dilcin.

« L'aurait-on retenu contre son gré ? s'alarmait Dam de Maubrenas.

– J'en doute, objectait Cowyr de Thèves. Le procédé ferait par trop scandale.

– Mais on aura pu le contraindre par d'autres moyens », s'entêtait le sire de Maubrenas.

Ces paroles ramenèrent Yvorin aux arguments insidieux de la baronne de Bregor. Il faillit s'en ouvrir à ses compagnons, mais se ravisa au dernier moment. Il lui déplaisait de déconsidérer la tante de la sublime Heluise aux yeux des chevaliers du *dedans*.

« Il a peut-être renoncé de crainte de déplaire à mon seigneur Ganelon, risqua Wichart de Laudunet.

– Ou par couardise pure et simple devant nos adversaires, cracha le chevalier de Maubrenas.

– Allons, allons, ne médisons point des gens de notre parti, tempéra Cowyr de Thèves. Il est fort possible que sire Dilcin nous attende déjà dans la cour, et que l'absence de son écu ne soit due qu'à un oubli.

– Je prie pour que vous ayez raison, dit Fitzurse du Havne, et pour qu'il ne faille point y voir la main de mon seigneur le duc. »

Les chevaliers poursuivirent leur chemin sur quelques toises dans un silence pesant.

« Il n'en demeure pas moins que les champions adverses sont redoutables, reprit sombrement Wichart de Laudunet.

– Les connaît-on tous ? s'enquit le chevalier de Froëch.

– Seuls quelques-uns s'étaient déclarés hier soir, répondit le sire de Maubrenas. Le Grand Bâtard est un rude morceau ; nous devrons veiller sur mon seigneur Blancandin pour que ce fils à putain ne lui rompe pas les os comme il l'a promis. Bruin de Banguarde et Urféan de Quaquevel en seront également. Ce sont des jouteurs de première force. Du moins Froissefer est-il un combattant loyal ; je n'en jurerais pas pour Nuque Raide.

– Que le connétable ne porte point l'armure nous donne un signe favorable, remarqua le sire de Thèves en pinçant la narine. Il ne descendra pas sur le pré aujourd'hui. Nous pouvons nous en réjouir. »

Si transporté fût-il par ses sentiments, les noms que citait Dam de Maubrenas dégrisèrent un peu Yvorin. Bruin de Banguarde était un tournoyeur fameux, qui n'avait pas usurpé son surnom de Froissefer ; chevalier de petite noblesse, il s'était taillé une réputation flatteuse en champ clos, accumulant les prises et les prix. Il y avait conquis richesse et renommée : les jouteurs se disputaient souvent sa présence dans leur conroi, tant la victoire paraissait lui sourire. Quant au chevalier de Quaquevel, il courait moins souvent les tournois mais avait accompli des prouesses aux frontières du duché. C'était le fils d'un banneret du connétable de Traval. La baronnie de Traval contrôlait une partie du Chevéchin, le massif montagneux qui séparait le duché des Landes grises ; bien qu'elles ne fussent pas dévastatrices comme les raids ouromands, des incursions de pillards avaient régulièrement lieu depuis cette terre gaste. Urféan de Quaquevel s'était illustré à plus d'une reprise dans la défense des cols ; il avait gagné son sobriquet de Nuque Raide au cours d'un accrochage des plus rudes où, tous ses compagnons ayant été blessés ou tués, il avait barré seul l'accès d'un chemin escarpé à une trentaine de gredins.

Ces deux preux en renfort du Grand Bâtard promettaient une rencontre des plus âpres. Il était d'ailleurs visible que Wichart de Laudunet n'en menait pas large. Yvorin se cuirassa de courage : il n'aurait que plus de mérite à porter les couleurs de la belle Heluise. Quelle que fût l'issue de la journée, il montrerait qu'il était digne de combattre avec un Bromael.

« Avant ce soir, il y aura de la casse, riait sire Fitzurse de toutes ses méchantes dents.

– Haut les cœurs ! encouragea Cowyr de Thèves. Chez l'adversaire, tous ne valent pas Froissefer. Olier de l'Aulnay est un tranche-montagne qui n'a de vaillance que face à la piétaille : nous n'en ferons qu'une bouchée. »

Ces paroles résonnèrent sous le porche de la porterie comme le conroi entrait dans le château de Lyndinas. La cour, de dimensions modestes, était déjà noire de monde. Une presse de cavaliers masquait en partie les portants où étaient exposés les blasons des tournoyeurs du jour. Au pied de la tour étaient alignés les écus des combattants du *dedans*. Rien n'avait changé depuis le début de la matinée : le bouclier aux trois angemmes d'or faisait toujours défaut. Pendant que Dam de Maubrenas sacrait de fort vilaine manière, Geriant de Froëch, dressé sur ses étriers, lançait soudain :

« Je vois le baron Eschivard dans la suite du duc. Dilcin est avec lui ! »

Tous se haussèrent du col pour les apercevoir au milieu de la foule.

« Peste ! cracha le chevalier de Maubrenas. Il n'est pas équipé pour la joute !

– Il faut lui demander la raison de ce renoncement, convint Cowyr de Thèves, gagné par la nervosité de ses compagnons.

– C'est tout vu, grommela Fitzurse. Le duc nous aura joué un tour à sa façon. »

À l'opposé de la tour, les armes des chevaliers du *dehors* étaient alignées au pied du rempart. La foule était si dense que les blasons en étaient peu visibles. Des mouvements révélaient parfois l'écu d'argent à la hure de sanglier de Banguarde ou l'écu d'or au paon d'azur rouant de l'Aulnay.

« D'azur à trois coupeaux d'argent ! s'écria soudain le chevalier du Havne. L'Orgueilleux de Contremont a relevé notre gant. »

Yvorin ne connaissait pas cet adversaire, mais la nouvelle n'eut pas l'air de ravir les sires de Thèves et de Maubrenas.

L'attention de l'assistance se portait cependant vers le centre de la cour. Une estrade pavoisée aux couleurs de Bromael, de Maginois et de Kimmarc y avait été récemment installée. Précédés d'un roi d'armes dont le tabard portait les armoiries du duché et du comté, Ganelon de Bromael, Angusel de Kimmarc et Blancandin venaient d'y monter. Ils étaient suivis par six écuyers portant les pièces d'armure du futur chevalier. Debout au centre de la scène, Blancandin se fit équiper, en commençant par chausser les grèves et les jambières avant de revêtir le gambison matelassé, puis le grand harnois de mailles et de plates. Pendant qu'on le bardait de la sorte, le duc s'entretint un moment avec le roi d'armes.

Lorsque le prince fut pourvu du gorgerin et des spallières, on le vêtit de la cotte armoriée qui habillait son harnois. Il avait choisi un blason parti, qui accolait la rencontre de cerf héliophore de Bromael, à gauche, aux trois angemmes d'or de Maginois, à droite. Cette partition, fidèle à ses lignages, n'en fit pas moins sensation dans la noblesse bromalloise. Blancandin affichait ainsi publiquement sa révolte contre la politique paternelle. Lorsqu'il fut cuirassé, ce fut d'ailleurs devant le comte de Kimmarc, et non devant le duc, que le damoiseau vint s'agenouiller.

« Mon seigneur, lança-t-il d'une voix forte, je vous prie de me faire chevalier en échange de mon amitié et de ma loyauté. »

Angusel ne répondit point immédiatement. Ce silence, assez surprenant, calma les murmures au sein de la noblesse. D'un geste, le comte se fit apporter son épée nue, qu'il tint à l'horizontale à hauteur de ses cuisses. Son expression demeurait indéchiffrable, mais sans doute jouissait-il de l'agacement que Ganelon peinait à dissimuler. Il prit enfin la parole quand la tension allait devenir inconfortable.

« Jures-tu de respecter la sainte foi cyclothéiste et d'obéir à ses commandements ?

– Je le jure, répondit Blancandin.

– Jures-tu de défendre la divine tétrarchie, ta terre natale et les humbles ?

– Je le jure.

– Jures-tu d'être vaillant, généreux et fidèle à ta parole ?

– Je le jure. »

Le comte Angusel hocha gravement la tête. Lâchant l'épée de la main droite, il prit son élan et appliqua un soufflet assez rude derrière l'oreille du prince.

« Ce coup sera le dernier que tu souffriras sans riposter », proclama-t-il.

Ayant repris l'épée par la poignée, il en appliqua le plat de la lame à deux reprises sur chaque épaule du jeune homme.

« Au nom du Resplendissant et de ses trois parèdres, je te fais chevalier, Blancandin de Bromael. »

Une fois qu'il eut reçu l'accolade, le nouveau bachelier se releva. Au milieu du public, qui attendait le terme de la cérémonie pour se réjouir, Yvorin se sentit gagné par une soudaine émotion. Tout jeune chevalier, il n'avait pas encore assisté à un adoubement depuis que lui-même avait reçu la colée. D'une certaine manière, il se sentait presque à la place de ce prince ducal, lui, le fils de vavasseur sans fortune. Cette bouffée de fraternité lui donna l'impression d'être élevé au rang de la haute noblesse : il y puisa un regain de force pour défendre le damoiseau dans la rude partie qui s'annonçait.

Un écuyer venait d'apporter une paire d'éperons d'or sur un coussin de pourpre. Le duc et le comte en prirent chacun un et s'agenouillèrent au pied du bachelier pour les lui chausser. Un grand silence régnait à présent sur le château : de mémoire de seigneur et de dame, on ne se souvenait pas d'avoir vu deux des plus puissants suzerains du pays ployer ainsi le genou de concert. L'honneur était redoutable. Dans le public, on admirait d'autant plus ce spectacle que tous le pressentaient lourd de rivalités. Pour finir, quand les grands seigneurs se relevèrent, le comte se fit apporter une épée et son baudrier, qu'il ceignit au nouveau chevalier. Le fourreau était habillé de velours vert et semé de petites angemmes d'or : il était clair que l'arme qu'il gainait était au service de la duchesse Audéarde.

Ganelon de Bromael avait prévu pareille provocation. Il fit avancer deux écuyers qui apportèrent un coffret fort oblong au prince.

« Dans une existence guerrière, il arrive qu'une lame s'ébrèche ou casse, expliqua-t-il. Dans ce cas, un chevalier avisé possédera plus d'une corde à son arc. »

D'un geste, il fit ouvrir l'écrin. Sur un lit de soie carmin reposait une épée de facture splendide, à la lame niellée d'or et au pommeau ciselé des armes de Bromael.

« Voici Aînesse, proclama le suzerain. Elle a dormi pendant plus de vingt ans dans le trésor ducal. Il est temps qu'elle sorte de son sommeil et revienne armer un fils de duc ! Puisse-t-elle te donner la vaillance, mais aussi la sagesse, Blancandin. Ainsi te portera-t-elle plus de chance qu'à mon frère Vertigier. »

Le prince considéra l'épée de l'oncle qu'il n'avait pas connu avec un mélange d'inquiétude et de déférence. Sans la toucher, il finit par l'accepter d'un hochement de tête.

« J'en ferai un usage qui ne vous décevra pas, père », lança-t-il.

Le présent provoqua un flottement dans l'assistance, jusque parmi les partisans de Ganelon. La réapparition de cette arme funeste et sa transmission au fils rebelle dépassaient la manœuvre d'intimidation. Parmi les vassaux de Kimmarc comme parmi ceux de Bromael, quelques seigneurs chenus serrèrent le poing contre le cœur, en un geste conjuratoire. L'ombre de Vertigier venait de refroidir cette claire matinée de printemps.

L'écrin de l'épée fut refermé et passa entre les mains des valets d'armes de Blancandin. Bientôt, ceux-ci lui rapportèrent son écu qui, comme sa cotte d'armes, était parti aux couleurs de Bromael et de Maginois. Le prince en passa la guiche en bandoulière et repoussa le bouclier dans son dos. Ainsi équipé, il attendit qu'on lui amenât son cheval.

Au cours des jours précédents, les discussions avaient été vives au sein de son conroi afin de décider quel destrier il chevaucherait pour faire ses premières armes. Le prince, encouragé par Fitzurse du Havne, désirait monter le fougueux Bastetal. La monture était royale et le cadeau que Méléagant en avait fait à son frère participait au défi lancé au duc. Toutefois, Geriant de Froëch et Cowyr de Thèves avaient estimé qu'il s'agissait d'un mauvais choix : l'étalon était ombrageux, se comportait en dominant et risquait de semer le désordre dans le conroi. Les deux chevaliers avaient argué que monter le calme et puissant Guerredon serait plus sage pour la cohésion de l'escadron. Certes, l'énorme cheval n'était pas aussi racé que Bastetal, mais il était plus sûr. Compte tenu des périls que le prince allait courir pendant le combat des commençailles, mieux valait élire ce destrier.

Ce fut donc Guerredon qu'un écuyer amena dans la cour. Par sa seule puissance, habillée d'une housse brodée d'angemmes et renforcée d'une barde et d'un chanfrein d'acier, le cheval suscita des murmures élogieux. Cependant, les chevaliers de Blancandin ne purent se défendre d'une certaine inquiétude. Si le flegme de cette monture offrait plus de sûreté que le sang chaud de Bastetal, sa taille impressionnante présentait également une difficulté pour la fin du cérémonial.

Lorsqu'on eut arrêté le destrier à une dizaine de pas de l'estrade, Blancandin descendit les quelques marches qui le séparaient de la chaussée. Le jeune homme équilibra son bouclier dans son dos puis, après un coup d'œil pour mesurer la distance, prit son élan d'une foulée souple. Ses compagnons d'armes retinrent leur souffle : lesté de l'écu et de l'armure, il lui faudrait un fameux coup de jarret pour enfourcher d'un seul saut un cheval aussi haut. En quelques enjambées, le prince arrivait à pied d'œuvre. Il se hissa d'une détente, sans s'aider de l'étrier ; seuls les hommes d'armes confirmés devinèrent l'intensité de la poussée mis dans ce bond, et l'effort avec lequel il avait accroché l'arçon. En un instant, il était en selle, crânement calé contre le troussequin, et il lançait l'énorme Guerredon dans un trot qui faisait vibrer le pavé. Une grande clameur salua la gambade. Blancandin de Bromael avait fait montre de son talent et de sa vigueur équestres. Il était devenu chevalier sans conteste possible. Les preux de son conroi l'acclamèrent plus chaleureusement encore que les autres, soulagés de voir que le damoiseau était de force à combattre avec eux.

Leur enthousiasme fut de courte durée. Alors que les vivats résonnaient encore, le roi d'armes prit la parole. D'une voix puissante, il déclara ouvert le combat des commençailles, et ajouta une clause inattendue :

« Par décision des hauts et puissants seigneurs Ganelon, duc de Bromael, Angusel, comte de Kimmarc et du chevalier Blancandin, il a été convenu que cette rencontre trancherait certains différends. Si le camp du *dedans* l'emporte aujourd'hui, le tournoi de l'immortelle sera disputé demain. Si le camp du *dehors* est victorieux, l'ost de Kimmarc se joindra à celui de Bromael dans une chevauchée contre les clans d'Ouromagne. »

À ces mots, l'effarement s'abattit sur le conroi de Blancandin.

« Que signifie ceci ? s'écria le chevalier de Thèves.

– Ce ne sont point les conventions passées avec Kimmarc ! protesta Dam de Maubrenas.

– Mon seigneur Angusel vient de prendre bouche avec le duc, observa amèrement le sire de Froëch. C'est sans doute un compromis de dernière minute. »

Un rictus froissa le vilain museau du chevalier du Havne.

« Alors que le jeune Dilcin nous fait faux bond, grommela-t-il. Voilà un joli tour à la façon de mon ami Ganelon… »

De grands mouvements brassèrent la foule serrée dans la cour du modeste château. Pendant que le duc et le comte descendaient de l'estrade, nombre de dames et de seigneurs mettaient pied à terre pour gagner le rempart ou la tour. Les écuyers des tournoyeurs allèrent chercher les écus et les heaumes exposés pour les rapporter à leurs propriétaires. Au milieu de ce remue-ménage, les chevaliers du *dedans* virent Dilcin de Maginois approcher à pied de Blancandin resté en selle. Ils échangèrent quelques mots que les compagnons d'arme du prince ne purent saisir. Le neveu de la duchesse se retira d'un air très emprunté, le visage blanc comme craie. Quant à Blancandin, il rejoignit son conroi tout aussi livide, mais de rage rentrée.

« Votre cousin nous abandonne, constata Geriant de Froëch plus qu'il ne le demanda.

– Ce pleutre ! cracha le prince. Le risque d'être déshérité l'a fait réfléchir, allègue-t-il. Son père l'a menacé de léguer tous leurs fiefs à sa sœur. Il a osé me dire que la perte des biens ne lui était rien, mais qu'il ne pouvait se résoudre à l'effacement du nom.

– Avec le nouvel enjeu du combat, gronda Dam de Maubrenas, le duc a fait de nous ses dupes.

– Nous ne sommes plus que sept, soupira Wichart de Laudunet.

– Eh quoi ? rétorqua Blancandin avec humeur. En face, ils ne seront jamais que neuf. »

Les compagnons du prince reçurent leurs boucliers des mains de leurs écuyers et en passèrent la guiche autour du cou ; ils accrochèrent leurs heaumes à l'arçon pour rester reconnaissables du public tant qu'ils n'avaient pas quitté les murs. Yvorin détacha avec dévotion le gorget d'Heluise de son brassard pour l'attacher à son cimier. Dans la cour qui se dépeuplait, les chevaliers du *dedans* finirent par se retrouver face à leurs adversaires. Le Grand Bâtard, sanglé dans une armure assez sobre, plus conçue pour la guerre que la joute, adressa un salut ironique à son demi-frère. À côté du fringant Bruin de Banguarde et du chevalier de l'Aulnay, qui portait un harnois rutilant, se préparaient d'autres champions.

« Corps de roi ! marmonna sire Fitzurse. On nous envoie du beau monde : Lointieu en est. »

Du gantelet, il montra un chevalier à l'écu de sable au renard passant.

« En voilà un bien acoquiné au Bâtard, persifla Dam de Maubrenas.

– Gare aux coups fourrés », confirma le sire de Froëch.

Yvorin, qui ne connaissait pas ce personnage, s'enquit de ce qui motivait ces mises en garde.

« Ouacre de Lointieu est un banneret de Landeviesse, lui apprit Cowyr de Thèves. Ce n'est pas vraiment un jouteur de première force, mais il est fourbe comme le serpent. La plupart du temps, il se dérobe au cœur de la mêlée et se comporte en maraudeur, en tombant sur les chevaliers éprouvés par plusieurs engagements. Il a déjà remporté un nombre de prises impressionnant. Méfiez-vous de lui comme de la peste, surtout si vous êtes en difficulté. »

Lorsque le duc, accompagné de son épouse, et le comte, flanqué de son fils, furent installés sur la plate-forme de la tour et lorsque la plupart des dames eurent pris leurs aises sur le rempart, des musiciens embouchèrent de longues buisines et sonnèrent l'entrée en lice des champions. Les chevaliers du *dehors* quittèrent la cour les premiers, car en tant qu'assaillants, c'était à eux de prendre le plus de champ. Ils sortirent un à un, le roi d'armes criant le nom et le blason de chacun à son passage. Ce fut l'occasion pour les chevaliers du *dedans* d'apprendre l'identité de leurs derniers adversaires : Herluin de Premerain et Herluin d'Alogne, deux cousins qui devaient leur prénom à un grand-père commun, et que le héraut distingua en surnommant le premier « l'Aîné » et le second « le Jeune ». Du côté du Grand Bâtard combattait également Berhar d'Estrif, un chevalier qui portait le sobriquet de « Bras raccourci » car il avait la réputation de ne pas y aller de main morte quand il fallait en découdre.

Yvorin de Quéant, cependant, n'accordait qu'une attention distraite à la présentation de ces adversaires. Le nez levé vers les fortifications, il était trop absorbé par la recherche de la sublime Heluise. L'espoir d'échanger un signe avec sa belle était si fort qu'il faillit se faire surprendre par le départ des chevaliers du *dedans*. En fait, ce fut Contençon, son destrier, qui lui sauva la face en emboîtant le pas aux autres chevaux ; car, dressé sur ses étriers, le bachelier était fort occupé à scruter le sommet de la tour, se demandant si Heluise n'y avait pas accompagné la baronne de Bregor dans l'entourage du duc.

Alors qu'il franchissait les portes derrière Wichart de Laudunet, Yvorin entendit le roi d'armes crier son nom et ses couleurs. Il en éprouva un mélange d'orgueil et de trac : toute la haute noblesse venue des monts du Chevéchin et des îles Maroises, des manses ensoleillés de Belcastel et des forêts froides de Kaerlund, allait juger son adresse à coucher une lance. Cela lui remit un peu de plomb dans la cervelle. Après tout, l'affaire était sérieuse : il y jouait son cœur, son honneur, ses armes et son cheval.

Menés par Blancandin, les chevaliers du *dedans* traversèrent le verger et, sitôt à l'orée, se déployèrent sur une ligne. Devant eux, le pré de Lyndinas déroulait ses herbages, vaste et verdoyant comme une plaine. À deux cents pas, les chevaliers du *dehors* faisaient déjà front. En seconde ligne se tenaient les écuyers, chargés des lances et des écus de rechange mais aussi prêts à s'emparer des hommes et des chevaux capturés. À bonne distance, les tentes et pavillons des deux camps délimitaient les côtés du champ de guerre. Une foule bruyante se pressait le long des lisses aux couleurs vives.

Il y eut un bref flottement au moment de se ranger en bataille. La désaffection du chevalier de Maginois n'affaiblissait pas seulement le conroi mais perturbait le rang défini par les tournoyeurs. Blancandin resta au centre, flanqué par Cowyr de Thèves sur sa droite et Dam de

Maubrenas sur sa gauche. Geriant de Froëch conserva l'aile droite, à la position la plus exposée en raison de l'infériorité numérique de la bande ; Fitzurse du Havne vint l'appuyer, à côté de Cowyr de Thèves. Wichart de Laudunet obtint d'occuper la place initialement dévolue à Dilcin de Maginois, à l'aile gauche ; Yvorin vint se placer entre lui et le sire de Maubrenas.

Les preux ajustèrent leurs heaumes et se firent apporter leurs lances. Lorsque Briebras lui présenta les siennes, le chevalier de Quéant eut un instant d'hésitation. Son premier mouvement avait été de saisir la plus forte de ses armes, mais le conseil d'Ædan de Vaumacel lui revint à l'esprit. S'il ne lui restait plus guère d'estime pour ce personnage, il n'en avait pas moins été vaincu par lui. Le combat, eût-il la moindre chance d'être gagné face à un adversaire nombreux et aguerri, serait nécessairement long. Contre son habitude, Yvorin choisit une lance plus légère et plus souple.

« Seigneurs chevaliers, mes chers amis, lança le prince d'une voix déjà étouffée par le mézail d'acier, je n'oublierai pas votre courage. À nous de jouter pour marquer la mémoire de tous. »

Juste avant de rabattre son ventail, le chevalier de Quéant jaugea l'adversaire. En raison de sa supériorité numérique, impossible de déterminer avec certitude qui lui porterait la première charge ; sur l'aile droite adverse se tenait le chevalier au renard passant, le douteux sire de Lointieu. Ensuite s'alignaient le chevalier aux trois quartefeuilles de sinople – l'un des deux Herluin, Yvorin ne se souvenait plus lequel – et le chevalier à l'ours de sable armé de gueules, le redoutable sire de Quaquevel. Pour le bachelier, le premier choc viendrait de l'un d'eux, sinon des deux. En silence, il se voua au Resplendissant, mais aussi à la Douce Dame, afin de ne point décevoir la sublime Heluise.

Les deux partis brandirent leurs lances vers le ciel, pour saluer et signifier qu'ils étaient prêts. Sur le rempart retentit une sonnerie de cuivres, aussitôt prolongée par une clameur montée des deux camps. Dans un ondoiement de pennons, cimiers, chanfreins et croupes, les conrois se mirent en branle. Ils s'avancèrent lentement, presque au pas de promenade, les lances verticales, appuyées sur le pied ou l'étrier. « Serrez le rang ! » cria Dam de Maubrenas. Le chevalier avait beau se trouver immédiatement à droite d'Yvorin, sa voix lui parvint étouffée par la coiffe et le heaume ; sous le mézail, le bachelier entendait surtout son propre souffle, et ne parvenait pas à discerner le battement des sabots de celui de son cœur. Par réflexe, il se rapprocha du sire de Maubrenas, au point de frôler son étrier ; les encolures houssées de leurs destriers encensaient d'un même mouvement. En revanche, sur sa gauche, il eut l'impression que le chevalier de Laudunet restait sur sa lancée et laissait un peu d'espace se creuser entre leurs flancs. « Serrez le rang ! » reprit-il en écho.

Le même cri parcourait l'escadron adverse. Lorsqu'ils furent à cinquante toises, les grands destriers s'ébrouèrent et passèrent au trot. « Honneur à Audéarde ! » clama Blancandin ; « Honneur ! Honneur ! » reprirent en chœur ses compagnons. « Bromael ! » répondirent les chevaliers du *dehors*. L'un d'eux brailla aussi : « Gare à ton cul, blanc-bec ! » Le malotru se couvrait d'un écu aux armes de la famille ducale, traversé de la bande des bâtards ; par dérision ou par défi, il portait également un heaume assez effrayant, dont le ventail était forgé en museau de mâtin. Avec un sursaut de haine, Yvorin reconnut son rival ; mais FitzGanelon accourait trop loin sur sa droite pour qu'il pût l'affronter.

Lorsque les deux bandes arrivèrent à une portée de pierre, les preux lâchèrent la bride à leurs chevaux. Ils baissèrent les lances en se dressant sur leurs étriers, buste incliné, fesses calées sur le troussequin de la selle. « Serrez le rang ! » hurla encore Maubrenas au moment où les fers de lance allaient se croiser. Le terrain fut avalé entre les deux escadrons : hommes et destriers bardés d'acier se heurtèrent de plein fouet.

Au tout dernier moment, Yvorin pressentit plus qu'il ne comprit que deux chevaliers le chargeaient bel et bien. Il n'eut pas le temps de réfléchir. Il agit à l'instinct. Les chocs qu'il encaissa se mêlèrent au fracas des bois brisés, des écus percutés, des hennissements. À Herluin, il n'opposa que son bouclier, solidement calé contre l'épaule, le genou et l'arçon de la selle. Le chevalier de Quaquevel, qui arrivait sur sa droite, lui parut plus dangereux car il pouvait tromper la barrière de l'écu. Il le pointa droit à la tête.

Le double impact coupa le souffle du bachelier et manqua de lui faire vider les étriers : il fut sauvé par le dosseret de son troussequin, au prix d'une douleur fulgurante dans la hanche ; entre ses jambes, il sentit Contençon broncher, ciselé par le contrecoup dans la sangle. Mais la lance d'Herluin se brisa, et Yvorin avait placé un vrai coup d'école au chef d'Urféan de Quaquevel, le frappant juste sous le cimier. L'arrondi du heaume fit glisser le fer, mais le choc désaxa malgré tout le casque, aveuglant à moitié le preux. La charge de Nuque Raide y perdit de son mordant, ce qui fut heureux, car le chevalier de Quéant réalisa peu après qu'elle avait quand même arraché la rouelle de sa spallière.

À peine amorti par les coups de lance suivit un nouveau choc, provoqué par le heurt des chevaux. Déséquilibré vers l'avant, Yvorin passa sous un moulinet que le chevalier aux quartefeuilles lui destinait du tronçon de sa haste. Malgré toute sa puissance, Contençon ne put forcer le barrage que formaient les destriers de ses adversaires. « Passez outre ! Passez outre ! » clamait Cowyr de Thèves, pendant que les coursiers furieux tentaient de se mordre. Une ouverture inespérée se présenta soudain. Herluin venait de décrocher et de poursuivre sa course sur la gauche d'Yvorin ; le bachelier poussa Contençon dans la brèche, s'apercevant qu'il était accompagné par un cheval démonté. « Quéant ! Quéant ! rugit Nuque Raide dans son dos. Je vais te faire regretter ce tour ! » Mais le sire de Quaquevel s'éloignait pour reprendre du champ.

Il fallut un long instant à Yvorin pour saisir ce qui se passait autour de lui. Le destrier qui galopait au côté de Contençon était la monture de Wichart de Laudunet. C'était sans doute pour disputer la prise du chevalier désarçonné à Ouacre de Lointieu qu'Herluin venait d'abandonner le combat. Cela avait permis au bachelier de se dégager, mais il n'avait désormais plus personne pour défendre son flanc gauche. Les autres chevaliers du *dedans* avaient réussi à passer, mais leur ordonnancement était rompu. Blancandin avait perdu sa lance et éprouvait quelque difficulté à retrouver son assiette. Geriant de Froëch, à demi retourné sur ses étriers, clabaudait des sarcasmes aux deux adversaires qui n'avaient pas réussi à l'abattre. « Pas de prise ! Ne vous dispersez pas ! » aboyait Cowyr de Thèves en restant collé au flanc du prince. Fitzurse du Havne n'en avait pas moins deux longueurs de retard car il ramenait un cheval démonté en riant. Yvorin crut reconnaître l'étalon du chevalier de l'Aulnay.

Les chevaliers du *dedans* voltèrent avant d'arriver à hauteur des écuyers adverses. Le spectacle qu'ils découvrirent les frappa par sa confusion. Se partageant ou se disputant sa capture, Herluin l'Aîné et Ouacre de Lointieu avaient saisi le chevalier de Laudunet sous les aisselles et l'entraînaient au trot entre leurs chevaux en direction de leur camp. Olier de l'Aulnay, abandonné au milieu du pré, se remettait difficilement sur pied et tirait l'épée. Derrière lui, quatre chevaliers faisaient volte-face pour revenir à l'assaut, mais les deux derniers, dont le Grand Bâtard, poursuivaient droit devant eux, lance baissée.

« Vilenie ! s'étrangla Blancandin. Ils chargent nos écuyers !

– Reformez le rang ! aboya Dam de Maubrenas.

– Wichart est pris ! cria Yvorin. Ils ne sont que deux ! Secourons-le !

– Surtout pas ! » vociféra le sire de Froëch.

De la lance, il montra les quatre combattants qui revenaient vers eux.

« Ceux-là nous prendraient de flanc, ajouta-t-il, et ils ne sont point manchots ! »

De fait, leurs armes portaient les couleurs de Bruin de Banguarde, d'Urféan de Quaquevel, d'Herluin le Jeune et de l'Orgueilleux de Contremont. Quoiqu'il ne fussent que quatre, trois d'entre eux au moins étaient redoutables.

« Tant pis pour Laudunet, gronda Cowyr de Thèves. Bousculons ceux-là et dégageons nos gens. »

Fitzurse pesta en lâchant le cheval qu'il venait de prendre. Ayant perdu sa lance, il tira l'épée hors du fourreau en même temps que Blancandin.

« Serrez le rang ! » s'égosillait Dam de Maubrenas ; et de fait, une fois alignés, les six preux coururent sus les quatre adversaires qui revenaient sur eux. Échauffés par la première passe d'armes, ils lâchèrent la bride aux destriers et se ruèrent grand train au contact. Au passage, Cowyr de Thèves heurta une deuxième fois Olier de l'Aulnay, qui tourbillonna sur lui-même avant de rouler entre les jambes des chevaux. Yvorin se roidit derrière l'écu : Nuque Raide se précipitait à sa rencontre, portant toute la puissance du coursier à la pointe de sa lance. Le choc fut si brutal que le bachelier n'éprouva nulle douleur, juste l'impression que ses os craquaient en enfonçant un mur. Un nuage d'éclisses l'entoura brièvement et il entendit grogner Nuque Raide comme ils se croisaient. Non loin à sa droite retentit un cri étouffé au milieu du vacarme des boucliers martelés. Il lui fallut quelques foulées de son destrier pour vérifier qu'il était toujours en selle et qu'il n'empoignait plus qu'un tronçon de deux pieds de long. Sur son flanc droit ne galopaient plus que quatre cavaliers.

« Froissefer a abattu sire Dam », lâcha Blancandin dans un souffle.

Mais il était hors de question de volter pour lui porter secours : les deux chevaliers qui avaient chargé leurs écuyers revenaient à leur rencontre. Leur tourner le dos eût été périlleux ; les affronter à deux contre un offrait un fugace avantage.

La chute de Dam de Maubrenas venait de creuser un espace entre le prince et le chevalier de Quéant ; Yvorin s'empressa de le combler. Il lâcha son tronçon, mais comprit qu'il n'aurait pas le temps de tirer l'épée : en face, le Grand Bâtard revenait trop vite, lance basse. Il chargeait son demi-frère, et le bachelier craignit qu'il n'en vînt à bout. « Laissez-le-moi, mon seigneur ! » cria-t-il. Yvorin se rabattit sur le prince, Contençon bousculant de l'épaule le puissant Guerredon, et il donna un brutal coup d'éperon pour le dépasser d'une bonne tête. Ainsi parvint-il à s'interposer entre les deux frères et à intercepter la charge de FitzGanelon. Yvorin n'avait que son bouclier à lui opposer ; celui-ci ne résista pas au quatrième choc et creva comme une planche pourrie. Le fer de lance érafla sa pansière avant de traverser le troussequin de la selle ; la hampe cassa net. Dans un sens, ce fut heureux : l'impact avait été amorti. Comme il croisait le Grand Bâtard, le jeune preux déporta dangereusement son assiette sur le côté et, de sa main libre, parvint à accrocher l'écu adverse. Il ne réussit pas à l'arracher, mais étrangla à moitié FitzGanelon en tirant sur la guiche ; dans le sillage d'Yvorin, le prince infligea un furieux coup de taille à son frère déséquilibré. La lame d'acier emboutit en partie le ventail au museau de chien, sans parvenir à le traverser.

« Charognes ! » grogna le Grand Bâtard.

Comme les adversaires prenaient du champ, le seigneur d'Ouchain vacilla un instant, puis rétablit son assiette. À côté de lui, Berhar d'Estrif faillit également vider les étriers, ébranlé par la double charge de Cowyr de Thèves et de Fitzurse du Havne, mais resta en selle.

« Pas le temps de prendre de nouvelles lances ! clama Blancandin. Dégageons sire Dam ! »

Les quatre compagnons voltèrent selon un arc serré ; Yvorin mit la manœuvre à profit pour tirer l'épée au clair. Au milieu du champ, Olier de l'Aulnay essayait en vain se relever. Dam de Maubrenas, quant à lui, était sur pied, mais, prostré sous son bouclier, essuyait les grands coups de taille que lui infligeait FitzGanelon du haut de son cheval. Par chance pour le preux désarçonné, Berhar d'Estrif venait de s'emparer des rênes de son destrier et préférait emporter cette prise plutôt que d'appuyer le Grand Bâtard. En revanche, Froissefer, Nuque Raide, Herluin le Jeune et l'Orgueilleux de Contremont revenaient également à la charge. S'il n'était pas soutenu, le chevalier de Maubrenas serait balayé par cet assaut qui fondait sur ses arrières.

Les cinq preux du *dedans* encore en selle arrivèrent les premiers sur le duel inégal qui opposait FitzGanelon à Dam. Ils enveloppèrent le Grand Bâtard et le soumirent à un déluge de coups. Le seigneur d'Ouchain ploya sous la tourmente ; sa cotte d'armes fut déchiquetée, sa dossière d'acier rayée de profondes zébrures et ses spallières cabossées tandis que sautait un quartier de son bouclier ; mais, bien qu'il pliât sous l'avalanche, éructant des jurons à chaque impact ou presque, FitzGanelon parvint à rester en selle. Un instant plus tard, ses compagnons du *dehors* s'abattaient sur le groupe. Cela relâcha la pression exercée sur le Grand Bâtard, et provoqua une mêlée aussi brutale que confuse.

Urféan de Quaquevel revint choquer hargneusement Yvorin de l'épée et de l'écu. Le chevalier de Quéant soutint le choc, tentant de couvrir Dam de Maubrenas, toujours à pied au milieu de l'énorme cohue des destriers. « Je t'en collerai, des coups d'esbroufe ! » grondait rageusement Nuque Raide en le frappant comme plâtre. Yvorin avait réussi à dégager son écu percé du tronçon de FitzGanelon, mais le fer de lance, toujours fiché dans le dosseret de sa selle, gênait sa manœuvre. Il cognait avec autant de force et de méthode que Quaquevel mais craignait que son bouclier perforé ne cédât le premier. Par l'étroite lumière de sa visière, il n'embrassait qu'un champ de vision fort limité et restait aveugle à ce qui se déroulait sur ses flancs. Un terrible tintamarre de tôle carambolée et de chocs métalliques se mêlait aux ahans des combattants et aux cris des chevaux. « Je vais t'apprendre la vie, gamin ! » rugissait le Grand Bâtard, tout près et pourtant hors de vue.

« Gare ! Gare ! hurla soudain Fitzurse du Havne. Ils reviennent ! »

Il n'eut pas besoin d'en dire plus. Yvorin comprit qu'il faisait allusion à Herluin l'Aîné et Ouacre de Lointieu, de retour sur le pré après avoir emprisonné Wichart de Laudunet dans le camp du *dehors*. Leur arrivée imminente allait restituer l'avantage du nombre à l'adversaire. Il fallait absolument desserrer l'étau avant qu'il ne fût trop tard.

Le bachelier joua son va-tout. Il abaissa légèrement son bouclier, comme si l'épuisement l'avait gagné. Pareille ouverture ne pouvait échapper à un combattant comme le sire de Quaquevel : la punition fut immédiate et rude, un puissant coup de taille asséné en plein visage. Yvorin eut l'impression de tomber la tête la première sur une poutre, mais le heaume et le gorgerin répartirent le choc dans ses épaules. Simultanément, il frappait le bras étendu de son adversaire ; sa lame glissa sur le canon d'avant-bras, mais la pointe de l'épée vint se loger sous le garde-bras de la cubitière et piquer la manche de mailles. Dans le même mouvement, il pressa les flancs de Contençon. Le destrier s'ébroua et, bousculant d'autres chevaux, parvint à faire deux ou trois pas. La puissance du coursier, imprimée au dos de son maître par le troussequin, remonta dans la lame de l'épée, qui plia légèrement avant de traverser d'un coup sec les mailles, le gambison et la saignée du bras d'Urféan. Nuque Raide poussa un cri étouffé et son arme lui échappa.

En d'autres circonstances, Yvorin aurait tenté de saisir la bride du destrier adverse afin de s'assurer la capture de la monture et du cavalier. Il n'en fit rien, quoique conscient de laisser filer sa chance de racheter sa liberté. Pour ramener le captif au camp du *dedans*, il eût fallu s'écarter du combat à un moment crucial. À quoi bon faire un prisonnier si le conroi de Blancandin s'effondrait ? Le bachelier profita juste de la blessure du sire de Quaquevel pour se dégager de la mêlée et trotter au-devant du renfort ennemi.

Il ne fut pas le seul à agir de la sorte. Cowyr de Thèves venait également d'échapper à l'accrochage et chargeait les deux chevaliers adverses avec une longueur d'avance. Cowyr et Yvorin ne brandissaient plus que l'épée, ce qui les désavantageait face à des antagonistes armés de lances. Le chevalier de Quéant trouva que le sire de Lointieu, qui chargeait Cowyr de Thèves, tenait bizarrement la sienne : trop bas, à hauteur de hanche plutôt que sous l'aisselle, selon une prise qui risquait de manquer de fermeté. Il n'eut pas le temps d'y accorder grande attention, surtout préoccupé d'opposer son bouclier percé à l'assaut d'Herluin l'Aîné… Aussi ne comprit-il pas ce qui se passa au moment du choc, qu'il entrevit d'ailleurs fort mal au coin de la visière. Le chevalier de Thèves s'était pourtant bien couvert de l'écu ; la lance d'Ouacre de Lointieu vola en éclats en rencontrant cette barrière ; et pourtant Cowyr fut éjecté de sa selle avec une puissance phénoménale. L'instant suivant, c'était le bouclier fragilisé d'Yvorin qui cédait sous la charge du chevalier aux quartefeuilles. Le fer de lance déchira son tabard et crissa dans un horrible grincement contre sa pansière avant de glisser au-dessus du troussequin. Le souffle coupé, le chevalier de Quéant n'en arma pas moins son coup. La lance adverse n'avait pas cassé et restait prise dans l'écu transpercé ; Herluin hésita à la lâcher, ce qui attira les deux combattants l'un vers l'autre comme ils se croisaient. Yvorin en profita pour lui sabrer le ventail au passage. La lame ne traversa pas le masque d'acier, mais les étincelles et les débris de métal aveuglèrent momentanément le chevalier aux quartefeuilles.

Alors qu'il prenait du champ, Yvorin se sentit dangereusement déséquilibré par son bouclier disloqué, en travers duquel pendait toujours une lance d'arçon. Extraire la haste ennemie ou chercher une égide de rechange lui aurait coûté un temps précieux : il se contenta de trancher la guiche de son écu pour laisser choir les deux armes. Malgré le fer fiché dans son troussequin qui gênait toujours son assiette, il rabattit la course de Contençon vers le cheval démonté du chevalier de Thèves, qui fuyait à son côté.

Ce fut au moment où, de sa main libérée, il s'emparait des rênes du coursier qu'il recouvra complètement ses esprits, passablement secoués par les horions qu'il venait d'encaisser. Un goût de fer salé lui envahit la bouche et lui apprit que le coup de taille du chevalier de Quaquevel avait en partie enfoncé son heaume. Mais surtout, il saisit enfin le sens des hurlements furieux que poussait depuis peu Geriant de Froëch, quelque part, derrière lui : « Félonie ! Coup de faucre ! Coup de faucre ! » Tandis qu'il voltait avec les deux chevaux, les cris rageurs du chevalier de Froëch lui ouvrirent les yeux sur les raisons de la chute spectaculaire du sire de Thèves : Ouacre de Lointieu avait triché. Il avait utilisé une attaque formellement interdite en tournoi, le coup de faucre, qui consistait à caler le talon de la lance contre le troussequin de sa selle. Tout le poids du destrier lancé au galop poussait le fer de l'arme dans le corps de l'adversaire, au risque de le transpercer de part en part. Pareille botte était jugée non seulement irrégulière, mais criminelle dans une rencontre courtoise.

En retournant au combat, Yvorin put brièvement évaluer la situation. Gêné par le coup qui avait ébréché sa visière, Herluin l'Aîné n'avait pas volté à temps et s'était jeté dans la mêlée. Son cheval avait heurté celui du chevalier de Quaquevel qui, le bras droit inerte, essayait de se dégager. Quant au félon sire de Lointieu, il venait d'opérer un arc serré et revenait au trot vers le chevalier de Thèves, qui demeurait sans mouvement au milieu des herbes piétinées. Le bachelier éperonna aussitôt pour protéger son compagnon tombé.

« Pour la Dame, Cowyr ! hurla-t-il. Debout ! Debout ! À moi ! »

Il eut l'espoir fugitif que le chevalier de Thèves reprendrait ses esprits pour remonter en selle sur le destrier qu'il lui ramenait. Tirant l'épée, Ouacre de Lointieu obliqua vers Yvorin. La perte de son bouclier rendait le bachelier vulnérable alors qu'il avait deux coursiers en main : le félon n'était pas homme à négliger pareille aubaine. Yvorin para au péril comme il le put ; il vira soudain pour interposer le destrier démonté entre Ouacre et lui. Le perfide ne ralentit pas sa course pour autant : sa cavale heurta du poitrail le cheval du sire de Thèves, qui se déporta contre Contençon. Un instant, la jambe du bachelier fut écrasée entre les flancs des deux montures, mais il en souffrit moins que les chevaux, qui se meurtrirent contre l'étrier, l'éperon et la grève d'acier. Au même moment, le chevalier de Lointieu lançait une estocade au-dessus de l'échine du cheval démonté ; la pointe de l'épée tinta contre l'acier du mézail, à un cheveu de trouver la visière. Yvorin para de son bras cuirassé un deuxième assaut, toujours destiné au visage, et sentit la force du coup lui remonter du coude à l'épaule.

Le croyant étourdi, Ouacre de Lointieu se désintéressa de lui. Laissant son bouclier pendre à son cou, il saisit le mors du cheval démonté pour l'entraîner vers son camp. Mais le chevalier de Quéant réagit aussitôt en agrippant une rêne du destrier disputé. Tiré à hue et à dia, la bouche brutalisée par des tractions contraires, l'étalon s'affola et lâcha de puissantes ruades, en arrachant des mottes de terre de ses fers brillants. Yvorin lâcha la bride mais, au risque d'être percuté par l'un des bonds de l'énorme animal, ce fut à son tour de se pencher au-dessus de son dos pour frapper l'adversaire. Empoignant son épée à deux mains, dont l'une serrée sur la lame à un pied de la garde, il envoya un puissant coup de pointe qui parvint à transpercer l'écu du chevalier au renard, mais fut arrêté par son plastron. Surpris, Ouacre de Lointieu abandonna le cheval furieux et s'écarta. La partie semblait devenir trop compliquée pour ce combattant sournois.

Le chevalier de Quéant hésita à le poursuivre ; il lui fallait absolument un bouclier. Pis encore, il entendait des cris de ralliement de plus en plus pressants du côté de la mêlée. Pivotant sur la selle pour apprécier la situation, le spectacle lui parut désastreux. Certes, Urféan de Quaquevel avait fini par s'extraire de la bousculade et fuyait le combat. Mais les chevaliers du *dedans*, débordés par le nombre et la vigueur de l'adversaire, étaient réduits à une défensive désespérée. Dans un beau duel chevaleresque, Fitzurse du Havne tenait tête à Bruin de Banguarde, mais les frappes que lui allongeait Froissefer faisaient un tel fracas qu'il était impossible que son harnois y résistât longtemps. L'infortuné soupirant de la duchesse cherchait à couvrir Dam de Maubrenas ; il était toutefois si ébranlé par la volée de coups qu'il n'avait pu le défendre contre Herluin le Jeune, qui l'avait contourné. Le chevalier de Maubrenas, déjà éprouvé par sa chute, ne soutenait plus qu'à peine ce nouvel assaut d'un cavalier ; un genou à terre, il se contentait de se couvrir du bouclier, frémissant à chaque choc, incapable de riposter. Seul Geriant de Froëch paraissait avoir conservé toute son impétuosité : il livrait un combat magnifique, pris en étau entre l'Orgueilleux de Contremont et Herluin l'Aîné, essuyant les horions sans frémir et rendant coup pour coup, à droite, à gauche, avec une hargne assez féroce pour faire chanceler ses adversaires. Mais ainsi encerclé, il était incapable d'appuyer ses compagnons d'armes. Or Dam de Maubrenas n'était pas le seul à se trouver en mauvaise posture : le prince lui-même était en difficulté.

Libéré de ses assaillants par le renfort de son conroi, le Grand Bâtard avait attaqué son demi-frère. Les deux Bromael s'affrontaient, chevaux tête-bêche, bouclier contre bouclier. Blancandin faisait face avec courage, mais il paraissait dominé par la force et la violence des assauts de son aîné. Ses coups rebondissaient sans mal contre l'écu ou le harnois de FitzGanelon, tandis qu'il pliait à chaque horion. D'évidence, il ne pourrait soutenir très longtemps ce duel. D'un instant à l'autre, il serait jeté à bas de sa selle ; sa chute scellerait probablement la défaite des siens.

Le sang d'Yvorin ne fit qu'un tour. Dans la chaleur du combat, dans l'urgence de la situation, il n'eut pas une claire conscience de ce qui le motivait. Il ne sentit que l'accès de colère – où se mêlaient sans doute le refus de la capture, l'amitié pour le prince et, par-dessus tout, la détestation pour ce rival grossier à qui était promise la main d'Heluise. Oubliant Cowyr de Thèves toujours au sol, négligeant les louvoiements traîtreux du chevalier au renard et sans plus se soucier d'être dépourvu de bouclier, il piqua des deux vers le Grand Bâtard en vociférant : « Honneur ! Honneur à Audéarde ! » Porté par le trot de Contençon, il infligea au seigneur d'Ouchain un assaut vibrant de rage, qui ébrécha l'écu déjà écorné et enfonça à demi une spallière. FitzGanelon tangua et faillit vider les étriers. Un deuxième coup de taille, presque aussi furieux que le premier, lui aurait tranché la main droite sans la protection offerte par l'armure ; la manchette de son gantelet n'en fut pas moins brisée.

Le Grand Bâtard n'avait toutefois pas usurpé sa réputation de redoutable guerrier : de son écu défoncé, il para la troisième frappe du chevalier de Quéant. Ce faisant, il s'exposa à une attaque de son frère, qui ne lui fit pas plus d'effet qu'une chiquenaude. « Pauvre braque », grommela-t-il en découvrant qu'Yvorin n'avait plus de bouclier. Il lui asséna une riposte puissante, qui ébrécha le gorgerin et balafra le plastron ; malgré le rembourrage du gambison, le bachelier en eut le souffle coupé. Au même moment, Blancandin allongeait une nouvelle estocade, qui ne parvint pas davantage à percer le harnois de son frère. Le prince réagit alors de façon surprenante. Il tourna bride, piqua des deux et s'enfuit.

« Petit foireux ! » marmonna FitzGanelon.

Pour se débarrasser du chevalier de Quéant, il lui envoya un terrible moulinet en pleine tête ; empoignant son épée à deux mains, la dextre sur la poignée et la senestre sur la lame, Yvorin la brandit au-dessus de lui et parvint à bloquer l'assaut. Le Grand Bâtard, malgré tout, semblait prêt à éperonner pour se lancer à la poursuite de son frère quand son mézail cabossé revint se braquer sur le bachelier.

« C'est quoi, cette fanfreluche à ton bicoquet ? gronda-t-il.

– Ce sont les couleurs de ma dame, fanfaronna Yvorin, la sublime Heluise de Prangeray.

– Je me disais aussi… Espèce de fils à putain ! »

Et son frère sitôt oublié, FitzGanelon attaqua à outrance le chevalier de Quéant.

Malgré tous les chocs encaissés depuis la première charge, Yvorin éprouva pour la première fois une sueur froide. Il ne livrait plus combat à un adversaire, fût-il fourbe comme le sire de Lointieu, mais à un ennemi ; et cet ennemi était aussi puissant que furieux. Dans ces conditions, la perte de son écu devenait un désavantage mortel. Pour compenser ce handicap, il poussa Contençon contre le destrier de FitzGanelon afin d'en arriver au corps-à-corps. Le Grand Bâtard l'accueillit à coups de bouclier, amortis par le gambison, mais perdit l'allonge qui donnait plus d'élan à ses attaques de taille.

« Tenez bon ! Tenez bon ! » criait Blancandin en prenant du champ. Il s'éloignait pourtant à bride abattue en direction du camp du *dedans*. Cependant, il n'était pas hors de danger : le chevalier d'Estrif, qui sortait de l'enceinte du *dehors*, se lança à sa poursuite. Plus proche et plus dangereux, le sire de Lointieu le prit également en chasse. Interceptant sa trajectoire, il le rattrapa à une cinquantaine de toises de la barrière et abattit son arme sur les épaules et le gorgerin du prince ; celui-ci accusa un peu le coup, mais se contenta de glisser son bouclier dans le dos en éperonnant de plus belle, sans chercher à répondre. Quelques instants plus tard, il s'engouffrait dans son camp, tandis que ses deux poursuivants tiraient sur les rênes en l'accablant de sarcasmes.

De son côté, le chevalier de Quéant avait très vite perdu de vue cette piteuse retraite. Le souffle court, il était tout entier concentré sur la lutte contre le Grand Bâtard. Au bord du déséquilibre, les deux chevaliers s'embrassaient presque. FitzGanelon avait repoussé dans son dos l'écu qui le gênait plus qu'il ne le protégeait dans ce corps-à-corps ; il avait saisi l'épée des deux mains, selon la même prise que celle employée par Yvorin. Dans un pugilat rageur, où chacun entendait ronfler le souffle de l'autre sous le mézail, ils se portaient des coups traîtres de quillon ou de pointe, cherchant à fausser le heaume ou à coincer une spallière. Maniées comme des bâtons, les lames se raclaient en crissements dissonants et finissaient par heurter les gantelets.

« Toi, le joli cœur, je ne vais pas te prendre, haleta le Grand Bâtard. Je vais te crever ! »

Et soudain, lâchant le fer de son arme, il happa le poignet droit d'Yvorin. Le bachelier, surpris, essaya trop tard de lui rendre la pareille ; de la main gauche, il ne saisit que de l'air. FitzGanelon avait déjà armé un coup vicieux, en garde basse. L'estocade frappa Yvorin sous la ventrière, cherchant l'abdomen de bas en haut. Détournée en partie par la braconnière articulée, la pointe de l'épée n'en glissa pas moins entre deux plates et Yvorin sentit une douleur vive au-dessus de l'aine. De la main gauche, il chercha sa dague, tout en pressant les flancs de Contençon pour s'éloigner du Bâtard. Celui-ci allait redoubler son estocade. Les chevaux s'écartèrent, mais FitzGanelon ne lâcha pas sa prise. Déséquilibrés, les deux chevaliers vidèrent les étriers.

Ils roulèrent au sol, presque l'un sur l'autre. Mais Yvorin avait dégagé sa dextre, qui empoignait toujours l'épée. À peine redressé sur un genou, il frappa du pommeau l'affreux mézail de mâtin. FitzGanelon le repoussa d'une ruade, son éperon traçant une zébrure brillante sur le plastron du bachelier. Les deux combattants se relevèrent alors, encore mal assurés sur leurs jambes. Ils se mettaient en garde quand une découverte glaça le sang d'Yvorin.

Après que Blancandin leur eut échappé, Berhar d'Estrif et Ouacre de Lointieu avaient tourné bride et revenaient au galop vers la mêlée. Le malheureux bachelier ne sut décider qui il devait redouter le plus, du chevalier de Lointieu qui infléchissait sa course pour s'emparer de Contençon ou du sire d'Estrif qui le chargeait pour soutenir le Grand Bâtard. Cet instant de sidération lui valut d'encaisser un assaut brutal de la part de FitzGanelon, qui manqua d'enfoncer son plastron et le fit tituber en arrière. Tout juste eut-il la présence d'esprit de trébucher ensuite en crabe, pour interposer le seigneur d'Ouchain entre lui et le chevalier d'Estrif, qui se précipitait lame haute. Le Bâtard cracha un ricanement haineux, sûr de sa victoire. Yvorin comprit alors qu'il n'avait plus de salut que dans une action désespérée. Il se rua à nouveau au corps-à-corps, espérant faire de son ennemi un rempart contre l'assaut du chevalier d'Estrif. L'instant suivant, il croulait sous un déluge de coups. Les chocs semblaient venir de partout, comme si ses assaillants s'étaient transformés en meute. Son mézail, faussé, l'affecta soudain d'une visière oblique ; une cubitière tordue restreignit la mobilité de son avant-bras gauche ; un impact défonça les plates de sa spallière droite et arracha le rembourrage du gambison. Il portait encore des estocades au jugé, mais ses attaques ne touchaient plus personne et sa garde ne le protégeait de rien. En fait, il luttait surtout pour chasser le voile noir qui lui obscurcissait la vue chaque fois que les horions entrechoquaient ses dents. Lorsqu'il sentit plus qu'il n'entendit les vibrations d'un galop déchaîné, il se résigna à être balayé.

« Honneur ! Honneur à ma dame ma mère ! » cria une voix fervente.

Et comme ses genoux allaient céder, Yvorin se trouva soudain épargné. Il prit une grande respiration et recouvra à peu près ses esprits, tout en grimaçant de douleur car il avait l'impression d'être en miettes.

La première chose qu'il vit fut Berhar d'Estrif étalé dans l'herbe et Domnal FitzGanelon, un genou et une main à terre, qui paraissait sonné. Un peu plus loin Contençon et le destrier sans cavalier du félon sire de Lointieu prenaient du champ. Un hennissement rageur et un grand fracas retentirent alors derrière le bachelier. Se retournant, il découvrit enfin, incrédule, Blancandin qui se jetait furieusement au milieu de la mêlée. En fait, le prince n'avait pas pris la fuite : il n'avait regagné le camp du *dedans* que pour changer de monture. Ayant troqué Guerredon pour Bastetal, le jeune chevalier venait de replonger au cœur de l'action. C'était à peine s'il paraissait maîtriser le splendide coursier : le destrier à la robe noire écumait et chargeait ses congénères comme les hommes avec une turbulence effrénée. Bastetal heurta de toute sa fougue le cheval d'Herluin le Jeune : l'animal fut déporté, glissa et s'effondra, entraînant son maître dans sa chute. Bousculant Dam de Maubrenas au passage, Bastetal se ruait déjà contre Herluin l'aîné, qu'il faillit également renverser au premier choc. Blancandin lui allongea un coup de taille au passage, mais le rata à cause de la furie du cheval. Le destrier d'Herluin l'Aîné ayant fait mine de le mordre, Bastetal se cabra et lui envoya dans l'épaule deux puissants coups de pieds qui, cette fois, réussirent bel et bien à le précipiter au sol, manquant de culbuter Geriant de Froëch par ricochet. Blancandin tourna alors, non sans difficulté, son redoutable étalon en direction de Bruin de Banguarde, qui venait à peine de désarçonner Fitzurse. Mais Bastetal, l'œil fou, se débattait contre le mors : il n'en avait pas fini contre le cheval qui avait essayé de lui tenir tête. Au lieu de repartir, il lança de méchantes ruades des postérieurs, qui secouèrent l'assiette de son cavalier. Froissefer fondit sur eux comme à l'exercice et sabra le prince mal assuré. Blancandin perdit l'équilibre, vida les étriers. Son bouclier sonna comme un tambour sous le sabot de son propre cheval et il se recroquevilla dans les herbages et la terre grasse pour éviter d'être foulé au pied.

« À moi ! À moi, ! Honneur à la duchesse ! » rallia Geriant de Froëch, seul chevalier du *dedans* encore en selle.

Malgré tout, n'écoutant que son courage, Yvorin repartit à l'assaut du Grand Bâtard. Celui-ci venait de se redresser, mais encore étourdi par la charge de Blancandin, il tanguait comme un homme ivre. Porté par l'esprit de revanche, le chevalier de Quéant lui fendit le bouclier, puis trompa sa garde et enfonça à moitié la bavière de son heaume. Mais le choc, au lieu d'étourdir FitzGanelon, parut le réveiller : il lança une contre-attaque brutale, tandis qu'Herluin le Jeune, qui se relevait apparemment sans mal de sa chute, revenait le seconder. Yvorin comprit alors qu'il risquait de se retrouver de nouveau débordé, et il battit en retraite vers le chevalier de Froëch.

Il y rejoignit ses compagnons d'armes, tous plus ou moins éclopés. Dam de Maubrenas se couvrait d'un bouclier dont les armoiries avaient été arrachées à force d'avoir été martelées. Fitzurse du Havne avait réussi à entraîner Blancandin, en rampant à moitié, jusque dans les jambes du destrier de Geriant. Face à eux se rassemblaient les adversaires encore en état de combattre : le Grand Bâtard et les deux Herluin à pied, Froissefer et l'Orgueilleux de Contremont toujours en selle.

De façon tacite, les deux partis s'accordèrent un moment de pause, la posture péniblement redressée par la cuirasse, le souffle court sous le ventail, certains piétons appuyés sur l'épée. Mais personne n'esquissa un geste pour s'emparer d'un destrier démonté ou pour capturer un blessé au sol. Tous, qu'ils fussent chevaliers du *dedans* ou du *dehors*, savaient que l'issue était proche. L'engagement qui suivrait serait le dernier : les champions qui en sortiraient debout rafleraient tous les chevaux, tous les prisonniers et toute la gloire.

Ce fut Bruin de Banguarde qui rompit le silence le premier. Pourtant, il ne poussa pas son coursier en avant et garda l'épée posée sur l'épaule.

« C'était un beau combat, dit-il. Vous n'étiez que sept et vous avez fait des prouesses. Mais votre sort est scellé : je ne vois plus que sire Geriant capable de nous résister. Nul déshonneur à rendre les armes.

– Un Bromael ne capitule pas, souffla Blancandin hors d'haleine.

– Bon sang ne saurait mentir », ricana FitzGanelon.

Et sans autre forme de défi, il repartit à l'offensive, entraînant Herluin le Jeune et Herluin l'Aîné. Geriant de Froëch voulut couvrir le prince mais fut aussitôt pris à partie par Froissefer et l'Orgueilleux de Contremont. Alors que retentissait à nouveau un tapage de fer et d'éclats de voix, une intruse tout à fait incongrue se mêla soudain au grabuge. Comme tombée du ciel, une grosse pie se mit à tournoyer juste au-dessus des cimiers et des lames ébréchées. Elle jacassait à grands cris, tout excitée, et paraissait moquer les terribles efforts fournis par les belligérants épuisés.

« Tchac ! Tchac ! Tchac ! se gaussait-elle. Crac ! Boum ! Aïe ! »

Concentrés sur l'engagement et perturbés par l'oiseau insolent, les combattants n'entendirent pas le tollé qui s'élevait du château et des deux camps ; ils ne réalisèrent pas davantage qu'ils n'étaient plus seuls sur le pré. La défaite de ceux du *dedans* était presque consommée : Geriant de Froëch chancelait sur sa selle sous les assauts de ses deux adversaires et Blancandin, malgré le soutien d'Yvorin, s'effondrait sous la poussée rageuse de FitzGanelon… et puis, au dernier moment, ils sentirent le sol vibrer sous un galop. Deux chevaliers inconnus chargeaient la mêlée. Ils n'étaient sortis ni d'un camp ni de l'autre ; ils arrivaient du sud à bride abattue, l'épée au clair, comme s'ils avaient émergé de l'étang. Tous deux avaient accroché quelques brins d'immortelle à leur heaume. Le premier, cuirassé dans un harnois aux reflets bleutés, avait pour armoiries deux pies tête-bêche aux ailes coudées ; le second portait un grand cimier en forme de ronce et se couvrait d'un écu d'argent aux quatre épines de sable armées de sinople. Malgré sa visière de guingois, Yvorin ne pouvait se tromper sur ce preux-là. D'un seul coup, tous ses doutes et toute sa rancœur s'évanouirent.

« Vaumacel ! cria-t-il dans un sursaut de joie. Vaumacel pour la dame ! »

En un instant, les deux nouveaux venus s'abattaient sur ceux du *dehors*. L'Orgueilleux de Contremont, pris de court, fut abattu d'un seul coup par le chevalier aux pies. Bruin de Banguarde ploya mais ne rompit point sous l'assaut du chevalier aux épines. Il engagea le combat contre ce nouvel adversaire, en vociférant : « Traîtrise ! Traîtrise ! » Mais il brûlait ses dernières forces alors que le chevalier à la ronce était frais et dispos ; et Geriant de Froëch, reprenant ses esprits, contre-attaqua de plus belle. Le chevalier aux pies, quant à lui, volta avec une élégance non dépourvue de nonchalance. La lame de son épée miroitait au soleil telle une coulée de vif-argent ; il la balançait ainsi qu'un enfant jongle avec sa badine. Il revint d'une allure presque indolente frapper les chevaliers à pied, comme il se serait amusé à faucher des marguerites. Heurté dans la dossière bien plus violemment qu'il n'y paraissait, le Grand Bâtard fut projeté en avant et manqua de tomber dans les bras d'Yvorin. Le bachelier en profita pour lui allonger un méchant coup de pommeau qui fit sauter la charnière du mézail et enfonça la tempe du heaume. Sonné, FitzGanelon s'écroula. Presque au même moment, le chevalier aux épines jetait Froissefer au bas de sa selle.

« Est-ce possible ? Victoire ? » se demanda Yvorin, plus incrédule que ravi.

Et il faillit tourner de l'œil. Il se rattrapa in extremis sur son arme. Il avait du mal à respirer ; il réalisa soudain qu'il cuisait littéralement dans son harnois. Comme ses jambes risquaient toujours de le trahir, il s'assit sans façon sur le corps cuirassé du Grand Bâtard. Il ôta un gantelet et délaça fébrilement son heaume, qu'il eut du mal à retirer tant il était tordu. Quand il réussit enfin à s'en débarrasser, l'air printanier rafraîchit délicieusement son visage trempé de sueur. Sa première inspiration lui monta à la tête comme un vin frappé. Il eut l'impression que ses oreilles se débouchaient : elles s'emplirent des rugissements de joie de ses compagnons comme des clameurs mugies par les spectateurs des deux camps. Il adressa un sourire un peu ensanglanté au chevalier aux épines, qui le salua de son épée.

Pour retrouver son souffle, le bachelier laissa sa tête partir en arrière. D'instant en instant, son allégresse croissait à proportion des nouvelles douleurs qu'il se découvrait. Finalement, même s'il avait été à un doigt de tout perdre, il avait conservé son bon cheval et son armure. Il s'était illustré devant toute la noblesse de Bromael et mieux encore, devant la dame de ses pensées ! Quant au prétendant indélicat, voici qu'il lui servait de siège ! Yvorin en riait d'aise, et se permit même une tape sur les plates de son prisonnier. Les yeux du jeune homme, un peu injectés par les chocs qu'il avait reçus, se perdirent avec délice dans la fuite des nuages. Au-dessus des nefs et des tours duveteuses, le ciel se grisait d'azur… D'un azur franc comme les armoiries de Quéant, d'un azur envoûtant comme le regard d'Heluise, d'un azur caressant comme une chambre d'amour…

# XV

## Les mères supérieures

*O dulcissima atque amantissima*
*mater, salve*
Hildegard von Bingen

Une fois encore, elle était dans les nuages. À son âge… Cela manquait un peu de sérieux, et même de gravité. Retombait-elle en enfance ? Secouait-elle la charge de ses responsabilités et de son ministère ? Ou fuyait-elle ainsi le monde dont on l'avait chassée et qui revenait assiéger sa retraite ? Le monde, ce monde cruel et trompeur, et pourtant si beau quand on le contemplait en planant parmi les nuées… Elle se sentait l'âme d'un tiercelet rebelle, qui avait échappé au gant du fauconnier et, pendant un instant de grâce, retrouvait l'illusion de la liberté en glissant sur la lumière et le vent. À perte de vue, sous les voûtes vaporeuses des cieux, se déployait l'immensité des pays de Bromael, de Kimmarc, de Brochmail et même les marches nébuleuses de l'Ouromagne. La rêveuse tourbillonna dans une mantille de brume et de grand air. Son cœur usé battit plus fort : n'était-ce point une odeur de mer que la brise portait à ces altitudes ? Son regard, qui avait retrouvé toute l'acuité de la jeunesse, balaya les confins occidentaux ; vaux et collines étaient tapissés par la reverdie des forêts, marquetés de terres cultivées, égratignés de ruisseaux et de chemins. Et puis au fin fond des horizons, loin, loin à l'ouest, là où l'immensité se brouillait en vertiges miragineux, bavait un interminable ruban bleuté qui aurait pu être l'océan…

Toutefois, les échos d'une clameur remontés jusqu'à la rêveuse la tirèrent de sa contemplation. Tout en bas, quasiment à la verticale de sa robe de vapeur, une fête avait déposé sur la campagne son écume bariolée de tentes et de pavillons. Massé le long des barrières et sur les murets d'un château de poupée, un fourmillement humain lançait par vagues une rumeur grondeuse. Délimité par les deux camps et par les reflets brillants du soleil à la surface d'un étang, un vaste champ paraissait presque vide. Quelques chevaux s'en échappaient, une poignée d'énergumènes s'y bousculaient ; certains, allongés dans l'herbe, avaient l'air de lézarder avant l'heure de la sieste. Aperçu d'aussi haut, tout ce petit monde paraissait aussi charmant et coloré qu'une miniature de codex. Pourtant, la rêveuse en conçut une frayeur inexplicable, et l'atmosphère, soudain zébrée de pluie, s'assombrit autour d'elle. Elle voulut tout à la fois mieux voir et fuir cette joute de jouets, et l'air se déroba soudain sous elle ; dans un accès de panique, elle se sentit chuter, avant qu'une bourrasque ne la soulevât encore plus haut en dispersant l'averse et les ombres.

Elle se laissa alors rouler dans les bras de la brise et les écharpes de nuage, soulagée mais aussi inquiète d'abandonner au-dessous d'elle ces brutales réjouissances. Malheureusement, le vent la poussait vers l'orient, et il lui fallut également renoncer aux séductions de l'océan. Loin au-dessus des bans d'oiseaux dont l'essor mouchetait landes et feuillages, elle survola les coteaux des hautes terres d'Agurande. Les forêts y bouillonnaient en frondaisons épaisses, que le vent brossait parfois de longs frissons. Des fumées s'accrochaient au croc noirâtre du château d'Ouchain ; les hêtraies du Drucervin soufflaient des brumes dorées dans le soleil.

Secouée par quelques turbulences, la rêveuse voltigea par-dessus les collines et plana au-dessus du versant nord des hautes terres. Des taillis malades, que le printemps rechignait à gagner, embroussaillaient les combes ; une rivière à robe de couleuvre rampait en fond de vallée ; en jaillissait la démesure blafarde des tours de Vayre. Plus loin, par-delà de tristes lisières, le vent et les nuages balayaient d'éclaircies fuyantes les pâtures qui dépendaient du château. Les campagnes redevenaient ensuite riantes : les toits de chaume des villages se serraient comme des pelotes en fond de corbeille ; les champs échelonnaient des damiers verts et bruns dans les terroirs ; des troupeaux piquetaient les prés de leurs robes rousses. Au bout d'un moment, une faille majestueuse creusa le paysage ; à l'est, les terres s'élevaient à nouveau, vers le rempart boisé du Chevéchin et ses majestueux reliefs. Descendu du massif, le Vernobre partait arroser les basses terres de Bromael. Sur cette marche, aux confins du comté de Brochmail, de la baronnie de Bregor et du fief de Combe- Noire, il précipitait encore son fil d'argent au fond d'une gorge escarpée. Une buée froide remonta jusqu'à la vagabonde comme elle papillonnait au-dessus du précipice. Mais d'un coup de rêve, elle était déjà loin, elle filait vers le nord, l'immensité vallonnée des campagnes à sa main gauche, le soulèvement grandiose des monts à sa droite.

Avec la fugacité des songes, le voyage et le jour tiraient déjà à leur fin. Le soleil s'abaissait à l'ouest en allongeant les ombres des collines et des bois sur les riches terres du duché. Au nord, la rêveuse apercevait les pignons, les pennons et le chatoiement des girouettes couronnant le château de Traval, grande nave de pierre ancrée dans une mer de lopins, de vignes et de vergers. Au nord-est, bien plus haut sur un contrefort du Chevéchin, les murailles et le dôme du sanctuaire de Mondoire baignaient dans la lumière du soir. La rêveuse se laissa porter vers l'enceinte religieuse ; elle se demanda combien de frères et de sœurs relèveraient le nez de leurs lutrins pour la voir atterrir, et se dit surtout qu'il ne faudrait pas effaroucher le colombier. Par les échancrures des nuages, le soleil épandit une gloire sur ce paysage, et la vagabonde crut y lire un signe favorable. Elle vira légèrement pour traverser une douche de lumière.

Sans avertissement, les choses prirent un tour inattendu.

L'âme aérienne heurta un obstacle lisse et translucide, qui vibra d'un long fracas cristallin. Étourdie, elle tourbillonna un instant sur elle-même, plus effarée qu'endolorie. Puis elle se rendit compte que le rayon de soleil traversait les nuées par un grand vitrail, suspendu en plein ciel. C'était contre ce miroitement de verre qu'elle venait d'achopper. Toute la lumière tombée du firmament passait par d'autres vitraux, sertis dans des nuages qui se teintaient d'incendie et d'orage.

« Je suis déjà redescendue, me voici dans la nef », se dit la rêveuse.

Mais elle savait qu'elle tenait ces propos pour se rassurer, et elle se reprocha son aveuglement. Car les vitraux du temple n'étaient ornés que de versets et de feuilles automnales, non de figures ; or sur cette verrière céleste flamboyait toute une galerie de personnages. Sur l'un des panneaux s'affrontaient deux cerfs héraldiques ; sur un autre une vieille géante scrutait la rêveuse de ses yeux émeraude, un chat minuscule perché sur son épaule ; sur une troisième, l'ambitieux myste Scolonagre avait bizarrement adopté l'humilité du martyre, symbolisée par un collier de corde. À chaque découverte, l'âme pérégrine se troublait davantage. Elle finit par revenir au vitrail auquel elle s'était cognée, et prit un peu de champ pour en embrasser le sujet.

Plus grande que nature, la duchesse Audéarde y siégeait en majesté, parée d'une robe immaculée et nimbée d'une auréole de ténèbres.

La rêveuse porta une main immatérielle à sa bouche.

Quelque part, une lourde porte cédait sous un assaut et d'autres voix que la sienne poussèrent des cris d'effroi.

Elle s'éveilla en sursaut, dans la pénombre à peine éclairée par sa veilleuse. Elle tendit l'oreille, l'esprit encore retentissant des rafales du vent et de la clameur épouvantée. Mais seule la torpeur du sommeil profond régnait dans les chambres onirocritales. Comme souvent, lorsqu'elle descendait consulter la Déesse dans le saint des saints, la religieuse se sentit désorientée. Elle ne savait plus très bien qui elle était. Après un instant de confusion, ses noms lui revinrent. Le plus ancien d'abord, celui qu'elle avait abandonné ; puis le second, celui du renouveau et de la piété. Avec lui, ses maigres épaules ployèrent à nouveau sous la charge des soucis et du sacerdoce.

La mystagogue Prudence se redressa sur sa couche. Elle était en nage, elle se sentait engourdie et sa vessie était pleine. Mais elle frémissait encore de la puissance du songe, tout en craignant que les efforts pour le retenir ne servissent qu'à repriser une trame bientôt désagrégée. Elle eut la présence d'esprit de serrer les poings, mais ses mains étaient vides. Du reste, qu'aurait-elle pu rapporter de ce périple ? Un peu de rosée ? Un souffle d'air frais ? La révérende mère du sanctuaire de Mondoire était lucide : elle savait qu'elle n'avait pas de grands dons divinatoires. Elle ne serait jamais de ces mystiques qui se réveillaient avec, au creux des paumes, la cristallisation de leurs visions.

« Ô Divine Sagesse, murmura-t-elle, éclairez-moi. Que m'avez-vous montré ? »

Le silence familier de la Déesse lui répondit.

Depuis sa niche au-dessus de la tête de lit, la veilleuse éclairait doucement la courtepointe aux broderies automnales. La petite flamme distribuait des éclats chaleureux et des ombres mouvantes le long des plis des courtines. Trois voilages superposés entouraient les alcôves des chambres onirocritales ; ils protégeaient les dormeurs de la fraîcheur de la crypte et pouvaient servir d'attrape-rêve. Par le passé, Prudence les avait parfois vu onduler. C'était souvent lorsqu'elle avait reçu la visite du petit garçon. Mais la mystagogue était trop raisonnable pour croire qu'elle réussissait vraiment à retenir le songe, même pendant quelques instants : elle avait les yeux brouillés de larmes lorsqu'elle émergeait de ces rêves-là, et il suffisait que la porte des cryptes et celles du temple fussent ouvertes pour que circulât un courant d'air.

Prudence n'en murmura pas moins les obsécrations augurales en écartant les trois voiles. Elle ne découvrit rien, mais se sentit juste rattrapée par un froid de cave. Les murs de l'absidiole cernaient de près le grand dais ; l'espace était à peine plus large que celui d'une cellule. Sur une banquette de pierre l'attendaient ses vêtements sacerdotaux, proprement pliés. Elle se contenta d'enfiler son scapulaire, brodé de feuilles mortes, puis passa sous la porte basse pour gagner la chapelle souterraine. C'était une petite nef obscure, à peine éclairée par une autre veilleuse qui créait des berceaux d'ombre derrière la double colonnade de piliers. Sur les bas-côtés, on devinait les arches basses de plusieurs absidioles et leurs baldaquins auguraux. Prudence gagna le centre de la crypte ; quelques marches y descendaient à la fontaine de vérité, un bassin rempli d'une onde dormante. S'agenouillant au-dessus de la vasque, elle en préleva le contenu d'un calice. Elle consulta la petite clepsydre qui s'égouttait dans le réservoir : c'était la onzième heure de la nuit. Au printemps, l'écoulement régulier de l'horloge à eau concordait à peu près avec le cycle diurne : l'aurore devait poindre au-dessus des reliefs ténébreux du Chevéchin. Prudence remplit la clepsydre et but les dernières gorgées du fluide de vérité. Sa pureté liquide, un peu calcaire, acheva de la réveiller.

La mystagogue regagna son absidiole, en ouvrit complètement les courtines, refit le lit avec une soigneuse diligence. Elle n'avait pas besoin de se coiffer ; voilà quinze ans qu'elle avait sacrifié sa chevelure, rituellement tondue. Elle noua sa touaille sous le menton, puis mit le voile en chuchotant un psaume propitiatoire. À sa ceinture, elle accrocha un chapelet tout simple et un lourd trousseau de clefs. Dans cette mise modeste, seul l'anneau abbatial, qui accrochait parfois la lumière sur sa main, permettait de deviner sa charge.

Une fois prête, elle refit une brève station dans la crypte. Par-delà la fontaine de vérité, elle contempla le mur arrondi de l'abside. Il comportait trois porches bas et fermés. Là se trouvait vraiment le foyer sanctifié des chambres onirocritales. Personne, ou presque personne, ne franchissait jamais ces ouvertures, et les profanes ignoraient généralement leur existence sous la nef et le chœur du temple. En fait, dans les prieurés les plus modestes, de simples arcatures de pierre remplaçaient ces entrées, mais les grands sanctuaires comme Carroel, Havreval ou Mondoire étaient bâtis au-dessus d'authentiques portes, hermétiquement closes. Ces trois seuils manifestaient la présence réelle de la Vieille Déesse, autant sinon plus que la statue qui occupait le chœur du temple. Au sein du clergé, les littéralistes appelaient ces accès le triple mystère ; les anagogiques utilisaient des expressions plus ésotériques comme la croisée mantique ou la triple essence. Seuls les mystagogues avaient la garde de leurs clefs. En huit ans d'abbatiat, Prudence n'avait ouvert la porte de corne qu'à deux reprises ; pour rien au monde elle n'aurait déverrouillé celles d'ivoire et d'émeraude. Elle frémissait encore en se rappelant le désastre frôlé deux ans plus tôt, lorsqu'un novice curieux – un disciple trop aimé – avait abusé de sa confiance et dérobé la clef de la porte d'émeraude. Fort heureusement, le jeune insensé avait été arrêté avant d'avoir atteint les chambres onirocritales, mais la mystagogue ne se pardonnait toujours pas sa négligence. Seule la Déesse savait le bouleversement qu'aurait provoqué le sacrilège s'il avait franchi le seuil smaragdin.

En cette aube souterraine, Prudence se demanda d'où étaient venus les songes qui l'avaient visitée. À certains signes, elle penchait pour la porte de corne. N'était-ce pas la contrée terrestre qui lui avait été montrée ? Et la fête entrevue ne pouvait être que le tournoi de Lyndinas. Mieux encore, pour une fois, elle n'avait pas aperçu le petit garçon, dont elle savait qu'il n'était plus qu'une chimère. Tout cela penchait en faveur d'une vision véritable. Mais la fin du rêve la troublait, en particulier les vitraux célestes, où certaines bizarreries lui paraissaient trop fantasques. Peut-être une partie de l'évocation avait-elle échappé à la porte d'ivoire. Si elle ne parvenait pas à discerner l'origine du message, tout son jugement s'en trouverait faussé. Elle décida de méditer la question au temple.

« Grâces Vous soient rendues pour vos lumières, murmura la mystagogue. Accordez-moi des yeux pour voir. »

De la main droite, elle traça la mandorle sur son visage, puis, après s'être inclinée, elle gagna le fond de la crypte où, en ménageant ses genoux un peu raides, elle remonta l'un des deux escaliers. Elle émergea dans la nef du temple, au pied du chancel. Seule une luminosité vague découpait les vitraux orientaux ; l'essentiel du vaste volume de la rotonde était encore plongé dans l'obscurité. Dans le chœur, quelques lampes tremblotaient au pied de la Déesse ; elles allumaient de faibles reflets sur les étoffes raffinées qui voilaient la statue. La mystagogue se signa à nouveau ; ses articulations craquèrent quand elle fit sa génuflexion. Puis elle franchit la balustrade sculptée et gagna sa cathèdre, au bout des stalles de la communauté féminine.

À cette heure matinale, une poignée de clercs avaient déjà gagné leurs places dans le chœur, et quelques ombres faisaient leurs dévotions dans la nef. Les orants psalmodiaient le memento perpétuel et nul ne s'interrompit au passage de la mère supérieure. Trois religieuses occupaient les stalles féminines, deux frères les stalles masculines. Lampégie, la maîtresse des novices, adressa un imperceptible signe de tête à sa supérieure ; l'aide-bibliothécaire Vindicien s'en abstint en faisant mine d'être plongé dans ses prières.

La mystagogue décrocha son chapelet et se joignit à la litanie. Mais son esprit demeurait dans les chambres onirocritales et plongeait même plus profondément, dans les réminiscences du songe. Usant des clefs de l'oniromancie, elle s'efforça de décrypter le sens de son rêve. Certaines visions étaient assez simples à déchiffrer. Elle avait vu, ou cru voir, le tournoi de Lyndinas parce que cet événement nourrissait ses inquiétudes. Que cette fête chevaleresque eût lieu dans le comté de Kimmarc et non dans le duché ne suffisait point à la rassurer : tôt ou tard, le conflit finirait par éclabousser le monastère de Mondoire. Du reste, dans la galerie onirique, certains vitraux possédaient un sens évident. Les deux cerfs affrontés évoquaient la querelle au sein de la famille ducale ; le troublant portrait de la ci-devant duchesse était une mise en garde sur l'étendue de son influence et de sa duplicité.

En revanche, la représentation du myste Scolonagre avec l'attribut du martyre était plus inattendue. L'écolâtre n'avait séjourné que fort épisodiquement à Mondoire ; il était de ces clercs chez qui l'ambition, l'érudition et le goût du siècle avaient asséché la piété. Ce lettré préférait une existence mondaine dans les cours nobles aux joies austères du ministère : Prudence le concevait mal opérant une conversion tardive pour offrir sa vie à la Déesse.

Quant au vitrail montrant une vieille géante, il demeurait une énigme complète. En fait, cela ressemblait à la mystification d'un esprit effronté. Certes, les yeux émeraude et le grand âge de la figure auraient pu la faire passer pour un avatar de la Déesse ; toutefois le matou perché sur son épaule avait quelque chose de grotesque. Il tournait en dérision l'iconographie sacrée, où l'attribut traditionnel de la divinité était la chouette. Lui substituer ce chat noir donnait à la géante une touche enfantine et un peu ridicule, comme si on avait voulu la réduire à une sorcière de village.

Enfin, il y avait eu la clameur d'effroi devant le portrait d'Audéarde. La psalmodie monotone des quelques célébrants en effaçait l'impression dans l'âme de Prudence, mais elle jugeait ce signe capital. L'avertissement était sans équivoque ; mais sur quoi portait-il ? Signalait-il un péril physique ? Un péril moral ? Ou spirituel ? Prudence avait le sentiment d'avoir négligé, ou oublié, un signe essentiel qui l'aurait éclairée sur la nature de la menace.

Dans quelques heures, elle devait présider au chapitre ; elle craignait que le songe ne fût prémonitoire d'un éclat qui y troublerait la communauté. Elle faillit soupirer entre deux versets. Chaque jour, le chapitre monastique révélait davantage de tensions. Une fois de plus, des plaintes seraient formulées à propos des soudards qui occupaient le sanctuaire. D'aucuns s'inquiéteraient également des bandes de misérables qui avaient été signalées dans la montagne. Sur ces sujets, la mystagogue pouvait fournir des réponses simples, quoique peu satisfaisantes. Ce qu'elle appréhendait le plus était les récriminations, parfois très obliques, que certains religieux ne manqueraient pas d'échanger. Derrière les remontrances enrobées de perfidie et les dénonciations mesquines suppurait le poison des discordes théologiques.

Le débat n'était pas nouveau : voilà des décennies que les mystes de la Vieille Déesse disputaient de l'interprétation des textes matristiques. Les littéralistes prônaient une stricte orthodoxie fondée sur la prééminence de la lettre et de l'allégorie tandis que les anagogiques défendaient une exégèse plus mystique. Cette controverse savante était une conséquence inattendue de la guerre des Grands Vassaux. Après l'effondrement du royaume de Leomance et la défaite des Archontes du Desséché, deux siècles plus tôt, le culte du dieu des morts avait été proscrit du duché de Bromael. Il en avait résulté bien des désordres : défunts privés de viatique, désacralisation des rites funéraires, prolifération des querelles successorales et, inévitablement, cérémonies clandestines. Au bout de trente ans, le pouvoir séculier et les autorités spirituelles s'étaient résignés à restaurer le quatrième culte du cyclothéisme ; mais ils y avaient mis la condition qu'il fût réformé afin que plus jamais il ne pût recourir à la nécromancie royale. Le synode de Havreval, composé de théologiens des quatre cultes, avait ainsi révisé la hiérarchie, la doctrine et la liturgie dessiccatoriennes. Il était à l'origine de la réforme hiémale, qui avait permis au Culte du Desséché d'être restauré non seulement dans le duché, mais aussi dans la Marche franche et dans la république de Ciudalia. Les remous de cette réforme avaient toutefois débordé hors de la pratique dessiccatorienne ; les mystes revenus du synode avaient envisagé la possibilité de prolonger l'examen doctrinal au sein du Culte de la Vieille Déesse. Ils avaient été à l'origine du courant anagogique.

Cela faisait plus d'un siècle que la controverse agitait le clergé. Elle prenait parfois un tour véhément, d'autant plus véhément qu'elle était alimentée par des doctes infatués de leur savoir et de leurs œuvres ; la plupart du temps, cependant, le débat se réduisait à des correspondances policées entre de vieux épistolographes. Le sanctuaire de Mondoire abritait des partisans des deux sensibilités ; même si la polémique couvait toujours au détour du cloître ou de la salle capitulaire, cela n'avait pas empêché la communauté de vivre en bonne entente pendant des décennies. Mais la récente arrivée de la ci-devant duchesse et sa surveillance avaient perturbé l'harmonie monastique. La mystagogue analysait froidement comment les désordres du siècle, en s'invitant dans l'enceinte sacrée, avaient par contrecoup ravivé les intransigeances spirituelles. Il avait suffi de quelques religieux aux idées plus tranchées pour qu'apparussent des antagonismes. Entre littéralistes et anagogiques, on avait échangé des remarques, des objections et des réfutations. Les discussions, après avoir commencé de façon fraternelle, avaient rapidement pris une tournure plus aigre. S'y étaient agrégés des arguments outrés ou spécieux, des attaques personnelles et l'inévitable formation de coteries que finissaient toujours par sécréter les sociétés en vase clos. Malgré tous ses efforts de conciliation, et quelques décisions plus sévères quand un religieux avait passé les bornes, la mystagogue assistait depuis des mois à la propagation de la division au sein de son chapitre. Elle aurait presque juré que la ci-devant duchesse, si digne et courtoise fût-elle, était le principal agent de discorde. L'influence qu'elle avait gagnée au sein du monastère se renforçait de semaine en semaine et produisait des effets pernicieux. Sans doute cela expliquait-il l'auréole noire que Prudence lui avait vue dans son rêve.

Incapable de trouver la sérénité dans la prière, la mystagogue décida de parer aux imprévus. Puisque l'oniromancie restait floue, il lui restait des moyens plus terrestres de prévenir les difficultés. Elle collecterait ses renseignements au plus vite, afin d'être prête à désarmer les désordres d'où qu'ils vinssent. Dès qu'elle en eut fini avec ses dévotions, elle quitta précipitamment le temple.

Elle sortit par le portail de la Souveraine Ontosophie, qui ouvrait sur le cloître de la communauté féminine. Dans le jour naissant, une brume légère voilait les arcades et le jardin. Prudence se dépêcha de passer aux latrines, puis se rafraîchit au lavatorium des moniales. Elle y croisa plusieurs religieuses qui la saluèrent avec respect, mais dont elle devina l'embarras. Il paraissait un peu déplacé que la mère supérieure fît ses ablutions avec le reste de la communauté… Une entorse à l'usage qui faisait partie des nombreux dérèglements provoqués par la présence de la duchesse déchue.

Sortant de la salle d'eau, la mystagogue demanda à une converse de trouver la myste Mainsende et de la convier dans ses appartements. Mainsende était la sœur auscultatrice de la communauté féminine : Prudence aurait besoin de son assistance pour les conversations privées avec des laïques. Par ailleurs, dans la mesure où l'auscultatrice était requise à tous les parloirs, elle représentait aussi une précieuse source d'informations.

Toutefois, avant de rejoindre ses quartiers provisoires, la mystagogue fit un détour. Elle remonta le corridor qui desservait la salle capitulaire et le scriptorium pour déboucher dans le jardin des simples. Le brouillard y flottait plus épais que dans le cloître ; il ouatait les contreforts du temple ainsi que les façades de l'infirmerie et de la maison de l'abbesse. Le ban de brume voilait même le belvédère, au bout du terrain, et son impressionnant point de vue sur la plaine et la montagne. Mais Prudence ne s'intéressait pas au paysage ; elle se contenta de vérifier qu'une lumière éclairait les fenêtres de sa demeure. Comme d'ordinaire, la prisonnière était levée aux aurores. La Déesse savait pourtant que cette grande dame n'avait rien d'une nonne ; cependant, même captive, elle se fixait toujours pour règle d'être debout à la pointe du jour. Cette habitude avait naguère fait partie des principes qui lui permettaient de régenter la cour. À Mondoire, où Audéarde ne disposait plus que d'une dame de compagnie, cette discipline n'avait plus guère d'usage, à part susciter le respect des religieux. Or voilà justement ce qui entretenait la méfiance de la mystagogue. La ci-devant duchesse inspirait trop d'estime et de sympathies, alors qu'elle représentait un insidieux facteur de désordre.

Deux sergents d'armes, frileusement engoncés dans leur houppelande, montaient une garde somnolente devant la porte d'entrée. L'un tapait du pied pour se réchauffer, l'autre bâillait à se décrocher la mâchoire. Cela faisait près d'un an que les indésirables s'étaient imposés, et pourtant Prudence ne parvenait pas à s'y accoutumer : la présence de ces soudards dans la clôture monastique lui faisait toujours l'effet d'une verrue. Du moins ces deux-là se tenaient-ils tranquilles ; il y en avait d'autres qui tuaient le temps en vidant un cruchon et en jouant aux dés, quand ce n'était pas en lutinant grossièrement les novices.

La mystagogue repartit d'un pas pressé vers ses nouveaux appartements. Parmi tant d'autres perturbations, le déménagement de la supérieure avait été une conséquence imprévue de l'arrivée de la captive… Un an plus tôt, quelle stupeur avait été la sienne quand Prudence avait appris qu'Audéarde de Maginois, répudiée et déchue de tous ses titres pour adultère, serait recluse à Mondoire ! Quelle stupeur et quel scandale ! Car le duc Ganelon, tout en affectant la clémence pour l'épouse infidèle, s'en vengeait en fait avec une perversité raffinée… Dans un premier temps, la mystagogue avait regimbé, outrée de se trouver *une fois de plus* manœuvrée par les artifices du suzerain. Elle avait été tentée de refuser tout net, au motif que son monastère n'était pas une prison. Après tout, le souhait du duc avait été présenté comme une requête, non comme un ordre… Mais la mère supérieure était trop raisonnable – et elle connaissait trop bien Ganelon – pour lui opposer pareil affront. Malheureusement, Mondoire se trouvait sur une marche frontière qui n'était pas exempte de périls… Et puis le monastère entretenait des rapports compliqués avec le connétable de Traval ; en tant qu'avoué du sanctuaire, Anaraut de Traval veillait à sa sécurité, mais en tant que voisin et co-seigneur de certaines terres, il était également en litige avec la communauté religieuse. Déplaire au duc aurait signifié être abandonné à l'arbitraire du connétable. Pour éviter de voir Mondoire mis en coupe réglée, Prudence avait donc dû étouffer ses scrupules et accueillir la grande dame répudiée.

La mystagogue avait d'abord décidé de réserver tout un étage de l'hostellerie pour la captive et pour sa garde. Cette solution présentait le double avantage d'établir la duchesse déchue dans un logis assez confortable et de la laisser, ainsi que ses geôliers, hors de la clôture monastique. Toutefois, rien ne s'était passé comme prévu. Une véritable petite armée s'était présentée devant le monastère pour y enfermer la prisonnière. La grande dame déchue avait été escortée par le connétable en personne et par plusieurs de ses bannerets, dont les sires de Quaquevel, père et fils, ainsi que le chevalier de Gelde. Ces forces témoignaient assez de l'influence que l'on prêtait toujours à la ci-devant duchesse ; l'entourage de Ganelon avait craint qu'elle pût être libérée en cours de route par ses partisans. Toute l'hostellerie et la plupart des communs avaient été réquisitionnés par les gens de guerre ; en revanche, le connétable avait refusé que dame Audéarde y fût logée. Il lui paraissait trop facile de s'en échapper ; il avait exigé que la captive fût claustrée dans la deuxième enceinte de la clôture monastique, en laissant la mystagogue et le chevalier Burchard de Gelde, qu'il avait nommé gouverneur de la prisonnière, s'accorder sur le local de détention.

Le sire de Gelde, un garde-chiourme dépourvu de délicatesse, jugeait que le plus commode était d'enfermer la grande dame dans les cachots des moniales mises à la pénitence. Prudence avait protesté, estimant le procédé déplorable et craignant la réprobation qu'il n'aurait pas manqué de soulever dans la communauté monastique. Comme pour compliquer la situation à plaisir, l'ex-duchesse s'en était mêlée. Par l'intermédiaire de la dévouée Almodie, sa dame de compagnie, elle avait fait savoir qu'elle désirait se retirer dans une pauvre cellule de religieux… Mais pas n'importe laquelle. Elle savait que quelques années auparavant, peu avant sa mystérieuse disparition, le grand Devin de Belcastel avait fait une retraite dans le sanctuaire de Mondoire. Elle avait jadis connu, et même protégé, l'illustre romancier ; elle souhaitait donc être enfermée dans le logis qui avait été le sien afin, prétendait-elle, de communier avec le souvenir de son génie. Pareille requête était naturellement inacceptable : prêtre ordonné de la Vieille Déesse, Devin de Belcastel avait séjourné dans le cloître de la communauté masculine. Pour y installer la grande dame, il aurait fallu en déménager tous les frères, sauf à provoquer un scandale encore pire que celui qui avait valu la répudiation à Audéarde. Pour trancher la question, Prudence avait offert l'hospitalité à la ci-devant duchesse dans sa propre demeure, la maison de l'abbesse. Et comme elle ne poussait pas l'abnégation jusqu'à vivre sous le même toit que son encombrante invitée, elle s'était improvisé un nouvel appartement entre les murs de la schola, dans une dépendance de la bibliothèque. Telle était la situation qui la privait de certaines commodités privées et lui valait de convoquer ses interlocuteurs au milieu des ateliers de copie, d'enluminure et de reliure.

La mystagogue n'avait pas atteint l'entrée de la bibliothèque lorsqu'elle fut abordée par une religieuse sortie de l'aile des visiteurs. Elle soupira intérieurement en reconnaissant le visage apoplectique de Rohaise, la sœur hospitalière.

« Ah ! Révérende mère ! Je venais justement solliciter une audience.

– Bonjour, sœur Rohaise. Vous n'aurez pas perdu de temps, aujourd'hui…

– Si vous voyiez l'état de l'hostellerie ! Je ne souffre plus ces brutes sans retenue !

– Oui, oui, je vous entends bien, ma sœur, et je vous sais gré de venir m'en parler avant l'ouverture du chapitre. Mais entrons. Mieux vaut traiter ce sujet en toute confidentialité. »

Elle l'entraîna dans le scriptorium, que deux novices balayaient en attendant qu'il fît assez clair pour que les copistes pussent reprendre leur tâche. Les deux religieuses poussèrent une petite porte, non loin du chauffoir, et montèrent l'escalier qui menait au repère de Prudence. Un frère patientait déjà devant le seuil des appartements de l'abbesse. Loin d'être surprise, la mère supérieure ne parvint pas à étouffer un nouveau soupir. Le myste Émebert, le cellérier, semblait bouillir sur place.

« Bonjour, mon frère, salua Prudence d'une voix un peu lasse. Je devine déjà ce qui vous amène… Suivez-moi, je vous prie. Nous verrons ce que nous pourrons faire. »

Malgré le conduit du chauffoir qui traversait l'un des murs mitoyens, la chambre qu'avait élue la révérende mère était assez froide. Plus spacieuse et plus haute qu'une cellule, elle était très lumineuse, ayant servi d'atelier d'enluminure jusqu'à une date récente. Le jour naissant y coulait par deux fenêtres géminées, vitrées de petits carreaux à croisillons de plomb. Un lit tout simple occupait un angle de la pièce, dominé par le symbole de la chouette ontosophique ; Prudence avait gardé trois lutrins de l'atelier d'origine pour y déposer son hymnaire, traiter sa correspondance et les inventaires des fermages. En s'asseyant dans son faudesteuil, elle invita d'un geste ses visiteurs à prendre place sur des tabourets. Ils n'en firent rien, tant ils écumaient d'indignation.

« Révérende mère, s'écria sœur Rohaise, c'en est trop ! Ces gens de guerre sont pires que des pourceaux !

– Un fléau, révérende mère ! renchérit frère Émebert. Un véritable fléau ! Plus vorace qu'une infestation de rats !

– Ils transforment l'hostellerie en tripot !

– Ils m'ont volé les clefs des celliers !

– Ils brisent les portes et les meubles !

– Ils ont déjà bu la moitié de la cuvée d'automne !

– Ils ramènent des femmes de mauvaise vie !

– Ils pillent sans retenue nos salaisons et nos fromages !

– Ils ont même eu l'effronterie de me faire des avances !

– À ce train, ils auront bientôt épuisé nos réserves ! »

La mystagogue hochait de la tête avec une commisération désabusée.

« Je suppose que vous avez renouvelé vos plaintes auprès du chevalier de Gelde », dit-elle sans nourrir beaucoup d'illusions.

Loin de calmer les deux religieux, ces mots attisèrent leur colère.

« Le chevalier ! s'étrangla sœur Rohaise. Ah oui ! En voilà un beau, de chevalier !

– Le plus voleur de tous ! Et insolent avec cela !

– Il a osé me dire que si ses soudards n'ont pas de femmes, ils s'en prendront aux nonnes !

– Il s'est moqué de moi quand j'ai exigé qu'on me rende mes clefs ! Il m'a expliqué le plus sérieusement du monde que laisser ses gens se servir tout seuls m'épargnerait bien des allées et venues !

– Et le plus débauché de tous ! Il envoie ses sergents battre les campagnes pour lui dénicher des filles à peine nubiles ! »

Au milieu de ce flot de récriminations, on avait frappé à la porte. La sœur Mainsende, entrée avec une discrétion de bon aloi, était venue se placer derrière la mère supérieure. Elle était restée silencieuse et absolument impassible, mais son apparition finit par tempérer les éclats des deux autres religieux. La sœur auscultatrice produisait souvent cet effet ; bien qu'elle ne fût que les yeux et les oreilles de la mystagogue, elle était plus redoutée que sa supérieure.

« Ma chère sœur, mon cher frère, je prends acte de vos plaintes, dit Prudence. Elles sont plus que légitimes et je partage votre indignation. Je vais faire mon possible pour mettre bon ordre à tout ceci. Vous pourrez naturellement soulever ces problèmes au cours du chapitre, mais j'en appelle à votre sagesse pour vous exprimer avec plus de modération que vous ne venez de le faire. Vous savez combien la communauté est troublée en ce moment… Tâchons de prendre sur nous et gardons la tête froide pour ne point jeter de l'huile sur le feu. La Déesse ne nous enseigne-t-elle point que la mesure abrège les errements ? Quant à moi, je vais m'employer à raisonner le chevalier de Gelde. Faites-lui savoir que je souhaite le rencontrer séance tenante.

– Sauf votre respect, révérende mère, ce sujet-là est un impie, observa la sœur hospitalière. S'il n'est pas disposé à vous écouter, rien ne le forcera à se déplacer.

– Je m'en doute, sœur Rohaise, répondit la mystagogue avec un sourire las, mais il serait inconsidéré de froisser sa vanité par une convocation. »

Au terme d'un instant de réflexion, elle ajouta :

« Avec mon invitation, transmettez-lui cette simple question : jadis, à Longomores, serait-il resté sourd à mes requêtes ? Vous verrez qu'il viendra. La nostalgie est un maître plus puissant que l'autorité ou le bon droit… »

Superficiellement calmés mais pas vraiment satisfaits, la sœur hospitalière et le frère cellérier prirent congé. Lorsqu'elles se retrouvèrent seules, Prudence se tourna vers l'auscultatrice.

« Merci d'être venue si vite, sœur Mainsende. Je vous ai appelée parce que je pressentais ces nouvelles frictions et la rencontre avec le chevalier. Profitons de ces quelques instants de tranquillité pour discuter de nos soucis. J'espère sincèrement que vous n'avez rien de nouveau à m'apprendre, mais si vous avez quelque chose à me dire, je vous écoute. »

La sœur auscultatrice inclina la tête avec embarras.

« Ma mère, dit-elle, je prends la Déesse à témoin, j'aimerais vous épargner ces turpitudes…

– Mais votre devoir vous impose de me les révéler, soupira la supérieure.

– Croyez que je n'y trouve nulle satisfaction.

– Pas plus que moi à les recevoir… Reste que la situation s'envenimerait davantage si nous détournions le regard… Allons, ma sœur. Au fait. »

Le visage de Mainsende reprit sa rigidité ordinaire.

« Il court une vilaine rumeur à propos du chantre Leudèse, énonça-t-elle. Il se montrerait un peu trop familier avec ses petits chanteurs.

– Bonté divine ! Quelle est cette ignominie ? Qu'entendez-vous par ces paroles ?

– Il leur témoignerait des marques d'affection déplacées, mais je n'en ai pas appris davantage.

– Y a-t-il un fond de vérité dans ces racontars ?

– Je l'ignore, ma mère. C'est la première fois que j'en entends parler. Le ragot ne provient pas de la chapelle mais de la schola… Cela peut venir des enfants comme de la maîtresse des novices. Or c'est ici que le bât blesse. Voilà un moment que la myste Lampégie reproche vertement au chantre de diffuser une interprétation anagogique de l'hymnaire.

– Lampégie est stricte dans l'application de la doctrine, mais iraitelle jusqu'à recourir à la calomnie pour discréditer Leudèse ?

– Elle n'est peut-être pas à l'origine de l'accusation, mais elle a pu favoriser la rumeur.

– Quelle vilaine affaire ! Il va falloir la traiter avec doigté, ma sœur. Tâchez d'en apprendre davantage et de vérifier si ce bruit a le moindre fondement. Avant d'agir, je dois disposer d'éléments plus concluants que des présomptions.

– Je m'y emploierai, ma mère.

– Allez-vous m'accabler avec d'autres problèmes, ma sœur ?

– Je crains que oui. Il y encore eu des chicanes entre le bibliothécaire Viator et la maîtresse d'atelier Clementia. Le frère Viator accuse la sœur Clementia de tolérer les gloses que les copistes introduisent dans les transcriptions d'ouvrages apologétiques. La maîtresse d'atelier les défend en affirmant qu'il ne s'agit pas d'opinions personnelles mais de références à des commentateurs établis par la tradition. »

La mystagogue ne put réfréner un geste de contrariété.

« Ces deux-là se sont toujours entendus comme chien et chat ! s'irrita-t-elle.

– Leurs rapports se sont dégradés depuis que l'aide-bibliothécaire Vindicien a été écarté du scriptorium, releva l'auscultatrice.

– Oui, Vindicien était précieux pour arrondir les angles... Mais il en profitait pour abuser de sa position. Pour l'instant, il serait dangereux de le rétablir dans ses fonctions. »

Mainsende approuva poliment puis, avoir pincé les lèvres, reprit sur un ton retenu :

« Je suis fâchée de vous le dire, révérende mère, mais il est possible que Vindicien ne soit pas le seul membre de notre communauté à avoir servi de courrier entre notre invitée et l'extérieur.

– Hélas, c'est bien ce que je craignais, se désola Prudence.

– La myste Clementia est souvent en relation avec Almodie, ces derniers temps, quand ce n'est pas avec dame Audéarde. Elle lui a rendu visite directement dans votre… dans sa maison, hier, après l'office du soir.

– Savez-vous quel était le motif de cette rencontre ?

– D'après ce qui se dit au scriptorium, dame Audéarde voudrait passer commande d'enluminures pour un traité de vénerie qu'elle a recopié de sa main, *Le Débat de deux dames sur le passe-temps de la chasse des chiens et des oiseaux*. Ce serait prétexte à des rencontres assez régulières.

– L'intrigante ! » souffla la mystagogue.

Malgré la surveillance des gardes et des religieuses, Audéarde de Maginois communiquait clandestinement avec son parti. En fouillant des commandes de tissu destinés aux travaux d'aiguille de la captive, les sergents du chevalier de Gelde avaient intercepté plusieurs missives. Le gouverneur de la prisonnière n'étant guère lettré, il avait soumis ces billets à la mère supérieure avant de les renvoyer au connétable. Prudence en avait lu le texte au chevalier sans rien lui celer, mais elle s'était intérieurement étonnée de n'y découvrir que des banalités : protestations de loyauté du chevalier Cowyr de Thèves ; assez mauvais vers d'amour du sire Fitzurse du Havne ; bavardage mondain d'Azalaïs de Vayre… La frivolité de cette correspondance secrète avait paru hors de propos à la mère supérieure ; la pauvreté du subterfuge consistant à la cacher dans des lés d'étoffe avait renforcé ses soupçons. Après, tout, dans sa jeunesse, Prudence avait également dû contourner la surveillance de ses chaperons, et elle avait appris que l'un des meilleurs moyens de tromper une tutelle était précisément de lui donner ce qu'elle cherchait. Craignant des complicités compromettantes au sein du sanctuaire, elle avait chargé la sœur Mainsende de chercher un autre canal de communication clandestine, sans pour autant en aviser le sire de Gelde. C'était en s'intéressant de près aux rapports entre la ci-devant duchesse et la bibliothèque du monastère que l'auscultatrice avait démasqué le véritable intermédiaire, l'aide-bibliothécaire Vindicien. Prudence avait ainsi récupéré trois autres lettres, d'une teneur autrement compromettante, qui avaient été adressées par le seigneur de Vayre à sa mère. Ces documents représentant un atout majeur dans la situation compliquée du sanctuaire, la mystagogue les avait gardées par-devers elle, sans les communiquer à la prisonnière ni à son gouverneur.

Aux yeux de la mère supérieure, les soupçons de Mainsende à propos de la maîtresse d'atelier étaient à considérer sérieusement. En fait, tout le scriptorium était suspect. Audéarde de Maginois n'avait pas usurpé sa réputation de fine lettrée ; pendant les vingt années où elle avait été duchesse, elle s'était constitué une splendide bibliothèque. À ce titre, elle avait passé chaque année la commande d'un ou deux ouvrages précieux à l'atelier de Mondoire ; ainsi avait-elle contribué à l'enrichissement du sanctuaire, tant et si bien que copistes et enlumineurs la considéraient toujours comme une protectrice. Quoi d'étonnant, dès lors, à ce que l'aide-bibliothécaire lui eût fourni ses services ? La myste Clementia était probablement dans la même disposition d'esprit que le frère Vindicien… Certes, les deux religieux étaient cloîtrés et ne pouvaient servir directement d'émissaires. Mais ils disposaient d'une toile de relations fort étendue hors du monastère qui en faisait d'utiles commissionnaires. La bibliothèque de Mondoire entretenait des échanges réguliers avec celles des autres grands sanctuaires comme Carroel, Broussais ou Havreval, ou avec une institution comme l'Académie des Enregistrements de Bourg-Preux. L'atelier recevait également des commandes privées de grands seigneurs bromallois et ciudaliens. C'était via ces correspondances mi-érudites, mi-commerciales, que pouvaient circuler des courriers clandestins comme ceux qu'avait convoyés le frère Vindicien.

« Faut-il inspecter la cellule de la sœur Clementia ? demanda Mainsende.

Non, n'en faites rien pour l'instant. Même si elle communique avec l'extérieur, vous n'y trouverez probablement nulle correspondance : elle dispose de tout le scriptorium pour dissimuler des plis compromettants. Quant à l'atelier des copistes, il serait malavisé de le fouiller : cela attirerait l'attention du chevalier de Gelde et jetterait le discrédit sur toute la communauté. Je vais tâcher de régler ce problème de manière plus discrète. Consacrez-vous plutôt à la surveillance du chantre Leudèse ; s'il existe la moindre part de vérité dans le bruit que vous m'avez rapporté, il faudra rapidement prendre des mesures pour remettre de l'ordre dans la chapelle. »

Prudence s'abstint toutefois de livrer le fond de sa pensée à la sœur auscultatrice. Elle avait certes pleine et entière confiance dans la loyauté de la sévère Mainsende, mais elle la savait aussi de conviction littéraliste. Or le frère Leudèse et la sœur Clementia ne cachaient pas leurs sympathies pour l'anagogie. Mener une double inquisition sur les agissements du chantre et de la maîtresse d'atelier risquait de passer pour une reprise en main littéraliste du sanctuaire ; cela exacerberait les tensions au lieu de les apaiser. Pour maintenir la réputation d'impartialité que la mère supérieure avait su se ménager jusqu'à ce jour, il convenait d'agir de façon plus feutrée.

Des coups assez brutaux ébranlèrent la porte. La sœur Mainsende se leva pour introduire le visiteur, mais le vantail fut poussé avant qu'elle ne l'eût atteint. La silhouette épaisse du chevalier de Gelde occupait toute l'embrasure.

« Entrez donc, sire Burchard, lança Prudence avec une touche d'ironie. La Déesse bénisse votre empressement à satisfaire mes prières.

– Je n'ai jamais su repousser les invitations d'une dame », plaisanta gauchement le chevalier.

Demeurant assise pour marquer la supériorité de son rang, la mystagogue lui désigna l'un des tabourets. Burchard de Gelde traversa la pièce sans se presser, en balançant les épaules et en faisant craquer le plancher sous son talon. Il remonta familièrement son ceinturon avant de prendre place, jambes écartées et mains sur les genoux. Incommodée par des relents de vin et d'écurie, Prudence fit de son mieux pour ne pas froncer le nez.

Burchard de Gelde avait jadis été un combattant de belle allure, mais il avait forci avec l'âge. Quelques vieilles balafres déparaient son visage poupon et couperosé ; sa mâchoire carrée s'empâtait dans un double menton et une panse prospère alourdissait désormais une carrure qui avait été plus athlétique. « Il a encore grossi ! » se dit la mère supérieure sans rien laisser paraître de sa désapprobation. Cet office de gouverneur de la prisonnière profitait un peu trop au vétéran.

« Quelle santé florissante ! flatta Prudence. L'âge n'a pas prise sur vous, sire Burchard.

– Un galant homme doit s'entretenir, se rengorgea le chevalier.

– Je crains hélas que votre charge dans ce monastère ne vous paie guère de vos efforts.

– J'ai quand même le privilège de me retrouver dans les appartements de la mère abbesse au saut du lit !

– Quelle aventure… Seriez-vous sur le chemin de la conversion, sire Burchard ?

– Par le passé, vous en avez converti des plus mécréants que moi !

– Vous avez une conception bien profane de la dévotion.

– Ah ! Que voulez-vous… C'était le bon temps… Personne ne surpassait votre beauté !

– Je vous sais gré d'en parler au passé, sire Burchard. C'était une autre époque… Et tout cela s'est terminé fort tristement. »

Le chevalier hocha la tête, affectant un air plus grave.

« Sans ce malheur à Mordunes, qui sait où nous serions en ce moment ? rêvassa-t-il.

– Probablement au même endroit et dans la même situation. Tout finit toujours par se plier à la volonté du duc Ganelon. »

La mention au suzerain eut pour effet de refroidir les épanchements de son arrière-vassal.

« À cause de votre allusion au sujet de Longomores, j'ai cru… tenta-t-il de se justifier.

– Je vous prie de pardonner mon inconséquence, coupa Prudence avec un sourire dépourvu de chaleur. À l'avenir, je surveillerai davantage mes propos. Pour vous dire la vérité, j'ai l'esprit troublé par bien des soucis et je vous ai convié dans l'espoir que vous ayez la ressource d'en aplanir quelques-uns.

– Dame Audéarde vous mène la vie dure, hasarda le chevalier avec une mine goguenarde.

– Je ne vous cacherai pas que sa présence dans ces murs présente des inconvénients. Mais je les envisagerais de façon plus sereine si je n'avais pas d'autres motifs d'inquiétude. Pour commencer, avez-vous des nouvelles du banneret de Quaquevel ?

– Pas depuis la semaine dernière.

– Il n'est donc pas descendu des cols ?

– Il doit continuer à patrouiller les tours de guet.

– N'avait-il pas repoussé les malheureux qui essayaient de franchir les monts ?

– Il en a éreinté une poignée, mais il semble qu'une bande plus importante ait été vue. Sans doute lui donne-t-il la chasse. »

Burchard de Gelde en parlait sans la moindre alarme. À ses yeux, il s'agissait d'une nuisance plus que d'un réel danger.

Il arrivait que des miséreux s'infiltrassent dans le duché depuis les Landes grises ; il leur fallait alors franchir les monts du Chevéchin, qui formaient une marche frontière depuis l'effondrement du Vieux Royaume. Jadis, à l'époque glorieuse de la Leomance, le massif séparait Bromael de la province de Faireal, le cœur du domaine royal. Mais ce pays de cocagne avait été ravagé et gangrené par la guerre des Grands Vassaux ; il n'en restait qu'une terre gaste qui étalait ses mornes horizons à perte de vue. Au milieu des ruines hantées, des étendues incultes et des palus malsains végétaient quelques clans plus ou moins retombés dans la sauvagerie. Les bonnes gens de Bromael les surnommaient les *Miteux* avec beaucoup de mépris et un peu de crainte. Il circulait des légendes horribles sur les mœurs dénaturées de ces pauvres hères. Peut-être étaient-elles dues aux pillages que certaines bandes, plus audacieuses ou plus désespérées, commettaient parfois sur les lisières du duché. Quelques paysans des manses dépendant du sanctuaire de Mondoire et du château de Traval avaient parfois été attaqués.

« Il est rare que ces opérations durent si longtemps, observa la mère supérieure. Le banneret de Quaquevel est privé du soutien de son fils ; le connétable se trouve également auprès du duc… La Déesse nous préserve de ce malheur, mais ne peut-on craindre que sire Urdisten soit en difficulté ? »

Burchard de Gelde balaya cette hypothèse d'un revers de main.

« Aucun risque, révérende. Les Miteux ne sont que des crève-la-faim, ils n'ont rien de comparable avec les guerriers d'Ouromagne. Le vieil Urdisten n'en fera qu'une bouchée. Sa troupe n'est pas grande mais il ne fait pas bon s'y frotter. Ses archers connaissent la montagne comme leur poche ; ses sergents ont combattu à plus d'une reprise dans la vallée de la Kley ; il a même quatre ou cinq soudoyers ouromands. Croyez-moi, les maraudeurs peuvent compter leurs abatis. L'unique raison pour laquelle sire Urdisten tarde à revenir, c'est parce qu'il est seul à couvrir la montagne. Il lui faudra plus de temps pour remonter la piste des pouilleux ; mais une fois qu'il les aura réduits aux abois, il les forcera d'une main sûre.

– Ne serait-il pas indiqué de lui envoyer du renfort ?

– Ah, croyez-moi, je serais ravi de me joindre à la chasse ! Mais les ordres du connétable sont formels : je ne dois pas dégarnir la garde de dame Audéarde. Et c'est bien mieux pour votre monastère ! Avec mes gens de guerre, vous ne craignez personne.

– Je crains surtout pour les villages qui dépendent de Mondoire. Si quelques pillards passaient à travers les mailles du filet…

– Parbleu, ce serait un mal pour un bien. Le chevalier de Quaquevel saurait où frapper et ses recherches s'en trouveraient abrégées. »

Prudence joignit les mains, ses deux index sur les lèvres, affichant un air peu convaincu.

« Votre loyauté au connétable et le souci que vous avez de mes frères et sœurs vous honorent, finit-elle par dire, mais Mondoire occupe une position suffisamment forte pour ne pas être inquiété. En revanche… »

Elle prit le temps de peser ses mots.

« En revanche, le monastère n'a jamais eu pour vocation d'accueillir une garnison en plus de sa communauté. Cela nous cause quelques problèmes d'intendance.

– Ah ! Je vois ! s'épanouit le sire de Gelde. Votre cellérier est venu se plaindre.

– Il n'est pas le seul. La sœur hospitalière est dans tous ses états.

– Rien de bien méchant… Mes hommes les taquinent un brin, mais tout cela reste bon enfant.

– L'accaparement de nos réserves me semble d'un humour douteux, sire Burchard.

– Simple plaisanterie. Je veillerai à ce que votre cellérier récupère ses clefs.

– Et j'espère que vous faites la distinction entre l'hostellerie d'un sanctuaire et une taverne à soldats.

– Mes hommes ne sont pas faits pour le cloître, révérende. Ils reçoivent juste un peu de visite…

– Alors que vous, naturellement, vous leur donnez le bon exemple.

– J'ai toujours eu l'âme chevaleresque. »

Le gaillard et la mystagogue échangèrent un regard entendu.

« Il arrive que les vertus cardinales fassent mauvais ménage avec les vertus théologales, observa doucement la mère supérieure.

– Je ne vous dirai pas le contraire, s'esclaffa le vassal, car je n'y entends goutte. Vous m'excuserez, ma mère : je ne suis point grand clerc.

– Et les clercs ne sont point chevaliers. Je voulais dire que mes frères et sœurs sont rétifs aux gentillesses de corps de garde.

– En toute franchise, je les trouve un peu guindés.

– Je vous le concède, si cela peut vous faire plaisir. À vrai dire, ils ont bien d'autres défauts... Mais il est également discourtois d'incommoder ses hôtes, sire Burchard. Discourtois et, pour vous parler sans ambages, inconsidéré. Le comportement désinvolte de vos hommes pourrait desservir votre mission.

– Vraiment ? releva le chevalier un peu piqué. Et de quelle manière ? »

Il avait perdu son expression bonasse et considérait son interlocutrice avec plus de distance. Prudence le gratifia d'une ombre de sourire.

« Ne vous méprenez point sur mes intentions, répondit-elle, je n'envisage nullement de me plaindre à mon seigneur de Traval. De toute évidence, il partage vos vues sur la convivialité chevaleresque. J'incline même à croire qu'il vous a un peu encouragé à animer mon cloître, envisageant d'assouplir ainsi mes positions dans un ou deux litiges que j'ai avec lui. Le problème, sire Burchard... »

Une componction délicate se peignit sur les traits de la mystagogue.

« Le problème, poursuivit-elle, est que ma communauté regorge de clercs plus fins que je ne le suis, qui mesurent mieux que moi l'inutilité d'en référer à votre maître. Ils finissent par se considérer comme vos otages, et compte tenu de l'invitée dont vous avez la charge, c'est un sentiment dangereux. »

Le chevalier de Gelde fronça ses gros sourcils.

« Dangereux ? répéta-t-il sur un ton rogue.

– L'antipathie que provoquent les agissements de vos hommes alimente la compassion et l'estime que certains de mes frères et sœurs nourrissent pour votre prisonnière. Il serait fâcheux que la désinvolture qui règne dans votre troupe procure des complicités à dame Audéarde. »

Le gros vétéran se pencha de façon peu amène vers la mère supérieure.

« Je n'apprécie guère le tour que prend cette conversation, lâcha-t-il. Me menacez-vous de prendre le parti de dame Audéarde ?

– Chevalier, je serais bien sotte de vous en avertir.

– Avez-vous découvert des traîtres dans votre prêtraille ?

– Comme vous y allez ! Je vous mets en garde au sujet des écarts commis par vos gens et vous cherchez déjà à blâmer ma communauté.

– Vous avez beau porter le voile, vous êtes toujours fine mouche comme devant. En tout cas, vous n'êtes pas femme à parler en l'air. Qu'avez-vous donc sous le coude ?

– Sire Burchard, soyez assuré que si je connaissais la moindre chose digne d'être portée à votre connaissance, je vous appellerais aussitôt. N'est-ce pas précisément ce que je viens de faire ? »

Le chevalier se redressa lentement dans une posture moins vindicative, mais l'expression toujours soupçonneuse. Prudence posa doucement une longue main sur les pages calligraphiées de son hymnaire. Elle fit mine d'en méditer un verset. Le livre était en fait ouvert sur une écritoire dans laquelle se trouvaient serrées les trois lettres de Méléagant de Vayre.

« Mon seul dessein est de vous avertir avant que la situation ne prenne un tour déplaisant, reprit doucement la mystagogue. Si dame Audéarde gagne des complicités dans mon monastère, nous en essuierons tous deux le préjudice. Bien sûr, vous allez être tenté de mettre votre prisonnière au secret. Si vous me permettez d'exprimer mon sentiment sur la question, pareille initiative serait malvenue. Tôt ou tard, la mesure s'ébruiterait hors des murs et entretiendrait le mécontentement provoqué par la déchéance de la ci-devant duchesse. À terme, ni le connétable ni le duc ne vous en seraient très reconnaissants… »

Le chevalier fit une moue sceptique.

« Pour que cela se sache à l'extérieur, il faut bien qu'il y ait des fuites.

– À moins que vos gens ne témoignent davantage de considération aux miens, vous les éviterez difficilement.

– Convenez que vos requêtes sont singulières : vous me demandez d'être souple avec ma prisonnière et ferme avec mes hommes. Sommes-nous du même bord, révérende ? »

Prudence tambourina son écritoire du bout des doigts tout en décochant un sourire froid au sire de Gelde :

« Sur mon âme, je ne suis pas du côté de dame Audéarde, affirma-t-elle. Vous n'êtes pas sans savoir que j'ai de vieux griefs à son encontre.

– On en aurait à moins, admit le chevalier.

– D'où notre étrange cohabitation : le duc, avec le génie qui est le sien, a fait enfermer dame Audéarde entre ces murs pour ce motif. Vous connaissez l'adage : l'ennemie de mon ennemie… En deux mots comme en cent, vous pouvez vous fier à mes raisons.

– Je l'ai fait jusqu'à présent.

– Aussi la sagesse voudrait également que vous écoutiez mes doléances. J'en appelle à votre bon sens : je ne pourrai maintenir ma communauté dans la discipline si vous ne faites de même avec votre troupe.

– Il n'y a aucun relâchement dans mon commandement », grommela le vétéran.

La mystagogue éleva les deux mains en un geste de conciliation.

« N'ayant aucune expérience de la chose militaire, je me suis mal exprimée, s'excusa-t-elle. Permettez-moi de reformuler ma pensée. Dans notre intérêt mutuel, pourriez-vous exiger de vos gens un peu de décence et de retenue ?

– Cela va sans dire… Si je le juge nécessaire.

– Puis-je dire à ma communauté que vous le jugez nécessaire ?

– Ce sera nécessaire si des coquins passent les bornes.

– Voici une réponse bien élusive… »

La mère supérieure considéra son interlocuteur d'un air absorbé.

« Vous êtes conscient qu'après les avertissements dont je vous ai fait part, vous serez aussi comptable que moi des complicités éventuelles que dame Audéarde pourrait gagner dans ces murs.

– Sauf votre respect, ma mère, vous m'assommez avec vos réprimandes. Je ferai ce qu'il faut pour que rien de fâcheux n'arrive, voilà tout !

– Puis-je en informer mon chapitre ?

– Informez-le tant qu'il vous plaira.

– Il faudra que vos actes se conforment à vos paroles, sans quoi vous y perdrez tout crédit.

– Contrairement à vous, révérende, je suis un homme d'action plus que de parole !

– La Déesse soit louée : il semble donc que nous tombions d'accord. »

Ayant dit ces mots, Prudence estima que ce fragile consensus serait sans doute la meilleure concession qu'elle obtiendrait du chevalier de Gelde. Du moins pourrait-elle l'invoquer pour calmer le chapitre ; elle espérait surtout que ses mises en garde fissent leur chemin dans l'esprit un peu lourd de son interlocuteur. Prolonger l'entretien représenterait désormais une perte de temps ; ce serait même courir le risque de ranimer inutilement le débat. Il fallait conclure. La mère supérieure posa deux doigts sur sa tempe avant de refermer le poing. Ce geste était dépourvu de sens aux yeux du profane, mais en langue des signes monastique il signifiait : « L'abbesse est indisponible. » L'auscultatrice réagit aussitôt ; elle toussota discrètement avant de prendre la parole :

« Révérende mère, dit-elle, l'heure tourne. Le chapitre va bientôt s'assembler.

– Déjà ? feignit de s'étonner la mystagogue. Comme le temps file en votre compagnie, sire Burchard ! Hélas, je vais me trouver requise par les obligations de mon office. J'espère que vous ne m'en voudrez pas trop si je mets un terme à notre entretien. Nous pourrons le reprendre dès que vous le jugerez utile. La sœur Mainsende va vous raccompagner hors du cloître pendant que je préparerai les lectures et l'assignation des tâches. En chemin, vous pourrez lui confier les arguments et les observations que vous n'aurez pas eu le loisir de me dire de vive voix… »

Prudence entendit les pas de l'auscultatrice et du chevalier descendre l'escalier puis la grosse voix de sire Burchard bougonner dans le scriptorium – où la mystagogue ne se représenta que trop bien les regards hostiles dardés par les copistes. Elle se détendit alors imperceptiblement. À défaut d'avoir donné tous les résultats escomptés, la rencontre avait permis de glisser une ou deux suggestions utiles, qui germeraient peut-être dans la cervelle de l'officier.

« Ô Divine Sagesse, pardonnez mes procédés obliques. »

Tout en murmurant ces mots, la mère supérieure devait bien reconnaître qu'elle n'en éprouvait guère de scrupules. Après tout, il en allait de l'intérêt du sanctuaire… Les moyens insidieux qu'elle utilisait pour manœuvrer le chevalier compensaient leur honnêteté discutable par une pondération toute diplomatique. Certes, la Déesse réprouvait la tromperie, mais elle prodiguait également des présages et des rêves si diffus qu'elle avait induit plus d'un fidèle en erreur. Prudence, qui avait précisément choisi son nom en religion pour se rappeler de peser les signes avec circonspection, n'avait fait qu'infléchir son propos à l'imitation des voies divines.

La mystagogue se leva et vint méditer devant l'une des fenêtres géminées. Le brouillard s'était presque dissipé pendant la conversation avec le chevalier de Gelde. Un peu déformé par les bulles et les irrégularités des petits carreaux, le spectacle familier des toits et de la coupole du temple se dévoilaient à présent aux yeux de la supérieure. Plus loin, par-delà l'enceinte monastique, se dressaient les versants boisés du Chevéchin, qui retenaient encore quelques bans de brume. Dans sa simplicité matinale, ce paysage émut la religieuse. Que n'eût-elle donné pour lui rendre la paix qu'il connaissait naguère… Afin de restaurer la sérénité de Mondoire, elle se surprenait non seulement à entreprendre des démarches douteuses, mais, pis encore, à s'en absoudre sans grand état d'âme. À croire que les devoirs de sa charge, et surtout l'attachement qu'elle éprouvait pour ce havre d'études et de prière, aplanissaient ses cas de conscience…

Quel chemin parcouru dans l'étroit domaine claustral, au cours des vingt ans qu'elle y avait passés ! Comme son âme y avait décanté ! Comme ses sentiments avaient mûri !

À son arrivée, elle avait d'abord détesté Mondoire, ses hauts murs, ses cloîtres austères, ses cellules nues. Le froid, les nuages et la menace vague des Landes grises tombaient du haut des monts sur l'éperon rocheux où se serraient les bâtiments monastiques ; la première bourgade d'importance était à deux jours de voyage ; dans la plaine grisaillaient à perte de vue les mornes horizons des campagnes. L'air sentait la pierre humide, le tanin des forêts, la terre lourde des champs ; mais il était dépourvu des relents colorés de la ville et du souffle de l'océan. La mer avait manqué cruellement à la jeune femme de jadis. Mondoire était situé trop profondément à l'intérieur des terres, aux limites du duché ; même du haut des tours de guet qui crénelaient les monts, loin au-dessus du monastère, l'horizon marin restait hors de vue.

Dans cette chartreuse perdue sur des marches à demi-sauvages, la pénitente qui ne s'appelait pas encore Prudence s'était sentie ensevelie. De fait, elle était prisonnière à l'époque. On l'avait contrainte à s'enfermer dans ce sanctuaire perdu, après qu'elle eut tenté de se rebeller contre son sort. Quand on lui avait arraché le petit garçon, quand on lui avait interdit la maison paternelle, elle avait d'abord été placée au sanctuaire de Carroel. Si encore on l'avait destinée au service de la Douce Dame… Mais l'exil était d'autant plus cruel qu'on l'avait reléguée dans un monastère de la Vieille Déesse. Prudence se rappelait avec un mélange d'indulgence et de contrition la jeune fille à fleur de nerfs qu'elle avait été : humiliée par l'abandon, furieuse contre tous ceux qui l'avaient trahie, révoltée contre la vocation forcée et, par-dessus tout, ravagée par le rapt du petit garçon. C'était l'enfant, plus que tout, qui l'obsédait. Elle ne souhaitait qu'une chose : le retrouver, le soustraire à son affreux tuteur, s'enfuir avec lui loin du duché, trouver refuge dans la Marche franche ou à Ciudalia. Il ne lui avait pas fallu une semaine pour trouver le moyen de s'évader. Cependant, elle n'avait pu aller très loin : le Guet de Carroel l'avait rattrapée comme elle tentait de s'embarquer sur un chaland qui descendait le Vernobre vers Longomores.

Cette tentative ratée lui avait valu d'être transférée à Mondoire. L'éloignement et la position fortifiée du monastère n'auraient cependant pas suffi à briser sa détermination. On l'avait très bien compris en haut lieu ; alors, la veille de son départ, une visiteuse était descendue dans son cachot. Il s'agissait d'une jolie demoiselle de compagnie de la duchesse, la gracieuse Érembourg de Prangeray. La pucelle s'était montrée compatissante, et même caressante, mais le message dont elle était porteuse avait quelque chose de glaçant. Dans la bouche d'une courtisane aussi jeune et aussi coquette, le propos avait d'ailleurs pris une tonalité ironique : la demoiselle de Prangeray avait rappelé que le devoir des mères était de se sacrifier pour le bien de leurs enfants, surtout lorsqu'ils étaient tout petits et tellement fragiles… La prisonnière avait parfaitement saisi l'insinuation. Celle-ci l'avait enchaînée à sa nouvelle condition plus puissamment que n'importe quel vœu ou n'importe quelle muraille.

pouvoir et de ses expédients ; elle possédait encore un parti puissant. En outre, elle gardait la tête froide : loin de céder à l'humiliation ou au désespoir, elle avait conservé une parfaite maîtrise d'elle-même, affectant une philosophie désenchantée que démentaient son prestige et ses intrigues.

Et toujours cette superbe, jusque dans la disgrâce ! Il suffisait de la voir se joindre au culte : elle se faisait un devoir d'assister à l'office du soir en restant modestement vers le fond de la nef, vêtue d'une robe très simple, plus sobre que celle qu'elle portait dans la journée. Et pourtant, par sa seule présence, elle créait le vide autour d'elle ; elle magnétisait tous les regards, au détriment de la célébration. Chaque jour, dès que la grande dame franchissait le seuil du temple, la mystagogue sentait les consciences flotter et se détourner de la Déesse ; elle éprouvait l'impression presque physique qu'un pouvoir concurrent venait désacraliser le rite. Il existait un charisme chez la duchesse déchue ; hélas, il ne s'agissait point d'un rayonnement mystique. Prudence était persuadée que le cachot où le chevalier de Gelde aurait voulu la séquestrer, loin de juguler ce charme, n'aurait fait que le renforcer. Il n'était que de voir la façon dont Audéarde, enfermée dans un lointain monastère, avait réussi à susciter une force armée à Lyndinas. Son influence suppurait hors de sa retraite avec d'autant plus d'ascendant qu'on l'avait privée de liberté. L'enchaîner plus étroitement n'aurait fait qu'affermir l'emprise qu'elle exerçait déjà sur la communauté.

Or c'était cette emprise que la mystagogue voulait desserrer. Les compromissions de son clergé avec la captive l'exposaient non seulement aux menaces séculières, mais aussi aux périls moraux et spirituels. Le connétable et le duc empiétaient déjà trop sur les privilèges religieux ; les querelles théologiques qu'encourageait la prisonnière de façon insinuante sapaient la fraternité communautaire ; enfin, les allusions que venait de faire Prudence pour pousser Burchard de Gelde à plus de retenue n'étaient pas sans risque. Le chevalier chercherait à vérifier si sa prisonnière avait effectivement noué des complicités au sein du sanctuaire. Il fallait les dénouer avant qu'il ne pût les débusquer.

Prudence revint pensivement vers son hymnaire. Avec une lenteur indécise, elle souleva le couvercle de l'écritoire sur laquelle était posé le livre. Dans le compartiment, elle entrevit la blancheur laiteuse des trois courriers interceptés. Fallait-il les utiliser ? Fallait-il les détruire ? Elle les avait gardés trop longtemps par-devers elle… Il n'était plus envisageable de les produire devant le chevalier de Gelde : les informations qu'ils contenaient, à présent éventées, auraient suffi à la faire passer pour suspecte, sinon pour traîtresse. Elle n'eut pas à déplier ces messages pour s'en remémorer le contenu. Il s'agissait de billets très courts, cachetés à la bague, qu'il était facile de dissimuler dans la doublure d'un chapeau ou d'une ceinture. Dans le premier d'entre eux, Méléagant de Vayre annonçait à sa mère le ralliement du comte de Kimmarc ; dans le second, il l'instruisait de l'évasion de son cadet Blancandin ; dans le troisième, il lui faisait savoir qu'il prenait la route de Lyndinas où il combattrait pour elle.

Le plus sage aurait sans doute été de brûler ces missives. Mais la mystagogue hésitait. La loyauté du seigneur de Vayre à sa mère la touchait, et la mortifiait aussi d'une certaine manière. Il existait du reste un autre usage qu'elle pouvait faire de ces lettres avant de les jeter au feu, mais ce n'était pas sans danger. Elle allait refermer l'écritoire quand elle entendit le pas de la sœur Mainsende remonter l'escalier. Alors elle prit son parti. Saisissant rapidement les lettres, elle les glissa dans l'hymnaire comme elle l'aurait fait de simples marque-page. Elle referma le livre et le serra contre son sein.

« Allons voir dame Audéarde », dit-elle sitôt que l'auscultatrice eut ouvert la porte.

La brume avait cédé à un clair soleil quand les deux religieuses sortirent. En arrivant dans le jardin des simples, elles découvrirent que l'atmosphère presque douce y avait attiré d'autres personnes. Tout au bout du terrain, derrière les carrés de plantes médicinales, deux dames avaient improvisé un atelier de couture sur le belvédère. Prudence réprima un mouvement d'humeur en constatant qu'on avait déménagé à cette fin des sièges et un coffre de la maison abbatiale. Sans doute les sergents d'armes avaient-ils fait office de portefaix, ce qui en disait long sur l'autorité exercée par la captive sur ses geôliers. Les deux soudards montaient une garde relâchée, à distance raisonnable des couturières. Suivie comme son ombre par la sœur auscultatrice, la mystagogue marcha vers les intruses. Finalement, elle n'était pas mécontente que l'entrevue eût lieu dehors. Chaque fois qu'elle remettait le pied dans sa demeure, elle tiquait sur l'immense désordre qui y régnait ; Audéarde de Maginois, habituée à être servie par une dizaine de femmes de semaine secondées par autant de pages et de valets, imposait à l'unique dame de compagnie qui lui restait, la malheureuse Almodie, un train domestique que la suivante était incapable de tenir. Prudence envoyait régulièrement des sœurs converses faire le ménage. Peine perdue : une heure plus tard, les caprices hygiéniques, décoratifs ou vestimentaires de sa pensionnaire avaient transformé le strict ordonnancement monacal en un capharnaüm artiste.

Vue d'un peu loin, Audéarde eût pu passer pour la fille de Prudence. Malgré l'exil et la perte de ses camérières, elle continuait à porter des toilettes raffinées qui la rajeunissaient tout en restant de bon goût. La mentonnière de son chaperon lui restituait un col de cygne, les brassards fuselés de sa cotte affinaient ses bras, la taille étroite de sa surcotte amincissait sa silhouette ; les fils d'or de sa résille suffisaient à éclipser quelques cheveux gris dans un chignon d'ébène. Il fallait approcher pour découvrir sur ce visage un peu long et distingué des rides d'expression qui, tout en démentant la jeunesse, rehaussaient sa présence.

La grande dame fit mine de ne pas entendre approcher les religieuses. Épandue en partie sur le coffre et en partie sur ses genoux chatoyait une belle houppelande de samit à collet de vair ; cela faisait des semaines qu'elle travaillait à la confection de ce manteau avec sa suivante, et il ne restait plus que quelques finitions et les boutons à coudre. Mais Audéarde, les mains posées sur ce luxueux ouvrage, paraissait plongée dans un songe, les yeux perdus dans le panorama qui s'ouvrait sous le parapet du belvédère. Sa dame de compagnie, ayant hâtivement rassemblé le nécessaire de couture posé dans son giron, se leva et ébaucha une révérence. Ce ne fut que lorsque Prudence lui eut rendu son salut que la duchesse déchue sortit de sa rêverie.

Elle tourna une figure altière vers la mystagogue et lui adressa un sourire désarmant, plein de gracieuse condescendance et pourtant si aimable qu'il suscitait aussitôt l'envie de plaire en retour.

« Ah ! Révérende mère… Comme c'est prévenant de me rendre visite de bon matin !

– Bonjour, dame Audéarde. Il m'a paru plus approprié de passer vous voir plutôt que de vous convier à la bibliothèque. »

La prisonnière fit mine de n'avoir pas saisi l'allusion et conserva son expression amène.

« Quelle heureuse initiative, se réjouit-elle. Ainsi, nous aurons l'agrément de bavarder au soleil. »

D'un signe ébauché, elle avait ordonné à sa suivante de céder son siège à la mystagogue. La grande dame elle-même n'avait pas fait mine de se lever : elle se comportait comme si elle avait gardé la préséance sur la supérieure de Mondoire. Prudence n'eut qu'un instant d'hésitation : elle n'avait pas envie de s'attarder avec cette femme avenante et retorse, mais il lui faudrait du doigté pour en obtenir autre chose que des faux-fuyants bien élevés. Elle s'assit donc, les deux mains croisées sur le livre.

« Quel beau temps ! poursuivait Audéarde. Le printemps arrive si tard dans le Chevéchin… Profitons-en !

– Les hirondelles sont de retour, dit platement Almodie.

– Oui ! Et j'ai vu un beau couple de ramiers planer à un jet de pierre de la muraille, se récria sa maîtresse. Cette journée serait parfaite pour sortir les chevaux et les tiercelets !… »

De la main, elle adressa un geste d'excuse à la mystagogue.

« Mais pardonnez-moi, révérende mère, se reprit-elle. La chasse doit vous paraître un sujet de conversation bien frivole… Que voulez-vous, cela me manque tant !

– À défaut de la pratiquer, vous la mettez en mots, à ce que j'ai cru comprendre, insinua Prudence.

– Vraiment ? Ah ! Vous faites allusion au *Débat de deux dames*… La sœur Clementia a eu la gentillesse de me prêter l'exemplaire que vous avez en librairie pour que je trompe mon ennui en le recopiant. N'est-ce pas drôle que nous parlions précisément de ce livre entre dames ?

– Je suis heureuse de voir que la sœur Clementia s'emploie à adoucir votre séjour parmi nous.

– Oui, quelle lettrée délicieuse vous avez là ! Dans mon malheur, je remercie la Déesse de me prodiguer malgré tout de pieuses femmes d'aussi bonne compagnie que vous ou la sœur Clementia.

– En matière de bonne compagnie, nous voici surpassées, ironisa Prudence.

– C'est que j'essaie de faire bon visage en dépit des circonstances », répondit la dame de Maginois sur le même ton.

Mais elle se détourna soudain en poussant un petit cri ravi.

« Oh ! Là-bas ! Là-bas ! Regardez ! » s'exclama-t-elle en montrant quelque chose du côté des bois qui couvraient la montagne.

« Quoi donc ? s'étonna la mystagogue.

– Mais le faisan, voyons ! Quel gros coq ! Ne faisait-il pas trois pieds d'envergure ? Vous avez des faisans à Mondoire ! Ah ! La belle chasse en vol que ce serait… »

Prudence, dont l'âge et les livres avaient affaibli la vue, ne distingua rien qui ressemblât à l'oiseau. En revanche, sur les lisières qui dominaient les champs du monastère, elle aperçut du mouvement. Une bande sortait du bois, piétons et cavaliers mélangés.

« Quel est ce parti, là-bas ? demanda-t-elle à l'auscultatrice.

– Ils ressemblent fort à des gens de guerre, répondit la sœur Mainsende.

– Ils portent une bannière, ajouta Almodie en plissant les yeux. Elle est jaune, mais je distingue mal le meuble… Un animal noir.

– D'or à ours de sable, devina Audéarde. Eh bien, il semble que le chevalier de Quaquevel soit de retour. »

Le soleil faisait briller les casques et les lances. La troupe se dégagea assez rapidement de l'orée car elle n'était guère nombreuse : elle ne comportait qu'une dizaine de cavaliers et autant de piétons. Malgré tout, elle représenterait une charge accrue pour le monastère si elle faisait étape dans ses murs, ce qui était à craindre pour peu qu'elle comptât des blessés. Prudence pinça les lèvres en se représentant la scène que le frère cellérier n'allait pas manquer de lui faire… D'un autre côté, elle était soulagée de voir revenir le banneret de Quaquevel. Cela signifiait probablement qu'il avait repoussé, ou pis encore, les derniers maraudeurs venus des Landes grises.

Tandis que les gens de guerre remontaient tranquillement le chemin du sanctuaire, Audéarde de Maginois reprit la parole.

« Sire Urdisten a encore bon pied bon œil pour courir ainsi la montagne à son âge, observa-t-elle. Voilà un prud'homme d'un autre alliage que notre ami sire Burchard…

– Il n'en reste pas moins un vassal du connétable », rappela la mystagogue sans avoir l'air d'y toucher.

Le coup d'épingle amusa la captive.

« Vous et moi, nous avons plus en commun qu'il n'y paraît, badina-t-elle.

– Pour ma part, je n'ai plus rien qui n'appartienne à la Déesse.

– Une indivision plutôt commode. Comme vous avez bien choisi votre nom en religion, révérende mère », railla doucement Audéarde.

Prudence se sentit plus piquée qu'elle aurait craint de l'être. Un fantôme de l'ancienne colère revint lui battre aux tempes, et l'hymnaire qu'elle avait emporté se mit à lui brûler les paumes. Mais elle se fit violence et demeura maîtresse d'elle-même. Il ne fallait pas utiliser inconsidérément les lettres compromettantes.

« De quoi devisions-nous, déjà ? glissait distraitement Audéarde, comme si son trait n'avait été qu'une étourderie.

– Du *Débat de deux dames sur le passe-temps de la chasse des chiens et des oiseaux.*

– Ah oui ! C'est vrai ! Où avais-je la tête ?

– Votre copie est-elle bien avancée ?

– Plutôt, oui… Vous n'ignorez pas que je n'ai que cela à faire. Nous pourrons bientôt enluminer et relier mon exemplaire. »

La mystagogue opina lentement du chef. Audéarde la considérait avec une affabilité nonchalante qui, Prudence en aurait mis sa main au feu, n'était qu'un masque. Cette transcription d'un traité de vénerie formait le premier mouvement, apparemment innocent, d'une combinaison destinée à aller à dame. La ci-devant duchesse pensait avoir amené la supérieure précisément là où elle le voulait ; mais la supérieure avait la certitude d'avoir prévenu la ruse. Elle fit toutefois mine de mordre à l'hameçon pour pousser l'adversaire à dévoiler son jeu.

« Je vous savais un peu calligraphe mais je ne soupçonnais pas vos talents pour la peinture », dit-elle avec une feinte admiration.

Audéarde eut un rire argentin.

« Vous aviez bien raison de ne pas me soupçonner, plaisanta-t-elle. Je n'ai aucun don de cette sorte.

– Oh… Mais dans ce cas, comment comptez-vous illustrer votre livre ?

– Enfin, ma mère, cela tombe sous le sens ! »

Prudence contrefit un sourire embarrassé, comme si elle était confuse de ne point y avoir pensé. Puis, elle afficha l'air plus sévère qu'aurait pu lui donner une association d'idées.

« C'est que les tâches du scriptorium sont déjà nombreuses, objecta-t-elle.

– J'ai pris la liberté d'en discuter avec sœur Clementia. Elle m'a assuré qu'elle pourrait faire travailler deux enlumineurs à temps perdu.

– Eh bien, sœur Clementia est pleine de ressources. Je m'en félicite pour vos projets. Cependant…

– Oui, ma mère ?

– Il reste un écueil. C'est un sujet délicat à aborder, et je suis navrée de soulever un point si trivial… Croyez bien que votre situation eût été différente, je n'aurais jamais eu la grossièreté d'en faire état. Mais ces enluminures vont nécessiter des feuilles d'or, sans parler des couleurs venues à grands frais de Ressine et des Cinq Vallées. Tout cela est fort cher…

– Oh, bien sûr ! Soyez tranquille ! Vous serez défrayée jusqu'au dernier liard.

– J'en suis fort aise. Toutefois, si vous me permettez une question un peu impertinente… Sur quelle cassette ? »

Audéarde affecta d'être froissée tout en faisant effort pour garder bon visage. Cette fois, Prudence admira sincèrement la duplicité de la grande dame. Tout cela n'était, bien sûr, que comédie.

« C'est fort simple, lança l'ancienne duchesse sur un ton un peu haut, réclamez vos émoluments à mon fils, le seigneur de Vayre. Il souffre autant que moi de notre séparation, il sera ravi de vous rétribuer pour me faire plaisir. Mon gentil prince est orné des plus belles qualités, et la largesse n'est pas la moindre. Je suis sûre qu'il vous offrira plus que vous ne lui demanderez. »

Un mince sourire se peignit sur le visage de la mystagogue. On entrait dans le vif du sujet.

« Vous voudriez que nous fassions parvenir un message à votre fils ? s'enquit-elle doucement.

– Si seulement vous m'accordiez cette faveur ! se récria la captive. Mais je sais bien que ce n'est qu'une chimère, jamais le chevalier de Gelde ne tolérerait que vous me serviez de truchement. Non, réglez cette transaction de votre côté avec mon cher Méléagant. Quand vous aurez conclu l'accord, vous pourrez exécuter ma commande.

– Naturellement. Et j'imagine que ce ne sera qu'un début.

– Rassurez-vous, ma mère, je n'ai pas assez de patience pour recopier toute votre bibliothèque.

– Vous n'en aurez pas besoin, du reste… »

La mystagogue recula sur son siège et perdit de sa faconde.

« Dame Audéarde, dit-elle en changeant de ton, je vous saurai gré de ne pas chercher à compromettre ma communauté. »

La captive haussa ses sourcils finement dessinés.

« Vous compromettre ? s'offusqua-t-elle. Quelle horrible pensée ! Je ne vous ai rien demandé de tel !

– Vous aurez moins de scrupules à le faire dès que le sanctuaire aura reçu donation du seigneur de Vayre.

– Mais enfin, quel mal y a-t-il à passer commande d'un beau livre ? Ce ne sera pas le premier que j'acquerrai à Mondoire.

– En d'autres temps, ma dame. Aujourd'hui, les prodigalités du seigneur de Vayre passeraient pour le prix de notre forfaiture aux yeux du connétable et du duc. Et vous en joueriez pour nous contraindre à servir vos desseins. »

L'ancienne duchesse prit un air affligé.

« Quelle déplorable opinion vous vous faites de ma moralité ! se plaignit-elle.

– Niez-vous avoir maintenu des liens secrets avec vos affidés ?

– Mes affidés ! releva Audéarde d'un ton outré. Vous insultez des gens suffisamment loyaux et sages pour rejeter un jugement inique ! Vous parlez des lettres saisies par sire Burchard ? Celles que l'on n'a même pas eu la courtoisie de me faire suivre ? Eh bien oui, j'ai des parents et des amis qui s'inquiètent pour moi et qui ont voulu prendre de mes nouvelles. Je ne vois pas en quoi cela les rend coupables de quoi que ce soit. Et ce n'est pas moi qui me suis adressé ces messages ! N'étant en rien responsable de cette correspondance, que me reprochez-vous ? En quoi pourrais-je vous compromettre ?

– Les apparences de la culpabilité peuvent suffire à perdre des innocents.

– Je ne saurais mieux dire, repartit la grande dame avec humeur. Votre façon de préjuger de mes intentions en est une belle illustration. »

Du pouce, Prudence caressa la tranche de son livre. Mais elle estima qu'il était encore prématuré d'abattre la tierce qu'il dissimulait. Il fallait rendre un peu de mou aux guides et apaiser la discussion pour que le deuxième coup, en surprenant à nouveau Audéarde, pût lui donner le sentiment que la supérieure savait tout de ses intrigues et jouait avec elle. La mystagogue avait bon espoir que la prisonnière trahirait alors quelque secret qu'elle croirait déjà éventé.

« Je vous accorde, ma dame, que je vous fais probablement un procès d'intention, concéda-t-elle. Mais votre proposition, même si elle est formulée de bonne foi, n'en est pas moins dangereuse. Compte tenu des épreuves que vous avez traversées, il est singulier que vous n'en ayez point conscience…

– Que voulez-vous, je suis une bécasse ! Ne faut-il point être la reine des sottes pour avoir chu aussi bas ? »

L'ancienne duchesse avait lâché ces paroles en détournant le regard, les narines pincées de colère. Elle respirait fort, et Prudence vit que sa dame de compagnie rentrait un peu la tête dans les épaules. Pour calmer sa contrariété, Audéarde laissa errer ses yeux sur le paysage. Elle finit par arrêter son attention sur la petite troupe de gens de guerre, qui ne tarderait pas à passer l'angle de l'enceinte dissimulant la porterie. Au bout de quelques instants, un vague amusement finit par détendre sa physionomie policée.

« Allons, je vous dois bien la vérité, reprit-elle sur un ton plus urbain. Je n'ignorais pas que ma proposition pourrait vous valoir quelques tracas si notre arrangement était découvert… Que voulez-vous, je m'ennuie si mortellement… Mettre ma duègne dans l'embarras m'aurait un peu vengée.

– Ce n'est pas moi qui vous ai mise dans la situation où vous vous retrouvez.

– Figurez-vous que moi non plus. En revanche, c'est vous qui en détenez les clefs.

– Justement, dame Audéarde. Tant que j'en ai la garde, vous êtes entre les mains d'une hôtesse et non d'un geôlier. Tout à l'heure, j'ai encore dû dissuader le chevalier de Gelde de vous placer au cachot.

C'est une idée fixe chez notre homme, non par aversion pour votre personne, mais juste afin d'être plus tranquille. Toutefois, si vos manigances jettent le discrédit sur mon autorité, je ne serai plus en mesure de vous protéger.

– Me protéger ? »

La prisonnière partit d'un rire cinglant.

« Me protéger ! reprit-elle avec dérision. La belle égide que m'offre votre religion ! Me protéger ! Un jour plus prochain que vous ne croyez, je vous apprendrai le sens véritable de ce mot !

– Voici une menace qui tombe mal à propos.

– Je ne vous menace pas, ma chère. Proférer des menaces n'a de sens que si l'on est en position de force… Je vous instruis simplement de la signification d'un terme qui n'est pas le même dans une cour que dans un cloître.

– Ce peut être aussi le dernier recours d'une personne réduite à quia, répondit posément la mystagogue. Vous le savez mieux que moi. N'est-ce pas l'impression que vous voulez me donner afin de dissimuler les intelligences dont vous disposez dans ma communauté ? »

L'expression de son interlocutrice se fit moins hautaine et se teinta même d'un soupçon de connivence.

« Eh bien, salua-t-elle, depuis toutes ces années vous n'avez pas complètement perdu l'usage du monde.

– Renoncement ne rime point avec oubli.

– Dans ce cas, vous m'en voulez toujours, et nous savons toutes les deux que c'est la raison véritable de mon exil à Mondoire.

– La raison de votre exil n'est-elle pas plutôt la faute qu'on vous a reprochée ?

– Vous jouez sur les mots. Je vous parle du lieu où l'on a fixé ma réclusion, non de la cabale à l'origine de mes vicissitudes. »

La brise apporta l'écho de quelques appels, du côté de la porterie. Prudence réprima un soupir en se disant qu'il lui faudrait également rencontrer le banneret de Quaquevel avant de réunir le chapitre. Du moins apprendrait-elle de première main si tout danger était levé sur les terres dépendant du monastère.

« Sachez que je n'étais pas plus heureuse que vous de la décision prise par le duc, poursuivait-elle à l'attention de la captive. Je l'ai jugée inutilement offensante, pour vous comme pour moi. À n'en pas douter, il espère de nos différends passés qu'ils nous dresseront l'une contre l'autre et resserreront la surveillance que j'exerce sur vous. Nous affronter, dame Audéarde, n'est qu'une autre façon de remplir ses attentes. Il ne tient qu'à nous de le décevoir sur ce point.

– J'ai du mal à vous suivre, ma chère. À vous entendre, la meilleure façon de frustrer le duc est de se conformer à ses ordres…

– Je pense au contraire que vous me comprenez fort bien. Je vous prie de ne pas donner davantage prise aux suspicions de ses lieutenants.

– Quel langage me tenez-vous là, révérende mère ? Je refuse de vous croire si candide. Vous êtes bien placée pour savoir que le duc contraint sans scrupule les gens qu'il a décidé d'écarter.

– Pour autant, faut-il lui faciliter la tâche en lui prêtant le flanc ?

– Plaisante situation ! railla Audéarde. La gardienne tremble plus que la prisonnière.

– N'est-ce pas dans l'ordre des choses ? »

La rumeur d'éclats de voix s'élevait toujours du côté de la porterie. L'auscultatrice toussota pour attirer l'attention de sa supérieure. Quand Prudence lui accorda un coup d'œil, la sœur Mainsende posa rapidement son poing gauche sur la main droite avant de l'écarter en ouvrant les doigts, tout en haussant les sourcils de façon interrogative. Elle demandait s'il fallait partir aux renseignements, probablement à propos de la bruyante arrivée du chevalier de Quaquevel. La mystagogue lui répondit par un furtif geste de refus ; rester seule face à la duchesse déchue aurait renforcé la détermination de l'insoumise.

Le regard perçant que lança Audéarde aux deux religieuses mit la supérieure mal à l'aise. Elle eut la certitude que la grande dame avait compris leur échange. Elle avait donc appris la langue des signes monastiques ; à l'avenir, il faudrait éviter d'employer ce code en sa présence. L'impression d'avoir été percée à jour donna à la mystagogue l'absurde sentiment d'être prise en faute. Cela raviva son irritation. Elle décida qu'il était temps d'arrêter de jouer à la plus fine.

« En vérité, dit-elle sans détour, j'ai tout lieu de craindre des représailles de la part des autorités ducales. Ma conviction est faite : vous avez tissé votre toile au sein de ma communauté ; cette tentative de compromettre le sanctuaire avec l'argent de votre fils n'est que l'une des lignes que vous avez lancées ; vous disposez déjà de relais dans mon chapitre, où vous jouez de certaines divisions pour accroître votre influence. Ce matin, je suis venue vous sommer de mettre un terme à vos manigances. Sans quoi, je retirerai ma main de votre tête. Vous avez beau la mépriser, vous regretterez alors la protection du cloître.

– Voici des propos extraordinaires ! se piqua la grande dame. Que puis-je répondre à cela ? Vous me condamnez sans procès.

– Le frère Vindicien a été confondu ; j'ai recueilli ses aveux. »

Ouvrant son livre, Prudence en tira les trois plis et les brandit au grand jour.

« Voici les lettres que vous attendiez du seigneur de Vayre. »

Audéarde considéra froidement les billets, puis fixa la supérieure dans les yeux.

« Qu'ai-je à voir avec ceci ? demanda-t-elle d'un ton égal. Ces lettres sont-elles de ma main ?

– Bien sûr que non ! Votre fils en est l'auteur.

– Qu'en savez-vous ? Il peut s'agir de faux fabriqués dans le dessein de me nuire.

– Elles ont été cachetées avec le petit sceau de Vayre. »

La ci-devant duchesse haussa les épaules.

« Montrez un cachet à un orfèvre peu regardant sur la morale, il saura vous en refaire la matrice.

– Je crois plutôt que c'est parce que vous attendiez ces lettres qui n'arrivaient pas que vous avez pris prétexte d'une commande d'atelier pour ouvrir une autre voie de communication.

– Je suis flattée d'apprendre que vous me prêtez tant d'ingéniosité.

– Niez tant qu'il vous plaira, ma dame. Tout ce que j'attends de vous, c'est que vous arrêtiez vos menées. Dans le cas contraire, j'aurai le déplaisir de communiquer cette correspondance au chevalier de Gelde. »

Audéarde de Maginois prit le temps de la réflexion, tout en caressant machinalement l'étoffe moirée de son ouvrage. Cette brève délibération donna l'espoir à la mystagogue que la prisonnière pesait les risques de la dénonciation ; cela la déciderait peut-être à suspendre ses intrigues, au moins pendant quelque temps.

« Si je vous donne des gages d'obéissance, reprit la grande dame, me montrerez-vous le texte de ces lettres ?

– Vous cherchez toujours à me compromettre.

– Comment avoir l'assurance que vous ne me mystifiez point ?

– Vous avez ma parole que ces lettres sont bien de votre fils.

– Votre parole ? »

La suzeraine déchue fit une moue teintée d'ironie.

« On a tenu pour rien la parole d'une duchesse quand elle jurait de son innocence. Quel crédit puis-je accorder à celle d'une simple nonne ?

– Ma bonne foi n'a jamais été remise en question. Au cours de votre procès, plusieurs témoignages ont contredit vos serments. »

La prisonnière souffla avec mépris.

« Des faux témoignages, corrigea-t-elle, et pas si nombreux que cela.

– Ces considérations sont hors de propos. Je ne veux pas refaire votre procès mais vous rappeler à l'ordre.

– Bien sûr… Il ne suffit pas d'enfermer la femme adultère, il convient aussi de lui faire la leçon.

– Vos sarcasmes ne plaident guère en votre faveur… »

Étouffé par les murs et la sérénité des cloîtres leur parvint à nouveau l'écho d'un tapage du côté de la porterie et de l'hostellerie. La rumeur, inhabituelle dans le sanctuaire, divertit l'attention d'Almodie comme celle de la sœur auscultatrice et de la mystagogue. Audéarde se pencha alors vers Prudence et lui effleura les doigts. La religieuse retira vivement les mains, de crainte de se faire arracher les lettres. Mais la duchesse déchue n'avait fait ce geste que pour solliciter l'écoute de son interlocutrice.

« Plaider en ma faveur, s'écria-t-elle avec une étrange intensité, quelle bonne idée !

– Engagez-vous à rester tranquille, c'est tout ce que je vous demande. »

La captive ne chercha pas à réprimer une mimique de dédain, mais ses joues avaient pris des couleurs et ses yeux étaient devenus brillants.

« Ma chère, nous sommes dans une impasse, observa-t-elle. Vous ne me croyez pas : j'aurais beau protester de ma bonne volonté sur tout ce que j'ai de plus sacré, vous n'y verriez que duplicité de ma part. Et si nous procédions différemment pour sortir de cette traverse ?

– Différemment ? releva la mystagogue sans dissimuler sa méfiance.

– Je vois bien que vous tenez ma culpabilité pour acquise parce que ne vous sont revenus que les injustes arrêts de la cour. Mais laissez-moi vous délivrer mon plaidoyer. C'est la seule faveur que je vous réclame. Une fois que vous m'aurez entendue, je me soumettrai sans discuter à toutes vos décisions.

– Avez-vous bien conscience que cela ne modifiera en rien nos relations ?

– Je vous l'ai dit, je m'en remettrai entièrement à vous. Je nourris juste l'espoir que vous me verrez sous un autre jour. »

Prudence plissa les yeux ; elle ne comprenait pas où la prisonnière voulait en venir.

« Je n'ai pas à vous juger pour les raisons qui vous ont amenée ici, argua-t-elle. Je ne cherche qu'à contenir vos initiatives si elles portent préjudice à ce sanctuaire.

– Vous n'avez pas à me juger, certes, mais vous avez mauvaise opinion de moi et cela crée des malentendus entre nous. Laissez-moi au moins donner ma version de cette triste affaire. Vous avez fréquenté le duc et vous êtes fine connaisseuse de l'âme humaine : je ne doute pas que vous y verrez plus clair une fois que je vous aurai parlé à cœur ouvert. »

La mystagogue esquissa un geste d'accord, sans grande conviction.

« Pourquoi pas ? Ce sujet ne me concerne pas, mais si cela nous permet d'ouvrir une discussion plus franche, je vous écoute. »

La grande dame frappa dans ses mains avec une excitation singulière.

« Ah ! Que je suis heureuse ! Que je suis heureuse ! s'écria-t-elle. Nos rapports vont changer du tout au tout ! »

Prudence haussa un sourcil. Elle trouvait vraiment bizarre cet enthousiasme soudain à plaider. Mais s'il lui paraissait excentrique, ce comportement n'avait rien de répréhensible. Elle se résigna donc à entendre un discours dont elle pressentait les raisonnements plus ou moins spécieux.

« Pour commencer, énonça Audéarde avec fougue, il faut rappeler le motif de ma présence à Gaudemas. Pourquoi ai-je présidé à ce tournoi où l'on m'a ensuite accusée de m'être montrée trop galante ? Mais tout simplement à la demande de mon mari. Pourquoi l'ai-je présidée seule ? Parce qu'il devait négocier de toute urgence avec les échevins de plusieurs bonnes villes, étant dans l'incapacité d'honorer les dettes du trésor ducal. Le tournoi de Gaudemas lui-même coûtait fort cher, mais le duc estimait ces réjouissances indispensables pour réconcilier les noblesses de Bromael et de Kimmarc au terme de la guerre qui venait de les opposer. Mon cher époux pensait que je mettrais plus de liant que lui dans cette société fraîchement réconciliée. Voilà pourquoi il m'avait priée d'être la reine de la fête ! »

La mystagogue réprima un soupir. Cette tirade était sans rapport avec l'objet de sa visite ; du reste, le service demandé par le duc à son épouse ne justifiait nullement la légèreté de sa conduite. Les réserves de la religieuse n'échappèrent pas à la ci-devant duchesse, qui s'empressa d'ajouter :

« Je lis en vous à livre ouvert, révérende mère ; vous vous dites que ma position à Gaudemas ne légitime en rien les faveurs que j'ai pu y distribuer. Oh, n'y voyez nulle clairvoyance de ma part… Vous avez l'expression de tous ces gens, dont certains étaient de mon sang, qui m'ont ensuite traitée de femme déloyale et lascive. Et je veux bien confesser une erreur : j'admets volontiers m'être montrée attrayante à Gaudemas. Mais il n'y avait rien d'exceptionnel dans cette conduite. Depuis mon mariage avec Ganelon, j'ai toujours été courtoise. Ai-je joué de mon charme ? Assurément. Ai-je badiné en paroles ? Mais c'est le sel de la conversation ! Ai-je reçu des compliments et des madrigaux ? J'en étais couverte ! Et cela au vu et au su de toute la cour… Pour autant, ai-je franchi les bornes de la décence ? Jamais ! Ai-je perdu mon honneur ? Jamais ! Ai-je compromis l'avenir de mes fils ? Au grand jamais ! Ai-je trahi mon mari ? Mais c'est tout le contraire ! »

La volubilité de la grande dame tournait à l'éloquence : elle s'exprimait à présent avec flamme. Sa voix avait crû en portée comme si elle ne s'adressait plus à deux religieuses dans un jardin monastique, mais comme s'il lui avait fallu se faire entendre au milieu d'un banquet, d'une chasse – ou d'une cour de justice. Les sergents d'armes l'écoutaient avec un mélange de curiosité et d'effronterie. Prudence craignit que les échos de cette harangue ne troublassent la paix de l'atelier et de l'infirmerie.

« Pourquoi croyez-vous que mon cher époux a fait de moi l'ordonnatrice de ce tournoi ? poursuivait Audéarde. Précisément parce que j'apprivoisais cette société indisciplinée et belliqueuse. Ma conduite était claire aux yeux de la cour, et au premier chef à ceux de mon mari : j'ai toujours eu pour principe de ne pas prendre d'ami pour conserver l'amour de tous. Certes, mon rang et quelques qualités contribuaient à mes charmes, mais j'étais surtout désirable d'être désirée. Il me suffisait de flatter sans vergogne la fierté des chevaliers, de me faire l'admiratrice complaisante de leurs prouesses sur le pré pour m'attacher des fidélités plus ferventes que celles obtenues par un fief ou un apanage. Le duc jouait de l'emprise que j'exerçais ainsi sur les cœurs et la vanité de ses vassaux. Pour parler sans fard, il jouissait d'avoir pour épouse celle que tous désiraient mais que lui seul possédait – et trompait de surcroît. »

Le regard de la duchesse répudiée s'alourdit sur Prudence, ce que la mystagogue jugea d'autant plus offensant qu'elles savaient toutes deux n'avoir jamais été en rivalité.

« Vous éludez votre faute, observa la mère supérieure avec humeur. On ne vous a pas reproché d'être galante en général, mais de l'avoir été en particulier.

– C'est là le comble de la vilenie ! repartit Audéarde. Nul ne trouvait à redire à ce que j'avais coutume de faire, mais on m'a condamnée pour ce que je n'ai pas commis.

– Vous contestez donc tout ce que l'on a rapporté sur vous et sur ce chevalier ?

– Ah ! Parlons-en, de ce chevalier de Vaumacel ! Cet ami qui m'aimait si fort qu'il n'est point venu me défendre à mon procès !

– Mais tous ont pu voir qu'il portait vos couleurs à Gaudemas. Et ne s'est-il pas laissé vaincre afin de vous complaire ? Pour ces paradeurs que sont les gens de guerre, il existe peu de gages d'amour plus éclatants. N'a-t-il pas reçu le prix de courtoisie pour ce geste ?

– Essayez de voir au-delà des apparences, révérende mère. Ce devrait être plus facile pour une sibylle de la Vieille Déesse que pour le tout venant d'une cour. Un chevalier qui ose obéir à un ordre aussi extravagant n'a rien d'un véritable amant. Il est soit fou, soit ensorcelé, soit d'une inconcevable arrogance. Le chevalier de Vaumacel n'était pas fou et je n'ai rien d'une enchanteresse. La vérité, c'est qu'il était engagé dans un conflit d'orgueil. Son véritable adversaire n'était point le connétable de Traval, c'était moi. En s'humiliant à ma demande, il l'emportait dans le duel d'amour-propre où nous nous étions fourvoyés.

– Je ne vous suis plus, ma dame. Laissez-vous entendre qu'en se soumettant à votre caprice, il vous a contrainte ?

– Il m'a compromise plutôt que contrainte, et j'en ai payé amèrement le prix. Il ne s'est rien passé d'indécent entre nous, mais je crois que peu lui importait. Le sire de Vaumacel est un homme froid, l'obligation où il m'avait réduite avait pour lui plus de valeur que la jouissance qu'il aurait pu en tirer. Dans un sens, il s'est montré irréprochable ; et pourtant, l'outrage fut pour moi plus cuisant que si je lui avais cédé. Ai-je montré de la faiblesse ? Je dois bien l'admettre, mais ce ne fut point celle dont on m'a fait l'injure. J'ai péché par orgueil plutôt que par légèreté ; ma faute fut de vouloir plaire et non de vouloir aimer. »

La grande dame poussa un soupir plus excédé que repentant.

« Rien, vraiment rien, ne laissait présager que le moindre lien pût se nouer entre le chevalier de Vaumacel et moi, poursuivit-elle. À Gaudemas, sire Ædan se flattait certes d'une petite réputation, à vrai dire plus frondeuse que glorieuse. Il s'était illustré contre l'ost ducal. Au cours du siège de Maurmarc, il avait défendu fermement une brèche ouverte par nos troupes dans le rempart, permettant de la sorte au comte Angusel de négocier une reddition honorable. À mes yeux, cette prouesse témoignait plus en sa défaveur qu'en sa faveur ; mais enfin le tournoi devait sceller la réconciliation des deux camps et je faisais bon visage aux ennemis de la veille. Malheureusement, ce qui m'a piquée chez ce chevalier fut son indifférence à mes bonnes grâces. Un simple bachelier, plus très jeune de surcroît ; un renégat tout juste blanchi ; un vassal de petite noblesse, qui osait morguer la reine du tournoi ! Au cours du banquet qui ouvrait les réjouissances, il était relégué assez loin de la haute table, mais le désintérêt qu'il manifestait pour ma personne me désobligeait au plus haut point. Alors, je l'ai interpelé et j'ai fait publiquement l'éloge de sa civilité. Sans se démonter le moins du monde, il a eu l'outrecuidance de proclamer que ce serait un honneur de défendre mes couleurs. »

Audéarde secoua la tête avec un air où se mêlaient la réprobation et les regrets.

« J'ai été offusquée par tant d'audace ! Alors je l'ai pris au mot ; du moins est-ce ce que j'ai cru faire. Pour châtier son insolence, je lui ai accordé ce que j'avais toujours refusé à mes admirateurs. Mon intention était bien de le rabaisser : la manche que je lui avais cédée avait embrasé les jalousies. J'avais la certitude qu'elle concentrerait sur lui la colère de mes adulateurs et qu'il serait accablé sous le nombre une fois la mêlée engagée. Non seulement il aurait été vaincu, mais il serait tombé en prétendant défendre les couleurs de la duchesse : l'humiliation en aurait été redoublée et m'aurait vengée de son dédain.

– Mais les événements ont suivi un autre cours, intervint Prudence qui, sans se départir de son scepticisme, finissait par trouver quelque intérêt aux confidences de la captive.

– Hélas, j'avais sous-estimé la vaillance de ce diable d'homme ! Sur le pré, les choses ont pourtant commencé comme je l'avais prévu. On se bousculait pour affronter le chevalier de Vaumacel, et sans le soutien de son conroi, il aurait été rapidement débordé. Mais il parvint à soutenir les assauts et à vaincre ses adversaires. Ce jour-là, il prit pas moins de cinq chevaux et autant de prisonniers ! Il me dédiait chaque capture en me saluant de la lance ou de l'épée… Le public était transporté : à ma grande confusion, la foule associait mon nom à chacune des acclamations qui saluaient ses victoires. Vers la fin des combats, il ne restait plus grand monde sur la lice, et à peine une poignée de preux en état de se battre. Il en était encore. Tout le monde voyait déjà en lui le vainqueur de la journée. Je me trouvais dans le plus pénible des embarras : en l'absence du duc, je risquais de me trouver appariée à mon champion victorieux. C'était inconcevable. Au cours d'un bref relâche, je l'ai fait appeler devant la tribune et je lui ai donné l'ordre que vous savez. Je ne croyais pas qu'il le suivrait, mais au moins je pensais prétexter sa désobéissance pour lui battre froid dans la soirée et ne pas paraître compromise. Il avait relevé son mézail pour parler avec moi : je revois encore cette figure suante et présomptueuse… Il m'a foudroyé du regard, mais il m'a répondu avec la plus parfaite correction : “Dame, il sera fait selon votre bon plaisir.” Et il est parti tout droit défier le connétable pour se faire battre à plate couture. Ce fut une complète déconvenue. Le public n'en revenait pas ; puis courut très vite le bruit que je lui avais demandé de combattre au pis. Vaincu, il reçut les plus grands témoignages d'admiration ; quant à moi, pour la première fois, je sentis la réprobation de la noblesse à mon encontre. L'opinion de la cour était unanime : le geste de sire Ædan relevait de la suprême élégance. Il me fut impossible de lui refuser le prix de courtoisie… »

Le tapage persistait du côté de l'hostellerie, mais la curiosité comme la méfiance de Prudence se trouvaient aiguillonnées par les confidences de la grande dame.

« Niez-vous que vous avez reçu le chevalier de Vaumacel dans vos appartements ? s'enquit-elle.

– Je ne le nie point. En revanche, je récuse toutes les calomnies qui ont couru à propos de cette visite. Nous n'avons jamais été seuls en mon privé : j'avais demandé à mes dames de compagnie de rester – ces vipères qui m'ont plus tard diffamée de la plus odieuse manière ! La seule familiarité que je me sois permise fut de retirer ma coiffe ; le chevalier m'a donc vue en cheveux. Et voilà tout : nous avons conservé nos distances. Je l'ai félicité pour ses prouesses et pour l'impertinence avec laquelle il m'avait embarrassée. Je lui ai accordé le droit de m'aimer si cela lui chantait, mais je l'ai assuré qu'il n'obtiendrait jamais plus de moi que ce que j'accordais à la foule de mes soupirants. Il m'a donné sa foi par convenance, sur le ton que l'on prend pour causer de la pluie et du beau temps. Il était fier de m'avoir battue à mon propre jeu et ne cherchait pas d'autre déduit. J'ai eu le sentiment qu'il ne voyait en moi que la duchesse et non la femme : pour la première fois, j'ai craint de voir se faner ma jeunesse. Je lui en ai beaucoup voulu.

– Comment expliquez-vous que vos suivantes d'alors, les dames de l'Aulnay et de Bregor, aient raconté tout autre chose aux audiences ?

– La cour est un endroit où l'on pratique indifféremment le mensonge et la vérité. Ces femmes perfides se sont découvert quelque raison de me haïr et de m'abaisser. Révérende mère, ne trouvez-vous pas fort étrange qu'il se soit écoulé près de dix ans entre le tournoi de Gaudemas et la dénonciation qui a flétri mon nom ? »

La mystagogue haussa les épaules. Elle s'apprêtait à répéter qu'il n'était pas de son ressort d'en juger lorsqu'elle fut coupée par un vacarme éclatant. Un appel de cor fit résonner les murs ; presque aussitôt retentit une cloche à un rythme précipité, qui ressemblait au tocsin. Les sergents d'armes, les religieuses et Almodie sursautèrent à l'unisson.

« Qu'est-ce que cela ? » s'écria Prudence en se redressant.

La cloche s'interrompit aussi soudainement qu'elle avait été actionnée. Mais le tumulte ne s'apaisa pas pour autant : sous les arcades, à travers les bâtiments et les cloîtres se propageait un tollé furieux.

« Ma chère, dit fermement Audéarde, il serait avisé de ne point quitter ce jardin. »

Elle formula ces mots avec un sourire triomphant ; elle venait de tomber le masque et rayonnait d'une joie presque sauvage. Quelque part, une lourde porte céda avec fracas et des voix poussèrent des cris d'effroi. Prudence eut l'impression que le sol se dérobait sous ses pieds : cette horrible clameur faisait écho à son rêve.

« Sagesse miséricordieuse ! s'écria-t-elle. Qu'avez-vous fait ?

– Quel dommage que vous ne m'ayez point écoutée plus tôt », fit mine de déplorer la grande dame.

La mystagogue reprit très vite ses esprits. Elle se releva et ordonna aux sergents d'armes d'enfermer la prisonnière dans la maison abbatiale. Puis, serrant contre elle son hymnaire, elle courut vers la schola et le scriptorium, entraînant l'auscultatrice avec elle.

« C'est de la folie ! cria la duchesse déchue. Vous allez vous faire tuer. Restez avec moi, Oriabel ! »

Ce nom ancien, ce nom renié, cingla la mère supérieure comme une gifle. Elle crut que ses jambes allaient la trahir, mais raidit sa volonté et garda la maîtrise d'elle-même. Elle entendait maintenant des hurlements féroces et le fracas du fer sous les voûtes en arc des galeries. Tout au plus se retourna-t-elle pour lâcher :

« Je ne suis plus celle que vous croyez ! Je ne l'ai jamais été ! »

Puis elle repartit en courant vers le cloître. Elle ne parvint même pas à atteindre les bâtiments monastiques. Deux copistes affolés surgirent du corridor qui desservait le scriptorium et la salle capitulaire ; le plus âgé cria « Fuyez, ma mère ! » en la croisant. Derrière eux titubait un homme d'armes ensanglanté ; ses yeux croisèrent ceux de la mystagogue sans réellement la voir, et il fut rattrapé par une silhouette véloce qui le frappa dans le dos. Prudence se pétrifia en voyant une excroissance bomber soudain le torse du malheureux, avant de comprendre que l'épée qui venait de le transpercer piquait son gambison et sa cotte de mailles.

« Déesse miséricordieuse ! » hoqueta la sœur Mainsende en reculant de quelques pas.

Le soudard s'effondra dans un râle aux pieds de la mystagogue quand on lui arracha le fer du corps. Son assassin était armé en guerre mais ne portait point de casque. Prudence fut frappée par sa jeunesse et par l'indifférence de son expression ; ce damoiseau n'avait rien d'une brute ou d'un soudoyer mais respirait la bonne éducation, et la religieuse n'en ressentit que plus d'effroi devant le flegme avec lequel il venait de tuer. Il ne la menaça pas, il ne lui accorda pas même la moindre attention : ses yeux venaient de se poser sur quelqu'un d'autre dans le jardin des simples. Une jubilation soudaine éclaira son visage.

« À moi ! clama-t-il à plein gosier. J'ai trouvé la duchesse ! À moi !

– Rivallon ! s'écria Audéarde. Prenez garde, mon garçon ! »

Avec un grognement rageur, les deux sergents d'armes dépassèrent l'auscultatrice et la supérieure ; l'arme au clair, ils se jetèrent sur le jeune combattant qui recula, sur la défensive, tout en continuant à appeler. Prudence s'agenouilla à côté du soudoyer abattu ; secoué de spasmes, il crachait du sang sans parvenir à reprendre son souffle ; les instants lui étaient comptés. La mystagogue lui posa la main sur le front et murmura : « Acceptez l'inévitable et partez sans haine. Vous trouverez la vérité dans le sein de la Déesse. » Puis elle traça la mandorle sur le visage du mourant. Quand elle releva la tête, elle eut l'espoir fugace que tout n'était pas perdu. Les sergents avaient refoulé Rivallon jusque sur le seuil du passage menant au cloître ; le damoiseau, aux abois, criait toujours mais risquait à chaque assaut de se faire embrocher. Il paraissait perdu quand deux silhouettes casquées et cuirassées surgirent derrière lui.

Le combat fut renversé en un tournemain. Les épées des sergents d'armes rebondirent contre le grand harnois des nouveaux venus ; en représailles, ils furent impitoyablement sabrés, puis achevés lorsqu'ils furent renversés. Les trois assaillants s'avancèrent alors dans le jardin, lames ensanglantées au poing, droit vers Prudence. Celle-ci reconnut avec effarement les armoiries du premier d'entre eux : d'or à ours de sable. Elle se mit à trembler, d'indignation et d'horreur, mais refusa de céder le passage.

« Sire Urdisten, s'écria-t-elle, quelle est cette félonie ? »

Pour toute réponse, le chevalier l'écarta d'un revers presque nonchalant du bouclier. Le choc n'en fut pas moins violent et la mystagogue se retrouva couchée dans des plants de livèche et de barbarée. Elle n'était pas tombée de haut, les carrés d'herbes médicinales étant surélevés à hauteur du genou, mais le coup lui avait meurtri l'épaule et elle fut brièvement étourdie. Des hurlements, des lamentations et un tapage de boiseries fracassées provenaient toujours des bâtiments monastiques ; à cette cacophonie se mêlaient des cris de joie. « Mère ! Mère ! Mère ! » exultait une voix passionnée. Prudence se redressa en grimaçant sur un coude. La première chose qu'elle vit fut son hymnaire jeté au sol, les lettres du seigneur de Vayre éparpillées alentour. Puis elle découvrit la duchesse dans les bras cuirassés du chevalier au blason d'ours. Mais celui-ci, qui avait arraché son heaume pour embrasser Audéarde, n'avait ni le crin gris ni la figure marquée d'un vétéran : il s'agissait d'un combattant aussi jeune que Rivallon. La grande dame couvrait de baisers ce visage rieur ; avec un coup au cœur, la mystagogue reconnut ce menton ferme et les reflets cuivrés de cette chevelure. C'était un Bromael.

Les yeux de la supérieure retombèrent sur les lettres, et la vérité lui apparut enfin avec une clarté aussi brutale que le coup qui venait de la renverser. La Déesse avait pourtant essayé de la prévenir, mais elle n'y avait vu que du feu. Comme les précédentes, ces missives avaient été destinées à tomber en sa possession ou entre les mains du chevalier de Gelde. Pour contrer les augures de la Vieille Déesse, la duchesse répudiée avait superposé les leurres. Le tournoi de Lyndinas n'avait été qu'une énorme diversion. Les deux premières lettres qui annonçaient le ralliement de Kimmarc et l'évasion de Blancandin n'avaient livré la vérité que pour renforcer le mensonge véhiculé par la troisième. Dans le camp ducal, tout le monde avait cru que le seigneur de Vayre défierait son père au cours des fêtes données par Angusel : en fait, il voulait prendre Mondoire.

La mystagogue se sentit plus humiliée par son aveuglement que par la violence qu'on venait de lui faire. Tout le savant échafaudage des démarches qu'elle avait entreprises pour maintenir la paix au sein de Mondoire venait d'être réduit en miettes, alors qu'elle avait toujours su qu'Audéarde de Maginois était une dangereuse créature. Les larmes lui montèrent aux yeux, et elles avaient l'amertume impuissante de la colère d'antan. Elle eut envie de s'ensevelir, de se vouer aux gémonies ; mais elle ne pouvait se permettre ces faiblesses. Même dupée, discréditée, frappée, elle restait la mystagogue de Mondoire. La responsabilité de toutes les destructions et de tous les crimes qu'elle n'aurait pas su arrêter pèserait à jamais sur sa conscience. Alors, elle se releva.

Sœur Mainsende avait disparu ; sa supérieure pria la Déesse de lui fournir un refuge sûr. Les trois hommes d'armes massacrés abreuvaient de leur sang l'entrée du jardin . Prudence en détourna les yeux parce qu'il n'y avait plus rien à faire pour eux ; du moins fut-ce ce dont elle voulut se persuader. Elle rajusta et épousseta rapidement ses effets ; sa robe avait des accrocs là où les piquets de la claie l'avaient déchirée et avaient écorché ses jambes. La mystagogue n'en tint aucun compte. Elle revint tout droit vers le couple formé par la ci-devant duchesse et le seigneur de Vayre. Leurs séides s'interposèrent aussitôt et le jeune Rivallon maintint la religieuse à distance de la longueur de son épée. Sans un regard pour ce fer sanglant, Prudence apostropha Méléagant de Vayre :

« Comment osez-vous usurper ces armoiries ? »

Le prince ducal la toisa de haut en bas.

« Qui est cette folle ? demanda-t-il à sa mère.

– Un peu de respect, beau doux fils ! le gourmanda Audéarde sur un ton ironique. Vous vous adressez à la mystagogue Prudence de Mondoire, la révérende mère de ce sanctuaire.

– Voici donc le dragon qui vous gardait enchaînée ? s'esclaffa Méléagant.

– Oh, la révérende mère Prudence est bien plus que cela… »

Tout en continuant à piquer de son arme la poitrine de la religieuse, Rivallon perdit son indifférence étudiée. Un mélange d'étonnement et de considération se peignit sur sa figure.

« Prudence de Mondoire ? releva-t-il. La poétesse ?

– Épargnez-moi ces civilités ! adjura la mère supérieure. Seigneur Méléagant, vous avez obtenu ce que vous vouliez ! Arrêtez le bras de vos gens !

– La poétesse en personne, poursuivait Audéarde comme si de rien n'était, et bien plus encore…

– Oh ! réagit Rivallon. Dans ce cas… »

Il abaissa son épée et se fendit d'une courbette.

« Très honoré, dame, salua-t-il. Vous rencontrer est un privilège.

– Connais-tu ses vers, Rivallon ? demanda Méléagant.

– Quelques-uns, “ La ballade des premiers frimas ” et “ La cage du chardonneret ”. Ces complaintes sont assez mélancoliques et un peu embarrassantes pour leurs altesses ducales. Dame Azalaïs m'aurait fait couper la langue si je vous les avais déclamées. »

Des cris d'épouvante et de désolation entremêlés d'éclats de voix féroces continuaient à retentir à travers les corps de bâtiment. Chaque hurlement glaçait d'horreur la mère supérieure, et le tour badin que prenait la conversation au milieu de la mise à sac lui paraissait relever d'une terrifiante extravagance.

« Au nom de tout ce que vous avez de plus sacré, supplia-t-elle, je vous en conjure ! Retenez vos gens !

– Il se trouve, ma dame la poétesse, que vous avez longtemps séquestré ce que j'ai de plus sacré », répondit Méléagant avec mordant.

Non sans désespoir, Prudence reconnut dans le jeune homme la dureté de son père. Elle était bien placée pour savoir que le duc était peu accessible à la pitié ; le salut ne viendrait pas de ce fils taillé dans la même étoffe. Elle se tourna alors vers Audéarde de Maginois et joignit les mains en un geste implorant :

« S'il faut vous venger, faites retomber votre colère sur ma personne ! Mais épargnez le sanctuaire et ses serviteurs ! »

La grande dame lui coula un sourire condescendant.

« Ne la trouvez-vous pas touchante, beau doux fils ? demanda-t-elle.

– Sa proposition est courageuse, concéda Méléagant. Elle contrefait assez bien la noblesse. Quel était son vrai nom, déjà ?

– Oriabel Coilvert, énonça Audéarde en détachant les syllabes avec dédain.

– Coilvert ! ricana le prince. Voilà bien un nom qui sent le ruisseau ! La prochaine fois que je croiserai le Bâtard, je l'appellerai ainsi. Mais se souvient-il seulement de sa mère ? »

Prudence sentit le sang se retirer de son visage ; chacune de ces paroles ravivait de vieilles plaies qu'elle avait cru cicatrisées. Elle se raidit surtout contre elle-même, contre l'envie incoercible de répliquer. Tout comme ses frères et sœurs payaient pour elle, elle essuyait une rancune qui avait dévié de son objet ; toutefois, avec le détachement que lui procurait le choc, elle mesurait non seulement l'inutilité de raisonner ses oppresseurs, mais les violences que pareille initiative eussent prolongées. Elle en éprouva presque un haut-le-cœur ; elle ne se résigna pas moins à s'abaisser davantage pour offrir à ces êtres hautains la seule chose qui pût les apaiser.

La mystagogue tomba à genoux devant la robe de samit et les solerets d'acier.

« Au nom de la courtoisie et de votre magnanimité, pressa-t-elle, je vous supplie d'épargner les ministres de la Déesse !

– Ma foi, plaisanta Méléagant, improvisez un bout-rimé sur ce thème et je reconsidérerai peut-être votre requête.

– Allons, allons, mon gentil seigneur, la supérieure en appelle à vos vertus chevaleresques, tempéra sa mère. Et quoiqu'elle ne soit point de sang bleu, elle ne m'a pas été de trop mauvaise compagnie. »

D'un signe de tête, elle ordonna à Rivallon d'aider la mystagogue à se relever.

« Eh bien, si vous n'en êtes point fatiguée, invitons-la à Vayre, proposa le prince. Peut-être nous sera-t-elle utile pour brider Domnal. »

Mais la ci-devant duchesse refusa de la tête.

« Non, beau doux fils : n'imitons point les mauvais agissements de votre père. Libérer les dames est tout à votre honneur ; en capturer une ternirait votre blason. Votre prouesse aura plus d'éclat si vous l'ornez d'un tant soit peu de clémence.

– Comme vous m'avez manqué, mère ! Vous êtes de bon conseil, comme toujours. Je me plierai volontiers à votre gouverne. D'autant plus volontiers, à vrai dire, que Burchard de Gelde n'est plus en mesure de témoigner en faveur de ma mansuétude…

– Voilà qui est fâcheux. Mais ne vous en repentez pas outre mesure : ce triste sire tenait absolument à me mettre au cachot. En attendant, rassemblez vos gens. Je me suis suffisamment languie de la liberté pour m'attarder plus que nécessaire dans ces murs ! »

Pendant que le seigneur de Vayre envoyait Rivallon rallier sa troupe, Prudence se fit violence pour remercier Audéarde de Maginois.

« Oh, ce n'est rien, ma chère, répondit la grande dame. Ne vous ai-je pas dit que je vous protégerais ? J'ai tenu parole. Nous sommes quittes, ou peu s'en faut. »

Elle chargea Almodie de lui préparer quelques affaires pour le voyage, puis, rayonnante de joie, embrassa à nouveau son fils.

« Voyez-vous, lança-t-elle cruellement à Prudence, à défaut d'avoir reçu la grâce de la Déesse, l'amour de mes enfants me console. »

Puis, tout en passant tendrement les doigts dans la chevelure de Méléagant, elle ajouta d'un ton léger :

« Au fait, mon chéri, au moment de partir, donnez ordre de tout brûler. »

La mystagogue crut qu'elle avait mal entendu, mal compris, ou que la duchesse déchue jouait au chat et à la souris.

« Ma dame, dit-elle sans parvenir à voiler son émotion, il n'est guère décent de plaisanter en présence de ces pauvres gens qui ont perdu la vie. »

Audéarde la toisa d'un œil peu amène.

« Mais qui vous dit que je plaisante ? » rétorqua-t-elle.

Ces mots furent lâchés avec tant de sécheresse que Prudence accusa le coup.

« J'épargne votre existence et celle de vos religieux, poursuivit la grande dame, du moins celle des desservants qui n'ont pas résisté. Cette miséricorde n'aura de sens que si je montre ma force. M'évaderais-je en vous laissant sauver votre communauté et votre sanctuaire, je passerais pour une simple fuyarde ! La bonne société ne verrait en moi qu'une aventurière et non un chef de parti ; quant à mon cher mari, il me ferait poursuivre au lieu d'ouvrir des pourparlers. Et puis pour parler net, il faut bien que j'obtienne réparation de cette année d'emprisonnement. Mondoire partira en cendre. »

La supérieure recula d'un pas devant la malfaisance mûrement réfléchie de l'ancienne duchesse.

« Ce sacrilège vous détruirait, souffla-t-elle.

– Quel sacrilège ? C'est vous qui avez consenti à faire de votre temple une prison ; j'abats la prison et non le temple.

– Vous savez que la situation est plus compliquée que cela.

– Elle me paraît au contraire d'une clarté limpide. Vous m'avez gardée enfermée par crainte de mon mari ; en changeant de camp, la peur restaurera mon autorité.

– À profaner la demeure de la Déesse, vous ne gagnerez qu'un stigmate d'infamie !

– Il est parfois opportun de confirmer les imbéciles dans leurs préjugés en endossant un stigmate.

– Ayez pitié de votre âme ! S'enorgueillir de ses crimes est la voie la plus directe de la perdition !

– Quel crime ? Mon fils me libère et vous élargit par la même occasion. Vous allez être soulagée de cette charge que vous n'avez pas choisie et qui vous écrase depuis si longtemps… »

La mystagogue chancela. Elle devait se rendre à l'évidence : non seulement la duchesse déchue ne reviendrait pas sur sa décision, mais elle jouissait d'être suppliée et de se montrer intraitable. Il ne restait plus qu'un ultime recours à la mère supérieure, et elle s'en épouvantait : car s'il maintiendrait l'autorité de la religion, il scellerait aussi la ruine de Mondoire.

« Maudite sois-tu, Audéarde de Maginois », murmura-t-elle.

Et puis, libérant la colère de jadis, elle reprit son souffle et cria à pleine gorge :

« Au nom de la Déesse, maudite sois-tu dans ta maison ! Maudite sois-tu dans tes champs ! Maudite dans la nourriture de ton ventre et dans le fruit de tes entrailles… »

Elle ne put aller plus avant dans l'anathème. Méléagant lui écrasa son poing ganteléé sur le visage, tout en grognant d'un air ennuyé : « Taisez-vous donc, vieille putain. »

Il fallait qu'elle se relevât. Elle ne se souvenait plus comment elle était tombée. La chute avait été rude, en tout cas : elle s'était écorché les jambes, meurtri l'épaule et probablement fendu le crâne. Sans doute avait-elle chuté la tête la première, tant ses idées étaient confuses et sa face douloureuse. Que s'était-il passé ? Quelqu'un avait laissé griller quelque chose sur le feu ; dans ce cas, pourquoi gisait-elle sur le gravier d'une allée et non sur le dallage des cuisines ?... Elle voulut appeler, mais la bouche lui faisait trop mal. Personne ne s'occupait donc de cet âtre ? Il fallait qu'elle se relevât.

Quand elle parvint à se redresser sur un coude, les premières choses qu'aperçut Prudence furent le coffre et les sièges abandonnés sur le belvédère, non loin du parapet. Quel désordre, se dit-elle. En plus, quelqu'un avait négligé de refermer la porte de la maison abbatiale... À en juger par les fumerolles que soufflait l'embrasure, la cheminée tirait très mal. Et puis quel était donc ce vacarme qui lui cassait les oreilles ? Qui osait donc rompre la sérénité des cloîtres avec ces cris et ce tocsin ?

D'un seul coup, la mystagogue recouvra ses esprits. Elle se mit à gémir de souffrance et d'horreur. L'effroi lui donna la force de se relever, mais à peine debout, tout le jardin des simples se mit à tourner autour d'elle, avec ses carrés soigneusement entretenus, ses fumées dérivantes et les dépouilles sanglantes des trois sergents du chevalier de Gelde. Elle tituba, les bras ouverts, faillit choir à nouveau.

« Ô Divine Sagesse, supplia-t-elle, soutenez-moi ! »

La tête lui lançait comme si elle avait reçu un coup de marteau ; elle voyait parfois double ; des gouttes de sang frais maculaient sa robe et son scapulaire ; mais elle finit par retrouver l'équilibre. Sitôt qu'elle se crut capable de dominer sa faiblesse, elle partit d'une démarche incertaine vers les bâtiments monastiques. Prise de quintes de toux dans la fumée qui envahissait les galeries intérieures, elle ne put retrouver son souffle qu'en atteignant le cloître principal. Il y régnait un désordre effroyable. Prudence ne vit aucune flamme, mais les fenêtres de la bibliothèque recrachaient d'épaisses bouffées blanchâtres et l'on entendait distinctement crépiter un brasier. Le frère Viator essayait d'organiser une chaîne depuis le lavatorium pour lutter contre le sinistre, mais les religieux se passaient des récipients dérisoires – cruches, marmites et même chantepleures – dont le contenu serait vaporisé sans étouffer les flammes si l'incendie prenait de l'ampleur. Un myste surgit soudain hors du scriptorium, trébuchant sous le poids des codex qu'il venait de sauver. Il les jeta sur un amoncellement de livres échoué dans les plates-bandes du jardin central. Sa robe fumait, son visage était noir de suie ; Prudence eut du mal à reconnaître le frère Vindicien au moment où il s'engouffrait à nouveau dans le bâtiment.

La mystagogue fut prise par un vertige. Elle se rattrapa contre une colonne, mais une religieuse secourable se précipita également pour la soutenir.

« Oh ! Ma mère ! Vous êtes blessée ! » s'écria une voix compatissante.

Prudence eut de la peine à identifier la sœur Clementia. Les traits fins de la maîtresse d'atelier étaient barbouillés de cendre ; la sueur et les larmes y avaient tracé des sillons crasseux. Sa détresse était si manifeste que la mère supérieure n'eut pas le cœur de lui reprocher ses intelligences avec la ci-devant duchesse. De quel droit l'eût-elle fait, d'ailleurs ? N'avait-elle pas été la première dupe de la prisonnière ? Primait désormais l'urgence de sauver ce qui pouvait l'être.

« Où sont Audéarde et le seigneur de Vayre ? demanda-t-elle.

– Ils viennent de partir avec leurs gens.

– Qu'est-il arrivé au chevalier de Gelde ?

– Je ne sais pas. Il y a beaucoup de morts et de blessés à la porterie. Il se trouve sans doute parmi eux. »

La mystagogue serra les poings pour lutter contre un nouvel étourdissement.

« Il faut vous asseoir à l'air libre, ma mère, intima Clementia. Je vais me débrouiller pour panser ces plaies que vous avez à la tête. »

Mais Prudence refusa énergiquement.

« Où le feu a-t-il pris ? s'enquit-elle.

– Dans chaque bâtiment ou presque. Ces impies couraient partout avec des torches.

– Ont-ils profané le temple ?

– Je ne sais pas, j'essayais de sauver les livres.

– Sont-ils descendus dans les chambres onirocritales ? »

Il était inutile d'en dire davantage : la maîtresse d'atelier se pétrifia. Sous la suie qui lui souillait le visage, son teint devint de craie. Au milieu des violences et de l'affolement, elle avait oublié l'essentiel : le devoir sacré de maintenir inviolé le triple mystère.

« Suivez-moi ! » ordonna la mystagogue, et sans plus tarder les deux religieuses se précipitèrent vers le portail de la Souveraine Ontosophie. À peine eurent-elles franchi le seuil, elles surent que le pire s'était produit. Bizarrement, la nef était plus sombre que d'ordinaire : on n'y voyait nulle flamme et les candélabres orfévris avaient été volés, leurs cierges éparpillés au sol. Mais il faisait anormalement chaud dans le sanctuaire et l'on entendait distinctement, au-dessus de la rotonde, le grondement de l'incendie qui dévorait les charpentes. Les objets et les lampes du culte avaient disparu. Blasphème odieux, les voiles en tissu précieux qui couvraient la Déesse avaient été pillés : vêtue de sa seule robe de pierre, l'effigie divine paraissait presque nue. Au pied de la statue gisait le corps d'un myste, qui avait probablement cherché à la défendre. Prudence le rejoignit pour voir si on pouvait encore le sauver. Le malheureux était au-delà de tout secours terrestre. La mère supérieure eut du mal à identifier le visage défiguré du chantre Leudèse.

« Oh ! Sainte Miséricorde ! gémit Clementia en reconnaissant son ami.

– Venez ! » commanda la mystagogue presque durement, car elle craignait elle aussi de succomber à la faiblesse et au désespoir.

Les deux religieuses longèrent la balustrade du chancel et s'engagèrent dans l'un des escaliers de la crypte. Par une ironie cruelle dans ce monastère en feu, elles n'avaient point de lumière ; une fois descendus les premiers degrés, elles s'enfoncèrent dans les ombres. Au dernier moment, la sœur Clementia retint sa supérieure par le coude : un reflet vague avait attiré son attention sur une marche, que Prudence avait failli fouler. Elles recueillirent le minuscule objet et l'examinèrent dans la paume de la mystagogue : c'était une piécette frappée dans un alliage sans grande valeur, émise dans une monnaie inconnue, à la légende incompréhensible ; deux coups de couteau en avaient rayé l'avers. Les pieuses femmes furent prises d'un frisson et tracèrent précipitamment la mandorle. Ce jeton faisait partie des reliques dévotement conservées derrière la porte de corne. L'une des entrées au moins du triple mystère avait été profanée.

Elles reprirent la descente avec des précautions presque épouvantées. Leurs yeux s'habituant à l'obscurité, elles retrouvèrent d'autres menus objets éparpillés sur les dernières marches et au pied des escaliers. Furent ramassés, avec un mélange de consternation et de révérence, une amulette nomade figurant un tigre des steppes ; un fragment de marbre noir traversé d'une veine rougeâtre ; un petit astrolabe de marine dont les disques avaient été agglomérés par le vert-de-gris. Ces babioles dépareillées étaient en fait des trésors oniromantiques : au cours des siècles, chacune avait été rapportée par des mystes du sanctuaire au réveil d'un songe augural. Elles étaient autant de signes de la faveur accordée à la communauté par la Vieille Déesse ; ces reliques favorisaient le passage des dormeurs entre le monde mortel et l'empyrée, mais seraient-elles tombées entre de mauvaises mains, leur essence eût pu alimenter la plus noire des sorcelleries. Les soudards qui avaient profané le sanctuaire ignoraient le pouvoir de ces talismans ; ils n'avaient volé que la châsse d'or et de bois de rose qui les contenait, en vidant le coffret précieux dans leur fuite.

Des ténèbres profondes régnaient dans la crypte, que perçait à peine la veilleuse de la chapelle souterraine. La flamme créait un miroitement tremblant à la surface de la fontaine de vérité, mais projetait plus d'obscurité que de lumière derrière les colonnades basses. La mystagogue et la maîtresse d'atelier se précipitèrent vers l'abside, espérant que seule la porte de corne avait été fracturée. Issu des ombres, un mouvement menaçant coupa leur élan : elles n'étaient pas seules au fond des chambres onirocritales. Devant les trois porches sacrés se déplaçaient lentement des ombres cuirassées. La faible lueur de la veilleuse alluma des reflets métalliques sur leurs armures ; les spectres paraissaient plus grands que nature, leurs heaumes frôlant l'arc bas des voûtes. Ils circulaient entre la porte d'émeraude et la porte d'ivoire, en se déplaçant dans un silence absolu. Quelques chatoiements bleutés coururent sur les harnois ; l'un des marcheurs projeta une ombre couronnée d'un cimier d'épines ; le tremblement de la veilleuse éclaira brièvement les pies aux ailes coudées qui blasonnaient l'écu d'un autre. Ils s'effacèrent trop vite pour avoir eu tous le temps d'entrer par le troisième porche.

« Déesse miséricordieuse ! s'affola la sœur Clementia. Des phantasmes de l'entremonde !

– Il faut fermer les portes avant que les réels ne se condensent ! » pressa la mystagogue.

Tout en redoutant de voir se manifester d'autres apparitions, les deux religieuses gagnèrent les porches. Elles commencèrent par refermer le plus périlleux, la porte d'ivoire. Tout au plus entrevirent-elles l'espace exigu qu'elle dissimulait. Les vandales avaient dû être déçus en forçant les serrures : les lourds battants de bois renforcés de ferrures ne défendaient que d'étroits réduits dans la maçonnerie. Seule la niche fermée par la porte de corne contenait une châsse à reliques ; les deux autres étaient vides. Ce que les profanes ignoraient, c'est que ces seuils consacrés débouchaient sur des abîmes spirituels ; ouvrir ces portes interdites descellait en fait les âmes des insensés qui s'y risquaient. Ils devenaient eux-mêmes des trouées entre l'existence matérielle et les empyrées. Les plus dévots et les plus sages y consumaient leur existence en transes mystiques ; les ignorants sombraient dans le malheur et la folie ; les sorciers y dévoyaient un pouvoir qui altérait tout ce qu'ils touchaient, à commencer par leur substance et leur destinée.

Prudence s'arrêta un instant face à l'embrasure béante de la porte d'émeraude. Serrées contre son ventre sous son scapulaire, elle portait les reliques oniromantiques ; devant elle bayaient, sous le porche de pierre, les ressources intangibles de son esprit prêt à se fondre dans l'infini. Le rappel d'un passé douloureux, l'humiliation et les blessures, la violence criminelle qui venait de s'abattre sur le sanctuaire firent vaciller sa foi. Elle hésita, soudain accessible à la tentation : à portée de main se trouvait le moyen d'une terrible revanche. Elle n'avait qu'à rompre ses vœux, des vœux que d'une certaine façon on l'avait contrainte à prononcer ; elle disposerait alors de la sagesse et des prestiges pour devenir l'une des puissances de Bromael.

« Révérende mère ? » s'inquiéta Clementia.

Sans doute la maîtresse d'atelier crut-elle que sa supérieure se sentait mal, sans soupçonner le flageolement de sa conscience. Prudence sursauta malgré tout comme si elle avait capitulé devant l'abîme.

« Je n'ai plus de forces, chevrota-t-elle. Aidez-moi à pousser ce battant. »

Les deux religieuses appliquèrent leurs paumes contre la porte et la refermèrent. Mondoire allait brûler, se désespéra la mystagogue ; du moins ne serait-elle pas celle par qui le temple serait détruit.

# XVI

## Les beaux inconnus

*Et c'aveuc lui voie la fée,*
*Ausi d'un mantiel afublée*
*Tot à nus piés, en sa cemise,*
*En tel sanblant et en tel guise,*
*Com il le vit quant ele vint*
*Au lit el palais ù le tint.*
Renaud de Beaujeu

La brise souffla les arcades et les dômes duvetés des nuages, qui s'agglomérèrent en écroulements moelleux avant de s'effilocher en fumées. L'âme d'Yvorin de Quéant en redescendit, encore grisée d'azur, tandis que pages et écuyers se précipitaient vers les combattants épuisés. Alors que les suivants approchaient, le mystérieux chevalier aux pies continuait à vaguer autour des jouteurs, l'épée rengainée, le bouclier glissé sur le dos. Il faisait marcher son destrier à une allure de passage ; la splendide monture rebondissait en un lent pas de danse, presque suspendu, qui faisait onduler son caparaçon telle une bannière. Yvorin admira la grâce équestre de l'inconnu. Celui-ci s'en rendit compte ; il tourna brièvement le heaume en direction du bachelier, toujours installé sur le corps inerte du Grand Bâtard.

« Quelle douteuse couvée ! plaisanta le chevalier aux pies. Eh ! Bien mal assis ne profite jamais ! »

Yvorin se sentit un peu piqué par le trait, mais reconnut qu'il était mérité. Quoiqu'il n'eût guère d'estime pour son captif, il se fût déshonoré à le traiter sans dignité. Sans compter qu'il eût été stupide de l'étouffer : c'était un coup à perdre tout à la fois sa réputation et une belle rançon. Le chevalier de Quéant se releva donc en grimaçant de douleur, mais se sentait déjà plus ferme sur ses jambes. Il se pencha sur sa prise avec une sollicitude intéressée. Il lui fut impossible de relever le mézail faussé de FitzGanelon ; en se penchant sur le ventail, il crut entendre un souffle irrégulier, mais il entreprit malgré tout d'ôter le heaume pour s'en assurer. Il rencontra quelques difficultés, tant le casque avait été déformé par les chocs. Le Grand Bâtard grogna quand le métal lui écorcha une oreille. Yvorin s'en réjouit : l'adversaire était en vie.

« Sire Domnal, jubila-t-il, vous êtes mon prisonnier ! »

FitzGanelon, qui respirait mieux à l'air libre, lui adressa un coup d'œil glauque.

« Putain de merde ! » marmonna-t-il.

De son côté, le chevalier aux pies quittait le pré au petit trot.

« Partagez-vous mes trophées ! lança-t-il aux vainqueurs. L'exploit est vôtre ; je n'ai presque rien fait. »

Bien qu'il parlât un léonien fluide, il possédait une pointe d'accent indéfinissable, à la fois chantant et désuet. Mais Yvorin n'y accorda guère d'attention. Les servants du parti victorieux arrivaient ; le bachelier fut heureux de retrouver son écuyer Briebras, qui rayonnait de joie. Les félicitations enthousiastes prodiguées par son valet d'armes gonflèrent un peu plus sa fierté : cette prouesse les sortait tous deux d'un très mauvais pas, et Briebras n'en mit que plus de chaleur dans ses louanges. L'euphorie dans laquelle baignait le chevalier de Quéant lui inspira alors une idée aussi impulsive que généreuse, qui lui parut brillante sur le moment.

FitzGanelon revenait à lui. En grognant, il venait de se remettre sur son séant, à même le sol labouré par les fers des chevaux. Yvorin se pencha vers lui et lui posa une main conciliante sur l'épaule.

« Sire Domnal, lui dit-il, ce fut un beau combat et, malgré nos différends, il appelle une estime réciproque. C'est pourquoi je vous propose un arrangement amiable. Engagez-vous à rompre vos fiançailles et je vous relâche sur-le-champ. »

Du coin de l'œil, le chevalier de Quéant vit Briebras tiquer. L'écuyer avait mesuré avant lui ce que signifiait pareille proposition : s'il libérait son prisonnier sans contrepartie, le bachelier retombait sous la sujétion de Blancandin ou du sire de Vaumacel, le retour inattendu du chevalier aux épines ayant ajouté de la confusion à sa situation. Yvorin s'en voulut un peu de son étourderie, mais les choses étaient dites et il ne pouvait revenir sur sa parole. Libérer la sublime Heluise avait du reste infiniment plus d'importance que son propre sort. Il ne lui resterait qu'à faire d'autres prises au cours du tournoi du lendemain.

Quant au Bâtard, il lorgnait le bachelier par-dessous en soufflant pesamment. À l'incrédulité qui s'était peinte sur ses traits grossiers succéda rapidement un sourire moqueur.

« Pauvre buse ! finit-il par ricaner. Tu crois vraiment que le prix de ma gueule suffit à acheter le cul de la Prangeray ? Sans parler de la dot ? Je paierai ma rançon et je garde la fille. Pendant la nuit de noces, elle me remboursera avec les intérêts. »

Outré, Yvorin leva sa main gantelée pour châtier cette insolence. Fort heureusement, Briebras lui saisit le poignet avant qu'il ne frappât son prisonnier.

« Cette discourtoisie vous coûtera plus cher que la capture, siffla le chevalier de Quéant.

– Mon père et les usuriers de Carroel allongeront la monnaie », se vanta FitzGanelon d'un air désinvolte.

Non loin de là, d'autres litiges éclataient entre les vainqueurs et les vaincus. Blancandin dut retenir Geriant de Froëch, qui était prêt à rosser le chevalier de Lontieu pour le coup de faucre envoyé au sire de Thèves. Bruin de Banguarde, quant à lui, avait une querelle assez vive avec le chevalier de Vaumacel, contestant la victoire de chevaliers non déclarés sur le pré. Fort heureusement, les bonnes manières des deux preux les empêchèrent d'en revenir aux mains ; ils finirent par tomber d'accord pour s'en remettre au jugement des rois d'armes. L'arrivée des mires, chirurgiens-barbiers et guérisseurs de la Déesse Douce contribua aussi à apaiser les éclats. Assistés de pages et d'écuyers, les soigneurs délivrèrent les chevaliers les plus gravement blessés de leurs armures pour comprimer les hémorragies et réduire quelques fractures ; les plaies moins graves seraient traitées au camp. La bonne fortune voulut que même les combattants les plus rudement touchés, comme Cowyr de Thèves et Olier de l'Aulnay, étaient toujours en vie et conscients. Les silhouettes ténébreuses de trois prêtres du Desséché demeurèrent en marge du champ ; les Dessiccatoriens se tenaient prêts au cas où l'on eût un mort à déplorer, mais la survie de tous les tournoyeurs rendait leurs secours inutiles.

Dès qu'il eut calmé Geriant de Froëch, Blancandin l'entraîna à sa suite pour saluer le chevalier de Vaumacel. Essayant de dominer la colère qui venait de gâcher sa joie, Yvorin se joignit à eux.

« Quelle heureuse surprise ! se réjouit le prince. C'est ce qui s'appelle arriver à point !

– J'ai imploré le Resplendissant pour qu'il me permette d'honorer mes promesses, répondit le chevalier aux épines. Hélas, je regrette d'avoir beaucoup tardé en chemin. Je suis bien fâché de n'avoir point assisté à votre adoubement.

– J'aurais mauvaise grâce à vous en tenir rigueur, reconnut Blancandin. Après tout, vous n'avez pas tout raté ; vous en aurez même eu la meilleure part. »

Et puis, donnant libre cours à sa joie, le chevalier fraîchement adoubé se laissa aller à un rire qui fit ressortir sa jeunesse.

« Dire que nous avons tous cru que vous nous abandonniez ! s'écria-t-il. C'est à nous de vous présenter des excuses. Tenez, je vous rends Quéant. Lui non plus n'a pas démérité ; je me souviendrai de la façon dont il m'a épaulé. »

Le chevalier de Quéant avait quant à lui oublié tous les doutes et les griefs qu'il avait nourris contre le sire de Vaumacel. L'euphorie de la victoire le gagnait à nouveau et suffisait à repeindre sous un nouveau jour la période d'incertitude qu'il venait de traverser. Du reste, bien qu'il eût préféré que FitzGanelon acceptât sa proposition, le bachelier faisait contre mauvaise fortune bon cœur et, en définitive, n'était pas mécontent de s'acquitter de sa dette à l'égard du chevalier aux épines.

« Je n'ai jamais craint que vous me fassiez défaut, déclara-t-il avec une fougue plus enthousiaste que sincère. Je vous prie d'accepter le seigneur d'Ouchain en échange de ma liberté.

– J'y gagnerai probablement en or ce que j'y perdrai en courtoisie, répondit Ædan.

– À propos de courtoisie, reprit Blancandin, nous conterez-vous ce qui vous a retenu si longtemps loin de Lyndinas ?

– Je n'y manquerai point. Mais peut-être serait-il plus indiqué de le faire ailleurs que sur le pré.

– Quel est donc ce preux qui vous a si efficacement secondé ? intervint Geriant de Froëch. Je ne connais pas son blason.

– Je crois que pour l'heure, il ne désire point révéler son nom et son lignage, répondit le sire de Vaumacel. J'ai noué avec lui et ses deux compagnons une forme d'alliance… Quoiqu'ils soient étrangers au duché, nous avons une allégeance en commun.

– Et avez-vous mené à terme votre autre quête, celle qui a failli nous priver de votre assistance ? s'enquit le prince.

– J'ai effectivement trouvé les gens que je cherchais… »

Le chevalier de Vaumacel s'interrompit, l'air préoccupé, et désigna de la main la braconnière et le cuissard d'Yvorin, où coulaient des filets de sang vermeil.

« Je tâcherai de satisfaire votre curiosité en temps utile, reprit-il, mais il me semble plus urgent de faire soigner cette blessure. »

Le bachelier protesta que ce n'était qu'une égratignure ; il se fit néanmoins rabrouer par le prince et le seigneur de Froëch, qui appela à grands cris des barbiers. L'incident interrompit la conversation, d'autant qu'il fallait également veiller à récupérer les chevaux et prendre en charge les prisonniers. Blancandin retint néanmoins le chevalier de Vaumacel pour lui glisser quelques mots.

« Restez sur vos gardes, chuchota-t-il.Votre retour inopiné et la victoire que vous m'avez offerte vont faire sensation. Mon père voudra s'en prendre à vous. »

Une cohue houleuse escorta les vainqueurs et leurs prisonniers dans le camp du *dedans*. On trouvait peu de seigneurs dans cette affluence mais quantité de sergents, de valets d'armes et de pages. Les acclamations s'y mêlaient aux injures et aux huées : dans le parti du *dehors*, on blâmait le renfort tardif des chevaliers aux pies et aux épines, que l'on considérait comme une manœuvre déloyale. Quelques écuyers en vinrent aux mains et la foule tout entière grondait d'une excitation orageuse.

La presse se relâcha un peu autour des tournoyeurs lorsqu'ils eurent passé les barrières. Cowyr de Thèves étant le plus gravement blessé dans la troupe du prince, Blancandin proposa que le conroi s'assemblât sous la tente de leur malheureux compagnon ; ainsi pourrait-il malgré tout se réjouir et délibérer avec ses frères d'armes. Il fallut au préalable que les chevaliers se fissent désarmer et soigner ; ils ne se retrouvèrent donc que progressivement sous le pavillon de Thèves.

Bien qu'il eût plusieurs côtes cassées et une hanche luxée, Cowyr tint à recevoir ses hôtes assis plutôt que couché. L'arrivée de chaque chevalier, désormais débarrassé de l'armure et apprêté pour la cour, était l'occasion d'accolades et d'embrassades comme si on ne s'était vu de plusieurs mois. Avec de grands éclats de voix, on célébrait les prouesses du matin ; on renchérissait dans les louanges et les protestations d'amitié. Toutes ces démonstrations de joie n'étaient cependant pas exemptes de fébrilité. On attendait encore la sentence des rois d'armes sur l'issue du combat et il subsistait un certain flou sur l'attribution de quelques prisonniers.

Lorsqu'ils furent sept chevaliers rassemblés sous la tente, la plupart continuèrent à bavarder et à se congratuler, attendant le huitième pour aborder les questions sérieuses. Wichart de Laudunet, captif dans le camp du *dehors*, ne pourrait être des leurs, mais ils guettaient l'arrivée du chevalier aux pies avec une grande impatience, curieux de découvrir l'identité de cet allié providentiel. Le sire de Vaumacel se résolut à décevoir leurs attentes.

« Mes seigneurs, leur dit-il, il est inutile de différer davantage notre conseil. Le preux qui nous a appuyés ne se joindra pas à nous.

– Pour quelle raison ? s'étonna Dam de Maubrenas. Ne trouverait-il point d'agrément à recevoir nos remerciements ?

– Oh, certainement ! répondit Ædan. Encore qu'il soit d'humeur changeante et que ce qui l'émeut un jour aux larmes l'indiffère le lendemain… Mais sa principale raison est qu'il tient à garder secrets son nom et son lignage.

– Allons, allons, point de mystères entre nous ! s'écria le chevalier du Havne. Nous avons tous deviné qu'il s'agit de mon seigneur Méléagant !

– J'espère que c'est ce que croiront les rois d'armes, intervint Blancandin. Mais je suis au regret de vous détromper, sire Fitzurse : ce chevalier a peut-être la vaillance de mon frère mais il n'en a pas la voix.

– Dans ce cas, de qui peut-il bien s'agir ? s'interrogea Dam de Maubrenas. Sire Ædan, pouvez-vous au moins nous dire si nous le connaissons ? »

Le sire de Vaumacel ébaucha un signe de dénégation.

« J'ai scrupule à vous apporter pareille précision, se justifia-t-il. Je me suis engagé à ne pas dévoiler l'identité de ces trois chevaliers sans leur consentement. Si je réponds à votre question, je manquerai en partie à ma parole.

– Trois chevaliers ? releva le sire de Froëch. Vous en avez recruté d'autres de la même eau ?

– Disons plutôt qu'ils viennent combattre pour le plaisir. Mais ils arboreront bien des brins d'immortelle, du moins est-ce ce que j'espère.

– Ont-ils un rapport avec la quête que vous suiviez pour le seigneur du Treff ? ne put s'empêcher de demander le sire de Maubrenas.

– Sur ce point aussi, permettez-moi de garder le silence.

– Et vous avez raison, intervint le sire de Thèves. Non seulement votre discrétion vous honore, sire Ædan, mais elle nous est utile. Je suis hors de combat et vous êtes tous plus ou moins blessés ; le renfort de ces chevaliers inconnus forme une relève précieuse pour le parti de la duchesse. Il serait fâcheux de les incommoder par une curiosité importune. »

Les autres preux tombèrent d'accord avec l'opinion de Cowyr de Thèves et l'approuvèrent d'abondance.

« Quel qu'il soit, ce chevalier aux pies est de bonne noblesse, renchérit Geriant de Froëch, à en juger par la largesse avec laquelle il nous a abandonné ses prises. »

Ce commentaire suscita de nouvelles approbations mais ouvrit également un débat plus délicat, car le beau geste du mystérieux chevalier pouvait jeter une pomme de discorde dans le conroi de Blancandin. Tombé par surprise sur les chevaliers du *dehors*, l'inconnu avait contribué à estourbir pas moins de quatre adversaires. Si personne ne contesta à Yvorin la capture du Grand Bâtard, qu'il devait pourtant au secours de l'oiseleur anonyme, en revanche les deux Herluin et Ramier de Contremont avaient été sans conteste abattus par l'énigmatique champion. Restait à se les répartir, ce qui n'allait pas sans risque de froisser les susceptibilités et de piquer les jalousies.

Des neuf champions du *dehors*, seul Urféan de Quaquevel avait échappé aux vainqueurs. Par une douloureuse ironie, la blessure que lui avait infligée Yvorin avait préservé sa liberté en le poussant à quitter le pré avant la fin des combats. Parmi les huit captifs, Olier de l'Aulnay revint sans discussion à Cowyr de Thèves qui, bien que n'ayant pas eu le temps de le prendre dans les formes, l'avait rapidement désarçonné et empêché de nuire. Quant à Blancandin, il pouvait revendiquer la prise de Berhar d'Estrif et celle d'Ouacre de Lointieu grâce à la charge folle menée sur le fougueux Bastetal. L'action n'avait pas été très orthodoxe, mais les compagnons du prince ne l'en louèrent pas moins : gagner deux prisonniers en faisant ses premières armes ne représentait pas un mince exploit. La possession de Bruin de Banguarde était un sujet plus litigieux ; si le preux Froissefer avait fini par plier sous les coups du chevalier de Vaumacel, il était également engagé contre Geriant de Froëch au moment de sa défaite. En outre, le sire de Froëch l'avait plus longtemps affronté que le sire de Vaumacel et pouvait légitimement le revendiquer comme prisonnier. Ædan trancha la question d'élégante manière ; puisque Yvorin rachetait sa liberté en lui cédant le Grand Bâtard, il laissa Froissefer au sire de Froëch.

Restaient pendants les droits sur Herluin de Premerain, Herluin d'Alogne et Ramier de Contremont. Deux des compagnons de Blancandin n'avaient fait aucune prise : Fitzurse du Havne, qui avait abandonné un cheval pour rentrer dans le rang, et Dam de Maubrenas, qui s'était surtout préoccupé de maintenir la cohésion du conroi. S'il fut assez facilement convenu qu'ils se partageraient Herluin le Jeune et Herluin l'Aîné, en revanche ils se disputèrent l'attribution de l'Orgueilleux de Contremont. Le chevalier de Maubrenas se targuait d'avoir donné les ordres qui avaient permis à la compagnie de tenir la dragée haute à un adversaire plus nombreux, au nom de quoi il estimait légitime d'obtenir une autre prise. Il n'échappait toutefois à personne que la déchéance de la duchesse Audéarde, en provoquant sa disgrâce, l'avait rendu impécunieux : une deuxième rançon lui aurait permis de renflouer sa cassette. Le chevalier du Havne ne l'entendait cependant pas de cette oreille. Il taquinait Dam en s'émerveillant de l'avoir vu plus occupé à recevoir des coups qu'à en donner : en termes de vaillance, il estimait donc plus juste que la deuxième rançon lui revînt. Bien qu'ils fissent toujours assaut de compliments, le ton montait entre les deux chevaliers. Blancandin finit par intervenir dans la querelle. Il proposa d'échanger le chevalier de Contremont contre leur malheureux compagnon Wichart de Laudunet. Cette solution ne satisfaisait pas vraiment les deux chicaneurs, mais il aurait été discourtois de la contester. En définitive, tout le monde y trouvait son compte et le prince, quoique moins fieffé que la plupart de ses chevaliers, maintenait sa prééminence en gagnant deux prisonniers. On finit par se féliciter de l'excellence de ce partage ; Cowyr de Thèves salua le jugement de Blancandin, où, selon lui, transparaissait le don naturel pour le commandement de la lignée ducale. Bien que la flatterie fût un peu outrée, le prince la reçut avec grâce et tous d'approuver avec élan. Fitzurse du Havne et Dam de Maubrenas participèrent au chœur, tout en évitant de se regarder.

À l'extérieur, un regain d'animation signala l'entrée de nouveaux arrivants dans le camp. Plusieurs chevaliers envoyèrent leurs écuyers aux renseignements : on était anxieux d'attendre le verdict des rois d'armes. S'il était peu concevable que les captures fussent contestées, une remise en question de la régularité du combat compliquerait le versement des rançons et serait sûrement invoquée par Ganelon pour rompre sa parole.

Cœl eut à peine le temps de se glisser derrière le chevalier de Vaumacel pour lui annoncer l'arrivée de Claudas de Kimmarc ; les rabats de la tente furent soulevés devant le fils du comte, qui entra en coup de vent. L'homme avait de la prestance et sa carrure ne le cédait en rien aux preux les plus aguerris du conroi ; son irruption fit forte impression. Il n'eut que quelques pas à faire pour rejoindre Blancandin, qu'il gratifia d'une accolade virile. Entre les fortes mains du seigneur de Kimmarc, les épaules du jeune Bromael parurent chétives.

« Quel combat ! Quelles prouesses ! s'enthousiasma le puissant Claudas. Que d'émotions vous nous avez données ! Ah ! Cousin ! Je vous ai cru perdu à plus d'une reprise ! Votre victoire n'en est que plus glorieuse ! »

Se tournant vers le chevalier aux épines, le fils d'Angusel ajouta :

« Vous avez renversé la situation selon votre habitude, Vaumacel. Que n'ai-je point été des vôtres, ce matin ! La seule chose qui me console, c'est d'avoir été en compagnie du duc quand vous êtes entré sur le pré. Vous auriez vu sa tête ! C'était d'un drôle ! »

Blancandin remercia rapidement Claudas pour ses compliments, puis le pressa de leur apprendre l'avis donné par les rois d'armes.

« Le débat a été assez vif, selon que les hérauts dépendaient de Bromael ou de Kimmarc, rapporta le fils du comte. Le duc estime qu'il y a eu fourberie et a tenté d'en persuader les rois d'armes ; mon seigneur mon père soutenait bien sûr le contraire. En définitive, les juges ont rappelé qu'il était licite de garder une réserve pour la faire entrer sur le pré après les premiers engagements. Quant à l'anonymat de votre compagnon, Ædan, il n'est pas illégitime, même s'il pique fort les curiosités ; il est d'usage d'admettre sur la lice des chevaliers qui combattent sous des couleurs de fantaisie. Ce qui était plus gênant, c'est que ni vous ni ce chevalier aux pies ne vous étiez déclaré avant les commençailles. Le duc a argué que la manœuvre était déloyale car conçue pour créer un effet de surprise, et il est difficile de le contredire sur ce point. Fort heureusement, le coup de faucre du chevalier de Lointieu vous a rendu service : cette tricherie contrebalançait le caractère irrégulier de votre arrivée. Mon seigneur mon père s'est aussi étonné que le chevalier de Maginois n'ait déclaré forfait que ce matin et a plaint la mauvaise assiette du chevalier de Laudunet… Cela a eu le mérite de rappeler qu'il y avait quelques friponneries sous roche du côté bromallois.

– De grâce, ne nous laissez pas sur des charbons ardents ! s'impatienta Dam de Maubrenas. En fin de compte, qu'ont conclu les rois d'armes ?

– Ils ont estimé qu'il y avait des irrégularités des deux côtés. Rassurez-vous, cependant : ils ont également jugé que les torts s'équilibraient et que le combat restait équitable. Au grand déplaisir du duc et de sa cour, votre victoire est donc reconnue ! »

Ces mots provoquèrent de nouveaux transports chez les chevaliers du *dedans*. Leurs éclats de joie portèrent hors de la tente et égayèrent une partie du camp à la ronde. Claudas de Kimmarc invita le conroi à gagner le pavillon comtal, où son père allait donner un banquet pour fêter l'adoubement de Blancandin et sa victoire. Il poussa même la délicatesse jusqu'à faire préparer une litière, afin que Cowyr de Thèves pût être transporté et participer aux réjouissances.

Pour distinguer les héros du jour, il fut convenu qu'ils feraient à cheval la brève distance qui séparait la tente de Thèves des quartiers du comte. Pendant qu'on harnachait les palefrois, Claudas frappait familièrement sur les épaules des preux valides et leur rendait grâce d'avoir eu le dessus, pour des raisons plus personnelles cette fois : ainsi le grand pardon d'armes aurait lieu le lendemain, et le fils d'Angusel se réjouissait par avance de charger dans la mêlée.

Comme les hauts hommes montaient en selle, Claudas leur montra quelque chose de la main. Au fond d'une allée traversant l'alignement coloré des tentes, on apercevait les jonchaies et les eaux sombres de l'étang. Sur l'autre rive, mais à bonne distance du camp du *dehors*, une troupe de petits pages achevait de dresser quelques pavillons aux étoffes raffinées. Des palefrois splendides et de grands lévriers blancs vaguaient aux abords de ce nouveau campement.

« S'agit-il des quartiers du chevalier aux pies ? demanda le fils du comte.

– Ses quartiers et ceux de ses compagnons, précisa le sire de Vaumacel.

– Ils font bande à part, observa Claudas. Pourtant votre ami a pris le parti du *dedans*.

– Il m'a suivi pour m'obliger et pour le plaisir de combattre, répondit Ædan, mais il ne s'est pas formellement rangé sous la bannière de ma dame la duchesse. Ces chevaliers sont étrangers à nos vasselages. Ils semblent vouloir se joindre à nous demain, mais je ne saurais en jurer.

– Sont-ils tous aussi vaillants que celui qui vous a secondé ?

– Le deuxième est très irréfléchi, le troisième plus hautain, mais je dirais que tous trois sont sensiblement de même force.

– Dans ce cas, ce trio nous apportera un renfort appréciable. Quel dommage qu'ils restent sur leur quant-à-soi !

– Ce n'est pas très courtois, crut bon d'ajouter le sire de Maubrenas.

– Oh, n'ayez crainte, vous aurez de leurs nouvelles, répliqua Ædan. Ce sont des gens fantasques, parfois liants, parfois distants, mais toujours de gracieuse manière. D'une façon ou d'une autre, ils se feront connaître.

– Les avez-vous rencontrés quand vous serviez dans la principauté du Sacre ? s'enquit le seigneur de Kimmarc.

– Pas du tout. À vrai dire, je ne les connais que depuis peu. Mais nous sommes tous liés à la même personne.

– Il faudra que vous nous racontiez le fin mot de l'affaire !

– Je m'y emploierai avec plaisir, dès lors qu'ils ne souhaiteront plus faire mystère de leur qualité. »

Le cortège victorieux fut fêté par la noblesse de Kimmarc pendant le bref trajet menant au grand pavillon comtal. On acclamait les champions par leurs noms, on se pressait autour des chevaux, on effleurait les combattants comme des porte-bonheur ; des demoiselles enjôleuses offrirent à Blancandin une couronne de fleurs, que le jeune chevalier accepta en rougissant d'exquise manière. Une vague de vœux de guérison et de promesses d'offrandes à la Douce Dame accompagnait la litière du chevalier de Thèves.

Angusel de Kimmarc, tout juste revenu du château, tint à accueillir en personne les vainqueurs sur le seuil de son pavillon. Il adressa à chacun un compliment, en commençant par Blancandin. L'honneur prodigué de la sorte se trouvait largement payé de retour par le prestige qu'il retirait à s'afficher avec les tournoyeurs victorieux. « Quel bonheur de vous avoir chaussé les éperons ! lança-t-il au jeune Bromael. Votre conduite de ce matin s'est parée de toutes les vertus de la chevalerie. » Se tournant ensuite vers le chevalier de Vaumacel, il l'interpella : « Eh bien, sire Ædan, sur la brèche comme devant ! Mais la fin est plus heureuse qu'à Maurmarc ! » Il salua donc, par des flatteries et des bons mots, chacun des champions, en terminant par le fils de vavasseur qu'était Yvorin. S'il avait ainsi respecté la préséance, le comte de Kimmarc n'était pas moins un vieux renard. Il avait gardé le meilleur pour la fin : il n'ignorait pas comment tirer bénéfice des serviteurs les plus modestes. « Ah ! s'écria-t-il. Voici le preux le plus cher à mon cœur ! Celui qui, en prenant le Bâtard, m'a vengé de la perte d'Ouchain. Que le comte Dodinel a été bien inspiré en vous offrant votre destrier ! Je ne saurais faire moins. » D'un geste négligent, il fit signe à des écuyers d'amener par la bride une puissante monture de guerre. Comme Yvorin regardait le coursier sans réaliser tout à fait ce qui lui arrivait, Angusel ajouta avec une superbe satisfaite : « Il est à vous, chevalier de Quéant. Puisse-t-il vous faire bon usage dans la mêlée de demain. » Les remerciements d'Yvorin furent couverts par les acclamations et les applaudissements. Le comte de Kimmarc abrégea ces démonstrations flatteuses avec une simplicité de bon aloi. Après tout, cette largesse lui coûtait beaucoup moins cher que les rançons qu'il s'était exposé à verser, tout en lui permettant de capter une grande partie de l'enthousiasme de sa cour.

À l'intérieur du pavillon, on continua d'honorer les vainqueurs du jour. Non seulement Blancandin retrouva sa place à la haute table auprès du comte, mais tous ses compagnons d'armes y furent également admis. Leurs couleurs avaient été suspendues derrière leurs sièges, à même hauteur que les armoiries de Bromael et de Kimmarc. Claudas en revanche avait cédé sa place ; on avait malicieusement disposé les dais destinés au duc Ganelon et à sa nouvelle épouse de part et d'autre de la cathèdre du comte. Les suzerains souperaient ainsi avec le fils rebelle et les champions qui les avaient défiés. La considération dont Angusel flattait les vainqueurs était si éclatante que Cowyr de Thèves, malgré ses blessures, tint à gagner le fauteuil qui lui était réservé. Blanc comme un linge, sa hanche démise le faisait visiblement souffrir le martyre, mais sans doute eût-il préféré mourir que décliner pareille distinction. Il ne s'en enorgueillissait pas seulement par gloriole personnelle : tout le monde comprit qu'en tant que chevalier de l'hôtel de la duchesse, il représentait, avec le sire de Maubrenas, la suzeraine répudiée.

Yvorin prit place en bout de table, à côté du chevalier de Vaumacel. Encore transporté par la victoire, ébloui par le don qu'on lui avait fait et par la position dont on le distinguait, mais aussi rattrapé par l'épuisement, le bachelier restait coi, rempli d'un émerveillement courbatu. Alors que les échansons servaient du clairet et de l'hypocras, de nouveaux invités se présentèrent à l'entrée. Mêlés aux vassaux d'Angusel, les prisonniers arrivaient. Le tournoi étant avant tout une fête, ils étaient conviés au même titre que les vainqueurs ; ce fut Claudas qui se chargea de les accueillir, avec une politesse qu'affûtaient parfois quelques pointes. Il plaignit avec une compassion ironique le sire de l'Aulnay, qui s'était fait excuser en raison de ses blessures ; il accabla Ouacre de Lointieu de remerciements sarcastiques pour la tricherie qui avait si heureusement redressé le jugement des rois d'armes. En revanche, il se montra plus aimable avec des chevaliers comme Bruin de Banguarde ou l'Orgueilleux de Contremont. Le fils du comte prit surtout un visible plaisir à échanger des invectives avec Domnal FitzGanelon. Ces deux-là étalaient la complicité belliqueuse que nouent parfois de vieux ennemis.

Les vaincus furent installés à des tables éloignées, en compagnie d'arrière-vassaux de Kimmarc. Le grand pavillon n'était pourtant qu'à moitié rempli : le duc et sa cour se faisaient attendre. Pour meubler ce temps mort, le comte fit appeler ses baladins et jongleurs. Sur les tables un peu clairsemées, les conversations se reprirent à rouler à propos des prouesses du jour. Au bout d'un moment, un héraut annonça l'arrivée du connétable de Traval et de sa suite. La nouvelle produisit un effet contrasté sur l'assistance, en un brouhaha où se mêlaient la détente et l'excitation, car il semblait évident que le grand officier précédait son suzerain.

Anaraut de Traval fit une entrée un peu raide et fort cérémonieuse. Il était escorté de quatre ou cinq chevaliers et écuyers, vêtus comme lui en costume de cour, mais l'absence de dames frappa les esprits. Le connétable marcha en droite ligne vers le comte et lui adressa un salut assez sec.

« Leurs altesses ducales m'ont chargé de vous transmettre leurs compliments, comte Angusel, ainsi qu'au chevalier Blancandin, lança-t-il sur un ton sans chaleur. Bien que le combat n'ait pas été livré selon les règles, mon seigneur Ganelon respectera l'avis des rois d'armes et tiendra parole. Il relève donc le gant : la chevalerie du duché affrontera vos forces demain en champ clos. Comme il vous l'a dit, ce n'était nullement dans ses projets. C'est pourquoi il m'envoie vous présenter ses excuses : il s'est retiré avec ses vassaux dans ses quartiers afin de préparer le pas d'armes. Pour cette raison, il n'aura pas le loisir de partager votre banquet. Toutefois, afin de donner plus de lustre à votre tournoi, il vous fait savoir qu'il rachète tous les prisonniers du *dehors* sur ses propres deniers. Il veut leur donner l'occasion de rétablir leur réputation au cours de la mêlée de demain. Leurs détenteurs ont sa parole qu'il les paiera comptant à l'issue du tournoi, du moins ceux qui n'auront pas été capturés et qui n'auront pas eu à échanger leurs prisonniers pour recouvrer la liberté. Munis de cette assurance, son altesse ducale vous serait obligée de lui restituer les captifs séance tenante. Ils ont leur place dans son conseil. »

Angusel consulta Blancandin et ses chevaliers. Le prince esquissa un geste d'assentiment avec un rien de dédain. Les preux de son conroi s'alignèrent sur sa position, bien que Geriant de Froëch le fît avec quelque réticence, non sans envoyer un regard noir au sire de Lointieu.

« Les chevaliers du *dehors* peuvent regagner leur camp s'ils le désirent, condescendit Angusel. Mais je les invite bien sûr à partager le banquet que je vais offrir ! Il serait dommage de priver les champions malheureux de cette petite consolation.

– Comme je vous l'ai dit, rétorqua le connétable avec raideur, son altesse ducale les attend séance tenante. »

Le comte de Kimmarc y consentit du bout des lèvres, l'expression délicatement froissée. Les captifs quittèrent leurs sièges, plus ou moins vite selon l'état de leurs blessures, et rejoignirent le seigneur de Traval.

« Faites savoir à mon père que Ramier de Contremont est exempt de rançon si le chevalier de Laudunet nous est rendu », lui lança Blancandin.

D'une brève inclinaison de tête, le connétable signifia qu'il transmettrait le message. Cependant, il ne donnait pas l'impression de vouloir partir.

« Un dernier mot », lâcha-t-il sur un ton tranchant.

Tout en continuant à s'adresser au comte, il pointa un index désobligeant vers le chevalier aux épines.

« Son altesse ducale exige qu'Ædan de Vaumacel lui soit livré. Ce renégat s'est dérobé à la justice ; il doit répondre de ses manquements devant son suzerain. »

Ædan fit mine de répondre, mais fut interrompu par un geste autoritaire d'Angusel.

« Le chevalier de Vaumacel est mon invité, dit fermement le comte. Je me déshonorerais en satisfaisant à cette requête.

– Mais vous êtes le vassal du duc, rétorqua Anaraut. Vous avez reçu vos terres de ses mains et votre justice est soumise à la sienne. En protégeant Vaumacel, vous reniez votre hommage.

– Voici de bien grands mots », éluda le vieux loup avec un sourire de biais.

Le sire de Vaumacel se leva et, tout en affrontant le connétable du regard, affirma avec conviction :

« Je suis revenu dans l'intention de répondre aux accusations qu'on a portées contre moi. Il me serait odieux de mettre mon seigneur

Angusel dans l'embarras. Je suis disposé à vous suivre, sire Anaraut, et à comparaître devant le duc Ganelon.

– Et pourtant vous n'en ferez rien, sire Ædan, contesta tranquillement le comte, du moins pas avant la fin de ce tournoi. »

Il coula un sourire indéchiffrable au seigneur de Traval.

« Mon cher Anaraut, il n'est nullement question de sédition mais juste de savoir-vivre, allégua-t-il. Que vous apparteniez au *dedans* ou au *dehors*, je vous ai tous conviés à une fête. Il n'est pas convenable d'y tenir un jugement. Le chevalier de Vaumacel vient d'apporter la victoire à son conroi contre celui du duc ; si Ganelon le fait arrêter aujourd'hui, on le croira mauvais perdant. Ce n'est nullement le cas, je n'en doute pas un instant, mais qui pourra empêcher le soupçon de fleurir ? Si l'on croit le duc capable de venger ses déconvenues personnelles dans sa cour de justice, voilà qui risque de donner à réfléchir à tous ses vassaux… Sans compter que je vous offre un autre moyen d'en débattre, dès demain, sur le pré. »

Le connétable accueillit ces arguments avec un visage fermé.

« Vos subterfuges sont cousus de fil blanc, Angusel, asséna-t-il avec morgue, mais je ne me fatiguerai pas à ergoter sur le sujet. Apprenez juste deux choses : ce refus déplaira à son altesse ducale et je me ferai un plaisir de relever votre gant. Cela me délassera de ces vains bavardages.

– Si cela vous agrée, sire Anaraut, nous nous délasserons ensemble », l'apostropha Ædan.

Le connétable le toisa.

« Il n'y a plus d'enjeu, répliqua-t-il. Vous me défiez un an trop tard. C'est d'autant plus inconséquent, Vaumacel, que si vous aviez honoré le combat judiciaire pendant le procès de dame Audéarde, toutes les issues lui auraient été favorables. M'auriez-vous vaincu, vous la sauviez du déshonneur. Vous aurais-je vaincu, la supériorité de mon bras sur le vôtre aurait infirmé le bruit que vous aviez combattu au pis à Gaudemas ; voilà qui aurait fragilisé l'accusation d'adultère. Mais vous nous avez manqué à tous, à commencer par cette dame et par vous-même. Quel prestige gagnerai-je désormais à me commettre contre un adversaire de votre espèce ?

– Celui de réparer la déconvenue de ce jour, semble-t-il.

– J'y aurai surtout le plaisir d'abaisser votre présomption. Pour ce motif, j'accepte ; et quand je vous aurai pris, je vous offrirai à son altesse ducale. »

Ædan salua en signe d'agrément, mais le seigneur de Traval se détourna de lui avec mépris. Quant à FitzGanelon, il s'était un peu approché de la haute table et il fixait Yvorin avec impertinence.

« Eh ! Quéant ! le héla-t-il. Est-ce qu'il faut porter un message à ma fiancée de ta part ? »

Le jeune chevalier tressaillit comme s'il avait été frappé. Se levant à demi d'un air menaçant, il se contenta de sommer :

« Je vous interdis de l'approcher !

– Comme tu y vas ! ricana le Bâtard. C'est ma promise, quand même, pas la tienne.

– Tant que votre rançon ne m'a pas été versée, vous êtes mon prisonnier ! s'emporta Yvorin. Vous me devez obéissance ! Et je vous interdis d'importuner dame Heluise ! »

FitzGanelon hocha la tête en affichant un sourire goguenard.

« Elle est bien bonne, celle-là, commenta-t-il. Chez mes gens et mes soudoyers, ça va être une belle rigolade. »

Il se détourna pour rejoindre le connétable mais, comme travaillé par un scrupule, il s'arrêta au bout de quelques pas et se retourna à demi.

« Aucun regret, Quéant ? insista-t-il. On ne sait jamais, tu sais… Je peux tomber sur la petite Prangeray par hasard, des fois que je me trompe de tente… Ou que je la retrouve sur les genoux de mon seigneur mon père… Ce serait ballot de lui raconter que tu n'as rien à lui dire.

– Si tu l'approches, Domnal, je te ferai ravaler chacun de ces mots avec une longueur d'acier !

– Ouais, ouais, grimaça le Bâtard. On en causera demain. »

Une fois que FitzGanelon eut retrouvé les chevaliers du *dehors*, le connétable prit congé avec une sécheresse assez cavalière et tous quittèrent les lieux. Aussitôt s'éleva un tollé dans le pavillon comtal. De l'avis de bon nombre de seigneurs et de dames, le duc passait les bornes : faire faux bond au banquet pour une simple contrariété manquait de flegme et de courtoisie. Fitzurse du Havne et Dam de Maubrenas se réjouissaient : au moins, le duc avait cédé sur la grande mêlée. Le pas de l'Immortelle aurait lieu et le retentissement que ne manquerait pas d'avoir cette rencontre restaurerait l'honneur de la duchesse Audéarde. D'autres prud'hommes, quoique satisfaits du résultat, exprimaient aussi de la défiance. Claudas de Kimmarc conseilla de préparer le combat du lendemain comme une bataille plus que comme un tournoi ; Geriant de Froëch recommanda de prendre garde aux stratagèmes et aux traîtrises.

Quant au chevalier de Quéant, il était dans tous ses états. Il avait la certitude que FitzGanelon prendrait plaisir à transgresser l'interdit qu'on lui avait imposé et qu'il irait tout droit menacer la sublime Heluise, voire pire encore.

« Je ne peux rester les bras croisés, finit-il par dire. Je dois me rendre au camp du *dehors*.

– Voilà une très mauvaise idée, désapprouva Ædan.

– Dame Heluise est en danger. Le Bâtard n'est pas homme à tenir parole, mais tout à fait homme à se venger.

– La belle est-elle sans protection au camp ?

– Elle est dame de compagnie de sa tante, la baronne de Bregor. »

Le sire de Vaumacel se permit un sourire ironique.

« Croyez-moi, la baronne pèse bien plus que vous pour défendre la vertu de sa nièce, persifla-t-il.

– Mais dame Érembourg est favorable à ce mariage ! se récria le bachelier. Et aujourd'hui, j'ai encore déçu ses attentes ! Je redoute fort que Heluise n'en paie le prix !

– C'est à craindre, en effet, mais pas dans l'immédiat. FitzGanelon était aujourd'hui le capitaine du conroi de Bromael ; le connétable va le ramener devant son père pour qu'il lui rende des comptes, puis la cour du duc tiendra un conseil de guerre pour préparer le pas d'armes de demain. Le seigneur d'Ouchain en sera une pièce essentielle. Fiez-vous à moi : le Bâtard sera trop pris pour commettre le méfait que vous redoutez. »

Yvorin accueillit ces propos rassurants avec un certain scepticisme. Son visage exprimait toujours la plus vive inquiétude.

« Peut-être pourrais-je gagner le camp du *dehors* pour rendre une visite de courtoisie à la dame de Bregor, s'entêta-t-il. Elle m'a facilement pardonné mon changement d'allégeance et s'est montrée disposée à intervenir en ma faveur quand j'en avais besoin… Maintenant que je suis tiré d'affaire, je pourrais retourner la voir pour lui exprimer ma gratitude. J'en profiterais pour veiller sur Heluise…

– Si vous me permettez de parler sans détour, vous seriez bien mal inspiré d'entreprendre pareille folie, répondit Ædan. Hier, tout vous portait à croire que je vous ferais défaut. Aujourd'hui, avec mon ami aux pies, je vous ai donné la victoire. Avez-vous oublié la haine dans laquelle me tient la baronne ? Celle-là même qui vous a jeté dans toutes ces traverses ? Après nous avoir vu triompher ensemble aujourd'hui, soyez assuré que ses sentiments pour vous ont changé du tout au tout. Vous présenter devant dame Érembourg ce soir serait une grave imprudence. De telles civilités se révéleraient plus dangereuses pour la demoiselle de Prangeray que les grossièretés de FitzGanelon. »

Pendant que le chevalier de Quéant peinait à se rendre à ces arguments, de singuliers visiteurs venaient d'entrer dans le pavillon comtal. Menés par le ménestrel connu sous le nom d'Annoeth, trois petits garçons s'avançaient entre les tables. Personne n'y accorda d'importance : ces enfants, joliment costumés, avaient l'allure de pages. La noblesse était bien plus occupée à commenter l'attitude ombrageuse du duc et ce qu'elle augurait pour le lendemain… L'elfe baladin guida les jolis valets jusque devant la haute table puis, pour attirer l'attention, joua sur son luth un début suave de mélodie. Le charme du musicien et de son air accrocha les sensibilités. Le ménestrel s'interrompit avec un sourire espiègle, amusé de décevoir l'assemblée ; il s'inclina très bas, sans un mot, se contentant de désigner les enfants d'un geste gracieux comme il se retirait.

Les trois petits pages saluèrent à leur tour, dans un ensemble parfait. La déférence étudiée de si tendres menins amusa les convives. Certains les prirent pour un nouveau divertissement donné par la Compagnie folle, tout en s'étonnant de ne pas avoir encore vu ces mignards-là dans la troupe de bateleurs. Ce qui était fort dommage, car les bambins étaient plus charmants que les drôles assez louches qui gravitaient autour des deux elfes de la bande. Leur livrée paraissait également beaucoup plus luxueuse que les déguisements endossés par la plupart des jongleurs. De fait, elle était même trop riche pour une condition si basse, et un brin étrange également. Leurs pourpoints n'étaient pas à la mode et pourtant frappaient par leur raffinement ; de délicates broderies donnaient l'impression qu'ils étaient entretissés de plumes ; les manches se trouvaient liées et non cousues. Chaque petit page avait l'entournure droite tenue par un cordonnet tressé de fils d'or, et la gauche attachée par des rubans multicolores noués en bouffettes. Certains de ces passements formaient une épaulette sous laquelle les enfants avait glissé leur bonnet replié.

Le garçon qui occupait le centre du trio prit la parole.

« Est-ce devant le puissant comte de Kimmarc que nous avons eu l'honneur de nous incliner ? » demanda-t-il d'une voix fluette.

La question amusa l'assistance car elle avait été prononcée avec un gros accent de la vallée de l'Andounne, qui sentait davantage la glèbe que le tinel. Mais il n'était pas rare qu'un fils de noble lignage récemment placé en pagerie dût commencer son éducation en décrottant sa langue… Car, en dépit de son intonation paysanne, comment ne pas croire que ce mignon n'était pas de haute naissance ? Il suffisait de le regarder pour être subjugué par sa beauté. Sous le front haut et rêveur, mousseux de cheveux d'ange, brillait un regard de clarté liquide ; les joues veloutées, le nez mutin et le petit menton possédaient la perfection que les sculpteurs prêtent parfois au visage de la Déesse Douce. Plus d'une dame fondit devant cette frimousse ; plus d'un chevalier se dit que pareil servant n'aurait pas déparé dans sa suite.

Seul Angusel resta de marbre, comme s'il se montrait insensible ou méfiant devant tant de joliesse. Il était du reste parfaitement identifiable au dais orné de ses armoiries ; et plusieurs nobles personnages, charmés par les petits pages, confirmèrent qu'il était le comte. Le bel enfant aux yeux outremer se fendit d'une nouvelle révérence, encore plus sophistiquée que la précédente.

« Haut et puissant seigneur, c'est un privilège d'être admis en votre présence, récita-t-il avec son accent rustique. Nous sommes les valets des Aventureux du Bois oiselé. Nos maîtres nous ont demandé de vous porter un message avec leurs salutations.

– Quel nom extravagant ! coupa Claudas de Kimmarc. Qu'est-ce donc que ce Bois oiselé ? Je n'ai jamais entendu parler de ce fief. »

Cette intervention surprit le ravissant émissaire. Un de ses compagnons, un petit page brun moins joli que le blondin mais dont le minois paraissait franc comme l'or, répondit à sa place.

« Tel est le nom de leur terre. Nos maîtres viennent d'un pays très loin d'ici.

– Et qui sont donc ces grands voyageurs ? s'enquit le fils du comte.

– Ce sont les Aventureux du Bois oiselé ! reprit le chérubin magnifique avec une inflexion un peu outrée. Nous sommes justement venus vous les présenter. »

Mais l'enfant semblait avoir perdu le fil de ce qu'il avait à dire. Le gentil brunet prit alors la relève, en s'adressant à nouveau au comte.

« Haut et puissant seigneur, nos maîtres s'excusent de ne point vous saluer en personne et de ne point vous révéler leurs noms. Ils sont tenus par le vœu qu'ils ont fait par loyauté à une très haute dame et doivent voyager incognito. C'est pourquoi ils ne se feront connaître que par les blasons qu'ils ont adoptés : ce sont les chevaliers aux geais, aux pies et au coucou.

– C'est aussi la raison pour laquelle nous avons planté leurs tentes hors des deux camps, poursuivit l'enfant blond. Mais nous sommes chargés de vous dire que tout le monde y est bienvenu. Nos maîtres se garderont juste de dévoiler leur visage. Cependant, ils accueilleront gracieusement les visiteurs.

– En raison de leur bonne intelligence avec le sire de Vaumacel, enchaîna le page brun, les chevaliers aux pies et au coucou se joindront demain au camp du *dedans*. En revanche, par souci de gloire personnelle, le chevalier aux geais préférera combattre dans le camp du *dehors*.

– Pour vous remercier de votre attention et de votre discrétion, haut et puissant seigneur, les Aventureux du Bois oiselé nous ont également chargé de vous transmettre ce compliment », ajouta l'angelot aux cheveux d'or.

Et se tenant très droits, les trois petits pages chantèrent en chœur :

*Quelles merveilleuses prouesses !*
*Voici des joutes en grand arroi*
*Qui s'étourdissent de largesses !*
*Quelles merveilleuses prouesses !*
*Vaillance, Beauté & Noblesse*
*Louent le Comte pour son tournoi :*
*Quelles merveilleuses prouesses !*
*Voici des joutes en grand arroi !*

L'air de ce triolet, dissemblable aux mélodies à la mode, avait quelque chose de déroutant ; peut-être son étrangeté même le rendait-il troublant. Les voix de soprano lui conféraient un charme redoutable, qui acheva de conquérir l'assemblée. Les curieux, comme Claudas de Kimmarc, en oublièrent de poser leurs questions à propos de la dame qui avait imposé le secret aux Aventureux ou à propos de leurs liens avec le chevalier de Vaumacel. Au lieu de quoi, les tables se mirent à bourdonner d'éloges plus ou moins attendris sur la mignardise des jeunes émissaires.

Angusel gratifia les petits chanteurs d'un sourire de circonstance, mais il restait difficile de démêler s'il se montrait flatté ou s'il flattait le sentiment de sa cour.

« De leur mystère ou de leurs belles manières, je ne sais ce qui m'émerveille le plus chez vos seigneurs, observa-t-il. Si ces chevaliers aventureux sont tenus par quelque serment, je leur pardonne volontiers de ne m'avoir point salué en personne, et je veux qu'on leur apporte nos mets les plus fins et nos meilleurs vins. Quant à vous, gentils pages, je vous invite. Joignez-vous donc aux tables des sergents et des écuyers. »

Une expression gourmande se peignit sur les trois frimousses ; toutefois, les enfants se dandinèrent en échangeant quelques mots, avant que le plus beau des trois ne reprît la parole à haute voix.

« On aimerait beaucoup accepter votre invitation, mon seigneur, mais… Nous devons d'abord porter un autre message de la part de nos maîtres. Il est destiné au duc de Bromael. On croyait le trouver ici, mais il n'a pas l'air d'être arrivé…

– Le duc boude mon banquet, fit mine de s'offusquer le comte. Il s'est retiré dans ses quartiers où il a requis ses vassaux, prétendument pour préparer la mêlée de demain. »

Les petits pages eurent l'air un peu dépités et se consultèrent à nouveau.

« Dans ce cas, nous devons prendre congé, finit par dire le plus beau. Nos maîtres seraient courroucés d'apprendre que nous n'avons pas délivré tous leurs messages. Le duc de Bromael se trouve-t-il bien dans l'autre camp ?

– En effet, mon garçon. Je souhaite juste que vous soyez aussi bien reçus en sa présence qu'en la mienne. L'arrivée de votre seigneur aux pies ne lui a pas fait bonne impression… »

Les jolis émissaires se fendirent de nouveaux remerciements et s'inclinèrent avant de se retirer. Au même moment, au bout de la haute table, le sire de Vaumacel se penchait vers Yvorin et lui glissait à l'oreille : « Je crois que je peux porter remède à vos soucis. » Puis il fit signe à Cœl d'approcher.

« Rattrape les enfants à l'entrée et demande à Milouin de venir me trouver », ordonna-t-il.

Le page réprima un soupir mais s'exécuta aussitôt.

« Auriez-vous le moyen de soustraire la belle Heluise au Bâtard ? demanda Yvorin avec espoir.

– Je ne peux rien vous promettre, répondit Ædan, et je crains de n'avoir pas le pouvoir d'empêcher ce mariage qui vous afflige. Cependant, j'ai peut-être un procédé qui vous permettra de rencontrer la dame dès ce soir sans la mettre en danger.

– Ah ! Sire Ædan ! Vous êtes le meilleur des amis ! Mais comment allons-nous faire ?

– Cela n'a rien de sorcier. Vous allez voir. »

L'un des trois petits pages revenait déjà, escorté de Cœl – dont il avait l'air de se méfier. C'était le garçon brun à l'expression ingénue.

« Vous m'avez fait appeler, sire Ædan ? demanda-t-il après avoir salué avec grâce.

– En effet, Milouin. J'ai une faveur à te demander.

– Tout ce qu'il vous plaira, messire, si cela ne déplaît pas à mes seigneurs.

– Cela ne leur déplaira point : il s'agit de rendre service à une dame. Mais il convient d'agir vite ou l'occasion sera manquée. Quand vous vous rendrez au camp du duc, tu chercheras une belle personne, la demoiselle… »

Ædan se tourna vers Yvorin, qui s'empressa de compléter :

« Heluise de Prangeray.

– Tu l'inviteras au camp des Aventureux du Bois oiselé, poursuivit le chevalier de Vaumacel. Au besoin, qu'elle s'y réclame de ma recommandation pour être protégée des fâcheux qui pourraient l'importuner. Tu lui diras que le chevalier de Quéant la rejoindra là-bas. »

Le visage d'Yvorin s'illumina en entendant ces consignes.

« Où trouverai-je cette demoiselle ? » demanda l'enfant.

Ædan interrogea son voisin du regard ; le jeune homme bredouilla éperdument :

« Elle est dame de compagnie dans les quartiers de la baronne de Bregor… Mais si la baronne assiste la nouvelle duchesse, elle pourrait aussi se trouver dans le pavillon ducal. Il est également possible qu'elle rejoigne l'entourage de son père, le seigneur Mainard de Prangeray.

– La demoiselle de Prangeray dans le logis ducal, celui de Bregor ou de Prangeray, récapitula le sire de Vaumacel. T'en souviendras-tu, Milouin ? »

Le petit page hocha la tête.

« Le camp du *dehors* est plus vaste que celui du comte, ajouta Ædan. J'espère que débusquer la belle personne ne sera pas trop compliqué.

– Ne vous en faites pas, répliqua l'enfant dans un rire. Je vais demander l'aide de Margot. La pie s'en chargera pour moi !

– Je vous fais confiance, à toi et à l'oiseau. C'est un grand service que tu vas me rendre, mais il faut faire vite. Si nous retrouvons effectivement la dame au logis de tes maîtres, j'insisterai pour qu'ils te cèdent un nouveau ruban. »

Les yeux du garçonnet brillèrent de convoitise.

« Merci, sire Ædan ! C'est comme si c'était fait !

– Dans ce cas, cours ! Tu n'as pas un instant à perdre. »

Le joli valet esquissa une courbette et fila rejoindre ses compagnons. Quant au chevalier de Quéant, il se répandit en protestations d'amitié et de gratitude.

« Quelle merveilleuse idée vous avez eue là ! J'avais le cœur serré d'angoisse ; voici qu'il déborde de joie ! Ah ! Sire Ædan ! Je suis à jamais votre obligé !

– Ne vous réjouissez pas trop vite : il faut encore que Milouin trouve la demoiselle. »

Le chevalier aux épines coula toutefois un sourire confiant à son voisin.

« Mais vous pouvez nourrir bon espoir. Le galopin est débrouillard, et c'est le plus honnête des trois pages.

– Vos amis aventureux ne seront-ils pas embarrassés par cette initiative ?

– Si la demoiselle est aussi avenante qu'en attestent vos sentiments, ils se montreront charmants avec elle. Ils raffolent du reste de ce genre d'intrigues.

– Dans ce cas, puisse la Douce Dame mener notre petit émissaire jusqu'à la belle Heluise ! Ah ! Quel idiot j'ai été ! J'aurais dû moi aussi lui promettre une récompense ! Un ruban est peu de chose pour l'immense service qu'il va me rendre !

– Détrompez-vous, corrigea Ædan. Ces babioles sont précieuses aux yeux de ces enfants ; vous avez d'ailleurs pu voir qu'ils les accrochent à leur épaule. Ils en font collection car c'est le prix offert pour les nombreux jeux du Bois oiselé. Je n'en ai pas compris tous les tenants et aboutissants, mais le page qui aura le plus de rubans aura droit à une faveur exceptionnelle.

– Dans ce cas, vous me rassurez. Le garçon y mettra vraiment du sien. »

Yvorin se laissa aller un moment à sourire un peu niais, grisé par ce rendez-vous impromptu avec la sublime Heluise.

« Il faudra quand même que je fasse un présent digne de ce nom à ce petit Milouin, reprit-il. Il m'est déjà si cher que, sitôt rencontré, j'ai l'impression de le connaître depuis longtemps. N'est-ce pas étrange ?

– Cela n'a rien d'étrange, répondit le sire de Vaumacel. Vous en avez déjà entendu parler, bien que ce fût de façon imprécise.

– Oh ? Vraiment ? Quand cela ?

– Lorsque nous avons fait étape au château du Treff. Milouin est l'un des garçons disparus que je m'étais engagé à retrouver. »

Le chevalier de Quéant resta un instant bouche bée.

« Je ne comprends pas, finit-il par confesser. Vos amis aventureux vous ont-ils aidé à les délivrer ? À moins que… Serait-il possible qu'ils soient les ravisseurs ?

– Vous me permettrez de ne pas répondre à cette question. Il en va de ma parole.

– Mais ne deviez-vous pas ramener ces enfants au seigneur du Treff ?

– Pas exactement. Je me suis engagé à remonter jusqu'à eux, promesse que j'ai tenue, et à rapporter des nouvelles à sire Rainfroi, ce que je ferai à la première occasion. »

Yvorin avait plus que jamais l'air interloqué.

« C'est que… Il me semble que ces enfants ont été enlevés, reprit-il.

– Je ne le nierai point.

– Enfin, ne deviez-vous point les libérer ?

– Ne vous méprenez pas, sire Yvorin. Rechercher est une chose, libérer en est une autre.

– Mais qu'en est-il de leur famille ? Ne serait-il point juste de les rendre à leurs parents ? »

Le chevalier de Vaumacel esquissa un geste désinvolte.

« Je ne suis pas certain que ce serait un service à leur rendre, répondit-il d'un air dégagé. Ces enfants sont des manants, non des fils de la noblesse. Ils représentent surtout des bouches à nourrir pour leur foyer ; il arrive même qu'ils soient maltraités par leurs proches. Tenez, prenez Milouin par exemple : il n'avait plus que sa grand-mère, une vieille gueuse au cœur sec qui n'appréciait chez le petit que les tâches qu'il pouvait abattre pour elle. Seraient-ils restés dans leur finage, ces enfants n'avaient point d'avenir. Tandis qu'en servant les Aventureux du Bois oiselé, les voici placés, et mieux placés que tout ce qu'on aurait pu rêver pour eux. Ont-ils l'air brimés ? Ont-ils l'air affamés ? Ont-ils l'air malheureux ? Vous avez pu juger de l'élégance de leur mise et de leurs bonnes manières. Ils reçoivent la meilleure éducation qui soit. Réfléchissez : les rendre à leurs parents serait peu judicieux. Comment croyez-vous qu'ils vivraient leur retour à la terre ? Comment ces jolis pages seraient-ils accueillis dans les huttes de rustauds ?

– Mais ils dépendent des seigneurs de leur terre natale !

– Ils sont nés vilains et non serfs. Ils s'appartiennent avant tout à eux-mêmes. S'ils n'ont pas envie de rentrer chez eux, de quel droit les y forcerai-je ? »

Partagé entre sa reconnaissance pour le chevalier de Vaumacel et son sens moral, Yvorin ne sut que répondre à cet argument.

« De toute façon, nous gagnerons bientôt le camp des Aventureux, ajouta tranquillement Ædan. Vous constaterez par vous-même la justesse de mes vues. »

Comme le duc et sa cour avaient fait faux bond au banquet offert par le comte, la conversation roula rapidement sur la tactique à suivre par le camp du *dedans* au cours de la grande mêlée du lendemain. Dans ce tournoi s'affronteraient non seulement les chevaliers, mais aussi les écuyers et les sergents de leurs maisons.

En tant qu'organisateur du tournoi, Angusel de Kimmarc ne jugeait pas convenable de descendre sur la lice. Il était toutefois représenté par son fils Claudas qui, en raison de sa personnalité affirmée, de son expérience et des forces sous ses ordres prit facilement l'ascendant sur Blancandin. On débattit malgré tout longuement sur l'ordre dans lequel se déploierait le corps de bataille du *dedans* et sur les positions que chacun occuperait. Une quarantaine de chevaliers arboreraient les brins d'immortelle ; en comptant les écuyers et les sergents, un total de quatre cents hommes défendraient l'accès au château de Lyndinas. Le camp du *dehors* leur opposerait un nombre égal de chevaliers, mais le comte comme son fils pensaient que le duc les ferait appuyer par une très grand force de gens de pied, qui excéderait celles du *dedans*. Aux yeux de tous, il était évident que le duc Ganelon serait d'autant plus avide de revanche qu'il avait peiné à reconnaître la défaite de son bâtard. Claudas ne se contenta pas de proclamer qu'il faudrait rendre coup pour coup : il prédit aussi que l'adversaire manigancerait quelque feinte, sous prétexte qu'il avait été floué pendant les commençailles. Il faudrait donc se garder des fourberies et des traîtrises.

On discuta longuement les postes assignés à chacun. Yvorin, impatient de gagner le camp des Aventureux, était sur des charbons ardents ; mais il lui était impossible de quitter la haute table avant que l'ordonnancement de bataille fût arrêté. Le commandement du centre fut attribué sans discussion à Claudas de Kimmarc : héritier direct du comte, il se voyait ainsi chargé de la défense du château de Lyndinas qui, après tout, était un apanage de Kimmarc. Blancandin obtint de mener l'aile droite, avec l'appui des chevaliers de l'hôtel de la duchesse. L'aile gauche fut laissée à Geriant de Froëch, à la tête de feudataires et de vavasseurs de la vallée de la Kley. Angusel comme Blancandin entendaient ainsi l'honorer pour la vaillance et la solidité dont il avait fait preuve au cours des commençailles. Ce qui prit le plus de temps fut de répartir les chevaliers qui épauleraient chacun de ces bannerets. Yvorin, qui rongeait son frein, accepta sans réfléchir l'invitation de Blancandin à se joindre à lui. Le ralliement du chevalier de Vaumacel fut plus discuté : Blancandin le réclamait, puisqu'il cédait le sire de Froëch à l'aile gauche, avait perdu le sire de Thèves et ignorait si le sire de Laudunet serait effectivement libéré. Mais Claudas de Kimmarc et le sire de Froëch, qui se souvenaient de la défense de Maurmarc, souhaitaient également s'attacher les services d'un combattant de cette qualité. Ædan lui-même était indécis. Estimant que le conroi de Blancandin était affaibli et que le prince serait donc en danger, il était prêt à le rejoindre. Toutefois, il ne voulait pas se dérober au duel contre le connétable ; or Anaraut de Traval commanderait probablement le centre adverse, ce qui incitait le chevalier aux épines à se ranger dans le conroi de Claudas. En définitive, ce fut cette troupe qu'il rejoignit ; en contrepartie, il proposa de s'entremettre pour que les deux Aventureux qui défendraient le *dedans* se rangeassent sous la bannière de Blancandin. La charge du chevalier aux pies ayant été remarquée, le jeune Bromael accepta d'assez bon gré cet échange. En outre, la proposition donnait au sire de Vaumacel un prétexte commode pour regagner le camp des Aventureux du Bois oiselé. Cependant, on controversa encore assez vivement au sujet d'une initiative de Claudas de Kimmarc, qui voulait dissimuler une bande d'arbalétriers parmi ses gens de pied. La plupart des chevaliers se montrèrent vent debout contre pareille idée : seules les armes blanches étaient courtoises, recourir à des armes de trait serait déshonorant. Non sans mal, le fils du comte parvint à un compromis : ses arbalétriers seraient tenus en réserve dans la cour du château ; on ne les ferait donner que si une félonie était commise par le camp du *dehors*.

L'après-midi tirait vers le soir lorsque les discussions et le banquet s'achevèrent enfin. Les tables furent débarrassées pour libérer l'espace du pavillon comtal. Bon nombre de convives en profitèrent pour prendre l'air. Le chevalier de Quéant, qui ne se tenait plus d'impatience, entraîna le sire de Vaumacel vers le parc à chevaux. Il avait oublié sa peur d'une vengeance exercée par le Grand Bâtard sur la sublime Heluise, mais son cœur n'en balançait pas moins entre deux angoisses. La crainte que le petit Milouin n'eût pas pu délivrer son message s'effaçait parfois devant celle qu'il l'eût délivré trop tôt et que la belle Heluise, lasse d'attendre chez les Aventureux du Bois oiselé, fût retournée au camp ducal avant qu'il ne l'eût rejointe. Ædan tenta en vain de calmer le bachelier ; il crut aussi remarquer une tache de sang sur le pourpoint du jeune preux et lui recommanda de faire renouveler son pansement ; mais Yvorin ne voulut rien entendre. À peine les palefrois sellés, ils quittèrent le camp du *dedans*.

Il longèrent la berge de l'étang pour gagner le camp des Aventureux. L'air de cette soirée de printemps les baignait dans une douceur délicieuse ; la surface dormante des eaux reflétait le ciel avec des transparences de miroir ; dans ce firmament inversé où scintillaient des étoiles précoces, des nuages teintés de rose dérivaient entre les herbes palustres. Au ras de l'onde, des libellules aux ailes irisées traçaient de mystérieuses figures. Cette quiétude vespérale se trouvait pourtant traversée par un chahut joyeux. Des aboiements excités, des bribes de chanson, des rires et des cris d'enfants provenaient du campement écarté.

Les chevaliers de Quéant et de Vaumacel, suivis de leurs gens, n'étaient pas les seuls curieux à rendre visite aux Aventureux du Bois oiselé. Des badauds, venus des deux villes de toile que formaient les camps de Bromael et de Kimmarc, flânaient en direction des quelques tentes plantées par ces originaux sans attache. Trois petits pavillons circulaires encadraient un quatrième, beaucoup plus ample, dont le long toit se tendait de trois mâts faîtiers. Des oiseaux s'y livraient à une bruyante sarabande. Un volatile semblable à un petit faucon s'envolait de la pomme dorée qui sommait l'un des mâts et fondait sur la pie qui occupait le faîte voisin ; l'agace prenait la fuite en jacassant pour chasser le geai occupant le troisième pinacle ; le gros passereau aux couleurs vives, tout en protestant à grands cris, se dérobait, virevoltait dans les airs et retournait se percher sur le premier mât. Les trois oiseaux s'invectivaient en leur caquet, jusqu'à ce que soudain le geai fondît sur le feint rapace, et la ronde reprenait, encore et encore. Ces voltiges criardes apportaient un contrepoint turbulent aux rumeurs de réjouissances.

Car l'on s'amusait beaucoup dans le camp des Aventureux. En face du grand pavillon, les baladins de la Compagnie folle donnaient une nouvelle représentation de leur farce devant un public où se mêlaient enfants et visiteurs. Le nain édenté minaudant dans les jupons de la maquerelle Cattiveria obtenait toujours un franc succès, mais la pièce paraissait moins impertinente, peut-être parce que le rôle du Grand Duc des Sacripants était joué par un bateleur un peu falot et non plus par l'elfe sémillant du matin. Cœl s'esclaffa, avec un rire désagréablement forcé, devant les pitreries de Cattiveria et de la Grande Duchesse Goguenarde, mais les chevaliers de Quéant et de Vaumacel se détournèrent rapidement de cette bouffonnerie qu'ils jugeaient vulgaire.

À l'opposé du spectacle, leur attention était attirée par l'entrée grande ouverte du pavillon aux trois oiseaux. Dans la pénombre douce, tapis, coussins, tentures raffinées y meublaient un logis digne d'un roi. Au centre de ce palais de toile se dressait d'ailleurs une chaire vide, au bois de rose délicatement sculpté de motifs végétaux et aviaires, qui évoquait irrésistiblement un trône. Yvorin contempla ce siège un moment, troublé par sa beauté un peu étrange, par l'impression de pouvoir et de vacuité qu'il inspirait. Il sursauta quand il finit par réaliser qu'une ombre hiératique montait la garde à côté de ce fauteuil. La surprise fut d'autant plus forte que, sur le coup, le bachelier crut découvrir une sorte de géant, une statue bien plus haute que nature ; puis, ayant cillé, il ne vit qu'une silhouette certes grande, mais aux proportions tout à fait humaines, et même un peu mince. L'inconnu était drapé dans une grande cape grise, lamée de motifs d'argent, dont le plissé s'était confondu avec les draperies du pavillon. Son visage était dissimulé par un masque d'oiseau rayé de plumes grises et blanches. Sous le bec, on devinait un menton fin et déterminé.

« Voici le chevalier au coucou, dit Ædan en saluant de la tête le mystérieux personnage. S'il se conforme à nos plans de bataille, il combattra demain avec vous sous la bannière de mon seigneur Blancandin. »

Yvorin s'inclina courtoisement devant ce futur frère d'armes. L'individu masqué conserva une immobilité de pierre, et pourtant, bizarrement, le chevalier de Quéant eut l'impression que son salut lui était rendu. Derrière les orbites du masque, les yeux du personnage énigmatique s'étaient posés sur le bachelier. Ils accrochèrent un instant la lumière déclinante. Avec un frisson, Yvorin crut leur découvrir une couleur impossible : ces prunelles étaient de la même eau améthyste que le crépuscule réfléchi par l'étang. Mais la vision fut fugace ; elle n'était peut-être qu'un reflet ou un tour joué par son imagination.

« Ne nous attardons pas, chuchota Ædan. Ce seigneur est le plus titré et le plus ombrageux des Aventureux du Bois oiselé. Il serait fâcheux de l'importuner la veille du tournoi. »

Des aboiements, des cris et des rires les attirèrent vers le pré situé derrière les tentes. Un petit groupe s'y livrait à un jeu frénétique. Quatre ou cinq pages et trois grands lévriers à la robe neigeuse essayaient d'attraper la balle colorée qu'avait confisquée un damoiseau aux cheveux d'or pâle. Mince et d'une grâce juvénile, vêtu d'un léger pourpoint, il avait tout l'air d'un écuyer récemment sorti de pagerie ; mais son visage était couvert par un masque bariolé à bec d'oiseau.

« Voici le chevalier aux geais », précisa Ædan.

Le jeune homme tenait du bout des doigts son éteuf, autour duquel un ruban coloré était noué. Les chiens sautaient pour lui happer la balle dans la main ; les enfants, quant à eux, se bousculaient pour lui agripper le bras, la taille ou les jambes. Sans jamais s'éloigner de plus de deux pas, le chevalier aux geais se dérobait à tous ces assauts. Il esquivait avec une remarquable économie de mouvements les coups de dents, les ruées et les crocs-en-jambe. Il lui arrivait même de narguer ses adversaires en leur tendant la balle qu'il escamotait au dernier moment ; les pages se récriaient de frustration, le chargeaient de plus belle et se heurtaient aux lévriers qui bondissaient de plus en plus haut. Ce manège turbulent, à la fois taquin et un peu cruel, devenait presque une danse ; l'aisance avec laquelle le blanc-bec masqué se jouait de la joyeuse bande sans jamais la fuir finissait, à la longue, par inspirer une forme de fascination.

« Malheureusement, déplora le sire de Vaumacel, ce vif-argent a décidé de combattre dans le camp du *dehors*.

– Est-il aussi doué aux jeux de lance qu'aux jeux de balle ?

– Je crains que oui. »

Yvorin ne dissimula pas qu'il était impressionné.

« Une recrue de choix pour le camp adverse, estima-t-il. S'il montre autant de force que d'adresse, il nous donnera du fil à retordre. N'est-il pas encore temps de le faire changer d'avis ?

– Démarche fort malaisée, commenta soudain une tierce personne. C'est à nous que veut se mesurer le Geai. »

Un peu saisis, les sires de Quéant et de Vaumacel se tournèrent vers l'individu qui venait de se glisser à leur côté. Il portait également un masque d'oiseau aux plumes d'un noir bleuté. Quoique débarrassé de l'armure, le chevalier aux pies était encore sanglé dans son justaucorps matelassé ; un pourpoint du reste si joliment cintré et soutaché qu'il lui donnait presque une allure civile. Yvorin le reconnut au timbre de sa voix, sans quoi il aurait nourri de sérieux doutes. À le voir si proche et délivré du grand harnois, le bachelier fut surpris de découvrir un dameret presque fluet.

Le premier étonnement passé, le bachelier s'inclina profondément.

« Sire chevalier, dit-il, je respecte votre vœu d'anonymat, mais permettez-moi cependant de le regretter. J'aurais eu grande joie à connaître le nom du preux qui, en compagnie de sire Ædan, a sauvé nos armes ce matin. »

L'inconnu rendit sa révérence à Yvorin avec une grâce indolente.

« Des paroles exagérées, protesta-t-il. Vos pauvres rivaux étaient presque défaits.

– Permettez-moi de vous présenter Yvorin de Quéant, intervint Ædan. Ce jeune prud'homme a eu la courtoisie de se porter garant pour moi il y a peu et la vaillance d'affronter le fils du duc ce matin.

– Mais où avais-je la tête ? se récria l'Aventureux au masque noir. Voici bien sûr le chevalier mal assis ! Joignez-vous donc à la fête ! C'est un plaisir de vous avoir pour ami.

– Tout le plaisir et tout l'honneur sont pour moi, renchérit le bachelier.

– Sur mon initiative, le chevalier de Quéant a invité une certaine dame dans votre camp, précisa Ædan. J'ai pris cette liberté car sire Yvorin et son amie appartiennent à deux partis hostiles et il leur était difficile de se rencontrer. J'espère que Milouin a pu délivrer le message à la belle personne. Cela vous dit-il quelque chose ?»

Le chevalier aux pies hocha du bec.

« Je crois que la demoiselle est arrivée depuis un petit moment », dit-il.

Le visage d'Yvorin s'illumina.

« La Douce Dame soit louée ! s'écria-t-il. Où se trouve-t-elle ? Nous ne l'avons pas vue !

– Je vais vous mener à elle. Elle est conviée à un divertissement. »

D'un geste obligeant, l'Aventureux invita les deux chevaliers à le suivre. Le bachelier ne se fit pas prier, éperdu d'un bonheur que vint épicer une pointe de trac. Tout en marchant, il renouvela en bredouillant ses remerciements au sire de Vaumacel. Celui-ci les accepta de bonne grâce, tout en jugeant bon d'ajouter :

« Vous me pardonnerez ma discourtoisie, mais je m'abstiendrai de saluer la demoiselle. Puisqu'elle est la nièce de la baronne de Bregor, j'ai hélas la mort d'un de ses cousins sur la conscience… Ma présence serait par trop importune ; cela risquerait de gâter vos entretiens. Au besoin, je vous autorise même à parler de moi en mal, si cela peut servir vos desseins.

– Ah ! Sire Ædan ! Vous êtes le plus prévenant des amis ! »

Le chevalier aux pies les guida dans un trajet assez court qui leur fit contourner les tentes. Devant eux retentissaient d'autres cris et d'autres rires, mêlés à des grelots argentins. Dans un pré non loin de l'étang, quatre piquets reliés par une cordelette blanche délimitaient une aire peu étendue, de la taille d'une courette. Une demi-douzaine de pages et la belle Heluise s'y livraient à un délassement des plus singuliers. On aurait cru voir un jeu des barres ou un jeu de colin-maillard pour insensés. Tous les enfants avaient les yeux bandés et cherchaient à l'aveuglette, en agitant une clochette ; seule la demoiselle y voyait clair et, ayant remonté ses robes assez haut sur de jolis mollets, esquivait les embardées et les chutes des garçonnets. Yvorin s'arrêta à ce spectacle, inexplicablement troublé. Il découvrait à l'impromptu une facette insoupçonnée de la dame de ses pensées. La jeune fille en détresse de la veille lui paraissait soudain évaporée. Heluise se déplaçait à pas de loups, sautait et gambadait parfois pour échapper à une capture maladroite ; tout à son plaisir, elle ne vit pas arriver les nouveaux venus. Elle riait sans bruit, un peu essoufflée et un peu rouge ; elle respirait une insouciance enfantine.

« À quoi s'amusent-ils donc ? s'enquit le chevalier de Quéant d'un air déconcerté.

– Ce déduit est appelé le jeu des cœurs aveugles ou des âmes sœurs, renseigna aimablement le chevalier aux pies.

– Et quelles en sont les règles ? demanda Yvorin sans être certain d'apprécier la réponse.

– Ceux qui ont les yeux bandés doivent prendre la belle aux appas charmeurs. S'ils touchent un autre chasseur, les deux maladroits se trouvent éliminés. Sera déclaré vainqueur le premier à saisir l'objet convoité ; il obtiendra un baiser et la fierté de piquer les jalousies. Il peut aussi arriver que des galants aux façons peu dégourdies se prennent tous au collet. La victoire revient alors à la dame ; chacun des joueurs défaits lui doit un gage pour publier sa flamme. »

Bien que les pages qui pourchassaient Heluise à l'aveuglette ne fussent que des enfants, le chevalier de Quéant ne put dissimuler un certain dépit. Il se garda d'en parler, conscient du ridicule auquel ce sentiment l'exposait, mais son expression n'échappa point à l'Aventureux.

« Allons ! Assez musardé ! badina celui-ci. Je vais vous amener votre belle amie.

– Oh, laissez donc le jeu aller jusqu'à son terme, répondit poliment Yvorin.

– Mais j'y suis déterminé, répliqua le chevalier aux pies en riant sous cape. Qui vous parle d'interrompre la partie ? »

À ces mots, il s'approcha du jeu des cœurs aveugles. Ayant fait signe à Heluise, il posa l'index sur les lèvres pour l'inviter au silence, puis lui montra le chevalier de Quéant. L'heureuse surprise qui se peignit sur les traits de la jeune fille suffit à rendre le sourire au bachelier. Mais la damoiselle ainsi distraite faillit être capturée par un page ; elle se sauva d'un bond de cabri en lâchant un petit gloussement qui alerta tous les chasseurs. Le chevalier aux pies vint à son secours de façon peu orthodoxe : il releva la cordelette blanche pour lui permettre de sortir du pré, et lâcha la clôture sitôt qu'elle fût passée.

Encore portée par le plaisir de jouer, la demoiselle de Prangeray se précipita vers Yvorin. Avec un irréprochable sens des convenances, le chevalier de Vaumacel venait de s'éclipser. Les deux tourtereaux se retrouvèrent presque seuls ; essoufflée, les yeux brillants et un peu décoiffée, Heluise avait perdu en sublime ce qu'elle avait gagné en vitalité heureuse.

« Ah ! Enfin ! Mon preux chevalier ! » s'écria-t-elle sur un ton un peu coquin.

Le jeune sire de Quéant en fut presque intimidé.

« Quand même, balbutia-t-il assez sottement, c'est un vilain tour de ne pas avertir ces petits valets que vous les avez abandonnés…

– Mais une leçon utile car l'amour aveugle expose aux déceptions, plaisanta le chevalier aux pies.

– De toute façon, aucun de ces polissons ne mérite autant que vous de m'attraper ! » assura la demoiselle de Prangeray.

Et sitôt ces paroles prononcées, elle sauta au cou d'Yvorin, croisant les poignets derrière sa nuque, en lui posant au coin des lèvres un baiser encore chaud de la poursuite. L'Aventureux s'inclina légèrement pour prendre congé :

« Dix mille tâches futiles me requièrent. Votre chaste discussion m'en distrairait trop longtemps. »

De la main, il leur indiqua un des petits pavillons circulaires :

« Si vous voulez philosopher à votre aise, prenez donc mon campement. »

Quittant les amants, ainsi que les pages qui agitaient toujours leurs grelots à l'aveuglette, l'étrange personnage rejoignit le chevalier de Vaumacel qui s'était retiré un peu plus loin. Tandis qu'ils s'éloignaient d'un pas tranquille, Ædan remercia le chevalier aux pies pour la complaisance avec laquelle il s'était mis au service des tourtereaux.

« Quoi de plus charmant ? rétorqua l'hôte. Il n'est rien qui me plaise plus qu'une jolie liaison, surtout lorsqu'elle est contrariée et secrète. Je goûte fort ces passions où l'on met en jeu son honneur et sa tête.

– Le chevalier de Quéant n'est pas un ingrat. Je suis certain qu'il se considérera comme votre obligé et que demain, vous pourrez compter sur lui sur le pré. On vous propose en effet de rejoindre le conroi du seigneur Blancandin de Bromael. Yvorin de Quéant se rangera également sous sa bannière. »

Le chevalier aux pies esquissa une courbette ironique.

« Épauler le fils du duc, bel hommage à nos armes ! Quelle dignité ! Mais la faveur perd son suc, sachant des princes aux prises des deux côtés.

– Le jeune Blancandin est un parti honorable. Il est certes désargenté et ne saurait vous récompenser par des largesses, mais en avez-vous besoin ? Je crois deviner que vous avez l'âme trop bien née pour vous soucier de pareilles considérations. En revanche, il peut vous offrir ce que vous cherchez : un véritable défi car le parti du *dehors* cherchera à toute force à l'abattre. Et puis aussi un noble caractère et une belle cause, car c'est la réputation de sa mère qu'il défend. Si vous le protégez avec le talent qui est le vôtre, la gloire que vous y gagnerez brillera sans doute jusque dans vos contrées.

– L'éclat de la renommée », moqua gentiment l'Aventureux.

Les deux causeurs firent quelques pas en silence au bord de l'étang. Dans la quiétude du soir, les libellules venaient tourbillonner autour d'eux. Des cris de déception éclatèrent du côté des pavillons : les pages venaient de se rendre compte que la demoiselle leur avait fait faux bond. Cela fit rire le chevalier aux pies.

« Bande de nigauds ! Pas un seul pour tricher ! »

Puis, reprenant son sérieux, il enchaîna à l'adresse d'Ædan :

« Vos idées sont avisées: Sans Escreigne mérite d'être assisté. Sa coterie nous dispense de belles occasions de nous illustrer. Allons-nous rompre des lances ? En nombre et à plein poing si vous m'en croyez. Vous avez notre promesse que nous accomplirons demain des hauts faits et de splendides prouesses. Pour autant, ne relâchons point notre guet face à d'occultes menaces. »

Le chevalier de Vaumacel le scruta avec un mélange d'intérêt et de perplexité. Son regard croisa, derrière l'œilleton du masque, une pupille d'ambre pailletée de quelques poussières d'or.

« Que voulez-vous dire ? demanda Ædan. Croyez-vous que des charmes fausseront la rencontre ?

– Peut-être… Ce n'est pas le plus inquiétant… »

L'Aventureux laissa planer un silence rêveur avant de poursuivre :

« Nous avons perçu les traces subtiles de divers arts dans les deux camps ; ce sont quelques sortilèges vite ficelés dans le parti comtal tandis que tombe une neige d'évocations sur le pavillon ducal. Mais c'est là magie vénielle… Flottent en revanche des miasmes nécrosés qui me transissent la moelle. Dans cette fête de dames et chevaliers bourgeonnent de vieilles peurs ; je les ai éprouvées en d'autres époques, marquées par de grands malheurs courant le monde sous d'horribles défroques…

– Qu'entendez-vous par là ? Je veux bien croire que le duc et le comte aient recours à quelques astrologues ou à quelques augures, mais vous semblez craindre quelque chose de sinistre… Pourtant, il me semble que Ganelon de Bromael comme Angusel de Kimmarc préfèrent recourir à des armes plus nobles que la sorcellerie.

– Sans doute avez-vous raison, mais d'autres sont peut-être maléficiés… De troubles exhalaisons me ramènent à un funeste passé. Comme la vie est mal faite ! Nous qui étions venus pour nous amuser…

– Avec ou sans enchantement, le jeu de demain sera impétueux !

– Eh oui ! Cette belle fête nous paiera d'avoir si longtemps voyagé ! Qu'importent les présages ! En selle, lance au poing et mézail baissé ! Il sera temps d'être sage quand nous aurons follement croisé le fer ! Et je vous mets au défi : à celui qui prend le captif le plus fier ! »

Le gentilhomme masqué posa toutefois une main élégante sur le bras d'Ædan, avant d'ajouter sur un ton plus prudent :

« Gardez quand même à l'esprit qu'il se trame des manigances obscures. Des pouvoirs sont convoqués ; la Dame des Futaies est de l'aventure… Or vous lui êtes lié. Les choses pourraient aller bien au-delà d'un tournoi de chevaliers. »

Avec la clairvoyance que lui conféraient sa lignée et son expérience, celui qui se faisait appeler le chevalier aux pies avait raison. La catastrophe se tramait, depuis longtemps en fait, avant même le procès intenté à la duchesse Audéarde… Le mal avait suppuré hors de son foyer originel, il avait déjà frappé l'Ouromagne et il commençait à infecter le duché de Bromael. Toutefois, il était encore faible dans les fiefs, sanctuaires et bonnes villes sis entre le Chevéchin et l'océan… Peut-être aurait-il été possible de le juguler. Peut-être eût-il suffi que Domnal d'Ouchain l'emportât sur Blancandin au cours des commençailles : en empêchant la tenue du tournoi, la victoire du Grand Bâtard eût permis au duc de rallier le ban de Kimmarc et lui eût donné les moyens d'affronter le désastre qui menaçait. Le renfort d'Ædan de Vaumacel et de son mystérieux compagnon en avait décidé autrement. Le chevalier aux pies avait flairé la montée du péril, mais son intervention malencontreuse à Lyndinas n'avait en définitive servi qu'à la conforter…

L'ironie est d'autant plus cruelle à rapporter que cet oracle maladroit fut de mes très proches amis. Ce fut aussi le cas du chien fou qui se dissimulait sous les couleurs du geai ; j'avais eu pour cet écervelé une réelle tendresse. Je sais du reste que tous deux me portaient dans leur cœur, du moins autant qu'il était possible à ces êtres insaisissables. Il m'est toujours difficile de conjecturer les raisons de leur errance si loin des Cinq Vallées ; comme la plupart des vagabonds de leur espèce, peut-être avaient-ils été chargés d'une quête par la Haute Reine ou par le consort. Avec le recul, il apparaît certain qu'ils servaient la

Dame des Futaies bleues… Songeaient-ils seulement à s'acquitter de leur mission ? Sans doute l'avaient-ils négligée pendant de longues périodes, au point de l'oublier ou peu s'en faut… Désormais, la plupart des belles gens ne s'écartent des Cinq Vallées que dans un état de fugue, et les rapts d'enfants dont ces trois-là s'étaient rendus coupables attestaient qu'ils traversaient une phase fantasque…

Je veux croire malgré tout – non, j'en ai quasiment la certitude – que l'un des motifs de leur itinérance avait été de se lancer à ma recherche. Hélas, à cette époque, il leur aurait été difficile, sinon presque impossible, de me retrouver… Mon existence ne tenait alors qu'à un fil ; j'ai senti des mois durant un souffle mortel faire frissonner mon âme… Je venais alors de franchir le seuil de cette grande demeure. Il serait plus juste de dire qu'on venait de m'y jeter : le maître des lieux me séquestrait au fond des caves, dans les fers, en proie à un désespoir sans nom, au cœur de ténèbres impénétrables… Ma main tremble à ce seul souvenir, j'en ai le souffle court et presque des étourdissements… Ce n'est que bien plus tard que j'ai fini par réussir à dérober les clefs du tortionnaire et que je l'ai enfermé à son tour dans les cachots où j'avais dépéri. Ce fut malheureusement sans l'aide des Aventureux du Bois oiselé. (Soit dit en passant, quel nom carnavalesque… Décidément, ils n'ont jamais été sérieux.)

Peut-être serait-il intéressant de retourner la question. À l'époque du Pardon d'armes de l'Immortelle, à supposer que j'aie réussi à me libérer et à me rendre au tournoi, eussé-je été d'une aide quelconque aux Aventureux ? En partie, ne fût-ce qu'en les incitant à la retenue et en secondant leurs talents avec mon art. Cela eût-il suffi ? J'en doute fort – peut-être pour me rassurer, pour apaiser une conscience tourmentée par l'occasion perdue…

Allons donc ! Soyons lucide, mes doutes sont fondés. Ma précédente tentative pour arrêter la corruption s'était soldée par un désastre. Aurais-je pu faire mieux à Lyndinas, dans l'état où je me trouvais alors ? Quoique circonscrit encore, le chancre rongeait déjà le duché. Le sanctuaire de Mondoire partait en fumée, le Bosquet de Vayre venait de retourner aux vieilles doctrines mortifères et les apocrisiaires du mal ancien rôdaient déjà au milieu des camps chamarrés de Lyndinas… Peut-être eût-il été possible d'en circonvenir quelques-uns et de retarder l'inévitable. Mais pour arrêter le fléau, il eût fallu une armée, afin de marcher aussitôt à l'ennemi pour extirper l'abomination à la racine ; il eût fallu une armée aussi puissante que celle qu'avait voulu lever Ganelon de Bromael, encore que ce fût pour d'autres desseins, cette armée même que la grande mêlée de Lyndinas allait durablement affaiblir et diviser. Oui, il eût fallu que mes Aventureux usassent de leur charme pour s'improviser médiateurs entre le comte et le duc, afin de les réconcilier avant le tournoi. Au lieu de cela, ces extravagants furent les premiers à se jeter dans la mêlée ! Tous les trois, le haut seigneur Tygerned en tête ! Celui-là même qui avait porté un titre princier à Tir Llwydial, qui avait nourri l'ambition d'être consort à Duir Rigain, et qui, réduit à l'exil, avait choisi l'emblème du coucou par dérision… Sottise chevaleresque ! Les uns étaient aveugles, les autres insouciants, et tous aussi fous les uns que les autres !

Dans un sens, il est presque heureux que je n'aie pas été témoin des divagations de Lyndinas. Cela n'aurait fait qu'ajouter stupeur et indignation à la désolation qui était mienne. C'est bien plus tard que j'ai appris les événements dont je fais la chronique dans ces pages. De nombreux récits, plus ou moins tronqués, partisans et contradictoires, ont circulé dans l'entourage de la duchesse Clarissima, dans les milieux lettrés et marchands de Carroel et de Longomores, avant de se trouver diffusés jusque dans les contrées voisines, au sein de la Marche franche ou de la république de Ciudalia. Quelques chansons fournissent également des bribes de renseignements, qu'il s'agisse des sirventès mordants composés dans les camps des deux duchesses ou des complaintes qui furent plus tard inspirées par les suites funestes du tournoi… J'ai cru reconnaître la fantaisie d'Annoeth le Ménestrel dans certaines ballades plus frivoles, sans toutefois avoir la certitude que les paroles fussent toujours de ce témoin direct des événements. Plus singulier : l'un des acteurs du déclenchement de la guerre fait à présent partie de mes voisins, mais je me méfie de son témoignage comme je me défie du personnage, ce qui explique que je l'aie peu sollicité jusqu'à ce jour.

Je dispose pourtant d'une autre source, aussi improbable que précieuse, qui me permet d'avoir une connaissance précise des événements de Lyndinas, quasiment comme si je les avais vécus. Au moment même où j'écris ces lignes – de façon assez malcommode, pour dire la vérité – mon petit informateur réchauffe mon giron et ronronne sur mes genoux. Étrange vibrato, d'ailleurs : étonnamment grave, parfois redoublé, sans cesse désaccordé. C'est probablement une séquelle de ses errances chronovagues : Mirabilis ne parvient plus à ronronner en mesure. Je me demande parfois, avec un mélange de tristesse et d'angoisse, depuis combien de temps le maroufle nous a quittés… Pourtant, le gros matou qui me réquisitionne en ce moment est on ne peut plus vivant (et encombrant). Mais il vient du passé – ou peut-être du futur. En raison de son talent, sa finitude est devenue une contingence personnelle qui s'est désolidarisée de la temporalité commune. Il arrive que le chat qui revient me voir soit plus jeune qu'au cours de sa précédente visite. Je le devine à divers indices : des cicatrices qui ont disparu, sa curiosité devant un réaménagement qu'il connaît déjà ou une belle fourrure hivernale au milieu de l'été…

J'ai beaucoup de tendresse pour Mirabilis, et beaucoup de reconnaissance aussi. Lorsque j'ai enfin pris le dessus sur mon tourmenteur, volé ses clefs et gagné l'appartement que j'occupe désormais, le chat vagabond fut le premier à me retrouver. Je n'ai qu'une idée générale de la façon dont il a remonté ma piste, et j'ignore toujours par quelle entrée il a réussi à se faufiler dans la demeure. (Je verrouille tout, tout le temps. Il en va de mon salut.) Et pourtant, un beau jour, il était là, un peu efflanqué certes, mais tranquillement occupé à faire sa toilette devant ma porte. Il cultive toujours des airs nonchalants, mais il est très conscient de l'exploit qu'il a accompli et il en est très fier. Ce fut pour moi une joie inexprimable de retrouver ce vieux compagnon des temps heureux. Il en abuse bien sûr, en faisant ses griffes sur mes meubles, en me prenant mon meilleur fauteuil, toute la place dans mon lit, ou en venant familièrement manger dans mon assiette. J'accepte avec joie toutes ces effronteries. Chacune de ses visites est pour moi un bonheur un peu miraculeux. Je sais que j'occupe une place de choix dans ce petit cœur inconstant, alors je lui passe tous ses caprices ; mes faiblesses sont pour lui autant d'hommages, qu'il me rend au centuple par sa loyauté intemporelle.

Il va sans dire que Mirabilis ne m'appartient pas. Il me suffit de représenter pour le matou ce havre vers lequel il revient toujours, après s'être lassé de ses conquêtes félines, humaines et elfiques. Peut-être se montre-t-il plus respectueux vis-à-vis de la Dame des Futaies bleues, qu'il sert de loin en loin avec une certaine indolence. Je n'irai pas jusqu'à noter qu'il la craint, du moins condescend-il à reconnaître la puissance de son art ; peut-être la fréquente-t-il par nostalgie ; certainement par intérêt. En tout cas, il ne lui appartient pas plus qu'à moi. Je me flatte même de croire qu'il me préfère à cette redoutable enchanteresse. Non que j'aie le charme ou le pouvoir de rivaliser avec cette magicienne… Il se trouve simplement, et assez tristement, que Mirabilis et moi sommes orphelins du même maître. Le gros chat en fut le familier pendant que je recevais son enseignement. Nous avons tous deux, chacun à notre façon, beaucoup aimé le sage brillant et bienveillant qui a fait de nous ce que nous sommes. Le lien qui nous unit, Mirabilis et moi, est donc entretissé de deuil, de mémoire et de réconfort. À travers notre amitié, l'initiateur magnifique se survit un peu ; nous y trouvons une consolation aussi douce qu'amère.

Nous partageons nos rêves. Les chats sont très doués pour cela, autant que les elfes, et bien plus que les humains. Comme nous avons été formés à la même école, comme nous avons en commun certains souvenirs et certains chagrins, la superposition de nos émotions et de nos visions s'opère de façon naturelle, dans la continuité de notre affection mutuelle. Privé de l'amour enveloppant du maître, sans doute Mirabilis tend-il spontanément son esprit vers le mien pour retrouver une ombre de l'harmonie perdue. Il arrive parfois que nous communiquions de très loin, au mépris de la durée et de la distance… À l'impromptu, j'éprouve de temps à autre des frousses inexpliquées, des accès de paresse ou des envies bizarres, de valériane, de mulot ou de soleil. Je gronde alors le chenapan dans le discours un peu follet que l'on tient à un ami imaginaire. En guise de réponse, je sens le matou sourire de toutes ses vibrisses au fond de ma songerie, avant de s'étirer d'un air satisfait : il maintient le contact, à des centaines de lieues ou à des années d'écart.

À l'occasion, lorsque je sommeille ou que mon esprit vagabonde, je peux me couler dans son regard et ses sensations – sans savoir très bien quand ce que Mirabilis me montre a lieu, ce qui me rend visionnaire de façon très décousue, parfois de façon rétrospective, et d'autres fois de façon prophétique… Quoi qu'il en soit, hormis le plaisir (et parfois l'angoisse) que j'ai à me fondre dans une musarderie de chat, la plupart de ces transes félines n'ont que peu d'intérêt. Maraudes au ras des murs et des buissons ; grignotage de longues herbes ; affûts en quête d'oiseaux ou de rongeurs ; prudents contournements de porcs, chiens ou chevaux ; larcins dans des celliers mal fermés… N'en déplaise à la vanité du matou, une grande partie de son existence est petitement rapineuse.

L'exploration de son passé est plus facile à faire lorsqu'il me rend visite. Il suffit qu'il somnole comme il le fait en ce moment. En caressant sa tête ronde, je feuillette ses rêveries et ses songes ; notre proximité facilite l'oniromancie. Il faut bien sûr écarter toutes les fantaisies gourmandes, drolatiques ou cruelles, qui batifolent derrière ces yeux doublement clos, mais j'accède assez facilement à ce qu'il a vécu et je peux me remémorer ses souvenirs comme s'ils étaient les miens.

Il se trouve que la veille de la grande mêlée du Pardon d'armes de l'Immortelle, Mirabilis vaguait à Lyndinas. Il ne s'y était pas tout à fait rendu de son propre chef ; on l'y avait convoqué en tant qu'éclaireur et, dans une certaine mesure, en guise de héraut. Cela n'empêchait pas le matou de prendre ses aises et d'interpréter assez librement les directives qu'il avait reçues. Grâce à nos rêveries communes, j'ai donc d'assez bons souvenirs du tournoi, quoiqu'un peu partiels et souvent au ras du sol… Ce qui me frappe d'abord, ce sont les effluves : odeurs d'écurie, de crottin et de fourrage ; relents de fosses d'aisance ; arômes appétissants des cuisines de plein air ; esprits de métal chaud autour des forges de campagne ; parfums plus subtils de l'herbe écrasée, de la toile humide ou des poudres de senteur… Ces souvenirs sont surtout nocturnes. Le matou semble avoir rôdé dans les campements bien après la minuit, quand les conrois avaient arrêté leurs plans de bataille et quand les champions s'étaient retirés sous leurs tentes pour prendre du repos en prévision des combats.

Il faut bien admettre qu'en dépit de sa curiosité et de la haute opinion qu'il se faisait de ses talents d'espion, Mirabilis passa à côté de beaucoup de choses, qui ne furent tirées au clair que bien plus tard. Certes, aux petites heures de la nuit, il croisa un rôdeur aux armes barbares et aux épaisses fourrures ; le gaillard lui déplut (il empestait le suint, le beurre rance et le chien) et le matou s'écarta prudemment de ce butor qu'il prit, à tort, pour un vulgaire mercenaire… L'aurait-il suivi, sans doute aurait-il surpris l'entretien clandestin que Claudas de Kimmarc eut avec un émissaire du clan Arthclyde. Redoutant la meute qui croquait des restes sous le pavillon ducal, le gros chat ne put y surprendre le retour furtif de la duchesse Clarissima. Il trotta également très au large d'un bivouac modeste, un peu isolé du camp du *dehors*, où trois ombres encapuchonnées veillaient autour d'un foyer froid. En revanche, intrigué par les murmures et les soupirs qu'il y entendit, l'indiscret se faufila sans gêne dans le pavillon du chevalier aux pies. L'intérieur de la tente était plongé dans une pénombre épaisse, à peine percée par le rougeoiement d'une brasière ; c'était toutefois un éclairage tout à fait suffisant pour la pupille du maître chat, qui put contempler à loisir la musculature athlétique du chevalier de Quéant ainsi que la belle chevelure de la demoiselle de Prangeray, épandue sur sa peau de lait. Le petit voyeur passa un moment à contempler leurs ébats, tranquillement assis aux premières loges. Toutefois, il finit par trouver désobligeant que les caresses, les regards ardents et les mots passionnés ne lui fussent point adressés. Il bâilla d'ennui et quitta la tente, non sans avoir marqué le rabat au passage.

La nuit était profonde, les camps noirs et silencieux. L'heure froide qui précède l'aurore ne tarderait plus. Mirabilis huma l'atmosphère et prit l'air du temps ; la foulée silencieuse d'une splendide prédatrice froissait les mystères de l'entremonde. Le matou estima que le moment était venu de remplir sa mission.

Le nez levé vers les étoiles, Annoeth le Ménestrel écoutait les rumeurs du monde.

Il venait de sortir de l'abri bricolé et branlant qui servait de repaire à la Compagnie folle. Derrière lui, quelques chandelles fumeuses tremblotaient encore au milieu des voilages mités et des ronflements sonores. La soirée avait été longue. Les bateleurs avaient cousu à la diable les housses et les cottes d'armes de fantaisie qu'ils endosseraient pour le tournoi ; certains déguisements étaient tout à fait bâclés, car le nain Mère-Folle était revenu avec deux tonnelets pansus qu'il avait volés au bouteiller du comte. On avait donc mené joyeuse vie pendant une bonne partie de la nuit, en béguetant des chansons à boire, en piquant de travers et en tapant le carton jusqu'à plus soif. Au moins, le vin avait eu pour vertu d'endormir la désillusion : un vieil ami croisé la veille dans la suite ducale venait de faire faux-bond, ce qui aurait pu un peu gâcher la fête. Coquimbert et Mère-Folle avaient pourtant hurlé de joie (et de rire) quand ils avaient reconnu cette vieille canaille de Bouche-Cousue, et sapé comme un prince, s'il vous plaît ! Le gredin avait juré qu'il viendrait faire ribote avec les joyeux drilles à la brune… et, comme c'était prévisible, il avait posé un lapin. Certes, cela avait moins déçu les deux elfes de la bande que Mère-Folle ou Coquimbert. Annoeth avait l'impression que sa dernière rencontre preux-bourgeoise avec Bouche-Cousue datait de la veille ; il n'avait pas encore la nostalgie de leurs bamboches de naguère…

La fraîcheur de la nuit tombait et les fumées du vin se dissipaient rapidement dans l'esprit du ménestrel. Annoeth n'avait d'ailleurs pas assez bu pour avoir les idées brouillées : le baladin préférait s'enivrer de musique plutôt que de ginguet. Il n'en avait pas moins plaisir à respirer cet air vif et à savourer un peu de quiétude. Son luth, son répertoire et ses belles manières remportaient un franc succès auprès des invités d'Angusel de Kimmarc, ce qui lui valait d'être sans cesse sollicité et applaudi. Il s'en amusait plus qu'il n'en tirait de vanité – dans son for intérieur, il jugeait que toutes ces nobles personnes qui pratiquaient un théâtralisme courtois manquaient de distinction véritable et se comportaient en parvenus. Au milieu d'une société aussi grossière, le ménestrel regrettait vaguement qu'il fût un peu trop facile de plaire. À tout prendre, il préférait sans doute les saltimbanques et aigrefins de la Compagnie folle : au moins ces turlupins ne cherchaient point à rhabiller leur basse humanité d'oripeaux mal taillés.

Une brise un peu crue courut entre les pavillons, les faisceaux et les barrières. Vers l'ouest, Annoeth vit des étoiles disparaître ; des nuages venus de l'océan épaississaient la nuit. Avec un sens qu'avaient raffiné ses longs voyages, l'elfe flaira la pluie longtemps avant que ne tombassent les premières gouttes. Un sourire narquois effleura ses lèvres : le grand tournoi du lendemain risquait fort de terminer en bain de boue. Cette éventualité ne lui parut cependant qu'à demi drôle ; il sentait trop de tension entre les deux camps en présence, une acrimonie ravalée à grand mal qui fermentait derrière les politesses et l'apparat de la fête. Ce n'était pas la première fois qu'il baignait dans un climat si délétère ; jadis, au cours d'un précédent périple, cela avait très mal tourné. Il haussa les épaules avec insouciance. Au moins, il aurait des nouvelles intéressantes à rapporter quand il remettrait les pieds dans les jardins crépusculaires de la reine…

Un frôlement moelleux le tira soudain de ses réflexions : quelque chose de doux et d'insinuant se frottait contre sa jambe. Ses yeux tombèrent sur un gros chat à peine discernable dans le noir, qui venait de se prendre d'affection pour le satin de ses chausses. Annoeth lui sourit.

« Eh bien, tu n'es pas farouche », s'étonna-t-il.

Se penchant vers l'entreprenant minet, il lui présenta les doigts pour faire connaissance selon les usages, puis caressa une fourrure qui frissonna de manière soyeuse sous la main. Cette cajolerie fut récompensée par un ronronnement grave, dont l'arythmie frappa l'oreille du baladin.

« Quelle étrange amusie, maître chat, s'étonna le ménestrel. Cela mérite retouche. »

Annoeth suspendit son mouvement : cela n'était pas la première fois qu'il entendait cette bizarrerie. Ce pelage de jais velouteux, cette morphologie de matou trapu sous la rondeur courtisane, et surtout ce ronron dissonant… Les sourcils joliment dessinés de l'elfe se haussèrent.

« Mais je te reconnais, toi ! »

Ses yeux s'embuèrent d'une émotion soudaine, tandis que son minois s'éclairait d'une surprise ravie.

« Merveilleux ! J'ai du mal à y croire ! C'est tout à fait stupéfiant ! Mais si je me fie à ma mémoire… »

Le grippeminaud frotta le genou du musicien de la babine ; Annoeth y sentit l'insistance espiègle d'une canine.

« Tu es le vieux chat errant ! Le familier de feu l'archimage… »

L'elfe s'accroupit pour caresser à loisir ce rôdeur qui suscitait chez lui des sentiments contrastés, joie mêlée de tristesse. Mirabilis en profita pour fourrer un museau curieux dans l'aumônière du baladin ; il l'en retira au bout d'un instant d'un air déçu. La bobine de corde de boyau, quoique tentante, lui avait paru trop insipide ; les petits flacons serrés dans un chiffon doux ne sentaient que l'huile de lin et la cire d'abeille… Tout cela n'avait rien de très appétissant.

« Eirin est dans cette tente, murmura Annoeth. C'est à lui que tu dois cet hommage pour sa bravoure éclatante. S'il n'a pu sauver le magicien, il l'a vengé sur le champ. Ta visite lui ferait grand bien, surtout après si longtemps... »

Mirabilis manifesta son désintérêt en éprouvant le besoin urgent de se laver une patte. Le ménestrel, qui saisit sans mal le message, en parut un peu peiné. Il se doutait bien que le vagabond ne se laisserait pas emporter à l'intérieur sans sortir les griffes, et qu'il disparaîtrait si le Grand Duc des Sacripants était appelé. Il continua donc à caresser le matou sans insister, ravi malgré tout de la rencontre.

« Tu as peut-être raison, admit-il. Le détachement est préférable à de tristes effusions. »

Au bout de quelques instants, rassuré par cette sagesse, Mirabilis se refit flagorneur. Il rendit ses amabilités cajoleuses à l'elfe en les appuyant de son ronron au tempo erratique. Quand il estima la prise assurée, il s'écarta de quatre ou cinq pas et s'assit avec une expression amène. La manœuvre était imparable avec les félinophiles dûment appâtés ; Annoeth se rapprocha pour poursuivre la câlinerie. Le matou se laissa à peine effleurer et, avec une coquetterie agaçante, reprit un peu de champ. Le ménestrel se mit à rire.

« Il est trop tard pour ce jeu aimable ! Je suis bien trop fatigué pour te courtiser en pleine nuit. »

Du geste et de la voix, il l'invita plutôt à le rejoindre ; le chat noir, à demi absorbé par l'obscurité, lui faisait les yeux doux sans esquisser le moindre mouvement.

« Eh bien, tu n'as pas changé ! s'amusa l'elfe. Toujours enjôleur et insoumis ! »

Le musicien voulut retourner la malice à l'aguicheur et fit mine de rentrer dans la guitoune des bateleurs. Il n'eut pas le temps de faire un pas : un bolide silencieux l'avait rejoint, frôlé en lui coupant le chemin, puis s'était dans l'instant replanté à distance. Mirabilis reprit la pose avec une telle prestesse que pas une de ses moustaches ne parut avoir bougé. Cependant, son regard avait gagné en intensité : aux promesses de ses prunelles mi-closes s'ajoutait à présent une injonctive inquiétude.

Annoeth en fut à la fois amusé et perplexe. S'il était une faiblesse qu'il partageait avec le matou, c'était bien la curiosité ; le manège du greffier piqua la sienne au plus haut point. Il céda donc et s'approcha de Mirabilis. Celui-ci se leva et s'écarta davantage, mais s'arrêta près d'un piquet ; il s'y frotta la joue en jetant une nouvelle invite du coin de l'œil.

« Oui, d'accord, tu as gagné, se rendit le ménestrel dans un rire. Je vais te suivre, petit malin. »

Les yeux du matou se firent tout miel, et puis il reprit son chemin d'une foulée tranquille mais décidée, en balançant gracieusement sa queue comme un plumeau. Annoeth le suivit sans se presser. On aurait pu croire que ce duo charmant flânait à l'aventure, tant il louvoyait largement autour des tentes ; en fait, cette trajectoire onduleuse ne devait rien à l'agrément ou au hasard, mais à la précaution prise par le chat d'éviter les pavillons qui sentaient trop le chien. Quoique ce ne fût point en droite ligne, Mirabilis n'en guidait pas moins son compagnon vers la sortie du camp du *dedans*. De loin en loin, la barrière était gardée par des sergents en armes – une précaution qui confirmait la défiance du comte de Kimmarc à l'encontre du duc de Bromael. Mais la nuit était avancée, l'elfe et le chat rivalisaient de discrétion ; ils passèrent à la barbe d'un piquier sans que la sentinelle émergeât de sa torpeur.

Les deux promeneurs s'avancèrent en terrain découvert. Mirabilis s'était fondu dans la nuit herbue et Annoeth passait, moins tangible qu'un songe. La brise soufflait parfois de doux bruissements dans la prairie et de distants feuillages ; ce murmure ainsi que les parfums de terre, de verdure et d'eau emplissaient l'obscurité. Quelques lumières brillaient au loin, sur la tour de Lyndinas et dans le camp du *dehors* ; ces flammèches ne faisaient qu'assombrir le grand manteau nocturne. Une rémanence vague creusait une nappe moins noire à la surface de l'étang ; l'eau dormante reflétait un fantôme de lumière stellaire ; quelques coassements et des mouvements furtifs animaient les roselières enténébrées. Trois formes ailées traçaient en silence des cercles au-dessus de l'onde ; bizarrement, il parut à Annoeth qu'il ne s'agissait ni d'oiseaux pêcheurs, ni de rapaces nocturnes.

Même pour les yeux perçants de l'elfe, il n'était pas évident de suivre un gros chat noir devenu presque invisible. Mirabilis longeait le point d'eau sans se presser et se dirigeait vers le camp des Aventureux du Bois oiselé. C'était à peine si l'on devinait le faîtage des tentes qui dessinait sur le ciel étoilé une épure de toiture, découpée comme un décor de théâtre ou une vignette de codex. Il restait toutefois quelques falots qui jetaient une lumière mourante à l'intérieur du campement. Devant le grand pavillon central, une double rangée de flambeaux formait une allée qui descendait de l'entrée de la tente jusqu'à la rive obscure. Ces luminaires avaient brûlé depuis le début de la nuit ; la moitié d'entre eux s'étaient éteints et les autres ne clignotaient plus que des flammes mourantes. Ces lueurs créaient plus d'ombres qu'elles n'éclairaient les lieux ; les rabats fastueux du grand pavillon, largement ouverts, transformaient l'intérieur du chapiteau en une gueule ténébreuse. L'œil aiguisé d'Annoeth y devina des petits corps assoupis pêle-mêle sur des tapis et des amoncellements de coussins ; on eût dit une hécatombe de chair fraîche offerte à un ogre de gaze, de soie et de brocart.

Quand il eut amené le ménestrel dans l'allée aux flambeaux, Mirabilis s'arrêta, s'assit et entreprit une toilette machinale. Annoeth n'eut pas vraiment le loisir d'inspecter l'endroit ; trois hautes silhouettes à tête d'oiseau émergèrent des ténèbres du grand pavillon et marchèrent à sa rencontre. Ces ombres inquiétantes, mais vêtues avec goût, ne s'arrêtèrent qu'à quelques pas. Du même mouvement ou presque, elles ôtèrent leurs masques, révélant à la lumière incertaine de beaux faciès elfiques. Annoeth se fendit d'une courbette légère.

« Ah ! Mon très cher ami ! Enfin vous voilà ! » salua le chevalier aux pies.

Il avait parlé très bas pour ne pas réveiller les pages endormis, ce qui avait conféré à sa voix une intonation presque intime. Comme Annoeth, il était très brun, d'une chevelure qui se fondait dans la nuit ; son visage, aussi délicat que celui du baladin, restait cependant marqué d'une certaine dureté jusque dans le sourire. Bien qu'il eût les yeux en amande, typiques de son peuple, les éclats des torches allumaient parfois ses prunelles d'ambre comme celles d'un loup.

« En vous voyant ce matin dominer le combat sur le pré, j'ai été presque certain de reconnaître Amlyn le guerrier, répondit Annoeth sur le même ton. Quel bonheur de vous croiser ! Nous voici bien loin des Cinq Vallées… »

Les deux elfes s'étreignirent et échangèrent un léger baiser de paix. Le chevalier aux pies désigna ensuite d'un geste gracieux celui de ses compagnons qui avait porté un masque de coucou.

« Vous reconnaîtrez sans peine le haut seigneur Tygerned dont le trépas n'a été que mise en scène. Afin d'obtenir la souveraine grâce qui abrège son exil, il s'est joint à notre cause avec audace et partage nos périls. »

Le ménestrel s'inclina à nouveau en affichant une déférence plus marquée à l'adresse du chevalier au coucou.

« Je suis vraiment honoré d'avoir l'occasion inopinée d'approcher le haut seigneur. »

Celui-ci salua d'un imperceptible mouvement du chef, et pourtant ce geste subtil respirait une majestueuse considération. Des trois Aventureux du Bois oiselé, Tygerned paraissait de loin le plus étrange. Son visage affichait la sérénité lisse d'une statue ; sa longue chevelure chatoyait d'une pâleur lunaire mais, sous l'arc bien dessiné des sourcils, ses yeux n'étaient que des puits de nuit où scintillait un éclat lointain.

« Voici des mots aimables mais révolus, murmura-t-il. J'ai résilié toutes mes fiertés et vous venez donc de me flatter d'un rang et d'un titre dont je suis déchu. »

Le fantôme d'un sourire parut adoucir ses lèvres minces.

« À vrai dire, de nous deux, le privilège de la rencontre est surtout pour moi. Je vous ai écouté tant de fois célébrer vos chants comme des sortilèges dans les fêtes de la Haute Reine que vous croiser en terre incertaine est la plus réconfortante des surprises.

– Et d'ailleurs, où est votre instrument ? intervint le chevalier aux geais sur un ton cavalier. J'aurais bien aimé pouvoir me pâmer en profitant de votre talent. »

Il avait parlé à haute voix, sans égard pour le repos des enfants. Des trois Aventureux, il paraissait le plus svelte et débordait d'une vitalité qu'il contenait à peine. Son regard avait les transparences bleutées de la glace ; Annoeth en éprouva tout le tranchant comme il lui adressait ses civilités.

« Je vous prierai d'excuser l'insolence de ce petit fat, s'entremit le chevalier aux pies. Lorsqu'il est bien disposé, le jeune Cadellin est courtois. Je crains qu'il ne vous confonde dans le défi qu'il nous a lancé car dès demain il nous fronde en rejoignant le camp opposé.

– N'ai-je pas de solides raisons ? repartit l'impertinent. Vous me présentez en âne bâté. Mais je n'ai nulle réprobation pour tous les quatrains de ce baladin. Serviteur, messire ménestrel. »

Le chevalier aux pies s'empressa de reprendre la parole en affectant d'ignorer son ombrageux comparse.

« Je ne crois pas m'avancer, cher Annoeth, en disant que nous sommes aise de vous voir ainsi convié avec nous pour cette occulte parenthèse.

– En avez-vous été avisés par ce gros matou flatteur ?

– Non. Nos oiseaux nous servent d'augures ; grâce à leur manège ailé nous sommes au fait de l'aventure. »

Tout en parlant, le chevalier aux pies indiqua l'étang. Au-delà de la zone faiblement éclairée, on devinait toujours le tourbillonnement silencieux de trois grands passereaux au ras de l'onde. Il arrivait toutefois qu'une flamme un peu plus vive accrochât une plume blanche de la pie ou un éclat bleu dans la parure du geai. Mirabilis, qui venait de suspendre sa toilette dans une contorsion improbable, suivait ce triple volètement d'un air de convoitise.

« Leurs cercles sont plus serrés, murmura Amlyn. L'événement ne tardera guère. »

Tout était pourtant d'une grande quiétude dans le camp des Aventureux du Bois oiselé. Ce fut à peine si l'oreille fine du chat et des elfes perçut le glouglou doux de quelques bulles à la surface de l'étang. On aurait pu prendre ce remous pour le mouvement d'un brochet ou d'une carpe… mais il fut suivit d'un clapotis plus fort, puis d'un brusque bouillonnement remonté juste sous la ronde des trois volatiles. Des vaguelettes s'élargirent et vinrent lécher la rive. Le calme retomba sur l'étang ; un calme plus profond qu'un instant auparavant, car les reinettes venaient de se taire. Les trois oiseaux firent un dernier tour et s'enfuirent à tire d'aile. Les quatre elfes demeuraient immobiles, le regard rivé sur l'eau noire.

Juste au-delà du halo de lumière, quelque chose d'obscur émergea doucement, sans rider l'onde. D'abord une forme ronde, portée par un col de cygne, puis par de jolies épaules et une silhouette à la taille de guêpe. L'apparition fendait les flots lisses à mesure qu'elle sortait de l'étang et elle se révéla dans les lueurs finissantes. C'était une baigneuse entièrement vêtue, dont la parure gorgée épousait un corps enchanteur, tandis que ses manches longues et sa traîne surnageaient autour d'elle ainsi qu'un champ de nénuphars. D'une main chargée de bagues aux pierres vireuses, elle rabattit sur sa nuque une chevelure lustrée, dont le jais brillait tel l'onyx.

Comme l'apparition quittait l'étang dans un ruissellement mélodieux, Mirabilis se remit sur pattes en souplesse et s'écarta prudemment. Les quatre elfes s'inclinèrent de façon cérémonieuse ; la nouvelle venue promena sur eux des yeux émeraude, d'une profondeur envoûtante. Puis, sans avoir daigné rendre la politesse, elle s'ébroua avec la vivacité bruyante de la loutre au sortir du bain. Un instant, elle ne fut qu'un frisson sonore de soieries, de chaînettes, de cheveux et d'une myriade de gouttes. L'instant suivant, elle avait repris la pose dans une toilette parfaitement sèche et ajustée, n'ayant à corriger du doigt qu'une mèche rebelle dans sa coiffure joliment apprêtée. Elle esquissa un sourire de coquetterie. Derrière elle, un énorme nuage de buée recouvrait doucement l'étang.

Sans un mot, en relevant légèrement de la main l'ourlet de la robe, elle remonta l'allée qui menait de la rive vers le grand pavillon. Les elfes lui cédèrent respectueusement le passage. L'ondine traînait derrière elle une ombre disproportionnée et vaguement contrefaite, qui assombrissait la nuit et la refroidissait comme le passage d'une averse. Dans son sillage, les flammes basses des derniers flambeaux crachotèrent et s'évanouirent en humides fumerolles. Ce mouvement ressemblait à une crue obscure qui, débordant de l'étang, aurait englouti le camp des Aventureux du Bois oiselé. Tout n'y était pas ténébreux : outre l'âme émeraude qui brillait dans les yeux de la belle baigneuse, il émanait une phosphorescence verdâtre des joyaux ornant ses doigts, sa gorge et sa chevelure ; le halo vague de ces bijoux moirait parfois sa robe de reflets sinople. Tel un lampyre aux charmes lascifs, l'apparition luisait dans le noir en étouffant tout autre source de lumière.

Nimbée de son aura aqueuse, la nixe entra dans la grande tente ; elle frôla sans les réveiller les pages endormis et alla s'asseoir avec naturel sur le fauteuil en bois de rose. Une fois installée en majesté, elle accorda à nouveau son attention aux quatre elfes, qui ne dessinaient plus que des ombres sur l'obscurité moins profonde du seuil. Le chevalier au coucou s'apprêtait à parler quand la dame des eaux l'interrompit d'un geste :

« Avant toute chose, chers amis, soyons aussi directs que libres dans nos manières, proposa-t-elle sur un ton engageant. Foin de l'étiquette et des chichis ! Ne m'appelez que Wyddolème la Lissandière ; oubliez mes titres et mon vrai nom. »

Les elfes s'inclinèrent en signe d'assentiment, ce qui eut l'air de ne plaire qu'à demi à la mystérieuse causeuse, peut-être parce que cette obéissance s'exprimait encore de façon trop protocolaire.

« Qu'importe le nom que vous portez, flatta à mi-voix le chevalier au coucou, car il suffit pour nous enchanter de nous plier à vos foucades exquises.

– Mon cher Tygerned, je sens du fer sous le velours, répondit la visiteuse avec un certain mordant. Vous êtes toujours au diapason des intrigues de palais et cabales de cour. Mais les éloges comme les menaces me donneront au pire matière à m'ennuyer et me laisseront au mieux de glace. Allons, au fait, vieux complimenteur ! Jouez franc-jeu. Dites ce que vous voulez de moi.

– Satisfaire ma curiosité. Avez-vous pu récemment flâner dans les parcs songeurs de la Haute Reine ?

– Eh quoi ! Ne faites donc pas l'erreur de me témoigner un zèle devenu si froid. Qu'importent la cour et ses rumeurs ? De toute façon, je me rends peu à Duir Rigain. Vous souciez-vous de votre faveur ? Pour vous en entretenir, je n'aurai nul besoin de consulter notre souveraine. Vous plaint-on car vous passez pour mort ? On a poussé des soupirs, pleuré quelques semaines – mais las ! Les absents ont toujours tort ! Vous faites un défunt des plus commodes. Vous risquez fort d'être pris à votre propre piège : les fausses morts sont passées de mode, on stigmatiserait vos artificieux manèges. Une résurrection trop précoce ne vous vaudrait que scandale et nouvelle disgrâce ; reposez en paix dans votre fosse, l'éternité n'est point une expérience fugace. Pour obtenir le royal pardon, votre meilleur parti est de servir mon caprice et mes savantes combinaisons. Faites de moi votre impératrice et je vous rendrai l'affection de la Haute Reine.

– Cela redoublera mon bonheur », ironisa Tygerned.

Si le chevalier au coucou s'exprimait toujours à mi-voix, la dame quant à elle parlait plus net ; mais son timbre vibrait dans la nuit avec une séduction si soyeuse qu'elle enveloppait l'ouïe comme une berceuse. Les elfes résistaient sans trop de peine au charme, mais les enfants sombraient dans une léthargie encore plus profonde. Quant à Mirabilis, il ne demandait qu'à céder à une suggestion aussi voluptueuse. Le matou bâilla en rabattant les oreilles puis, avec son assurance coutumière, sauta sur les genoux de l'enchanteresse et vint se blottir dans son giron. Celle qui prétendait s'appeler la Lissandière le couva des yeux en lui décochant un sourire ensorceleur.

« L'horrible petit impertinent », roucoula-t-elle sur un ton qui eût fait fondre une pierre.

Elle lui gratta le menton avec une parfaite science des faiblesses félines et le gros chat fit sa reddition dans un ronron discordant.

« Revenons à nos moutons et à ce qui m'amène ! reprit la dame.

– Nous en serions obligés », répondit le chevalier aux pies.

Le regard de béryl caressa avec gourmandise les pages endormis.

« Très belle provende d'innocents, se réjouit l'enchanteresse. Chers amis, vous avez de vrais talents de chasseurs ; j'accorde que vous m'êtes utiles. Le jeu du ruban a-t-il distingué un vainqueur ?

– Pas encore ; tous s'efforcent de nous plaire. Ils restent à départager.

– Écartez les sots et les fragiles. N'avez-vous pas déjà élu quelques favoris ?

– Le petit Agnel est un charmeur, répondit le chevalier au coucou. Il aime faire des farces assez vilaines qui l'inclinent à la basse magie.

– Le jeune Milouin paraît très éveillé, ajouta le chevalier aux pies. C'est un vrai apprivoiseur : la magie vive est de ses facultés.

– Qu'en est-il de la troisième voie ? s'enquit la dame. Pour la haute magie, y a-t-il des dégourdis ?

– Rien qui révèle une âme très pie, fit Tygerned avec dédain. Au mieux, certains ont la foi du charbonnier.

– Vous n'êtes qu'un affreux rabat-joie ! le gourmanda la Lissandière. Du moins avez-vous déniché la danse et la transe ; et tant pis pour la thaumaturgie. Je reconnais que je vous sollicite en avance, au milieu de la plaisanterie, et qu'il est un peu tôt encore pour distinguer qui sera ma prochaine poupée. Je rongerai donc mon frein en attendant l'été ; j'espère en être récompensée ! »

Baissant les paupières sur l'émeraude violente de ses prunelles, elle inclina légèrement la tête de côté, comme si elle écoutait quelque chose.

« Il faut encore trier le bon grain de l'ivraie, dit-elle songeusement. Il y a dans ces rêves d'enfants des souvenirs crottés et des sottises trop gaies. Écrémez, écartez les perdants. À la fin je veux le jouet le plus présentable. »

Elle rouvrit les yeux et déclara sur un ton léger :

« De toute façon, je suis venue dans un autre dessein. Il était indispensable de nous ménager cette entrevue. Par quel tour avez-vous réussi à dénicher mes deux meilleurs champions bromallois ? »

Si le chevalier au coucou resta de marbre, les autres elfes eurent un mouvement de surprise.

« Ne faites-vous pas erreur ? risqua le chevalier aux pies. Ne nous prêtez-vous point trop de clairvoyance ?

– Voyons, Amlyn, repartit la dame avec humeur, l'un d'eux se repose juste à côté ! »

L'elfe aux yeux d'ambre en convint volontiers.

« Le chevalier aux épines est accueilli ici avec bienveillance, en une tente voisine. Mais nous sommes étonnés d'apprendre qu'il existe un autre champion.

– Allons, allons, parlez-moi en toute bonne foi ; je ne crois pas aux coïncidences. Comment avez-vous démasqué messire Ædan ?

– Je crains qu'il faille vous décevoir, intervint Tygerned avec un soupçon de dérision, car nul parmi nous n'a su y voir. C'est votre chevalier qui nous a trouvés.

– Ædan a remonté jusqu'à nous en suivant les disparitions, expliqua Amlyn. Bien qu'il ne nous connût point, il devinait que nous étions vos servants. Il voulait mettre en commun nos forces dans quelques hauts faits éclatants. »

La Lissandière fit la moue.

« En épousant une autre allégeance ? releva-t-elle avec un rien d'aigreur. Eh bien ! Le procédé ne manque pas de piquant !

– Mais moi je combats dans l'autre conroi, se vanta le chevalier aux geais.

– Nous semons folie et confusion, observa tranquillement le chevalier au coucou. N'est-ce pas servir vos intentions ? »

La dame joignit ses jolis doigts et leva ses yeux phosphorescents, comme si elle cherchait l'inspiration dans l'obscurité du ciel de tente ou comme si elle avait oublié quelque chose. Elle chantonna un début d'air délicieux, qui fit frissonner les elfes de plaisir et d'appréhension, mais s'interrompit assez vite.

« Bien, bien, bien, acheva-t-elle de fredonner. Passons que vous soyez tous assez sots pour avoir été ainsi joués. Ce petit chevalier a fait de vous ses féaux pour la durée des festivités. Suis-je froissée que vous serviez une autre dame ? Allons... Je ne suis pas si jalouse... Ne suis-je point experte dans les retours de flamme ? Il se peut même que je vous couse des justaucœurs brodés de cendres et de consomption... »

Elle leur coula un sourire tout de séduction vénéneuse.

« Et pourtant, je veux bien reconnaître un soupçon de sagesse dans votre déraison. Votre étourderie m'a prodigué une fenêtre sur le désordre dans le duché. Quel puissant parfum de révolte et de sédition ! Vous m'offrez une opportunité ! Je vous donne mon aval pour souffler sur les braises. Joutez donc ! Attisez le conflit ! J'attends que vos prouesses entretiennent le malaise. Quant au second de mes favoris, jamais il n'aurait manqué fête si belliqueuse ! Je reconnais votre bonne foi quand vous confessez une ignorance malheureuse. Votre présence dans le même endroit n'est donc due qu'à un plaisant concours de circonstances.

– Quoi que vous pensiez de notre aveuglement, repartit Tygerned, nous avons également flairé le remugle d'un pouvoir vicié. Ces camps accueillent des nécromants.

– Hélas, le clergé du Desséché jouit de nouveau d'une regrettable tolérance et a retrouvé droit de cité, acquiesça la dame. Quelques-uns de ces énergumènes hantent sinistrement plus d'une chapelle noble. Si nocif soit-il, le phénomène reste pourtant circonscrit à quelques taches ignobles. Gardez-vous plutôt de Cennargin. Le vieux charlatan rôde toujours dans ces contrées et son jugement est assez fin pour venir contrarier nos innocentes menées. »

Comme prise d'une impulsion, la dame aux yeux verts frappa dans ses mains, éveillant en sursaut un Mirabilis qui avait sombré dans une béatitude léthargique.

« Mes amis, vous n'êtes pas sans savoir que je me trouve en même temps ici et là-bas, dit la Lissandière sur un ton primesautier. L'enchantement va bientôt échoir et il me reste encor fort à faire d'ici là, comme aller tenir conciliabule avec mes deux champions bromallois en leurs quartiers. Je déclare donc clos ce conventicule et je vous dispense du plaisir de m'escorter. Reposez-vous avant les combats. Mandez-moi juste où dort le chevalier aux épines.

– Afin d'honorer ce chevalier, je l'ai invité dans mes quartiers, répondit Tygerned.

– Fort bien ! Ce n'est donc qu'à quelques pas. »

La dame esquissa un geste de l'index ; de mauvaise grâce, Mirabilis condescendit à sauter de ses genoux. La Lissandière se leva en majesté, mais prit encore le temps de considérer les ténèbres luxueuses où elle rayonnait vaguement. Elle finit par se pencher sur la chambrée des pages endormis.

« Trop mignons ! roucoula-t-elle. Ce qu'ils sont choux, ces petits animaux ! »

D'un geste spontané, elle ouvrit le chaton d'une de ses bagues. Il en sortit une poussière scintillante de minuscules arachnides qui se répandirent sur ses doigts. Lorsque toute sa main chatoya de ce grouillement, elle souffla dessus, soulevant une poussière luminescente qui dessina au-dessus des enfants un dôme doré d'arantèles. Alors que la féerie arachnéenne retombait doucement sur les marmots, l'enchanteresse ronronna :

« Je vous offre le ciel étoilé, mes petits chéris, plein de beaux rêves estivaux. »

Elle leur envoya un baiser du bout des doigts, et ses lèvres parfaites se mirent à briller de paillettes arachnoïdes. Puis, soulevant légèrement l'ourlet de sa robe, elle s'apprêta à quitter le pavillon.

« Adieu, chers amis, jusqu'à l'été. Amusez-vous bien et humiliez les orgueilleux. »

Les elfes s'inclinèrent très bas à son passage. Quant à Mirabilis, il battit de l'oreille gauche, l'air soudain abasourdi, avant de trotter docilement dans les jupes de l'enchanteresse. Il avait été le seul à entendre l'invitation comminatoire qu'elle venait de lui adresser en esprit.

Celle qui se faisait appeler la Lissandière se drapa dans un manteau d'ombres et de buées sitôt sortie du grand pavillon. Elle se dirigea vers la tente aux armes du coucou et en souleva la portière d'un geste silencieux. Ses prunelles de béryl fouillèrent l'obscurité avec autant d'aisance que celles de Mirabilis. Derrière le poteau central, délicatement orné de motifs floraux, la dame et le chat découvrirent un lit où reposaient deux hommes. Un peu à l'écart, un enfant était couché sur un matelas fait de tapis de selle, la nuque calée contre une sacoche d'arçon. La visiteuse entra, plus légère qu'un soupir, mais sa silhouette déliée parut emplir tout le volume de l'étroit logis.

Elle se pencha vers les deux dormeurs, et sourit en reconnaissant le visage mâle d'Ædan.

« Il n'a pas changé, mon bel errant », se félicita-t-elle sur un ton suffisant.

Puis elle fronça le sourcil en dévisageant son compagnon.

« Quel est donc ce vieillard ? Que vient-il faire en ces lieux ?

– C'est son écuyer, Naimes », répondit une voix ensommeillée.

D'un même mouvement, l'enchanteresse et le chat tournèrent la tête vers le page. Celui-ci s'était redressé sur un coude.

« Et voici le petit insolent, susurra la dame avec une inflexion aigrc-doucc.

– Pour vous servir, comme toujours, votre altesse charmeresse », répondit Cœl sur le même ton.

La visiteuse reporta son attention sur le servant du chevalier.

« Le jeune Naimes ne peut être ce vieux grison, reprit-elle avec incrédulité. Tu me mens, impudent freluquet !

– Oh oui, bien sûr ! Impudent freluquet, rien que ça ! regimba le garçon en montant dans les aigus. C'est vous l'envoûteuse mais c'est moi le menteur ! »

Elle l'interrompit d'un geste menaçant.

« Chut ! Tu vas les réveiller ! Baisse de plusieurs tons !

– Et vous, ne me traitez pas de menteur ! protesta le garçon tout en parlant plus bas. Je vous dis que c'est Naimes ! Ça fait juste un bail que vous ne l'avez pas vu. »

Un certain étonnement se peignit dans le regard d'émeraude.

« Je vous ai hébergés il y a peu, c'est un fait, réfléchit la dame à haute voix. Comment a-t-il pu tant décliner ?

– Parce que ça fait une éternité que vous nous avez mis dehors, grommela le page.

– Vous autres humains, ce que vous êtes éphémères… Comment pouvez-vous représenter de si grands dangers alors que vous ne vivez guère ? »

Elle haussa les épaules avec un dépit charmant.

« Fort bien. Tu m'as dit la vérité. C'est Naimes tout ridé, tout usé et tout chenu. Merci Cœl, tu peux retourner au royaume des rêves et des souvenirs perdus. »

Ces paroles avaient été prononcées sur un air si insinuant que Mirabilis se surprit à bâiller et à cligner des yeux. Mais le page, lui, restait assis bien droit sur sa couche ; le blanc-bec eut même l'effronterie d'esquisser un sourire narquois.

« Vous savez, ces trucs et moi… » nargua-t-il.

La Lissandière le foudroya du regard, ce qui aurait eu de quoi faire frémir bien des cœurs endurcis. Toutefois, le gringalet prenait visiblement plaisir à jouer avec le feu.

« S'il est quelqu'un qui n'a pas changé, siffla l'enchanteresse, c'est bien toi, petit coquin ! Mais ne va pas trop loin ! Car tu ne pourras me résister si, au lieu de badiner, j'y mets vraiment du mien.

– Moi, je veux juste remplir mes devoirs et réveiller le chevalier, rétorqua le page avec un air trop innocent pour être honnête.

– Tu n'en feras rien. M'as-tu compris ?

– C'est qu'il va me punir si je lui apprends que vous lui avez rendu visite et que je ne vous ai pas annoncée…

– Il croira m'avoir vue dans un songe et rien de plus. Toi, tu prétendras avoir dormi.

– Vous voulez que je mente au chevalier ! feignit de s'offusquer le page.

– Jeune grimacier ! Allons ! Dis ton prix, que veux-tu ? »

Un éclair de convoitise brilla dans le regard du gamin.

« Je ne sais pas trop, atermoya-t-il en essayant de dissimuler ses sentiments. Qu'est-ce que vous me proposez ?

– Pour ta complicité cette nuit et ton silence demain, je t'offre deux quartiers.

– Quoi ? Seulement ? Mais c'est de la roupie de sansonnet ! Ça vaut au moins deux saisons ! »

Ce fut au tour de la Lissandière d'afficher un air scandalisé.

« Deux saisons ! Brigandeau ! Malappris ! Alors qu'au quotidien tu mens comme tu respires ! Une lune tout au plus, et encore…

– Une lune, ce n'est rien du tout ! Il m'en faut encore quarante fois plus pour devenir écuyer… Une saison. Allez, une saison, ça ne mange pas de pain et je gagnerai peut-être un pouce…

– Une saison ! Effronté ! Ça ne me fait pas rire ! Petit pique-assiette chronophore ! Je te cède deux lunes et c'est déjà bien payé. »

Cœl fit mine de peser la proposition.

« Bon, admit-il de mauvaise grâce, c'est toujours ça de pris… »

Tout en le toisant avec irritation, la dame prit en son sein une fiole minuscule qui semblait contenir un résidu noirâtre. Elle la tendit au page, mais la lui retira comme le garçon cherchait à la happer.

« N'oublie pas le rituel, vaurien ! Pour croître en plus de vieillir, il te faut mélanger ce philtre à des larmes de bambin. Sans quoi tu te faneras au lieu de t'étoffer.

– Ne vous en faites pas, pour ça je m'y connais. C'est la partie la plus drôle de la recette. »

La Lissandière lui céda l'ampoule du bout des doigts, d'un air rempli de réticence.

« À présent, laisse-nous un instant. Sors attraper un bon coup de lune, un chaud et froid, ou bien va te noyer dans l'étang. Peu me chaut pourvu que mort ou vif, tu restes coi. »

Cette fois, Cœl ne se fit plus prier ; sans doute craignait-il que la dame se ravisât. Ayant glissé la fiole dans la manche de sa chemise, il saisit son pourpoint d'une main et ses poulaines de l'autre. Il se fendit d'une brève révérence qui, ainsi encombrée, se teintait de moquerie. Une fois qu'il fut sorti, la Lissandière tendit l'oreille un moment pour s'assurer que le garçon s'éloignait, puis son visage délicat se plissa de dérision tandis qu'elle grattait tendrement le crâne de Mirabilis.

« Nous l'avons bien dupé, ce faquin, ronronna-t-elle. Une once de passiflore et de reine des prés l'amuseront mais ne le désenvoûteront point. »

La dame retourna au chevet des deux adultes endormis. Elle couva un moment des yeux le sire de Vaumacel et, de la main droite, effleura un collier qui ornait sa gorge, dont la pierre vert d'eau diffusait dans les ombres des phosphorescences maladives.

« Vous voyez que je ne vous oublie point, chevalier, susurra-t-elle de façon troublante. Vous avez su retrouver mes gens ; vous m'aimez donc encore, j'en suis affriolée et je vous dois un beau semblant. »

Elle se pencha sur le visage du dormeur comme si elle allait l'embrasser et, après l'avoir considéré un moment, elle murmura :

« Je conserve votre cœur au fond de mes allées dans un berceau d'épines et de fleurs. Cette nuit, venez, risquez-vous dans la roseraie et je vous comblerai de faveurs. »

Elle souffla sur les paupières du rêveur. Soudain, une expression de bonheur douloureux bouleversa les traits du chevalier, sans qu'il parût s'éveiller. La Lissandière contempla son œuvre d'un air satisfait.

« Qu'il est doux de s'employer à donner du bon temps », se réjouit-elle en se redressant.

Elle tira d'une manche une longue étoffe soyeuse qu'elle laissa tomber sur la poitrine d'Ædan.

« Demain, défendez bien mes couleurs », lâcha-t-elle sur un ton badin.

Puis, se penchant vers Mirabilis, elle ordonna :

« À présent, maître chat, gagnons l'autre campement. Cajolons mon deuxième champion. »

Il était inutile de lui en dire davantage ; dans une rêverie partagée, elle venait de lui montrer celui qu'elle désirait trouver. Cette partie-là de l'expédition ne plut guère au matou : il leur faudrait se faufiler dans une zone du camp du *dehors* où il s'était bien gardé de mettre la patte, tant elle lui paraissait malfamée. Mais sans doute était-il plus périlleux encore de décevoir l'enchanteresse. En outre, Mirabilis ne doutait pas qu'elle avait les moyens de le protéger… Encore fallût-il qu'elle en eût aussi le caprice…

L'enchanteresse et le matou quittèrent le domaine des Aventureux du Bois oiselé et se dirigèrent vers la ville de toile du parti bromallois. Dans cette fin de nuit à l'atmosphère un peu crue, ils passèrent à travers la prairie comme l'ombre d'un nuage sur la lune. Les barrières du camp du *dehors* étaient aussi solidement gardées que celles du camp du *dedans*, mais les sentinelles étaient lasses. Le charme torpide qui flottait autour de la Lissandière suffit à assoupir les soudards devant lesquels elle défila, le chat sur ses talons, avec une superbe silencieuse. Dans les allées et les ruelles qui sinuaient entre les tentes, c'était à peine si la braise couvait sous la cendre des foyers, mais cela ne gênait en rien les deux rôdeurs nocturnes. Par la pensée, la Lissandière confirma ce que Mirabilis craignait : elle commanda de la guider jusqu'au pavillon ducal. Ce repaire accueillait une vraie meute de mâtins, créancés pour la chasse à l'ours et au sanglier ; le matou estimait que c'était vraiment une idée fort mal inspirée d'aller se fourrer dans un chenil pareil, mais d'évidence ces réserves formaient le cadet des soucis de la dame…

Les sensations, les pensées et les émotions du chat et de l'enchanteresse se mélangeaient dans le flux intangible de leurs rêveries et de leurs désirs. Mirabilis avait été formé par son défunt maître à cette communion spirituelle ; c'est ainsi qu'il communique avec moi et c'est ainsi que, cette nuit là, il enroulait sa petite conscience dans celle de la Lissandière, comme il s'était lové un peu plus tôt sur ses genoux. Le danger que représentaient les grands chiens du duc n'était que vétille en regard du péril que courait la fragile âme féline en se frottant au génie de l'ensorceleuse. Mirabilis s'étourdissait dans cet esprit vaste comme un ciel d'été, à la beauté un peu folle, rempli d'éblouissements mais aussi d'éclipses et d'astres morts. L'eût-elle voulu, la Lissandière eût soufflé la minuscule psyché du minet comme une chandelle, ou l'eût gobée toute crue. Mais l'enchanteresse avait jadis éprouvé du respect et de l'amitié pour le maître disparu de Mirabilis ; alors, par nostalgie et peut-être par remords, elle tolérait de la part du familier haret des privautés qu'elle n'eût admises de nul autre.

Ainsi, à travers les souvenirs et les rêves de Mirabilis, je me rappelle des bribes de cette nuit-là, et du regard que portait l'enchanteresse sur le camp du *dehors*. Je frémis rétrospectivement devant l'acuité de sa vision, et je tremble à l'idée qu'elle réalise un jour que j'ai usé du chat pour voir un peu par ses yeux. À la différence des autres peuples, les elfes perçoivent les auras de façon innée ; c'est la raison pour laquelle ils devinent si facilement la magie à l'œuvre, même lorsqu'ils ne sont formés à aucun art. Celle qui se faisait appeler la Lissandière était issue de cette gent, mais voilà bien longtemps qu'elle était devenue plus qu'une elfe, et aussi plus qu'une magicienne. Ses dons de voyance en faisaient à la fois une augure, une devineresse et une chresmologue. Chose étrange, ce talent inouï ne la rendait pas particulièrement lucide… L'univers chatoyant de forces, de symboles et d'épiphanies où elle avait sublimé sa conscience l'égarait autant qu'il l'éclairait.

Lorsque l'enchanteresse et son petit compagnon se faufilèrent jusqu'aux quartiers ducaux, ils y virent en tout cas beaucoup plus que l'immense pavillon ténébreux, majestueux comme un manoir. Des brasières éclairaient vaguement les entrées, gardées non plus par des sergents mais par des chevaliers en armes. Un murmure lénifiant de la Lissandière suffit à les plonger dans un rêve éveillé qui les rendit indifférents aux deux intrus. Mais la dame ne franchit pas immédiatement le seuil de ce palais de soieries et de brocart. Elle considéra d'abord avec un rien d'amusement les armoiries brodées du duché, que la lueur des braises cramoisissait sur les pans de la tente. La visiteuse salua avec un soupçon d'ironie la tête de cerf. Elle était l'une des rares personnes à se rappeler qu'il s'agissait de l'héritage héraldique d'un très vieil esprit clanique. Par le passé, elle avait eu l'occasion de se frotter à Hafgan le Noir, le père sauvage de l'antique tribu Broccomagle, à l'époque où ses guerriers n'étaient que des barbares incultes comme leurs voisins ouromands. Elle n'en avait pas conservé de très bons souvenirs… La chance des Broccomagles avait été de se rallier à Leodegar le Resplendissant et de s'inféoder au royaume de Leomance. En se convertissant au cyclothéisme, ils avaient abandonné peu à peu le culte païen, mais avaient conservé l'idole dans leurs emblèmes. Du clan fondateur étaient issues les lignées cousines de Brochmail et de Bromael ; celle-ci, en s'unissant par plusieurs mariages à la famille royale au fil des siècles, avait fini par intégrer le soleil de Leomance dans ses couleurs. D'où la rencontre de cerf héliophore des armoiries ducales : un sauvage couronné, moquait avec dédain la Lissandière.

Le blason n'était toutefois pas ce qui retenait le plus l'attention de l'enchanteresse. Dans l'entremonde, tout le grand palais de soie miroitait de magie. Les hommes d'armes qui contrôlaient les accès ne formaient pas la seule garde de la tente ducale : plusieurs sortilèges élaborés avaient été tissés pour sanctuariser le siège du pouvoir. Des talismans mantiques surveillaient les entrées ; des phylactères, disposés aux quatre angles du pavillon, repoussaient les menaces occultes – ils exerçaient même sur la Lissandière une certaine répulsion, ce dont elle fut plutôt froissée. Des esprits aériens tourbillonnaient lentement au-dessus des mâts et des toits de toile, pour égarer les incursions astrales. La visiteuse, malgré le déplaisir de se sentir vaguement éconduite, considéra tout cet art d'un œil appréciateur. Pour une fois, elle n'avait pas affaire à des grigris de rebouteux ou à de la sorcellerie de village. Ganelon de Bromael était protégé par un évocateur habile.

Ce qui étonna la Lissandière fut de ne pas reconnaître la marque de Cennargin dans ces entrelacs magiques. Certes, le vieil enchanteur passait pour mort depuis deux siècles, mais la dame s'attendait à ce que le duc fût servi par un disciple de son école. La plupart des grands magiciens appartenaient à une tradition dont les principes et les modes opératoires étaient identifiables aux yeux des initiés. Si la Lissandière décelait quelques emprunts à l'ésotérisme cennargien dans certains charmes, l'art qui avait été déployé ici n'avait pas la démesure géniale, et parfois brouillonne, du sage ancestral. Au contraire, ces sortilèges avaient été tramés avec une grande rigueur formelle, mélangeant de façon efficace et souvent redondante des rituels issus de diverses écoles. L'enchanteresse y devinait un esprit original, minutieux et lettré ; cet art respirait l'érudition et les manies d'un docte. Elle n'en sourit pas moins avec suffisance : ce rival méritait certes quelque considération, mais elle aurait pu abattre son enceinte immatérielle en se jouant. Quel qu'il fût, le sorcier ducal n'employait que la basse magie ; la Lissandière connaissait plus d'une voie pour dissiper ses évocations.

Elle s'abstint toutefois d'un assaut direct. Peut-être les points faibles de cette défense occulte étaient-ils des pièges, pour inciter des thaumaturges présomptueux à sous-estimer le magicien bromallois.

Sans doute avait-il plus d'un tour dans son sac et guettait-il les esprits intrus au fond d'une toile mantique. L'enchanteresse ne voulait pas courir le risque de se dévoiler ; elle désirait malgré tout entrer. Aussi, plutôt que de briser ou de contourner les sortilèges de l'adversaire, elle décida de les tromper. Elle chantonna un charme qui, d'une certaine manière, prolongea son influence jusqu'à la composition de cette chronique, puisqu'elle atténua le rayonnement de son esprit et fit briller celui de Mirabilis ; à travers l'écheveau incantatoire des sortilèges, le chat devint le protagoniste de l'aventure et la Lissandière une simple figurante. L'intrusion dans les défenses magiques ne passerait donc pas inaperçue, finesse qui masquerait finalement l'étendue réelle du pouvoir de la dame ; le sorcier ducal se focaliserait simplement sur le matou et ses talents. Après avoir compris qu'il avait affaire à un familier, il tâcherait de remonter jusqu'à son maître ; c'était tout le sel du tour qui lui était joué, car le maître de Mirabilis était mort depuis deux siècles…

Bien que le procédé flattât l'amour-propre du greffier, il hésitait à se prêter à une mystification qui pouvait lui valoir de sérieux désagréments… Mais le moyen de résister à la présence ensorcelante de la Lissandière ? La rouée le prit dans ses bras, le pressa contre son sein, l'embrassa entre les oreilles et lui coula de suaves promesses qui, bien qu'il eût lui-même la pratique de ces courtisaneries, le firent patiner d'aise contre le corsage de sa ravisseuse. Subjugué, le matou consentit à servir de chèvre mantique. L'enchanteresse se faufila donc dans le pavillon suzerain, avec un gros chat noir perché sur l'épaule, comme une vulgaire sorcière de village.

L'intérieur du séjour ducal était aussi vaste et obscur que le tinel d'un château. Le chapiteau central faisait office de grand-salle, les ailes se trouvaient compartimentées par des tentures qui distribuaient des appartements privés. Quelques brasières et une lampe unique, suspendue au grand ciel de tente, dispensaient de chiches lumières dans ce volume somptueusement délimité par les tapis et les tapisseries. Des pages et des écuyers dormaient au seuil des alcôves seigneuriales, d'un sommeil si lourd qu'il ne nécessitait de recourir à aucun charme. En revanche, la menace redoutée par Mirabilis se vérifia aussitôt : des molosses à l'encolure musculeuse et aux mâchoires puissantes relevèrent la tête en grondant sitôt les deux indésirables dans les lieux.

La Lissandière fit la grimace en sentant les vingt griffes du matou se planter dans son épaule. Le plus commode eût sans doute consisté à endormir la meute, mais elle craignait que la puissance du sort ne la découvrît aux yeux du magicien ducal. L'enchanteresse préféra avoir recours à des tours plus discrets : un petit charme de silence, fréquemment employé par des familiers en cours de reconnaissance, et un charme de présence qui amplifia le charisme de Mirabilis à proportion de son ego. Faut-il rappeler la très haute opinion que le vagabond a de lui-même ? Les malheureux chiens du duc eurent soudain l'impression d'être confrontés à un fauve fabuleux, un grand tigre royal du fond des steppes, et rampèrent en gémissant devant ce carnassier redoutable.

Pendant que le matou hérissé roulait des yeux – et commençait à tirer satisfaction des hommages canins qui lui étaient rendus – La Lissandière sonda les énergies spirituelles des lieux. Sous l'édifice complexe des défenses du magicien ducal, elle perçut chez deux personnes les miasmes de la nécromancie royale. Il ne s'agissait pas de nécromants à proprement parler, plutôt d'individus qui se trouvaient infectés par des reliques ou par des rituels dénaturés. Le beau visage de l'enchanteresse se teinta de dégoût ; cette découverte la confirmait dans ce qu'elle ne savait que trop, que le culte du Desséché infiltrait insidieusement les maisons nobles de Bromael. Par bonheur, elle pressentit aussi un pouvoir autrement plaisant et familier : le sien, à l'œuvre dans un envoûtement qu'elle jugeait aussi raffiné que distrayant. Passant au milieu des chiens épouvantés, elle se dirigea vers les appartements ducaux.

L'eût-elle voulu, l'enchanteresse n'avait plus que dix pas à parcourir et un rideau à soulever pour se retrouver en présence du duc de Bromael. Elle n'en fit rien. Ce potentat ne l'intéressait guère ; elle confondait d'ailleurs Ganelon et Griffon, ne sachant plus très bien qui était le fils de qui. Ces petits ducs étaient si fugaces… Se consacrait-elle un moment à ses propres affaires et, à peine le dos tourné, elle retrouvait sur le trône bromallois l'arrière-petit-neveu du dernier suzerain en date. Si l'on voulait un peu emboiser la famille régnante, il convenait de s'y prendre très tôt, sous peine d'être fort mal payée de sa peine… Et justement, la Lissandière s'y était employée.

Elle obliqua avant d'atteindre les appartements ducaux et souleva la portière de brocart d'une chambrette de toile. Dans l'obscurité, une carrure cuirassée fit face à l'intruse et à son chat. Mirabilis se tassa sur lui-même, mais la Lissandière rit en silence. Ce n'était qu'une armure vide, dressée sur un portant, qui venait de les accueillir. Elle paraissait monter la garde au chevet d'une silhouette couchée dans une alcôve entr'ouverte. La Lissandière s'assit avec grâce sur le lit, sans en déranger la courtine, et posa doucement Mirabilis près de l'oreiller. Le matou appuya presque sa truffe sur le visage du dormeur, curieux de découvrir ce champion dans lequel il pressentait vaguement un rival. Il loucha sur la physionomie pâle, et même un peu maladive, d'un homme encore jeune. Mirabilis se demanda ce que la dame lui trouvait : l'inconnu était certes mince et assez bien proportionné, mais son visage lui parut des plus ordinaires, en tout cas beaucoup moins séduisant que les oreilles pointues, les belles joues rondes et les longues moustaches de son irrésistible faciès félin. Cependant, il y avait dans cette figure endormie un mélange de fermeté, de sensibilité et de mélancolie qui, au grand dam du chat, pouvait exercer une certaine attirance chez les cœurs féminins. Mirabilis jugea malgré tout décevant que la Lissandière pût se laisser prendre à un glamour somme toute si commun…

De son côté, l'enchanteresse couvait des yeux le mystérieux champion, abandonné dans un repos si vulnérable. Elle finit par lui effleurer le visage du dos de la main, d'une caresse si légère qu'elle ne perturba pas son sommeil. Puis, les paupières un peu baissées sur le feu smaragdin de ses prunelles, elle se mit à chuchoter avec une tendresse aussi vieille que le monde :

« Coucou mon biquet, petit chéri, mon bel amour. Tu es devenu un grand garçon ! Coucou mon cœur… Tu vois ? Ta marraine est de retour. »

# XVII

## Le tournoi de l'immortelle

*Les chanfreins sont lacés ; les harnais sont bouclés ;*
*Les chatons des cuissards sont barrés de leurs clés ;*
*Les trousseaux de poignards sur l'arçon se répandent ;*
*Jusqu'aux pieds des chevaux les caparaçons pendent ;*
*Les cuirs sont agrafés ; les ardillons d'airain*
*Attachent l'éperon, serrent le gorgerin ;*
*La grande épée à mains brille au croc de la selle ;*
*La hache est sur le dos, la dague est sous l'aisselle ;*
*Les genouillères ont leur boutoir meurtrier ;*
*Les mains pressent la bride, et les pieds l'étrier ;*
*Ils sont prêts ; chaque heaume est masqué de son crible ;*
*Tous se taisent ; pas un ne bouge ; c'est terrible.*
Victor Hugo

Aujourd'hui, mes seigneurs, restaurons l'honneur de ma dame ma mère ! », conclut Blancandin de Bromael.

Le jeune prince était entouré de chevaliers en grand harnois, dans la cour du petit château de Lyndinas. Son cousin Claudas de Kimmarc, splendidement cuirassé, lui avait cédé le privilège de haranguer leurs compagnons d'armes. Quoique capitaine du camp du *dedans* pour la journée, le fils d'Angusel avait jugé de bon ton, et peut-être de bonne politique, de laisser la parole au fils de la duchesse. Du reste, l'héritier du comte n'avait pas besoin de parler pour impressionner. À présent qu'il portait l'armure blasonnée des chevaux courants de Kimmarc, la stature, le visage carré et l'expression déterminée de Claudas suffisaient à en imposer.

Moins impressionnant, Blancandin avait pourtant gagné en assurance depuis la veille. Si difficile avait-elle pu paraître, sa victoire aux commençailles avait renforcé sa détermination. Le jeune chevalier, parce qu'il avait fait ses preuves, commençait à susciter les sympathies et l'estime. Il avait montré qu'il disposait de deux qualités appréciées chez les capitaines : la vaillance et la chance. Les combattants plus expérimentés pouvaient croire en sa bonne étoile. Dans le camp du *dedans*, on se persuadait qu'il était possible d'arracher une nouvelle victoire sur le pré.

Dès que Blancandin eut terminé son discours, Claudas fit un signe aux sergents qui occupaient le sommet de la tour. Ils déroulèrent une immense bannière vert et or, qui flotta mollement le long du parement de pierre. Une clameur de louanges et de cris de guerre monta non seulement de la compagnie des chevaliers, mais aussi, hors de l'enceinte, des centaines de gens de pied déjà déployés sous les remparts. Les armoiries de sinople aux trois angemmes d'or livraient symboliquement le château de Lyndinas à Audéarde de Maginois. Même si cet emblème n'était que le prétexte à un jeu aussi courtois que brutal, la provocation n'en demeurait pas moins audacieuse. Vassal de Ganelon de Bromael, Angusel de Kimmarc faisait mine de reprendre son hommage pour l'apporter à la duchesse répudiée. Parmi les chevaliers du *dedans*, il y en eut plus d'un pour rire avec un mélange d'exaltation et de malaise ; tous s'étaient prêtés consciemment à la fiction de la rébellion, mais à présent que les couleurs de la duchesse déchue ornaient la position qu'ils devaient défendre, la fête prenait un nouveau relief, comme un étourdissement, un vertige de fuite en avant. La partie serait d'autant plus rude qu'il était convenu que les portes de l'enceinte resteraient ouvertes : la mêlée serait un pas d'armes, non un siège.

Dès lors que la bannière flottait au-dessus des fortifications, il était temps de se ranger en bataille. De l'autre bout de la prairie montait d'ailleurs un grondement hostile. Les chevaliers et les sergents du *dehors*, qui étaient en train de se déployer, huaient et vitupéraient les armoiries de la dame déchue. Dans l'entourage de Blancandin, Dam de Maubrenas et Fitzurse du Havne accueillirent ce tollé la mine sombre. Le soupirant malheureux de la duchesse secouait sa vilaine tête d'un air scandalisé.

« Maudits traîtres ! grommela-t-il. Il n'y a pas si longtemps, ils auraient écharpé quiconque aurait osé tenir ce langage !

– Aujourd'hui, c'est à nous que revient cet honneur », dit fièrement le sire de Maubrenas.

Au moment de se scinder en trois conrois, certains compagnons séparés par l'ordre de bataille se saluèrent ou s'embrassèrent. Quoique déjà armés et cuirassés, les chevaliers n'étaient pas encore casqués – à l'exception notable du chevalier aux pies et du chevalier au coucou, qui ménageaient ainsi leur mystère. Yvorin de Quéant tomba littéralement dans les bras d'Ædan de Vaumacel et l'étreignit avec chaleur.

« Ah ! Sire Ædan ! s'écria-t-il. Je n'ai qu'un regret : ne pas avoir obtenu de charger à votre côté ! Prenez garde à vous ! »

Et plus bas, il ajouta :

« Grâce à votre aide, depuis hier, je suis le plus libre et le plus heureux des hommes. Désormais, tout devient possible ! »

En s'écartant du sire de Vaumacel, le bachelier lui montra brièvement sa main gauche, qui n'était pas encore gantelée : il y portait un annelet au petit doigt, la perle tournée vers la paume. Les deux chevaliers échangèrent un sourire sans avoir besoin d'en dire davantage. Dans la lumière du matin, ils étaient aussi pâles l'un que l'autre. Yvorin avait même les joues mangées de cernes, mais au fond de ses yeux dansait une joie encore un peu incrédule.

Quand il quitta le sire de Vaumacel, il entraîna à sa suite les chevaliers au coucou et aux pies. Au passage, celui-ci désigna Claudas de Kimmarc tout en glissant à Ædan :

« Si vous êtes menacé, tâchez de revenir près de ce seigneur. Il saura vous protéger car il dispose d'un charme bien meilleur que son grand harnois de guerre. Il est beaucoup mieux armé qu'il y paraît… »

Au sortir du château, les conrois se séparèrent. Comme convenu, Geriant de Froëch prit la tête de l'aile gauche, composée de chevaliers venus de la vallée de la Kley avec lesquels il avait de nombreux liens de parenté et de voisinage. Blancandin commandait l'aile droite, appuyé par la plupart de ses compagnons de la veille à l'exception de Cowyr de Thèves, trop grièvement blessé pour remonter en selle ; Wichart de Laudunet, échangé contre l'Orgueilleux de Contremont, était de retour dans la bande ; les deux Aventureux du Bois oiselé renforçaient ce parti. Claudas de Kimmarc commandait le centre, à la tête de preux des pays de Maurmarc et de Neuvyddin ; les vétérans firent bon accueil au sire de Vaumacel, car ils partageaient avec lui plus d'un souvenir remontant au dernier conflit avec le duché.

Tous ces tournoyeurs formaient une impressionnante cavalerie, car chacun était escorté par un, voire deux écuyers montés et équipés en guerre. Sanglé dans sa brigandine, armé de sa hache de cavalerie et de plusieurs lances de rechange, Naimes suivait ainsi le chevalier de Vaumacel. Le pavé de la cour puis la terre battue du chemin vibrèrent sous les sabots ferrés de ce splendide escadron. Certes, le temps était un peu maussade : le ciel roulait des nuages gris et lâchait parfois des gouttes éparses ; on avait espéré un soleil plus franc pour croiser le fer… Mais le futur champ de bataille n'en chatoyait pas moins de couleurs. La blancheur surette des pommiers en fleurs tranchait sur la verdure de la prairie. Bannières, blasons, cottes d'armes armoriées, cuirasses doublées de soie et de velours, housses brodées des destriers, hampes et écus repeints de frais transformaient la troupe belliqueuse en une parade de coquets caparaçonnés. En prenant position, les trois conrois du *dedans* provoquaient des mouvements de foule qui tenaient presque du ballet, car les gens de pied s'écartaient devant les colonnes à cheval et se refermaient derrière elles, ouvrant des corridors hérissés de guisarmes et de vouges. Tous ces hommes d'armes, qu'ils fussent sergents, écuyers ou chevaliers, portaient des brins dorés d'immortelle épinglés au tabard ou accrochés au cimier.

À l'autre bout de la prairie, des remous semblables agitaient les forces du *dehors*. Tout en chevauchant au côté de Claudas de Kimmarc, Ædan essayait de repérer les bannières adverses. Un alcyon d'argent flottant sur une onde d'azur ornait l'écu du capitaine de l'aile droite ; les chevaliers du comté de Belestance se mesureraient donc à ceux de la vallée de la Kley. Le sire de Vaumacel en fut soulagé pour Yvorin de Quéant ; le bachelier, engagé à l'autre extrémité, courait peu de risques d'affronter des gens de sa parenté ou son seigneur Mainard de Prangeray. De fait, face au conroi de Blancandin se rangeait en ordre de bataille la troupe de FitzGanelon, avide de prendre sa revanche. Une piétaille particulièrement sinistre renforçait l'escadron du seigneur d'Ouchain : des gens de pieds massifs, hirsutes, aux livrées assez ternes.

« Le Bâtard a sifflé ses chiens ouromands, observa Claudas sur un ton amusé. À la bonne heure. Ceux-là, on pourra les éreinter sans retenue. »

Au centre du dispositif adverse prit place le conroi d'Anaraut de Traval. Le connétable était repérable de loin, non seulement à ses armoiries de sable au faisceau de lances d'argent, mais aussi à son armure vermeille. À sa droite, monté sur un destrier puissant, paradait un chevalier dont les armes ducales firent sensation. Un instant, on crut que Ganelon était venu en découdre en personne ; puis un écuyer à la vue plus perçante précisa que l'écu à la rencontre de cerf héliophore était marqué d'un lambel. Le duc n'avait donc pas daigné descendre sur le pré, mais avait laissé son fils aîné prendre les armes.

« Ainsi, Lanval est de la fête, se félicita Claudas. On dit qu'il n'a pas la tête très solide, mais notre cousin Engrès de Brochmail en a fait un jouteur aguerri. Avec Traval, il peut nous donner du fil à retordre. »

Un autre champion de l'entourage du connétable piquait les curiosités. Il portait une splendide armure d'acier sombre, toute dorée de damasquinages, et arborait un blason aux couleurs inhabituelles : céleste à la sirène nue de carnation et à la double queue sinople.

« Je crois reconnaître ce chevalier à la sirène, finit par annoncer Claudas. Son harnois est ciudalien : ce doit être le seigneur Rasicari, l'ambassadeur de la République et le cousin de la petite duchesse. Compagnons, celui d'entre nous qui fera cette prise croulera sous l'or ! »

Les chevaliers de Maurmarc et de Neuvyddin se réjouirent en riant ; ils plaisantaient sur la sottise du Ciudalien, qui ne s'imaginait sans doute pas à quel point son commerce serait bientôt prisé. Claudas souriait de leur bonne humeur et de leur rapacité. Au bout de quelques instants, il ajouta tranquillement, juste à l'attention d'Ædan :

« Hier, j'ai trouvé ce Rasicari raffiné et mieux élevé que sa cousine. La dame Clarissima m'a paru impolie, drôle et intelligente. Je crois que je l'aime bien… Qu'importe, il faut que nous nous en débarrassions au plus vite. Elle deviendra trop dangereuse quand Ganelon commencera à décliner ; or son altesse ducale n'est plus toute jeune… »

Les deux armées se rangeaient progressivement en ordre de bataille. Tant que les hostilités n'étaient pas engagées, la chevalerie restait couverte par un rang de gens de pied. Les troupes du *dedans* comme celles du *dehors* avaient adopté la même disposition : les sergents de chaque corps formaient des cercles plus ou moins réguliers qui servaient de camps retranchés aux écuyers, aux chevaux de remonte et aux chevaliers ayant besoin de soins ou de nouvelles armes. Du côté du *dedans*, Claudas avait appuyé ces formations défensives au verger de Lyndinas. Ordre avait été donné aux piétons de se retrancher sous les arbres s'ils devaient subir une charge de cavalerie : la ramée aiderait les armes d'hast à rompre l'élan de l'assaillant.

Comme les troupes achevaient de prendre position, un individu isolé s'avança dans le vaste espace herbeux situé entre les premières lignes. Il ne s'agissait ni d'un chevalier, ni d'un héraut d'armes, ni même d'un simple sergent. L'imprudent n'était qu'un vulgaire piéton vêtu d'une robe noire et un peu crottée, un capuce tiré sur le nez. De part et d'autre, on suivait des yeux avec un mélange de curiosité et de défiance l'initiative de cet énergumène. Sa coule sombre, incrustée de terre, laissait présager un pieux rabat-joie. Il était d'usage que des prêtres du Desséché vinssent assister aux tournois au cas où l'on aurait eu besoin de leurs sacrements ; certains avaient même le mauvais goût d'exposer un cercueil ouvert avant le début des réjouissances pour en appeler à la mesure des champions. Mais qu'un Dessiccatorien (assez miteux de surcroît) eût le culot de s'interposer entre les armées, voilà qui sortait de l'ordinaire !

Lorsqu'il fut à peu près au centre de la prairie, le saint homme s'arrêta, la tête baissée. Il se frappa la poitrine à plusieurs reprises, puis tomba à genoux. Il plongea une main dans l'herbe, fourragea dans le sol meuble, en arracha une grosse motte, toute chevelue de radicelles.

«Voyez ! Voyez ! » cria-t-il en brandissant sa poignée de glèbe.

Sa voix portait, caverneuse et puissante, malgré le bruit monté des deux armées.

« Voyez ! Voici la vérité ! » proclama-t-il encore.

Il se releva, le poing dressé, et tourna lentement sur lui-même afin d'exposer le paquet de boue au regard de tous.

« Voyez, seigneurs et chevaliers ! Gens d'armes et écuyers ! Champions et bacheliers ! Voici votre sang et votre noblesse ! Voici la matière de vos lignées ! Voici notre condition à tous, mes frères mortels ! »

Cet exorde souleva un brouhaha hostile dans les troupes, où se mêlaient ricanements de dédain, quolibets et injonctions de se taire. Loin de décourager le prédicateur, ces comportements menaçants parurent alimenter sa détermination.

« Je vous rends grâce, mes frères ! célébrait-il. Je vous rends grâce pour vos menaces et pour vos injures ! Car c'est toujours ainsi qu'on accueille la vérité ! Car ainsi vous justifiez la parole du Dieu ! Et je vais vous montrer ce que vous ne voulez pas voir ! Avant ce soir, combien d'entre vous seront retournés à cette terre qui vous offusque tant ? »

Le prêtre tonnait à pleine voix en faisant de grands gestes ; dans cette agitation, son capuce lui glissa sur la nuque, dévoilant une figure pâle et disgraciée, à la mine un peu tordue, au regard horriblement bigle.

« Pourquoi vous battez-vous ? s'emportait-il. Pour l'honneur ? Pour une femme ? Pour des couleurs ? Des mots, tout cela, des mots ! La vérité, c'est que vous combattez pour satisfaire votre orgueil ! Autant dire pour du vent ! Et ainsi, par vanité, vous êtes prêts à souiller vos mains bien plus que les miennes ! Vous êtes même prêts à retourner à la boue ! »

Des huées et des cris répondaient à présent à son discours, mais cela ne faisait qu'ajouter à l'exaltation du Dessiccatorien, dont la face blafarde rayonnait de ferveur.

« Vos mots sont plus sales que la terre qui vous emplira bientôt la bouche ! fulminait-il. Pauvres fous ! Vous criez déjà comme les âmes égarées dont mon culte a la charge ! Que faites-vous de votre force, de votre vaillance et de vos armes ? Les mettez-vous au service du bon droit ? Protégez-vous le faible, la veuve et l'orphelin ? Allons donc ! C'est vous qui faites la veuve et l'orphelin ! »

Malgré la puissance de son organe, le prêcheur commençait à avoir du mal à se faire entendre au milieu du tollé de protestations qu'il soulevait. Bizarrement, des fous rires se mêlèrent soudain aux invectives, mais le prêtre n'en comprit pas tout de suite la raison.

« Vous croyez jouer avec votre vie ? poursuivait-il avec feu. Vous croyez que le mépris du danger vous auréole de gloire ? La vérité, c'est que vous jouez avec le trépas ! Le trépas est un champion impitoyable qui, dès qu'il vous aura terrassés dans ce champ, en sortira pour frapper tout ce qui vous est cher. Croyez-vous que la mort ne vous privera que du souffle ? Quand elle vous aura précipité dans son séjour, elle sèmera la tristesse chez vos amis ! Elle laissera vos épouses sans soutien ! Elle précipitera la fin de vos parents ! Elle rôdera autour de vos enfants ! »

Mais une franche gaieté se répandait à présent dans les rangs des deux armées. Le prédicateur se mit à écumer, offusqué que ses avertissements pussent produire une telle hilarité. Et puis, avec un temps de retard, il se rendit compte qu'il n'était plus seul au milieu du pré ; il venait d'être rejoint par les bateleurs de la Compagnie folle, dont les bouffonneries déridaient les gens de guerre.

L'elfe Eirin, Grand Duc des Sacripants, affrontait à la joute le nain Mère-Folle, qui avait troqué sa robe de maquerelle contre une armure de théâtre. Les adversaires caracolaient en équilibre instable sur de petits destriers à pieds humains et à masque de cheval : sous la housse bricolée, les montures étaient en fait formées par un attelage de deux plaisantins. Le Grand Duc des Sacripants était casqué d'un entonnoir, Mère-Folle d'une marmite ; des têtes de tonneau peinturlurées leur servaient d'écu et des balais de genêt leur faisaient office de lance. Les deux amuseurs, après avoir paradé en quêtant les acclamations, s'étaient défiés de l'époussette en se jetant des œillades terribles. Leur charge bringuebalante – l'arrière-train des chevaux avait parfois du mal à suivre la tête, ce qui manqua d'ailleurs de renverser le nain avant le premier choc – vola facilement la vedette au Dessiccatorien. Leur passe d'armes suscita une ovation moqueuse : le Grand Duc des Sacripants avait férocement brossé la barbe de Mère-Folle pendant que le nabot lui avait balayé l'entonnoir. On applaudit surtout le nain, dont le coup au cimier fut jugé excellent par ce public de connaisseurs. Mais le duel ne faisait que commencer : lâchant leurs balais, les deux histrions voltaient pour s'affronter en bataille – cette fois, ce fut Eirin qui fut près de mordre la poussière, la croupe de son destrier ayant failli poursuivre sur sa lancée pendant que les antérieurs tournaient. Au moment d'en découdre, les champions dégainèrent des frottoirs à long manche ; celui de Mère-Folle, à en juger par son crin, semblait d'ailleurs lui avoir fait quelque usage… Après avoir raclé mutuellement leurs culs de tonneaux, ils se déportèrent jusqu'au prédicateur autour duquel ils se poursuivirent follement. Cette facétie leur valut un franc succès : des vagues de rire agitaient les casques et les fers de lance des deux armées. Écœuré, le Dessiccatorien jeta l'éponge et, ayant remis son capuce, partit à grands pas. Sa retraite croisa par accident la cavalcade erratique de Mère-Folle ; le heurt n'eut rien de très violent mais fut suffisant pour désolidariser la haridelle et envoyer le nain au tapis. Pendant que le prêtre quittait le pré en fulminant, le nabot braillait, les bras en croix au milieu du plantain : « Un cheval ! Un cheval ! Mon royaume pour un cheval ! »

Alors que le Grand Duc des Sacripants caracolait autour de Mère-Folle et des deux drôles qui essayaient de reprendre forme équine, la farce prit un tour assez inattendu. Sortant des lignes du camp du *dedans*, le chevalier aux pies s'avança vers les bateleurs. En selle sur un destrier d'une élégance rare, magnifiquement cuirassé et casqué, il concentra sur lui tous les regards. Eirin fit mine de le défier avec sa brosse de dos et chevaucha à sa rencontre dans un équilibre instable. Lorsqu'ils furent arrivés côte à côte, ils échangèrent quelques mots inaudibles pour la foule des gens de guerre. Eirin se tenait très digne sur sa monture de carnaval, dominé par la carrure splendidement équipée du chevalier aux pies. Dans l'assistance, on s'attendait à une nouvelle facétie, mais le bouffon et le preux se comportèrent étrangement en se serrant l'avant-bras droit. S'agissait-il du prélude à une momerie ? Nul ne le sut jamais, car la situation dérapa.

Trois chevaliers jaillirent sans prévenir des rangs de l'armée du *dehors* et chargèrent le curieux duo. Leur irruption fit sensation et provoqua une houle de cris concurrents dans les deux camps. Leurs intentions étaient sans équivoque : ils galopaient couverts du bouclier, l'épée en garde haute. Le premier portait un blason d'azur à trois coupeaux d'argent, le deuxième des armes de sable au renard passant et le troisième un écu d'argent aux deux bâtons de sable. Bien qu'il fût éloigné de cette partie du pré, Ædan reconnut aussitôt trois des champions vaincus la veille. Il s'agissait de l'Orgueilleux de Contremont, du Rançonneur Ouacre de Lointieu et de Berhar d'Estrif, dit Bras Raccourci.

« Les fourbes ! blâma-t-il. Ils saisissent l'occasion de prendre une revanche.

– Votre ami a été imprudent, dit Claudas en désignant le chevalier aux pies. Espérons juste que l'escarmouche n'échauffera pas les esprits trop vite. »

Le capitaine du *dedans* préférait différer l'ouverture de la mêlée, le temps jouant pour les défenseurs.

Sans désemparer, le chevalier aux pies tira l'épée et, poussant son cheval en avant, offrit le combat. Au même moment, Mère-Folle se relevait et déguerpissait de toute la vitesse de ses courtes jambes derrière les deux jongleurs qui lui avaient servi de monture. Le cheval d'Eirin se dissocia également en deux fuyards qui, laissant tomber leur cavalier, s'égaillèrent en une galopade éperdue. Le Grand Duc des Sacripants se rétablit cependant avec une dignité comique et, au mépris du danger, menaça de sa brosse le trio cuirassé.

Le choc entre le preux isolé et ses trois adversaires retentit à travers toute l'étendue du pré. Attaqué de façon frontale par l'Orgueilleux de Contremont et Bras Raccourci, le chevalier aux pies fut aussi menacé sur ses arrières par Ouacre de Lointieu, qui venait d'opérer un crochet pour revenir dans son dos. Dans une atmosphère qui s'assombrissait, zébrée par les premières gouttes d'une averse, les lames des quatre cavaliers tourbillonnaient et s'abattaient en un tempo brutal. Le combat était par trop inégal : un frémissement agressif parcourut les conrois du *dedans*, mais Claudas de Kimmarc se dressa sur ses étriers en élevant sa main ouverte :

« Restez tranquilles ! cria-t-il. Ne cédez pas à la provocation ! »

Dans l'aile gauche, le sire de Froëch relaya l'ordre avec autorité. À droite, en revanche, un flottement continuait de troubler le conroi de Blancandin. Dam de Maubrenas exhortait au calme, mais Fitzurse du Havne clamait que c'était une honte de ne point soutenir leur compagnon d'armes. Ædan parcourut des yeux la ligne ennemie : les gens de pieds et certains chevaliers s'agitaient, brandissant le poing et encourageant leurs trois champions, mais personne ne faisait mine de marcher.

« Ils nous mettent au défi d'abandonner nos positions », observa Naimes derrière lui.

Bien que l'écuyer eût parlé sans élever la voix, Claudas l'entendit.

« C'est de bonne guerre, confirma-t-il sans se retourner. Pour tenter une percée, Traval mise sur une contre-attaque plutôt que sur un assaut. »

Bien qu'il tînt vaillamment tête à ses adversaires, le chevalier aux pies paraissait perdu. Assailli sur sa droite comme sur sa gauche tandis que le chevalier de Lointieu le frappait lâchement dans les reins, son sort semblait scellé. Un coup de théâtre vint pourtant desserrer l'étau qui s'était refermé sur lui. Loin de fuir l'escarmouche, le Grand Duc des Sacripants s'en était approché d'un pas décidé en adoptant des poses de matamore. Sa témérité, réelle quoique bouffonne, faisait rire dans les rangs des deux armées, mais personne ne s'attendait à ce qui suivit. Arrivé sur le flanc du chevalier au renard, il lâcha sa brosse de dos, saisit par surprise le félon derrière le genou et sous le talon et, d'une poussée, lui fit perdre son assiette. Pris au dépourvu, Ouacre de Lointieu vida les étriers. À peine avait-il roulé au sol qu'Eirin bondissait en selle et s'enfuyait avec le destrier. Ce mauvais tour avait été si preste qu'il laissa l'assistance sans voix quelques instants, avant que des rugissements de joie ou de protestation ne soulevassent les troupes. Le Grand Duc des Sacripants parcourut au galop presque toute la largeur du pré ; faisant mine d'être incapable d'arrêter la monture et terrifié par sa propre audace, il se mit à pousser des cris d'effroi qui ranimèrent l'hilarité générale. Pour finir, après avoir recommandé son âme à la déesse Ululata, protectrice des dupes et des imbéciles, il se laissa tomber en pleine course non loin de la barrière. En une pirouette, il fut sur pied ; il adressa deux profondes révérences au public et fila se réfugier dans le camp du *dedans*.

Cette plaisanterie soulagea légèrement le chevalier aux pies. Toutefois, toujours engagé contre deux adversaires aguerris, sa situation restait périlleuse. Du bouclier, il arrêtait les grands coups de taille que lui infligeait Bras Raccourci tandis que de l'épée, il déviait les assauts de l'Orgueilleux de Contremont et l'empêchait de saisir les rênes de son destrier. Ouacre de Lointieu, tombé sans mal dans l'herbe, avait d'abord roulé sur lui-même pour éviter d'être piétiné. À peine sur pied, son premier mouvement avait été de récupérer son propre cheval et il s'était lancé à la poursuite d'Eirin. Mais l'elfe insolent était déjà à l'autre bout du pré quand le sire de Lointieu n'avait fait que dix pas ; comprenant qu'il se couvrait de ridicule, le chevalier au renard fit demi-tour pour attaquer derechef le chevalier aux pies.

Ce fut alors que, rompant le rang, le chevalier aux armes de sinople à la nef d'or sortit du conroi de Blancandin et chargea le sire de Lointieu. Claudas pesta contre ce fou qui, par solidarité, passait pardessus le commandement et fragilisait toute la ligne.

« Sire Fitzurse n'en a toujours fait qu'à sa tête », dit Ædan.

Le chevalier du Havne fit seulement mine de s'en prendre au Rançonneur ; en fait, il cherchait juste à le dissuader de s'attaquer au chevalier aux pies. Finalement, il passa à une toise du combattant démonté et réserva son assaut à l'Orgueilleux de Contremont. Celui-ci parvint à résister au choc, assez rude, où Fitzurse brisa sa lance, mais ne put le faire qu'en suspendant ses assauts contre le chevalier aux pies. L'affrontement était sur le point de se rééquilibrer.

Des ordres retentirent alors dans l'aile gauche du *dehors*. D'un seul coup, le premier rang de soudoyers ouromands s'effaça devant la chevalerie du Grand Bâtard, qui s'avança dans un ample mouvement de bardes et de chanfreins d'acier.

« Ne répondez que s'ils attaquent ! » cria Claudas, mais son aile droite réagissait déjà et s'ébranlait à son tour, serrée autour de Blancandin.

Dans les deux camps, les autres corps de bataille restaient dans l'expectative, gardant à l'œil la ligne adverse tout en attendant de voir ce qu'allait donner le premier choc. Tous les chevaliers coiffèrent cependant leur heaume en prévision de la mêlée. Celui de Claudas de Kimmarc était repérable de loin à son grand cimier en forme d'hippogriffe. À la ronce qui ornait le sien, le chevalier de Vaumacel avait ajouté une longue manche soyeuse ; sa couleur était d'azur estival, sur lequel scintillait un réseau de petites étoiles à huit branches. Il fallait y regarder de très près pour réaliser que ces astres avaient été brodés à la semblance d'araignées.

« Tiens, s'étonna Claudas, vous ne portez pas les couleurs de la duchesse.

– En défendant celles d'une autre dame, je montre qu'on nous a calomniés, la duchesse et moi », repartit Ædan.

Au milieu du pré, le chevalier aux pies avait repris le dessus sur le sire d'Estrif, mais c'était à présent Fitzurse du Havne qui paraissait en difficulté, accroché par l'Orgueilleux de Contremont à cheval et harcelé sur son flanc par Ouacre de Lointieu. Du reste, cette escarmouche allait être complètement rebattue d'un instant à l'autre.

Le sol gronda sous le galop des deux escadrons cuirassés lorsque les conrois de Blancandin et de FitzGanelon s'élancèrent l'un vers l'autre. « Honneur à Audéarde ! » clamèrent les chevaliers à l'immortelle, tandis que leurs adversaires rugissaient « Bromael ! Bromael ! » Serrées botte à botte, les deux bandes se ruèrent l'une contre l'autre : elles abaissèrent les lances juste avant de percuter les cinq téméraires qui avaient pris l'initiative du combat. En un instant, ceux-ci furent enveloppés et engloutis. Le choc se répercuta dans l'atmosphère pluvieuse avec la brutalité d'un effondrement. Deux vagues écumantes d'acier, de pennons et de blasons se heurtèrent dans un fracas de bois brisé, de métal bossué et de hennissements furieux. Des heaumes s'abîmèrent, des destriers se cabrèrent, les couleurs se mêlèrent et bientôt les lames des épées accrochaient la lumière terne de cette matinée maussade. Dans ce tourbillon fastueux et déchaîné, il était difficile de voir se dessiner un avantage. Parfois, un cimier, les armoiries d'un bouclier ou d'un caparaçon permettaient de reconnaître un preux ; la plupart du temps, on ne voyait qu'une énorme bousculade, d'une brutalité inouïe, rendue encore plus confuse par l'averse qui devint drue.

Des cinq impétueux qui avaient ouvert les hostilités, seul le chevalier aux pies semblait avoir réussi à rester en selle. Ses couleurs et surtout sa longue lame argentée apparaissaient parfois au cœur de la mêlée. Bizarrement, il était le seul des Aventureux du Bois oiselé engagé sur le pré ; ses deux compagnons s'étaient pourtant rangés dans les conrois de Blancandin et FitzGanelon, mais ni l'un ni l'autre n'avait participé à la charge. Le chevalier au coucou avait adopté une rigidité de pierre au milieu des sergents d'armes de l'aile droite du *dedans* tandis que le chevalier aux geais semblait piaffer parmi les mercenaires ouromands du Grand Bâtard.

Dans les conrois en réserve, le tumulte du combat rendait les chevaux nerveux. Les destriers encensaient ou frappaient du pied, parfaitement conscients que viendrait bientôt leur tour de se jeter dans la bataille. À la tête du camp du *dehors*, le connétable tenait toutefois son centre et son aile droite aussi fermement que Claudas de Kimmarc. Les deux capitaines réfrénaient les ardeurs de leurs hommes, cherchant à pousser l'adversaire à la faute.

Soudain, une rumeur courut les rangs des troupes : « Blancandin est pris ! Blancandin est pris ! » La nouvelle fit sensation dans le camp du *dedans*, semant le doute et la colère. Les sergents s'ébrouaient, prêts à entrer dans la lutte, pendant que chevaliers et écuyers se dressaient de toute leur taille sur leurs étriers pour essayer d'y mieux voir. Imperturbable, Claudas de Kimmarc retenait ses gens de guerre.

« Tenez vos positions ! commandait-il. C'est peut-être une ruse. Tenez vos positions ! »

Malgré la mauvaise visibilité provoquée par la pluie, il apparut pourtant qu'une poignée de cavaliers s'extrayaient de la mêlée et battaient en retraite vers l'infanterie du *dehors*. L'un d'entre eux arborait la rencontre de cerf héliophore et le heaume à tête de chien du Grand Bâtard. Avec deux compagnons d'armes, il escortait un captif dont les couleurs parurent sans équivoque : parti au cerf héliophore de Bromael et aux trois angemmes d'or de Maginois. L'incertitude n'était plus de mise : FitzGanelon venait de capturer son demi-frère.

Cette fois, le dépit et l'impatience des chevaliers du *dedans* furent à leur comble ; ils ne continrent plus leurs protestations et apostrophèrent vivement leur capitaine. Et pourtant, Claudas se refusait toujours à lancer un assaut général.

« La victoire reviendra à qui tiendra la tour, clama-t-il. Qu'importe le sort de mon cousin ! »

Une nouvelle fortune de bataille sembla donner raison à son intransigeance. Deux chevaliers parvinrent à se dégager de la mêlée et donnèrent la chasse au Grand Bâtard et à son captif. L'un des preux souleva des cris d'enthousiasme ou de haine : toujours en selle, son bouclier à peine bosselé, le chevalier aux pies galopait à la rescousse de Blancandin. Il était appuyé par un preux dont Ædan reconnut avec bonheur l'écu au cor virolé : non seulement Yvorin était toujours en état de combattre, mais il s'illustrait en prêtant main-forte à son capitaine. Le jeune Bromael s'aperçut qu'on essayait de le secourir ; il tenta alors de reprendre le contrôle de son destrier et de se soustraire à ses ravisseurs. Il reçut aussitôt une volée de coups, mais il montait le puissant Guerredon qui bouscula de l'épaule les chevaux voisins. Alors que le groupe n'était plus qu'à un jet de pierre des bandes d'Ouromands, cette échauffourée permit aux deux poursuivants de les rejoindre. Le Grand Bâtard, reconnaissant son rival, se retourna contre Yvorin et les deux ennemis s'accrochèrent en frappant à s'en rompre le bras. Le chevalier aux pies choqua rudement l'un des chevaliers du *dehors* et permit à Blancandin de se dégager ; l'Aventureux couvrit ensuite la retraite du prince en s'interposant avec panache.

FitzGanelon s'aperçut que son demi-frère lui échappait. Sans cesser de marteler l'écu du sire de Quéant, il se mit à rugir des ordres mêlés de jurons. L'acclamation que le camp du *dedans* commençait à pousser pour saluer la libération de Blancandin mourut sur toutes les lèvres. Sur l'aile gauche de l'armée du dehors, les masses compactes des bandes ouromandes se mirent en branle et s'avancèrent pour appuyer le Grand Bâtard.

Ce fut au tour de Claudas de Kimmarc de sacrer. Cédant à la pression des circonstances, il donna l'ordre de se préparer à charger. Comme la plupart des preux habitués à défendre les marches du comté, il avait reconnu dans cette lourde piétaille des barbares issus de plusieurs tribus, dont les brutes appartenant au clan Voldsom. Il était inconcevable de ne pas intervenir : lorsqu'ils étaient en nombre, ces guerriers savaient tenir tête à la cavalerie – y compris de la façon la plus bestiale qui fût, en usant de leurs longues haches contre les chevaux.

Toutefois, Claudas fut devancé par un preux solitaire. Sur l'aile droite, alors qu'il était resté jusque là en réserve, le chevalier au coucou se mit en marche. Son immobilité avait été si parfaite que ce mouvement, pourtant fluide et mesuré, capta tous les regards, comme le prodige d'une statue qui se fût animée. Il poussa son cheval en avant, plein d'une orgueilleuse raideur, la lance levée ; rien que de très ordinaire dans ce déplacement, et pourtant il émanait de ce départ une force intangible qui exerçait un puissant saisissement. L'Aventureux se détachait soudain, par la seule grâce de sa décision d'en découdre : il semblait investi par l'impulsion lente et incoercible des grandes naves qui quittent le port pour la haute mer, et qui paraissent encore immobiles alors que le monde entier se met à glisser devant leur étrave.

Devant la majesté de son allure, le formidable spectacle offert par les armées en ordre de bataille et par la mêlée chevaleresque parut s'affadir. Les taillis de lances, les foules casquées, la bigarrure des cottes et des bannières ternirent, comme brouillés par l'averse. Au milieu de ce décor mouvant et délavé paradait, aussi éclatant qu'un personnage d'enluminure, le chevalier au coucou. Il était le seul que la pluie nimbait d'une lueur aqueuse, blanche comme l'argent poli. Le cendal de sa cotte d'armes et du caparaçon de sa monture, brodés à la semblance d'un plumage, chatoyait telles les rémiges d'un oiseau qui prend son envol dans l'éclaircie ; l'averse lustrait son heaume et son armure de cyane d'une myriade de perles translucides ; l'émerillon un peu louche qui ornait son écu ne ressemblait plus à un coucou ni même à un faucon mais paraissait adopter l'essor conquérant de l'aigle. Quoiqu'il ne fût pas particulièrement bruyant, le pas de son destrier parvenait sourdement à l'oreille de chacun, et le cliquetis argentin de ses armes chantait un contrepoint mélodieux au tumulte des combats.

L'Aventureux quitta les gens de pied de l'aile droite et s'enfonça dans la mêlée à un train de promenade, comme il serait entré au bois. Il traversa tout le combat, sans dévier ni essuyer le moindre coup, sa seule présence suffisant à lui dégager un passage éphémère dans ce tourbillon de chevaux furieux, de lances brisées, d'écus fendus et de harnois faussés. Au moment où la meute mercenaire du Grand Bâtard allait déborder Yvorin et le chevalier aux pies, le chevalier au coucou émergea du corps-à-corps chevaleresque et se dressa face aux barbares. L'impensable se produisit alors : cent brutes farouches, endurcies aux tueries les plus sanglantes, marquèrent le pas.

FitzGanelon, tout en continuant à ferrailler contre le chevalier de Quéant, couvrit ses soudoyers d'injures, mais ne parvint pas à raviver leur courage. Comme subjugués, les Ouromands balançaient, effrayés par leurs propres hésitations. Pendant un instant interminable, le chevalier au coucou arrêta donc à lui seul l'assaut d'une horde. Et puis quelque chose vint rompre le charme.

Un rire juvénile et dur éclata à l'arrière des Ouromands. Caracolant de façon menaçante, le chevalier aux geais s'amusait du tableau.

« Quelle esbroufe ! Juste un tour véniel ! se moqua-t-il. À moi, vieux poseur ! Prouve ta valeur ! »

Sur ces mots, le jeune Aventureux éperonna sa monture. Au mépris de toute prudence, il la lança très vite au galop, au moment où il rejoignait les gens de pied. Du poitrail, le destrier renversa plusieurs Ouromands avant de jaillir hors des lignes. Face à lui, le chevalier au coucou s'était remis en marche ; les deux preux baissèrent les bois et se heurtèrent durement. Les lances plièrent sans rompre, et ce fut à peine si les champions ployèrent. Ils s'écartèrent pour une nouvelle passe d'armes ; et comme leur joute risquait d'être gênée tant par les bandes ouromandes que par la mêlée chevaleresque, ils eurent la témérité de prendre du champ perpendiculairement à la ligne de bataille. L'assaut du chevalier aux geais avait toutefois dissipé en grande partie le charisme de son adversaire. Les guerriers des clans Deorcynn, Voldsom et Sceada recouvrèrent leur audace et, sans plus se soucier du duel des Aventureux, reprirent l'offensive. Dans la plus grande confusion, les chevaliers du Bois oiselé se chargèrent à travers la ruée des mercenaires. En un instant, la masse des piétons ouromands s'engouffra dans la mêlée pour soutenir le Grand Bâtard et son conroi.

Durant le répit aussi bref qu'extraordinaire offert par le chevalier au coucou, Claudas de Kimmarc avait encore retenu la chevalerie du centre et de l'aile gauche. Mais le sursaut des Ouromands rendait la situation trop dangereuse : il ne pouvait plus laisser son aile droite sans soutien, de crainte de la perdre et d'être tourné. D'un geste, il se fit apporter une lance par son écuyer et, agitant son pennon, donna le signe de l'assaut. Toute la ligne du *dedans* gronda de joie, tandis que celle du *dehors* lui renvoyait son rugissement.

Les conrois bardés d'acier s'avancèrent l'un vers l'autre, tout d'abord au pas pour rester en ordre sur une rangée particulièrement longue. Les écuyers en armes suivaient en deuxième ligne, prêts à épauler leur seigneur ou à ferrailler contre l'adversaire. Claudas et Ædan voyaient le connétable marcher à leur rencontre, étroitement encadré par ses chevaliers.

« Je sais que vous l'avez défié mais je vous prie de me laisser Traval, dit le capitaine au sire de Vaumacel.

– C'est beaucoup me demander, objecta Ædan. J'ai tout à gagner en le vainquant.

– Justement. Ceci est un tournoi, non une ordalie. Vous nous obligeriez, mon père et moi, en me cédant la place. »

Le chevalier aux épines prit un long instant de réflexion, alors que la distance se réduisait dangereusement avec le front adverse.

« Je vous laisse la préséance pour la première passe d'armes, finit-il par composer. Pour la suite, les hasards du combat décideront. »

Le rire de Claudas résonna sous le ventail orfévri.

« Je me contenterai de cette faveur, ironisa-t-il. Ma foi, si je ne renverse pas Anaraut, soyez sûr que je vous l'aurai attendri. »

Il n'était plus temps de parler. Déjà les lourdes montures du *dehors*, brutalement éperonnées, ébrouaient leurs chanfreins et leurs bardes d'acier. Les chevaliers du *dedans* piquèrent à leur tour et, dans un chœur de cris de guerre, les champions se dressèrent sur leurs étriers, les fesses calées sur le troussequin, tandis que les halliers de lances s'inclinaient l'un vers l'autre.

Les conrois se heurtèrent en un long front un peu fluctuant. Le choc craqua avec une violence d'avalanche : pétarade des hampes brisées, percussion des plates et des boucliers, secousses des chevaux bousculés et des corps renversés. La seconde ligne des écuyers et des sergents montés, en poussant sur les arrières, provoqua un ressac à peine moins brutal que l'impact initial. En un instant, le milieu du pré était devenu une mêlée étirée, qui dressait une barrière mouvante de destriers enchevêtrés et de baroudeurs cuirassés. Dans un tourbillonnement de cimiers, de soieries, de crinières et de métal, on s'y frappait à coups de tronçons, d'épées, de boucliers et même de gantelets. Cette impétuosité déchaînée avait des mouvements de flux et de reflux, un roulis de tempête où la houle équestre se crêtait d'une écume de lames et d'emblèmes.

Ædan se retrouva affronté au chevalier à la sirène. Le noble étranger le pointa en plein torse avec une certaine précision, mais peu de fermeté ; le sire de Vaumacel détourna sans grand mal cette estocade du bouclier. En retour, l'attaque qu'il porta fut autrement vigoureuse. Éraflant l'orle supérieur de l'écu, son fer de lance percuta le gorgerin de l'adversaire juste entre la bavière du heaume et la spallière. L'armure du seigneur ciudalien n'était pas seulement damasquinée de façon somptueuse, mais aussi d'une solidité remarquable : la pointe raya l'acier sans le percer et la lance d'Ædan rompit. Toutefois, la puissance de ce choc sur la clavicule déséquilibra le chevalier à la sirène ; en arrivant à sa hauteur, le sire de Vaumacel redoubla son attaque d'un coup de tronçon, qui lui fit vider les étriers.

« Naimes ! Le cheval ! » cria Ædan.

Tout en lâchant le débris de son arme, il tirait sur les rênes de sa monture et s'apprêtait à porter la main à l'épée. De toute la hauteur de son destrier, il dominait l'ambassadeur ciudalien, qui avait chuté sur l'herbe piétinée parmi quelques fragments de hampe. Le chevalier à la sirène avait l'air étourdi et courait le risque d'être piétiné par les embardées des chevaux de bataille : le sire de Vaumacel lui laissa un instant pour reprendre ses esprits avant de lui proposer de se rendre.

« Seigneur ! hurla soudain Naimes. Gardez-vous à gauche ! »

Privé de vision latérale par son heaume, Ædan sentit le péril fondre sur lui plus qu'il ne le vit. À l'instinct, il se couvrit du bouclier ; une énorme collision le percuta de plein fouet. Son écu vibra sous un impact en même temps que Loriagort, son puissant destrier, était bousculé par la charge d'un autre cheval de guerre. Le temps d'empoigner l'épée, le preux subissait deux nouveaux coups de boutoir sur le bouclier. Ce ne fut qu'en armant sa riposte qu'il aperçut enfin l'assaillant : quasiment au corps-à-corps, un grand chevalier à l'armure vermeille.

« À moi, Vaumacel ! Qu'on en finisse ! » aboya le connétable.

Le coup suivant ébrécha la bordure de l'écu d'Ædan, pendant qu'Anaraut de Traval parait du bouclier le coup de taille destiné à son casque. Revenu de sa surprise, le chevalier aux épines retrouva son sang-froid et tout son mordant mais les deux combattants, aussi chevronnés l'un que l'autre, ferraillaient avec la même violence réfléchie : ils s'ébranlaient mutuellement sans obtenir le moindre avantage.

Un nouveau retournement vint rompre l'équilibre de ce duel. Jailli du plus fort de l'engagement, un tiers s'en prit au connétable. Les chevaux courants de ses armoiries et l'hippogriffe qui sommait son heaume le rendaient identifiable entre tous.

« Laissez-le-moi, Vaumacel ! rugit Claudas de Kimmarc. À nous deux, Traval ! »

Ædan ne l'entendit point de cette oreille, du moins dans un premier temps. Pendant quelques instants, le connétable fut pris en étau entre les champions du *dedans*. Sérieusement malmené, le chevalier vermeil ne céda pas un pouce de terrain, mais en appela à ses gens tout en continuant à rendre coup pour coup. Le chevalier aux épines choisit alors de s'en détourner, agissant de façon plus formelle que délibérée. Son intention était sans doute de s'interposer devant les renforts du *dehors*. Peut-être estimait-il indigne d'affronter le capitaine adverse à deux contre un ; sans doute avait-il conscience que si le connétable était vaincu, il eût été difficile d'en disputer la capture au fils du comte. Si ces idées traversèrent son esprit, elles ne s'y attardèrent guère : dans le tumulte de la mêlée, toute son attention était concentrée sur les dangers qui le cernaient et sur les opportunités à saisir.

Laissant donc à Claudas le privilège d'affronter Anaraut de Traval, Ædan en revint au champion qu'il avait désarçonné. Couvert par un binôme de gens de pied, le chevalier à la sirène venait de se relever. Il lui était toutefois impossible de remonter en selle, Naimes s'étant éclipsé vers l'arrière avec son destrier ; ses écuyers le protégeaient de leur corps en l'évacuant vers l'arrière. Voyant que cette prise risquait de lui échapper, le sire de Vaumacel éperonna dans leur direction. Le seigneur ciudalien se mit en garde, mais l'un de ses hommes s'interposa avec courage. Il portait une demi-armure et une barbute typiques de l'équipement des phalanges républicaines ; toutefois, au lieu d'une longue pique, il empoignait une archegaye, lance courte beaucoup plus maniable dans un combat où les lignes étaient rompues. Le piéton était trapu mais peu impressionnant ; Ædan fit confiance à Loriagort pour le bousculer et s'apprêta à charger directement le chevalier ciudalien. Il dut très vite changer de pied et tirer les rênes : au lieu de le menacer directement, le soudard avait fiché le talon de son arme en terre et tenté d'éventrer le cheval. Par chance, le fer n'avait qu'éraflé la barde de poitrail, mais, outré par un coup si irrégulier, Ædan abattit son épée sur le crâne du goujat. Sa lame siffla dans les airs sans rien rencontrer. Vif comme un aspic, le méchant drôle s'était dérobé. Accroupi, pour ne pas dire tapi au sol, il serrait toujours son archegaye à deux mains. Ædan entrevit ses yeux sous la bordure du casque ; il surprit un regard aigu et froid, dépourvu de peur comme d'excitation. Bizarrement, le soudrille parut avoir l'attention accrochée par l'écu du chevalier, mais il prenait déjà son élan pour un coup de pointe. Le sire de Vaumacel, qui craignait une nouvelle attaque contre le ventre de Loriagort, lui fit faire un écart. Cette initiative le sauva probablement, car ce ne fut pas le destrier que le sicaire ciudalien frappa : le fer de lance glissa sous le bouclier et partit tout droit se ficher dans les plates articulées de la braconnière. Grâce au mouvement du cheval, seul le gambison fut déchiré ; mais sans le recul du coursier, ce coup bas, qui avait trouvé le défaut de l'armure, aurait traversé l'aine et les intestins.

Le sire de Vaumacel frappa la lance pour la rompre ou à tout le moins la dévier ; le tranchant de l'épée arracha un long copeau à la hampe jusqu'à heurter le poing qui la tenait. Sans son gantelet, le soudard aurait perdu quelques doigts. Il se dégagea avec une agilité féline, en secouant brièvement la main qui venait d'essuyer le choc. « Stronzo succhiacazzi ! » grogna-t-il en se remettant en garde. Le chevalier aux épines connut une brève hésitation : fallait-il mettre pied à terre pour étriller ce mauvais plaisant qui n'hésitait pas à s'en prendre au destrier ? C'eût été lui faire trop d'honneur, mais la scélératesse du procédé méritait d'être châtiée. Des clameurs montées des lignes arrière ajoutèrent à la confusion d'Ædan, où se mêlaient des rugissements furieux et le cri : « Trahison ! Trahison ! » Un mouvement de cavalerie le sépara soudain du piéton et décida pour lui.

Des champions du *dehors* ! Et pourtant ils passèrent devant le sire de Vaumacel sans le menacer : ils se ruaient sur un accrochage voisin. Ædan oublia son fourbe ciudalien quand il réalisa que Claudas de Kimmarc était cerné ! Au moins quatre combattants s'acharnaient sur le chevalier à l'hippogriffe. Pis encore, l'un d'entre eux avait pour armoiries une hure de sanglier défendue de gueules : Bruin de Banguarde s'attaquait au capitaine du *dedans*, au centre de la ligne de bataille. Comme il appartenait au conroi de FitzGanelon, cela laissait craindre que l'aile droite ne fût enfoncée.

Sans balancer, le chevalier aux épines se porta au secours du seigneur de Kimmarc, tentant de bousculer Froissefer pour desserrer la nasse qui s'était refermée sur le capitaine du *dedans*. Quoique roué de coups qui faisaient grand tapage contre son écu et son armure, Claudas restait fermement en selle et allongeait régulièrement de brusques ripostes.

« Laissez-moi, Vaumacel ! cria-t-il sans cesser de frapper. J'en ai vu d'autres ! Colmatez plutôt les brèches ! »

Comme Ædan engageait malgré tout le chevalier de Banguarde, le seigneur de Kimmarc s'emporta, tout en sabrant le ventail du connétable :

« Corps de roi, Vaumacel ! Aujourd'hui, je compte moins que la tour ! »

Le bras gauche malmené par les contre-attaques de Froissefer, le chevalier aux épines se dressa sur ses étriers, juste pour essayer d'apprécier l'évolution des combats. Était-il judicieux de suivre les ordres du capitaine ? Le heaume rétrécissait le champ de vision d'Ædan, mais il était imprudent de relever le mézail alors que les lames tourbillonnaient autour de lui.

La plus complète confusion régnait dans le secteur défendu par Blancandin. L'aile droite continuait à résister, mais avait perdu la moitié de ses chevaliers ; les preux qui avaient échappé à la chute ou à la capture s'étaient réfugiés au milieu des guisarmes de leurs gens de pied. Cette ligne tenait encore en respect les champions et les Ouromands de FitzGanelon à la lisière du verger, mais des combats avaient éclaté plus loin sous le couvert des arbres, là où continuait à retentir le cri de « Trahison ! » La pluie et le blanchoiement des pommiers en fleur empêchaient de distinguer ce qui s'y passait précisément.

Une autre menace capta l'attention du sire de Vaumacel. Deux chevaliers du conroi du connétable venaient d'accomplir une vraie prouesse : une percée qui pouvait être le tournant de la journée ! Non seulement ils avaient traversé la double ligne des chevaliers et des écuyers du *dedans*, mais ils venaient de s'enfoncer dans les troupes de gens de pied, galopant droit vers le château. L'un d'entre eux, accroché par un vrai buisson de vouges et de guisarmes, finit par vider les étriers, mais l'autre se taillait une voie brutale au milieu de la presse des sergents. Pour ne pas s'empêtrer dans la ramée du verger, il remontait crânement le chemin, où se concentrait pourtant une abondante piétaille. Son écu portait le cerf héliophore barré d'un lambel : Lanval, le prince ducal, était sur le point d'arracher la victoire pour le camp du *dehors*.

Il n'en fallut pas plus au chevalier de Vaumacel pour prendre son parti. Claudas avait raison : il ne servait à rien de le défendre si Lyndinas tombait sur un coup d'audace. Tout en continuant à se protéger des horions dont l'accablait Bruin de Banguarde, Ædan entreprit de se dégager. Dès qu'il le put, il tourna bride et se précipita vers le château. Prenant cette volte-face pour une fuite, Froissefer le couvrit de sarcasmes mais ne le poursuivit pas : il se rabattit sur le chevalier à l'hippogriffe, submergé par le nombre, dont le sort paraissait scellé. Sitôt sorti de la mêlée chevaleresque, le sire de Vaumacel éperonna vigoureusement. Quelques foulées de Loriagort le ramenèrent à l'orée du verger, mais le prince bromallois avait une avance difficile à combler ; il achevait de forcer le passage vers les portes du château, qu'il était sur le point de franchir. De solides vougiers lui en interdisaient encore le seuil, mais le grand chevalier brandissait l'épée comme à l'exercice, prêt à bousculer cette dernière défense.

Surgi entre deux allées de pommiers, un cavalier intercepta cette charge. Il allongea un coup de hache pendant que son cheval heurtait l'épaule du destrier. Ædan fut frappé par la robe pie de la jument avant même de reconnaître son écuyer : le vieux Naimes jouait son va-tout pour arrêter le champion ducal. Le sire de Vaumacel éperonna son coursier au sang : le valet d'armes possédait l'expérience d'un vétéran endurci, mais sa jument n'était qu'un roncin incapable de faire le poids face au cheval de bataille du prince. Le duel risquait de tourner court.

De fait, Lanval avait dû entendre le galop sur son flanc car il para sans peine le coup de hache, n'y laissant qu'un fragment d'écu. Le choc des deux chevaux déporta le destrier, qui y perdit son élan, mais la jument pie en sortit plus étourdie que le grand coursier, mettant Naimes en délicate posture. Lanval lui expédia un puissant coup de taille, dans le dessein de le balayer de sa selle ; le vieil écuyer bloqua l'attaque et tenta de cueillir l'épée entre la lame et le manche de sa hache, mais son adversaire parvint à dégager son arme. Le champion ducal prit tout de suite la mesure des forces et faiblesses de ce gêneur ; plutôt que de ferrailler inutilement, il jeta son grand cheval contre la jument pie. Cette fois, la monture perdit l'équilibre et entraîna Naimes dans sa chute.

L'accrochage avait toutefois eu pour effet d'arrêter la charge de Lanval juste au pied du château. Les sergents qu'il avait rudoyés dans le verger accouraient en nombre sur ses talons, pendant que ceux qui gardaient la porte le menaçaient de leurs armes d'hast. En quelques instants, le prince ducal se retrouva au centre d'un cercle de lances, qui commença à se resserrer sur lui. Son casque tourna brièvement de droite et de gauche, comme s'il évaluait la nasse où il venait de se fourvoyer ; et puis, pointant l'épée dans l'attitude de la charge, il fit accomplir une pirouette à son destrier. L'énorme cheval de bataille opéra un tour complet sur lui-même, l'encolure un peu relevée comme s'il allait se cabrer. La housse du caparaçon et la longue manche de soie accrochée au heaume du preux flottèrent telles des bannières en dispersant une spirale de gouttelettes ; le seul souffle de la voltige suffit à refroidir quelque peu l'ardeur des gens de pied.

Lanval profita de ce flottement pour lancer soudain son cheval en avant. Toutefois, conscient du péril dans lequel il s'était jeté, il tourna le dos au château et entreprit de battre en retraite à travers la pommeraie. Sévèrement accroché au passage par les fers barbelés des guisarmes, il en brisa une ou deux de l'épée, y laissa de grands lambeaux de sa cotte d'armes, mais parvint à rester en selle et à se frayer une voie. Il s'extrayait à peine du taillis de lances quand le chevalier de Vaumacel courut à sa rencontre, l'arme haute.

Les deux champions étaient sur le point d'en découdre quand une éclaircie soudaine fit étinceler la pluie et miroiter le métal des armures. Dans cette lumière liquide, les couleurs des écus, des housses et des cottes chatoyèrent. Les longues manches de cendal accrochées aux heaumes des adversaires resplendirent du même azur, moucheté des mêmes étoiles arachnéennes. Cette découverte saisit les deux chevaliers, qui, de stupéfaction, restèrent en garde haute sans frapper ces couleurs qu'ils défendaient.

« Que signifie ceci ? demanda Lanval en désignant l'emblème d'Ædan de la pointe de l'épée.

– Je vous renvoie la question, mon seigneur, rétorqua le chevalier aux épines.

– Cela ne ressemble point à la manche de ma marâtre !

– Et vous, d'où tenez-vous ces couleurs ? Elles ne sont point du duché !

– Je les tiens d'une dame qui ne saurait vous les avoir données.

– Voire. Reste que l'une de ces manches est de trop.

– Vous allez m'en rendre raison, Vaumacel ! »

Ce bref échange suffit aux sergents du *dedans* pour se reprendre et menacer le prince ducal.

« Je brûle de m'en expliquer avec vous, répondit Ædan, mais laissons cette piétaille hors du débat. »

Libérant la voie à Lanval, il ajouta :

« Ménageons-nous l'occasion de guerroyer seul à seul. »

Le champion bromallois piqua des deux et frôla le sire de Vaumacel sans le frapper.

« Je reviens avec mes gens pour occuper les vôtres, cria-t-il au passage. Gardez-vous jusqu'à mon retour ! »

Les gens de pied rugirent de dépit en voyant qu'Ædan laissait le fils du duc leur échapper. Ignorant leur colère, le chevalier se hâta de remonter jusqu'au château. À son grand soulagement, il constata que Naimes et sa monture s'étaient relevés. Le vieil écuyer boitillait et peinait à rassurer sa jument, qui se dérobait devant lui, mais ni l'un ni l'autre ne paraissaient gravement touchés. Le chevalier aux épines s'arrêta auprès d'eux et chercha à mieux voir ce qui se passait dans le verger, là où il avait entendu crier à la trahison. Un combat se livrait entre gens de pied sous la ramée, dans le dos de l'aile droite et non loin du rempart, mais il était difficile de distinguer les forces en présence car il n'y avait là personne qui ressemblait aux soudoyers ouromands.

« Quel est ce désordre ? s'enquit Ædan.

– Le chevalier de Laudunet et ses gens se sont retournés contre nous, répondit Naimes en renonçant momentanément à attraper la bride de sa jument. Ils attaquent l'arrière du conroi de Blancandin. »

Le chevalier fit signe à son valet d'armes de reprendre au plus vite sa monture. Il fallait agir au plus tôt, mais quel parti prendre ? Charger Laudunet et ses sergents pouvait soulager l'aile droite, susceptible de s'effondrer d'un instant à l'autre sous la poussée du Grand Bâtard et de ses mercenaires, mais il faudrait pour cela s'écarter de la porte du château. Or Lanval de Bromael allait revenir, et le centre s'écroulerait probablement dès que Claudas serait pris. Peut-être l'était-il déjà... Ædan le chercha des yeux au cœur de la mêlée, s'attendant à ce que le capitaine fût déjà à terre ou emporté vers les lignes du *dehors*. Sa stupéfaction fut grande de le découvrir toujours en selle et toujours cerné par quatre champions qui s'acharnaient sur lui. Son bouclier était en morceaux, son épée ébréchée, son cimier arraché, son armure percée et bosselée... Et pourtant le fils du comte ne pliait pas mais s'entêtait à frapper le connétable !

L'honneur commandait d'épauler pareille vaillance. S'il était secouru, Claudas pouvait encore échapper à la capture et sauver le centre.

« Tenez la porte du château ! » ordonna Ædan aux gens de pied avant de d'éperonner en direction de la mêlée chevaleresque.

En replongeant au cœur des combats, le chevalier de Vaumacel fut reconnu par les écuyers et les sergents des seigneurs du *dehors* qui pressaient Claudas. Aussitôt pris à parti, il dut en découdre avec des cavaliers qui l'attaquaient lame haute et des gens de pied qui s'efforçaient d'accrocher son harnois. Malgré la puissance de Loriagort, il était difficile de se frayer une voie au milieu de cette presse, et Ædan peinait à rejoindre son capitaine. Envers et contre tout, celui-ci restait ferme sous un déluge de coups dont la violence et le nombre en eussent tué plus d'un. Véritable foudre de guerre, le seigneur de Kimmarc cognait Anaraut de Traval sans désemparer ; le connétable, dont il avait fendu le bouclier, paraissait d'ailleurs étourdi comme s'il commençait à perdre pied.

Venu de l'aile gauche du *dehors*, un cri porta jusqu'aux combattants du centre. Alors qu'il affrontait toujours le chevalier au coucou dans un duel qui tenait plus de la voltige équestre que de l'escrime, le chevalier aux geais s'était dressé sur ses étriers. D'une voix claire, il apostrophait le connétable et ses compagnons :

« Gare à vous, seigneurs ! C'est un beau tricheur ! Un sortilège d'émoussement le met à couvert des armes de fer ! »

Les chevaliers du *dehors* parurent d'abord ne pas avoir entendu cet avertissement et s'obstinèrent à férir sans résultat. Puis, comme pris d'une inspiration, Bruin de Bangarde poussa son cheval flanc à flanc avec celui de Claudas et envoya un grand coup de bouclier à son adversaire. Pour la première fois, le capitaine du *dedans* accusa un peu le choc. Ce signe de faiblesse ne passa pas inaperçu : gardant désormais l'épée le long de la cuisse, ses quatre assaillants se bousculèrent pour le frapper de leurs écus.

Le chevalier aux épines les avait presque rejoints et s'apprêtait à engager Froissefer par dessus les casques de deux sergents quand un tumulte terrible éclata sur un côté de la bataille. L'aile droite était enfoncée ; de maigres grappes de gens de pied résistaient encore autour de quelques chevaliers du *dedans*, mais le front venait de rompre. Avec des rugissements triomphaux, la masse des mercenaires ouromands s'engouffrait par plusieurs brèches sous la ramée du verger. Quant à Claudas, cogné du plat et de la tranche de quatre boucliers, il vacillait à présent sur sa selle. Dans un dernier sursaut, il se redressa encore de toute sa taille et aboya sur un ton rageur : « À moi ! À moi, le jeu du papegai ! » Sur le moment, ni Ædan ni les quatre preux du *dehors* n'entendirent le sens de ces paroles. Froissefer venait d'agripper le bouclier percé du capitaine et le déséquilibrait en tirant sur sa guiche ; au même moment, un sergent d'armes accrochait le mors de son destrier pendant que le connétable lui intimait l'ordre de se rendre. Mais le fils du comte, au bord de la chute, ne leur concéda qu'un rire sarcastique. Au milieu du vacarme, la huchée d'un cor lui répondit de l'arrière-garde du *dedans*, avant d'être reprise en écho sur l'enceinte du château. Ce ne fut qu'en entendant ces sonneries que le sire de Vaumacel saisit l'intention de Claudas de Kimmarc. « Non ! Non ! » s'écria-t-il. Et d'ajouter précipitamment : « Couvrez-vous, mes seigneurs ! » Mais personne ne comprit sa mise en garde, certainement pas les forces du *dehors* qui le traitaient en ennemi. Aussi la première salve de traits d'arbalète prit-elle tout le monde au dépourvu, hormis Ædan qui avait dressé son écu.

Ce fut à peine si l'on entrevit les projectiles s'abattre. Le destrier d'Anaraut de Traval se cabra, un empennage grisâtre fiché dans l'épaule ; Bruin de Banguarde se mit à jurer, une cuisse clouée sur la selle. D'autres cris de douleur ou de rage s'élevèrent de façon clairsemée dans la mêlée et surtout du côté de l'assaut ouromand. Mais ce coup traître ne suffit pas à dégager Claudas. L'affolement du cheval du connétable ne fit que le bousculer un peu plus, et de colère, les champions du *dehors* rossèrent de plus belle le capitaine du *dedans*. Celui-ci finit par vider les étriers sans qu'Ædan pût lui porter secours. Déjà, Lanval de Bromael revenait à la charge à la tête d'un petit groupe d'écuyers et de chevaliers, parmi lesquels le sire de Vaumacel crut reconnaître les armoiries d'Herluin le Jeune. Même si les chevaliers de la vallée de la Kley résistaient toujours à ceux de Belestance sur l'aile gauche, le centre du pré était perdu. Ædan joignit sa voix à ceux de ses compagnons d'armes qui criaient de se replier sur le verger et le chemin d'accès au château.

La confusion provoquée par les tirs et l'attroupement qui se pressa autour de Claudas capturé permirent au sire de Vaumacel de s'extraire de la mêlée plus facilement qu'il ne le craignait. Toutefois, à peine avait-il gagné la lisière de la pommeraie, il se trouva rattrapé par les assaillants et dut combattre de plus belle. S'il voulait rester en selle, il ne pouvait s'écarter du chemin, mais tout en s'accrochant au terrain, il voyait que le sous-bois était devenu le théâtre d'une mêlée générale. D'un instant à l'autre, il risquait de se trouver encerclé.

En se servant de Loriagort comme d'un bélier, le sire de Vaumacel parvint à refouler des gens de pied du *dehors* à plusieurs reprises ; une nouvelle salve de traits en coucha certains et lui donna un fragile répit. Mais l'accalmie ne dura qu'un instant : Lanval de Bromael revenait déjà à la charge avec plusieurs preux adverses. Comme dix ans plus tôt, au cours du siège de Maurmarc, le chevalier aux épines rallia une poignée de sergents du comté pour soutenir l'assaut. C'était toutefois une chose de tenir une brèche étroite au sommet d'un éboulis de gravats ; c'en était une autre de défendre l'accès à un chemin quand la ligne de front avait cédé. Lanval se précipita de toute la puissance de son destrier contre Ædan ; le chevalier de Vaumacel sentit Loriagort broncher sous le choc et eut la plus grande peine à conserver son assiette. Autour de lui, les piétons cuirassés maintenaient bravement leurs lances dardées, mais risquaient à tout moment d'être débordés sur les flancs.

« Repli ! clama le chevalier. En bon ordre ! À la poterne ! »

Impossible de décrocher en courant : la pression des gens d'armes du *dehors* était trop forte, leur tourner le dos se fût soldé par une déroute. Alors Ædan et ses compagnons de hasard cédèrent du terrain pied à pied, en rendant coup pour coup. Harcelé par le prince ducal, le sire de Vaumacel avait du mal à évaluer la situation, mais les rugissements gutturaux qui enflaient sous la ramée lui faisaient augurer le pire. Sur sa droite, les Ouromands contrôlaient une bonne partie du verger et avaient déjà atteint le pied des murailles ; seuls quelques rescapés du conroi de Blancandin barraient encore les abords du chemin. Si ce rideau défensif cédait, la retraite du centre serait balayée avant d'avoir touché aux murs. Une troisième salve de traits ne fit guère de dégâts ; faute de distinguer leurs cibles sous les arbres en fleurs, les arbalétriers de Kimmarc tiraient désormais au jugé. « Cessez le tir ! Cessez le tir ! » s'égosillait-on dans les deux camps.

Le chevalier de Vaumacel venait de repousser un nouvel assaut de Lanval et tâchait de profiter de ce fragile avantage pour reculer de quelques pas quand il fut harponné par plusieurs sergents du *dehors*. Les crochets de trois guisarmes venaient de mordre le bord de son écu, les ailettes de sa spallière et l'aileron de sa genouillère. Les gens de pied tirèrent sur les manches de leurs armes en s'arc-boutant ; ainsi tracté, Ædan faillit vider les étriers, et ne parvint à rester en selle qu'en s'accrochant à l'arçon. Loriagort lui-même fit un écart, happé par le halage de l'ennemi. Déséquilibré, Ædan avait baissé la garde ; la piétaille du *dehors* hurla de joie et d'autres vouges tentèrent de l'agripper.

Le chevalier aux épines ne dut son salut qu'à l'intervention d'un soudard du *dedans*. Ce drôle-là ne payait pas de mine ; casqué d'une cervelière rouillée et mal protégé par un pourpoint de cuir, il n'empoignait même pas une des longues armes d'hast qui permettaient à ces gaillards d'inquiéter des cavaliers. Il se jeta au milieu du faisceau de lances, entre le flanc du destrier et les sergents adverses, et balança une hache d'armes. Il la maniait à merveille : en un instant, deux des hampes étaient rompues, et Ædan parvint à se libérer du troisième fer. Le chevalier fit mine de charger cette piétaille insolente sur quelques pas, l'épée haute, puis battit prudemment en retraite, son sauveur accroché à l'étrier.

« Merci, l'ami, lui cria-t-il. Je te dois une fière chandelle !

– Je n'en ai pas autant à ton service, l'Épineux, rétorqua un timbre narquois. Non mais quel traquenard ! »

Ces paroles firent mauvaise impression au chevalier, pas seulement en raison de leur impertinence. Mais le sire de Vaumacel n'eut pas le loisir d'interroger son sentiment car Lanval et ses gens revenaient déjà à la charge. Il fallut encore contenir trois assauts, tout en se retirant en bon ordre, avant d'arriver dans l'ombre du château. Le soudard à la hache se montrait précieux pour rompre ou dévier des piques, souvent au risque de se faire embrocher, mais Ædan trouvait inconvenante la grossièreté des injures qu'il crachait au visage de l'adversaire.

En arrivant aux portes de la place forte, la bande du sire de Vaumacel fit la jonction avec les débris de l'aile droite qui avaient couvert son flanc dans le verger. Il n'en restait qu'une dizaine de sergents d'armes, commandés par un Fitzurse du Havne cabossé du heaume aux solerets mais plus batailleur que jamais ; Ædan eut aussi le soulagement de retrouver Naimes et la joie d'y découvrir Yvorin de Quéant avec son écuyer Briebras. Face à eux, les gens de guerre de Lanval et les Ouromands de FitzGanelon unirent également leurs forces, et les rescapés du *dedans* serrèrent les rangs devant la cohue du *dehors*. Toutefois, le goulet d'étranglement des portes s'avérait plus facile à défendre qu'un espace ouvert ; quoique périlleuse à tenir, la position n'était pas désespérée.

Les défenseurs parèrent au plus pressé ; chevaliers et écuyers mirent pied à terre et firent mener leurs chevaux à l'intérieur. Ils prirent position sur le seuil, couverts de leurs écus ; les sergents se rangèrent juste derrière eux, en pointant leurs longues armes d'hast entre les heaumes des preux. Cette escouade hérissée prêta à réfléchir à l'assaillant, ce qui offrit à tous les combattants un bref moment de trêve. Spontanément, Fitzurse et Ædan tombèrent d'accord pour donner l'ordre aux arbalétriers de cesser les tirs ; si le connétable décidait d'envoyer son archerie répliquer à ces volées de carreaux, les gardiens du portail tomberaient percés de traits avant même d'être engagés au contact.

Sans baisser la garde, les combattants du *dedans* reprirent un peu leur souffle et échangèrent des nouvelles.

« Hélas, mon seigneur Blancandin a été repris, se désola le chevalier du Havne. La deuxième fois, je n'ai rien pu faire pour le délivrer. Et ce ronchon de Maubrenas a été blessé. Il a essayé de s'échapper mais j'ignore s'il a réussi à regagner le camp.

– Mon seigneur de Kimmarc a également été capturé, annonça Ædan. Il s'est montré imprudent et a été encerclé.

– Quant à vos fiers amis, les Aventureux, ils nous ont laissé choir, grommela Fitzurse. Je les ai vus quitter le pré tous ensemble en direction de l'étang. J'ai l'impression que la petite giboulée de dondaines n'a pas été à leur goût…

– À moins qu'ils n'aient eu envie de se détendre et de se rafraîchir, déplora le sire de Vaumacel. Ils peuvent se montrer très désinvoltes… »

Le sire du Havne partit d'un éclat de rire qui sonna bizarrement sous le mézail.

« La belle affaire où nous nous sommes fourrés, se réjouit-il. Nous avons perdu nos capitaines, nos alliés sont partis grignoter une collation et nous voici, trois chevaliers de Bromael en délicatesse avec nos suzerains, en train de défendre un château de Kimmarc contre l'armée ducale.

– Vous ne rendez pas grâce à sire Geriant, objecta le chevalier aux épines. Avec ses preux, il soutient toujours l'assaut du conroi de Belestance.

– Grand bien lui fasse ! ricana Fitzurse. Il a sans doute raison de préférer deux arpents de prairie à la bannière qu'il faut défendre.

– De toute façon, nous sommes assez nombreux pour tenir cette porte, fanfaronna Yvorin. La place aurait manqué pour sire Geriant et ses compagnons.

– Voilà qui est bien dit ! approuva le chevalier du Havne. À nous toute la gloire de ce pas d'armes ! »

Son ventail tourné vers le sire de Vaumacel, il ajouta sur un ton grinçant :

« Quelle que soit l'issue de la journée, cela fera du bruit dans les cours ! L'amant malheureux et l'amant compromettant au coude à coude pour défendre l'honneur de la duchesse… On ne manquera pas d'en faire des chansons ! »

Puis, faisant tinter son heaume à coups de gantelet, il conclut avec humour :

« Quand je le reverrai, Ganelon va drôlement me sonner les cloches ! »

Ils n'eurent guère le loisir de bavarder davantage, car les troupes du *dehors* se préparaient à donner l'assaut. Pour conquérir ce verrou défensif, les chevaliers adverses avaient également mis pied à terre. La première ligne comptait le connétable, FitzGanelon, Herluin le jeune, l'Orgueilleux de Contremont et Berhar d'Estrif, tout hérissés des fers de lance du second rang de gens de pied, prêt à pousser ce front puissamment cuirassé. On s'abstint de lancer des défis de part et d'autre : le pas d'armes de l'immortelle allait se jouer sur ce seuil et il n'était nul besoin d'échanger des politesses pour sonder la résolution des adversaires.

Au milieu des cliquetis et des piétinements, il y eut presque un instant de silence. Puis, en levant l'épée avec calme, Anaraut de Traval déclara : « Terminons-en. » Les troupes du *dehors* se mirent posément en marche, couvertes par les écus du premier rang.

Alors que les défenseurs faisaient front, prêts à encaisser le choc, les chevaliers de Quéant et de Vaumacel sentirent du remous derrière eux, jusqu'à ce qu'un sergent d'armes vînt se faufiler entre eux en les repoussant légèrement de l'épaule. Ædan reconnut la casaque de cuir et la cervelière rouillée du gaillard qui l'avait tiré d'affaire un peu plus tôt. Il en vit mieux le visage qu'il n'avait pu le faire du haut de son cheval : une trogne ravinée et barbue, plissée par les rides d'une malice assez louche. Il lui trouva quelque chose de vaguement familier et de très déplaisant, mais ne comprit à qui il avait affaire qu'en découvrant son collier de dents de chien.

« Eh oui, l'Épineux, marmonna le Molosse d'Ouchain, finalement tu as réussi à m'appâter et me voici. Mort de ma vie ! J'aurais mieux fait d'aller me rependre ! Mais avant ça, il faut que je m'explique avec le Bâtard. »

Les fers des lances se croisaient déjà, les combattants se toisèrent dans le blanc des yeux par les lumières des visières, et puis les deux troupes s'écrasèrent l'une contre l'autre. Il y avait une telle presse pour se disputer un portail large de douze pieds qu'il était impossible d'en découdre selon les règles. On poussait, en masse, de tout le poids aggloméré des corps et des armures, dans un chahut de ahans, de jurons et de grognements. Les lames barbelées des guisarmes cisaillaient l'espace, crissaient sur les plates et les écus, faussaient les heaumes. Incapables d'armer leurs coups, portés en avant par la pesée de leurs gens de pied et à demi étrillés par les hastes adverses, les preux des premiers rangs dardaient des estocades en garde haute, dans des tentatives entrecroisées d'aveuglement.

Ce déchaînement d'efforts se figea un moment, dans un lent roulis de foule, sans qu'aucun avantage ne se dessinât. Et puis soudain, FitzGanelon poussa un rugissement de douleur et de rage. Il luttait, bouclier à bouclier, contre le chevalier de Quéant, et n'avait pas prêté attention au bougre à moitié écrasé entre les carrures cuirassées d'Yvorin et d'Ædan. Sans doute ne se souvenait-il plus de l'écuyer qu'il avait jadis fait brancher, ou bien n'y voyait-il pas très clair sous son ventail au milieu de cet étouffoir. En tout cas, nul ne vit le coup bas qui l'avait fait sacrer, et pour cause : dans l'entretoisement dense des lances et des lames d'épées, le Molosse d'Ouchain eût été bien incapable de balancer sa hache. Mais le drôle avait de la pratique et à défaut de pouvoir cogner, il savait aussi clouer. Il avait frappé de haut en bas avec le talon de son arme, qui était prolongé d'une méchante pointe de métal, et, un peu au jugé, en avait poinçonné un soleret du seigneur d'Ouchain.

« Eh ! Corniaud ! ricana-t-il. Dix ans que je te casse les pieds et tu ne me remets pas ? »

Mais l'autre méprisait ce gueux et continuait de peser contre son rival. Alors, un peu froissé peut-être, le forban lui allongea un autre coup de crampon dans les grèves, tout en lâchant un aboiement féroce.

« Allez, Bâtard, gronda-t-il. Viens donc te frotter à un chien de vieille race ! »

FitzGanelon comprit enfin à qui il avait affaire. Il tourna le museau cabossé de son heaume vers le maraudeur et soudain, dans un sursaut phénoménal, bouscula la cohue qui le pressait pour frapper ce vieil ennemi. Le Molosse fut à un cheveu de payer son insolence de la vie, car le Grand Bâtard réussit à brandir l'épée en repoussant plusieurs lances et le sabra en pleine tête. Dans l'impossibilité d'esquiver, le maître brigand ne put qu'amortir le coup du manche de son arme, mais l'impact imprima une trace brillante sur son casque rouillé.

L'impulsivité de cet assaut se retourna toutefois contre FitzGanelon. Sa bourrade, avec des forces décuplées par l'accès de colère, avait brinquebalé ses voisins ; quant à lui, blessé au pied et emporté par l'élan, il se trouvait au bord du déséquilibre. Instinctivement, Yvorin sentit l'ouverture et lui envoya un nouveau coup de bouclier qui le fit culbuter dans le premier rang du *dehors*. La bousculade se communiqua aux preux de la première ligne ; d'un seul élan, les chevaliers du *dedans* saisirent l'occasion et leur assaut redoubla de vigueur. Sans réellement céder, le front reflua légèrement ; repoussés en arrière, les gens de pied du connétable relevèrent légèrement leurs guisarmes ; l'air devint moins tranchant, les gens d'armes retrouvèrent quelque liberté d'action et les coups se remirent à pleuvoir. Un fragile avantage se dessinait néanmoins pour les défenseurs, qui regagnaient un peu de terrain.

Le chevalier de Vaumacel n'en avait pas moins affaire à forte partie, car il croisait le fer avec Lanval et le connétable. Pour l'essentiel, il entrechoquait son écu contre les leurs, parant au mieux les coups qui franchissaient cette triple barrière. Menacés sur leurs flancs par la poussée de Fitzurse et celle d'Yvorin, les deux champions ducaux reculaient malgré tout pour ne pas se retrouver isolés. Dans ce corps-à-corps tapageur, un assaillant parvint soudain à se glisser entre les boucliers des sires de Quéant et de Vaumacel. Ædan entrevit la demi-armure ciudalienne du soudard qui avait défendu l'ambassadeur de la République et lui décocha au passage un coup de la garde de son épée. Lancé par réflexe, le horion avait un peu manqué de puissance, mais le quillon heurta bruyamment la barbute et cela fut suffisant pour estourbir l'audacieux. Ædan s'arc-bouta pour résister au battage de ses deux adversaires et parvint encore à regagner quelques pas. Parce que son heaume le privait d'une grande partie de son champ de vision, il ne sentit que trop tard le péril qui fondait sur lui.

Alors qu'il venait de repousser un coup de taille qui menaçait sa tête, il devina plus qu'il ne vit une présence qui se redressait en souplesse contre son flanc droit. Une poigne ferme lui saisit le bras juste sous le coude, l'empêchant de changer de garde. Ædan eut le temps de comprendre que le spadassin ciudalien n'avait nullement été assommé, et puis on le poignarda sous l'aisselle, au défaut de l'armure, avec une dague à lame diamantée.

Ce fut une estocade rapide, précise, qui faisait fi de la courtoisie et visait à tuer. L'acier transperça le haubergeon et la chemise, puis perfora les chairs, les côtes et le poumon. Fiché profondément dans le corps, ce saignoir-là cherchait le cœur. Celui qui le maniait n'avait que faire des hauts faits, des rançons, des couleurs et de l'honneur des dames. Rien de noble dans sa résolution : il frappa avec l'efficacité froide de l'assassin.

EXPLICIT LE PREMIER LIVRE DU *CHEVALIER AUX ÉPINES*
À SUIVRE DANS LE DEUXIÈME LIVRE :
*LE CONTE DE L'ASSASSIN*

Table des matières

Les **Moutons électriques**

FSC

*Imprimé en novembre 2022*
*en République tchèque*